中国散文年度精选

辛 茜 主 编

新疆生产建设兵团出版社

图书在版编目（CIP）数据

中国散文年度精选 / 辛茜主编． — 五家渠：新疆生产建设兵团出版社， 2019.6（2023.5 重印）
ISBN 978-7-5574-1225-8

Ⅰ．①中… Ⅱ．①辛… Ⅲ．①散文集－中国－当代
Ⅳ．①I267

中国版本图书馆 CIP 数据核字（2019）第 007357 号

中国散文年度精选

主　　编　辛　茜
责任编辑　李倩倩
出版发行　新疆生产建设兵团出版社
地　　址　新疆五家渠市迎宾路 619 号
邮　　编　831300
电　　话　0994-5677185
发　　行　0994-5677116
传　　真　0994-5677519
印　　刷　河北鑫彩博图印刷有限公司
开　　本　16 开
印　　张　28
字　　数　390 千字
版　　次　2019 年 6 月第 1 版
印　　次　2023 年 5 月第 2 次印刷
书　　号　ISBN 978-7-5574-1225-8
定　　价　68.00 元

目录
Contents

序　言

栖居心灵的审美诗学

李一鸣

散文家、报告文学作家辛茜主编的《中国散文年度精选》即将由新疆生产建设兵团出版社付梓出版，这是散文界、文学界的一件盛事。每年对过去一年的散文创作予以筛选结集，不遗过往，不缺席在场，虔诚捡拾，阔大包孕，犀利透视，照亮人心，这本是散文经典化之举，亦是选家之初衷。

中国当代散文深深根植中华大地，当代中国人行走于华夏自然山川，跋涉于社会现实生活，洞观这块古老而青春的土地上的时代风云变幻，饱满丰富的内心世界如斯激荡。何以将自身的价值取向、心性气质和文化情怀尽情袒露？如何自由绽放精神诗性、尽兴呈现独特艺术趣味、着意表达执着精神追求？散文，或恰是他们赖以展示充盈丰富诗性内涵和审美诗学品格的文体。

文学乃精神的外化。精神的品格，决定文学的品质。散文作为人类观照世界的一种创造性审美形式，也是散文作家主体精神的一种自由审美载体。相较于其他文体，散文无疑是个体生命经验最直接、最自如、最自由的诉诸与表达。它不仅饱含作家对自然界、人类社会等客体世界的深刻体验与揭示，更是作家心灵的真实自传。如果将小说比作“小径交叉的树林”，把诗歌比作“三千年前，引人惊叹的闪电”，那么散文则更像人类面对大地的心灵倾诉。

优秀的散文创作，要求散文作家首先要葆有内在于生命的主体能动性，保持精神的独立和自由，坚守对世俗的警觉和反抗，着力探寻生命的根本价值和终极意义，从而使文本成为作家自由的而不是桎梏的、个体的而不是群体的、关注生命的而不是见物不见人的、审美的而不是功利的把握、体验和垂询。这本年度精选中的散文，大多具有这种品质。如邵燕祥的《说“天”》，洋洋洒洒，纵横捭阖，从古到今，由中及外，兼及科学与人文，对“天”做了全方位考察和探究，畅言“天所不容者，首先是逆天而行的，指不合理的一切”，并深刻评说“历代皇帝自称天子，奉天承运，受命于天，来君临天下。他们所发的‘大人之言’也成了跟‘天命’并列的必须敬畏的金科玉律”。堪称言自己之志，抒独立之言，杜绝公共体验、公共话语，抒写特质性、创造性经验。李汉荣在《水边的智者：重读〈道德经〉》一文中，直面现实，直接表达自己的认知：“如果我们老老实实化验自己的灵魂，会发现置身人群的时候，灵魂的透明度较低，精神含量较低，而欲望的成分较高，征服的冲动较高，生存的算计较多”，“在人堆里能挤兑出聪明和狡猾，很难提炼出真正的智慧”，进而发出“我们还需要一种高度、一种空旷、一种虚静，去与天地对话、与万物对话、与永恒对话”的呼吁，阐释了“以天真看天真，就看见了生命的本体；以清澈看清澈，就看见了宇宙的究竟；用镜子照镜子，就照见了存在的真理”的哲言。谢大光在《告慰苇岸》中，借苇岸之语，浇自己块垒，“十八世纪瓦特改良蒸汽机，人类社会从无‘机’过渡到有‘机’。与此同时，在精神领域，人们的文字表述却逐渐从‘有机’蜕变为‘无机’了”。“生物多样化的逆向生长，不只影响到人的生存环境，更严重地隔绝了人与自然的联系，从而肢解了人的完整性，人的一部分或大部分变成了机器，甚至成了机器的机器。”可谓振聋发聩，直击现实。

优秀的散文创作，必然是散文作家个性的真实呈现。五四时期，周作人宣称，散文不仅是自己个人的，而且还须有“真实的个性”“真的心搏”。刘半农在《我之文学改良观》中鲜明提出：“尝谓吾辈做事，当处处不忘有一个我”，主张“心灵所至，尽可随意发挥”。郁达夫则主张活泼地显现出作家“自叙传的色彩”的“最可贵的个性的表现”。李素伯推崇小品文的意义和特质在于“作者最真实的自我表现与生命力的发挥，有着作者内心的独特的体相”。李广田在《银狐集题记》中强调：“这些文章中依然有我的悲哀、我的快乐，或者说这里边就藏着一个整个的‘我’。”奥地利著名作家、哲学家维特根斯坦则指出，“关于写作，你不可能写出比你自己更真实的东西”。王宗仁的《柴达木的河向西流》表达了一个青藏线上的老兵对李若冰、王宗元、肖复华等人的深情缅怀和对逝去岁月的深切流连：“我们汽车兵一天到晚扒着方向盘跑车，日子单调得连个说话的伙伴都难得遇到。那是一个寂寞的日子，我在长江源头楚玛尔河兵站食堂的阅览台上——砖砌的像农家火炕大小的一个平台，零散地摆着有数的一些报刊，一本《可爱的柴达木》被几张报纸遮掩得只露着‘柴达木’三个字。柴达木？这三个字一下子放大了我的喜悦，不就是此刻我脚下的这块土地吗？我像饿极了的汉子，抓起这本书就读了起来。两只眼睛如同铧犁翻地般快速插进字里行间，浏览，心神掉进书里不能自拔”。“踩着催征的哨音，三进三出食堂。拿起那本书放下，放下又拿起”。一个酷爱读书的战士形象跃然纸上。当作者“跑断腿似的四处打听王宗元在哪里”，终于了解到他调离高原，去了西安，“我不但没有失望，反而萌发了新的希望”“西安是我的老家，隐隐有一种亲切感”“只是对远在家乡之外的青藏高原上的我来说，这种亲切像隔在玻璃背面，也许可以看得见却不知何时不用割切玻璃就能相握”！情之厚、见之切，热腾腾的心就跳动在字里行间。张守仁的《在那〈道德经〉诞生的地方》倾情表达对《道德经》的尊崇，不惜用“我个人认为，把我编选的这160人的名作加在一起，放在天平上称，其重量不如一册五千言的《道德经》”，《道德经》“精炼五千言，竟有上百条箴言、熟语流传至今”“仅此一端，已使我这个终身以编辑、写作、翻译为业的人，佩服得五体投地”这样的语言，极而言之，坦露心迹。阎晶明的《燃烧到最后一刻的写作者》平静叙说对红柯的印象：“红柯是我的同龄人，我比他虚长一岁，可自从认识开始就没觉得他有什么从前年轻如今年老的改变，他似乎是不变的；红柯是我的朋友，是君子之交式的往来，交情从始至终既无升温也未淡漠，是老熟人却无多少只属于我们之间的特殊故事；红柯是我的校友，我多年前曾在陕西师大求学，他多年后成了那里的教授；红柯是我的同道，他是小说家，我在作协供职多年也写一点小文章。”不以红柯创作业绩丰硕而渲染，亦不像同类文章极力表白相互间关系，而是沉静地表达对红柯的印象，“作为作家，他是很典型也颇具代表性的。在一个自己向往的世界里活着，并努力以笔为旗，试图带领更多的人通过文字喜欢上那里。他简直就是一个疯狂的写作者，谁也弄不清楚他的写作目标和终极地究竟在哪里”。作者冷静而蕴含热烈、理性而不乏感性、纯粹而有着通达的个性跃然笔尖。狄德罗说：“任何东西敌不过真实”；巴金说：“讲真话，把心交给读者！”皆强化主观情绪，凸显生存感受，逼近生命之实，切近灵魂之真，表达真的自己，描绘心的体验，警惕陷入虚无、虚假、虚伪境地。先哲的嘱托，无疑是散文创作者应该牢记的箴言。

优秀的散文创作，总能散发出独特的艺术趣味。“趣味”属于艺术学范畴，具有感性的实践性意蕴，主要是指文学艺术鉴赏中的美感趣好。“趣”在魏晋时代进入文论之中，指称艺术的美感风格。在审美意义上，“趣”包含多种意蕴，如“高趣”“情趣”“欢趣”“逸趣”“雅趣”“真趣”“美趣”“辞趣”等。而“味”作为批评术语运用于文艺领域，首称魏晋之际的阮籍。最早将“味”用于文学鉴赏和批评的是西晋时期的陆机，陆机之后，“味”被广泛运用于文学批评，出现了“滋味”“可味”“余味”“道味”“辞味”“义味”等概念，指向文学作品内在具有的、欣赏者品评文学作品所获得的美感享受。直接将“趣”与“味”组合在一起，用于品评诗文之美，则以司空图为最早，指作家创作的一种美感风格、一种情趣指向。总之，在中国传统文论中，“趣味”既与具体文学艺术鉴赏实践相联系，又与文学创作主客体相关联，是特定主体的感性达成，也是主客体之间的完美契合。“趣味”在西方美学史上亦是一个重要概念。在休谟那里，趣味是一种审美能力，是一个与情感、创造联系在一起的概念。在康德美学中，趣味一方面是主体情感的真实体验，另一方面又具有以反思为途径的形而上的批判意义。席勒美学将审美趣味设定为与主体生命相连的一种境界。柏格森的生命哲学，则使趣味自然与主体生命的感性活动发生深切的联系。由此看来，西方近现代美学把趣味作为一种审美学范畴的美学特征，与主体的生命、情感、体验等审美心理密切相关。事实上，山水之趣、生活之味、文化之意，只因契合知识分子的心灵，便自然会焕发出异样的别趣、深长的意味和悠远的回响。无论是涵泳于中国古代以至五四时期的散文，还是徜徉在蒙田、毛姆、罗素的小品，我们自会领受到作者那自由不拘的精神放逸、个性凸显的兴会情味及艺术营构的相异旨趣。周作人的闲适与隽永，郁达夫的颓废和旷达，废名的渊静与脱俗，冰心的纯粹与飘逸，毛姆的幽默与朴素，罗素的锐利与讽刺，可谓妙趣横生，情趣盎然。本散文精选集中，梁衡的阔达与哲思，潘向黎的明慧与隽永，冯秋子的感性与沉思，杨晓升的明澈与宁静，查干的纯净与空灵，穆涛的驳杂与悠远，韩小蕙的智慧与深情，傅菲的独语与绵远，王兆胜的坦荡与真诚……无不体现了“文辞与思想”之外，自具的一种“风致与趣味”，那是人生态度与审美情趣的相契，是人生价值与审美追求的圆融，是人的气质与文的风格的统一。如果没有旷达与隐逸、放诞与温厚、狂与狷、愤激与闲适、华丽与朴素、幽默与庄重、冲淡与浓烈等各种艺术趣味的存在，散文哪会具有兴味盎然、情味绵远、意味悠长、百味杂陈的艺术魅力？

优秀的散文创作，绝不拒绝散文创作手法上的多元创造。中国当代散文，不仅在精神上超越了既往的散文创作，而且在文体的语言表达、结构营造、叙述选择等方面都实现了创造性发展。细考本散文精选集，在结构上，散文文体形态自由呈现，形态多样，令人目不暇接；散文结构形成多种结构样态，获得多元拓展。有散漫化结构：不讲起承转合，摒弃上下承连，阻拒左右衔接，背弃围绕某一主题创作的观念，而以个人情绪为本，缘情而发，顺意起笔，随物赋形，既不刻意铺垫，也不着意渲染，更不刻意编排，尽兴抒写个人体验和感受，行即行，止则止。有的是冥想型结构：将刹那的感觉和情绪投射到自然景物、文化景观或社会现实生活上，然后充分展开想象，不断自由发挥，随情设色，浮想联翩，自由开阖，个人感性的时间沧桑感与广阔浩渺的空间感糅合到一起，别是一番情味在其中。有的秉持意象型结构：或是围绕某个中心意象展开思绪，或是思维呈散点辐射展开，构成一个个意蕴丰富的审美空间。有的是故事型结构：将游记、散文、诗歌和小说笔法融而为一，把考察记、风俗志、民间传说、写人叙事引入散文创作……这种种结构形式，使散文摇曳出多彩多姿、错落有致的文体之美。在语言上，所选散文体现出创造的旨趣，既继承传统又打破规范，既不泥古又尚创造，既大胆吸收外来语言又不生硬接受，使语言这种符号化了的人类情感形式，成为人诗意栖居的存在家园。在叙事上，有谈话式叙述，有自语式叙述，也有冷静客观全视角式叙述。多数作者追求日常生活中人与人相互交流的语境，呈现为聊天、对话的叙述方式，顾及读者“缺席的在场”，并以亲近、平等、朋友式态度赢得读者的心灵交流，正如李广田所说：“写散文，实在很近于自己在心里说自家事，或对着自己人说人家的事情一样，常是随随便便，并不怎么装模作样。”这些叙述方式仿若老友之间对所见所闻所思所感的任心闲话和精神漫步，其叙述的氛围充分自由、自然放松；又如作家与读者心灵的沟通、精神的互补，双方以平等、尊重、亲切的态度，讲述并倾听一切；又如作家自言自语，充分坦露，真诚坦率，无话不说，无感不发，无所保留。或闲适，或畅达，或沉郁，或朴质，都通过私语、对话、倾诉，随情任意表达出来，使人从中感受到自由美好精神的快意。当然实质上，散文创作就是“主体与世界的充分对话”。质言之，当代散文在外部形式上，无论是结构营造，还是语言转变、叙事转换，都表现出历史性、现代性、超越性发展。这种发展，固然是形式上的，但更源自主体自由的精神、开放的心灵，源自时代的巨变、社会的进步，源自当代散文作家对传统的扬弃、对外来因素的借鉴。这种文体形式，适应了当代人的审美精神和文化心理，标举中国散文文体形式实现创造性发展。

相信这部散文年度精选集必将获得读者的青睐，也必将推进当代散文经典化的进程。

说“天”

邵燕祥

将近一个月前，读到一篇驳王城的文章，其中有“不知天高地厚”一语，一直萦回心中不去。以我有限的自然常识，地有多厚，是可测量的；天有多高，就难说，因为天没有边际。并不像白居易说的“天可度，地可量，唯有人心不可防”，那是为了说人心险恶，拿天地当衬托，故极其说罢了。

天、地、人，是个三角关系。在人间世，放眼看，以人为主，天地只是人活动的空间，可称舞台，或今天人们爱说的“平台”。但经验告诉人们，个体的人是渺小的，相对于天地，只是沧海一粟，永恒中的一瞬，而天和地在时间流程中则是天长地久的。“与天地同寿”，只是人们的想象，是人们虚拟的颂词，比山呼万岁还玄乎：天地岂止万岁呢。

又是白居易，说“天长地久有时尽”，也只是为了烘托“此恨绵绵无绝期”。科学家承认，虽“天长地久”终有尽期，但那也跟追溯地球以至宇宙的形成一样，是将长期延续下去的研究课题。

但不管作为人类的整体，还是个体的人，他或他们如何狂妄，自视为地球的主人，但在中国人的观念中，却不能不承认，“天地人”里，其实天字是第一号的。

最朴素的初民传说，中国（汉族、彝族等）的“创世纪”，讲盘古开天辟地，是盘古这个人（神化的巨人），将混沌中的天地分开，

"清轻者上浮而为天"，这才有了天地之分。开天辟地者，开天即辟（也就是"开"）地，天地也就无天。"日月经天"，天为宇，即空间，且是无限的空间（宙是时间，也是无限的）。人生天地间，天地不但生人，还生万物。证明天地都是物质的存在。

这个天，不但在物理学的意义上，成了无远弗届和永恒的象征，而且与"厚德载物"的地一起，成为"天行健，君子以自强不息"的道德示范。一个天道，一个地道——现在"地道"成了形容真诚无欺的日用俗语，曰"这个人办事、对人都很地道""某某这一手太不地道了"。

自然科学还不发达的古代，人们对天地的认知，是从朴素的感觉开始的。人们仰望所及，青青者天，风云来去，这个天是"空"的，乃有"天空"一词（天空似是近代造词，可见直到近代，造词的人都只以直觉看天，以为它空无一物）。游牧民族说"天似穹庐，笼盖四野"，却也指明是"似"，天并非像穹庐那样有一个可以触及的穹顶。

起初，不知多少年，这个天只是自然的存在。"皇天后土"的观念是有了皇帝和皇权之后才产生的。

后来人们发现天空不空，不但日月悬天，日照雨露是人和万物生存所必需，空气更是呼吸相通，不可离开须臾，连天上的月亮也与地下的潮汐遥相呼应。与此同时，异常的天时，形成世间的灾难，风暴雷殛，洪涝频仍。且不说上古的冰河时期，单是有史以来，水旱为灾，已不知造成几多饥荒，夺去了几多人命！

我们人类的祖先在自然力的威胁下屡战屡败（百千万年中当然也屡败屡战），于长久的世代相传的恐惧中产生了对自然神及其人格化（人格神）的敬畏。于是，据学者说，初民的传说中乃有大量神话出现。这就是我们在基督教《圣经》中看到的若干古犹太的人、神故事，还有希腊神话和罗马神话中那些传说，以及《山海经》中的神异成分。这都可以看作宗教的心理起源。

当人们被骤然的悲喜或其他异常感受临身时，惊呼"啊，上帝""啊，真主"，一听即知是基督徒或穆斯林。而听到"我的妈呀""老天爷啊”，显然就是中国（中原、中土，所谓远东这一个不大不小的文化圈）人的声音，无论是痛彻肝肠的呼天抢地，还是念念有词的虔诚祷告，都是面对着“苍天”，认为冥冥中自有“天佑我民”的神明。无以名之，直呼为天。

既然相信我们头顶的其色青苍的天，是可以主宰我们祸福的一种神秘力量，那就是承认了天是有意志的。

天的意志，暗含了西哲所说的宇宙精神、绝对理性，成为一种非人身的、非人格化的，虚化了的“上帝”（后来在某种条件下，衍生出“天帝”之说）。

汉语中有以“天”为词根的造词，我没有统计，少说怕也有成百之数。其中语义，有积极的，有消极的，也有中性的。随手举例：

天道，天意，说天行使其意志，并行赏罚；

天机（不可泄露），是说上苍也是暗箱操作，不以人的意志为转移，人们不分贵贱只能顺从；

未定之天，寓意一切概由天定，天定之前一切皆属悬而未决；

畏天命，畏大人，怎么办？乐天知命，比听天由命更“积极地被动”，是说天定即命定，你要欣然从命，至少是随遇而安。说得不好听一点，即苟活——只求苟安于一时吧……

人们认定天道、天意、天命必须顺从，是以相信其符合人们自己的是非善恶的标准为前提的。

就是说，天所不容者，首先是逆天而行的，指不合理的一切。天的意志不同于人间权力者的意志，而合乎自然和人间事物的规律、规矩、法理……合乎自然之理，合乎社会之理。所谓天理人情，天理源于人情，是天理与人情的统一。

天道、天意的范畴适用于各种领域，包括文学艺术，“天意君须会，人间要好诗”，天意管到了诗人诗作，甚至可据以评判诗的好坏了。

因此，“天”这个范畴，首先是哲学的，不仅是天文学的、物理学的，而且也是人类学的、社会学的、法学的、政治学的。总之，这是一个涵盖甚广，内涵外延接近无限的人文概念。

从常识的角度来看中国人的“天”，它既无关于宗教信仰，更与迷信无关。

以上云云，是由当下中国人一般在口头表达中涉及的“天”引起的话题。我希望专家学者们就此有更深入的探讨。记得好像在五六十年代偶然看过围绕这个题目的谈论，但限于当时的学术环境，似乎充斥着唯心论、唯物论、主观唯心论、客观唯心论一类的大词，结果说不清是把简单的问题复杂化了，还是把复杂的问题简单化了。

当代的中国社会，没有所谓国教式的宗教。毋宁说是一个无神论的社会，又是个多神论的社会。

我小时候所在的汇文小学，原是美国基督教教会在中国办的学校。日本侵略者于太平洋战争爆发后接管。敌伪统治下的学校唯一保留下来带有基督教色彩的，是音乐教室内挂着的《大秦景教流行中国碑》拓本。于是以为基督教在唐代就已流行于中国。后来才知道，这个碑不知为什么一刻好就埋在土里，直到明代才刨出来，还崭崭新呢。

而在明代以前一两千年间，中国社会的信仰空间，主要是儒、道、释三家的天下。在佛教进入中土之前，最具宗教形态的是道家，不是儒家。道家——道教所构建的“天国”，就是“上清宫”及相应的太上老君等神仙，都是青天、苍天的化身和代表。

儒家也以天为标榜，儒家的道统“天、地、君、亲、师”，更是以天为尊。孔夫子口说“天厌之，天厌之”，就是宣告某种人物和现象不合天道，无异于判之以道德死刑。后来儒家所倡导的“天人合一”，正是在尊天的前提下鼓励和规范符合天理人情的人的主观能动性和人不得违天的从属性。

在尊天成为主流意识形态的社会舆论下，首先是历代皇帝自称天子，奉天承运，受命于天，来君临天下。他们所发的“大人之言”也成了跟“天命”并列的必须敬畏的金科玉律。连作为“强盗”的梁山好汉们（相对于闾巷乡村弱势百姓的江湖“强人”），也不得不打出“替天行道”的旗号。而弱势群体一方面把希望寄托在清官好官等“青天大老爷”身上，另一方面也将相信（迷信）“天道好还”（亦即“善有善报，恶有恶报”）作为自慰性的精神寄托。直到他们忍无可忍时，还会像明代民歌中那样，以祈祷的口吻呼吁：“老天爷，你不会做天，你塌了吧！你不会做天，你塌了吧！”

而在漫长的中国古代社会里，也有过微弱的不同的声音。如唐代诗人石曼卿，有一名句传诸后世，“天若有情天亦老”。他不承认天是有情的，不论是实指自在的天，还是作为象征的天，都是无情物，因此天是外在于人间社会的存在。其言外之意，应该是让人们不要期待天的赐佑和救赎（也许这是我们赋予这句诗的现代解读吧）。

还有一句传诵不绝的古训：“天作孽，犹可违；自作孽，不可活。”这里所说的“作孽”，当然不同的人或有不同的指认，但对于“天”的“作孽”居然“可违”，这是一句石破天惊的话。虽然意在警诫人们不要“自作孽”（也许这就是至今人们口头说的“作”吧），但毕竟表达了对“天”之所为也可以否定、否决的观点，这真是黑暗王国里的一线光明，把人们从宿命论的精神束缚下解脱出来。

至于见诸经典的“天视自我民视，天听自我民听”，以折中之论劝导人间的统治者要尊重百姓的意见，也带着朴素的民本主义的底色。而流传于民间口头的“人在做，天在看”，则分明带着警告的性质，其意若曰：我们在盯着你看！

这些只言片语，都是传统文化的碎片。

我对传统文化和现代文化，都知之甚少，一知半解，妄议云云，姑且当作“聊天”“谈天”吧。

【原载《随笔》2018年第4期】

柴达木的河向西流

王宗仁

盛夏的那个中午，我静立柴达木盆地南沿红柳丛中一条河拐弯的地方，放眼四顾。雪停了，只有阳光，满山遍野的积雪闪闪发光。山洼里的阳光填得满满的，简直可以用勺子舀出来。我发现找不到自己，我已经被满眼的白雪融化。瞅着仿佛停止了奔腾速度的河水，我遥望它的来路，再望流向，能清晰地看到河面呈“S”形，规规矩矩地展示在雪山下，缓步向西流淌，随山势拐过那个弯就进入昆仑山了。

格尔木河。严格说这条拐弯西去的河是格尔木河的一条支流，源头在昆仑山中的瑶池。瑶池有美丽的传说，远古时期统治青藏高原的女王西王母，就是在这里会见西周第五代君王周穆王的。大概有那么一天寂寞的瑶池不甘于卧在深山，便把一只胳膊伸出了昆仑山，漫成了今天的格尔木河。它出山后原本直直向东流去，流到山下遇到了这个多情的回水湾，一侧身，暂时改变流向，走了一段回头路。等它转身之后再东流时，便汇入更大的潮流。在我们的生活中，不是也常常遇到这种突然改变前行方向的事吗？面对这种困扰，也许这正是活着的意义，也是写作的精妙处。此刻，我站在河岸，透过无声颤动着的河面，用目光跋涉它的深邃，可瞭见河床上亮晶晶的鹅卵石张着嘴好像要唱歌的样子。我推想，它不知经历了多少个无星无月的夜晚，沉睡和晨醒，才在水势稍缓的这个红柳滩慢慢地回过头来，望了望岸上的群山，打了个转身，选择了又一个西去的流向。它带着身不由己的力量义无反顾地流回昆仑山。可以肯定的是，它回不了瑶池，出发的地方怎能是归宿！不管它走多少弯路，必然还会流回来的，大海才是它最终的家。但，它还是恋恋不舍地回一次昆仑山！我看见了，就在它回头时，地平线已经开始了弯曲。河岸的丛丛红柳苍翠着它的流程。

格尔木河也学到了我们这些终年西行奔向拉萨的汽车兵的性格，一路风雪相伴，内心却风雨暂息。我站在岸上巴不得马上过河，过了河就可以攀上昆仑山，翻过昆仑山又能上唐古拉山、喜马拉雅山。西行路上有多少山，山上就流淌着多少西去的河。就整体而言，这样的河肯定不多，但是集合起来也是一支队伍！每条河有每条河的天空，它们的身体里有奔腾时留下的欢乐，也难免不留下伤疤。我要说的是，在它们拐弯西行时，带走的，也是留下的！

柴达木的河向西流。

多么可以让人上天入地肆意联想的一句话。那天，我在笔记本上写下它时，就像在大寒中吹出一口暖气，瞬间，立春就到了。真的，就是这种神妙的感觉！这句话我是从那本《可爱的柴达木》书中收获而来。我们汽车兵一天到晚扒着方向盘跑车，日子单调得连个说话的伙伴都难得遇到。那是一个寂寞的日子，我在长江源头楚玛尔河兵站食堂的阅览台上——砖砌的像农家火炕大小的一个平台，零散地摆着有数的一些报刊，一本《可爱的柴达木》被几张报纸遮掩得只露着“柴达木”三个字。柴达木？这三个字一下子放大了我的喜悦，不就是此刻我脚下的这块土地吗？我像饿极了的汉子，抓起这本书就读了起来。两只眼睛如同铧犁翻地般快速插进字里行间，浏览，心神掉进书里不能自拔。这个中午为了多读几页书，我没有理由地推迟了出发时间，踩着催征的哨音，三进三出食堂。拿起那本书放下，放下又拿起。像是缘分，又像是无奈。有些明白，又不能一语道破。兵站管理员或许看出了点什么，笑我书呆子气，说，只要不带走，你多看一会儿是允许的。他在暗示什么，又像是挖苦的口气。当时我甚至很不讲理地想：这种人肯定不读书！

至今，我的那本磨掉封皮的笔记本上，还留着那天在楚玛尔河兵站从《可爱的柴达木》中摘抄来的一段内容：

“盆地有很多河流，人常说‘天下河流皆东去’，可是在盆地河流的流向却极不一致，有的向东，有的向西，有的向南，有的向北，它们从东西南北一齐注入盆地的各个湖泊或潜入地下。盆地河流的水源多是汇集四周山上的积雪溶化的水和夏季山洪的水形成的。”

读书很少能读到被触动的妙感。“柴达木的河向西流”，这样的句子绝对蕴藏着妙不可言的韵味。犹如一匹飞奔的白马，四蹄腾空，让人动情。它不仅是河流的苍茫，也给热爱柴达木盆地的人心里溅起多少可以抬上天空的浪花！河水向东还是向西流，当然是由地势决定的。但是当它上升为一种精神后，向西流的河流就深含的是异乎寻常的顽强、质朴和博大。我真正地理解或者说深层地认知了向西流的河流的本质，还是后来结识了行走在河岸上开发建设柴达木的人。

当年，青海省还没有一寸铁路，从祖国各地奔涌而来的盆地建设者，不得不在兰州乘坐去乌鲁木齐的火车，穿过大半个河西走廊在一个叫柳园的小站下车，然后倒上汽车（有时还不得不步行）取道敦煌，翻越祁连山进入柴达木。因为他们起程的地点、时间不同，就很难有统一的行动，总是零零散散地各走各的路径。每条路上却拥挤着有相同方向的艰难跋涉者。在这些西行的人中就有作家李若冰……

这是 1954 年初秋，西北大地已经呈现着一片超越季节界限的隆冬的萧索。李若冰背起在兰州准备好的旅途食品，锅盔、辣椒酱，和 5 个勘察队员从敦煌出发，第一次闯进柴达木盆地，他开始用毅力打磨冬天的经历。这是他文学生涯中一段刻骨铭心之旅。5 个人只能算是一支小分队，却浩浩荡荡。数十年后，我努力从他的散文集《柴达木手记》中寻觅，还原了当年他在沿途经历的一些被时光淋湿的陈旧隐迹。李若冰在他的这本散文里或留下的漫谈他在盆地深入体验生活的文章中，多次提及步行赶路的情景。这使我们感受到了作家不付出艰辛的跋涉，文学的路是绝对走不远的。那时候，汽车是通往盆地各处唯一的交通工具，可是许多刚开发建设的第一线还没通车，只能靠步行前往。他经常在平均海拔 2000 米的高原上走路，还得背着行囊，每前进一步都是对意志和体力的考验。有时遇到上山路，就得手脚并用，猫着腰，双手在雪路上刨着移动。行走的姿势已经变了，不是走，而是匍匐着一步一步地前行。尽管高原的寒风已经偷走了你的体温，可是你身上的衬衣仍然被汗水浸湿了。李若冰的未来在哪里？也许他很清楚，也许此刻还不十分清楚。不管未来在哪里，他一直“在路上”。

李若冰先后五次深入柴达木。第一次，1954年秋；第二次，1957年8月，他和李季结伴而行；第三次，1980年夏天；第四次，1987年盛夏；第五次，1993年。如果不是把炽热的胸膛紧紧贴在这块冻土地上；如果不是对柴达木热爱得眼里含满热泪；如果不是铁了心让文学之花在贫瘠的苍野盛开，他李若冰走一次柴达木就行了，大不了跑上两趟，足矣！他怀揣抱负只身在盆地的山川、湖河、草原、戈壁奔走。兴奋之余心里却怎么有一种说不明道不白的阴影，总觉得自己离死亡的距离很近，也离明天很近。怎么会有这种感觉呢？他没有恐惧，只在心里叮嘱自己：不必想得更多，坚持往前走，希望总归会实现。作家有一程山水，就会有一程体验。前面就是他采访的对象，只要找到他们，他就可以写出一篇散文。给人的感觉，他李若冰走进盆地，甚至他这一生，只是为了无踪无影。只要留下散文就好！可不是吗，不为文学他一次又一次来到这荒野大漠干啥呀！

难为他采访的更多的还是交通问题。这，他有思想准备，但总是力不从心。也许就因为这样，苦涩的空气里总有着迷一样的幻影和故事。他真的不觉得苦涩，盆地一日三变的气候让他享受其乐，真实与虚幻在交织中显出美丽。风雪又迎面扑过来了，李若冰挺起胸膛站立着，这时风雪似乎立马消散了。他好像看见天空蓝得像泉水洗过，太阳走出云层，对他睁大了真诚的水汪汪的眼睛。他又好像看见月亮秀唇一吐，就是一打江山，半个盛唐。他还仿佛看见雪墙上冻瘦的枯草僵而复活探出嫩鲜鲜的叶芽……这些绝不是远方渴望追溯与抵达的念想，而是眼前就可以享受到的美景。都让他李若冰遇上了，真的好幸福！这不是吗，他在散文《戈壁夜行车》里，记录下了这样一件事：那天，他在茶卡盐场采访后，准备去格尔木。可是茶卡运输站没有车，他们让他站在路口挡车，碰上有空位的车把他捎去。“于是，我就站在茶卡路口，见车就喊，就挡，就招手。可是，从早到晚，没有碰到一辆有空位的车，一天，最少有 30 辆车驶过。一队一队的车辆，不是拉着钻探器材、木料，就是拉着面粉、罐头蔬菜……它们都负载很重，哪一辆车能有空捎人呢？你说司机不帮忙吧，不，当你招手挡车的时候，看见司机那种抱歉的笑容和给你诉说无法捎你的那种为难的神情，会给你留下一种说不出的亲切感觉。”

繁忙而空落的柴达木路口！空落？一个千里万里自愿奔波而来的为高原建设者写赞歌的作家，都享受不到一次乘车的机会，他心里不空落吗？不，这就是正在成长中的柴达木盆地绽露的完美之缺！匆匆走进盆地甚至连脸上的汗渍也顾不上擦去的筑路人，还来不及在满地裸露着碎石沙砾的处女地上栽起更多的路标。李若冰带着几分焦虑但不失望的表情站在路边，看着那一条新诞生的与西去的河流平行的坑洼不平的公路，心中丝毫没有挡车未果的怨气，收获的只是对这块宝地深爱的沉醉。这就是他希望看到的柴达木正在开始的新生活。没有什么比生活更重要！他大踏步又走向另一个路口，三步并作两步，心急脚捷。在另一个路口能否挡到便车，他也没把握。他只是想多见识几条柴达木这样的路口。如果不用多久，能有一条路，后来人见证是从他李若冰此刻挡车时留下的脚印里诞生，那将是他柴达木之行最值得骄傲的荣耀了。从他迈向另一个路口时快捷的脚步声中，可以推知他对前方充满希望，他回望身后自己留在薄薄雪地上的脚印，被正午的阳光放大了，像一枚枚清晰的印戳。谁能说这些印戳不是即将诞生的一条新路的路标呢！他快速朝前走去，他的收获他的幸福就是永远有一个前方！那是寻找文学生命的方向。

我们可以这样假设，李若冰当时不坚持站在路边挡车，而是在茶卡盐场招待所等候有关部门给他派车去格尔木——他完全有资格也有理由这样做，好多作家记者不都是这样做吗？但是他没有。正是他的这种秉持和坚守，让他有更多的机会领略久睡初醒中盆地的古老神秘面貌，见识了拔地而起的厂房和新村的生命动力，目睹了埋葬在大盐湖深处的不朽岁月……他被柴达木独具的魅力深深折服。大风过后，草木有声。正是这些看似点点滴滴的亮色，给他的散文注入了亘古悠长的独特美!

掏心掏肺，回放李若冰挡车得不到满足的这段文字，我读得心里感动又羞愧。一个作家靠站在荒天野地的路边挡便车去长途跋涉，完成采访任务，今天的同行恐怕享受不到这个福分了。还有，因为无法捎你乘坐他车的司机以歉意的笑容解释原因时为难的神情，也给我们传递了人世间的温馨。阴晴冷暖，励志的季节各有不同。如今遍地花好月圆，紫气充盈。手一伸，脚一迈，空中地上水里任你心满意足地去远行。如我，虽有上百次穿越世界屋脊青藏高原的经历，那大都是在食宿交通无忧的前提下跋涉的。今天，每一刻都那么美好，我们真的应该知足常乐，把幸福的时光揽在怀里，一直到天地、山川融化的那一刻。

我双脚钉子似的钉在格尔木河拐弯的岸上，看着河浪。河水仿佛在诉说它流程轮回的百转千回。我看见河水流经之处，群山总是缓缓地俯下身子，钻入了水中。格尔木河在它漫流拐弯处之后，放快了西去的流速，一朵浪花不安分守己地蹦出河面，跃过回水湾处一片拦路的红柳枝，加速西去，流向昆仑山。也许李若冰当年看到的就是这样一朵浪花，便把它揽入了怀里，流进了《柴达木手记》……

1959年，作家出版社出版了李若冰的散文集《柴达木手记》。这肯定不是他的第一本作品，但却是国内第一部反映柴达木生活的文学作品。一个人的岁月，柴达木一个时代的心声。他珍爱这本书是可以理解的。按捺不住吮吸柴达木大地的母乳后收获的创作喜悦，他写下了这蓬勃葱茏的心语：“我每走过一个地方，都舍不得离开，我想得不行。我丝毫不掩饰自己的感情，我酷爱着大西北。虽然，我看到的是大沙漠戈壁滩，可是，不正是这样的地方，更能显示我们人民的生活、劳动、斗争和建设的魄力吗！我非常珍惜所看到的一切。我满怀着尊敬写这一切的：戈壁、沙漠、草原、石油、铅锌、金银、大路、狂风、湖泊、土屋和战斗在柴达木的可爱的人们。柴达木有多么好呀！在与勘探者相处的日子里，他们给予我的东西远比我给予他们的多得多，丰富得多美丽得多。”

李若冰有他坚持的信念：作家离开了他热爱的土地，就失去了存在的意义。他在一次接受访谈中坦言，在盆地的日子里，他步行走路的时间不比乘车的时间少，因为走路他可以左顾右盼，得到了许多意料之外的创作素材。更重要的是他没有失去信心。所有的路都是脚板踏出来的。从他的话里话外，我能感受得到，他把高原建设者用粗糙的双手正喂养的柴达木这块宝地，已经作为自己的故乡看待了。他要精心抒写散文歌颂她。

《柴达木手记》重印三次，每次重印李若冰都要写后记，掏空心里每一个角落，搜寻最贴心的文字表达他对柴达木这块土地灼热的疼爱。1980年他在后记里写到勘探队员的精神已经“占领了我的灵魂”：“从某种角度看来，他们中间不少人，并不适应长年野外的勘探活动，完全可以选择另外的生活去过。但他们毅然到大沙漠来了，到大戈壁来了。不是一年两年，而是几十年，一直在荒原上颠簸奔走……他们裹着老羊皮登上了祁连雪峰，喝着苦水度过了昆仑险路，啃着用骆驼粪蛋烧烤的冷馍叩响着山崖、挖掘着矿石，以致有时迷了路，几天几夜断粮断水，于是只有饿着肚子，爬行苦斗，有的最后竟然倒毙在沙窝里。”1986年，《柴达木手记》又一次重印，李若冰在后记里写道：“我渴望学习骆驼，一如既往追随野外勘探者的足迹，一步一个脚窝，在大沙漠里跋涉。我命里注定是跑野外的，而且早就跑野了。”由人及物，他以“戈壁之舟”骆驼为榜样，树立在自己面前。后来李若冰多次说过，柴达木的每一棵草都会微笑，每一块石头都会说话。没有对土地的感情，何来这种落地生根的语言？这话是发自内心的。一个只有“跑野了”的人才会写出这样有翅膀有力量的文字。

《柴达木手记》一书里的文字是有翅膀的！那是因为作者的心里装着翅膀，要不怎么会“跑野”呢！跑野了！只有三个字，每个字值千斤，能于罅隙中看见远方。我实在太疼爱这句话了！这个“野”字，还有那个“跑”字，都是长着翅膀的文字，这翅膀是有根的。李若冰把自己种在了柴达木。我立马跟着也“跑野”了！跑，自然是向西跑，是踩着李若冰的脚印跑。西出阳关，西出昆仑。出现在他散文里的地方，日月山、青海湖、茶卡、噶尔穆（格尔木）、纳赤台、锡铁山、察尔汗、大柴旦、当金山、茫崖……正是我们汽车兵开车必经之地。每每来到这些地方，总有一种似曾相识的亲切感奔腾在我心间。真的，我是读着李若冰的散文，踩着他的脚印不知在柴达木奔走了多少回。从他作品的文字背后我看到了一个情满柴达木的忙碌作家的身影。我读出了一幅柴达木的地理地图，它像一张门票，是我通往盆地各处的最短路径。多少个夜晚，我忘记了白天奔波的疲劳，打开《柴达木手记》，轻舒慢卷，从左往右，从前往后，寻找在李若冰散文里出现的每个地名所处的格局，细细回味曾经的往事以及我后来采集到的故事。他大概没有想到，正是这些地名，还有拍打过这些地方的骇人听闻的冰雹和六月寒雪，幻化为蓝天上的白云、雪山之巅的雪莲及戈壁滩的红柳枝……在一场过路雨之后开始发芽，长成了我的散文：《传说格尔木》《消失了的望柳庄》《记忆中的马海》《锡铁山的一车矿石》……这些散文是我扎根高原的嫩芽，冻土地上的新苗。柴达木令我的笔尖振奋，情不自禁地讲起了柴达木的故事。我应该也会做到像李若冰那样，“身体一旦破口，会流出柴达木河的基因”。

总有预料不到的事情节外生枝。有一天，在我不得不把珍藏了多少年，被我拇指和食指捻得书角像花卷似的《柴达木手记》毁之一炬时，我的心疼得流血！当时我必须把珍藏了一木箱的书作为“四旧”上交。我心不甘，像做贼一样偷偷地保存了几本实在舍不去的书，其中就有李若冰的散文集《山•湖•草原》。为什么没留《柴达木手记》？因为《山•湖•草原》里选了《柴达木手记》里的一部分作品。权衡再三，我忍痛舍弃它了。

1993 年夏，李若冰第 5 次走进柴达木，他写下了反映柴达木生活的最后一篇散文《紧贴你的胸口》：“……在我心里，时常鸣响着一支歌。这支歌，高亢激越豪放悠长，紧扣着我脆弱的心扉，使我振奋使我浑身像火焰般燃烧，任怎么也平静不下来。于是我被歌声所诱惑便疾步走向远方……从此，我像着了魔了似的在柴达木几番走出走进，享受人生的快乐。”第 5 次进柴达木，李若冰像第一次一样心里依然燃烧着“火焰般”激情。他在开始的地方结束。《柴达木手记》是圆满的句号。

我又一次来到红柳丛中格尔木河拐弯的那个地方。自从在这里发现格尔木河也有向西流去的一段流程后，我对它魂牵梦绕，有一种好像从高处崩落下来又攀向更高处的柳暗花明又一村的豁然开亮的感觉。人生的希冀与命运苍凉的动力，完全在前行中不断改变方向的调整中。从你来到这个世界的那一刻，就意味着你被这个世界所规训。大自然的魅力所在。

总有一些事物在逼近，同时后退。我又有了新的发现。河在淌水，水在向西流动。但是河心有一缕草丛——也许是红柳枝儿吧，却固执地向相反方向披靡。我透过薄薄的水体，看见又是一个小小的回水湾，水势不甘西去，调转方向，草枝儿轻柔地摇曳着梦境般地顺着一股暗流向东淌着，重温旧梦。这是一个几乎被人忽略的温和细节，它没有打算惊醒一花一草。但毕竟柴达木的河曾经都是这样。

仍然是昆仑山，它那犬牙交错的峰峦又迎面飞来。我在柴达木行路，漂流把我送到又一个写作的入海口。这天，我搭乘便车西行 90 公里，来到不冻泉，我此行的目的地。这个地方曾经因为一位作家写了一篇小说《惠嫂》，一直到今天还影响着我的文学人生，让我说不清道不白地蹭了不少光彩。你看过电影《昆仑山上一棵草》吗？这棵草就扎根在寸草不生的不冻泉。其实不是草，是一个叫惠嫂的女人。写《惠嫂》的作家叫王宗元。是王宗元，而不是王宗仁。一字之差，差之千里，笑话闹大了……

1960 年或 1961 年夏日的某天，我脑海里还清晰地记着，那是格尔木一个少有的天高云淡的晴朗天气。阳光把积雪的昆仑山抬到了蓝天上，变成一片一片鲜亮鲜亮的白云。我在车场满手油污地保养汽车，准备次日登车出发去拉萨执勤。营部通讯员急匆匆跑来让我去接电话。是青藏兵站部宣传处李廷义干事打来电话，他祝贺我的一篇作品在《人民日报》刊登。我好纳闷，没有的事呀！我从来没有给《人民日报》投过稿。虽然那时我已经在《解放军报》等报刊发表过一些小文章，但毕竟是文学小路上蹒跚学步的小青年，对作品登上《人民日报》想也不敢想。李廷义讲的是怎么回事呢？于是，有的是心劲却没有条件看到《人民日报》像我这样一个整年在跑路上跑车的汽车兵，费了颇大周折才在图书馆找到了那张报纸，一看是王宗元写的小说《惠嫂》，在《人民日报》登了一个整版。他写的内容是我眼皮底下的生活，不冻泉运输站那位不是招待员的惠嫂，热心为我们这些在青藏公路跑车的司机服务的故事。惠嫂的老公是运输站站长，原来在老家陕北当乡长。惠嫂探亲到了高原便当了义务招待员。老惠、惠嫂这样的高原人，每天都晃动在我们眼前，闭着眼睛也能抓一大把他们的故事。没想到让这个王宗元写出来了！说实话，那时候我还真没有写出《惠嫂》这样作品的真本事呢！可以肯定的是，我一直走在奋力写好作品的路上。我铁了心要找到王宗元，向他讨教写作经验。从《惠嫂》里我读出他应该在格尔木，要不就在西宁，大不了远在拉萨。反正跑不出青藏高原。到这些地方去，对我们汽车兵来说，就像串门走亲戚一样便当，油门一加，青海——拉萨！我跑断腿似的四处打听王宗元在哪里，在一次又一次失望后终于得到他的确定消息，他是青藏公路管理局农场三分场场长，这个农场在昆仑山下的戈壁滩上。只是他已经在一个月前调离高原，到了西安。我不但没有失望，反而萌发了新的希望，西安是我的老家，隐隐有一种亲切感。只是对远在家乡之外的青藏高原上的我来说，这种亲切像隔在玻璃背面，也许可以看得见却不知何时不用割切玻璃就能相握！

看不到远处，就不要急着去看。等日子平静下来，另一种风景就会来到眼前。生活每一刻都在分裂、变幻，每一天都是新的。没有见到王宗元，惊喜的是不久就看到了根据《惠嫂》改编的电影《昆仑山上一棵草》。我百看不厌。在拉萨西郊兵站夜风嗖嗖的院子里看过，在格尔木汽车团露天广场上看过。一生都难忘的当数在影片中故事的始发地不冻泉兵站车场上看这个电影。每块石头、每堆积雪、每棵冬草都伸长脖子屏住呼吸，和我们一起看电影。那天晚上，夜空里飘散着零零星星的雪花，天气的冷比我害怕的冷还冷。兵站的官兵，道班的养路工人，投宿兵站的汽车兵，还有几个驻地的藏族同胞，总共不足 50 人，早早就坐在银幕下自带的马扎上等候。因为是跑片，从格尔木跑到不冻泉已经 9 点多钟了。雪下得越来越大，可是没有一个人离开座位。人人都沉浸在影片中那些从他们生活中提炼出来的充满情趣的镜头里。隔着银幕仿佛也能闻到惠嫂身上那股饭菜香味！

后来，有了电视，我又多次从电视上看过《昆仑山上一棵草》。

前年，央视还在电影频道播放这部片子，我特地通知几位朋友收看。半个世纪过去了，当年拍摄的黑白片看起来还是那么让我激动，亲切。这让我们不得不承认，有些我们做过的事，交往过的人，对这个世界，对这个社会有思考、有表达的欲望。于是，它让我们在很多年后仍然会珍惜地重新拾起。如留在不冻泉的那堆残墙破瓦，我一直坚守它远处的孤独。这孤独是遗产。

我见到王宗元是1964年夏天，我去北京参加一个创作会议，路过西安，特地下车拜访了这位心中的偶像。是在他那间很不宽绰只放了一张办公桌的办公室，他的心里好像装着什么不便言说的事，不太主动开口，多是接我的话茬，答问式的。还清楚可以记得的是，当我提到格尔木时，他的眼睛一下子闪出了异样光亮，话角也密了。他提到的两件事至今我还记忆犹新，一是他说还很想回一次格尔木，想把慕生忠的故事好好采访采访，如果有幸能在格尔木见到他，那将是他这一生很幸福的事。他说慕将军是一位顶天立地的了不起的人物。至今我眼前还浮现着他讲到“顶天立地”这四个字时，用手臂做的指指天又指指地的动作。二是他几次提到格尔木河，说这几十年走过多少河，没有哪条河的水像格尔木河的水那么清澈，真是从河面能望到河底。他提了个问题，昆仑桥是架在达布增河和嘎果勒河汇合处的一座桥，这两条河流到了阿尔顿曲克草原后是不是就成了格尔木河？我被他问住了，只得照实回答我不知道。他马上给我解围说，也难怪你不知道，柴达木的河流太多，朝东朝西朝南朝北流的都有。常常在不足半小时的赶路中，你就可能踏过二三条河。不管它是从哪儿流来，也不管它流向何处，那水都是清澈见底的。这些河大都源于山中的瑶池。瑶池？我还是第一次听说。他接着讲了有关昆仑山的一些神话传说。远古时期统治青藏高原的至尊女神西王母就居住在瑶池一带。还有，白蛇娘娘就是从昆仑山盗来灵芝仙草救了许仙。当时王宗元讲的这些对我来说都是十分新鲜的，头一次听说，大开眼界。怪不得他对柴达木的河那么有兴趣，那是因为那些河蕴藏着我们民族的文化记忆！我忽然联想到他写的那位惠嫂，那也是个有灵气甚至仙气的人物啊！于是我提到了他的小说《惠嫂》，说有人误认为那是我创作的。他听了淡淡地一笑，说：这不奇怪，咱俩都是王族一家，又都是宗字起头。前不久你发表在《人民文学》上的散文《昆仑泉》，还有人当成是我写的呢！我听了忙说，还有这事，我那篇东西不值一提。他说，怎么就那么巧，王宗元，王宗仁，两人都是写昆仑山！

这次见面，他给我留下的难以忘掉的印象是：他很不愿意把自己置身于文学局外，又好像身不由己地被闲置于局外的感觉。匆匆见面，匆匆离开，没有相约，也无赠言，仿佛总有一种恍惚飘摇的感觉。后来，我们好不容易的第一次见面也就成了终生遗憾的永别。可以欣慰的是，不久我在西安买到了东风文艺出版社出版的他的小说集《惠嫂》。再后来，我又从北京沙沟旧货市场淘到了一本 1963 年上海文艺出版社出版的《昆仑草》，这是根据《惠嫂》改编的独幕话剧。这两本书现在都珍藏在我的书橱里。

我没去过的地方，为什么总有模模糊糊我的影子？一个很有趣的插曲，王宗元的儿子王岗在他和姐弟们编辑的《王宗元纪念文集》里，有这么一段文字："……不断有人问我，王宗仁是父亲的弟弟吗？更有粗心的人对我说：'最近又看到你父亲的作品了，还是写高原、风雪、青藏'……"看来，我和王宗元之间这种撕不断的情形，保不准还会持续下去。我应该像呵护我们的孩子一样，珍惜我和王宗元作品产生的这种无处不在的光芒！

如今的王宗元再也回不到魂牵梦绕的柴达木那个诞生《昆仑山上一棵草》的不冻泉了。可以庆幸的是那棵草永远地留下来了，长在人们的心中，如同那本《柴达木手记》一样，蓬勃苍翠，长生不老。随后，我多次重返柴达木，站在这棵草前哀悼，瞻望。这块生长不老草的土地怎能不深刻呢？李若冰、王宗元的体温散不尽，他们的灵魂支撑着它。当然，我还不能不提及另一个为柴达木献出毕生精力和智慧的作家肖复华……

肖复华是著名作家、《人民文学》前副主编肖复兴的弟弟。兄弟俩曾经联手创作了颂扬柴达木石油工人生活的报告文学，受到读者的极大喜爱。2013 年青海省海西州政协编辑出版的"柴达木文史丛书"（30 本），收入了肖氏兄弟各一本作品：《柴达木作证》《他的名字叫青海》。哥哥肖复兴是著名作家，大家都熟悉。弟弟肖复华是从柴达木油田走出来的工人作家。他 17 岁时在北京自愿报名来柴达木油田，先后当过修井工、生产调度、记者、编辑、青海石油文联副主席。从 17 岁走进柴达木油田到他 61 岁离开人世，44 年的漫长岁月，他的世界就是石油世界，骨子里全是石油，一字字写醉了情，一字字碎了心。他已经离不开柴达木了，柴达木也已经离不开他了。2011 年他在病榻前嘱咐妻子，一定要把自己的骨灰送回柴达木。当年清明节，肖复兴和复华的妻子、孩子，一起送复华回到了柴达木……

肖复兴告诉我们，复华在病榻前说送他的骨灰回柴达木时，虽然已是生命的最后时刻，但那口气却很清晰、轻松，好像说着明天或别人的事。

生死不是一切，在生死之外，阳光下还绵亘着存在着广阔的领域。柴达木又落雪了，天空一阵一阵丢失它应有的色彩，却反而加重了苍茫。

千回百转的柴达木河最终还是要流向大海。让我的笔还是回到李若冰，结束此文。2004 年 4 月 13 日，早年在《延河》编辑部工作编发过我的作品，我却一直不知道她是李若冰夫人的贺抒玉，给我写信，随后寄来四卷本《李若冰文集》。她的信全文如下：

王宗仁同志：

你好！

本该早点寄书给你，没想到出了点意外事故。若冰三月二十六日因摔倒不幸引起左肩骨折，疼痛难忍，起坐行动不便。去医院换了多次中医，最近略有好转。一两日内可将书寄你。

我从《延河》筹备创刊到一直离休，曾多次发过你的作品。你现在在创作上仍然不断有新作面世，精力如此旺盛，真令人敬慕！

祝

笔体双健！

贺抒玉代笔

2004 年 4 月 13 日

【原载《海外文摘》2018 年第 2 期】

告慰苇岸

谢大光

时光的宽容大度，使人常常会忘记它的存在，这种时候劈头一声断喝也许是最好的馈赠。炎夏时节，日子过得昏昏蒙蒙，多时未联系的秋子打来电话，她正在重新编辑苇岸的文稿，她说苇岸离开我们快二十年了。我倏忽一惊：二十年！怎么会？苇岸那绵厚地道的北京口音分明就在耳边。我急急忙忙翻找起苇岸的来信，想多少冲淡一些时间流逝的残酷。记得五封信单独包在一个封套里，和其他人的信没放在一起，却怎么也找不到。有两天时间我泡在一堆又一堆书信文稿中，所有能藏下一封信的地方都翻了一遍，当年北京朋友们谈苇岸的信件都翻出来了，偏偏没有他本人的。我几乎要放弃了，坐下来擦汗，一扭头竟然发现就夹在案头一角的书中：二十年来他安静地在那里，从没有离开我的左右。

1998 年 6 月，在河南焦作一次散文研讨会上，苇岸有个简短的发言。和其他人的发言不同，他几乎没有谈及散文的具体问题。他说，十八世纪瓦特改良蒸汽机，人类社会从无“机”过渡到有“机”。与此同时，在精神领域，人们的文字表述却逐渐从“有机”蜕变为“无机”了。他说，他喜欢写《瓦尔登湖》的梭罗，梭罗的文字就是“有机”的，他的思想表述不是直陈，能够找到自然的对应物，文字本身是活的。而今天我们的语言越来越趋向抽象、晦涩、空洞，缺乏质感。苇岸操着标准的男中音，说起话来不紧不慢，他说出的应该是他思考很久的话，带有深深的忧虑。我在本子上只记下了几句，我更愿意闭上眼睛听他说话，那声音像是从远处传来，有一股淡远的吸引人的力量、一种感召力。这是我第一次与苇岸相识，他的个子高，又瘦，却不招摇。嘴唇和下巴很有特点，宽厚中似乎夹杂着一点刻薄（后来的经验表明，苇岸素以宽厚对待他人，那一点刻薄留给了自己）。我希望能与他多一些单独交流，和他在一起我会是个好的倾听者，我相信我们有不少共同语言。可惜会议安排紧，没找到这样的机会。那个时候谁也想不到，上天这一次竟如此苛酷，留给我们的时间只有不到一年！

回到天津，很快收到苇岸来信。他和我原有同样的愿望，只是出于对长者习惯上的谦恭，怯于当面交流，信里满是歉意："我拙于表达，这次在焦作没能更多地同您交谈（更多地同刘烨园、穆涛他们聊天了），您走时也没能送您。"他说，"这封信原想多写一些，后来我想再等等，等我将手里一篇东西月底前写完，我想给您写封公开性的信，谈谈百花社对散文建设的贡献和意义，及我提的（从个人角度）还应出哪些域外作家散文集的建议等"。

苇岸的信证实了我的判断，我们的心确实是相通的。出版域外作家散文集，是我和同事们苦心经营了十多年的事业。这期间工作岗位几度变更，世风政情冷暖交替，不少编书的设想中途夭折，唯独对外国散文从没有放弃过。促使我们坚持下来的一个信念，就是对读者中像苇岸这样志趣相投者的期盼。同声相应，同气相求，我打电话向苇岸表达了由衷感谢。没想到苇岸对我们的出版物如此熟悉，谈起德富芦花的《自然与人生》、列那尔的《胡萝卜须》和英美一些博物学家的散文时如数家珍。他说他在写《大地上的事情》时，常常对应地想到外国作家笔下的大自然，他偏爱赫德逊写鸟的散文。赫德逊所生活的时代，工业化快速拓展，鸟的品种开始大规模减灭，赫德逊笔下的鸟，许多在生活中已经看不到了。一百多年后的今天，这样的趋向愈演愈烈，减少的不只是鸟的品种。苇岸说，生物多样化的逆向生长，不只影响到人的生存环境，更严重地隔绝了人与自然的联系，从而肢解了人的完整性，人的一部分或大部分变成了机器，甚至成了机器的机器。很明显，苇岸对散文的欣赏与写作，不止步于审美，他有自己的诉求与依托。应苇岸要求，我介绍了百花社出版散文的历史沿革，寄去今后几年计划出版的“外国名家散文丛书总目”，并提出为他补全这套丛书已出部分的想法。7月间，苇岸复信：“看了您附寄的‘总目’，就已出的书目看，我缺的不多（个别未碰到，有些是我买时带了选择性的）。承蒙您的盛意，我也产生了补齐这套书的意愿：除阅读外，还具有珍藏的意义。但条件是我以打折的方式（像通常作者从出版社买书那样）向贵社邮购（因不是一两种），这要麻烦您一些。待我清点了我的书后，再写信列明所缺书目。”信里又提及，“关于这篇书信体文章，时间上可能比预想的稍晚些。写出后即请您指教”。

结识这样一位稳重又有独到见解的年轻朋友，我感到庆幸。待人接物处处为对方着想，答应过的事时时记挂在心。这些古代被誉为君子之风的品性，现今已属苛求，在苇岸却是理所当然的习惯。虽然吝于一面之缘，通过书信与电话我们很快像老朋友一样，谈读书出版，也聊一些闲话。焦作会上拍了几张合影，俩人都认为拍得不太好，对短暂的相聚感到遗憾。事后想来，不免愧疚，适意而畅快的交流中，我没有留心过苇岸的健康状况。12月间，苇岸随信寄来了刚刚完成的书信体文章：“《散文的殊荣》终于写完了。”信中有一种如释重负的感觉：“写这则书信体文的起因，一是当时我写了几篇同类文字，《美文》的陈长吟也希望我能多写一些（这种文字能表达观点，看起来更随意些，是正式文章所不及的）；二是出于一个从贵社受益很大的写作者的良心，贵社和您应该受到应有的赞美。当然也还为了我给您推荐的这些作家。”苇岸研究了我们的丛书，提出应该补充的十五位外国作家，以他感性的方式悉心加以介绍。不少是我过去所不了解的，苇岸阅读面的宽广超出我的预期。读着信和文章，欣慰之余也隐隐地感到一些不安：与以往的洁净清整不同，这一次信纸上勾画删改得有些凌乱，不像出自洁癖如苇岸的手笔。似乎预料到我的猜度，也是在这封信中，苇岸第一次提到自己的身体状况，“您能看得出，我体质不强，我已深感这制约着写作。我写得少，这也是一个原因，写作意愿和进度，往往也不能得到保证”。信的末尾注了一行小字：“我现在只在午十二点至一点半接通电话”，签名后又赘上一句：“请您恕我对您的随意，如信的零乱等。”种种迹象显示：苇岸的生活在什么地方脱出了常轨，有可能健康出了问题。电话打过去，依旧是往日平静的语气，苇岸说他的身体一直比较弱，近来精力大不如前。医生说肝有些不好，正在调理，还要进一步检查。他觉得时间不够用，计划写的《一九九八·二十四节气》，每篇七八百字、千字左右，平均一周写一则。刚写出“立春”“雨水”，脑力又出了问题，睡眠不好，不能再想东西。停顿十天后才恢复，现在比较顺利了。全文写完，恐怕要到明年5月了。谁都想不到，电话里这样说着的时候，致命的肝癌正悄悄侵袭着他的身体。5月，一个并非遥远的憧憬，对于苇岸来说，已是最后的时限。

1999年元旦过后，苇岸寄来树才译的法国勒韦尔迪的散文诗。翻译外国散文是费力不讨好的事，不少译者忙于小说名家名著，宁可一再重译也不肯垂青一下安静的散文。我曾向苇岸征询合适的译者，苇岸说：“我和从事翻译工作的交往不多，最熟的是树才。他是青年诗人，也是不错的法国文学译者。他答应译雅姆散文集《野兔的故事》。另外，他手里现译出的有法国大诗人勒韦尔迪（被称作‘诗人的诗人’）的一百多则散文诗。他给我看过一些，极具现代主义或当代气息，我喜欢。附您几则，您看是否欢迎。因为我想既然格言可以当作散文出，大概人们也可以宽泛地接纳‘散文诗’。”那一段时间，我受十月文艺出版社委托，为他们一套丛书编选“散文卷”，苇岸的散文自然要选。我又请他介绍一些青年作者，我知道，苇岸的周围因他的人格魅力聚拢起一批新生代诗人、作家。苇岸思虑周详，只提出一个参考名单，建议我直接和他们联系。除一平在国外，苇岸代他选了一篇《辽阔俄罗斯》，冯秋子、周晓枫、杜丽、于君等经苇岸介绍与我建立了联系，他们的作品为这部散文选的完善提供了支持。我和苇岸拥有了更多共同的朋友。

春节以后，从北京传来的消息越来越不好，虽然都很含蓄。3月

21日树才来信，苇岸遵医嘱卧床休养，委托他给我回信；4月28日秋子来信，苇岸体力不够，在屋里走动一会儿，就想躺下休息。王家新约几个朋友去看他，一时高兴就跟大家下楼了。这是他出院后第一次下楼，竟也能走不少路，上楼还是走到一楼就不支了，朋友抬他上去。他说看来得增强毅力，硬相信自己可以走；5月15日秋子来信，她和穆涛10日一同去看苇岸，他眼睛比较有神，但体力不够，长时间躺在床上，起来喝药都很吃力的样子。他自己正在编历年的书稿，已大致完成。他做得太多太累了……记不得最后一次通电话是哪一天，苇岸劝阻我去北京看他，说话已经气力跟不上。我知道如果坚持这样做他会很不安，我说我听他的。他说，他最感愧悔的是，病重期间没有把素食主义坚持到底。就这样，三十九岁的苇岸带着愧悔，在他的文稿和朋友们的相伴下，走过最后的时光。

我不相信什么“天妒英才”之类的话，人走了就是永别。苇岸不该走得这么早。面对这个世界，他还有很多话要说。而将信念当作自己的责任扛在肩上，由“我”开始去身体力行，在我认识的人里，苇岸是独行者。我唯一能告慰苇岸的是，二十年来没有中断过域外散文的编辑和出版。苇岸托付给我的作家，萨克雷的《势利鬼文集》和拉布吕耶尔的《品格论》已经问世；从百花社退休后，应花城出版社之约，在“慢读译丛”的名义下，我和同道者继续着他生前所推重的事业。每当一部新的散文译著出书，比如黑塞的《书籍的世界》，或是伍尔芙的《存在的瞬间》、叶芝的《凯尔特薄暮》，我会拿在手里反复欣赏，想想苇岸也会喜欢，我就满足。

二十年了，当年出生的婴儿，已经长成攻读专业的大学生，或者在创业的路上奔波。他们如果爱好读书，也会遇到苇岸。苇岸的思考，苇岸的忧虑，似乎更贴近他们的精神世界。人类面临的处境，没有什么时候比今天更加需要迫切的忧虑。

【原载《散文》2018年第12期】

在那《道德经》诞生的地方

张守仁

1

在我一生的阅读史中，发现世上没有哪本书比《道德经》更有高度、广度和深度。自从我20岁那年，在南京新街口书店购得这本小册子后，它一直是我的枕边书，指导我如何做人，教育我无我无争、无奢无欲、无怨无悔地生活。

我今年已84岁，经历了许多。我的青年、中年、壮年岁月，怀有许多困惑、疑虑、苦闷。当我陷入无力自拔之际，是《道德经》如一盏指路明灯，帮我释疑解惑，教我忍辱负重、谦卑自下、刻苦砥砺，让我摆脱郁闷，渡过难关。

我是个普通人，一生得益于《道德经》极多。就是至圣先师孔夫子，也要向老子李耳请教。他老人家长途跋涉，自鲁至洛阳向时任周朝国家图书馆馆长的李耳虔诚问学。他听了老子一席话，出门后对弟子说："我知道鱼怎样在水里游，鸟怎样在天上飞，兽怎样在地上走，却不知道风云之中的龙到底是什么。今天见到的老子，就是这样的龙。他的智慧像大海一样深。"

老子是先秦时期孔子、墨子、孟子、孙子、庄子、荀子、韩非子等智人的启蒙导师，他的学说获得德国大哲学家黑格尔的高度赞赏。思想家尼采说："《道德经》像一口永不枯竭的井泉，满载宝藏，放下汲桶，取之不尽。"美国前总统里根在其1987年的国情咨文中，曾引用老子《道德经》第六十章"治大国若烹小鲜"的名言，阐述他的治国理政方略：煎小鱼如果经常翻腾它，鱼碎了，就不能吃了；治理大国，如果多变，随心所欲，率性而为，必然劳民伤财，搞乱国家。

几任联合国秘书长包括安南、潘基文在内，常引用《道德经》中“善为士者不武”“不以兵强天下”“大军之后，必有凶年”“兵者不祥之器，非君子之器，不得已而用之”等隽语，引导各国人民和平共处。

老子常用日常之物如水、弓、谷、车轮、器皿等形象地说明深奥的哲理：至柔如水，却能冲决坚石；一只碗、一间屋空了，才能盛饭、住人；虚怀若谷了，方可增长智慧；书法、绘画留白了，更显咫尺天涯、丰富多彩。

《道德经》是一部论述天道、宇宙、万物、军事、政治、经济、教育、修行、建筑、艺术的哲学大书，也是一册语言巨著。精炼五千言，竟有上百条箴言、熟语流传至今，成为人们的日常语言，如“祸兮福之所倚，福兮祸之所伏”“圣人无常心，以百姓之心为心”“我无欲，而民自朴”“千里之行，始于足下”“民之饥，以其上食税之多”“鸡犬之声相闻，民至老死不相往来”，以及“金玉满堂”“功成身退”“出生入死”“宠辱不惊”等众多成语。仅此一端，已让我这个终身以编辑、写作、翻译为业的人，佩服得五体投地。

美国《纽约时报》曾郑重评出世上最著名的十大作家，老子排名第一。目前全球各大小语种《道德经》的译本，阐释它、评论它、关注它的著作，已有三四千种之多。《道德经》在各国的发行量仅次于《圣经》，但《圣经》是古代犹太民族的集体创作，而《道德经》是2500年前老子一人所写。我退休后用20年的时间编选、出版了一部60万言的《世界美文观止》，其中辑集了古今中外160位名家的经典作品160篇。我个人认为，把我编选的这160人的名作加在一起，放在天平上称，其重量不如一册五千言的《道德经》。《道德经》是一座珠穆朗玛高峰，高不可攀；它是一片浩渺的海洋，深不可测。《道德经》已教导了人类2500年，还将继续教导人类几千年、几万年。《道德经》和《圣经》一样，内在精神是相通的，都是不朽的人间瑰宝。《道德经》这部宝书写于纪元前灵宝县（现灵宝市，古称桃林县、弘农郡）的函谷关，因而那道远古雄关，一直是我多年来盼望登临、瞻仰的圣地。

2

2017 年 11 月初，趁去豫西讲学之便，终于在河南作家刘育贤、灵宝市作协主席李亚民等文友的陪同下，赴市北十多公里处瞻仰了函谷关。

那天天气晴暖，红叶满山。我们乘车来到著名景区，经过阔大的广场，便是老子当年写经的太初宫。新中国成立之初，这所房子里曾开办过一所简陋小学。后经多次修葺，模仿汉唐风格，改建成面阔三间、有进深的圣宫。殿前植有古柏数株，当年老子汲水的深井一口，右侧是颇有仙气的铁锈色写经陨石一块。

相传公元前 491 年（周敬王二十九年）的一天，函谷关令尹喜清早从家出门，站在观星台上看气象，见东方紫气腾腾，霞光四射，心中大喜，欢呼："紫气东来，必有异人通过。"忙命人打扫路径，洒洗庭院，恭候宾客。不一会儿，果有一位银发飘逸、器宇轩昂的老翁，骑着青牛前来。尹喜忙上前迎接，互通姓名之后，诚邀贵客在此停留休息。老子对尹喜说："我要出关往西云游。"尹喜说："您老在此写部著作，留给后人，再出关不迟。"老子欣然允诺，以他的博爱之心、辩证之思，在太初宫陨石上，废寝忘食地写了五个月，著成五千言《道德经》交给关令。尹喜接书后想再挽留老子住些日子。李耳婉辞道："我急想找个清净地方安度余生。"尹喜便设宴饯行，送老子出关。李耳西去秦地后，行踪无人知悉，遂隐去。

绕过太初宫，前面就是函谷关。关楼为砖木结构，巍峨雄伟，气势不凡。关门高大，坚如宫阙。进入重门，穿越瓮城，路经书写"函谷古道"四个大字的碑石，前面就是主关楼。据《辞海》释义：函谷关"因关在谷中，深险如函得名"。它西靠高原，东临深涧，南接秦岭，北滨黄河。真可谓一人守关，万夫莫开。据最近发现的史料证明，三千多年前周康王时已置关于此。

秦汉以来，政治中心主要在长安、洛阳。于是函谷关这咽喉要塞便成了刘邦、曹操、张鲁、安禄山、李自成等的必争之地，上演了无数惊心动魄的战争场面。

我站立在主关楼外的台阶上，问导游："除了帝王将相们在这一带活动、打仗外，有哪些重量级的文人在函谷关、在灵宝留下了他们的脚印和作品？"

导游说：提到停留灵宝、函谷关写出作品的人，最重量级的要数老子李耳。他在这里写成的《道德经》，已成为全人类共同的精神财富。唐代大诗人李白、杜甫、白居易都在灵宝停留过、写过诗。"初唐四杰"之一的王勃，还任过灵宝县参军一职。公元765年春夏之交，他从这儿出发，前往交趾探望贬官在那里的父亲，路经洛阳、扬州、江宁，于当年9月抵达南昌，留下了"落霞与孤鹜齐飞，秋水共长天一色"的千古名句。"诗圣"杜甫娶的妻子，是灵宝杨村的闺女，故他经常往来于老家巩县（现为"巩义市"）和灵宝之间。"安史之乱"后，杜甫从洛阳经新安、灵宝去华州，一路所见，惨不忍睹，为此作了"三吏""三别"的组诗。他在《石壕吏》中写道："暮投石壕村，有吏夜捉人。老翁逾墙走，老妇出门看。吏呼一何怒，妇啼一何苦……"此外，宋之问、张九龄、高适、岑参、刘禹锡、孟郊、贾岛、皮日休等都写过有关函谷关的诗。宋之问的《函谷关》云："六国兵同合，七雄势未分。从成拒秦帝，策决问苏君。"张九龄的《奉和圣制经函谷关作》云："函谷虽云险，黄河已复清。"皮日休的《古函关》云："破落古关城，犹能扼帝京。今朝行客过，不待晓鸡鸣。"如果把历代诗人的诗汇集起来，编一本《函谷关集》，一定很有价值。

这时一位灵宝作家告诉我："大文豪鲁迅先生也登过函谷关呢。"我惊问："真的吗？"导游姑娘说："真的。"1924年暑假，鲁迅应国立西北大学和陕西省教育厅邀请赴西安讲《中国小说史》。当年8月8日，返京途中，临函谷关，俯瞰黄河，远眺秦岭，逸兴飞扬，兴致盎然。鲁迅在1924年8月9日的日记中写道："九日晴，逆风。午抵函谷关略泊，与伏园登眺。归途在水滩拾石子二枚做纪念。"后在1935年12月创作的历史小说《出关》里，鲁迅就是根据十一年前登临函谷关的感受，描绘了老子李耳出关路过险峻山道的情景。

我对旅伴们感慨道："和只有六百多年历史的山海关相比，这三千多年前就建置的古关，才是'天下第一关'啊！"

3

离开函谷关，向东南去燕子山森林高处，采摘了两兜大苹果，直奔黄河岸边。文友告诉我："灵宝古有三宝：棉花、核桃、枣。后来发现了金矿，还大规模引种了苹果，就改说成黄金、苹果、枣。"说话间，我们穿过万亩枣林。时值深秋，绿叶脱尽，黑褐色的枣枝零乱地斜、直伸向天空。文友望着窗外连片枣树说：灵宝的枣集中产在沿黄河沙壤地带，果大、皮红、肉厚、核小、味甘，还带有清香，闻名全国。枣子将熟，枣商云集，赶来采购。翻译家曹靖华是邻县卢氏人，早年就是鲁迅"未名社"的骨干成员，两人交谊很深。曹先生常把灵宝红枣寄赠给鲁迅享用。鲁迅于1935年1月15日在日记中记道："得靖华信，并红枣一包。"三天后复信给曹："红枣早取来，煮粥、做糕，已经吃得不少了，还分给舍弟（周建人）。"后又写信给曹说："红枣极佳，为南中所无法购得。"鲁迅先生对灵宝大枣赞誉有加。我接着文友的话说："曹靖华先生我认识，在北京的一次文学座谈会上见过，与周立波、徐迟等同桌吃饭时跟他交谈过。他是北大俄语系教授，曾译过契诃夫的《三姐妹》、绥拉菲莫维奇的《铁流》、费定的《城与年》等名著。我年轻时学俄语，也译过几本苏俄文学著作如《屠格涅夫散文选》等，曹先生是我的学习榜样。"

经过绵延不尽的枣林，掠过植株很高的几块棉田，驰过千亩荷塘——塘中莲茎已枯，荷叶残败。又颠簸过一段凹凸不平的泥路，终于来到黄河滩地。这儿离三门峡水库不远，水量丰沛，河面浩阔。当我们站到岸边，西方正有一轮鲜红落日照射过来，霞光贴着水面延伸到脚下，仿佛给我们铺了一块长长的红地毯。一行大雁排成"人"字形从我们头顶上自东向西飞去。雁阵飞进长河落日的大圆轮里，天然形成一幅难得的画面，朋友们赶紧举起手机抢拍起来。我们站立的岸边，簇长着一片开着灰白芦花的苇丛。苇边泊着一只半浸水中、半搁泥浆的小舟，颇有“野渡无人舟自横”的意境。

离开人群，我独自穿过一排杨树林，跨过滩地上耕种的一畦畦玉米根茬，向主河道靠近。河北岸黄土崖参差高耸，那儿已属晋南芮城县境。我清晰听到了从对岸塬上山村里传来的狗吠、鸡鸣声，西边就是老潼关，真切体验了“鸡鸣三省”的情景。

静坐在河边黄昏里，看见不远处曳游着四五只野禽。我想到来灵宝已经三天了，接触了村主任、乡长、小学校长、文联领导、创新苦干的企业家以及二十多位亲如兄妹、热情似火的文学爱好者。我从他们的眼神、手势、语气里，从他们接待我的简朴、自然、亲切上，感受到自己始终被温暖和真诚重重包围，心情分外欢畅。这儿是《道德经》诞生的地方。想不到它深邃的哲理，已潜移默化地融入当地不少精英分子的血脉和行动里。人们“甘其食，美其服，安其居，乐其俗”，自足无争的日常生活，一直是我向往的伊甸园。

黄河水从我面前汩汩东泻，奔向大海。李耳曰：“上善若水。”水是生命之源，更是文明之根。世上一切古文明均孕育于大河流域：巴比伦文明诞生于底格里斯河和幼发拉底河；埃及文明萌芽于尼罗河；印度文明肇始于恒河；中华文明则发源于黄河两岸。世界各国人民都深情地歌颂养育他们的母亲河。印度尼西亚人民唱着《美丽的梭罗河》，奥地利人奏起《蓝色多瑙河》。诗人光未然于1938年从离此不远的晋西经过壶口瀑布时，写下了雄浑豪迈、气势磅礴的《黄河颂》：“啊！黄河！你是中华民族的摇篮，五千年的古国文化，从你这儿发源……”

世上没有比水更善的事物。它润泽万物，谦居低处，清白自守，大美不言。

暮色中离开黄河滩，归路经过函谷关，关前那尊高达28米、手执《道德经》宝卷的老子镀金塑像，以他大哲人的慧眼，远远地俯视着我们，关注着他的后代子孙们的言行……

【原载《光明日报》2018年1月12日】

转　点

陈善壎

我们的当代史上有过叫知识青年上山下乡的运动，就是把城里人主要是十五岁以上的青少年下放到农村劳动的运动（这句话对没有听过上山下乡这回事的人说）。据说城市的青少年不要当学生而去当农民是大有作为的。上山下乡运动规模大，遍及所有城市，涉及大部分城市家庭。各级政府都有“知青办”这类机构。1963 年至 1965 年，地处湘南边陲的江永县是政府拟定的长沙青少年下放的地方。浩浩荡荡六千人，分成几批下去了。

下放后不久，各地知识青年钻山打洞把户口迁到离家近一点的农村劳动，这叫转点（也是对没听说过转点的人说）。下放江永县的知识青年中不少人通过亲友关系转到了浏阳、宁乡、长沙县等地。

我也想转点。我要转点谁都认为不可能。成功转点的人一般与邻近长沙的农村有关系，我没有。知青转点只身一人，身强力壮，除了不根正苗红，多数人的履历不好做文章。我一家两口，难得有人要。郑玲是改正右派。改正不是平反，改正右派还是右派。“改正”和“不改正”或“未改正”一个意思。接收右派分子的贫下中农哪里找？尤其伤脑筋的是我从牢里放出来不到一年。江永县看守所给我看的文件上写着“无罪释放”，不给我看的档案里写着（1984 年才看到）“交广大贫下中农千万注意监督劳动”（估计是江永县看守所周所长手笔，与道县所见的“贫下中农就是最高法院”一样妙不可言）。“广大”

可广大到全国，我走到哪里，都是要被监督的。既要请“贫下中农千万注意监督”，当然是提醒广大贫下中农，这个人稍不留神就会兴风作浪。难得找如此不厌其烦的贫下中农。

我还是铁了心到长沙碰运气。平日皈佛皈法接受贫下中农监督劳动，肚子里怀鬼胎好久了。孕育中的鬼胎连郑玲也没说。她素来安贫乐道，要是把一听就荒谬的想法告诉她，她一定说我异想天开。

江永到长沙千把里路，汽车火车加起来八块钱。先要筹措路费。我素患臆想症。常望有人每月寄我两块钱。那我就好过得不得了了，就可以有钱买盐买火柴和煤油了。一月两块钱既不得到手，一下拿八块钱哪里来?

1969 年农历三月十五，我在县城和一位刚从长沙回江永的人站在路边说了好久的话。就是这次平常谈话，决定了我后来生存格局的改变。那人高高的，长得好，已不知姓甚名谁。他说钉子俏，长沙那边许多街道企业和乡镇企业都在做钉子，一部钉子机 150 块钱。一个月回得本。我把这个人说的全中国没有钉子买的话向生产队汇报了。当然是建议，又更是煽动。我向生产队长说，向贫下中农协会主席说，向几个德高望重的前辈老农说。

起心不算太坏，给生产队生财，给自己解决路费。

我的建议得到迅速的一致的响应。大厅屋里开全体社员大会通过购买钉子机的那夜，在昏暗的马灯照耀下，生产队长盐成永远瞌睡的眼睛亮起来了。生产队给我 200 块钱去长沙采办钉子机。200 元是巨款，民兵排长九斤护送我到长途汽车站，等我上了车他才走。

汽车开动了，俨然走向未来，我丝毫不以为可能失败。我当时要是对这件事认真审视，应该是恐惧的。但我根本不晓得怕，有一种力量驱赶我做不计后果的事情。莫说那时候我不晓得钉子怎么做，就是现在我也不晓得钉子是怎么做出来的。我只能抽象地说那时是手动，现在大概自动化甚或智能化了。也没有知识去想生产的全过程，没去想原材料的供应及市场空间等，更没有做行动的风险评估。想都没想如果用生产队的钱买进了设备却做不出产品，可能今生只好绑在江永县厂子铺张家村度日如年。按当时的政治空气，给生产队造成重大经济损失，其实会有更为可怕的后果。不过细想起来，我从小到老都这样行事。每一次重大决策都是这个样子，一辈子不懂得稳重、深思熟虑、从容淡定。但给人的印象相反，似乎我老成持重。凡所有相皆是虚妄。如果给我的思维方式，取个学院一点的、像个术语一样的名字，可以叫作“狗急跳墙式思维”。

不可能有计划，一切即兴。事情又好像早被安排好只要应机照办就是。到长沙后出火车站，在人堆里碰到井边公社井边大队周正初。周正初年纪跟我差不多，人极好，善良而仁慈。他有轻微大舌头，喜欢弹秦琴。他叫秦琴“穷穷”。他晓得钉子机的事。他说 150 元一台不假，但要三台钉子机才做得成 —— 一台冲头，两台冲尾。事前我没有做任何调查研究，见了风就是雨，身上只有够买一台的钱。听他这话，已知如此这般凶多吉少了。又说到转点，周正初更不以为然。他举出好几个人在长沙活动两三年没有下文的例子。他对我说，你在江永张家落户是组织出面，是一个运动。像你这种情况，还是回江永老实种田的好。周正初是个热心人，不过是直话直说实事求是以使我头脑清醒。我哼起“北风那个吹，雪花那个飘”的经典旋律。

周正初知我无落脚处，介绍我住蔡锷北路下放桃源的知青张镇家。张镇憨善，天生恬淡。我来往的几个丛林中朋友，没一个有他的清净。丛林中朋友的清净靠修，从闻思修入三摩地。张镇从范姨肚子里跌到脚盆里，就是清净的。这辈子，只有张镇帮我的忙，没有我帮他的忙的。我怎么想帮也帮不到。后来我在浏阳社队企业做事，好多人靠我赚钱。张镇就是赚不到。人事权在贫下中农手上。张镇戴眼镜，爱音乐，一头小泽征尔长发。贫下中农一见就不喜欢，说不是做事的样子。

我把来长沙要做的事告诉张镇。张镇给我介绍了好几个朋友，都是户口放在口袋里的桃源知青。他们在长沙做黑人好几年了。有两个人我不会忘记，一个叫杨戬，一个叫李燚灿。杨戬奇貌魁梧，眼如金刚，嘴似鲶鱼；有异秉，读遍中外名著。如今怕也七十了。早已无家，睡在桥底下。白天衣着整齐，或在杜甫江阁观棋，或去书店阅读。他可以一天站着读几万字。当年我为转点和钉子机的事所接触的人中，只有杨戬对我那次长沙之行持乐观态度。他说："你的事会办得好。"我问："哪件事？"他说："诸事如意。"我问："你如何晓得？"他不答白。

钉子机的事帮了忙的是李焱灿。李焱灿后来很长时间和我在一起。李焱灿知道望麓园联合机修厂正在生产钉子机，是他给我介绍了这个厂的青年钳工邝师傅。邝师傅双腿不等粗亦不等长，都叫他一个不甚尊重的外号。邝师傅干练机敏，没抽到十支烟，我们达成了 150 元买三台钉子机的口头协议，五天内交货。那时候革命是第一重要的，哪个工厂都谈不上管理。邝师傅有把握，只要发扬一点点并不英勇的精神，就可以到手三台钉子机。他说这几天有事做了，要连续几晚把零件盘出工厂。到第六天，我去找邝师傅，推开门即看见墙角的三台钉子机。说实在些，是一堆死铁。邝师傅正精雕细刻一块肥皂，他正在最后修饰肥皂质公章中间的五角星。肥皂上已经刻好"望麓园联合机修厂革命委员会"这些字。我问他做这公章做什么，他说："做事要对得起朋友，这一大笔钱，必得要发票。"邝师傅心细，我就没想到这些。和这些比我小八九岁的朋友比起来，最为幼稚可笑的是我。这天我心情好，皆因在此前五天中，办妥了转点的事。邝师傅听说后，大为诧异。临别，约好第二天提货。他交给我刚创作的发票，上面写了钉子机三台，人民币 450 元。二十多年后，邝师傅做煤气灶有成，当了长沙市政协委员。

初见邝师傅那天，也就是跟他谈生意那天，达成协议后我即去五一路邮电局给郑玲发电报。坐在邮电局进门右手边的板凳上等。左手边两个人，一老一少，他们是等长途电话叫号。我听他们说接到什么业务，找不到会做的人。没有听清要做什么，不晓得是什么业务。仿佛神示意我这样说："你们这事我会做。"这两位毫不怀疑，十分肯定地相信我。不光这两位相信我，第二天他们接我到浏阳丰裕公社丰裕大队，这个大队的所有领导干部都相信我。可见我的面相，也有看上去像个好人的时候。他们的效率与张家生产队一样高，甚至更高。

不用开什么社员大会，几个人喝几杯芝麻茴香豆子茶就定下了，志在必得。他们用两天的时间，开足了从县政府到公社的各种证明，派出一名大队支部副书记、一名贫协主席，与我同赴江永。我在丰裕大队玩了三天，是休息，也是等待。因为邝师傅交货不到时候。

这回再到长沙，住两夜回江永了。这两夜我还是住张镇家。从这次起，每到长沙我都习惯在张镇家落脚。张镇一家人都好。他的父亲张福爹是个诚实、快乐的篾匠，喜欢讲古。从姜子牙到解缙，如数家珍。我在株洲做砖瓦那几年，来来去去，多住他家。我们这号人在那个时候，人家看了都怕；只有福爹一屋人不怕祸喜，从不嫌弃我们。

动身去火车站的路上，在营盘街口，碰到厂子铺荷柏棠的黄衣白。他听说我要去江永迁户口，和全世界一样，认为我走了狗屎运。我说上天有好生之德，给走投无路之人一线生机。黄衣白问我去浏阳丰裕做什么事，我说做“行车”。他又问你会做吗，我说不会做。他又问你见过吗，我说没见过。黄衣白是十足美男子，风度翩翩地说，你见都没见过，何以敢接？我悠悠答道，假设他们接的业务是做原子弹，我也会接。这在当时的长沙，流行的说法叫“接冒碗”。是为了吃一碗饭，冒失接下自己做不成的事情的意思。当然，还是做成了。我组织了一个以江永知青为主的班子，一听就知道，全是外行。得力的是敏智天纵、勤学踏实的桃源知青李焱灿。李焱灿下乡前做过钳工，比我们里手。买了几本书，从焊接到车钳刨铣，聪明的江永知青，几天就动得手。身处绝境的人万能。这道理只要想想不会水的人落水，常常把水性好的救他的壮汉拖死就能明白。我们几个外行一个半月完成了那台5吨行车，给丰裕大队赚了两万元。这事有影响，上级都听说了。丰裕公社书记王学涛说，这是个可以控制使用的人。

丰裕大队所在地叫邵家凼，姓邵的多。与我同行的大队支部副书记和贫协主席都姓邵，他们礼遇我，叫我“陈师傅”。我以礼还礼，叫他们邵书记、邵主席。一路全靠他们两个，邝师傅处提货、长沙火车站托运、冷水滩火车站提货、冷水滩汽车站托运，都不用我插手。我一路空手空脚，他们还说：“您老子吃了累。”这是在江永没有享受过的待遇。

在江永汽车站没有人提货。几百斤东西搬到几十里山路外的张家村，不是三个没有箩筐扁担的人做得到的。我们商量好，先去公社迁户口，然后让张家村派人提货。于是住城关镇一夜，食宿由邵书记全包。讲实话，从五一路邮电局遇到那两位起，我就没花过一分钱。

我们在厂子铺公社找到公社首书记。首书记人蛮好，他从抽屉里拿出刚刚收到的检举信，信里说我在长沙投机倒把。邵书记、邵主席一听比我还急，赶紧慷慨陈词。两个贫下中农说我一到长沙就跟他们日夜相处，谈论的都是建设社会主义新农村的事。面对两位不容置疑的阶级兄弟，首书记表态放人，但要征求生产队意见。离开首书记办公室时，我把那封告密信连信封一起拿走了。首书记有权不睬两个外人，扣下我来进行批斗的。有告密信理由已经足够充分。菩萨保佑，那天他心生善念。

从厂子铺公社去张家村的路上，我忽然心情沉重了，一面翻山一面沉重。怎么这时候才感到沉重呢？早应该沉重的。我非常清楚那堆死铁做不出钉子。邝师傅没给我模具，江永找不到工具钢，也没有设备可以加工出一套模具。就算有模具，也要等试车看见钉子才放人。不可指望张家村白丢200元不眨眼。丰裕大队所接业务，进场日期在九天之后。那时物资匮乏，买原材料的时间都不够。浏阳的贫下中农，不会有等上几个月的耐心。也就是说，提出买钉子机后，我这辈子就被困在张家村了。我后悔为了八元路费，竟提出如此馊主意。这回死就死在钉子机上。

第二天天不亮，张家村派出三个人挑着三担箩筐一路兴高采烈赶来。是我向汽车站出示的提货单。大约隔了半小时才有人出来说，没有什么钉子机。这就有了口角。汽车站站长向我提出一长串问题，他怀疑我没有托运钉子机，或是我把钉子机偷走了。这位站长认定我高深莫测，他有遭遇超自然能力的感觉。争吵了几个小时，我陡然发现事态一步步演变到我应该痛饮三杯的局面。本来无法逾越的，我自己制造的障碍冰消。事态的深入最终把我变成局外人。站长慢慢理解了，不甚礼貌地推我出门外，要我莫管闲事。我退出纠缠，一个人坐在汽车站外的大树下，由他们去吵。我尝到如释重负的味道，念出两声“苍天苍天”。

三台可以害死我的钉子机，再怎么也不能预见会变得与我毫无关系。这是浏阳两位贫下中农与江永汽车站的纠纷。一路托运我没经手，提货单上写的是邵主席的名字，托运费是邵书记交的。直到日头偏西，在两个有打土豪、斗地主光荣传统的贫下中农的强烈要求下，站长理屈词穷，答应赔钱。我拿出450元的假发票，张家村十天内投资翻番。

我的户口迁到浏阳丰裕公社半年后，周正初告诉我，钉子机一事浮出水面了。事情是这样的，提钉子机那天，我们还在半路上，江永酒厂派两个学徒工去汽车站提货。汽车站发错了货。钉子机入库后摆了百日，要用了才发现不是酒厂的东西。算起来，是在我们一行到达汽车站前大约一个半小时，害得死我的那堆死铁被人提走了。

【选自名家散文自选集《痛饮流年》】

早安　乌尔其汗

查　干

有诗人说：“美丽的白桦树，深情的大眼睛，在向你注目。”的确，在所有的树木里，唯白桦，睁着一只观察红尘与人世的大眼睛。它的目视，如斯纯净、沉稳、透彻人心。

素有“兴安之魂”美誉的乌尔其汗，八月，是壮美的、娴静的。只要看上一眼，就会使你浮躁的灵魂安静下来。

山野的风，吹的是柔情蜜意。似有一只温暖的手，慈爱地在抚摸。林间野花悄然盛开，不知是哪位仙子兴起，点燃了这一山的烛火。曦光里的飞鸟，叫声空灵，此起彼伏。狸猫，嗖地一跃，跃入草丛，而后停顿片刻，回头看我们究竟是什么物种，又迅即离开。森林静极，静若童枕上的梦境。那些原始高松，间隔着排列，个个都似绿林好汉，见危就要出手的样子。而那些倒伏的老松，其躯长长，横于林间，说有几十米并不夸张。我去量了其中一株，假如立起来，比我住的20层楼还要高。枝叶倒是枯萎了，而枝干仍很遒劲，显出一股死也不朽的精神头。然而在这方山野里，荣与枯，并没有什么本质上的区别。挺立的和倒伏的，都在扼守这片母亲的土地，是一种和谐坚韧的存在。

这一片原始松林中的每一个成员，均属于寿星级角儿，不仅令人敬仰，也让人多思。于是，我向作家陈忠实请教，老兄：“你看这些老松，该有多大树龄？”他稍顿，说：“我看吧，少说也有几百岁，甚或千岁。”接着他感慨：“面对这些远古物种，我感到自己十分渺小。”

他又说："假使这一丸地球，有卫士和功臣的话，非它们莫属。"陈忠实说得是，自称"万物之灵"的我们，有时会忘记对于大自然的感恩和呵护，反而"征服"二字总不离口。

乌尔其汗，蒙语为黎明。可见这里的原始住民对黎明的渴望和坚守。这是一片神奇的土地，它的历史源远流长。譬如，成吉思汗的五百铁骑，就是历史的一页。沙俄和日伪，掠夺性采伐林木无数，更是一段屈辱的记忆。而地窨子、大火炕、大烟筒、大轱辘车、强弩和猎枪，则是它生活的写照和侧影。所说那片原始林，就在离乌尔其汗林业局不远的西日特奇林场，被称为"兴安落叶松原始林"，早已是名扬四海的景观。人称"生态家园""绿色天堂"，都是发自内心的赞美。当地人亦称"大岭风光"，是极朴素的一种称谓，就像说自家花圃一样亲切。而这里的兴安白桦次生林，面积很大，树种极纯，人称"桦木之乡"一点不为过。一旦踏入，便是一片白色的世界，雪浪荡起，透迤千里。只有"圣洁"二字，才可状写它的内在美。说它玉叶琼枝，并非夸张。有诗人说："美丽的白桦树，深情的大眼睛，在向你注目。"的确，在所有的树木里，唯白桦，睁着一只观察红尘与人世的大眼睛。它的目视，如斯纯净、沉稳、透彻人心。

在乌尔其汗的白桦林里，我发现一种可以理解但不赞同的现象。那就是，有的情侣在树皮上刻下自己的名字和爱情的誓言。由此，我想起一首歌曲《白桦林》："静静的村庄飘着白的雪，阴霾的天空下鸽子飞翔，白桦树刻着那两个名字，他们发誓相爱用尽这一生……"青年要参军，去保卫祖国。于是，一对情侣，在白桦树上刻留名字，表示永恒和誓不分离的决心。在人们心里，白桦是纯洁、宽容、慈悲的象征物。犹如在青竹上刻留誓言一样，求得"岁寒三友"之意。我在江西武宁县的竹林里，就发现一株刻有"友谊是青竹"字样的高挑青竹，足见人们对白桦与青竹的崇拜和信赖。而白桦与青竹，也很慈悲，从不拒绝人们在它们身上刻留誓言，并久久保留。这也许就是白桦与青竹的可贵品格吧。

在乌尔其汗，除了落叶松、白桦，还长有樟子松、黑桦、杨、柞、柳等几十种高大乔木。它们具有团队精神，很少杂生，而是各自成群，抱团生存。在乌尔其汗的林间，据说长有600余种野生植物。其中，笃斯越橘、兴安红豆、蓝靛果等野生浆果极为丰富，名声亦极响。再说春天的兴安杜鹃，它的盛势，可与云贵高原的杜鹃花相媲美。春风一荡，花开一片，高山峻岭也为此喜气洋洋，笑容满面。俄国作家陀思妥耶夫斯基曾经说过，倘若一个陌生人的笑声使您感到愉快，那么您可以大胆地说，这是一个好人。同样，一个地方，就是说这乌尔其汗，如果它的山林，它的河流、溪涧，它的山鸟，它的杜鹃花，带给你的是内心的喜悦与感动，那么你也可以说，这是一处美好的山水。

当地人说，这里有大小河流50余条，纵横于整个山野。湖泊更是星罗棋布，美不胜收。闻名遐迩的兴安湿地，与各种植物和飞禽走兽，和谐共存。譬如，马鹿、猞猁、紫貂、狸猫。譬如，细鳞鱼、哲罗鱼、老头鱼、船丁鱼。又譬如，飞龙。在乌尔其汗的众多飞禽中，飞龙最为出名。它的学名叫作花尾榛鸡，属鸡形目，松鸡科，是一种典型的森林鸟类。体积不大，颜值一般，只是因为肉质鲜嫩，它便遭受了厄运。相传明代一位皇帝游山至此，人们猎取此鸟，为他熬制“飞龙汤”，皇帝大悦，问其何物。一臣子躬身捧笏道：“莽莽苍苍染山林，百啭千声鸣贵禽。千古一香飞龙鸟，请上玉馐飨嘉宾。”据说飞龙由此而得名。传说归传说，反正飞龙盛名之下，却遭到了灭顶之灾。这是乌尔其汗的一首小小悲歌。好在如今的飞龙被重点保护，贵为国家二级保护鸟类，繁衍无虑，其数日增。

离开乌尔其汗的那一天早晨，宾馆前的一株高树上，落一小鸟，显得格外娴静。宾馆服务人员说：“请各位老师往外看，它就是飞龙！是我们的常客呢。”作家从维熙兄笑着说：“啊，它是来向我们报平安的吧？好温馨的小精灵。”是的，它在叫，叫声空灵，稍带沙哑。不过，是它叫醒了乌尔其汗，这一山的黎明！

早安，乌尔其汗！

【原载《中国纪检监察报》2018年9月17日】

线条之美

梁　衡

我第一次对线条感兴趣，是有人送我一个细长的瓶子，里面装着一种很名贵的牡丹油。但我“买椟还珠”，目不见油，竟被这个瓶子惊呆了。它的设计非常简洁，并没有常见的鼓肚、细腰、高脚、束口等扭扭捏捏的俗套。如果把瓶盖去掉，就剩下左右两条对称的弧线。但这线条的干净，让你觉得是窗前的月光，空明如水；或是草原深处的歌声，直飘来你的心底。我神魂颠倒了，在手中把玩、摩挲不停。工作时就置于案头，常会忍不住抬头看两眼。家里人说，你晚上干脆就抱着那油瓶睡觉去吧。

初中学几何时就知道，空中本没有一物，先有一个点；点一动，它的轨迹就生成了一条线。所谓轨迹者，只是我们的想象，或者是一物划过之后，在我们的脑海里的视觉驻留。原来这线条的美正在似有似无之间，是自带几分幻美的东西。主客交融，亦幻亦真，天光云影，想象无穷。正是因了它的来无踪、去无影、永不停，却又永无结果，也就让你永不会失望。线条，一种虚幻的、没有穷尽的，可以寄托我们任何理想、情感和审美的美。

点动生线，线动生面，在大千世界里，这线永处于一种过渡之中。当它静卧于纸面时就含而不露，或如枪戟之威，或如少女之娴；而一旦横空出世，就如羽镝之鸣、星过夜空。这线内藏着无尽的势能与动能。所以中国画的白描，不要颜色，也不要西画的透视、光影，只需一根线，就能表现出人物的喜怒哀乐、山水的磅礴雄浑。那线的起落、走势、轻重、弯曲等，居然能分出几十种手法，灵动地捕捉各种美感：叶落霜天，花开早春，大河狂舞，烈马嘶鸣。确实在大自然中，从天边群山的轮廓，到眼前的一片树叶、一枚花瓣，都是曲线的杰作。无论平面还是立体的艺术，一线便可定格一个美丽的瞬间，同时也吐纳着作者内心的块垒。曹植的《洛神赋》：翩若惊鸿，婉若游龙。髣髴兮若轻云之蔽月，飘飖兮若流风之回雪。秾纤得衷，修短合度。肩若削成，腰如约素。简直是一幅美人线描图。张岱的名篇《湖心亭看雪》，写雪后西湖的风景："天与云与山与水，上下一白。湖上影子，唯长堤一痕、湖心亭一点、与余舟一芥，舟中人两三粒而已。"你看一痕、一点、一芥、一粒，虽是文字，作者却如画家一般纯熟地运用了点和线的表现手法。

线条既然有这样的魔力，便为所有艺术之不可或缺，或者算是艺术之母了吧。最典型的是书法艺术，洗尽铅华，只剩了白纸上一丝黑线在游走。那飞扬狂舞的草书，漏痕、飞白、悬针、垂露等，恨不能将人间所有的线条式样收来，再融入作者的情感，飞墨于纸。或如晴空霹雳，或如灯下细语。就这样牵着人的神经，几千年来书不完、变无穷、说不够、赏不尽。其实，它就是一根线，一根用毛笔在宣纸上画出的黑线条。再如舞蹈，一个舞蹈家的表演实际上是无数条曲线在空间做着力与势、虚与实、有与无的曼妙组合，不停地在我们的脑海里形成视觉的叠加。正如纸上绝不会有两幅相同的草书，台上也绝不会有两个相同的舞姿。这永不休止的奇幻变化，怎么能不教你的神经止不住地兴奋呢？至于音乐，那是声音加时间的艺术，是不同声音的线条在不同时间段上的游走，轻轻地按摩着我们的神经，形成听觉上的驻留。所谓余音绕梁，三日不绝。其实那梁上绕着的是些乐谱的彩色线条。

线条魅力的最高体现是于我们的人体。这不但是艺术家之着力研究、创作的对象，就是一般的女孩子甚或广场上跳舞的大妈也在留意三围、身段之类的美感。美容手术中最常见的便是去拉一个双眼皮，让你顿生光彩，信心倍增。而它只不过是在眼睛的上方轻轻地加了一痕。就这一“痕”，画线点睛，鱼跃龙门。而烫发，也不过是让直发变曲，但就这一“曲”，回头一笑百媚生。中国古典小说中凡关于美女的描写，几乎都是线条的展示。静态时嗔鼓粉腮、娇蹙蛾眉；动态时轻移莲步、风摆柳腰。就是一个女子忍不住妒火中烧，骂对方为小妖精、狐媚子时，仍然脱不了借用线条，妖狐其身，泼洒醋情，却又暗认其美。而男子的阳刚、伟岸、英俊，也无不是因为线条的明朗有力。

凡一物都有多宜性，如土地可种田亦可盖房、筑路、造林。人这个万物之灵，除作为生产力的第一要素外，还是世间最高贵的审美对象。每当世界杯足球赛时，许多女孩子都熬夜看球。我说你们又不踢球，如何这样关心？她们说：“你不懂，我们不是看球，而是看人。”确实，那飞身一跃、腾空倒钩、贴地铲球、临门一脚，足以勾起女孩子心里的英雄崇拜。当一个人被用来审美时，其外形能使他人产生妙不可言的愉悦、发自内心的欢喜或一种不能自拔的相思。这全都归功于那些活泼流动而绝不重复的线条。莫泊桑说，女人的美丽便是她的出身。燕瘦环肥，昭君端庄，貂蝉妩媚，女人身上个性无穷的魔幻之线就是她们的身份证。当一个男子爱美女修长飘逸、婀娜多姿的线条时，也会着意修炼自己虎背熊腰、铁肩铜臂式的线条。郭兰英唱：“姑娘好像花儿一样，小伙儿心胸多宽广”，奚秀兰唱：“阿里山的姑娘美如水呀，阿里山的少年壮如山”，都是在说他们身上阴柔至美或阳刚至强的线条。

马克思说：“人和人之间的直接的、自然的、必然的关系是男女之间的关系。”异性相吸，在很大程度上可以理解为不同线条的互补与重组。所谓相亲，第一眼就是相看对方线条之比例、走向、明暗。天庭饱满，地阁方圆；明眸皓齿，顾盼生辉。所谓一见钟情，就是一下落到了对方用有形、无形的线条织成的网兜里，而再也挣逃不脱。人类就是这样以爱的理由在一代一代的相互筛选中，告别猿身猴相，走向完善美丽。于是就专门产生了美术界的人体绘画、摄影、雕塑；舞台上的舞蹈、戏剧、模特；竞技场上的体操、健美、杂技等。这些都是人对自身形体线条的欣赏、开发与利用。你看，为了凸显身材的线条，便发明了旗袍、短裙、泳装；恨手臂之线条不长，就发明了水袖，在台上起舞翩跹，挥洒人间，好不痛快。

线的魅力又不止于具体的人或物，而常常注入了主观精神，可囊括一个时代，代表一个地域，成了一个国家或一段历史的符号。秦篆、汉隶、魏碑、唐楷，还有春秋的金文、商代的甲骨文，这每一种字体的线条，就是贴在那个朝代门楣上的标签。同为传统建筑，西方哥特式的教堂多用直线、折线，将人引向上帝的天国；而东方宏大敞亮的庙宇，则多用弧线、飞檐，震悟大千，普度众生，展现佛的救世与慈悲。新中国成立之初，林徽因受命设计国徽与人民英雄纪念碑的浮雕。其时她已重病在身，研究出方案后便让学生去画草图。一周之后交来作业，她只看了一眼，便大声说："这怎么行？这是康乾线条，你给我到汉唐去找，到霍去病墓上去找。"多年前，当我初读到这段资料时就奇怪，只用铅笔在白纸上勾出的一根细线，就能看出它是康熙、乾隆，还是大汉、盛唐？带着这个疑问，我终于在去年有缘亲到霍去病墓上走了一趟。那著名的《马踏匈奴》，还有石牛、石马等作品，线条拙朴、雄浑、苍凉，虽时隔两千年，仍然传递着那个时代的辉煌、开放、不拘一格与国家的强盛无敌。康乾时期中国的封建社会已是强弩之末，线条繁缛奢华，怎能表现当时新中国的如日初升呢？

美哉！博大精深的线条。

【原载《人民日报》2018 年 6 月 23 日】

平江的光影

杨晓升

此刻横亘在我面前的是国内首座全透明高空玻璃桥，桥长300米，垂直高度达180米。这座历时两年才完工的玻璃桥以惊险著称，故又名“好汉桥”，于2015年正式落成并对外开放。玻璃桥高悬于湖南平江县石牛寨的大茅寨与美人峰之间，两峰地势险峻、崖壁陡直，中间裂谷横穿，惊险无比。

阳光柔和。此刻柔和的阳光照射在玻璃桥的桥面上，影影绰绰。因为一场阵雨刚过，潮湿的桥面在阳光的映照下恍惚迷离。透过玻璃桥面，肉眼可见底下的峡谷深渊，谷底怪石嶙峋，宛若一头巨兽张着血盆大口，随时等候着一朝不慎可能会从桥上掉下的人类。然而，这情景并未阻止勇敢的游客，人们络绎不绝，大步或小心翼翼地走向桥面，伴随着嬉笑声或尖叫声，从此崖不停地穿越彼崖，寻找着惊险、刺激与快乐。

我天生没有恐高症。走过玻璃桥，除了感觉新鲜，刺激对我来说倒还谈不上。但同行的两三位女伴却在上桥之前的那一刻被吓呆了。我只好伸出援手，一次接一次分别牵着她们走过玻璃桥。即便如此，她们过桥时仍如履薄冰，一路龇牙咧嘴、战战兢兢，不时大呼小叫，仿佛真的随时都会从桥上摔下去似的……其实，桥虽然晃晃荡荡，但钢筋构造的桥缆绝对是结实的。桥面虽然透明，但非薄冰，而是坚固结实的钢化玻璃，即便走在桥面上也断不可能掉下去。可尽管如此，人还是会有幻觉，一些人也还是担心、害怕，其实那是恍惚的光影给游人的错觉。

惜命是人的本能，在虚幻与真实面前，有谁能不害怕虚幻并渴望真实呢?

对如今的平江来说，假若现实是光，那么历史就是影。光影映照下的平江如今就像眼下这座玻璃桥，充满诱惑与挑战。但要实实在在触摸，就会让人感觉真实可信，一切都生机勃勃，一切都孕育着希望。

假若穿越时光的隧道，回到二十世纪初的中国，玻璃桥这一带所在的石牛寨，可是易守难攻的兵寨。平江起义领导人彭德怀、黄公略曾在此发展游击队；而著名的红五军、红四军新城会师的地点也在石牛寨。此地三面均为悬崖，易守难攻，加上视野极为开阔，故而当年作为石牛寨五座兵寨的主兵寨，屯兵达五万人。在那个兵荒马乱的年代，谁能料到这里如今能飞架长虹，出现中国首座供游人观光玩耍的大型玻璃桥呢?然而事实是，玻璃桥仅仅是平江县如今众多旅游开发项目中的一个小小缩影。

到平江县旅游的人，可能也很难想象，平江县如今竟仍然是国家级贫困县。的确，平江县曾经很穷。历史上，平江县最穷的时候到底什么样不得而知。但最穷的大坪乡西四村村民说，他们村穷得连路都是很烂的泥巴路，村民年均收入几乎为零。即便是平江版的佛教歌曲《空空歌》，也诉说着曾经永无尽头的贫困：

南来北往走西东，看得浮生总是空。
天也空，地也空，人生杳杳在其中；
日也空，月也空，东升西坠为谁功?
田也空，地也空，换了多少主人翁!
金也空，银也空，死后何曾握手中?
……

穷山恶水，是人们对偏僻贫困山区的惯用描述。从地形地貌讲，平江的贫困，就是因了山的众多。平江位于湖南省东北部，东与江西省修水、铜鼓县交界，北与湖北省通城县和岳阳县相连，南与浏阳市接壤，西与长沙县、汨罗市毗邻，位置虽然不算偏僻，却几乎遍地是山或丘陵。山地占总面积的28.5%，丘陵占55.9%，岗地占5.8%，平原仅占9.8%。地势东南部和东北部高，西南部低，相对高度达1500米。境内山丘分属连云山脉和幕阜山脉。连云山主峰海拔1600.3米，为境内最高峰；幕阜山主峰海拔1593.6米。此外，东南部的十八折、黄花尖、下小尖；南面的轿顶山、福寿山、白水坪、甑盖山、十八盘、寒婆坳；东北部的一峰尖、九龙池、云腾寺、黄龙山、只角楼、秋水塘、丘池塘；北部的流水庵、凤凰山、凤凰翅、燕子岩、冬桃山等21座山，海拔均在1000米以上。

战乱及生产力极其低下的年代，山的众多造成交通不便。社会封闭，当地百姓只好听天由命、靠天吃饭，穷是自然而然的事。但对于战争中的敌我双方，弱势一方因了山的屏障，在平江这样的地方却是如鱼得水。革命战争年代，平江曾发生“秋收起义”“三月扑城”“平江起义”“平江惨案”等重大革命历史事件，为中国革命牺牲25万优秀儿女，现登记的革命烈士2.1万人。但同时也走出了52位将军和百余位省部级干部，是全国四大将军县之一。可见，平江是红色之地、热血之地、英雄之地，平江的山山水水埋着数不清的忠骨英灵。

“天纵风浪瓷汨江，岳山高峙映黉墙，书声朗响儒心驻，院继湖湘已任扬。”在天岳书院这个当初的平江起义旧址，凝视画像中的战争场面、先驱英烈，以及那些幸存或已于近年先后去世的老红军，尤其是伫立于彭德怀铜像的跟前，我仿佛穿行在岁月的烟尘之中，耳边回响着历史恒久的回声。遥想当初，从革命初期的艰苦卓绝到如今中国的日渐强盛，其间所经历的曲折、所走过的弯路，谁能诉说完个中辛酸与悲壮？

“山高路远坑深，大军纵横驰骋。谁敢横刀立马？唯我彭大将军。”这是1935年毛泽东为奖赏并纪念彭德怀率领的平江起义，欣然为彭大将军写的诗。1928年7月，彭德怀、滕代远、黄公略领导一部分国民党军队在湖南平江举行起义，史称“平江起义”。此次起义成功地粉碎了平江的反动武装，成立了工农红军第五军和平江工农兵苏维埃政府，是继南昌起义、秋收起义和广州起义后的又一著名起义。平江起义有力地推动了湘鄂赣边界革命斗争的发展，为创建湘鄂赣革命根据地奠定了基础，也为井冈山革命根据地和中央革命根据地的创建和发展做出了贡献。毛泽东能欣然为彭大将军赋诗，可见平江起义和彭德怀在他心目中的位置。历史与现实，有时候的确如光影交织，既真实又虚幻，恍若梦境，让人难以置信。

幸好明天总会来临，噩梦终将过去，再曲折的路，最终也会通向坦途。

经过半个多世纪尤其是改革开放四十余年的扶持、开发与建设，如今的平江已经变穷山恶水为青山绿水，昔日地形地貌及位置上的劣势，奇迹般逐渐转化为如今的优势。平江县委副书记肖湘晖不无自豪地告诉我，红色旅游、生态旅游和蓝色文化，如今已经成为平江三大旅游资源。红色旅游包含平江起义旧址、湘鄂赣革命根据地纪念馆、平江县委旧址、红军营等在内的红色资源。而森林覆盖率达 65.6% 的平江，境内拥有 1000 米以上的高山 23 座，同时拥有联合国绿色产业示范区、石牛寨国家地质公园、幕阜山国家森林公园、北罗霄国家森林公园、黄金河国家湿地公园等多张“国字号”生态名片。平江的蓝色文化更是底蕴深厚。平江是湘楚文化的重要源头之一，自东江建县至今已经有 1800 多年的历史；流经平江 193 公里的汨罗江是享誉世界的文化名江，承载着“诗祖”屈原和“诗圣”杜甫两位世界文化名人的忠魂与文韵，被台湾著名诗人余光中誉为“蓝墨水的上游”。屈原与汨罗江的典故早已是人人皆知，唐代“诗圣”杜甫又如何与平江相勾连，多数人恐并未知晓。公元 770 年（唐大历五年）初冬，杜甫结束了两年的湖湘漂泊生活，北归故里舟行入洞庭湖，突遭寒风恶浪，重疾复发，资费用尽为求医溯汨罗江而上前往昌江县（今天的平江县）投友，不幸病逝，长眠于距离平江县城南 16 公里处的汨罗江上游天井湖，即今安定镇小田村，杜甫墓祠便设立于此地。如今的平江其实是湖南省的文物大县，馆藏国家一级文物 4 件、二级文物 10 件，有“国宝”单位2处、“省保”单位11处。不仅如此，我手中拿的一份《平江县全域旅游发展总体规划》，更透露出平江未来发展的勃勃雄心：强化资源整合、要素聚集、规划执行，着力建设天岳幕阜山、大石牛寨、连云山国家公园、安定片、福寿山区、城关镇等六大全域旅游基地；创建杜甫墓祠、坪上书院等10个研学旅行基地；打造欢乐果世界、淡江谷雨烟茶、玉蓝湾农业公园等农业旅游项目；开展伏羲、神农、抗战、舜陶、古谣等文化研究……

在平江天岳幕阜山，我贪婪地呼吸着丰富的负氧离子，参观了正在开发和建设的森林探险乐园，亲身感受到了不同时空下同一地域社会生活翻天覆地的变化。由穷到富，由封闭走向开放，平江的穷山恶水到底是如何变成如今的青山绿水的呢？说到底离不开天、地、人，如今的平江，天和人变了，地不可能不变。天变就是改革开放，人变是观念的改变和潜能的开发，最大限度地激发了平江的经济、文化和社会等方面的发展。

离开平江的前夜，平江县委原宣传部副部长余旦钦晚饭后陪我们在汨罗江边散步。像县委副书记肖湘晖一样，他也不无自豪地向我们介绍着平江的历史与现实。他说，平江虽然已经得到了长足的发展，但依然是国家级贫困县，每年接受着国家数十亿资金的资助与扶持。我一边听着他滔滔不绝的介绍，一边注视着眼前灯火辉煌、歌舞升平的平江县城，以及汨罗江大桥彩虹般绚丽的灯光。此刻，灯光投射下的汨罗江，江水缓缓流动，江面光影迷离。我有些难以置信，眼前的平江竟然还是国家级贫困县？这与我印象中的国家级贫困县可真是大相径庭：荒凉，破败，脏乱，落寞，百姓面黄肌瘦、满脸愁苦憔悴……这所有贫困的标签在眼下的平江根本不见踪影。可如今的平江怎么还是国家级贫困县，怎么还接受着国家每年数十亿资金的支持与扶助？……这一串的问号忽然从我的脑海中冒了出来，我想问平江的主人，犹豫再三终究没问，不仅因为碍于情面，更因为我自己也想明白了：贫困是相对的、动态的，相对于数十年前甚至是半个多世纪以前，平江肯定是富了；但相对于如今中国绝大多数发达地区，平江依然贫困。

如今对于中国和平江这样的地方来说，水涨船高，贫困的标准肯定也提高了。

这既是历史，也是现实。

祝福平江，祝福中国！

【原载《湘江文艺》2018 年第 3 期】

林黛玉为什么不喜欢李商隐

潘向黎

前不久，在北京三联书店的一次读书活动中，研究《红楼梦》的刘晓蕾当众问我一个问题："林黛玉为什么不喜欢李商隐？她应该喜欢啊。"我当时简单回答了几句，说到"天然"和"淡"的标准。回来心里放不下，决定从容写出来，把自己的想法说全说透。不论对错，只要说透了，也算不辜负晓蕾的好问题。

《红楼梦》第四十回"史太君两宴大观园 金鸳鸯三宣牙牌令"，贾母带着众人逛园子，到了荇叶渚，大家上了棠木舫沿河而行，因为已经是赏菊吃蟹的季节，水中自然没有荷花，只剩一些残叶枯蓬。因为这些枯荷叶，李商隐意外地出现在乘船人的谈话中。

宝玉道："这些破荷叶可恨，怎么还不叫人来拔去。"宝钗笑道："今年这几日，何曾饶了这园子闲了，天天逛，那里还有叫人来收拾的工夫。"林黛玉道："我最不喜欢李义山的诗，只喜他这一句：'留得残荷听雨声。'偏你们又不留着残荷了。"宝玉道："果然好句，以后咱们就别叫人拔去了。"

宝玉是喜聚不喜散的，对衰老、失去、离散、死亡都很敏感而孩子气地排斥，当然只会喜欢明艳的荷花、可爱的莲蓬，而不愿面对这样残败衰飒的枯荷。宝钗的反应是婉转地打圆场，也说出了部分实情，总之是入世而圆通的立场，而不关涉审美。

只有诗人林黛玉是立即从审美的角度来看这些枯叶的，她想起了这句李商隐的诗，是《宿骆氏亭寄怀崔雍崔衮》中的一句。这说明她本已由眼前相似的景色联想到李商隐“竹坞无尘水槛清”的诗境，而且认同枯荷有它们的诗性之美——“留得残荷听雨声”。这是一幅全息的秋意图，有视觉，有听觉，有温度，有湿度。秋雨打在上面，发出错落有致的声响，本身就别有一番意境，又可以陪伴孤单者的孤寂和宽解长夜不眠人的心事。

林黛玉是经常失眠的，因此也经常听到竹叶上的雨声，因此觉得李商隐的这句诗好。林黛玉为枯荷辩护，完全不是从现实出发的，而是出于一个审美高于实用、“我为我的心”的人生过程论者的本能。宝玉马上改变态度，他在黛玉面前毫无原则可言，这是写他们一贯的感情，而不是当时审美的转变。

但是这几句话里也生出一段公案，那就是林黛玉居然不喜欢李商隐，而且是“最不喜欢李义山的诗”。不是喜欢而程度一般，也不是无感，而是明确不喜欢。

当然也可以猜测，这也许是黛玉在宝玉面前“使小性子”，或者为了压倒先表态的宝钗，而故意“语不惊人死不休”，其实目的只是一种夸张的欲扬先抑，恰恰意在强调李商隐的这一句诗的不同凡响？

这当然也不是完全没有可能。那么，林黛玉到底喜欢李商隐吗？

第四十八回，黛玉教香菱写诗。第一课开的书单里，有王维、杜甫、李白，这都非常有道理，既合乎唐诗的道理，也合乎林黛玉的道理（红楼第一诗人的人设）。可是林姑娘说完这三位巅峰级大诗人，就不往下讲了，丢开了中唐、晚唐的那么多花团锦簇的诗人，一下子回到了魏晋南北朝——她让香菱去读陶渊明。这个也有道理，可是接下来就让人云里雾里了：应玚、谢灵运、阮籍、庾信、鲍照。这书单，适合初学诗的少女香菱吗？林老师，你不是在逗我们吧？有对付谢灵运的繁复讲究的工夫，不如去啃李商隐呢！若真觉得香菱适合平易好懂的诗而避开李商隐，那么大唐不是有“老妪能解”的白居易吗？不然还有刘禹锡呀。如果说乖乖女香菱只适合平和大方、温柔敦厚的诗，有韦应物。

后来湘云来了，就自然而然地说到了其他唐朝诗人，李商隐还拥有了重要席位——宝钗笑着转述她对香菱高谈阔论“杜工部之沉郁，韦苏州之淡雅，温八叉之绮靡，李义山之隐僻”。宝钗随口转述，说明她对这些也是烂熟于心、倒背如流的。宝钗、湘云都熟知的，黛玉没有不知的道理。可见，林姑娘前面拉来这么多“积古”的诗人来混，无非是不肯在唐朝多说出一位诗人罢了。唐朝最杰出的诗人，她说了三位，偏偏不说第四位，王维、杜甫、李白，无可争议，但第四位，无论如何应该是李商隐。

可见，不是突然忘记了中唐和晚唐，也不是因为李商隐的诗晦涩难懂，真相只有一个：林黛玉真不喜欢李商隐。

黛玉明确地嫌弃过两个诗人，一个就是李商隐，另一个是陆游。她说陆游：“断不可学这样的诗。你们因不知诗，所以见了这浅近的就爱，一入了这个格局，再学不出来的。”她嫌弃陆游的理由是：浅近，格局小。言外之意，可能还觉得有点俗。但是为什么不喜欢李商隐，没有给出理由来。

说到这里，应该把主语换一下了：曹雪芹不喜欢李商隐。作为《红楼梦》里曹雪芹最钟爱的人物，兼大观园里艺术鉴赏力最佳和诗歌造诣最深的人，黛玉的这个看法，肯定代表曹雪芹，这一点毋庸置疑。

还有一个旁证，第二回曹雪芹借贾雨村之口说有一类人是集灵气和邪气于一身的：“其聪俊灵秀之气，则在万万人之上；其乖僻邪谬不近人情之态，又在万万人之下。若生于公侯富贵之家，则为情痴情种；若生于诗书清贫之族，则为逸士高人；纵然生于薄祚寒门，甚至为奇优，为名倡，亦断不至为走卒健仆，甘遭庸夫驱制。”他历数历代这样的人：许由、陶潜、阮籍、嵇康、刘伶、王谢二族、顾虎头、陈后主、唐明皇、宋徽宗、刘庭芝、温飞卿、米南宫、石曼卿、柳耆卿、秦少游，近日倪云林、唐伯虎、祝枝山，再如李龟年、黄幡绰、敬新磨、卓文君、红拂、薛涛、崔莺、朝云。

仍然没有非常符合“灵邪同秉”“异样”标准的李商隐。

曹雪芹确实不喜欢李商隐。曹雪芹为什么不喜欢李商隐？

一切只能推想和猜测。

第一，因为曹雪芹信奉“天然”的标准。第十七回“大观园试才题对额”时，父子俩对后来命名为“稻香村”的地方看法不同，宝玉坚持与父亲争辩，所用标准就是“天然”二字。他认为这里是人力穿凿，无自然之理和自然之气，不能算是“天然图画”，“虽百般精而终不相宜”。

这里谈论的虽是建筑和园林，却和诗歌鉴赏不无艺术上的相通处。若以“天然”的标准来评判，比起修辞繁丽、密密用典、镂心雕肾的李商隐，确实宜乎王维、陶渊明卓然胜出，杜甫、李白也优势明显。王维和陶渊明像和田籽料，杜甫、李白像上好的羊脂玉牌，质地很好，而且表面都是光滑的；而李商隐，则是一个象牙球，有很多层，精工细刻，而且层层镂空，互相掩映，看上去更加繁复了。喜欢李商隐的人，觉得他极其精致、极其超妙，但无论如何也很难说是“天然”的。而曹雪芹恰恰看重“天然”二字。

第三十八回，黛玉菊花诗夺魁之后，自谦道：“我那首也不好，到底伤于纤巧些。”话是自谦的话，标准却是真的。在曹雪芹看来，李商隐很可能是过于“纤巧”了。

第二，曹雪芹认为立意比修辞重要。黛玉对香菱说：“词句究竟还是末事，第一立意要紧。若意趣真了，连词句不用修饰，自是好的，这叫作‘不以词害意’。”则是重视内容而不重辞采。而李商隐却高度重视“词句修饰”，其诗绝丽、精细而圆润，难逃雕琢和绮靡的批评。

第三，曹雪芹认为“诗贵淡”。黛玉指出陶渊明“暧暧远人村，依依墟里烟”比王维的“大漠孤烟直，长河落日圆”更好，因为“淡而现成”。“现成”应该是“天然而浑成”的意思，至于淡，则是“平淡”“淡远”之意。被举为范例的陶渊明，正是“外枯而中膏，似淡而实美”（苏轼语），“所不可及者，冲淡深粹，出于自然”（杨时语），具备“萧散冲淡之趣”（朱熹语）。曹雪芹一再推崇陶渊明，显然是接受这种“一语天然万古新，豪华落尽见真淳”的诗歌理想，认为“诗贵淡”。而李商隐从感情到修辞都是浓烈的，他的整个艺术风格简直是“浓得化不开”，这样的李商隐，自然无法得雪芹的青眼了。

第四，时代标准的影响。因为不知道曹雪芹准确的写作时间（现在连作者究竟是不是他也争论再起），所以很难认定清代的哪些理论给了他影响。而明人论古诗，多重“高远”“雄浑”“苍古”“温厚和平”，而不取“萎弱”“纤丽”，又有“浑厚为上，淡雅次之，秾艳又次之”之说。这些都是非常可能影响到曹雪芹的艺术审美观念。而李商隐一直被人诟病的，除了“隐僻”，不就是所谓的“骨弱”“纤丽”或者“秾艳”么？

至于清人论诗，常用“平淡”等概念，又以“元气浑成为上”，即使曹雪芹受到同时代的这些观念影响超过受明人的，那么用这些标准衡量，李商隐的长处也是很难获得掌声的。相反，他的软肋倒暴露得清清楚楚——苦命的李商隐到了明清还是继续吃大亏，少不得继续“白门寥落意多违”。

曹雪芹不喜欢李商隐，不会是无缘无故的。热爱李商隐，又热爱红楼梦的人，“到底意难平”也无可奈何。毕竟事关审美口味，就像事关感情，是没有统一标准也无法强求的。

但，不喜欢李商隐的是曹雪芹，凭直觉，林黛玉会喜欢李商隐。细细推想，林黛玉恰恰是应该非常喜欢李商隐的。再往深处想一层，发现这里暴露了曹雪芹作为小说家的一个失误。那就是，在说李商隐的时候，他不小心让黛玉说出了自己的观点，而和他笔下的“这一个”林黛玉有轻微的违和。

从身世到性情，从才华到遭遇，“这一个”林黛玉都和李商隐颇有相近之处。李义山唯美超妙和深情绵邈的艺术风格，正应该是黛玉这样的富有艺术气质的女性所钟爱的——“红楼隔雨相望冷，珠箔飘灯独自归”“巧啭岂能无本意，良辰未必有佳期”。无法想象他的这些诗，让黛玉在月夕雨夜读了，会不读成自己的心里话，会不触动情肠而珠泪潸然？他由于命运多舛、怀才不遇而带来的抑塞不平之气，也应该和心高气傲却寄人篱下的黛玉息息相通。

还有另外两点让林黛玉几乎不可能不喜欢李商隐。一是李商隐是多情而痴情的人，和黛玉完全一路，是爱情至上主义者。在他眼中，爱情是人生极重要的部分，爱情的得失和个人的沉浮、王朝的兴衰几乎同等重要。这一点，和其他大诗人很不一样：像杜甫，基本上只写婚姻不写爱情；像李白，对爱情根本无所谓的样子。这一点，为情而生的少女黛玉，怎么会无动于衷？

二是李商隐的女性观是同时代中极难得的：对待女性很尊重。那种对女性美完全平等的欣赏、那种对女性悲苦设身处地的体察，即使今天的女性读了也为之深深感动，何况才华与个性都特立不群但根本无法自由选择的林黛玉？

曹雪芹不喜欢李商隐可以，但写他书中的人物林黛玉不喜欢李商隐，却是他的一处小败笔。因为林黛玉其人分明应该喜欢李商隐，但是曹雪芹有意无意地不让她喜欢。在这里，一心体贴女孩子的曹雪芹，既忘了人物的特点，又忘了男女的差别。

不过，曹雪芹肯定是熟悉李商隐诗的。说曹雪芹不爱李商隐，你就当真以为整部《红楼梦》只用了李商隐的一句“留得枯荷听雨声”？非也。还有一处不引人注目的，是在“贾宝玉路谒北静王”的时候，从北静王口中说出的夸奖宝玉的那一句“雏凤清于老凤声”——这也是李商隐的诗，是他那首标题奇长的《韩冬郎即席为诗，相送……呈畏之员外》中的末句。

贾宝玉和北静王，这两个《红楼梦》中最尊贵也最脱俗的男子相遇了，这光彩夺目而似昙花一现的一幕，李商隐在一旁静静看着，白袷胜雪，神情不知是喜是嗔。

【原载腾讯《大家》2018 年 2 月 3 日】

皱 褶

冯秋子

2000年6月中旬，文慧从美国回来，生活舞蹈工作室恢复正常训练。6月28日，是她回来后我们第三次聚会。下午下班后，我赶到全总文工团排练厅。按时到的有文慧、郑福铭和我三个人。王玫所在的北京现代舞团、王亚男所在的东方歌舞团各自有排练，结束团里的排练后晚些赶过来。

我们三个开始热身。

文慧让我出一个动机，就这个动机，三个人做练习。她说，冯是作家，有想象力。

以前我们常做类似的练习，文慧依照在国外学习训练的心得，设置和规划出我们的训练内容和方法，拿出她学来的、体会到的，和我们不同程度具备的内容进行整合、提炼与实施。以我的感觉，练习难度每一次都达到那一次的极限。早先，文慧出国期间，王玫、王亚男和我只要不出差，下班后分别赶到排练厅训练，大家自觉地扮演和承揽起角色，轮流提出练习题目。我有过一些想法提交给大家讨论和练习，也想每一次能够不同以往。这一回，我心里没底，但又无法逃避，提出“人处在两极的中间地带情况下会怎样”的问题。

我说，两极，是问题的一个方面；两极涉及一个不可或缺的环节，就是连接两极的中间部分，不是绝对化的，或者非此即彼的，而是处在中间地带，囤积、发酵，又蓄势待发，随时可能向着某一个绝对方向发展的那些状况下的东西。

面对一件纷繁复杂的事情时，我希望停顿下来，专注地探查一下事情的中间环节。它们既含混“这样的东西”，又杂糅“那样的东西”，既有这边的元素，又有那边的元素，不容易去说清道明。也许需要琢磨一阵子，甚至琢磨一辈子，而它们不排斥胶着，实际上也排斥不了胶着，矛盾纠结，互为敌友。即使像烦躁和安静，这一对矛盾体也不容易找到平衡，何况是揣摩处于对立双方中间地带的混合情状。我希望大家也能关注一下夹在这二者之间的模糊内容。还有，比如有和无，也存在着中间性质的似有似无、又有又无的情形。

设想一下，当你长时间处于安静和烦躁、有和无这样的中间状态时，有一天，你突然收到一个出乎意料、其实一直在等待的电话。打电话的是多年前的朋友，很特殊，与你的关系不是一句两句能够表述清楚的。而且关键在于，你以为自己这些年已经放下了她（他）——我希望，文慧和我把那个人想象成男性，福铭把那个人想象成女子。当她（他）的电话进到你的房间，在这个你以为很安静的空间和时间里，相隔千里，声音突然抵达而且已经成为事实的时候；在你以为完全忘记她（他），能够在没有她（他）的世界上安静地生活，并能够正常展开自己生命的时候，她（他）其实并没有离你远去，她（他）一直存在于你心中。你能感觉到她（他）带给你的温暖和激励，也感到了失去她（他）的哀伤，她（他）于你患得患失之间，因她（他）曾经的存在，你有了存在的乐趣。你的勇气也比认识她（他）之前更多，在你的潜意识里，让她（他）分享你的快乐这一意念从未消失过。你在最快乐和最惆怅的时候，首先想到的是她（他）。尽管你最终的结果仍旧是失去，但是，有过她（他），和没有过她（他），在你是不一样的。你和她（他）分开的时间里，你们的意志仍旧能够相互弥合，欢欣、悲苦能够与共。而且灵魂所交流触及的深远境地，双方都能到达，以致你竟以为是你独自一人在路上。就这样，你在没有准备的情形下，听到了她（他）的声音。

我要文慧和郑福铭两个人此时此刻的身体感受。我出了题目，给出特定情境。

好，抓住两极中间的东西，人处在这个地段时可能有的境况和心理感受，试试，去发展一下。我说。

我坐在排练厅的长条木凳上，看着他们，等待着。

他们试着进入。看得出来，文慧和郑福铭都有点不知所措，不能很快进入状态。因为这些词语不够形象、直观，不是直截了当的。它们比较抽象，有些模糊，甚至显得空洞，是一些看不见摸不着的思维、心理、精神层面的提示。这样的词语，在我看来也是变化多端、琢磨不定的，通常情况下是靠不住的。而现在我竟把它们拿来，指望我的朋友能够创造奇迹。

于是，我在没有准备的情形下，开始了参与。

我以叙述者的身份加入进去。他们两人，或扭结变幻，或独自起舞，而中间双人舞蹈的部分，我是说那一段关于烦躁的话题，他们的反应和表达简直有点神奇。那种内在、醇质的肢体叙述，那种肢体的自然张力，出乎我的意料。而我无法用语言描述它的美好，只在心里暗暗悔恨，没带摄像机来。

这段奇妙的舞蹈，在全总文工团排练大厅里挥发，久久不散。

现在，我试着把参与其中的时候自己的叙述记录下来。

沉默的状态，内心沉浸。挺好，是安静、和谐的时刻。平常人们总是意识到要去帮助谁，对谁怎么样，其实让他在他的状态里没什么不好，他也许需要时间面对自己。人在活得比较明白，或者活得比较沮丧的时候，没有额外那么多辅助、附加和装饰性的东西。相对简单地运转，人比较自由、自然，这个时候他的省醒、内秀与和善也有机会流淌出来。我觉得，美和善跟人们接近时，某个通道，应该是清理得比较干净清爽的，那样，通道才能打开；那个时候，人们可能见识到深厚的理路途径。大美之光映照过来，传递过去，清理了人的内部尘杂，也梳理了身心建筑的程序，直至人的灵魂。人突然感觉到内心通达安好，麻烦少了，困扰没有了，之前堆积的烦恼瞬间消散。美好至诚，也许并不激励人非要怎么样，它只是让你更加空阔，身体空灵，心似空门，使这个世界看起来更加虚幻。从形式上看，是有一栋楼，有人，有车流，但这些物质都能被另一种物质——枪炮打穿，所以这个物质也可以说是不长久的，或者是不存在的，是空泛、虚饰的，可有可无的，可以消灭掉的。而灵魂是用什么枪炮也消灭不了的，它持久、远卓，赋予人类觉悟的能力，去感知世界辽远而丰富的存在。换言之，假如我们双目失明了，视觉出现了障碍，那些物质在你眼里便不存在。而双目失明仍然是一种物质现象，它局限和阻止了你对这个世界的直观认识，局限和阻止了你身体力行更远之境，因为目不能识，你和世界的关系大打折扣。而你的觉悟假若辽远深邃呢？景象将会不同，但那是心灵帮助你完成了抵达，而不是你的眼睛。所以你从心里把这些阻碍你的物质的东西剔除掉了，它也就无法阻拦你心灵的透视力和觉悟力。

当这种虚无缥缈的感觉在你心里流动了很久以后，自然就不存在你需要帮助、有求于其他的什么。也许不同的时空会有那个时候、那种境况下的另一种真实，那个时候的幸福或者伤悲也会很真实，也未可知。暂且设想，一个人正处在这种真实的处境中。

你意识到，你很安静。但是，于无声处，烦躁汹涌而至，力量空前地强劲，而且没有规则，没有任何外化的表现形式。人安静的时候，常剔除掉外部方式，比如说不需要去找朋友诉说，也不需要借助其他方式疏导自我，如通讯、交通、电子网络，都不去选取；甚至回想起一个面孔，回想起一个场景，来寄托你这个时候的情绪，也不需要。也许你明白这些都是徒劳的，即使如此了，以后又怎么样呢？所以这个时候涌现的烦躁，全部蕴藏于你的内部，像地心的熔岩，在内心剧烈运动，寻找薄弱处，以不可阻挡之势向外喷突，力量悲壮、强大，然后发出，落于地面，冷却后凝固成岩石。此时，你顽强的理性又一次试图去平息烦躁，但烦躁像每天的太阳一样，不论怎样努力地去平复，该升还是升。也许你会想，烦躁是不是也是你的质变的量化呢？说明你还有对生命的要求，这种要求是不是生命还有质量的一种表现呢？烦躁是不是也是美好的呢？烦躁是释放阴暗或者邪恶的一种渠道吗？是不是清理自我杂质的一段时光、一个阶段？是与安静遥相守望的兄弟那样的关系吗？

是这样。

不要指责烦躁，不要蔑视它的到来，平和地对待它、接受它。既然它不期而至，它兴许就是你体内的温度、你身心的呼吸，它跟你身体的血液流动息息相关。烦躁的时候，尽量想到保持平静——这又涉及两极的命题。烦躁总是极力要打破你内心的均衡，喷射出一些伤害自己、也可能伤害他人的汁液；然而烦躁又能萌发某种与你相互衔接的东西，促使你在烦躁中保持自觉的反省和思想，加深信念、珍惜向往，维护住内心的平衡。这使得烦躁的人，表现出更多的沉默，而沉默又可以帮助你沿着内心的宁静往下走。如果能让安宁最终消解烦躁，下一回，被抑制和降服过的烦躁也许来势会更加凶猛——它的强大，只有你自己能够体会，因为消受它的难度、承担它的过程里所有的不易和挑战，只有你自己清楚。历经艰苦，求得和解，能够平复下来的时候，你会感觉到自己拥有了更多的力量，而且经受磨炼后你又有所成长。

有时候，真觉得生命大部分是在两极之中消耗掉的。即使倒头昏睡，不管自己的身体蜷缩成什么程度、你以什么样个人化的姿势睡去，你仍然处在表面弯曲而内心舒散的两极中。在任何状态下，两极都在那里辩证地、确实无疑地存在着。

人一生有不少时间去体会幸福和痛苦这两件事情。对待它们尽可能不有或少有投机的心理，不去奢望得到更多，不去拿取不是自己的东西。争取到的这个东西，它如果容易得到，也便容易失去。而且容易得到和容易失去本身又成为两极真实地存在着。反过来，幸福的感觉有多少，有多长久，有多深远，伴随其后而来的痛苦就会有多少，有多长久，有多深重。生活和生命对于世界的意义不外乎这般如是，即使最后你消失了，仍然留下你对于生存不愿意放弃的历经磨炼的照耀。生存过程的每一件小事，比如，在办公室突然遇到一些事，骑着车每天上下班来回走一趟，都是一种积累和消释。而今天走到路上能够看到一些别样的什么，会庆幸自己活着，否则这一切美好的东西就看不见了。那些美好没有在你心里头，但它在这个世界上一直是存在的，而你还是为你曾经看见了这一美好而快乐。所以，我以为幸福是让我们生命里明亮的一瞬间，明亮的一刹那，明亮的一段时光。明亮使我们有愿望继续存在下去，珍惜“活着呢”，努力想要往好了生活。或者即使不存在了，但曾经明亮过，为此也不去后悔曾经活着。

大概幸福带给我们的就是这种感性知觉，而痛苦带给人更多的是理性思维。幸福的人一般不太有耐性进入理性思维，而痛苦的人不得不多一些理性，从理性思维中获得更多长进、成熟，变得更为结实和可靠。我以为痛苦使人更加放松，放弃、放下自己，放下许多事情；痛苦能让人更加自然地、自觉自愿地回到生活的起点，回到我们原来的模样，回到……哪里呢？应该是回到真实的地方。一个痛苦的人，如果他的痛苦是来自自然体会的话，他会更多地为别人着想……而不觉得他的母亲丑陋，不觉得自己的父亲不够高大，不觉得兄弟姐妹们的光亮没能反过来照耀自己，不会觉得谁是什么、自己是什么，不去虚张外部世界或者是自我膨胀。痛苦的时候，人往往能公平地对待自己，公平地看待他人，把自己放回到人人平等的地平线上，而你看世界的眼睛也会是朴素的、诚实的、温善的。

痛苦好不好呢？它解除了你的武装。

但是，有一天，你的电话铃响了。你心里有一种感应，突然间把从前几十年来已经放下、埋葬掉的一个什么人，一个什么内容，揪扯出来了，觉得会不会是她或者他呢？其实这个人早已脱离了你的视线，在这之前你根本没想到她或者他会在这一天出现。一听电话，果然，是的。你发现自己在轻微地颤抖，甚至不会说话了。你的大脑出现一瞬间短路。你想说心里的话语，但是说不了。她或他也是，谁都说不出能让人放松的、动听一点的话。脱口而出的尽是平常之极的言语，又好像双方都能谅解。这是一段折磨人的光阴，它不能持续太长时间，因为两人都明白，各自的问候停滞不前的话，人就暴露出脆弱，就可能不堪一击。你的手跟身子抖动着，对方也一样。你们的声音告诉对方，此时你们处于怎样一种极力平和而又不能自持的境地。

我的练习完毕。

文慧说，你说烦躁那段，我站在那儿的时候，像一个东西……跳着跳着，我觉得我怎么那么笨呢，没带录像机。

郑福铭跳的前边一段舞，以及跟文慧的和舞都非常出色，但后来好像意识有些出来。我以为他是不好意思当我的面跳，所以我不看他们，当是自己在叙述人物台词。

他们在我叙述平静和烦躁、幸福和痛苦互为因果的时候，身体感觉朴素、到位，令人震动。

我们沉浸在创造以后的疲惫和欣悦中。

我说，人的状态，好多时候该是平静的。但会有很多东西和平静相抵触，进入不了完全的平静。进不去的时候，心里通常会有另外的东西，仔细感觉，又像是有很多真实的存在。我也说不大清，虽然我老在体会人。我现在的感觉和刚开始叙述的时候有了距离，刚开始，我觉得需要帮助你们两个进入，我先给你们把武装摘除了，先让你们回到人什么都没有的状态。你们就此开始进入了，嘿，发现我被你们打动了。我没想到在这儿给舞蹈“伴奏”呵。

三个人傻笑了半天。

【原载《黄河文学》2018 年第 1 期】

灯塔和盐

赵丽宏

今年七月，在遥远的智利，在诗人聂鲁达的黑岛故居，在太平洋汹涌不息的涛声中，我出席了聂鲁达基金会为我举办的一场朗诵会。这是中国诗人第一次在这里吟诵诗篇，是一次无法忘记的奇妙经历。我曾经在聂鲁达的回忆录中读到他对黑岛的描述，那里留下了他生命中很多重要的印记。聂鲁达对生命的热爱，对海洋的倾诉，对世界的思索，诗人的情感和才华，凝固在滨海故居的每一寸空间。五光十色的贝壳、雕塑、绘画、酒瓶，来自地球各个角落的艺术品，在墙角、床头、楼梯、窗台和壁柜间交相辉映，还有那些定格在黑白照片中的微笑和沉思，是聂鲁达诗篇的无数注脚……在面向大海的一间小餐厅中，我发现屋顶的木梁上，刻满了大大小小的字母。这是聂鲁达在世界各地的诗人朋友的名字，他在黑岛经常想念远在天涯海角的诗友，思念迫切时，便用刀在房梁上镌刻下一个个刻骨铭心的名字……

三十多年前，我第一次访问美洲。在墨西哥，遇到一位满头银发的优雅女士，她的名字叫卡门，曾经担任过聂鲁达的秘书，黑岛是她经常去的地方。追忆往事时，卡门那种深情幽远的眼神，我至今仍清晰地记得。她说：在海边，可以看到聂鲁达书房里的灯光，他的灯每天晚上都彻夜亮着。我只能远远地看着那灯光，心向往之，却不敢走近……我和卡门分别时，她送我一本她珍藏的诗集，那是聂鲁达年轻时的成名作《二十首情诗和一支绝望的歌》。

站在聂鲁达黑岛故居的客厅里，我想起了远在地球另一边的中国，想起了我的故乡上海，想起了上海作家协会的那个面对花园的客厅。大半个世纪前，聂鲁达曾经走进这个客厅，花园里回漾着他的笑声。他的诗篇，被疾风般的西班牙语托举着，穿梭在水晶吊灯的光影里，环绕在那座意大利雕塑的周围，那座雕塑，是神话中的爱神……

最近几年，上海作家协会的客厅里，每年都会回响起用各种语言朗诵诗歌的声音。聂鲁达造访过的这个大厅，正在成为引人瞩目的诗歌殿堂。上海国际诗歌节，已经办到了第三届，从国内外来了很多诗人。诗歌节期间，黄浦江畔又会响起诗人的声音，诗歌会成为这个城市中撩动人心的风景，会成为很多人的话题。对热爱诗歌、热爱文学的人来说，这是一个值得期待的节日。去年在黄浦江上举办的“诗歌之夜”，人们还记忆犹新，叙利亚诗人阿多尼斯在黄浦江的涛声中接过金玉兰奖杯，成为第一个获颁金玉兰上海国际诗歌奖的诗人。阿多尼斯那天晚上的获奖感言，至今仍萦回在我耳畔：“金玉兰诗歌奖对我而言是一座新的桥梁，这座桥梁让我跟上海，跟中国的思想家、文学家、诗人、小说家、科学家建立了一种更密切的关系，这座桥梁让我有更多机会了解伟大的中国人民。”

如果把上海国际诗歌节和诗人们的联系比作桥梁，那么，《上海文学》为国际诗歌节出版的特刊，犹如一座桥头堡，每年的诗歌节，就从这座桥头堡出发。欣赏在这个桥头堡聚集的诗人们的佳作，对我而言是一种莫大的享受。今年的国际诗歌节，又将有很多诗人从世界各地、从全国各地来到上海。与会者人未抵达，诗先登场。读他们的诗，让人惊叹人类文字的奇妙，也惊叹人心的曲折精微和浩瀚。诗人用独特文字展现的世界，和小说家虚构的世界，有着完全不同的风貌情状和质感。诗歌为读者展示了观察世界、洞察人性的丰富多彩的视角。一个诗人的作品，就是一片完全不同的天地，复杂多变的世界在诗人的灵性文字中繁衍成绚烂缤纷的花园。诗人的异想天开，有可能是连接远古和未来、融合虚幻和现实的钥匙。今年金玉兰上海国际诗歌奖得主，是来自丹麦的亨里克·诺德布兰德，他那些看似静谧的文字中，蕴藏着惊天波澜，他的每一首诗都揭示着生命和自然的秘密。他在旅行途中发现的诗意，让人回味无尽："光在立于虚空的圆柱上闪烁。/它将万物变作盐，只需轻轻一触。/我要一个影子，你却给我正午的阳光/我要一张床，你却给我一条路/一条越往高处走越硌脚的路。"

亨里克的诗中写到了光和盐，这使我又想起了聂鲁达的黑岛，想起那日夜不息的大海涛声。亨里克的诗意，和我在黑岛写的一首诗不谋而合，这首诗题为"灯塔和盐"，文字中的光和盐，正是对诗歌的隐喻。在聂鲁达故居举行的诗歌朗诵会上，我朗诵了这首献给聂鲁达的诗。且抄录如下，作为这篇短文的结尾：

你的声音曾经如大海的涛声
汹涌回荡在辽阔的世界
海潮翻卷着浪花远去
寂静海滩上留下晶莹的盐
你把盐留在大地
也凝结在人心
那些宝石一样的结晶
汇聚你博大的智慧
隐藏着生命的秘密
还有那风云变幻的时代气息
求索真理
沉迷爱情
向往和平
那是大海永恒的滋味

我曾经无数次遥望你的黑岛
想象在海浪中屹立不倒的礁石
黑岛并非黑色
她汇聚了世上所有的色彩

汇聚成人类情感的原色
真诚，正直，自由，浪漫
你站过的地方，你依然站着
你沉思过的地方，你依然在沉思
你歌唱过的地方，你的歌还在回响
你是岛上的灯塔
映照着岁月大海
流逝的时光无法湮没你的亮光
我看到你澄澈的光芒正在辐射
照亮人心中每一个幽暗的角落

2018年中秋于四步斋

【原载《文汇报》2018年10月19日】

没有告别的"告别"

王兆胜

我的硕士导师朱德发教授于2018年7月12日病逝，今天正好过去22天。在这么长时间里，我的心情一直没能平静下来，像寒风吹动着干硬的柳条，也像被无形之力抽打着的陀螺，还仿佛身在梦中。

朱老师从自己走进医院到去世，只有短短的20天。4月12日在青岛大学与朱老师见面，他还很是硬朗：身体健壮、脚下有力、中气充足、思维敏捷、谈风很盛，毫无身体不好的症状。那时，在户外我扶着他走路，在宾馆房间我给他拍照。他说近几天喘气有点不舒服，好像岔气了，我还给他按摩了十多分钟。回济南的路上，我与朱老师同行，还帮他提着包裹，一直护送他到家院门口。回京后过了两天，我与朱老师通电话，问他岔气之处好了没有。他说胸口不怎么痛了，好像转到两肋，痛得有点受不了。我催促他快去医院检查，他答应说好的。这是我与老师最后一次通话，也是与他"失联"的开始。

6月底，我又给朱老师打电话，是师母接的。她说你朱老师去医院了，住了好几天，要好好检查一下。在交谈中，师母反复强调：你不要跟任何人说你朱老师住院了，否则他回来会训我的，他不让我对任何人说。我跟师母说，好的，好的，我不说，您放心吧！事实上，我真的没对任何人说，因为我觉得朱老师不过去医院做个彻底检查，过几天就回来了，没什么了不起。

不久，接到同门师弟的短信，说朱老师病危，让我做好准备。我一下子蒙了，怎么可能？那时，我还有点不信，因为朱老师留给我的印象根本不像有病，我甚至觉得他脚步那么轻快，怎能说不行就不行呢？在与师兄弟的联系中，我一直盼望有好消息传来，但消息一天比一天坏，直到济南方面来了病危通知。

十万火急买票回去，但老师已被送进重症监护室，我已无法见到老师，更不可能与老师谈话，身心一下子飘荡起来，有点抓不住美好珍贵的东西似的。好在第二天，老师清醒了，我们三个大弟子有机会进重症监护室看望他。在拥挤不堪的重症监护室，老师躺在床上，鼻子里插着管子，眼睛很难睁开，但从紧紧握住我的手来看，他是清醒和明白的。我给老师鼓劲儿道："朱老师，我是兆胜，从北京来看您，您一定要有信心。您一生都在创造奇迹，这次重病也要挺住，也要创造奇迹，学生们都在外面等着您呢！"此时，我能感到朱老师握我的手在不断加力，但不知道是表示他有信心，还是与我做最后的告别？临别，我用左手摸了一下老师的额头——那个曾用思考和智慧写出无数篇章的所在，没有高温，这说明高烧已退，于是我心中又有了希望。

回京的几天里，总希望奇迹发生，然而朱老师还是没有挺过来，他永远地离开了我们。从 12 日到 16 日的遗体告别，朱老师在殡仪馆待了三天和四个晚上，那可能是他一生最为孤独寂寞的时光。他在 84 岁的生命历程中，一直与他心爱的家人、学生、学术在一起，而这段时间，我想是他最为空洞虚妄的几个日夜，因为殡仪馆的白天对于朱老师来说，也一定是长长的毫无希望的暗夜。

在遗体告别时，我们又见到了如同父亲般的朱老师。他静静躺在那里，被亲朋好友、学生和鲜花簇拥着，仿佛睡着了，又仿佛不认识所有前来的人们，这些曾从他那里接受过热情、温暖、知识、智慧和祝福的人们。在如江河一样涌流的泪水中，我再也不能从那个如父亲一样熟悉的身躯中，看到他那张英俊的脸庞，那双清纯明净而又充满智慧的眼睛，听到远在千里之外不断响起的长长的电话问候与祝福声。朱老师像一阵轻风般从我们眼前飘逝，没来得及留下一句嘱咐的话。

前些年，因家人不断出事，朱老师常来电安慰我，他总是以家父的长寿勉励我，认为我会继承父亲的基因。有段时间，我的身体不好，朱老师十分上心，他甚至跟我说过这样的话：“兆胜，要好好保养身体，作为学生，你们可不能走到老师的前面。”这话说得很沉重，也充满忧虑，从中我能听出朱老师的弦外之音，那就是：“你年纪轻轻，难道还活不过我这个老头子？”这是朱老师给我下的针砭“重药”，是一种激将法。朱老师80大寿，以及以后见面，他总是仔细审视、多看我两眼，嘴里还说：“你还是有点瘦，一定记住，到了一定年岁，最好是稍微胖一点。”此次青岛之行，朱老师欣慰地对我说：“好像你的身体恢复得不错，我就放心了。”回京后的最后通话，朱老师还表示：“这次青岛之行，有你为伴，感觉特别好。”当年，我往北京考博士，朱老师恋恋不舍。多少年来，不能陪伴在他左右，我颇感遗憾。此次，有好几天与他在一起，我有一种难言的幸福感。

下午是朱老师下葬。我们来到平阴县一个山清水秀的地方，在群山怀抱中，朱老师的骨灰被放进墓穴。主持人宣告，孝子为爸爸暖穴，后来朱老师的文集被置于墓中。很快墓门关合，师生两界。此时，我想，恩师从此就安眠于此，墓旁有一株美丽的小树，远处的群山苍翠，天高地远，一片辽阔，他会不会更感寂寞？

家父去世前，曾表示：“人就是一盏灯，活着发光发热，死了就灭了，什么都没了。”这种朴素的认知曾让我对他这个只上了三年小学的父亲，产生敬畏之情。但另一方面，我又相信灵魂和精神的存在，这恐怕是我们人类难以体会的。我总觉得，朱老师去世后一直没有走远，至少在一段时间里，他的魂魄没有马上离开。因为他走得太突然，他一定有很多很多话要与家人讲，要与他心爱的弟子们说。假如朱老师病重后有一年半载时间，我敢说，他会跟每位弟子谈话，在恋恋不舍中做最后的告别，以他那父亲、导师、朋友的角色跟我们有说不完的话。甚而至于，他会为每个弟子指点迷津，留下长信和无数祝福！如果再有足够的时间，我们的老师一定会给学生留下千言万语和万语千言。

7月29日早晨6点24分，我得到一梦。梦中，我与清华在朱老师家里，师母突然接到电话，是朱老师打来的。一会儿，我接电话，问朱老师在哪儿？电话那头儿，朱老师说，他离开医院了，正往郑州妹妹家里赶，需要一个小时。我知道，朱老师唯一的妹妹在郑州，八十年代出差，朱老师曾带我去过她家。记得朱老师的外甥卫国那时还是个中学生。梦醒，清晰的画面如在眼前，我将它看成是朱老师与家人与我做最后告别。我算了一下时间，此时正好是朱老师逝世半个月，他的身体虽不在了，但灵魂一定没有离开。告别之后，他就会御风而行，到天国报到了。我甚至想，因为朱老师走得太过匆忙，他是不是向阴间的小司请过假，让他的灵魂在人间多待几日，以便向亲人尤其是未及见面的弟子做最后告别。

今晚，在写朱老师这篇文章时，也出现一奇怪现象：一只红黑相间的瓢虫在我周围飞动。本想将它请出去，但后来想，它说不准是朱老师派来的精魂，至少是恩师精神之寄托也说不定。这样想，我就任其自由来去。没想到，瓢虫竟然停止了飞动，顺着我电脑屏幕的边际有规则地慢慢爬动，还不慌不忙走了两周。后来，它甚至来到我的键盘前，又到了我旁边的手机底下，一动不动卧在那里。因为我一边写作，一边流泪，打字时键盘的噼里啪啦声入耳。我不知道，此时的朱老师有无灵魂感应？否则，这个瓢虫怎能无孔而入房间，并从容不迫长久停留于我面前，而且又是如此恋恋不舍。

朱老师的去世，我如丧考妣。原本坚实有力的靠背现在没了，原来隔段时间的师生通话再无可能，原先被赋予了无限希望与寄托的济南突然间暗淡下来，留下的只是精神的牵连与长长的怀想，以及永远不会消失的前进动力。

有一次，因工作忙，久未给朱老师通话。他亲自打来电话，先问我的身体情况，然后动情地说："时间久了，没听到你的声音，还真有点想念。"如今，就是我天天给朱老师打电话，声音的那头儿将永无长长的一声，带着弯儿的"Wai——"，再也没了动问国家形势和阐述学术新见的年轻人般的激情，以及还没等我说完，就说一句"就这样罢"，然后将电话习惯性地挂断。

作为朱老师的弟子，我一直以为他能活过百岁。所以从未想过要珍惜，与他在一起多待一待。更没想到他如此健谈，最后却没能给学生留下任何嘱托和遗言，甚至没有一句话。不过，人生必须彻悟，理解人生真谛，解开生命密码，学会放下和放手，让朱老师尽早到另一世界，那个他或许会更为自由快乐的新的天地。

朱老师，如果你在那边又想我们了，就托个梦，或者再放飞一只瓢虫过来，以传达我们师生的缘分和爱意罢。还记得，在自青岛至济南的高铁上，我问朱老师：“您已桃李满天下，师生感情深厚，能说说带学生的诀窍吗？”老师想了一下说：“也没啥门道儿，如果有的话，那就是六个字。”他顿了一下，接着说：“有偏爱，无偏心。”后来，我又问：“朱老师老家的老房子还在吗？”他说：“早没了，根本留不住。”我说：“什么时候，咱一起回您老家看看。”朱老师有些兴奋地说：“好啊！”可是，这样的想法已经永远无法实现了。

其实，比较而言，我还是幸运的。因为自 4 月 12 日在青岛大学与朱老师聚首，到现在近百日的时间里，他不是在以不同方式向我告别吗？久别后重逢、零距离接触、通话聊天、紧紧握手、梦中相问，还有今天这个小瓢虫。这些恐怕都是悄然“告别”——没有告别的“告别”吧？

在今后的日子里，我一直都不会忘记：那英俊的面庞、聪慧的眼神、浓重的乡音、忙碌的身影，还有永远年轻而激扬的奋斗精神。

【原载《山东文学》2018 年第 11 期】

浸 润

朱以撒

有位同道来谈书法，对我说，你的字在布白上很像一个人了。他说了一个古人的名字。我笑笑。一幅字写到留白很多又有一些清冷，已经不是少年心思了。想起起始时学习，总是会选择那些萦绕翻卷多的字帖，再加上自己的一些夸饰，觉得笔下会有江南才子气那般的潇洒风度，于是满纸茂密，有如藤葛交错胶着。这样的笔调持续了好多年才渐渐松弛下来，萌生了削减的念头——人到中年后，许多想法是与青年时期相反的，而人到晚年，却会坚守中年时的见解，并且逐渐强化它。以致后来，笔下越来越简净，那些枝枝蔓蔓都被芟除了，剩下一些意笔。现在回想，几十年时日就是在不断书写的动作里过去的，没有人来引导，自以为是，因为跟着古人走，还算顺利，最后就成了今日的笔调。

一个人在 20 世纪 50 年代末开始动笔，没什么目的，只是以执笔书写为欢心，日日写去。那时经济贫困，饱也写，饥也写，算是穷开心地过完童年生活。后来是“文革”，所有学校关门，作为小学生也就躲在家里继续写，觉得看着字帖临写是件很实在的事，像是有人牵着你的手，行于陌生地带。再后来是我背井离乡到山区落户，白日田间劳作得筋骨疼痛，晚间在昏黄的灯光下，还是要写几张字的。至于考上大学条件转好是很后面的事了，白日过去继之以夜，古人碑帖又多学了不少，悟到了一些玄奥。

一种兴趣如果持续下来，也就是一个反反复复的过程。即便晚上酣睡，也会如一张宣纸舒展开来，旁边有一个砚台，还有一杆羊毫。有人曾经问数学家陈省身每天工作多少小时？陈摊开手说：“这个，没法子说，我一直在想。”我和陈省身的感觉一样，没有挥毫时也想着与书写有关的事，想到那些过世的古代书家下笔时的样子，一本正经的，汪洋恣肆的，颠倒淋漓的。我看到院子里黑黝黝的卵石，当初费气力把它们抱来，全然因为它们像一个个不同的点——卫夫人说高山坠石，能把点写成如此沉着敦厚不吭不响，也是美妙之至。再看墙外后山的大片芦苇，迎风摇曳全是坚韧的筋骨，铁画银钩一般不可摧折。自然之物到了我的眼前，它们的审美价值算是被我捕捉到了。

书法研究生在画室里也如此，反复地跃动笔端，像娴雅的鸥鹭一步一啄，或者兔起鹘落，只是瞬间。前者写篆，后者习草，一人一个方向，谨遵规范。由于导师强调站着挥毫，也就更使少年意气张放，直到累了，坐下来喝水，或者走出画室，看看枝头消息。手工活就是这样，无数次地打磨以至少有舛误，百炼钢终为绕指之柔。有人说过机器人会写得比我更好，它有超越人生的无限次的训练过程，机器人下棋胜于一流棋手的事实已是明证。我认同机器人写字的必然，但它写它的，关我何事？我还是每天都要写，风雅自赏，即便我写不过，也不会罢手。笔墨中的人气，尤其是个人情怀中那些微妙处，我不相信机器人的笔下可以传达，所以到了那个时候，个人的这些独异，就显得特别珍贵了。手工活有情感的重复，不是悬浮于缥缈之上，而是沉于指腕之间，尤其是指尖，感觉是如此发达和敏感。尤其是女研究生，平素里的才华都藏匿于指腕内，仿佛玉蕴于石珠隐于蚌，且看上去又那么清瘦娇小。直到真需要出手，才拈起笔来，也不试试墨色浅深就写下去，三下两下，已经完成。四座一时惊艳，觉出不动声色的力量。通常没有人去关注一座大楼沉潜于地底的基础，它们在人的视线之外，似乎没什么值得言说的，欣赏露出地面的部分就可以了。

反复书写最终迎来了一个人的自由，无所拘囿。一个常见的现象是，擅长挥毫的人晚景里还是乐意写一些大字。因为眼力不济，腕下颤抖，作精细小楷的时段已经过去，而大字会更合乎信手这样的心境，哪怕写得虎头蛇尾头重脚轻，还是很快乐的。当规矩都由有法化为无法，这个人已经跨过千山万水，此时可以不计工拙了。

我和父母亲在精神生活上有着不同，但最相同的部分是在职业的选择上，都是择一业做一生。如果没有退休制度，他们二人都会在小学教师的位置上做到终了。当时的课本不似今日不停地变换，父母亲也就将自己负责的几个年级的课程演练得滚瓜烂熟，同时还能旁通其他课程。但他们还是保持一本正经地备课，看能不能于娴熟中再挖掘出一些新的内容，使学生多一点获得。在许多人眼里，一个人的技能烂熟之后就在平面上移动。父亲却能做到递进，语文课上得很有神采，技进乎道，加之敬业勤勉，他获得了小学教师最高的荣誉。母亲任教于郊区的一所小学，每日四趟往返于家和学校的路上——她习惯了徒步，徒步有益于思考。有几次我发现她边走边指指点点、自言自语，沉浸在自己的世界里。我曾经告诉过她，她笑笑，但后来还是依旧。当时，这个典雅的小城车马无多，使她在忘乎所以时不至于遇到危险，至于路上的人如何看她，母亲浑然不觉。我的教学生活比父母亲自由多了，根本不必集体备课，把自己那部分教好，出了问题自己承担。许多磨炼在书斋里，别人看不到，也不必为外人道——一个人既然喜爱自己这个职业，也就不止于谋生这一想法，反而会为此多多付出，乐趣也由此滋蔓，甚至在一个人退休之后依然牵挂某些细节——如果有条件的话，可以在宽大的画室里，四面镶上优质的黑板，配以优质的无尘粉笔，待我兴起时，将它们一一写满。

父亲去世前两三年就开始动手写遗嘱了，但仅仅进入第一部分，写几句就放下了。过几天又重新开始。帕金森病使他行笔不畅，而他又想字迹写得好看一点，因此我看到的都是片段，无数的片段。我估计遗嘱要写四个部分，还是有一些字数的，但他觉得有时间，慢慢写完全可以写好。父亲在写字上永远是从容不迫的，没有急就章的心态；即便遇上急事，也是安坐下来，一笔一画写好了再说。所以他晚年想学草书没能学成，缘于他的心态、手态永远是楷式的，形成不了惊沙坐飞、孤蓬自振的笔调。其实，父亲完全可以随意写去，让几个部分的轮廓显示出来，然后再穿插、增补，最后抄正。然而父亲一直在第一部分上反复，以至无法往下写——这是一段关于信仰问题的文字，父亲觉得神圣而庄重，应该细致表达，就停滞在这里。时光对于老人来说十分吝啬，父亲完全可以爱怎么写就怎么写，涂涂抹抹亦无不妥，能让我们清楚其中意思即可——没有一个人会对老人笔下的字迹提出或这或那的要求。由于父亲的唯美主义，遗嘱的余下部分，都被时间带走了。

现在，我信笔而成的作品还是无多，不似有些人的才子气度，信笔一挥，成了。我更多是写了多遍才挑出一件——我觉得时间就是用来反复地做一件自己兴趣盎然的事的，至于终了如何，反倒不会去多想了。

【原载《光明日报》2018 年 6 月 15 日】

燃烧到最后一刻的写作者

——念红柯

阎晶明

红柯是我的同龄人，我比他虚长一岁，可自从认识开始就没觉得他有什么从前年轻如今年老的改变，他似乎是不变的；红柯是我的朋友，是君子之交式的往来，交情从始至终既无升温也未淡漠，是老熟人却无多少只属于我们之间的特殊故事；红柯是我的校友，我多年前曾在陕西师大求学，他多年后成了那里的教授；红柯是我的同道，他是小说家，我在作协供职多年也写一点小文章。不过说到是同道，他却要出色得多，无论是在西域还是在长安，无论是在技校还是在大学，他都是一个以笔为生、从无懈怠的写作者。他看上去并不擅长言辞，但同他聊过天儿的朋友都说他特别能说。不管教师是不是他最恰切的职业，作为作家，他是很典型也颇具代表性的。在一个自己向往的世界里活着，并努力以笔为旗，试图带领更多的人通过文字喜欢上那里。他简直就是一个疯狂的写作者，谁也弄不清楚他的写作目标和终极地究竟在哪里。

然而，他的生命在56岁的盛年戛然而止。2月24日上午，我从朋友圈看到一则消息：作家红柯突然去世了。因为太突然，所以比震惊更直接的是不敢相信。赶紧联系陕师大和陕西作协的朋友，确定消息属实，不禁悲从中来。我看到案头上摆放着刚刚收到的他寄来的新书：《太阳深处的火焰》，却必须要面对他本人的生命停止燃烧的残酷事实。56岁，是鲁迅离开这个世界的年纪，但80年前的时势，鲁迅被同时代人称为“老头儿”已经很久，人们似乎并没有太在意56岁意味着老还是不老。可今天，面对红柯的离去，我看到文坛朋友们发出的哀悼里多有对其英年早逝的惋惜。的确，无论作为教师还是作家，红柯的事业都处在成熟、旺盛时期；作为家里的丈夫和父亲，他也毫无疑问是顶梁柱。他个头不高，身体看上去很壮实。据说他还经常自觉锻炼，并常常向人推荐气功等健体之道。这真是让人无可言说。在我眼里，红柯没有什么不良嗜好，生活很安静，专注度极高，怎么会突然如此？3月26日，我陪铁凝到西安他家中慰问他的家人，在那样的情境中，不禁倍感悲痛。红柯是作家，他的作品仍然在读者手中流传，这似乎也让他的生命有一种额外的延续感。在陕西作协的座谈中，发言的朋友们反复提到他的名字和他的作品，甚至让人感觉他只是当天没有到会而已。

作为小说家，红柯有他突出的标识。这些标识几乎成了人们对他小说的固定化认知。如浪漫主义，他的作品名字《美丽奴羊》《西去的骑手》《太阳发芽》《绚烂与宁静》等，的确天然地散发着浪漫主义气息。还要加上他多以新疆为题材创作小说，西域、荒原、风光、风情、民族、传说等这一切，让他的小说涂上一层厚厚的浪漫色彩，特别容易辨识。他是秦地人，但大学毕业不久就到新疆工作生活，一去就是十年。于是他内心的世界就积淀下很深的多重文化基因和情感累加。他后来回到了长安城，但他的感情有很大一部分留在了新疆，可以说他比很多的陕西作家多了一重看关中看陕西的眼光。他今年2月6日曾寄给我他的散文新作结集《龙脉》，他在扉页上写下这样一段话：“没有昆仑山—天山—祁连山的秦岭就是一道土墙，没有西域的长安（西安）就是一个大村庄。”这话当时并没有让我觉得多特别，现在想来，这不正是阐释红柯小说多重性的一个很好注脚吗？在新疆与陕西之间，在长安与西域的路上，红柯看到了太多不同的风景，西域在自然地理上与关中的关联度、在文化上对内地的重要性，红柯一定有很深的认识。这或许也是他创作上疯狂掘进的一个强大动力。

小说是由一个一个的细节组成的，不是心细如发的人做不了小说家。我又从书架上找出红柯三年前寄赠我的一本书《少女萨吾尔登》。扉页上他写了这样一段话：“2013 年底刚完成书稿，父亲病危，很快去世，我累倒住院。抽出其中第四章以中篇《故乡》发表。山西祁县读者自发召开《故乡》研讨会，感谢山西人民。”他知道我是晋人，所以有此特别交流。

但面对红柯小说我是惭愧的，《乌尔禾》之前的红柯小说我大多读过，也在一些文章里提及、举例过他的作品，但一直没有写过专文给予评论。他是那么高产，是充满了热情和倔强的写作不止的创作者。我想，要追踪红柯的小说，可以等他的创作尽情绽放到一定时期再来交流。后来因诸事繁杂，即使收到他的新书也不能充分展读了。总之是近几年不停地收到他寄过来的新作。他的创作力太旺盛了，我就只能在见面时向他表达敬佩。

所幸还有很多朋友，勤奋的评论家，敏锐的记者，热心的读者，对红柯的作品给予充分的评论、中肯的评价。在红柯去世不久，我的师兄李继凯就力主编辑关于红柯的评论集并付梓出版。这一行动彰显了母校对红柯的尊敬，表达了朋友同道对他的缅怀。收在其中的文章，是学校的老师同学广泛搜求所得，全面完整地展现了红柯小说产生的持久而多重的影响，包含了作家、评论家、读者对他小说的高度、深度和艺术特点的定位、评价，包括他的小说浪漫主义风采下的现实主义精神，这很重要。在红柯的创作因生命的消逝而突然终止之后，再来翻看这些评论，又如一团团热情之火光，汇聚成一种力量，证明着文学的生生不息，佐证着一个作家的价值。我相信，这样的文章结集，是对红柯非常郑重的纪念，从文学上也为后来的研究者提供了足够丰富的资料，同时也是文学薪火相传的一种特殊表达。在此，也必须向多年来对红柯的创作、工作和生活给予多方面关心支持的人们，对他的作品给予文字评价的朋友们致以真诚的敬意。生命的逝去无疑是令人颇感悲凉的，但有这样一种文学的精神闪烁和情感传递，又是多么令人欣慰。

特别需要声明的是，我本无资质为此厚重之书作序。但念及朋友红柯人已西去，校友师兄格外信任，又觉得以此为评述红柯创作先做个铺垫和准备，不如索性把推却变成一种责任，借此参与到阅读、评价、缅怀、纪念红柯的行列中来。

愿文学之光照亮每一个生命。

【原载《文汇报》2018 年 5 月 21 日】

怎样握住一颗眼泪

李青松

我跟海子接触有四年时间。因之诗社和诗。

1983 年 9 月，我入政法时，海子也入政法。不过，我当时的身份是学生，海子的身份是教工。我说的政法，是指北京市海淀区学院路 41 号——中国政法大学（当时门口校牌子上的字是彭真的手书，现在改为邓小平手书了。入校时校长是刘复之，毕业时校长是邹瑜）。那一年，中国政法大学是在全国范围内首届招生（之前为北京政法学院），一下子就从内蒙古招来 50 人。我是其中之一。哐当哐当！哐当哐当！我是坐了一夜的草原列车进京的。当我背着行李、拎着网袋（里面装着洗脸盆和牙具），步履兴奋地被人流裹挟着，走出布满煤尘、异味弥漫的西直门火车站出站口的时候，天就亮了。

我知道，草原和沙地离我远去，新的一页已经掀开。

政法大学南校门之外就是小月河。河里蛙鸣喧嚣，河岸荒草连天。我当时想，若是把老家的羊赶来，一定会个个吃得膘肥体壮。城里的草，就那么白白长着，派不上用场，真是可惜了。

我本来第一志愿报的是北京广播学院，偏偏没被录取，却被第二志愿的中国政法大学录取了。当时，政法大学还没有分系分专业，可见当时办学之仓促（好像入学半年后才分系分专业）。

入校后给校刊投稿，就认识了校刊编辑吴霖和海子。吴霖有两个笔名，也叫江南，也叫陈默，毕业于华东政法学院。海子原名查海生，毕业于北京大学。吴霖和海子在一个办公室，面对面办公。我当时在校刊发表的第一首诗是《老教授的书屋》，责任编辑是吴霖。虽说中国政法大学是以培养法官、检察官和律师为主的政法高等院校，但法律课堂上的许多大学生仍然做着文学梦。这是一种悖谬——法律的功能是使每个人都成为理性的人；而文学的功能是使每个人成为感性的人。

法律是收敛和约束情感，使看不见的东西不被看见。而文学则是张扬和放大情感，使看不见的东西被看见——而且不光是使自己看见，更是通过自己的表达使别人看见。

从本质上说，每个人都渴望看见——看见青春的美，看见生活的美，看见世界的美。

那个年代，正是校园诗歌盛行时期。那个年代，正是校园文学气象万千的时代。今天，当我转过身去，向着那个时代遥望的时候，腾的一下，浑身有一股热流在澎湃涌动——我们应该向那个时代致敬！

在吴霖的鼓动之下，经校团委和校学生会批准，我便不知天高地厚地发起成立了中国政法大学诗社。海报刚刚贴出去，就有上百人报名参加。我们还是从严掌握的——最后通过审核作品和面试，录取了55名同学为诗社成员。我被任命为首任社长，副社长是王彦、张国森。骨干有曹洪波、李艳丽、王淑敏、郁红祥、齐晓天、王光、孔平、贾梅、李成林、孟朝来、荀红艳、武彦彬、商磊、庞琼珍、付洪伟等。同时，我们还创办了一本诗刊《星尘》。我任主编。刊名是吴霖起的，“星尘”二字是我们班的同学朱宏霞手书的。那家伙，来自内蒙古乌兰察布盟，从来不去上课，整天躺在宿舍床上读《红楼梦》。是个烟鬼，床底下全是烟屁股。面黄肌瘦的，就像旧社会受苦受难的人。

当时，校领导江平、宋振国、解战原、张晋藩及老师高潮、宁致远、张效文、王洁、隋彭生、于波、马宏俊、唐师曾、丁元力等都很支持诗社的工作。校记者团团长、学兄毛磊也给予热情的帮助。

在我的建议下，吴霖被聘为诗社名誉社长，海子被诗社聘为顾问。也就是从那时起，海子发表诗歌开始用“海子”这个笔名了。海子生就一张娃娃脸，那时没有多少人注意他。海子生活上过于邋遢，不修边幅，胡子乱蓬蓬的。吴霖是上海人，戴一副眼镜，风流倜傥，满腹经纶，我们都称他吴老师。但对海子从没唤过老师，就叫小查。他的额头和鼻尖总是汗津津的，一副羞涩的样子。当时的海子“一穷二白”，没有底气没有自信。

唐师曾（当时是教国际政治课的老师，后来成了新华社著名记者）为讨诗社漂亮女生欢心，哐当哐当躺在地上拍照片，拿给海子要求在校刊上发表，却每每都被海子说“不”。于是，“唐老鸭”给海子起了个绰号“扎卡”——大概是因为海子的面相长得有点像印度电影《流浪者》里的坏蛋扎卡吧。不过，海子反过来也给唐师曾起了个绰号——“糖包子”。一个“扎卡”，一个“糖包子”，都无恶意，算是一对一抵消了。他们教工之间的事，我们不便多嘴。毕竟，我们是学生。

诗社活动搞得轰轰烈烈——办刊物，举办诗歌朗诵会（朗诵会多半是由查卫民和张卫宁主持。朗诵会上，曹洪波每每都会登台，以咬牙切齿的表情朗诵一首自己的诗作——啊！风！——啊！雨！——啊！闪电！常会引来满堂笑声），搞诗歌讲座……政法大学成为当时高校的诗歌重镇。我曾带人专门去臧克家先生的家里拜访，请教老先生一些诗歌问题。我们请邹荻帆、梁晓声、刘湛秋、徐刚、顾城等作家和诗人来学校跟诗社成员座谈。北大、师大、人大、邮电等诗社的人常过来交流。北大的西川（刘军）来政法次数最多。当然，他来的次数稠密，除诗歌之外，还另有原因。什么原因？别问我，问我我也不会说。

诗社没有办公场所，实际上，我的宿舍就是诗社办公室。当时，全国几十所高校的诗社负责人跟我有过联系，我每天都能接到六七封，甚至十几封信件。当然，不光都是投稿，也有探讨诗歌创作方面的信，也有油印的刊物，油印的诗集，也有——也有朦朦胧胧表白那个意思的信。读信，是我每天最快乐的事。

回想当年，我们的青春和梦想都是与诗相伴的。诗，让我们沉浸在幸福中。

有一次，我们请某诗人来校讲座，结果，那个诗人因故没来，我就跑到校刊编辑部找吴霖救场，偏巧吴霖不在，就跟海子说："小查，你来救场吧，你讲。"海子说："讲什么啊？"我说："你就讲朦胧诗吧，对付一个多小时就行。"

海子说："不行，临时抱佛脚，我哪有那本事啊！"

我说："今天听讲座的可全是漂亮女生，你不去讲会后悔的。"海子的眼里放出欢喜的光芒。海子是鱼，女生是鱼钩。漂亮女生，是钓海子这条鱼的鱼钩。于是，海子就跟我来到那间教室。

不过，确实有点难为海子了。那次讲座由我主持，海子都讲了什么，我一句都记不得了。只记得他的额头和鼻尖上浸满了汗珠，讲话的逻辑有些凌乱。然而，我万万没想到的是——就是在那次讲座的现场，他的目光与坐在头排认真听讲的一位女生的目光，倏地碰撞在一起——海子的初恋开始了。

那位女生叫……我还是不说她的名字了吧——替别人保守秘密是一种修养。但可以透露的是，那个女生有一双忽闪忽闪的大眼睛，个子不是很高，走路时双肩有点向上一拱一拱的。看得出，海子陷得很深。寂寞时，海子经常用手指在桌面上一遍一遍写她的名字。后来，我才知晓，那时海子写的许多诗，其实都是写给她的。

我在中国政法大学读书时，除了担任诗社社长兼《星尘》主编外，还是刊物《法官的摇篮》（也发表一定数量的文艺作品）的主编。两个刊物需要大量稿件。我当时的宿舍跟校刊编辑部只有一墙之隔（准确地说，是一板之隔——同一座楼，楼道用纤维板隔开，一边是教工办公区，一边是学生宿舍区。应该是七号楼吧。好久未回学校了，不知现在什么情形），海子为了投稿方便，就把纤维板隔离墙抠开一个洞。我们约定暗号——他在洞那边嘭嘭嘭敲三下，我在这边把稿子接过来。

海子当时写作用蘸水钢笔，字体是斜的，有点像雷锋的字体。刊物大样从打字社（那时用四通打字机打字排版）取回来，往往有的版面就会出现五六行或者七八行的空白。我就拿着大样去找海子，让他补白。海子经常是先翻翻外国诗选，找找灵感，就能很快提起蘸水钢笔唰唰把白补上。

1985年3月，第二期《星尘》第53页至55页发过海子的一组情诗——《夏天的太阳》，小标题分别是:《主人》《你的手》《窗户》《渔人》《行路人》《日落》。海子对《主人》中的开头几行洋洋得意——

我在鱼市上
寻找上弦月
我在月光下
经过小河流

你在婚礼上
使用红筷子
我在向阳坡
栽了两行竹

我当然知道，这一组情诗，他是写给谁的。一个字没动，原稿照发了。我还特意叮嘱编辑，每个小标题上下加横线处理，以示醒目。诗尾有两行作者简介：海子，男，安徽人，校刊编辑。曾在《滇池》等刊物发表过诗作。

当时四通打字机打不出“滇”字，我便用圆珠笔手写到蜡纸上，刻出了一个“滇”字。现在拿出那期刊物看看，有点不好意思——那个“滇”字写得太丑了。

实际上，海子当时仅在《草原》《十月》《滇池》发过几首诗，大部分诗作还是发在我们诗社的《星尘》上。海子后来的成名和巨大的影响，让我着实深感意外。

在我担任法律系团委宣传部部长期间，团委刊物《共青团员》要出一期文学专刊，由诗社组稿（实际上就是由我来组稿主编）。我说，既然是文学专刊，那就起个专刊刊名吧——于是，就起了《蓝天与宝剑》。我当时好像正读一本苏联方面的小说，受捷尔仁斯基说过的一句话影响很深 —— 那句话大意是“法律就是蓝天下出鞘的宝剑”。

校党委副书记宋振国说："这名字好 —— 既有正义感，又有艺术性。"

我当时激情澎湃，亲自撰写了刊首寄语。吴霖写了一组诗《在远方》，海子写了《我是太阳的儿子》等五首诗。还有郁红祥、张国森、葛庆学、王旗等同学的作品。由于海子这 5 首诗各自都是独立的主题，不能按组诗编发，只能每首单独发——这就带来一个问题：海子的名字就要在同一期刊物上出现 5 次。这样似乎不妥。我跟海子商量，能不能用不同的笔名，把这 5 首诗一次发出来。海子说，行啊！能发出来就行。

打字室那边催大样了，刊物出版流程不能再耽搁了。我便自行决定，除了查海生和海子之外，又给他起了另外三个笔名——"海生""阿米子""小楂"。

"海生"—— 这个简单，查海生三个字去掉一个字。"阿米子"——因为海子喜欢凡高，在诗中常称其瘦哥哥，我随手就给他起了这个外国名字。"小楂"—— 也没什么特别的寓意，只是当时我由查字联想到山楂树，就在查字前面加了木字旁。

事后，海子对这几个笔名也都很认可。

在那期《蓝天与宝剑》文学专号上——海子《我是太阳的儿子》，阿米子《雕塑》，查海生《渡神》，小楂《阿尔的太阳》，海生《新娘》等，其实都是海子一个人的作品。至于"阿米尔""小楂""海生"等笔名，海子在别处用没用过，我就不得而知了。

海子似乎没有什么爱好，唯一的爱好可能就是喜欢逛书店。他多半逛的是西四书店或者三联书店。

一个周末，海子在那边猛砸纤维板墙，嘭嘭嘭！嘭嘭嘭！我以为他又要投稿，可这次却不是。原来，他逛书店刚刚回来，却忘记带钥匙了，门打不开，进不了办公室。叫我过去，看看有什么办法。

我过去一看——好家伙！一捆书戳在门口，足有二十几本。有哲学书，有文学书。文学书好像有梭罗的《瓦尔登湖》、惠特曼的《草叶集》和泰戈尔的《飞鸟集》等，其他一概想不起来了。

那蔚蓝色的门紧锁着，海子用硬纸片和铁丝折腾半天了，也没有弄开。我问他，上面的天窗能打开吗？他说不知道。我说，我个子高，肩着你，你爬上去试试看，如果能打开，就从天窗翻进去，从里面把门锁打开。如此这般，这般如此，他照做了。果然，哗啦一下，门打开了。

满脸通红、汗水淋漓的海子，孩子一般乐了。他从桌子底下掏出一桶橙汁，为我倒上一杯，为自己倒上一杯。

我赶紧帮他把那捆书提进屋里，说，够读一年了吧！他说，有的书也可能压根儿就不看，但必须得买回来，否则心里闹得慌。他解开捆书的绳子，一本一本摆上书架。然后，坐到椅子上，举起那杯橙汁，一仰脖儿，咕嘟咕嘟干了。用手擦了擦嘴角，心满意足。

我也端起海子为我倒上的那杯橙汁，却没有喝。

你还好吗？我问。

不好。他说。

怎么啦？我有些诧异。

但我从来没有这么好过。他说。我愣了一下，笑了。咕嘟咕嘟！也喝掉了那杯橙汁。海子经常这样，说一些逻辑悖谬、出人意料的话。

1987 年，我大学毕业后，就跟海子很少见面了。必须承认，我对海子的内心世界，还了解不多。我们的交往也仅局限于诗社活动及诗歌创作。毕竟，我的主要心思还是用在功课上。

海子在《我是太阳的儿子》里写道："人，应该知道自己是什么，应该知道自己的河流和历史是浑浊而不是透明的，应该知道自己血管里流的是血。"也是在这篇文章中，海子继续写道，"成熟是不知不觉来到的。当我们似乎寂寞地过着日子，没有了任何倚靠的心理，歪歪斜斜地上路的时候，我们突然沉默起来。"海子，为什么要沉默？是看穿了生活的真相吗？

可是，生活的真相就是看起来如此，其实并非如此。

在世俗的眼里，海子至多是一枚青涩的果子，可能永远都不会成熟。然而，他对这个世界的认识，对人生的思考可能超越了许多人。

我们会不会在历史的细纹里消失呢？一定的。人生，是短暂的。

其实，诗不在喧嚣中，而在寂寞里。寂寞，是我们熟悉的面孔。寂寞，众声喧嚣的尽头还是寂寞。青春更是如此。然而，诗并不是我们生活的全部。我们究竟需要怎样的生活？

海子说："寂寞，可能就是我们渴望燃烧。寂寞，也就是因为我们还没有充分燃烧。让土地知道它是土地，让种子知道它是种子。"爱情也需要燃烧吗？当然。

可惜，海子的爱情注定是一场悲剧。海子的内心是相当孤独的。正因为孤独，所以他选择了诗歌。在我看来，与其说海子是有诗歌信仰的人，不如说他是选择了诗歌的方式来表达和倾诉的人。

时间，磨尽了悲伤和孤独之后，生命的光彩，便在他的诗中喷涌而出，而且是那么干净美好。

有的人生来伟大，有的人追求伟大，有的人被人硬说成了伟大。没有不朽的伟大，伟大是可能被颠覆的，所有的伟大到最后都化作了尘埃。当然，海子跟任何伟大都没有关系，但是，海子的诗——《面朝大海，春暖花开》《五月麦地》《日记》却传奇般地流传下来。诗歌，需要一个神。旧的神过气了，需要新的神取代。于是，信徒们便把海子推上了神的宝座。顶礼膜拜，欢呼不已。

然而，这一切跟海子还有关系吗？

我忽然想起卡夫卡说过的一段话：

你没有必要离开屋子，待在桌边听着就行。甚至听也不必去听，等着就行。甚至等也不必去等，只要保持着沉默和孤独就行。大千世界会主动走来，由你揭去面具。

可是，海子再也不可能揭去这个世界的面具了。

跟海子见的最后一面，应该是 1988 年秋天。当时，我回学校去昌平校区看望一位老师。我记得，是在去昌平校区的班车上见到了海子。他当时很疲惫，眼神迷离，好像刚从西藏回来。我们坐在最后一排座位。他告诉我，他已不在校刊编辑部当编辑，而到哲学教研室教自然辩证法课了。

奇怪，我们当时的话题并没有聊到诗，而是别的什么（海子似乎谈到练气功的一些事情）。聊着聊着，话就寡淡了，渐渐就稀疏了，渐渐就没话了。我能感觉到，诗已经离我们远去。海子的心，已经被一种魔力占据了。诗，在那个时代，曾经是我们的梦。人生的痛苦在于——梦醒了，就无路可走了。

1989 年春天的某日，从母校中国政法大学传来令人震惊的消息——海子在山海关卧轨自杀了。

我，半晌无语，泪流满面。

想起海子的两句诗：

草原尽头我两手空空

悲痛时握不住一颗眼泪

【原载《北京文学》2018 年第 10 期】

一条船上的句号

孟大鸣

公元770年冬天，到底是哪一天，现在无从知晓，毕竟是一千三百多年前的事。那个冬天，有一条乌篷船从湘江进入洞庭湖后，又沿汨罗江逆流而上，它的目的地是昌平，也就是今天的湖南平江。我想，这件事情的真实性，就如同洞庭湖水流入长江，况且平江小田村还有一座举世闻名的墓可资佐证。去年，我去了一次小田村，参观了为老人修建的占地十亩的墓祠。虽然参观者不多，但墓祠的规模只有老人的地位和身份才能匹配。当地的朋友介绍说，老人去世后，他妻子和一个叫宗武的儿子，便留在小田村守墓。现在老人的后裔们成了小田村的大姓，族谱上老人的名字也一代代传了下来。

老人躺在船舱里。如果是今天，老人还不算老，五十九岁，比我还小一岁。而在现实生活中，我还不曾享受到老人的待遇。或许在那个平均寿命低于今天的年代，花甲就是老人的代名词。年轻时读巴金的小说《家》，高老太爷也是五十九岁，但我对他的印象就是耄耋老人。于是，把这个五十九岁的唐朝人称为老人，我觉得也合乎情理，何况他还有肺疾、头痛、风痹等五种疾病。风痹像一只饿虎，大口大口吞噬他的身体。中医说，这是风、寒、湿三邪入侵。公元768年春，老人沿长江出三峡，在水上漂泊了近三年。这三年，中医说的三邪养得老虎愈加凶猛，而他的肉体却成了一株在风雪中飘摆的枯草，终日卧床才让余生得以残喘。

年岁渐长后，我愈来愈感受到生命的卑微，人类的命运仿佛被一个看不见、摸不着的主人控制着，我们只能被动地接受一切指令。看到老人不可控的命运，我为自己感到庆幸，遇上了一个仁慈的主人。不但我自己，还有亲戚和朋友都如我一样走运。

屋漏偏遭连夜雨，大水单冲独木桥，这两句俗语我在读高中时就记住了。但俗语里讲的内容一直没有在我眼前出现，直到我看见这个躺在船舱里的老人。

公元768年正月，载着老人一家八口的乌篷船，从四川白帝城起航，经三峡到湖北荆州。他们计划在荆州小住后便回长安。恰巧此时爆发安史之乱，商州兵马使也背叛了朝廷。回长安之路战乱纷呈，老人忧虑地凝望北方，只能改变行程，沿长江南下。这年冬天，他们在岳阳小住后，又向长沙进发。当年同朝为官的朋友韦之晋在湖南衡阳做刺史。他们亲如兄弟，曾盟誓同甘共苦、互相帮助。全家都认为只要到了衡阳，就像冰雪遇到骄阳，一切问题和困难都会融化，生活又会温暖起来。谁知，一踏上衡阳的土地，就得知韦之晋已调任长沙刺史。一家人又充满信心，带着希望调转船头，顺水赶往长沙。最后的结果，真让老人欲哭无泪，世上的背运全让他遇到了：韦之晋刚到任长沙刺史便一命归西乘鹤而去，把他这个老友丢在旅途上徒劳奔忙。

到长沙后，老人把船泊在小西门的湘江岸边，船就成为他的家。白天在长沙街上的鱼市摆个卖药材的地摊，晚上和当地一帮诗词爱好者吟诵品酒，经济上虽说仍然拮据，但有诗友相伴的小日子里还是有几分欢乐的。苏焕是年轻诗人，也是他的忘年之交。苏焕常去鱼市看他，有时就在鱼市诵读自己的诗词，他也去苏焕家饮酒谈诗。这样神仙般的日子没过几天，湖南兵马使和长沙刺史火拼，城里杀声一片，火焰映红了半边天，还殃及小西门：鱼市没人去了，泊在岸边的家差一点葬身火海。载着他们一家八口的乌篷船不得不逃离是非之地。

妻舅是湖南郴州县令，他决定带一家八口去投奔妻舅。船至耒阳，掌握他命运的主人又开了一次玩笑，几乎把他逼到绝境。突然连降暴雨，洪水与天际相连，眼前全是汹涌波涛，他们明白，这种状态下航行等于自杀。船泊在耒阳一个叫方田驿的地方，五天无一粒米下锅，四周是茫茫水泽，老天连上岸找野菜的机会都不给他们。幸亏耒阳县令知道他们的处境后，托人送来大米、肉食和酒。他本欲当面感谢聂县令，无奈船靠不了岸，也不知道洪水何时可退，只好掉头往衡阳方向开。后来，这段插曲里还产生了一个千年误会。洪水退后，聂县令亲自到方田驿拜访老人，这时人船都无踪影，以为他们都葬身水底，便在耒阳建了一座空墓纪念老人。

船到衡阳时老人突然怀念家乡。心向北方时，船也跟着往北走了。船出湘江进入洞庭湖，他的病情像耒阳的洪水——天天往上加码，整晚咳声不止，每咳一声胸口如割掉一块肉似的疼痛；小腿抽筋时，仿佛有一双手要把他的身躯拧成一个小团，以至无法忍受疼痛而叫出声来，而这种抽筋的频率近来也在加快，前次筋肉疼痛后的肿胀感还没消失，下一轮抽筋又开始了；头痛隔一两天就来一回，脑袋上像压了千斤重石，痛感一圈一圈朝外扩张，仿佛就要爆炸似的，每痛一次都像在鬼门关走了一圈。妻子端来汤药，他刚喝下便大汗淋漓，仿佛药水还没进入体内就在皮肤外面流走了。他有一种不祥的预感，那专司人间死亡之职的神仙已经到了洞庭湖，正躲在某处寻找机会对他下手。他必须即刻离开洞庭湖。这时，他只有一个去昌平的选择。那里的县令也是他的朋友，他相信昌平县令能帮他结束令人讨厌的水上生活。

他的生存机会在岸上。

窗外淅沥的声音密密实实的一直未停，风在江面发出一阵阵哨子一样的吼叫，木船在雨中伴着风的叫声摇晃，岸上灰雾茫茫的树影鬼魂一样游动，偶尔还有两岸居民祭鬼的鼓声。此时，一种彻寒的滋味在老人体内徘徊，他感到天一寸一寸地往下塌，仿佛离船舱只有手臂长的距离了。比天气更寒冷的还有贫困。船上又一次无米下锅，宗武每天冒雨上岸挖野菜，给他熬野菜羹；从成都带来的桌子散了架，用一块黑色的旧皮子捆了起来将就使用；一家八口的衣服全部补丁摞着补丁。

此刻，乌篷船上的老人，要说内心中还有一分温暖，那就是眼下这条神一样的汨罗江。

汨罗江全长二百五十三公里，在南洞庭湖它虽有老大的尊荣，但在河流家族里，它只能做个小弟，还是那种常常被人们忽略的小弟。然而，汨罗江又是一条大江，一条影响世界的大江。春秋战国时代，楚国的三闾大夫屈原在此投江，后来，汨罗江就成了一个符号，忧国忧民的符号。数千年来的统治者都不断放大这个符号，汨罗江也就成了士大夫们的精神之江。它又像一座灯塔，忧国忧民意识如一束永不熄灭的光，引领着历朝历代士大夫的精神走向。

屈原也是老人崇拜的偶像。他和屈原虽相距千年，中间横亘数个朝代，但他们的命运和社会现实，却惊人地相似，仿佛是屈原的命运千年后的一次重新回放。当乌篷船刚到汨罗江进洞庭湖入口时，老人便在心中默念："滔滔孟夏兮，草木莽莽。伤怀永哀兮，汨徂南土……"这是屈原一生中最后一首诗词《怀沙》，历史上被称为屈大夫的绝笔词。他理解屈大夫忧郁而哀伤的心情，更认同他对理想的追求和对民间疾苦的关注。他写了一千一百多首诗，也是循着这条路线走来的。

乌篷船里的老人就是我们尊为"诗圣"的杜甫。

杜甫的诗，我年轻时死记硬背过百来首，几十年过去仍完整地保留在记忆里的不到十首。以前读杜甫的诗，都是别人嚼碎再注解的，进去咋样仍然咋样。今天，当我想起杜甫躺在乌篷船里漂泊，经受饥寒交迫的苦难，他那些描写穷困的诗句就变成了形象在我的脑袋里活动起来。文学的眼睛总是盯在苦难身上，或许这就是文学的宿命。杜甫的眼睛几乎眨都不眨地盯着人间疾苦，但他笔下没有对个人不幸的唠叨和诅咒，他的胸怀永远是"凭轩涕泗流"。他对人间疾苦的书写是为了唤醒当权者，以实现他报效国家报效君王的理想。如果能穿越到一千三百多年前的唐王朝，我一定要向他请教，从屈大夫到他诗圣，有多少君王被唤醒了？可惜，我穿越不了，只能想象假如他活在当今，仍会继续关注民间疾苦。他的笔也会揭示造成苦难的真相，但不再寄希望于君王的觉醒，会更多地透视人性，拯救在苦难中挣扎的灵魂。

我曾经在博客上读过一篇杜甫与汨罗江的文章，最近我在百度和搜狐上去浩瀚的文海里寻找那篇文章，结果，它们无所不能的神话破灭了。虽找不到原文，但我的脑海里还残留着一些零星记忆。杜甫在船上的生活起居等细节，史料里几乎是零记录。今天能从纸张上找到的，也只是民间传说，是靠想象来完成的，与物质的杜甫不能画等号。然而，精神的杜甫一直活在他建造的诗歌王国里，那是真实的杜甫。他的理想、境界不需要想象和虚构。他对屈原的景仰也是他思想境界的一部分。

屈原投江的地方叫河泊潭，洞庭湖进汨罗江三里水路的位置。船刚进入河湾，宗武说估计这就是河泊潭。他挣扎着要起床，宗武扶他到甲板上。风像冰碴子一样打在脸上、手上，宗武要他回船舱，他却说拿香烛来。妻子拿来了香烛，他颤巍巍地将其点燃。

此刻，雨停了，风也不见，江面静止不动。他凝视远方，眼前原本若隐若现的山林、杂草，这时全部出现在他眼睛里，如他一样肃穆。泪水把眼皮浸湿了。一缕细烟，从他身边袅袅地向对岸飘去。他让宗武扶着自己双膝跪在甲板上，向江面一连叩了三个头。宗武也双膝跪下来，从后面搀扶父亲。

他喜欢屈原的诗，也敬佩他虽流放汨罗江，但爱国之心并未流放的品质。面对汨罗江，面对屈原的投江处，他高声朗诵："浩浩沅湘，分流汨兮。修路幽蔽，道远忽兮。怀质抱情，独无匹兮……"《怀沙》又一次在他的内心深处引起波澜。浩浩荡荡的沅水、湘水，前途渺茫，诚心诚意的一腔报国之心，谁又知道呢？屈原在一千多年前就道出了他的心声。他在长安官至左拾遗，如果朝廷信任自己，怎么会弃官辗转成都？又怎么会三年前出峡，导致今天在洞庭湖和汨罗江上漂荡？离开长安后他基本上过着漂泊不定、衣食无着的日子，但他的心一直挂念朝廷。"安史之乱"给国家和百姓造成的伤痛像锤子一样击打他的胸口。出峡那年冬天，他登上岳阳楼，凭窗眺望长安方向，想到北方战火还未熄灭时，眼中的泪水自然就流了出来。他多么希望战争早日结束，百姓不再流离失所，过上安稳日子；他多么希望国家兴旺发达，长治久安。

或许老天也被他的一腔爱国之心和对屈原的敬仰之情感动，江面突然升起一抹晚霞，岸上的水雾一步步后退，远处的山峦和近处的树木，带着一张张绿色的笑脸来到他的眼前。虽然江南山野四季常青，但一个多月来连绵阴雾、烟雨霏霏，仿佛有半辈子没见过绿色了。

宗武听从他的吩咐，把搀在他腋下的双手抽离开来。这时出现了奇迹，他能独自站立，还可以走动几步。自从宗武把他扶到甲板上，那个叫咳嗽的魔鬼也没来纠缠，双腿不再抽筋，头也不痛了。

天黑了，船像在一个黑洞里穿行。宗武从甲板上进来说，又开始下雨了，零零星星的小雨点。风从船舱顶上呼呼地翻过去。不知过了多久，密集的滴答声便从头顶上响了起来。

妻子熬好野菜羹，他想起床，头上一阵撕裂般的痛感袭来，咳嗽也随之而起，只得又躺下。一袋烟的时间后，他强撑着又坐起来，把妻子重新烧热的野菜羹喝完。

这时，他有一种预感，汨罗江就是他生命的最后一站。天黑之际在甲板上身体突然好转，或许就是回光返照。他还有很多话要说，必须趁还能握笔把心里话说出来。他毕生追求的理想，哪怕是面临生命的绝境也挥之不去，他必须说出来；来到湖湘后受到亲友们的接济、帮助，要说一声谢谢；让他放心不下的妻儿们，也要给他们一个交代和安排。

妻子点亮松油灯。宗武从书箱里拿出纸笔后，把他的上半身扶起来，将枕头放到他的双腿上，再坐到身后双手撑着他的腰。这时，他才感到腰上有股力量支撑着他。妻子把纸铺在枕头上，他提笔写下《风疾舟中伏枕书怀三十六韵，奉呈湖南亲友》。此刻他胸中的情感全部凝聚在笔尖上，一家人都屏住呼吸，说话的声音比蚊子的嗡嗡声还小。宗武在他身后大气都不敢出，又担忧他的身体坚持不住，几次想要父亲休息，但没敢说出来。

烛台里的松脂油燃烧了一半。

“葛洪尸定解，许靖力还任。家事丹砂诀，无成涕作霖。”写下最后一个字，两行热泪挂在了他的脸上。此刻，喉咙干得像半辈子没喝水似的，胸口也堵塞了。突然一声惊天动地的咳嗽声，像山炮一样响，震得船上的人发颤。宗武一愣，父亲倒在他怀里闭上了眼睛，宗武焦虑地喊："爹，爹！"这时他已不能应答了。

我每次站在汨罗江边，对着滔滔江水，总想和那个伟大的灵魂、卑微的生命说句心里话，但最终都没说出来。我们毕竟不是一个时代。

【原载《散文》2018 年第 8 期】

我是松阳燕

韩小蕙

1. “燕燕于飞，差池其羽。”
《诗经·邶风·燕燕》

我是一只没有家乡的燕子，出生地不详，家族不详，年龄不详，父母不详。但我意志力坚强，虽然吃过无数艰难困苦，却一直未泯灭对生活的信心。前半生漂泊，促使我总想找到一个后半生能够安家立业的所在。是的，我在给自己找一个家乡，她必须是全世界最好的地方，一块能让我和我的儿女们幸福生活的乐土。

别看我个头小，一副弱不禁风的外貌，但我内心其实很顽韧，且见多识广。我到过亚洲、欧洲、美洲、澳洲的许多国家，这几年选择在英国居住，我喜欢这里的民居老房子，每幢都有一二百年的生命，还有的甚至是三四百年的老寿星了，但它们依然精精神神地屹立在一望无际的英格兰高地上，像一座座极有尊严的纪念碑。之所以能达到这样雄拔的境界，秘诀在于大英有着极为严格的规定：老房子的外形外貌一律不许动，只允许进行一些内部的现代化小改造，比如加装一个厨房和卫生间。所以，这些老房子，也可以说是英国从都铎时代，经过维多利亚时代和瓦特的蒸汽机工业革命时代，再到“一战”“二战”和当代的一部社会发展史。

我在大不列颠已安逸生活了 5 年。本以为，此生就这么安安顺顺地度过了。谁知，某天飞过来一队大雁，为感谢我热情为它们引路，告别时，头雁笑眯眯地看着我的眼睛，诚恳地对我说：

“你的祖先是来自中国的松阳燕。松阳在中国浙江省西南部，是一个青山绿水的仙境，回家乡去吧，你会喜欢那里的！”

我大惊失色，顿时觉得有五个响雷在头顶上炸响！（中国成语：“五雷轰顶”）

2.“燕燕于飞，颉之颃之。”
《诗经·邶风·燕燕》

望着远去的大雁队列，我的眼窝发热，心窝发热，整个身体都在颤抖。我赶紧冲到电脑前，上百度，去查找我的家乡松阳。

欧麦嘎，真的找到了！原来，松阳现在是浙江省丽水市下属的一个农业县，是一片包围在大山里的绿色小盆地，老百姓口口相传，说在那里的大山之南，曾有一株 10 个人都抱不拢的大松树，因此而得名“松阳”。古代时候，那里曾经是处州地区（丽水的旧称）的粮仓，只要它的粮食丰收，周围七郡八州甚至都不用种粮。后来，它又以烟草而著名，一度兴盛到全地区 40% 的烟草交易是在那里完成的。现在松阳的当家产业又变成茶叶，其产值占全县 GDP 的 40%。然而最可贵的是，至今，松阳仍保有一条全中国仅存的明清老街，有 2000 多米长，街上商肆连缀，买卖兴隆，几乎全部保留着明末清初农业文明兼具资本主义商贸萌芽初起时的生活形态。今天的老百姓，就像他们的祖爷爷、老爷爷一样，自自然然地生活着，该打铁打铁，该编篾编篾，该做松阳饼仍做好吃到爆的松阳饼，该唱松阳高腔的还在“咿咿啊啊”地唱松阳高腔……

在那条被称为“当代清明上河图”的老街上，也保留下来数十幢百年的老房子，门窗雕梁画栋，天井苔痕碧绿，日日夜夜合着“梧桐树，三更雨……一叶叶，一声声，空阶滴到明”的音律。我贪婪地端详着百度上那一张张彩色图片，突然，一颗小心脏狂跳起来：啊，我看到在不少老房子的屋檐下，这里，那里，筑着何其多的燕窝！啊啊，那是我白发苍苍的爷爷奶奶吗？是我两鬓霜花的爸爸妈妈吗？是我风华正茂的哥姐弟妹吗？是我小荷才露尖尖角的侄儿外甥女吗？……

这，一下子勾起了我的乡愁。乡愁，虽不是钱塘江大潮的排涛，不是科罗拉多大瀑布的湍流，不是太平洋大西洋上的飓风狂浪，不是马里亚纳大海沟的深渊；但它是丝丝缕缕的桂香，是点点滴滴的更漏，是“才下眉头，却上心头”的心悸，是生生世世的牵挂啊！

有一天，彤云流转，漫天驰舞，美丽得让我几欲回巢而又留恋不舍。我心里一颤，实在忍耐不住了，终于下定决心：东归，去寻找我亲爱的故乡！

3.“燕燕于飞，下上其音。”
《诗经·邶风·燕燕》

我当然知道，这一趟近万公里的远程意味着什么：大风，大雨，大浪，大山，大洋，大江，甚至雷暴霹雳，甚至弹雨冰雹，甚至粉身碎骨……但我已下定钢铁的决心，一定要飞回故乡！

乡愁啊！

我东曰归，我心西悲。我，一只被故乡呼唤得整日不宁的海归燕，箭一般冲上蓝天，向着故乡松阳，千里江陵一日还！

还真就遇到了天雷阵阵，吓人的大火球一个劲儿地在我身前、身后连爆，灼热的气浪压得我的翅膀就像坠上了一座又一座大山。我觉得自己胸口发闷，喘不上气来，眼看就要坠下云端了，突然，半空中响起一声声歌谣：

“雪花飘飘，外婆饮糕。
雪花浓浓，外公煎糖。
雪花满大路，外婆做豆腐。
雪花满大溪，外公削竹丝。”

这难道是松阳鼓词吗？我在百度上看到过有关介绍。但这段唱词似乎有点前言不搭后语的，什么意思呢？我顺着它的节律，一字一顿地唱出来，哦，突然明白了，这就是我们女孩子小时候边跳皮筋儿边唱的童谣呀。童谣世界各地都有，比如北京的有：

“小皮球，香蕉梨，

马莲开花二十一，

二八二五六，

二八二五七，

二八二九三十一。”

其从字面上看，似乎也完全不搭界。英格兰那边也有童谣，很著名的有一首《小猫饿死了》：

“起风了，

风把窗帘掀起来了。

窗帘拍倒了花瓶，

花瓶的水洒到地板上了。

地板湿了，

老婆婆滑倒了。

她撞坏了椅子，

木匠来修椅子了。

木匠砍倒了一棵树，

大树把面包师的房子砸坏了。

面包师搬家了，

老鼠没东西吃了。

老鼠不来了，

小猫饿死了……”

我一下子笑起来。想起家乡的千般迷人万端美好，想起我们松阳的大家族——百度上介绍说，自古以来，松阳就因田园牧歌式的风光被称作“桃花源”，吸引了中原士族大家和闽南族群迁居落户，比如内孟村是孟子后裔聚集地，横樟村是包拯后裔聚集地，杨家堂村是明代开国文臣之首宋濂后裔聚居地。松阳还涌现出“宋代四大女词人”之一的张玉娘，南宋左丞相叶梦得，明代《永乐大典》总编撰王景等人杰……这其中，最让我萦怀的是一代才女张玉娘的故事，她是松阳的“祝英台”，不为钱财、权贵所动，一心忠于15岁时订婚的才子情郎沈佺，在沈家道中落后不改其志，在沈病死后为其守节，苦熬5年终于绝食而殁。她在短短27年的生命中，写下缠绵悱恻、才华灼灼的《兰雪集》诗词两卷，早在元代，当时最负盛名的学者、诗人虞集读到其《山之高》三章时，即击节赞叹曰：“有三百篇（《诗经》）之风，虽《卷耳》《虫草》不能过也！”后世的很多文士、名家，也都评价她的诗词虽不很多，却“差不多首首皆好”。

那么，我是哪个家族的后裔呢？我究竟姓甚名谁呢？我的老祖们怎么又飞去了海外呢？……一念及此，我的翅膀上突然就来了力量，重又箭一般向东，向东，下上其音，颉之颃之！

4.“山之高，月初小。月之小，何皎皎！”（宋·张玉娘《山之高》）

心无挂碍。

无有恐惧。

究竟涅槃。

经过九九八十一的千险万难，历经九九归于一的大苦大甜，那一天，到了，终于到了！

我终于回到了我的家乡。

无师自通，我的啁啾立即就从英语、法语、德语、西班牙语、意大利语等自然而然地转化为松阳腔、松阳话。两行喜泪“扑簌簌”滚下脸颊，欧麦嘎呀欧麦嘎，我的确是松阳燕的后裔！

海归的感觉，就是回家的感觉，真棒呀！

虽然已经入夜，万家灯火，我顾不上休整，一头就飞向明清老街，那里的千盏万盏红灯笼，可比雨后被彩虹照耀的千朵万朵玫瑰云绚丽多了，而我以前曾以为那是大自然中最漂亮的景观……是的，这就是我现在的眼睛，凡是松阳的一切，都是最美的。

我竟然像夜莺一样上下飞舞，放声高唱。直到天都蒙蒙亮了，这才想起，自己该找到松阳最美的一个所在，安家。

“腾身却放我向青云里。”我心里欢畅着，先飞到著名的杨家堂村，哇塞，这个小村子真是太漂亮了，整个村庄坐落在一座环形的山坳中，20多幢土木架构的朴素民居，沿着山坡一级级修筑上去，形成了无比壮观的阶梯式古村落，人称“江南小布达拉宫”。西藏的布达拉宫我去过，那里的基本色是黄与红；而眼前的房屋一律是黑灰色人字瓦+米黄色立面墙，在金亮的阳光和周遭淡淡浓浓的绿荫的映衬下，简直就是天堂景色……上帝啊，过去我在欧洲、澳洲、美洲的哪儿都没见过这么大美、巨美的景色——比如说我住过最长时间的英格兰，那里是一望无际的缓坡丘陵，虽然绿草如毯一望无际，也是美不胜收的景致，但千篇一律的美容易造成审美疲劳，看多了也就看够了；而松阳有层叠的青山，有缥缈的纱雾，有错落的小路，有吐珠的瀑布，有四时的鲜花，有挺拔的古树，有金黄的水稻，有肥绿的青蔬，有各式的民居，有多姿的草木，有活泼的飞鸟，有跳跃的小兽，有慈笑的老伯，有生动的村姑，有袅袅的炊烟，有天地的笑语，有心灵的歌声，有满满的宁静与幸福感……

除了天堂般的杨家堂村，还有仙境一样的酉田村，那是常年逶迤在云雾间的所在；还有形似一只大凤凰的平田村，那里有许多由哈佛大学、清华大学建筑专家设计的老屋民宿，获得过中国、外国的多项设计大奖；还有“复古”的西坑村，那里因以古树、古道、古民宅为背景而被誉为“中国最优美的小山村”；还有浙江省最大的客家古村落之一的石仓古建筑群；还有一座保存完好的木雕艺术民宅黄家大院；还有被称为“东方比萨斜塔”的延庆寺塔……

哦，哦，不行了，不行了，我简直凌乱了——松阳的这儿、那儿，到处都这么美，我的家巢，可怎么选择呢？

5.“一日不见兮，我心悄悄。”
（宋·张玉娘《山之高》）

我想来想去，实在下不定决心。要不，就去请教高人吧？松阳的人杰很多，给我印象最深的有两个人，恰好一个是帅哥，一个是美女——抱歉抱歉，虽说在当下中国，这称谓已经有点俗，可是请见谅，我这只才刚归国的傻头傻脑小燕儿，一时还找不到更恰切的比喻来概括他们俩。

帅哥鲁晓敏是松阳作协主席，瘦瘦高高的，像一根青竹。这位松阳生、松阳长的嫡系儿子，几乎秉承了这一方水土的所有优点，低调，内敛，不事张扬而认真地做人、做事。他最大的幸福就是读书，差不多把有关家乡的书都读遍了，然后就跑去实地考察，一镇一家地寻，一村一户地访，松阳的3街道5镇11乡401个行政村，差不多都快跑遍了。他的学问可真渊博，哪一个门楼，哪一扇木窗，哪一个剧种，哪一个世家，你就问吧，他皆张口就娓娓道来，我这个燕觉得，他真可称为松阳的活字典！

美女姐姐叫叶大宝。初见她，我笑了半天，看这个名字原以为是一位粗壮小伙子，谁知却是一位美丽的红衣女郎。这姐姐好洋气，总是穿着一袭红长裙，在绿水青山中飘呀飘，那文艺范儿，比北上广的姑娘们还时尚。原来姐姐是学艺术表演的，在北京、杭州等大城市工作过几年，后来为了陪伴父母回到松阳，却不想迷上了这里的民宿。她在“大凤凰”平田村里，与来自杭州建筑界的几个精英分子，其乐融融地做着“云上平田”综合民宿项目，建有四合院餐厅、爷爷家青年旅舍、茶吧、咖啡吧，还有农耕博物馆，还有一间可以亲自制作扎染的手工作坊云缬坊……大宝姐姐的红裙子飘啊飘，跟着她游玩的游客们兴奋得大呼小叫，村子里的爷爷、奶奶们也绽开笑脸，把自家生产的萝卜、青菜、板栗、山果、豆腐……一趟趟欢欢喜喜送了来，那全是绿色的原汁、原味呵！

“爷爷家”，我眼睛一亮，心里立刻欢快地喊出来：“这名字好亲切，兴许我家祖辈的爷爷、奶奶，就都是在这里长大的呢？好呀，好呀，我就把巢安在这里吧！”

哈哈，现在，我是名副其实的松阳燕啦。我住在平田村的“爷爷家青年旅舍”，欢迎你们大家来做客哟！

【原载《四川文学》2018年第1期】

水边的智者：重读《道德经》

李汉荣

老子是在水边沉思、吟哦的智者，老子的智慧，也可以说是水的智慧。他那时，世界还没有被垃圾和文化污染，大地与天空都很清洁，天下的流水都清澈如镜，人的灵性和智慧，也都清澈如镜。他坐于水边，以天真看天真，就看见了生命的本体；以清澈看清澈，就看见了宇宙的究竟；用镜子照镜子，就照见了存在的真理。

不仅老子，孔子、庄子、孟子、王羲之、张载、王阳明等古圣先贤，都是从清澈、浩渺的春水秋波里获得启迪，得了大道。我国几千年的诗性文化，正是得益于遍地清流的灌溉，才氤氲出那样悠远、空灵的意境。我国古典文化是水的文化，我国古典智慧是水的智慧。若是没有那样的好水，中国文化会是另一个样子。

如今的我们，到哪里找那好水呢？而没了好水，我们还能创造出有着清澈美感、高深意境的文化吗？我很怀疑。

比如我吧，我总想着随时随地能“临清流以洗心，对碧潭而静思”，但是，如今哪里有清流、碧潭呢？好不容易找到一个勉强还有点涟漪的水洼或河沟，但是，你蹲下来看了好久，既看不见“日月之行，若出其中；星汉灿烂，若出其里”，也看不到“落霞与孤鹜齐飞，秋水共长天一色”，看不到“在水一方”的伊人，也看不到“可惜一溪明月，莫教踏破琼瑶”的月华流水。你多么希望随时面对那能够洗耳洗心的一泓好水啊，那样的好水是能够润灵府、养慧根、开天眼的。你耐着性子坐下来，在这很不好的水边，将就着，继续等，继续看，因为你知道家里的水龙头和洗脸盆里，是无法看见“乾坤日夜浮”和“江清月近人”的，这里好歹还算是一条河嘛。结果呢，看了许久，别的没看到，却看见浑浊难闻的水里浮出塑料、破鞋、死鸟的遗体，以及层出不穷的污物残渣。而那边，从隐蔽的秘密管道里溜出来的工业，正气咻咻地，向这条曾灌溉了《诗经》，后来又为唐诗润过色、为宋词押过韵的河流，大口大口吐着唾沫和脏话。你只好捂着鼻子，叹息着，转身，走进一本古书，追着公元前老子的背影，向他老人家打听：亲爱的先生，你那时的上善若水、无边清流、遍地涌泉，都到哪儿去了呢？

我常常想，老子能在公元前那苍茫天空下，不拉帮结伙凑个什么团队，也不申请套取什么课题研究经费，也不为加入什么协会弄个啥子主席、理事，更不为争夺什么大奖。他老人家纯粹就为穷宇宙之理、解生命之惑，独自坐于幽谷山涧，行于河边泽畔，一心一意，全神贯注，仰观俯察，静思默悟。终于，他窥见了深不可测、高不可问的“天道”和“玄机”。

仅靠个体之沉思、一人之智慧，悟得了那样高深博大的真理，影响人类数千年而至今依然光华四射，此中有什么奥秘？

只有清澈的心灵，才能发现真理和智慧

我们可以想象，老子的那颗心，是多么的清澈，多么的纯真，又是多么的深邃。当心灵不带任何杂念和杂质，清澈到透亮的时候，心灵才可能完全澄明，完全敞开，达到表里俱清澈、肝胆皆冰雪的赤子状态。而单纯到极致就是丰富，透明到极致就是幽深。这时候，心灵就像清澈的秋水，心灵不仅显现出心灵自身的秘密，也映照出整个宇宙的倒影和幻象。这时候，人不是用肉眼和俗眼，而是用心灵的眼睛，用宇宙赐予人的那双没有任何污染的“灵眼”“法眼”“慧眼”“天眼”，去看，去打量，去发现。于是他看见了宇宙万象都在向他诉说，存在的深意都在向他默默呈现；整个宇宙，都在向他泄露那深不可测

的“玄机”和那高不可问的“天意”。于是，那未曾被领悟的真理，被一颗澄明的心蓦然领悟。无限的宇宙，在这一刻之后，就显得不仅可以被仰望，而且可以被人类高贵的心灵所认领。因为有人目击了天道和真理，这纷乱的人世，从今而后，就有可能按照“天道”的暗示，运行出它自己的秩序。老子出，天地清！是因为我们的老子，他有一颗清澈的心，他有一双赤子的眼啊。

只有这样明澈的心魂和明澈的眼睛，才可能邂逅智慧，看见天意，发现真理。

作为造山者、造矿者的老子和作为挖矿者、消费者的我们

我们在反观现代人的精神、道德和智慧境界的时候，难免要与古人尤其要与古圣先贤做比较，我们会得出人心不古的结论。甚至在情操和智慧方面，后人有不断矮化、俗化、实用化、浅陋化、扁平化的倾向。所以不断有人发问：在现代，真正能与古典的思想和精神巨人交相辉映、遥相呼应的现代心灵圣人、智慧巨人何以很难出现呢？

对此，我的理解是，远古时代是人类智慧和精神的开天辟地时代，类似于原始地球上的造山造海运动。那时，人群中的先知和天才，是第一批仰望星空、叩问天道、求索真理的人。他们怀着巨大的好奇与震惊，向苍茫宇宙敞开自己苍茫的内心，他们既是天真的小孩，同时又是无比真诚的对天发问的大智大哲。“精诚所至，金石为开”，苍茫的人心和苍茫的宇宙之心相遇了，彼此互相惊讶、互相辨认、互相首肯、互相交融。于是，弥漫于天地间的真理的巨流，与人的心魂贯通了；于是，那“从来高难问”的天意，被那些赤子之心顿悟并认领了。

有人说，人类有史以来经历了三个时代：巫术时代（远古神话、传说、占卜的时代），艺术时代（中古和近古注重诗歌、审美、情操的漫长农耕文明的时代），技术时代（近现代膜拜科技、消费、娱乐的去魅、渎神和非诗的时代）。

可以看出，在这三个阶段里，人类越来越远地离开宇宙和精神的

本源，越来越近地趋向自身的福祉和物化的文明。一方面，是人类福祉的增加和文明的进化；另一方面，是人与神性的日渐远离和由此导致的人的精神创造力和想象力的退化。

而那些光照千古的心灵圣人和智慧巨人，大多都诞生在巫术时代（神的时代）的后期。他们身上有着崇高的神性，又怀着对生命和宇宙之谜的绝对的虔诚和无与伦比的热忱，所以他们才能像盘古开天辟地那样，发现了天道和人心的奥秘，开辟了真理的星空，继而开启了诗歌、审美、情操的广阔天地，将人类带进文明的征程。

这也就是德国大哲学家雅斯贝尔斯指出的人类精神史上的“轴心时代”——大致在公元前八世纪到公元前二世纪，人类各宗教、各哲学中的伟大先驱几乎全部同时出现，西方的柏拉图、亚里士多德，东方的释迦牟尼、老子、孔子、庄子，等等，他们开创的思想和哲学，至今仍然烛照着人类社会。雅斯贝尔斯认为，我们今天仍然处在轴心时代的辐射范围。

回到前面的话题，何以现代不出心灵和智慧巨人呢？

有学者认为，古典社会是“信仰冲动力”占主导地位的社会，由信仰引导而产生了人的崇高的精神创造和心灵激情；而现代社会由资本引领，“经济冲动力”支配了所有人群和个人，对利益最大化的追求和对欲望的填充，几乎成了每一个人的日常事务和中心工作。“信仰冲动力”被科技和经济耗尽了能量，科技成了人们迷信的现代宗教，物质成了人们的精神图腾。文化却成了商业和消费的附着物，变成了没有灵魂和伟大关切的消费文化、娱乐文化、大众文化、快餐文化、泡沫文化。“工商业时代的琐碎平庸的现实主义文学、实用主义的哲学和科技理性割断了宗教信仰的超验纽带”，人们对宇宙万物不再有神秘感和神圣感，对生命的终极意义不再有追问的好奇和热情，“活着就好”“活在当下”的活命哲学成了几乎所有人奉行的普适性的最高哲学。在精神生活上，人们仅仅靠一些由传统文化的零星碎片勾兑炮制的所谓“心灵鸡汤”，来打点精神的匮乏，敷衍灵魂的饥渴。具有深邃心灵和终极关切的伟大哲学家、思想家、文学家几乎已经绝迹。

如果说“轴心时代”是人类精神和智慧的造山造矿运动，大量的宝贵矿藏是在那开天辟地的时刻生成和蓄积的，那么，我们这些现代人则只是吃矿者。我们享用着远古的矿藏和先人的遗存，我们享用着他们留下的智慧的煤炭、精神的天然气和心灵的页岩层。古人是创造者，是造山者、造矿者，我们只是消费者；而我们时代的那些勉强还算不错的所谓思想家、哲学家，也顶多只能算是找矿者、挖矿者。由于他们也置身于这个没有信仰之神引领的技术和消费时代，在被科技笼罩的天空下和被经济学主宰的世界上，他们也很难有真正的原创的智慧发现和精神创造，他们的许多似乎不错的著述和言说，也只是对古圣先贤伟大学说的转述、阐释和解读。

伟大的老子，就是轴心时代的智慧巨星，是人类精神世界的伟大造山者和造矿者。

生存空间、人口密度与智慧高度

我曾在一篇文章里写道：“如果我们老老实实化验自己的灵魂，会发现置身人群的时候，灵魂的透明度较低，精神含量较低，而欲望的成分较高，征服的冲动较高，生存的算计较多。一颗神性的灵魂、超越的灵魂、智慧的灵魂、丰富而高远的灵魂，不大容易在人群里挤压、发酵出来。在人堆里能挤对出聪明和狡猾，很难提炼出真正的智慧。我们会发现，在人口密度高的地方，多的是小聪明，绝少大智慧。在人群之外，我们还需要一种高度、一种空旷、一种虚静，去与天地对话、与万物对话、与永恒对话。伟大的灵魂、伟大的精神创造就是这样产生的。”

后来我读到一本书，里面讲到一位法国历史学家布罗代尔做的研究，他说：“人类历史上，文化创造最快、境界最高、最灿烂的时候，人口密度是每平方公里三十个人。”每平方公里住三十个人，每个人的生存空间很宽阔，一点也不拥挤，基本的生存供给也很充足。人的视野辽阔，心胸宽广，人与人比较亲善，较少竞争、算计和摩擦，他就有可能把心智投入对生命、万物和宇宙的深度追问、沉思之中，从而有深刻的发现和精神的创造。

而现代人的生存空间越来越拥挤和狭窄，可供支配的资源也越来越少，有的地方一个小小县城就拥挤着十几万人，每平方公里人口密度达一万人以上，这几乎与蚂蚁窝的拥挤程度相类似了。在这样逼仄的生存环境里，人们不得不把主要心智投入生存竞争和劳碌之中，哪会有真正的哲学沉思和超验冥想？当下流行的所谓成功学和励志学，无非是一些指导人们如何在蚂蚁窝里寻找生存出路的技巧和方法，说到底还是人口太多、空间太窄、生存太难逼出的谋生之术，与真正的生命智慧和心灵觉悟则毫无关系。

许多本来从事精神创造的人也丧失了精神本身的内在驱动，而谋取名利倒成了他们从事所谓精神活动的真实目的。这实际上是一种与真正的精神创造南辕北辙的反精神活动，怀着谋利动机而制造的所谓“精神产品”，能有多少精神含量，可想而知。

连精神活动都成了丧失了精神内核的谋利行为，更不用提别的行当，那就更是无利不起早的商业行为。在功利主义、消费主义主导的文化里，现代人已经很少有虔诚追求真理、探索奥秘的纯粹精神活动，无论干什么事，都伴随着投入与产出的功利算计。

这既与现代人丧失精神信仰有关，也与人口密度太大、生存竞争激烈有关，导致人们无暇顾及心灵的扩展和精神的升华，更遑论生命的超越和智慧的创造。

从这个意义上讲，我们每个人所置身的拥挤狭窄的生存空间，它所呈现的真相是什么呢？若撕去那一层薄薄的貌似温情的面纱，它主要还是一个市场、商业场、生存场、利益场、竞争场，不能说其间没有一点精神元素，但精神元素不多，层次也不高。人们在被污染了的自然界的大气层之下呼吸着稀薄的氧气用以维持生存，心灵的天空也变得低矮而黯淡，已经丧失了更为广袤的心灵晴空和精神的大气层。我们主要是与周围的鸡毛蒜皮和狭隘的利益关联物构成的生存雾霾进行生理层面、生存层面和利益层面的浅呼吸和小呼吸，我们很少与那个无穷的精神大气层建立深刻的联系并时时进行心灵的深呼吸和大呼吸。我们心灵的吞吐量越来越弱、越来越小。

仅仅为了在人堆里折腾、挣扎得像个人，就耗尽了我们一生的时光；仅仅为了安顿好这一百来斤的身体，我们丧失了无限的心灵宇宙。

我们可以想象，前述的那个精神巨人群星般涌现的轴心时代，那时候的人口密度大约就是每平方公里三十个人，这使得世上总有一些人沉迷于穷究天地之奥秘，为人类面对的终极问题去进行深刻的求索和思考。

那时候，天地苍茫，人烟稀少，宇宙清澈，星空浩瀚灿烂如神奇的葡萄园，等待好奇的孩子伸手采摘。于是，西边的柏拉图、亚里士多德们去采摘了，东边的释迦牟尼、老子们去采摘了。接着，孔子去采摘了，屈原去采摘了。

相比于我们置身的这个市场、商业场、生存场、利益场、竞争场，老子置身的是什么场呢？

老子的身、心、灵置于苍茫神秘的宇宙大气场里，那是一个无边无界的生命场、精神场、性灵场，可谓“真气弥漫，万象在旁”。他的心灵通透、精微而高远，有着无限量的广博和深邃。他精骛八极，神游万方，他心灵的规模和宇宙的规模达到了对称和互映，宇宙有多旷远有多丰富有多幽深，他的心灵就有多旷远多丰富多幽深。因此，他的所观所感所思所悟，就达到了与宇宙对等的幽深、精妙和广袤。

假若老子活在当下，他要在人堆里奋斗、折腾和挣扎，他要为职称谋、为位子谋、为房子谋、为车子谋、为孩子谋，他要考虑市场的需求和受众的口味去写作畅销书赚钱，他要上电视讲坛，不得不为迎合收视率做媚俗或媚雅的煽情讲演，等等。虽然，“道可道，非常道”，然而，没人爱听那“常道”（永恒之道），那就不想、不写也不讲那个不赚钱的“常道”，那就想那出人头地之道，写那升官发财之道，讲那赢者通吃之道——这下完了，求道之赤子沦为谋利之人精，真理之恒星沦为功利之流星，老子死，天地暗，众生迷。

好在，老子活在天地敞开、群星飞升的轴心时代，那个时代生成了老子，老子也照亮了那个时代，并注定要照亮无数个时代。

于是，在苍穹之下、大野之上、清流之畔，一个穿透千古的声音徐徐响起："道可道，非常道……"

老子的无为哲学与宇宙本体

老子推崇"致虚极，守静笃"的精神修为，主张无为而治，无论个体的修养或国家的治理，都以虚静之心涵容之，以无为之道对待之。他感悟到宇宙是无边无际的"动"的过程，即宇宙是一个"无穷动"。但宇宙并不是为了一个设定的目的而动，宇宙没有功利之心，宇宙的动是无欲、无名、无为、无功的"无目的、无功利之动"，宇宙的动是无所图的纯粹的神性运动。正因为宇宙无所图、无功利之心，宇宙才创造了这个被叫作宇宙的伟大作品。它壮丽无比、恢宏无比、神奇无比，人无法穷尽，神也无法解读，它的存在完全可以说是超越了人的智力和想象力，也超越了神的智力和想象力，达到了令人神共惊的程度。可以说宇宙就是以具象呈现的最高的虚构之物，也是由可辨认的物质材料组成的最不可思议的最大的形而上的精神现象。这就是老子所说的无为而无不为，无功利而成就大功利。

那么，小小生物，包括人这种生物所图所求的那点所谓"功利"，对他（它）自身的微观生存可能是必要的，但在宇宙眼里，那点所谓功利，即便是改朝换代、帝王登基等不可一世的大功业、大功利，其实都是完全可以忽略不计的，对宇宙而言是根本不存在的。因此，过分执着于一己之私，过分膨胀功利之心，以致在自然面前逞强使狠，在同类面前斗智斗力，从自然的眼光看来，这就是反自然、反宇宙、反天道的"盲动"。再者，宇宙虽是个"无穷动"，但"风暴的中心往往是极度的宁静"。就是说，看起来天地宇宙在不停地动，不计其数的运动着的风暴构成了宇宙的壮阔海洋，但支配运动的中轴或中心却是静谧的。大动者，却有一个寂静的、岿然不动的灵魂。这正是：

大象无形，大音希声，大动不动，大为不为。所以老子主张顺乎自然，以无为之心，参与宇宙的无为之动。即使有所动、有所为，也不能揣一颗争强好胜、挑战自然、祸害生灵的小人之心去乱动、妄为，这就必然会伤天道、逆天理、损天物。人，不应该逆天而动、背道而驰、损物求利，而应该顺天而动、合道而行、惜物护生。这样，人，才是协同宇宙、增益天地的一种正面能量；反之，则是自然界的一种负面的、破坏性的病毒和能量。

老子智慧与人生的最高境界

哲学家冯友兰指出，人生有四种境界，即自然境界、功利境界、道德境界和天地境界。“一个人做事，可能只是顺着他的本能或其社会的风俗习惯。就像小孩和原始人那样，他做他所做的事，然而并无觉解，或不甚觉解。这样，他所做的事，对于他有意义，或只有很少意义。他的人生境界，就是‘自然境界’。一个人可能意识到他自己，为自己而做各种事。这并不意味着他必然是不道德的人。他可以做些事，其后果有利于他人，其动机则是利己的。所以他所做的各种事，对于他有功利的意义。他的人生境界，就是我所说的‘功利境界’。还有的人，可能了解到社会的存在，他是社会的一员。这个社会是一个整体，他是这个整体的一部分。有这种觉解，他就为社会的利益做各种事，或如儒家所说，他做事是为了‘正其义不谋其利’。他真正是有道德的人，他所做的都是符合严格的道德意义的道德行为。所以他的人生境界，是我所说的‘道德境界’。最后，一个人可能了解到超乎社会整体之上，还有一个更大的整体，即宇宙。有这种觉解，他就为宇宙的利益而做各种事。他了解他所做的事的意义，自觉他正在做他所做的事。这种觉解为他构成了最高的人生境界，就是我所说的‘天地境界’。”

“这四种人生境界之中，自然境界、功利境界的人，是人现在就是的人；道德境界、天地境界的人，是人应该成为的人。前两者是自然的产物，后两者是精神的创造。自然境界最低，往上是功利境界，再往上是道德境界，最后是天地境界。它们之所以如此，是由于自然境界，几乎不需要觉解；功利境界、道德境界，需要较多的觉解；天地境界则需要最多的觉解。道德境界有道德价值，天地境界有超道德价值。”

冯先生体认的作为人生最高境界的天地境界，与老子的哲学境界是完全一致的。“静胜躁，寒胜热。清静为天下正”，老子哲学是要人放弃伪恶之心、“躁”“热”之心，而修养正大之心和清静之心，放弃妄为乱为而走向无为之为，最终达至“天人合一”的大境界。尊重自然、尊敬天道，以一颗清虚、静笃、坦荡、正宁之心，以一颗不带任何杂质和杂念的澄澈、谦卑、纯良之心，为天地工作，为众生操劳，为永恒服役，达到与天地之大道合一的至高境界。

老子之眼，大而言之，是天之眼、海之眼，他看见了生命和宇宙的真相和真理；小而言之，是泉之眼、露之眼，他看见了寸心里藏纳着天地大道，也窥见了至大无外的苍穹里的微妙声息。

【原载《散文》2018 年第 3 期】

江春入旧年

——嵇康与广陵

李　舫

嵇康，字叔夜，谯国铚人也。其先姓奚，会稽上虞人，以避怨，徙焉。铚有稽山，家于其侧，因而命氏。兄喜，有当世才，历太仆、宗正。康早孤，有奇才，远迈不群。身长七尺八寸，美词气，有风仪，而土木形骸，不自藻饰，人以为龙章凤姿，天质自然。恬静寡欲，含垢匿瑕，宽简有大量。

——《晋书·嵇康传》

广陵绝响

从这场酒席中散去，微醺的中散大夫嵇康匆匆赶去另一场酒会。

在竹林间舒展广袖，狂舞长啸，清俊的嵇康想象自己是一只孤绝、清瘦的飞鸟，在寂寥的高空中不知疲倦地翱翔，俯瞰浩瀚的林海，俯瞰浩瀚的南中国。

夜的精魂不停地缠绵，不倦地周旋。

时而飞，时而停，时而高蹈轻扬，时而缱绻低回，中散大夫携琴自问：是否还记得曾经嬉戏的洛西、曾经夜宿的月华亭？是否还记得绵密无寝长夜漫漫、起坐抚弦遂成新曲？雅乐新成，纷披灿烂，戈矛纵横，惊天动地，嵇康谓之《广陵散》。

时光，如水波般流动。天池辽阔谁相待，日日虚乘九万风——端的是似水流年啊！

这是中国文化最浪漫深情的一刻，也是中国历史最波谲云诡的一页。嵇康像一只孑然独立的大鸟，与乌云一道在电闪雷鸣中穿梭。他龙章凤姿，不自藻饰；他悲愤幽咽，慨然不屈；他昂首嘶鸣，浩气当空；他弹琴咏诗，自足于怀。雷电为他的翅膀镶嵌了一道璀璨的金边，他踏着阵阵松涛，宛若深山中狂飙的雄鹰。

嵇康，公元224年出生于魏国谯郡铚县，先祖本姓奚，会稽上虞人，为避世怨，迁徙于嵇山，置家于其侧，因而以“嵇”命为姓氏。嵇康年少才高，重思想，善谈理，懂音律，能属文，高情远趣，率然玄远。正始末年，嵇康居山阳，“所与神交者惟陈留阮籍、河内山涛，豫其流者河内向秀、沛国刘伶、籍兄子咸、琅琊王戎，遂为竹林之游”，肆意酣畅，共倡玄学新风，主张“越名教而任自然”“审贵贱而通物情”，世谓“竹林七贤”。

据史书记载，嵇康曾经在洛阳西边游玩，晚上宿华阳亭，引琴弹奏。夜半时分，突然有客人拜访，自称是古人。他与嵇康一同谈论音律，辞致清辩，于是索琴而弹，声调美妙绝伦。他将这首乐曲传授给嵇康，并让嵇康起誓绝不传给他人，他亦不言其姓字。

这就是传说中的《广陵散》。

嵇康所作《广陵散》，又名《广陵止息》，古时亦名《聂政刺韩王曲》。嵇康以善弹此曲著称，听者如闻天籁。公元263年，嵇康为司马昭所害。刑场上，三千太学生向朝廷请愿，请求赦免嵇康，并要拜嵇康为师，司马昭不允。临刑前，嵇康无一丝伤感，从容不迫索琴弹奏，天籁般的曲调弥漫在刑场上空。嵇康弹罢，慨然叹惋：“世间从此再无《广陵散》！”

叹罢，从容引首就戮。嵇康时年仅四十岁。《晋书》记载：

康将刑东市，太学生三千人请以为师，弗许。康顾视日影，索琴弹之，曰：“昔袁孝尼尝从吾学《广陵散》，吾每靳固之。《广陵散》

于今绝矣！”

海内之士，莫不痛之。晋文帝司马昭不久亦醒悟，然而，悔之晚矣。

痛失的，岂止嵇康，更有广陵清音。天籁只能天上得，哪堪人间共此声？

每读到此处，便无端地想起文天祥那首七律，其后四句云：

生前已见夜叉面，

死去只因菩萨心。

万里风沙知己尽，

谁人会得广陵音。

二十八个字，痛彻心扉。

后世，琴、曲皆失，《广陵散》再无知音。

曲高和寡

这是一场酣畅淋漓的欢聚，这是一个放浪不羁的时代。

忧时悯乱、俊逸沉挚的阮籍，外柔内刚、淳深渊默的山涛，容貌丑陋、澹默寡言的刘伶，任性不羁、妙达八音的阮咸，清悟识远、狷介忠直的向秀，识鉴过人、谲诈多端的王戎，以及——永远不会缺席的嵇康。他们嗜酒如命，酣饮时烂醉如泥，清醒时装疯佯狂。

这是一幅怎样汪洋恣肆的画卷！这是一种怎样心有灵犀的景象！春风荡漾，柳丝拂面，众人一起围坐，面对面痛饮。阮籍习武艺，能长啸，善弹琴，好为青白眼。遇见所谓“唯法是修，唯礼是克”的礼法之士，阮籍必以白眼对之。阮籍的母亲去世后，嵇康的哥哥嵇喜来致哀。因为嵇喜是在朝为官的礼法之士，于是阮籍也不管守丧期间应有的礼节，给了嵇喜一个大大的白眼。后来，嵇康带着酒、琴而来，阮籍马上便由白眼转为青眼。阮咸更是不拘小节，大瓮盛酒，与猪同饮。嵇康与向秀饮罢，便在家门前的柳树下打铁自娱，嵇康掌锤，向秀鼓风，二人旁若无人，自得其乐。刘伶每饮必醉，常乘坐鹿车，携一壶酒，使人荷锸而随之，左右顾盼，其妻劝止，刘伶大笑道：“死又何惧？死便埋我！”

这是怎样一场没有休止的酒宴！这是怎样一群没有嫌隙的挚友！他们虽有满腹才华，空有满腔壮志，却错生在一个毫无光亮的时代。曹魏后期，政局混乱，曹芳、曹髦既荒淫无度，又昏庸无能。司马懿、司马师父子掌握朝政，废曹芳、弑曹髦，大肆诛杀异己。他们所看见的，是恐怖的屠杀、虚伪的礼法。他们不满司马氏的所作所为，更不愿依附司马氏。他们崇尚老庄的自然无为，蔑弃礼法规则。他们是嵇康真正的知音，是他的听众、他的读者，无论微醺，还是酩酊。

有学者将这个时代称为“世说新语”时代。我们不妨用四个词来概括那个时代：玄幻、谋篡、战乱、黑暗，也不妨用四个词来概括他们的心绪：哀伤、苦闷、恐惧、绝望。

这是何等的玄幻、谋篡、战乱、黑暗！这是何等的哀伤、苦闷、恐惧、绝望！走出竹林，便是无尽的长夜；放下酒盏，便是亘古的空虚。他们紧紧地贴服着大地，紧紧地簇拥在一起，像凛冽寒风中残存的雏鸟——覆巢之下，其能幸哉？

万里风沙知已尽，谁人会得广陵音？

嵇康一生放荡作文，桀骜为人。他的诗歌存世仅五十余首，后人却评价极高，赞叹其诗不为《风》《雅》所羁，直写胸中之语。他的文论存世六七万字之多，句句隽永，字字珠玑。读嵇康的《琴赋》，眼前不时闪过这位执着于精神自由、终日与琴为友的士子形象：

余少好音声，长而玩之。以为物有盛衰，而此无变；滋味有厌，而此不倦。可以导养神气，宣和情志。处穷独而不闷者，莫近于音声也。是故复之而不足，则吟咏以肆志；吟咏之不足，则寄言以广意。然八音之器，歌舞之象，历世才士，并为之赋颂。其体制风流，莫不相袭。称其才干，则以危苦为上；赋其声音，则以悲哀为主；美其感化，则以垂涕为贵。丽则丽矣，然未尽其理也。推其所由，似原不解音声；览其旨趣，亦未达礼乐之情也。

嵇康以为，“众器之中，琴德最优”。而操琴之德，何尝不是为人之德？在《琴赋》文末的“乱”段，嵇康咏叹琴的和悦之德，无法探其深广；体味琴的清明之体，无法知其旷远；感慨琴的高邈之美，无法遇其企及；倾听琴的优良之质，无法得其驾驭；惋惜琴的至性至情，堪称群乐之首，可惜知音者渺邈。而这些，何尝不是以琴寓世、以琴喻人？

愔愔琴德，不可测兮；体清心远，邈难极兮；良质美手，遇今世兮；纷纶翕响，冠众艺兮；识音者希，孰能珍兮；能尽雅琴，唯至人兮！

嵇康文章，多为论说，所著诸文论六七万言，皆为世所玩咏。他曾作《声无哀乐论》，针对儒家的“治世之音安以乐，亡国之音哀以思”，旗帜鲜明地加以辩驳。他认为音乐是客观存在的音响，哀乐是人们的精神被触动后产生的感情，两者并无因果关系，亦即“心之与声，明为二物”，“心”和“声”，明明就是两种东西，压根儿就没有什么关系。

夫天地合德，万物贵生，寒暑代往，五行以成。故章为五色，发为五音；音声之作，其犹臭味在于天地之间。其善与不善，虽遭遇浊乱，其体自若而不变也。岂以爱憎易操、哀乐改度哉？及宫商集比，声音克谐，此人心至愿，情欲之所钟。古人知情不可恣，欲不可极故，因其所用，每为之节，使哀不至伤，乐不至淫。因事与名，物有其号。哭谓之哀，歌谓之乐。斯其大较也。

嵇康为文，多借景抒情，托物言志。在《琴赋》中，他讲述琴的材质的生长环境、在能工巧匠手中的制作，随之写到琴音的优美典雅、变化无穷，盛赞琴的高尚和平、纯洁正直的品格。不论是琴音、琴思、琴德，还是叙事、写景、抒情，嵇康之文如同其人，笔势放纵，汪洋恣肆，辞采绚烂，让人无法不击节赞叹。

正是在这篇赋中，嵇康曾以自己的喜好将古琴曲目排出顺序。他认为，首先无可争议的是《广陵散》，接下来是《止息》《东武》《太山》《飞龙》《鹿鸣》《鹍鸡》《游弦》。他认为这几首古曲变换为不同的演奏方式，如果声色自然、流畅、清楚、美妙，都能消除烦躁情绪。后代变换的俗谣俗曲，当属汉末蔡邕创制的《蔡氏五弄》。接下来还有《王昭》《楚妃》《千里别鹤》。最后还有一时权宜之作，杂进俗曲，其中也有一些值得浏览的琴曲。所以，所谓曲高和寡者，“然非旷远者不能与之嬉游；非夫渊静者不能与之闲止；非夫放达者不能与之无悋；非夫至精者不能与之析理也”。

嵇康的道德文章影响深远，清代何焯感喟：“叔夜千古人，此赋亦千古文。读此赋，如闻鸾凤之音于云霄缥缈之际。”

竹林七贤

嵇康，身长八尺，容止出众。

这样一位翩翩公子，加之满腹诗书，可谓器宇轩昂、玉树临风，简直是那个黯淡时代的华彩篇章。举目皆是战祸、离索、弥乱、凋敝、血腥、恐惧……可是，有什么能掩盖得住心中鼓荡的丰盈与骄傲？嵇康曾娶曹操曾孙女为妻，官拜曹魏中散大夫，从此与曹魏有了生死之缘分。也恰是因为他对曹魏的不离不弃，种下了他终于为钟会所构陷、为司马昭所杀害的祸根。

说到嵇康桀骜不驯的性格、坎坷多舛的命运，不能不提“竹林七贤”中的山涛，以及嵇康写给山涛的《与山巨源绝交书》。

山涛在由选曹郎调任大将军从事中郎时，欲荐举嵇康代其原职。没想到，嵇康听到消息，勃然大怒。不仅在信中断然拒绝山涛的引荐，而且傲慢地申明自己赋性疏懒，不堪礼法约束，不可加以勉强，发誓从此与山涛断绝往来。

在这封长信中，嵇康开篇毫不客气地说，我性格直爽，心胸狭窄，对很多事情绝不姑息（“直性狭中，多所不堪”）；性情懒漫，筋骨迟钝，肌肉松弛，头发和脸经常一月或半月不洗，如不感到特别发闷发痒绝不愿意洗浴（“性复疏懒，筋驽肉缓，头面常一月十五日不洗，不大闷痒，不能沐也”）。好在朋友们都能够忍受他孤傲简慢的性情、背离礼法的行为（“侪类见宽，不攻其过”）。

接着，嵇康以“七不堪”力陈拒绝山涛的理由：

人伦有礼，朝廷有法，自惟至熟，有必不堪者七，甚不可者二：卧喜晚起，而当关呼之不置，一不堪也。抱琴行吟，弋钓草野，而吏卒守之，不得妄动，二不堪也。危坐一时，痹不得摇，性复多虱，把搔无已，而当裹以章服，揖拜上官，三不堪也。素不便书，又不喜作书，而人间多事，堆案盈机，不相酬答，则犯教伤义，欲自勉强，则不能久，四不堪也。不喜吊丧，而人道以此为重，已为未见恕者所怨，至欲见中伤者；虽瞿然自责，然性不可化，欲降心顺俗，则诡故不情，亦终不能获无咎无誉如此，五不堪也。不喜俗人，而当与之共事，或宾客盈坐，鸣声聒耳，嚣尘臭处，千变百伎，在人目前，六不堪也。心不耐烦，而官事鞅掌，机务缠其心，世故烦其虑，七不堪也。

嵇康在这封信的末尾义愤填膺地写道：“若趣欲共登王途，期于相致，时为欢益，一旦迫之，必发狂疾。自非重怨，不至于此也。”也就是说，我与你并无深仇大恨，何苦为难我让我去做官呢?

山涛是“竹林七贤”中最年长的一位，也堪称“竹林七贤”的伯乐。他的风神气度，震撼了群贤。同为“竹林七贤”的王戎对他的评论是：“如璞玉浑金，人皆钦其宝，莫知名其器。”也就是说，他给人一种质素深广的印象。大器量，正是其时名士之一种风度。虽然山涛与嵇康情意甚笃，但是人生志趣未必相同，就在嵇康越来越放任自然之时，山涛却越来越彰显其入仕之心、治世之才、运筹之策、选人之能。他走的是另一条道路。

山涛不是一个没有见识的人，他谨慎小心地接近权力，却又小心翼翼地回避权力。毫无疑问，纵然狂放如嵇康者，在道德品行上也是了解自己的朋友、信任自己的朋友的。他后来因得罪司马氏而被治罪，临死前对儿子嵇绍说的最后一句话便是：“有巨源在，你便不会孤独无靠了。”

在曹氏与司马氏权力争夺的关键时刻，山涛看出事变在即，“遂隐身不交世务”。这之前他做的是曹爽的官，而曹爽将败，故隐退避嫌。但当大局已定，司马氏掌权的局面已经形成，他便出来。山涛与司马氏是很近的姻亲，靠着这层关系，他去见司马师。司马师知道他的用意与抱负，便对他说：“吕望欲仕邪？”于是，“命司隶举秀才，除郎中，转骠骑将军王昶从事郎中。久之，拜赵相，迁尚书吏部郎”。此后，嵇康与山涛在政治上分道扬镳：山涛一帆风顺，“货与帝王家”，征程万里无隔阻；嵇康绝尘而去，血染断头台，不做俗世一尘埃。

因《与山巨源绝交书》一文，后人对山涛颇多鄙夷。嵇康是非分明，刚直峻急。而山涛则举事有度，量体裁衣，凡事不逾矩，不违俗。譬如他也饮酒，但有一定的限度，至八斗而止，与其他人的狂饮至于大醉不同。山涛生活俭约，为时论所崇仰。他在嵇康被杀二十年后，荐举嵇康的儿子嵇绍为秘书丞，他告诉嵇绍说：“为君思之久矣，天地四时，犹有消息，而况人乎！”可见，二十余年，他从未忘却旧友。

嵇康为司马昭所杀，犹如一个暗夜炸开的信号，“竹林七贤”自此分崩离析，有人走向心怀汤火、足履薄冰的震颤，有人走向潇洒挥放、逶迤远行的傲然，有人走向穆如清风、冰清玉洁的旷达，有人走向质朴素真、恬淡自然的无为，有人走向哲思飞扬、才情盈溢的飘逸，有人走向有道言兴、无道默容的明哲保身。向秀悲恸不已，他写下千古绝唱《思旧赋》，怀念与老友同游山林的岁月：

将命适于远京兮，遂旋反而北徂。济黄河以泛舟兮，经山阳之旧居。
瞻旷野之萧条兮，息余驾乎城隅。践二子之遗迹兮，历穷巷之空庐。
叹黍离之愍周兮，悲麦秀于殷墟。惟古昔以怀今兮，心徘徊以踌躇。
栋宇存而弗毁兮，形神逝其焉如。昔李斯之受罪兮，叹黄犬而长吟。
悼嵇生之永辞兮，顾日影而弹琴。托运遇于领会兮，寄余命于寸阴。
听鸣笛之慷慨兮，妙声绝而复寻。停驾言其将迈兮，遂援翰而写心。

在这篇赋的序中，追思与老友游宴欢饮的点点滴滴，向秀慨然叹息：“嵇博综技艺，于丝竹特妙。临当就命，顾视日影，索琴而弹之。

余逝将西迈，经其旧庐。于时日薄虞渊，寒冰凄然。邻人有吹笛者，发音寥亮。”

斯人已去，足音跫然。

烟花三月

“聂政”曲何以名“广陵”？

韩皋曾经给出一个颇为可信的理由：“扬州者，广陵故地，魏氏之季，毋丘俭辈皆都督扬州，为司马懿父子所杀。叔夜（嵇康）悲愤之怀，写之于琴，以名其曲、言魏之忠臣散殄于广陵也。盖避当时之祸，乃托于鬼神耳。”时运不济，遂以广陵言志。

谁能想到，今日温婉可亲的扬州，竟然是昔日嵇康抚琴言志的广陵故地？

虞渊未薄乎日暮，广陵终不绝人间。

这是晚春的扬州，烟花三月的广陵雾雨还未飘远，时间却已行进至1700年后的今天，清朗的空气便开始讲述与昨天的记忆迥然不同的故事。林钟宫音，其意深远，音取宏厚，指取古劲，广陵余音绕梁，至今犹在耳畔，一支新曲俨然歌成。

江水北去，淮河南来。

这是一年里最欢腾、最茁壮的日子。大地上冰封的一切早已苏醒，暗夜里沉寂的一切正在绽放。被雾雨笼罩的广陵，繁花似锦，万马奔腾，举目皆是浓墨重彩的山水画卷。

风无边，水无界。

公元前486年，吴王夫差开邗沟，筑邗城，沟通江淮，成就了后世的“烟花三月下扬州”。水，催生了扬州的数度繁华，也孕育了扬州的悠久文明。站在江都水利枢纽的高台上，荡胸顿生层云。过去的岁月气势磅礴，如水波般一泻千里，雄伟壮观，恍若嵇康的广陵绝响。

扬州盐商富甲天下，留下了美轮美奂的园林、婀娜多姿的景致、穷奢极欲的宅邸。清代戏曲家李斗在其笔记集《扬州画舫录》中曾写道："杭州以湖山胜，苏州以市肆胜，扬州以园亭胜，三者鼎峙，不分轩轾。"而今，这些园林、亭台、宅邸，已成为扬州璀璨多姿的文化景观。当年的广陵，走过无数风雷激荡的岁月，在气象万千、日新月异的今天，正在由古老的遗存，蝉蜕为羽化的新生。

古城里，举步皆是脊角高翘的屋顶、风韵痴绝的门楼，直露中有迂回，舒缓处有起伏；古巷曲折蜿蜒，巷子里的茶楼和酒肆藏而不露，每每寻到，便是无边的惊喜，让人回味无穷。瘦西湖上，五亭桥造型秀美，富丽堂皇，如同湖的一束玉带。传说这是清代扬州两淮盐运使为了迎接乾隆南巡，特雇请能工巧匠设计建造的。桥上雕栏玉砌，彩绘藻井；桥下四翼分列，十五个卷洞彼此相通。每当皓月当空，各洞衔月，金色荡漾，众月争辉，倒挂湖中，不可捉摸。"青山隐隐水迢迢，秋尽江南草未凋。二十四桥明月夜，玉人何处教吹箫。"杜牧的诗句恍若与月色一道，铺满了银色的水面。

世说新语

这是中国历史上一段波谲云诡的时期。

魏晋南北朝——史家惯于从建安元年（196年）开始计算，到隋开皇九年（589年）隋文帝统一中国为止，前后共约400年。

这漫长的4个世纪，无疑是中华民族家国分裂、政治动荡、战火频仍、割据政权林立的时代。这期间，共发生较大规模的战争500余次，先后建立35个大大小小的政权，只有西晋实现过短短37年的统一，其余时间皆处于分裂状态，可谓"城头变幻大王旗"。秦汉以来的物质积累被糟蹋殆尽，董卓之乱、八王之乱、侯景之乱、五胡乱华……天灾人祸，生灵涂炭，国家满目疮痍，人民流离失所。

然而，若论在中国历史上的风采独具、文采焕然，无出魏晋南北朝其右者。一方面，社会生活空前动荡与纷乱；另一方面，文学创作空前发展与繁荣。这是士人思想最活跃、精神最自由、个性最张扬、行为最放纵的时代，这是一个具有艺术气质的时代。

这是一个“世说新语”时代。在这样一个时代，天下规则散尽，斯文扫地。在这样一个时代，不难理解，何以武好法术，文慕通达；何以天下之士，不循前轨。

遗憾的是，旷世之才如嵇康，也只能以自己的方式在这个时代的夹缝中求生。

“爱有大而必失，恶有甚而必得；智惠不能去其恶，威力不能全其爱。故前识所不用心，而圣人罕言焉，若乃系情累于外物，留曲念于闺房，亦贤俊之所宜废乎？”这是陆机在《吊魏武帝文》中写到曹操临终吩咐后事时的描述，惋惜一代明主的远行，笔笔顿挫，气势畅达。这还是“日月之行，若出其中；星汉灿烂，若出其里”壮怀千里的曹操吗？这还是“山不厌高，海不厌深；周公吐哺，天下归心”运筹帷幄的曹操吗？这还是“老骥伏枥，志在千里；烈士暮年，壮心不已”永不言败的曹操吗？这是与嵇康有着千丝万缕联系的曹魏，是一个大时代拉开华幕的序曲。然而，落花流水终去也，英雄暮年，恰如一个时代的谢幕，端的是有着说不尽的凄凉和沧桑。

昔我往矣，杨柳依依；今我来思，雨雪霏霏。

让我们重新回到1700年前的历史现场，清点烽烟凉尽的烟火，收殓岁月老去的残骸。这是景元二年（261年），嵇康作《与山巨源绝交书》。两年后，他为司马氏所杀。有心者也许会留意，会在青灯黄卷中翻到曾经被我们忽视的片段，以及这些片段中的丝丝缕缕——半个世纪之前，曹丕在《典论·论文》中写下了“盖文章，经国之大业，不朽之盛事”的千古绝唱；在《与王朗书》中写道：“生有七尺之形，死唯一棺之土。”王粲在《登楼赋》中写下了“人情同于怀土兮，岂穷达而异心。”半个世纪后，在匈奴的进逼中，洛阳失守，建兴四年（316年），西晋灭亡。这场战争中，匈奴长驱直下，很快便控制了几乎整个中原，长达一百多年的大动乱大灾难大纷争就这样开始了，中华民族陷入漫漫寒夜。史官干宝在《晋纪总论》中写道：“国政迭移于乱人，禁兵外散于四方，方岳无钧石之镇，关门无结草之固”，最终“脱耒为兵，裂裳为旗，非战国之器也；自下逆上，非邻国之势也。然而成败异效，扰天下如驱群羊，举二都如拾遗芥，将相王侯连头受戮，乞为奴仆，而犹不获，后嫔妃主，虏辱于戎卒，岂不哀哉？”国家顺乎天命方可兴盛，顺乎民意方可和谐，以礼仪教化百姓方可建立纲常，国家基础宽厚方难以颠覆。正如树木根深叶茂则难以拔掉，政教有条有理则国家不乱，法纪牢靠周密则社会安定。如此者，方为治国之策、立国之本。

前后不过百年，世事更迭如斯。不变的，是士子千百年来一脉相承的家国情怀、道义文章。

【原载《光明日报》2018 年 5 月 11 日】

中国爱情的旧款式讲法

穆　涛

我们中国的旧小说，是给“爱情”设置服务区限的，适用于特殊地带里的特殊族群青楼工作者与老客户，蛇狐与书痴，仙女与傻小子，这一类故事风姿多种，异想天开，尽管多数不着边际，却可歌可泣，凄美绵长。

良家女子不被允许谈论爱情，结婚前，大户人家的女孩子是被软禁的，住绣楼，做淑女，大门不出，二门不迈，因而“绣楼偷醮”也是旧文人笔下的热点。婚后的女子核心内容是贤惠忍让，大夫人劝老公纳小是妇德，是美谈。妻妒妾这样的故事也有，用的多是批判现实主义写法，是反面典型。

清代的袁枚有一本小说故事集，叫《子不语》，顾名思义，是圣贤不说的话。这本书里讲了一个良家女子带“穿越”色彩的爱情故事，由一系列“节外生枝”的情节构成，细节生动，有匠心，有味道，还有股子正能量的劲头。

故事发生的背景地在江苏淮安。

一对夫妻，丈夫姓李，妻子是主要人物，却没有姓名，称为“妻某氏”，夫妻感情和谐，“琴瑟调甚”。李丈夫三十岁刚出头突然去世，“妻某氏”悲恸至极，“已殓矣，妻不忍钉棺，朝夕哭，启而视之”。

过“头七”的时候，当地有“迎煞”的民俗，这一天，煞神前来把亡者带走，家人和至亲都要回避。“妻某氏”把儿女安顿妥当，自己留下来，一直坐在亡者帐中。“至二鼓，阴风飒然，灯火尽绿。见一鬼红发圆眼，长丈余，手持铁叉，以绳牵其夫从窗外入。”这位煞神见棺前有酒有肉，便放下铁叉，解开索命绳子，大吃大喝起来，“每咽物，腹中啧啧有声”。

丈夫李的幽灵在屋中四下走动，留恋不舍。在旧书案前，竟能轻抚触摸，怅然长叹。不一会儿，走到床前，揭开帐帷，“妻某氏”迎上去哭着抱住，像抱着一团冷云，“妻哭抱之，泠然如一团冷云”，于是用被子包裹起来，煞神发现后上前抢夺，“妻某氏”大声呼叫，儿女们从旁屋拥护而至，煞神夺窗而出。“妻某氏”与儿女合力将裹着的灵魂放入棺内，丈夫李渐渐有了生气，接下来抱到床上，灌以米汤，天亮以后丈夫李终于复活了。

二十多年后的一天，“妻某氏”去城隍庙祈福，恍惚中见两个壮丁押解着一个带枷的人走过来，仔细一看，带枷者竟是那位煞神。红发煞神指着她骂道，“我当年贪嘴渎职，被判刑二十年，都是你一手造成的，今天终于见了你”。“妻某氏”回家后即命终，这一年她年满六十岁，故事到这里就结了尾。

中国人居家过日子，也不把“爱情”这两个字挂在嘴唇上，“一往情深深几许，深山夕照深秋雨”，让一切沉浸在具体的日子里。不说爱情，但把该做的事情做到位，有些事做得甚至“露骨”。

在以前，讲究的人家女儿出嫁，当娘的要给一件特别的陪嫁，叫“压箱底”。“压箱底”是瓷器，圆形，顶上有盖，打开盖子，里面有一对做爱的男女。有的瓷器去了外罩，再配以锦盒、木盒，也有用袋子装的，叫锦囊。瓷器一般不大，拳头大小吧。出嫁前一天晚上，放在嫁妆内最隐蔽的地方。这是中国古人的性教育方式，让小两口照着瓢去画葫芦。

我收藏过一件“压箱底”，墨玉的，没头没身子，只是男女生殖器的造型。雕工极好，虽是石头，却温润有质感，栩栩如生。据原收藏人说是出自清代一个大和尚的手工，我猜是吹牛，为了抬高价钱而已，哪有这么见多识广又有手艺的和尚。这个东西后来被我小学同学掠夺走了，他是警察，说是扫黄。我没有坚持往回要，就因为那句“和尚雕的”，和尚的手艺越好，这件艺术品的阴影越清晰。我这位同学叫金山，在老家河北廊坊一个派出所当所长。

《红楼梦》七十三回，“痴丫头误拾绣春囊”，这个绣春囊就是“压箱底”，“今日正在园内掏促织，忽在山石背后得了一个五彩绣香囊，其华丽精致，固是可爱，但上面绣的并非花鸟等物，一面却是两个人赤条条的盘踞相抱，一面是几个字。这痴丫头原不认得是春意，便心下盘算：‘敢是两个妖精打架？不然必是两口子相打’”。

汉代的科学家张衡，就是发明地动仪的那位，他还是出众的文学家，他写过一首诗《同声歌》，中间也有类似“压箱底”的句子，“衣解巾粉御，列图陈枕张；素女为我师，仪态盈万方”。张衡所写到的，不是瓷器，是图画人物。

【原载《美文》2018 年第 7 期】

远眺华不注

李一鸣

济南北，历城界，黄河南，一山奇崛，名曰华不注。

尽管我在济南度过几年大学时光，很惭愧，对华不注知之甚晚。甚至在毕业那年听孔孚老师讲课之前，未之闻也。

那天下午，师大中文系名家讲堂开讲，讲座人：孔孚。

正是夏天，阳光透过悬窗，满室可见光中的细尘。先生仙风道骨，左手挥写板书如行云流水，右袖空空如也，那份洒脱与从容，至今铭怀。

那次讲座中，先生以曲阜乡音吟诵了他的几首诗，深远渺然。其中最为得意的一首是《飞雪中远眺华不注》：

它是孤独的
在铅色的穹庐之下
几十亿年
仍是一个骨朵
雪落着
看！
它在使劲儿开

华不注，山名取自《诗经·小雅·常棣》，诗曰："常棣之华，鄂不韡韡。""华"同"花"，"鄂不"即"萼跗"，亦即花蒂。山名"华不注"，俗名花骨朵。

多年以来，每每忆起那首短诗，就为先生的诗意奇思讶然，宏旷的时间，苍远的空间，尽在寥寥数笔之间。铅色穹庐大雪纷落的背景中，华不注山就像一个含苞的花骨朵，它在使劲开。巨大的动感与画面感扑面而来，逶迤跌宕。华不注，一个天地间经年的花骨朵，第一次开放在心神之内。而先生赋予此山“孤独”的蕴意，“使劲开”的意象，或正于隐秘间道出华不注的精神指向。

记得刘大櫆曾言：“神远而含藏不尽则简。”这样的简，无疑是一种诗文之化境，而孔孚先生的华不注诗，不正是深得此简之妙处？那是简约之丰腴、至简之尽境。

是的，那山是孤独的。它曾经开放过、灿烂过。

郦道元的《水经注》对它曾不吝赞美：“单椒秀泽，不连丘陵以自高，虎牙桀立，孤峰特拔以刺天，青岸翠发，望同点黛。”可以想见，在华北平原广阔的旷野中，视野所及，一马平川，蓦地，视线被一崭绝孤峙的存在所挡，一座孤峰拔地而起，如一支青椒向天，似一颗虎牙凌霄，若一弯翠黛蹙聚，这才引得年轻的地理学家惊叹赞美，诉诸笔端。

那年，李太白器宇轩昂，飘然而至齐鲁，别后给文学史留下名篇《昔我游齐都》：“昔我游齐都，登华不注峰。兹山何峻秀，绿翠如芙蓉。萧飒古仙人，了知是赤松。借予一白鹿，自挟两青龙。含笑凌倒景，欣然愿相从。”诗仙酣游山东一回，华不注怎样的场景，激起了诗人的浪漫诗思？骑白鹿，挟青龙，够奇幻，够威风。

李太白的神思自是如苍龙入穹无从追证，留下的华不注诗却因而有了仙意奇思。被赋予灵魂的华不注不仅化入诗词经典，而且进入了名画宝藏。

台北故宫博物院有一幅赵孟頫的《鹊华秋色图》。打开卷幅，但见画面一片辽阔的绚烂：树木繁盛，房舍掩映，河流蜿蜒，渔舟往复，在远处，再远处，更高处，有两山遥相对应，左山方圆，右峰高耸，分外醒目。整幅画作为金黄色笼盖，景物则高低错落，疏密有致，用笔则书画相长，枯润相契。细品此画，洋溢着高逸名士之风，散逸文人之气，好山好水、半渔半樵的隐逸之心，呼之欲出。

画中之山是何方名山？且看赵孟頫的题跋：

公谨父齐人也，余通守齐州，罢官归来，为公谨说齐之山川，独华不注最知名，见于左氏，而其状又峻峭特立，有足奇者，乃为作此图。其东则鹊山也。命之曰鹊华秋色云。

原来赵孟頫仕元后，曾任同知济南路总管府事三年有余。跋中齐州即济南历城也。他罢官回到故乡浙江湖州后，欣逢祖籍济南的老友、词人周密（字公谨），禁不住向他叙说济南山水之奇。而这周密，一生并未到过济南，却对祖籍充满深情，竟自号为华不注山人，足见其情志。赵孟頫的介绍更加激起周密对故里的向往，乃敦请赵孟頫作画以抒心怀。于是便有了这幅名画的诞生。画中左山是鹊山，右手那座平地而起、奇绝峻拔者，即华不注。“云雾润蒸华不注，波涛声震大明湖。”想来华不注不仅入画，而且伴着历城三年多的记忆，也常常入赵孟頫的梦吧。

去年夏天，因一机缘回到济南。

车过历城，得以于多年后远眺华不注。浩浩平原之上，华不注峰孤峻秀，一派昂然大气。据考证，汉代中期，黄河改道由利津一带入海，造成支流灌注、济水泛滥，华不注周围形成湖泊。至唐称莲水湖，其时稻溪回还，芦荡轻摇，水村渔舍，仿若江南，远望华不注，恰如水中含苞欲放的一枝荷花。到了金代，元好问曾到济南一咏华不注：“华山正是碧芙蕖，湖水湖光玉不如”，可见山湖相映之美。元中期，王恽客居济南，留给后世一篇《游华不注记》，文中描绘了华不注一带的山水盛景。至明朝，亢思谦写《续游华不注峰记》时，欲抵山下已须舍舟而乘。到了清代，全祖望游华不注，周围已是莽然田舍。后康有为来登华不注，大赞“南京钟山紫金峰，北京翠微山、煤山，扬州的七星山，苏州的横山……然山水之美皆不如华不注也”，但华不注周围早已不复昔日山光水色，“含笑凌倒景”的情景只能在古诗中寻找矣！

沧海桑田，岁月悠悠，华不注兀兀独立。

华不注是“忠文化”的见证者。据《左传》记载，鲁成公二年，齐晋两国交战，齐顷公亲率大军在“鞍”与晋军决战。齐顷公自信满满，声称“灭此而朝食”，甚至未给战马披挂铠甲就参战，结果，“齐师败绩”，齐顷公被晋军追逼，“三周华不注”。危急关头，大臣逄丑父果断与之更衣换位，并佯命其到山脚的华泉取水，齐顷公方免罹难。以此，丑父冒着生命危险忠心救主的事迹载入典籍。以致名列“唐宋八大家”之一的大文学家曾巩来游时，挥就一首《华不注山》：“高标特起青云近，壮士三周战气酣。丑父遗忠无处问，空余一掬野泉甘。”为丑父事迹不被彰显而愤愤不平。而清代赵执信来到华不注，也深深缅怀丑父之人格：“欲寻丑父易位处，华泉之水今独清。”

华不注山下，也曾掩埋着另一个高贵的灵魂。

元邵显祖《重修费公闵子祠记》中记载，闵子骞最早葬于华不注山下。如果说逄丑父树立了忠的典范，闵子骞则书写了孝的传说。

小时候，就常常听妈妈讲起鞭打芦花的故事。闵子骞十岁时，母亲去世，其父续弦。继母冬天做冬衣，给自己亲生儿子的棉衣絮的是棉花，给闵子骞冬衣里装的是芦花，棉花看着薄其实暖，芦花貌似厚却难挡寒。某日，子骞和弟弟随父乘车出门探亲，途中突然风雪大作，弟弟眉开眼笑赏景为乐，子骞则蜷坐一团瑟瑟发抖。其父疑其作状，恨其不争，怒用鞭打，袄烂花飞，其父这才明了真相，立即赶车返家，愤然休妻。子骞跪求父亲：“母在一子寒，母去三子单。留下高堂母，全家得团圆。”小时候听完故事，一是恨子骞父糊涂粗暴，二是担忧自己以后万一有了继母的命运，而对闵子骞的行为却很不理解。如今思之，与其说子骞因孝道而闻名，毋宁说是他的宽厚与善良感动了世人。

这一忠一孝，让这座山有了人的温度。

岁月如风斯年远去，华不注不语，默默矗立在齐鲁大地的烈阳里。

其实，山水最终是活在文化里，活在人的情感里。

我的心中，正扬起一场大雪，雪中的华不注，苍然盛放。

【原载《人民日报》2018 年 4 月 28 日】

人生就是一次旅行

——写给女儿十八岁

红　孩

亲爱的孩子：

下周二，也就是2018年12月4日这一天，你们学校将为你们举办一次成人礼。这几日，你显得很激动，为此准备了很多，包括购买新衣服和鞋子。我无法想象那一天的校园会是什么样子，说实话，我对此没有任何准备。我总觉得，你还是个孩子，怎么也不愿把成人这两个庄重得不能再庄重的字和你的名字联系在一起。

我在努力回想着自己的十八岁。十八岁那年，在6月5日，距离我生日还有二十天，我参加了工作，被分配到北京双桥农场的一个养猪场。上班的第一天，车间主任给我们新工人每人发了一套劳动布工作服和一把镰刀，我们的任务是为猪割青草。我想，这一天就是我告别学生时代、步入社会的成人礼吧。

每个人都有十八岁。我没有研究过，为什么把十八岁定为成人与未成年人的分界线。在我的记忆里，有相当多的人在十六岁，也就是初中毕业就参加工作了。人一旦有了工作有了收入，他在一定意义上就该被人视作成年人。而一旦结了婚，则就成了大人。至于女人，则结婚前称为姑娘，结婚后则称为妇女。近几年，多次与冰心先生的女儿吴青教授一起开会。吴老师每次会上都在讲，我们每一个人，不要首先分男人和女人，而要首先确定自己是人，然后才是男人和女人。

就是说，我们来到这个世界上，要始终把自己看作一个正常的人，要自觉维护做人的权利、义务和尊严。

我想到，我的母亲、你的奶奶，在她刚满十八岁的那一年，便嫁到我们陈家。奶奶在家是老二，上边有个哥哥，下边还有四个弟弟妹妹，为了家庭的生活，她在上了小学二年级后就被迫辍学。奶奶一辈子不能完整地读书、看报，她几乎也没有到北京以外的地方去出差、旅游，她所做的一切就是下地劳动，回家做饭，照顾你的爷爷和我们兄弟姐妹的生活。在她的记忆里，没有什么所谓的成人礼，似乎从她记事起，她就一步踏入成人的行列里。

记得在 20 世纪七八十年代，我们上学时说得最多的就是到 20 世纪末，实现四个现代化。那时，还是少年的我们，对未来充满好奇。在小学五年级的一次作文课上，班主任老师曾经无比自豪地教育我们，长大了一定要当拖拉机手。我那时还理解不了老师的用意。后来，在 1990 年《农民日报》举办的一次文学作品征文活动中，我见到了著名作家浩然老师。浩然老师听说我来自双桥农场，他拉着我的手说，五十年代初，他在通州采访，当听说双桥农场有从苏联进口的康拜因拖拉机后，他无比兴奋地光着脚从通州跑了几十里地来看。那时的浩然老师，也就十八九岁。

亲爱的孩子，十八岁，对于今天的你们，记忆最为深刻的莫过于对高考的准备、复习和最后的冲刺。看着你和你妈妈每天天刚蒙蒙亮就出发，晚上擦黑才回来，我很是心疼，也很是羡慕。你知道，我是没有正式参加过高考的人，甚至没有正式上过大学。每次，我到清华、北大去参加学术会议，或者参加文学征文颁奖活动，坐在主席台上我都感到汗颜。我承认，在那一刻我是自卑的。在单位，我几乎是学历最低的人，尽管我的文学创作成就让许多人仰慕，但我总觉得自己没有底气。

十八岁，说起来还是很年轻的，在人生的长河里，它只能算作刚刚开始。我常说，人生就是一次旅行，不论是长途还是短途，看到的都是风景。而即将进入大学的你，肯定会充满各种想象。现代社会，一切都瞬息万变，新的思想、新的技术革命、新的生活方式，让我们的生活五光十色，也给了人们各种可能。以我的阅历，我可以跟你说十条八条注意事项。然而，面对十八岁的青春少年，我知道我的话可能是徒劳的。因为，路都是自己走出来的，别人再怎么说，你都要亲自去实践。既然如此，我就对你提出十个字，即正直、独立、勇敢、健康、善良。现在，回头看自己走过的路，除了健康我没有做到，其他四点我都做到了。为此，从基因遗传的角度，我必须提醒你，一定要加强体育锻炼，养成健康的生活方式。一个人不管你多么聪明，也不管你多么有钱，没有了健康，这都是身外之物。

亲爱的孩子，从现在起，你该真正进入成年人行列了。将来，你将逐渐学会独立生活，面对社会、家庭，我要说，做任何事情都要善始善终，尤其对承诺的事一定要坚守。同时，做事也要学会举一反三，懂得取舍，善于联系事物之间的依存关系，不论在家庭还是社会生活中，要能够协调各种关系，也只有这样，才能顺利实现自己的理想、目标。我之所以这么说，主要是因为你们这一代大多是独生子女，在家里容易被娇惯，性格容易任性。殊不知，人生的路没有一条是笔直的，都是曲折坎坷的，人遇到困难不可怕，可怕的是缺少战胜困难的勇气和办法。你是一个聪明的孩子，我相信你有你的智慧，也相信你会有处理各种矛盾的能力。呵呵，你老爸的自信足以成为你的榜样！

亲爱的孩子，这封信作为对你十八岁的希望与嘱托，怎么写还是觉得没有表达清楚。其实，生活哪有靠一页文字就能说清楚的呢。最好的方式，就是我们一起面对。有人说，女儿是父亲上辈子的情人，我接受这个比喻，就让我们下辈子还做情人吧。

【原载《中国文化报》2018 年 12 月 4 日】

襄阳风日好

葛水平

汉江之美与襄阳之魅

襄阳，一条汉江穿城而过，将襄阳分为江南的襄城和江北的樊城。山川灵秀，襄阳正应了这样一句话，“一江碧水穿城过，十里青山伴入城”。

汉江，又称汉水，因为汉水与银河在夏季走向一致，所以也叫“地上的银河”。在古人的认知中，横亘天空的银河与横卧黄河、长江之间的汉水，形成天地对应关系。《诗经》说：维天有汉，监亦有光。”中国文学两大源头《诗经》和《楚辞》发源交汇于此，汉水孕育了荆楚文化，人文资源也非常丰富，曾被历史上无数文人所歌咏。

汉江青青，诗仙李白在《襄阳歌》中写道：“遥看汉水鸭头绿，恰似葡萄初酦醅”，将汉江水的碧绿形容为刚成形的青葡萄。苏轼途经襄阳，在《汉水诗》中写道：“襄阳逢汉江，宛似蜀江清。”而在众多赞颂汉江的诗歌中，以王维的《汉江临眺》最为著名：“襄阳好风日，留醉与山翁。”

汉江之美与襄阳之魅，让我们发现襄阳是一个观望历史和让历史观望的城市。历经沧海桑田，气象开阔，当阳光照在大地上，无限风光由一条汉江带走了多少日月下的好春秋？

时间是一条没有起点也没有终点的直线，只不过被人为地划出了刻度，时间的刻度让一座城市的门扉洞开。我们发现襄阳自古多出隐士，隐逸形式也五花八门：身隐、心隐、朝隐、吏隐……世间精彩都需要亮相，不然谁知道谁认为那是精彩。

汉末魏晋南北朝时期，是隐士文化的第一个也是最大的兴盛期。由于时代的大动乱，这一时期的知识阶层逐渐从汉代经学的桎梏中解放出来，个体意识开始觉醒，追求独立完善的人格境界，呈现出和现实政治明显的离心倾向，诚如孔子所言：“邦有道则仕，邦无道则隐。”襄阳的隐士是这座城市辉煌的记忆符号。

“山不高而秀雅，水不深而澄清；地不广而平坦，林不大而茂盛；猿鹤相亲，松篁交翠，古朴清幽”的地理风物催生和滋养了隐逸之风。孟子说：“水由地中行，江河淮汉是也。”把汉江与长江、黄河、淮河一道并称“江河淮汉”。

汉江曲里拐弯流过襄阳，“曲莫如汉”的寓意中，隐士挥舞着命运的手掌，在季节最深邃的部分闪耀出智慧的光芒。

诸葛孔明照亮历史空间

走进襄阳的古隆中是在一个雨天，四溢的雨中充盈着不易发觉的季节迟暮，湿漉漉的天地间，一座古隆中牌坊立在前方。

牌坊暗藏着青石莹润内敛的潮气扑面盈怀，我在仰视中，在仰望的瞬间，脑子里重叠着与之有关的往昔。

诸葛孔明，一位有着经天纬地才能的智者，他上知天文，下通地理，在军事上也是用兵如神。如果没有诸葛亮，单凭刘备起初的实力，根本不可能成就三国鼎立的霸业。

诸葛亮在隆中十年，结交庞德公、庞统、司马徽、黄承彦、石广元、崔州平、孟公威、徐庶等名士，其中多是当时著名的无意仕途的隐士。也就是说，在诸葛亮周围基本上形成了一个隐士群体，这无疑对诸葛亮的心理、人格会产生影响。如庞德公是东汉高士，据说他与诸葛亮、司马徽相友善，居岘山之南，躬耕田里。荆州刺史刘表几次以礼延请，皆不就，可见是位真正的隐士。

高卧襄阳古隆中时，诸葛孔明还只是一介书生，即被庞德公称为

“卧龙”，司马徽赞为“识时务的俊杰”。

做一个真正的隐士无形无息，但还是碰巧被一个枭雄窥见了智慧，“三顾茅庐”成为礼贤下士的代名词，历史深处，我感到了一种强大的存在。“三顾”是一种言语，一种“假借”，心却是飞扬跋扈的。

“三顾茅庐”之后，诸葛孔明出山辅佐势单力薄的刘备，先与孙、曹逐鹿中原，后与司马懿争雄天下。正是他的智慧，使曾无立锥之地的刘备能走出困境，取荆益两州，三分鼎足，成就帝业。使得刘备有资格从一个漂泊而毫无目的的军阀进阶为一个诸侯。这就好比黑暗中的路灯，指引着脚下的光明。

所以，刘备对诸葛亮的评价是：孤之有孔明，犹鱼之有水也。

一颗忠心，两朝元老，三顾茅庐而三分天下，五丈原头卦阵中，六出祁山而七擒孟获。赤胆忠心，足智多谋，助他人之霸业成自己威名。出师未捷身先死，长使英雄泪满襟。

诸葛亮，也可以说是中华民族公认的智慧之神。他整个人的颜色变幻无穷、神秘魅惑，在英才辈出的三国时代，当时应该就有“智多星”的称号，否则刘备不可能放下身份三顾茅庐。

与时间有着类似的质地而常用来相互喻义的物质是流水。汉江水浩浩荡荡裹挟着时光一往无前，而往事总是像沙砾般在竭力挣脱和沉淀下来。

在古隆中盛传着诸葛亮另外一个平民化故事。他不仅是一个种庄稼的好手，而且还是一位种西瓜的能人。土地唤醒人昂贵的欲望，人在土地上获得丰收。诸葛孔明种下的西瓜，个儿大，甚甜，并且无污染，凡来隆中做客的隐士和过路人都要到瓜园里一饱口福。于是，周围的人都向他学习种瓜，他则毫无保留地告诉他们种瓜一定要在沙土上，施肥一定要用麻饼或者香油脚子。

瓜管吃好，瓜子留下。

吃瓜留籽，一条谋生的好手段传播了他的名声，也给诸葛孔明带来了光明的前程。

在隆中十年，是诸葛亮人生价值观形成的重要阶段。他的出仕，并不违反他当初“不求闻达”的初衷，有道是有大志之人，虽能耐寂寞，却不会一辈子默默无闻。其中所蕴含的智慧，便是庸者无法感悟的。

雨水淋湿的路上，想象一位手持鹅毛扇子、头戴葛巾的儒士，一个懂得生存智慧的人，他照亮了襄阳过往的岁月，同时也扩大了旅行人对历史的想象空间。

孟浩然的情义重过生命

孟浩然，一位歌颂田园的诗人，出生在襄阳，世称孟襄阳。和诸葛亮不同，他渴望自己的鸿鹄之志用于治国。可惜仕途困顿，在痛苦失望后，最终修道归隐终身。40 岁游京师，应进士不第，在长安时，与张九龄、王维交谊甚笃。后漫游吴越，穷极山水以排遣仕途的失意。

孟浩然诗歌绝大部分为五言短篇，多写山水田园和隐逸、行旅等内容。虽不无愤世嫉俗之作，但更多属于诗人的自我表现。他和王维并称，其诗虽不如王诗境界广阔，但在艺术上有独特造诣，而且是继陶渊明、谢灵运之后，开盛唐山水田园诗派之先声。

民间有一句俗语：生就的骨头长就的肉。在反复无常的命运颠簸后，孟浩然重新回到他应有的原点。他的一些诗往往在白描之中见整炼之致，经纬绵密处却似不经意道出。

故人具鸡黍，邀我至田家。绿树村边合，青山郭外斜。

开轩面场圃，把酒话桑麻。待到重阳日，还来就菊花。

——《过故人庄》

每个人都不清楚，哪条路通向自己最终的目的地，远方是大而无形的希望，故土从来都是质疑者。经过跋涉与灼热、痛苦后的失望，孟浩然以诗歌的方式携带着故土开始了流浪。

对故土的谙熟使孟浩然不需要用眼睛来盛载它，经历痛苦，是为了收获经验，一支笔使一切追求成为最终的功名。

公元 741 年，王昌龄游襄阳。当时孟浩然患有痈疽，是一种毒疮，将要治愈了，大夫嘱咐他不要喝酒、吃鱼鲜。

“朋友这杯酒最珍贵。”

正如古龙曾说过的："其实，我不是很爱喝酒的。我爱的不是酒的味道，而是喝酒时的朋友，还有喝过了酒的气氛和趣味，这种气氛只有酒才能制造得出来。"

一道美味大餐让孟浩然食指大动，结果，王昌龄还没离开襄阳，孟浩然因为喝酒、吃鱼病发去世。

筵席最后都是散，一场筵席完成了人间最有情义的离别。

人间是多种力量争夺的阵地，是名利场的风口浪尖。从生命的开始到生命的终结，人生作为放大镜和显微镜式的舞台，每个人上演的戏有着十二分的精彩，看热闹的资源取之不尽，而真正能留下的中国好故事不多。

孟浩然用诗歌成就了中国故事。读他的诗犹如纳凉看夕阳、池月，到微风飒来，到荷风送香，到竹露滴响，然后，由鸣琴而联想到知己好友。所感触到的全部是襄阳花草的蓊郁和情感幽怀。和同时代的诗人比，他不似李白的豪纵，不似王维的深粹，不似杜甫的盘郁，却着实是孟襄阳的清雅。

米芾供养人间烟云

米芾是襄阳人，传说他个性怪异，一个北宋人喜穿唐服，嗜洁成癖，遇见山石称兄道弟，常常膜拜不已，人称"米颠子"。

米颠子常使石头无言。

喜欢米芾的字，他的字显得情绪饱满，有意蕴有墨趣，如戏剧人物的身段手势，如行云流水一般流畅，又蕴含力度。不过也有用笔多变时，比如正侧藏露，长短粗细，体态万千，充分体现了他"刷字"的独特风格。米芾的字真是灵动而极富生命感啊。

到了襄阳才知道襄阳是米芾故里。

米芾这人一生恃才自傲，少奴性，性格中明暗的对比，就像阳光和影子，如影随形。和其他历史人物不同，官场的强大吸引力，从他的性格开始，米芾一生在官场如鱼得水般活跃。

"蜀素"是北宋时四川造的质地精良的丝绸织物，上织有乌丝栏，制作精美。由于丝绸织品纹理粗糙，艰涩难写，故非功力深厚者不敢问津。米芾敢写。据说，蜀素上米芾的字笔意率真大胆，气势飞动。

写瘦金体的宋徽宗很喜欢他的书法，经常招他进宫写字。有一次他给皇上写完字后，偷窥皇上的御用砚台，就对徽宗说："皇帝的砚台不能给庶民用，而如今皇帝的砚台被我用过了，臣子是低等的，既然这砚台已经被我玷污了，皇上就送给我吧。"宋徽宗还没有回应，米芾拿起砚台揣在怀里跑了，宋徽宗的笑声跟随他走了好远。

米芾之狂气在《宋史》中记载得十分传神。

宋徽宗赵佶初次招米芾入宫，请他先在御用屏风上书写《周官》某篇。米芾奋笔疾书，完成后掷笔在地上，并大大咧咧地声称：洗去二王所写的烂字，才能照耀大宋皇帝万年。要知道，艺术皇帝赵佶可是王羲之、王献之的天字第一号铁粉，米颠虽比皇帝大三十一岁，但也不该随意消遣二王。

听到米芾的狂言，悄悄站在屏风后面的宋徽宗竟不由自主地走了出来，仔细欣赏他的书法。其实米芾得以在高手如林的北宋书法界称雄，得益于他扎实的功底，从二王到颜柳，他都曾经一丝不苟地临摹和揣摩，尽得前辈精华。

米芾爱砚且深爱石头，常常将一方好砚比作自己的头，抱着所爱之砚共眠卧榻。

这也是米芾要拜石的缘由。米芾把玩异石砚台，有时到了痴迷之态。据《梁溪漫志》记载，他在安徽无为做官时，听说濡须河边有一块奇形怪石，当时人们出于迷信以为神仙之石，不敢妄加擅动，怕招来不测。而米芾立刻派人将其搬进自己的寓所，摆好供桌，上好供品，向怪石下拜，念念有词：

"亲爱的老朋友，相见恨晚，相见恨晚。"

此事被传了出去，由于有失官方体面，米芾被人弹劾而罢了官。

米芾的隐是一种大隐，他乐于用他的方式来与世界沟通，米芾在他自己的世界里寻找神话的可能，一半是谋生，一半是供养烟云，把不可能的高处市井化。市井多么美好，有辣椒和葱爆肉丝的味道，所有的高贵就成了人间烟火。

汉江带走了惊心动魄的四季轮回

中国哲学讲究“天人合一”。这里有两重意思，一重意思是，人应该同环境相和谐，努力同生存的环境保持天然节拍的一致；另一重意思是，人应该和自己的天性保持本真的一致。襄阳在汉江中游，受汉水影响，气候温和，土地肥沃，物产丰富。优越的自然环境使得这里的人民生活较为安逸，性格也较为平和，形成了豪爽率真、忠厚朴实的民风。

隐既是一种生命形式的结束，也是另一种生命形式的开始。天人合一的和谐，造成了人与自然无往而不适的大自在。好地方拥有得天独厚的地理方位，襄阳走到现在，她承载的文化是沉甸甸的。

文化似雾，似雨，似风，在城市上空飘、飞、荡、晃。但真正要抓到实处，怕的就是文而化之。俗话说：好酒不怕巷子深。这是农耕时代，鸡犬之声相闻，老死不相往来的传播学；酒好也怕巷子深，这是现代信息时代的传播学。

历史悠久及数量繁多的襄阳名人，已成为襄阳的一块金字招牌。地因人彰显，人文之胜，往往牵连出了本土的物质和非物质文化遗产，比如襄阳的绿影壁、仲宣楼、春秋寨、东巩高跷、老河口木版年画等。汉水流域文化是一种区域文化，地理与人文相互激荡，最终形成充满地域特色的文明。

有水的地方才可能产生文明。

流域作为一个相对独立的地理单元，往往促成区域内的文化认同。“我住长江头，君住长江尾”，地缘产生亲缘，便有“共饮一江水”的观念。随着南水北调中线工程的进行，汉江又将成为北京人的水源。京城文化将再一次因流动渗入襄阳，襄阳在哪里结束将又重新在哪里开始！

【原载《人民日报》海外版 2018 年 10 月 20 日】

以迁徙之名

丁 燕

每一次从广州火车站出发，看到黑压压人群蜿蜒形成的春运大军时，我都充满慨叹——这就是我的时代！我正身处其中！这么多人候鸟般反复、反复地回家，而我不知为何就被抛入这人潮夹缝，惶然间承受了各式各样的记忆景象，所以，我不能不写。

然，书写的过程多么艰涩！迁徙生活的真相其实是丧失了确定感和完整感的悲剧之旅，在颠簸中像一地飘落的花瓣，充满琐碎和细节，而我要通过召唤、复返、穿梭、黏合、烘焙等办法，让那些冻结的碎片消融、复活、飞翔，回到它们原本的位置。我试图以最聚焦的长时间思考，进行最不依不饶的追寻，试图将那些如盐粒似珍珠的节点，进行一而再、再而三的侦查，以期消解动荡带来的巨大腻烦感，抵抗失根后的浑噩感，努力叙述出一个个清晰事件，一种种精准情绪，一条条确切行踪。老实说，这个过程实在是一场可怕的搏杀：杀敌一万，自损八千。

也许，21 世纪最常见的现象就是移位和错位。那些根本难以用数字来统计的人们构成了一个称谓——移民。无论他们有着怎样不同的动机、背景和目的，无论他们对所抛弃和所奔赴的国家可能带来怎样的影响——有一点是肯定的：他们的移动让世界发生了改变。

和那些真正的移民不同，我的迁徙不仅是自主的选择，而且是在同一个国家内的小范围移动。然而没想到，迁徙后的生活比原来的还要艰难。但是，冒险的历程已经开始，已经无法恢复成最初模样，只能咬牙前往。七年间，我不断地返回新疆，有时甚至一年两次，好像岭南的湿气必须要到西北戈壁才能晾干般。重返故乡，和我作为新疆人时完全不同——身份变了，心态也变了。

虽然首先是从西北出发，然而对西北的确认，却是在经过岭南的淘洗后建立的。我在被沙漠包裹的绿洲中长大，汲取的文化养料是多元的。在岭南的一次小型聚会上，当一个女孩伴随着《阿拉伯之夜》的曲子起舞时，我惊诧地发现那曲子我如此熟稔。原来，我的整个成长时期就浸泡在这种音符中啊。那一刻，我感觉我和整个屋子里所有人都不同——“阿拉伯”是他们的远方，而我就是从远方来的那个人。

事实上这种差异从我一到岭南就出现了：面对漫山遍野的绿，四季不变的绿，我在内心中生造出一个词：“绿灾”。天哪，“绿灾”。对“绿洲”这个词而言，“绿”意味着稀少和珍惜、生命和希望，而这个意义在岭南被彻底消解。另一个生造词是“夏眠”——从三月开始至十月，大半年的苦夏时间人们浑身流汗，脑袋晕沉。对我来说，这个阶段是无法集中精力写作的噩梦时段。然而这就是命运——你不可鱼与熊掌同时得兼。

这种种的错位和纠缠，都让我时常陷入后悔——若当初我没离开故乡，是否会比现在更快乐？答案是：若让我有第二次选择，我依旧希望自己成为游子。我知道，如果一直生活在故乡，我在日常生活上可能会少受点苦，但却没有能力看清自己，看清故乡，也就丧失了书写故乡的能力。

我总是渴望返回新疆——无论是夏季或冬季。一想到穿越五千公里，内心就先怦怦地跳了起来。一路穿行，我终于来到天山脚下。迎接我的，是一片在岭南无法想象的空旷荒野。而我需要的就是这荒野！我需要在前工业化的自然景象中寻找慰藉。在呆板拥挤的城市住久了，我需要从人造环境中逃离，逃进更为广阔的空间，体验更为简单的生活——这种需求简直像病人需要吸氧。

城市生活总让我感觉不真实——人们习惯于超市里摆满各种水果

和蔬菜，并认为理应如此。没有人提出疑问：这种充足的供应链有一天是否会断裂？回归自然是个深刻的命题，它不仅彰显着重返淳朴生活的必要性，更暗喻了身处现代社会的人，总感觉自己被遗弃，毫无成就。为了让自己作为人的感觉更加真实，我们需要借助自然的力量来确认自身的存在。

如果你问我：在这个世界上，哪个地方最让我向往？那就是新疆东部的小城哈密。对我而言，反复地回到新疆，其实就是反复地回到哈密。我惊诧地发现，我的逃亡像回力标——1993 年我大学毕业后，从哈密逃至乌鲁木齐，后来逃至深圳、东莞。然而，大城市并没有完全满足我对安全感的需求，于是乎，我又一次次逃回新疆，甚至还生出那个念头：晚年不如定居在哈密？想到此不觉哑然失笑：既然如此，何必当初？难道每个游子都是《一千零一夜》里所描述的那个人——千里迢迢到达远方，发现别人描述的埋着珠宝的地方就是自己的家？

我欣喜地发现，这场迁徙行动并非只我一人参加，自始至终，都有另一个身影相随相伴——东天山。这座山为我提供了行动坐标，让我的摆荡有了确定感。这座山——东天山！我在童年时目睹到的场景——不过是东天山脚下的绿洲生活；我在青年时的漫游经历——不过是晃动在天山南北的转场行动；我在中年时的返乡——不过是一次次与东天山的劈面重逢。东天山，我的山！

迁徙意味着将自己像树一样连根拔起，而根须全裸，毫无保护层。你夸张地敏感着，又悲又欣，而你的悲你的欣只有你自己能懂。当岭南生活开始展现时，西北在我的瞳孔中逐渐隐没消失。这种消失以一个强烈的信号为标记：猪脚饭。记得第一次在南方街道目睹到这三个字时我惊呆了——文化差异来了！我在那一刻深刻地意识到，自己曾生活在一个多民族聚居区，那里对某些词语有着深深的禁忌。

在中国，“珠三角”绝不仅仅是“珠江三角洲”的缩写，它早已超越了地理意义而具有象征意义。从东天山来到珠三角，意味着从穷地方来到富地方。那么，我在这个富地方看到了什么？在热带炽烈的阳光下，我发现榕树硕大如蘑菇云，芭蕉树能将枝叶升至三层楼窗口，鸡蛋花有姜黄色也有紫红色……我还发现了另一些场景——小镇里塞满破烂农民房，菜市场污水横流，大排档人来人往，出租车大货车混杂……这些生存场景宛如一幅热带雨林图，让我的头脑变成了一锅粥，但我却不想轻易逃离——不，我要住下来，真正地定居下来。于是，我一面克服着认知失调症，一面瞪大眼睛观察。

最初抵达岭南，我简直像飞机失事后被丢进热带丛林，要手无寸铁地应付各种危险和障碍（它们看起来就像榕树那样巨大而难以逾越），而我居然通过钻燧取火的耐心，获得了针尖大的光明。在岭南，我要克服的困难来自两个方面——生活和写作。它们交相更替地折磨着我，让我经常会想到放弃：回到故乡？放弃写作？。然而，这个念头一闪而过后，我又回到了电脑前。当时，我以为自己要穿越过经济学、政治学、地理学、历史学、人类学、民俗学等种种障碍才能取得真经，其后的经历让我明白，其实最大的障碍就是自己——只要自己愿意去克服，一切困难都能找到解决办法（无论生活或写作）。

是我自己启动了这趟受难之旅，我无怨无悔。七年南方生活的结果是——我能闻出草丛里老鼠尸体的味道。那是种很难形容的味道——臭得古怪，像在一片中音里突然冒出个高音，一下子就撞到了鼻尖上。这种对一个地方的感知经验，不仅仅是一种地理经验，更是一种心理经验。感谢老天——它微笑的时刻多于皱眉的时刻。虽然我在丧失任何保障的情况下，饱受失望、悲愤和抑郁的折磨，但却像角斗士般，在血腥的厮杀中又挺立了起来。

身处异乡，总会有消极的一面——你总是置身事外，作为一个观察者向里看，你永远都不可能成为一个当地人，不可能从内部了解这个地方的风土人情。那么，我如此兴师动众的迁徙之举，是失败之举吗？痛苦引发思索。我感觉自己的视野大大地拓展了，像从一台十四英寸的电视机前走过，来到一家巨幕影院般，我发现自己虽然横跨了五千公里，但还是在中国大陆内部迁徙；虽然我所目睹到的地形地貌有明显差异，但事实上，西北和岭南的历史遭际却大致一致。

最令我欣喜的是，汉语让我在南方找到了归属感。虽然我尚未能熟练掌握粤语，但通过阅读，我慢慢深入这个地区的深层内里。那一刻，当我站在东莞酒吧街的绍广詹公祠时，我看到了典型的中式建筑，也看到了各种条幅牌匾，更看到了满墙的汉字。我在那一刻想到了另一间屋子——在甘肃甘谷县老家，那被我父母遗弃的我们家的祠堂。我坚信，这两个屋子的模样应大体一致。于是，我那颗游子的心虽然没有找到回家的感觉，但也从此安定了下来。

在我描述南方生活时，使用了一种和以往有所不同的腔调——阴柔腔调。我更关注内在的、幽微的、被丢弃和被遮蔽的经验，而无意去慷慨批判，亦无意强烈愤懑。这种迂回笔法的选择，和我初来乍到，尚未能积累起足够经验做强势姿态有关，也和我身为女性，更关注细节有关。这种写法反而让我舒畅欣然，因为我发挥了属于我的阴性优势（而这种优势曾被深深打压）。啊，女性的天空虽然低，但却更接地气。在女性的眼里，事件永远不仅仅只是事件，还是环绕着那些事件的气候，包藏在皱褶内部的暗纹，那个人低头的瞬间，那个特殊场合里灯光的颜色。

在新疆，因沙漠粗粝，气候恶劣，生活在这块土地上的人都很坚强。啊，从童年至少年，我都被灌输着一种阳刚理念：活下去，一定要活下去，哪怕在缺水、大风、暴雪的时刻。故而出现在西北的主导性文字，是描述人和自然抗争，最终在严酷环境中生存下来的文字，而这些文字的书写者绝大多数是男性。很明显，阳刚思维占据了整个西北地区！很明显，这种思维曾深深地影响了我！我的穿着发型、行为举止、性格脾气都更倾向于阳刚。我的观念和感受也被阳刚意识俘获，所以我曾经的文字是别扭的——力图充满阳刚味，却始终没有达到顶峰。

但在岭南，阳刚和阴柔的位置似乎完全被颠倒了——工厂里女工更受欢迎；深圳白领女因不愿降低生活标准而拒绝结婚；那些中国港澳台、马来西亚的女作家，在描述女性意识时大张旗鼓。这一切对我都是一场“革命”——我的女性意识在南方获得了觉醒。我第一次发现，女性的本质是阴性，而这种特质根本无须更改；而那些被阴性细胞所观察到的细节，是多少男作家梦寐以求而不可得的啊。可是天哪，以前我总是陷入深深的自责与羞愧——自己太琐碎太繁复！太不宏大太不干练！那个时期，我力图让自己的文字像被洗衣机甩干后的衣物，不要有滴滴答答的液体落下。我是到了南方后才明白——思想的水滴并非想有就有，想落就落。

这是多么大的发现——我错了、错了、错了！我为自己不能像男人那样书写而折磨自己的行为，真是大错特错！在西北那个男性意识占据主导的空间里，女性从来都没有站稳过脚跟，也很少知道捍卫自己。为什么？因为女性不相信自己，因为她们在男人制定的标准线上衡量时果然是一个负数。

当我发现街头巷尾的声音的重要性，一点也不亚于会议厅、演播室里的声音时，陷入一种惊喜状态。伴随着惊诧，我在书写中找到了兴奋点，总感觉有滔滔不绝的词语从身体里涌流而出。我终于找到了孜孜以求的腔调——女中音；我终于明白我身为女性永远无法抗拒来自性别的暗示，而我事实上根本无须抗拒，只需顺应便可。于是我放下了思想的包袱，不再觉得自己非要如拓荒者般刚毅，非要写出史诗巨著，而只需忠于自己的内心，书写自己的发现便可。

以前，我总觉得没有素材可写；可现在，却觉得素材满坑满谷。当我进行创作时，外在的形式是一个人正在敲打键盘，双眼紧盯屏幕；但这并不是真相。真相是——在我的脑袋深处还有另一双眼睛，它们透过我面孔上的眼睛发出光芒，将那些情感张力最强的片段留下，而删除常规性的画面。是的，我并不想写男人们希望我写的那些理想和冲突、责任和义务，我要写的是经过我的身体过滤后的那些气味、色彩和曲线，是另一个微观而鲜活的世界，是阴性世界，是完全有别于理念塑造出来的世界，是我的世界。我将不再按照别人的标准来要求自己，而遵循自己内心最真切的感受。如此一来，我居然像自杀者纵身跃入大海，反而窥视到海底奇诡斑斓的景象般，获得了意外的重生。

东汉古诗云："胡马依北风，越鸟巢南枝"，而对当代人而言，外部空间已不再单一化。也许现在，"是胡马还是越鸟"并不重要，重要的是，只要人对现状不满，这世界便会有迁徙者。他们会设想更远处有个“好地方”，然后拔营起寨，举家前往。他们携带着原有的胎记来到新地方，而随着他们的到来，文化在不知不觉中又前行了一步。

反反复复——离家，返家。当我置身珠三角时，我擦亮了东天山；当我返回东天山时，我又想起了珠三角。在这两个迥异的环境里，我辨析、我寻找、我质疑。我终于明白，原来迁徙之路和返乡之路是等同的，只不过一个的起点是另一个的终点；原来生命之流不是一泻千里，而是前进又回溯，一波三折；原来我所进行的迁徙是双重性的——既是地理上的，也是精神上的（虽然这两种迁徙都令我的孤独感倍增）。正是这种大幅度的移动变更，让我进入一个更为广阔的精神世界，让我不断地整合与思考，将自己破碎的感官、记忆和经验努力黏合成一个完整的形状。

【原载《天涯》2018 年第 3 期】

灯如红豆

侯志明

有句诗说“灯如红豆最相思”。

夏日炎炎的夜晚，我经常会在夜深人静后，走出卧室，走到阳台，点一支烟，看城市迷人的夜光。那夜光是由无数盏灯组成的。远处望是整齐、灿烂的，如安卧的长龙波光粼粼；近处看，是柔和、恬淡的，如沉思的哲人忧郁静谧。望着望着，有时会掉下眼泪来。

是的，不止一次。

因为我总会想到童年、少年时陪伴我的那盏小油灯。

那是一盏煤油灯，尺把半高。油灯之简单简直无法描述：下面是一个如老式的新华字典大小的木座，木座的中间是一根木棍，木棍的顶端是一个碗状的铁盒，铁盒里是一个小学生用过的墨水瓶；墨水瓶里倒上煤油，瓶盖上插一根圆珠笔芯粗细的铁芯，在铁芯里穿一根棉线，煤油浸润棉线，便可以点燃。在我的记忆中，这盏灯一直伴随我长大成人上大学离开家。

我们家姐妹五人，在那个困难年代出生的人，都品尝过生活的艰难。别的不说，就是一家人偶尔做件新衣和平时的缝缝补补，对母亲来讲就是一项繁重的劳作。冬天到了，要把单衣单裤洗净续上棉花做成棉衣。夏天来了，要把棉絮掏出来洗净变成单衣。姐姐的衣服小了，要给弟弟穿，须把女装改男装。哥哥的衣服要给妹妹穿，又要把男装改女装。长的要改短，短的要加长，颜色不一样的还要浆染一致，母亲的辛劳可想而知。

春节前的母亲是最忙碌的。一进腊月就要夜夜坐在小油灯前，赶做新衣或者浆洗旧衣。白天辛苦一天，晚上还要干活到下半夜。有一天，我睡醒一觉，发现母亲还在灯前纳鞋底做新鞋，腿上盖着被子，身上披着棉衣。一手拿着鞋底，一手交替拿锥子和针线。先用锥子扎，再用针穿线，再在膝盖上使劲地勒紧。我看着看着，忽然看见她浑身一抖，把手里的东西一扔，然后用左手紧紧地攥住右手的食指，斜倚在了窗台上。灯仍然在嗤嗤地发着光，没被吹灭。我知道她还会起来，我就没吱声，静静地等候着。果然，过了五六分钟吧，她又坐了起来，拿起没做完的活儿。我想过去搂住她看看扎伤的手，想劝她去睡觉，但我一张口，说出的却是，“妈，我要尿尿”。母亲没有抬头，只是说：“灯亮着呢，去吧。”尿完尿，我回转身，站在那儿，盯着母亲，希望她看我一眼，等来的却是：“冷，快去睡，感冒了过不好年。”她仍没有抬头。“那你怎么还不睡？”“快完了，一会儿睡。”在母亲的心里，为了孩子过年的新衣新鞋，这些活儿不但是定了量的，而且也是限了时的。年年如此。

直到今天，虽然比四十多年前好过了若干倍，但在我心中，那盏小小的油灯从没有熄灭。它渺小像母亲，它柔弱像母亲，但它明亮也像母亲，照亮的是我们艰难生活的每一天，并陪伴我们的生活一天天好起来。

后来，我们家又有了另一盏油灯。那是一盏玻璃底座、玻璃肚子，带了玻璃灯罩的油灯。它不但比我家原有的那盏灯好看，而且也明亮。更主要的是它有个调整亮度的开关。这是父亲做了生产队会计，村里给买的。因此，虽然我们很喜欢，但除了父亲，我们从来没有人擅自去用。所以，我印象中的这盏灯总是和父亲联系在一起。自从有了这盏灯，我们总希望父亲天天计工分，天天整理账，天天点亮这盏灯。那样不但整个家里会明亮很多，而且我们可以蹭亮光看书写作业。有一年的年底，父亲又点亮那盏灯，开始给人们算账，我又蹭光写起作业，写完我就去睡了。但我睡醒一觉，发现父亲仍然在翻本子打算盘。冬天天冷，他一会儿呵手，一会儿跺脚，眉头紧锁，仿佛遇到了什么大事。看着父亲着急不安的样子，我便从被窝里伸出头问：“爹，咋了？”“没咋。”他也没有看我。“没咋，那咋不睡？”我又问。这时他转过脸，看着我说：“有两毛钱，对不上账。”“多了还是少了？”我接着问。“多了。”他说。“多了，那好呀！”我说。他又转过头并拧小灯火，走过来坐在炕沿边摸着我的脸说：“不知道给谁少算了，两毛，一个壮劳力两天才能挣到。”

在我心中，那盏小小的油灯也从来没有和父亲分开过。它教给我认真、公道、善良地对人对事，遇有疑难，遇有诱惑，面对选择时推己及人，一定会受人尊重，更不会误入歧途。

1982年，我上了高中。虽然那时学校有了电灯，但晚上是要定时关灯的。为了在教室关灯后能多学习一会儿，很多同学都备了一盏小油灯。我也不例外。上了三年高中，如果说有几件东西是不能离开的，那么，这盏小油灯就是其中之一。多少次，当冬天的寒冷冻得我手不能拿笔想放弃的时候，是这盏小小的灯给了我些许温暖。当笔中的墨水冻得不能写字时，是这盏灯帮我融化。假如不曾有小油灯的陪伴照耀，我想在我们那个连老师都配不齐的学校，我是无论如何都不会考上大学的。尤其难忘的是，有一个冬天的早晨，我带了灯去教室背书，可是只过了一会儿就油尽灯灭。正在我不知如何是好时，一个与我坐得不远的女同学将她的灯推到了我的面前，自己站起来走出了教室。这一举动是我万万没想到的，因为在那个年代，男女同学是连话都不说的。何况这个女同学是我们男生认为最丑且经常嘲讽的，而且她也应该是意识到了的。那一刻，我大吃一惊。从那天起，我似乎懂了，真正的美丽和善良、正直、勇敢等都有关，但唯独和长相无关。

其实直到九十年代初，虽然村里安了电灯，但为了省电省钱，我家仍然点的是这盏小油灯。1990年夏天，我和爱人带了一岁多的儿子回去探亲。我本来怕生在城市的儿子不习惯会哭闹，但出乎我意料的是，儿子非常喜欢这盏灯，一到晚上，便会围着这盏灯转，灯光会把他的影子投到墙上，使他觉得好玩，无比开心。每天掌灯后，居然成了孩子最快乐的时刻。我原有的顾虑不但消失了，而且还为孩子喜欢伴我长大的这盏灯而感到欣慰。

四十年来，陪伴我长大的大大小小、形态各异的油灯，都已难得见到了。但它记录的时代进步、社会发展、改革开放的变迁是那样的清清楚楚，照耀我前行的路却是那样的明亮宽展，给我的启迪又是那样的深刻受用，甚至到了每每相思、常常感动、发痴发呆的地步。

“灯如红豆最相思”的前面还有一句，是“书似青山常乱叠”。把灯和书联系起来的这位诗人，忽然升华了我对灯相思的境界和品位。我觉得，多读点书，心里会点亮一盏灯，因为这盏灯，人的心里会少了阴暗多了光明，少了计较多了宽容，少了忌恨多了悲悯，少了浮躁多了深沉……也许这是我相思灯的又一缘由或写完这篇短文后的意外收获吧。

【原载《人民日报》2018 年 10 月 29 日】

母亲那双深情的慈爱之眸

徐　剑

母亲那双深情的慈爱之眸

今年，古镇上的年过得有点冷清，除夕的鞭炮不像去岁燃放得那么久，一家连一家震响得那般欢。最尴尬的是我家开年夜饭前，按惯例要给神位烧香、敬食，过去一律由老母亲操办。可今年春节母亲不在了，轮到妻子操办，她却忘了婆婆教过的咒语和祈语。我连忙让四弟媳妇救场，同样手忙脚乱，连皂角也未燃尽。好在，我最终点燃两炷高香，算是给列祖列宗一个交代。

初六，一家人陪着老父亲远涉鸡足山，沿着仍留有母亲气息的佛径走了一圈。归来后，我就该返京销假了。航班订在傍晚，送机的小车停在小巷岔口。我和妻子、女儿出门，拖着行李箱走至车前，司机放好了行李。我站在车门前，迟迟未上车，蓦然回望，老家门前空空如也，老父亲被小弟接去安度晚年，再也见不到母亲与父亲并肩伫立于老屋石阶上目送我们——那慈爱的一瞥消失于小巷深处，也飘逝在云天之上。我的周遭遽然被一股孤独的飘零感所钳制，情感的大坝决堤了，泪水溢出眼帘。我掩泪钻进车子，按下车窗玻璃，任故乡的晚风恣意吹拂。

唏嘘母亲取钱一幕

第一次感觉到母亲的牵挂之眸是我去当兵那年。当时我刚高中毕业，前途一片黯淡。恰好，部队来镇上接兵，500多名农家子弟前去报名，哗啦啦刷下一片，只收下32人。接兵排长王爱东一眼便看中了我，要带我去连队做一个小文书。第一次在公社验兵，医生说我心脏有二级杂音，勉强过关。轮到去区上验兵时，母亲好担忧，不知从哪里换来两个鸡蛋，一大清早就煮了一碗红糖鸡蛋非要我吃。

我知道小脚奶奶在世时常发头疾，只有红糖煮鸡蛋可解，故唯奶奶有此口福。当时家徒四壁，5个孩子加上奶奶，全靠父母挣工分度日，日子过得拮据。一过了年，家里的米柜就见底了。等到小春麦收还有百余天，母亲带我推着小板车，到山里人家去赊苞谷，到了秋收，再加倍还大米。当时，一碗红糖煮鸡蛋简直就是山珍海味，稀罕得很。母亲从来舍不得吃，全省给奶奶吃，我更不敢动筷子。

母亲说："吃吧，吃下去，心就不会乱蹦啦，验上了兵，到部队上去吃一顿饱饭吧。"我推给母亲，母亲又推至我跟前，说："傻孩子，吃吧，红糖水煮荷包蛋，红红火火，圆圆满满，这碗里有你的前途啊。"我点了点头，噙泪吃了下去。果然，到了区上，母亲的话灵验了——我的心脏杂音消失了，却又查出鼻膜炎，眼看当兵就要泡汤。接兵排长王爱东很仗义，硬是据理力争。最终，应征通知书下来了。那天，他特意从附近炮兵团同乡战友那里要来一袋白面，父亲又向别人借钱称来一斤五花肉，在我家包了一顿饺子，以示庆贺。

这本是老徐家最高兴的一天，可自那天起，母亲竟卧床不起，默默流泪。从感情深处，她舍不得我走，毕竟我当时才15岁过半，要走远路去独闯世界，当娘的岂能不忧呢？告别的日子临近了，我一直躲闪着，不敢直视母亲那双泪眼，欢天喜地地与同学告别。

那天下午，新兵集合了。全家人前去送我，从家到镇上的路并不远，数百米之间，可母亲走一路哭一路。我背着背包走在前边，爬上大卡车后，仍背对家人，不敢回望一眼，喉咙几度哽咽。我知道，只要与母亲的眼睛一对视，我就会哇的一声哭出来。终于，车开了，家乡和母亲渐行渐远，可是我始终觉得，这一生前行的路上，有一双慈爱的眼睛在目送着我。

那个年头，当兵津贴费每月仅有 6 元。除花一元钱买当月用的邮票、信封和信笺外，我几乎不多花一分钱。入伍第 10 个月，我攒够了 50 元，便一笔寄给了母亲。母亲从邮递员手里接过汇单，人家告诉她是 50 元，她的手颤抖起来。在当年，这笔钱于母亲不啻是个天文数字。她攥得紧紧的，边看边哭，边哭边看，去古镇西头邮局取钱。街坊邻居说："黄继仙，你有钱花了，笑都笑不过来，哭什么呢？"母亲摇头道："我心疼我这大儿子啊，一个月才 6 元钱，10 个月寄来 50 元，这钱是咋个节省下来的！"

时隔许多年后，当舅母将母亲取钱这一幕讲给我听时，我也不禁唏嘘。那年月，我年过花季，本可用稚嫩的肩膀帮父母分担一些家庭重担，却拍拍翅膀远走高飞了，将一个贫寒之家和五张嗷嗷待哺之口扔给了父母和 13 岁的三弟，真有点自私之嫌。

母亲心性不可思议

19 岁那年，我提干了，任团政治处书记。

第一年探亲，我穿着 4 个兜的军官服回来时，母亲那双淤积了太多苦难的眼睛，突然现出一抹灿然，但稍纵即逝。她呢喃道："老徐家祖坟上冒青烟，你为你爹正名了。可惜，最疼你的小脚奶奶看不到这一切啦，但她预言成真，大孙子不负厚爱啊。"

我默然点头。现在回想起来，母亲自嫁入徐家，这一辈子过得极其不易，担惊受怕了一辈子，历经三场劫难——年轻时为夫，壮年时为子，暮年每一场劫难都夹杂了摧毁之力。可她以女性柔弱的肩膀撑起一片天，定盘了一个家，每一回都否极泰来。

第一场是年轻时。母亲初入徐家，16 岁参加革命的父亲时为供销社主任，每月工资四五十元，还有商校毕业的叔叔帮衬，日子过得挺滋润。后来遇上荒年，父亲听信一个下属的馊主意，亦为让自己的老母和孩子不致饿死，挪用百十元钱，结果被一撸到底，失业回家。繁重的体力劳动和周围人异样的目光，令父亲的性格变得很差，他32岁学会抽烟，以消弭心中的苦闷。母亲却从未埋怨过半句，以妻子的忍让和宽厚默默地承受一切，帮助父亲走出劫难。

第二场劫难却是为我。那时，我少年得志，26岁当上第二炮兵党委秘书，受领导青睐，前程似锦。30岁那年，我却因一时疏忽，少收了一份自制的文件，竟被另一个秘书钻空子透露了出去，贴得满街皆是，导致多人受累，百日后劫尽归来。回老家过年，看到一年未见的母亲仿佛大病未愈，脸色菜黄。她解开头帕，褪下黑色的金绒头箍，说："眉眉（昆明话，对孩子的称呼）啊，这100天来，我每天晚上都睡不着，数着星星到天亮，头发全白了。"那一刻，我愧悔万分，恨不得寻个地缝钻下去。

这一辈子，母亲对我要求最为严苛。

少时去小舅家，外婆和舅母给东西，她不松口，我根本不敢接。成年后，三弟、四弟和五弟在她面前要横，她一点也不计较，笑笑就过去了，甚至会赛着与他们嚷，跟他们吼。我却不行，哪怕语气稍重一点，她也受不了，愤愤道："你是喝墨水的，不是喝粪水的。"自那场劫难后，凡我探亲回京，临别时，她都会像祥林嫂一样交代："给公家做事情，要小心，千万要细心哪！"我年轻时的粗疏大意，令母亲一生都未走出阴影。

然而，母亲心性的宽厚与大方却是与生俱来的，有时令我们晚辈都觉得不可思议。我每年探亲回家，她都要叮嘱我包一顿饺子，不仅因为她爱吃，还要送街坊邻居。于是，我和妻子、女儿从中午就开始准备，毕竟是一大家子人啊，得买好几公斤猪肉。撕开从北京带回的富强粉，从下午两点便开始忙活，包了好多饺子。到了傍晚，我们还在包着，弟媳开始一锅一锅地煮，母亲就一碗一碗地往外端。房前屋后，一家一家地送；前街后街，一盘一盘地端。以至到了最后她自己也吃不上几个，而我和妻子、女儿则最终没得吃，只好煮米线，还不能埋怨她，因为她此刻正高兴呢。

向舅妈提及此事，她哑然失笑：“你妈从小就手散，穷大方。”母亲小时候与邻居孩子一起玩，晚上饿了，她将家里炕好的麦粑粑端出来给大伙吃，这是一家人的晚饭啊！大人劳动一天回家没吃的，问清原委，少不了一顿打，可她却一生不思悔改。有一回，一位外地妇女到老街卖香，只因向人家买香，她便与人熟稔起来，把那妇女领回家，吃住全包。儿媳们不解，母亲淡然以“她卖给我的香，每把便宜五角钱”来搪塞儿媳。后来，她悄悄对我说：“这女人可怜啊，做的是小本生意，能帮一点是一点。我以前带一窝孩子，受罪太多，如今日子好啦，不能忘了过去。”

受累的母亲“想开了”

母亲其实蛮有性格的，坊间大妈的羡慕妒忌恨，她亦兼而有之。

10年前，妻子回家，将母亲和父亲改革开放之初盖的木结构土坯房拆了，建了一幢五层楼的乡间别墅，在古镇独具一格。那年春节我们回家暖灶，请亲戚朋友吃饭时，她将我拉至一边，严厉地问道：“你一个公家人，就那点工资，哪来的钱起高楼？”我笑了，很严肃地回答她：“老妈请您放心，这幢楼的每块砖、每片瓦、每块地板砖，都是我20年专业写作，一字一句地敲出来的，是我的血汗钱。”听毕，她才舒心地笑了。

新世纪初年，母亲患上贫血症。大病初愈后，她向我吐露心曲，说三表哥带大姨爹去江南耍了一趟，回来后大姨爹狂得厉害，说还有人跟着，想让一条老街都知道，令她心生不爽。我悄然问她：“老妈，你是不是也想去游江南？”她默默点头，说这场大病后，看到少年时的伙伴一个个走了，自己也想开了。

于是，那年国庆长假，我和妻子、女儿到南京等母亲与父亲。那时，江南仍有几分燠热，众人还在穿短袖，母亲却棉包棉裹地穿了七件衣服，下了飞机，顿成一道风景，引得人们频频回头。此时，她已患上糖尿病，饭前，都是父亲给她注射胰岛素，还要忌口。所以出门前，她专门炒了一斤太和豆豉，让父亲装在食品袋里，以便下饭。

一天晚上，一位朋友请我们吃大餐，看着桌上的阳澄湖大闸蟹等丰盛菜肴，她居然不动筷子，仰起头对站在一旁的酒店女经理说："请给我炒一盘青椒肉丝吧。"一会儿青椒肉丝便端上来了，她要了一碗米饭，将青椒肉丝扒到碗里，再从我父亲手里拿过食品袋，解开结，挑出一筷子豆豉，便幸福地吃了起来，毫不忌讳左右。晚上回到房间，我埋怨她不给朋友面子，她却一本正经地说："我不是这个意思，真的是吃不惯湖里的东西。"

可在去杭州时，父亲却将她的豆豉忘在住处，被服务员扔了。到了上海，她还埋怨了许多日子。

母亲与父亲年轻之时，为我们兄妹 5 人的生计吵过、闹过。尤其是父亲回家务农后，母亲往往让着父亲。可是到了晚年，两人却倒了个儿，是父亲呵护着母亲。每天晚上，他总是倒好洗脸、洗脚水，放好换脚鞋，请我母亲洗漱，洗完还将洗脚水倒了。母亲晚年信佛，入小镇东边的龙泉寺挂单当了居士，初一、十五及逢年过节，都要入寺当值。除夕晚上，吃过年饭，父亲打着手电，走两公里路将母亲送至寺庙值班，自己独自回家；看完央视春晚，不管天色多晚，夜多深，等烧头炷香的人散尽，他又打着手电将母亲接回。执子之手，与之偕老，令我们晚辈喟然长叹。

改革开放后，老两口一起做豆腐卖，可别人家都挣钱，唯有他俩总做赔本买卖。父亲思来想去，终于发现亏本之因，原来，母亲总把卖豆腐的钱私下接济三弟与二妹。后来，两位老人改种小舅家两亩菜地，一种就种了 15 年。我支持他们种菜，可老街上微词四起，说老徐家养了一位大军官，却让年事已高的父亲、母亲种菜，孝在何处？我不以为然，不过是图两位老人能运动，有个好身体。

直到前年中秋，我们回家为老母亲做八十大寿，那天，母亲近似央求地对我说："老大啊，我真的种不动菜啦，不能拖着这副老骨头与你爹在地里盘了。"我最终还是点了点头，后来方悔悟自己太自私了，让老母亲受了半辈子的累。

释然母亲化蝶而去

母亲一搁下手中的农活，身体便急速地垮了。

去年春节我回家时，妹妹与弟媳告诉我，母亲出现幻觉，经常大白天见到作古之人，还常拿一个捆布娃娃当小孩哄，并喃喃自语。父亲告诉我，你母亲真的有点昏了；妹妹也说她经常叫着逝者的名字，可吓人了。母亲当时耳朵有点背了，突然听到，惊呼道："徐剑，千万别信他们的，我没有昏，他们在咒我死哩。"我哑然一笑，有点不辨真伪。离过年一天天近了，直到有一天傍晚，她指着吃年饭要铺的一袋松毛，说那里坐着一个人。我开始将信将疑，不得不正视一个残酷的事实：母亲的糖尿病后遗症显现了，且向阿尔茨海默病迅速恶化。

9月30日，我与母亲约定，回来陪她过中秋。那天见面时，母亲更瘦了，准确地说，是形容枯槁，但精神出奇地好。我问她我是谁，她又扯上别人的名字，我责怪她："您认错了人就只会笑。"她说笑好啊，拈花一笑。我竟听不出这是回光返照时的告别之语。

第二天是国庆节，我和小弟进城，为老母亲选购了一辆轮椅，拉回家后，我推着她在河边走了一圈。随后，父亲又将她抱进轮椅，沿着河边走了一趟，朝着她出生、长大、成家育子的古镇走去。

翌日上午9时30分，母亲在睡梦中逝去。等我从老街拼命赶过来时，接到了她最后一口气。她没有丝毫痛苦，安然睡去。当妹妹和小弟媳为她洗澡换寿衣时，我抱着她，搂着她，支撑着她。她瘦得像婴儿，更像我见过的坐化的活佛，抽干了身上的水分，从容西去。母亲的体温就这样在我怀里一点点冷却下去，安然回归天堂。

母亲的灵柩在家停了4天。第3天时，我竟然发现一只巨大的黑蝴蝶栖息于灵堂的青枝上，惊呼道："蝴蝶，有蝴蝶啊！"五弟媳说，那蝴蝶从母亲逝世当晚就飞来了，一直徘徊不去。啊！那是母亲的灵魂盘旋于家，依依不舍呀。那一刻，我先是骇然，继而肃然，最终释然：母亲一生崇佛，修得正果，终化蝶而去。

35 天后，我与妻子回到昆明老家为母亲做“五七”。那天晚上，古老的洞经音乐刚刚奏起，忽然又有一只彩蝶飞入家中，盘旋不去。第二天法事做完，冥纸化尽，它又悄然离去，从此不见踪影。

“三生蝶化南华梦，只有情缘重。”母亲于清秋之日化蝶远去了，她的坟茔就在北山之巅，坐北向南，可鸟瞰板桥古镇，可远眺我登机北去的长水机场。母亲化作彩蝶远去，可是那双慈爱之眸却一直审视着我，目送着我，三生三世不泯啊！

【原载《家庭》2018 年第 7 期】

聆听草原

艾　平

很多年前，我经常跟随父亲在草原上漫无边际地游走。我们乘坐的是一辆老掉牙的苏制嘎斯六九吉普，所有的零件都在与车轮一起摇滚，我们就在这种摇滚中走走停停，迷恋地瞭望天和地的尽头，时而有一群遮天蔽日的银鸥叫着飞过，时而有孤独的牧马人像月亮似的慢慢在山岗上升起。父亲没有告诉过我这种游走的目的，后来我终于懂得，父亲原本也没有什么目的，他只是觉得在辽阔的空间里比较自在，而身旁有比呼伦湖冰面还要清澈的女儿相伴，他的自在中便多了一份开心。

我记得父亲的车里总是带着大肚子玻璃瓶装的酱油、铁皮桶装的白酒、桦树皮篓装的咸盐，还有一些土霉素片和蛤喇油，这都是牧民需要的东西。我们用不着事先联系，在草原深处，每一座蒙古包里都有我们久违的亲人。那些蒙古包孤零零地坐落在茫茫的绿野中，像一朵朵白色的蘑菇。蒙古包的主人早知道我们即将来临，已经熬好了奶茶，开始杀羊煮肉。这叫我好不奇怪：草原深远安谧，难道是天上的云朵给他们报了信？

是套马杆在传递草原上的声音。牧人阿爸把手里的套马杆平放在草原上。牧草挺拔茂密，如无数只有力的手臂，托举着那根沉甸甸的柳木套马杆。草浪随着微风轻轻颤动，牧草却并不倒塌。我好奇地把手伸向套马杆下面的草丛，发现那个半尺多高的小空间，仿佛秘而不宜的母体，无数小昆虫、小蓓蕾、小露珠都在里面静静地醒着，无限的季节，就在这薄薄的层面里成长。

当我把耳朵俯在套马杆上的时候，便听到了一种清晰响亮的声音。那声音难以描述，好像一会儿把我推到了城市的街道上，一会儿把我带到了大海的波涛里，无序，错杂，时断时续，有时细腻，有时浑然。随着这种声音来临，貌似凝固的原野顷刻间变得栩栩生动——百草窸窣，群鸟鸣唱，许多莫名的动物在啮噬，在求偶，在狂欢，马群像石头从山上纷纷滚落，云朵推动大地的草浪，甚至，还有朝阳拂去露水时的私语，鸿雁的翅膀驱赶浪花的回声……这时候牧民阿爸说，要下雨了，咱们包里坐。我抬头看天，天空阳光灿烂，碧蓝如洗。我们进包，一碗奶茶方尽，暴雨真的来了，雨点打得蒙古包砰砰响，像群鸟在弹跳，雨滴时而从天窗射进来，落到肉锅里。

草原上有会看天、看年景的人，也有会听天听地的人，他们长期在人迹罕至的草原上游牧，慢慢地获得了独特的生存智慧。牧民阿爸说，刚才的雨是套马杆告诉他的。还说它一大早就听见了我们的汽车声，也听到了雨正在远处商量着要往这里来呢。吃肉的时候，阿爸又告诉我，细看大羊肩胛骨片上的纹理，就能发现游牧的足迹——羊走过的草场是否茂盛，水是否丰沛，什么草比较多，羊缺少什么营养，生过什么病等，都会通过不同的骨纹显现出来。那么牧人就知道下一年该怎么选择草场了，游牧的路线图就有了。于是，经年累月，一切都变得可以预言。

风每天在草原上吹过，岁月都到哪里去了？传统的游牧，是大格局协作式的迂回迁徙，以满足畜群不同季节的不同需求。比如春天接羔，那就要到残雪消融的阳光坡地去；牧草返青时，要给畜群找到大片有营养的牧草；夏天要考虑哪些地方的草适合储藏，留下来待秋天打草，保证牲畜有过冬的食粮；水，温度，哪些牧草能为牲畜提高免疫力，哪些牧草能调节牲畜的胃肠，哪些地方的牧草适合牛吃，哪些地方的牧草适合马吃等，这是一门生灵与自然共生的大学问，也是值得当代生态科学深入研究的课题。可是人们到底还是忽略了这一切，当然也很快尝到了苦果——牲畜被铁丝网囿于家家户户一小块一小块的草场上，食物结构单调，活动范围狭小，无法率性自在地生长，于是肌体不停退化，几代下来，牛羊肉的味道已经大不如从前。作为经营者的牧民，单枪匹马，缺少机械化的生产工具，在严酷的自然面前，往往力不从心，而面对市场经济冲击时，常常显得不知所措。于是，在一部分人富起来的同时，也有人无奈地卖掉或者出租自己的草场。

现如今，汽车轮子和微信直播，将茫茫草原四面洞开，亘古的秘境变得一览无余。站在草原望北京，不再是夸张的修辞。在蝴蝶扇动翅膀的瞬间，现代科技已经覆盖了草原，汽车自驾游、直升机拍摄、电商平台、云计算、网红等，不由分说地都来了。新概念在草原上跨时空嫁接，开始了前所未有的试验。一个从未走出草原的年轻牧马人，靠着百度导航，六天不到就用小汽车把阿爸阿妈带到了椰风弥漫的海南岛。那两个一辈子都生活在草原上的人卸掉全身十几斤的重负，站在大海里，互相看着白皙的躯体和古铜色的双手，哑然失笑……记得20世纪六七十年代，草原的老人常常这样教导不愿吃苦的儿孙："要知道你的午饭在羊身上，不在供销社的柜子里。"而现在，牧民从业的方式已经五花八门，草原的食物也变得丰富多彩，什么杀猪菜、肯德基、披萨、韩式烧烤、麻辣烫无所不有。吃一顿传统的手把肉，反倒要特意跑到饭店，端得十分奢侈。

然而，生产方式带来的变化，改变的不仅仅是草原的生活，还像微风细雨一样，日复一日地浸润着草原人的心灵。

我的牧民老阿爸变了。他从前迎接客人的时候，总是带着一种主人的豪迈，向四面八方张开双臂，好像要把天地都收拢在胸前，然后隆重地说，请看我们的草原吧，这一切都是我们的。而现在，他骑着一匹马，穿过一重重铁丝网夹住的小路，绕来绕去，到了公路边上，对客人说，我要不领着你们走，眼看着蒙古包，你也过不去……

有一次，我在草原认识了一个姑娘。她正在房车里给牧羊的弟弟做饭，还要给羊群饮水、挤牛奶，脸上手上都有皴裂。她父亲不在了，由于弟弟打架出事，她家卖掉了承包的草场，只好给别人家打工，放牧500多只羊和几十头牛，常年住在野外的移动房车里。她很美，那种美深埋在她轻轻的微笑和轻轻的话语之中。她曾是当时牧区青少年学艺大军中的一员，因为想进城过一种远离严寒酷暑的日子，拿上家里仅有的一点钱，离开了草原。当她终于艺校毕业，却无法在城市里找到合适的工作，于是只能返回草原。她坚持给我们唱一首长调，我想说以后再唱吧，她已经唱出了口。大约两年之后，我终于又找到了她的信息。她嫁给了一个结过婚的男人，住在一座低矮陈旧的平房里，丈夫靠帮助人家卖羊运羊挣钱，收入微薄。丈夫带来的孩子十岁左右，看着与继母相处得还不错。她的生活没有变化，万幸的是有了一个疼爱她的男人。她开始在我的朋友圈出现，开始只是卖东西，都是一些廉价的化妆品。某一天，她突然发了一张图片，灯红酒绿中，她一身时尚，正在城里的酒店过生日。再后来，她生了自己的孩子，一家三口的照片幸福感爆棚。不知道她是否还住在原来的房子里，不知道她是否有了固定的收入。她在城市生活过三年，她看到过某种浮华，那一切被她当作梦了吗？她依旧很平和，总是轻轻地笑着，轻轻地说话。

在我的记忆中，我的牧民阿爸，就是一切牧民的代表。他们淳朴、勤劳、真挚、好客，爱草原如生命，爱大自然里的一切，从不在草地上动土，从不捕鱼；不到万不得已，不猎杀野兽，个个都可以信任，人人都可生死相托。草原古老的游牧文化，粉碎了一切人定胜天的谎言，其天人合一的哲学内涵，作为一种思维方式，呈现无限的科学性。草原事实上意味着一种物竞天择、生命轮回的大境界，它属于万物生灵，而不仅仅关照人类。游牧文化告诉我们，只有草原大野芳菲、亘古犹新，人类才能浑然于万类之中永续苍生。只是忙于战天斗地的人类，并没有谦卑地将其当作一本教科书罢了。

草原的腐殖层非常脆弱，挖一锹，风吹日晒后，就外延成一个小沙坑。所谓付出开垦百分之一的代价，用来保护百分之九十九的原生态，是靠不住的；而简单粗放的旅游开发，无疑是一把双刃剑，在传播传统文化的同时，往往炮制了伪文化。有人曾搞过“万马奔腾”景观展演，貌似壮观，其实完全违背了骏马的天性。大凡马群，都是由一匹儿马子带着多匹母马组成。它们生下的幼马一旦长大，当父亲的儿马子就要把它们驱赶出群。马群里从不乱伦，母马们牢固地簇拥着自己的夫君，四散是不可能的。所以你要让无数个小马群混合成万马之群，必须使用强制手段。马是多么激昂的动物，其反抗是疯狂的，结果万马缭乱冲撞，有的受伤，有的流产。游客不知愁滋味，还以为这是草原的天然一景。

草原怎么办？我在草原上行走，聆听草原人的述说。尽管我还没有找到标准答案，所有的故事才刚刚开始，正在和遍地的春草一起生长，但是一个个崭新的主角已经登场，他们是那样朝气蓬勃，那样鲜活生动，代表着草原的新时代的主流。

牧民们踏踏实实地剪断铁丝网，将数家草场连成一体，互助合作，回归大游牧。成立牧业生产和草原旅游联合体，引入科学技术和现代经营理念，畜产品开始显现品牌效应：一只呼伦贝尔羊变成几十种绿色美食，通过鼠标成为网红；一个以生态环保做依托的旅游联合体，订单已经签到几年之后。特别有意思的是，他们开出的条件是，游客到了草原，每天要学会一句蒙语；游客每天回到宿营地要出示自己带回的垃圾，要是游客还捡拾了草原上的陈旧垃圾，就会得到食宿优惠。新一代草原青年，自发组织到那达慕和祭敖包现场清理白色垃圾，举办各种倡导敬畏自然的活动，并将这一主题的摄影展带到了北上广。在千万个家庭里，有千万个母亲和父亲告诉他们的孩子：是地让你站起来的，是马让你跑起来的；离开了草原，你也要把草原的嘱托背在身上，不然你就会变成另外一个人……草原人已经登高望远，看到了幸福的桅杆，也看到了自身文化独具光彩的力量。尽管每进取一步都不是轻而易举的事情，但是没有人愿意放弃，这或许就是一种文化的自觉和自信吧——我们辽阔的草原是理性的、明媚的。

历史是多条不同的河流，当它们汇入了大海之后，还会以波涛和旋涡的方式互相冲撞不已。看吧，在茫茫的草原上，无数时间的碎片、无数空间的远影，都在时代的大苍穹里闪光、发声、跳跃、裂变、融合、再生。昔日的淳朴，今日的开放，每一种内在的质地，都不足以固守原初的草原。草原的秘密在哪里？我依凭大半生的体验来书写草原，也时刻以高度的敏感注视着草原，我对草原的聆听，已经有了多元的方式，当然感情的因素是最重要的。我如此热爱草原，我手中的笔永远无法离开草原。草原告诉我一切：生命与自然，人生与历史，现实与梦想。

【原载《解放日报》2018 年 7 月 5 日】

安宁河谷的马桑与颛顼

蒋　蓝

通往米易县的公路虽有弯道和起伏，但远没有泥巴山、拖乌山的盘山道那么峻急。沿途大树不多，偶尔可见到一棵大黄葛树，在山坳口浑身乱颤，就像一个在练习“五禽戏”的高手。渐入林海，渐入佳境，杉树、柏树、黄葛树、云南油松托高了天际。山道蜿蜒，一道道山梁宛如错落有致的绿色屏风，渐次展开川滇锁钥之地的绝美风光：明丽的蓝天白云，凉爽的高原风将树叶翻转过来，露出粼光闪烁的背光面；若在秋季，这一带金风浸透万山红叶、层林尽染，又成为摄影家流连忘返之地。路途上不时可见成群结队的自行车驴友，他们一路高歌，嗓音与风声混合成一曲奇妙的交响乐……

面积仅次于成都平原的安宁河谷一望无际，凡是路边可以看到的建筑，一律粉刷为白色。森林、白墙、彩云互嵌，它们似乎是静谧的大地气场里的主角。我们在一个小村口吃午饭，大脚菇、青塘菇、旱菇黄、毛菇、“一群羊”等应有尽有。我们的主菜是菌子烧鸡、凉拌野菜，外加一大盆香气扑鼻的鸡枞汤，我们大呼过瘾。一回头，我看到了几株马桑树。

在寻常植物里，马桑树的别称多达几十种，比如千年红、马鞍子、空桑、扶桑、毒空木、水马桑、鸭食木、鸡瘟柴等，如此之多的名称暗示了历史的隐喻与秘密。而且在西南地区，含有马桑的地名也很多，昭示了马桑树旺盛、峭拔的存在孑遗。安宁河谷一带一直有马桑树分布，比如西昌市荞地乡有“马桑村”，攀枝花市仁和区总发乡有“马桑岩”，米易县白马镇威龙村即有一个“马桑湾”，当地人说旧时有大片马桑林分布。

西南名若水的地方很多。地名学的暗示还在于：江水从若木之下流过，因此若水是因若木而得名。若木就是巴蜀分布面积极小的木棉树吗？作为“天梯”之木，也并不在于它要特别高大伟岸，否则为何高大挺直的蜀地桢楠、柏树、银杏均没有被赋予“天梯”的重任呢？

我以为其本意可能更靠近马桑树。

如今的马桑树属落叶灌木，多枝丛生，一簇一簇，枝条易脆但树干绵扎，弯弯曲曲，也长不高大。熬过冬季的马桑树，沐浴春风，满山的马桑树就吐翠滴绿，显示出强劲的生命力。在西南地区和华中的湘西鄂北（广义的西南），却广泛流传着马桑过去是高大乔木的民间传说，只是近两三百年才变成又矮又弯的簇生灌木。西南地区至今还有很多采用马桑建筑的寺院、古寨、祠堂，时间一般在明代中叶之前。在西南地区马桑树取代了其他“桑”与神树，而专一司职于通天神树，是吸纳太阳神树扶桑及桑材（社树）的结果。萧兵先生在《楚辞与神话》中认为古桑林是扶桑、空桑、穷桑三桑的“群化”构成的圣林，也是圣地，扶桑、建木、若木等神树都是太阳神树兼世界树或宇宙树。

马桑树是连接天地的“天梯”，在民俗里得到了不可思议的放大。

蜀地民俗里，马桑树是如何变矮的呢？米易县的民间传说附会到张飞身上：说是张飞途经一处马桑林困乏极了，便把马拴在树干上，自己在树下睡了一觉。醒来一看傻眼了：马桑树已长得老高，马儿在树干上吊死了！气得张飞用马鞭子狠抽树干，骂树长得太快太高，活活吊死了他的马……从此马桑树就变成了又矮又小的灌木了。后来又有传说，与黄虎张献忠扯上了关系。蜀地谚语“马桑树长得高，长不到三尺要勾腰”“马桑树长得快，一年发个嫩苔苔”便是明证。

我请教过成都市植物园研究员刘晓莉：“马桑树有无可能因为虫害、季候变化等原因而发生基因变异的可能？”她慎重答复我说，研究显示马桑全株有毒，尤以嫩叶及未成熟的果实毒性较大。但植物学中尚未有马桑树由高变小、成为另外一个种属的学术证据。中国历代文献如《艺文类聚·木部》《本草纲目》《救荒本草》《植物名实图考》等经典中，均无马桑树有关记载，亦无马桑树是乔木之说。

我在洪雅林场、瓦屋山林场、龙泉山森林公园等地考察期间，林场职工告诉我，山巅至今还有高大的马桑树。那为什么山下的马桑树如此矮小？他们也无从回答。

我个人认为，马桑树仍然有基因变异的可能性。比如菰米，曾与稻、黍、稷、麦、菽并称“六谷”，是古人不可或缺的主食。在偶然的机会中，有人发现这种植物能够变异，当它感染黑粉菌后，会失去抽穗开花结实的能力，而茎部膨大，变成另一种美食——茭白。这种可能性是存在的，不然的话，我们就根本无法理解汗牛充栋的马桑树传闻，何以会在西南地区峰起的历史层累。再比如，共工与颛顼争天下，怒撞“天柱”不周山，说不定“天柱”与“天梯”均有内在联系。

道路边芭茅草密布，举起如戟似枪的银穗，让人联想起“芭茅生虎”的出典。古意盎然的安宁河野水奔流，泛着红色的浊流，那是昨天一场大雨的结果。河水湍急拍石的哗哗声，通过两山的共振，使山野里日夜笼罩在虎啸龙吟的氛围间。

安宁河得名于清代。有东、西两大源头，旧称东源为松溪河，今称苗冲河（柯别河）发源于小相岭菩萨岗与鲁坝之间的草海，海拔高度 2492 米，长 33 公里；西源名小村河、北基河（又名中江河），发源于牦牛山东坡的墨海，海拔高度 3750 米，长 34 公里。东、西两源在凉山彝族自治州冕宁县大桥镇东南汇合后始称安宁河。旧以东源为正，现以西源为正。

安宁河长 300 多公里，经冕宁、西昌、德昌、米易，从盐边县汇入雅砻江。作为攀枝花市境内第三大河，安宁河从北至南横贯攀西大裂谷，穿越米易全境。

冯广宏先生认为古若水就是安宁河而非雅砻江，较符合《水经注》关于“若水出蜀郡牦牛徼外东南流，径越嶲大筰县、会无县，有孙水焉注入，水出台高县，即台登县也，南过越嶲邛都县西”的描述。宽大的安宁河谷便于耕作和行走，也成为“蜀身毒道”和西南丝路的要津。

南来的高原风带来了无限爽朗，有双腋生风之感。道路两侧的小山峰渐渐摊开，我们进入一个狭长的山间冲刷平坝。玉米、豆荚、石榴树、烟叶田一望无际……在晚霞的丝绦飘拂之际，我们到达高原平坝上的米易县城。

米易县气候温和，四季如春，当地有“山高一丈，大不一样”“一山分四季，十里不同天”之说，它作为理想的“康养之地”，吸引着越来越多的外地人来此安居。有人发现，米易县版图形如一只侧飞的大蝴蝶，县城恰处于蝴蝶脊柱正中，这里也正是县域南北的交汇地带。蝴蝶之喻对于会理非常贴切，在我看来那是一段轻的下滑，从花冠开始，又像是对花的规避。它在花丛犹疑，扑出去的翅膀忘记折返。远远望去，古城类似缎子把褶皱的光摊开，斜侧的身体，竖立一个来自安宁河畔的古陶器，煅烧的纹理，没有在比喻的高处解体，但却以脆亮的触须与爆开的花瓣一道反诘闪电。蝴蝶之城把预设的线路演绎为可能或不可能，然后从容飞离。这让我联想起半人半神的颛顼，往事只能在回忆里重现：蝴蝶却以舒缓、慵懒的姿态伴随历史远去……

尽管北方学者固执地认为颛顼并非诞生于若水流域，但越来越多的证据与考古材料证明，安宁河谷自古就是人类生活、繁衍之地，颛顼大帝就诞生于此。

司马迁《史记》说颛顼是黄帝之孙，似乎还差了一代。《山海经·海内经》的记载是：“黄帝妻雷祖，生昌意。昌意降处若水，生韩流。”韩流又“取淖子曰阿女，生帝颛顼”。就是说，颛顼为黄帝的玄孙。《史记》又以“静渊有谋，疏通知事”来描述颛顼，可见颛顼是沉静博识、聪明敏慧的人物，在民众中具有相当威信。对此也有不同理解，比如王先谦补注：“《说文》‘颛’下云：头颛谨皃。此言颛颛，状其蠢蒙无所知识，亦从谨字生训。”就是拘谨木讷的意思。

颛顼两个字，直指头颅。长相成了一个人的名头，隐喻叠生，这是为何？根据史籍文献中的线索，我判定：颛顼为头颅尖、扁而长，这一描述与考古发现我国先民中所存在的人工枕骨变形现象相吻合。

米易县的一些乡村，至今还有小孩睡石枕头的习俗。又冷又硬的石枕头，极不舒服，但却是命定的大脑清醒剂。安宁河里盛产奇石，一直是寻宝者觊觎的所在。石枕有清热泻火、疏通经络、安神降压、清脑醒神之功。十几年下来，一个人的头骨变得狭长是完全可能的。

“煩”为会意字，从頁，从火。“頁”是指人头，“头”和“火”组合在一起，就代表头脑发热的状态。《说文解字》指出：“烦，热头痛也”，就是民间常说的上火发烧、头疼脑热。

四川方言里称头部为脑壳，脑壳又分前脑zhuazhua与后脑zhuazhua，手扶式拖拉机就叫zhuazhua机。有意思的是，米易县民间至今流传着这样的“相面术”，说一个人有无前途，首先要看这个人脑壳的凸凹：“前啄金，后啄银。”这里的“啄”不念zhuó，在四川方言里要念zhuā，指人的前额或后脑勺的丰隆。意思就是，前额突出命好，可以挣大钱；后脑勺突出命也不错，可以挣小钱；如果前后都不突出，加上顶门也平塌，没有“三突出”，这个人脑瓜子就比较笨了，命就不好，什么钱也挣不了。赚钱当官成了检验脑壳是否通灵的唯一标准。不过，我请教过专家，写作“前挝（zhuā）金，后挝（zhuā）银；没有挝挝当球腾”可能更准确。

一个人缺乏石枕的磨砺，到头来把自己整成了方脑壳，就彻底瓜了。古之梼杌，就是树桩，木头木脑的，就是“木脑壳”一个啊。我自幼没有与石枕耳鬓厮磨，自然容易成为颛愚之徒。倥偬已至中年，磨破脑门儿也于事无补了。

明朝永乐年间，因县治位于安宁河下游，冬季多雾，日出迷蒙，其分县治因名迷易（阳）县。斗转星移，如今的米易县反以明媚无垢的灿烂阳光，重塑了日月为易的地望旨归，彰显了安宁河谷雄奇的山水画卷！颛顼大帝的对立者共工是怒不可遏的激烈造像，怒不可遏可以成就烈士，自然无法升格为领导。“牢骚太胜防肠断，风物长宜放眼量。”反过来看，一个人的头脑也可能由睿智变成颟顸。而颟顸与颛顼，似乎仅是一叶之隔。

翻手为云覆手为雨，直到截断巫山云雨，在白云苍狗的变易里审时度势，尤其是自省，是否可以看作颛项留给现实的一种启示呢？

晚上细雨淅沥，我和几位作家沿安宁河宽大的河堤散步。透过密密垂柳，安宁河上正好在举办灯会。细雨洗亮了河中的一组组辉煌的灯盏，或有楼台的钩心斗角，或有宫室的回旋通幽，或九天揽月，或龙马奔腾，绚丽的火树银花唤醒了一个沉浸在水底的长梦，梦在水面舒展腰身，梦处于半醒时分又返回梦的中央，最终的梦，在旷大的河面玉体横陈。梦就像木棉花流泻的火焰，渐渐烧造成一块沉默而浑圆的石头。

一条大鱼猛然跃出，鱼尾奋力击水，将十万只彩灯点染的流金时光，碎为踏水而去的一串蹄痕。

河面长风浩荡，细雨一如得到加速的飞舞银芒。我感到脑壳发木，好像要感冒了……

【原载《凉山文学》2018年第1期】

为了爱，所以坚持

杜卫东

葛敏在朋友圈说，她的北京之行很快结束，将返回老家南通。我留言：走之前请你吃饭。我知道，吃饭对于她无异于一场战争，每次吞咽都要靠求生的意志支撑。可是，我依然希望以此来表达对她的敬意。在我心中，她已经是一个人生传奇。

知道葛敏始于朋友介绍。三十六岁的她曾被幸运女神格外眷顾：小学四年级考上上海市舞蹈学校，毕业后成了上海市歌舞团主要演员，而后又到上海戏剧学院舞蹈系读大专。2003 年考入北京舞蹈学院，完成了本硕连读，开始从事专业舞蹈教学。我看过她的教学和演出视频，芭蕾舞、民族舞、现代舞，她在聚光灯下矫若游龙，鸾回凤翥，举手投足间疑为天人——这哪里是跳舞，分明是一团生命的精灵在舞台上燃烧、绽放。

葛敏永远也忘不了那天。两年多前的一个冬日，雾霾弥漫，如雾如烟。

北医三院的专家认真为她检查身体，又仔细翻看了此前各个医院的病历，抬头望着葛敏，目光中竟闪过一缕令人揪心的同情：姑娘，如果我的判断没错，你得的是 MND。葛敏对这个名字颇为陌生，她掏出手机迅速搜索：MND，又称渐冻症。患者先是脚，后是手臂、手指，最后全身肌肉都像被冰雪冻住一样，丧失行动能力，最终吞咽和呼吸功能丧失。目前病因不明，尚无有效的治疗手段，患者大多在发病三年到五年死于呼吸衰竭。

怎么可能？我只是语音不清，吃鱼容易卡刺，医生怎么可以开这样的玩笑？她不想承认，更不敢面对。可是，语言功能的完全丧失和双臂渐渐麻木印证了专家的诊断。她绝望了。她想到了死。衣袂飘飘的轻盈舞者与全身僵硬的绝症病人，这中间的落差实在太大，葛敏柔弱的内心根本无法承受。伤心枕上三更雨，点滴霖霪。她终日以泪洗面、痛不欲生，觉得人生已被死神之翼完全覆盖，漆黑一团，伸手不见五指。

怨妇！自私鬼！可怜虫！葛敏没有想到，最终引领她走出黑暗的不仅是亲人、朋友的爱与劝慰，更是远在大洋彼岸一位朋友毫不留情的各种责骂。

——你难道不是怨妇吗？一天到晚哭天抹泪、自哀自怨，你以为世界上只有你最惨？告诉你，忧伤无人认领，如果泪水可以摆脱厄运，世界上就不会有一条干枯的河流了。

——你难道不是自私鬼吗？死很容易。你解脱了、轻松了，可是你想到过满头白发的双亲吗？想到过天真无邪的儿子吗？想到过那么多爱你、关心你的同事、朋友和学生吗？

——如果你不想被家人嫌弃，不愿被朋友轻蔑，只能在生活中突围。你可以不够坚强，但是不能怯懦；你可以不够勇敢，但是不能退缩；你可以被生活打败，但是不应该被生活缴械！

葛敏在微信中告诉我，真的很感谢这位朋友。整整八个月，朋友每天关注着葛敏情绪上的每一点细微变化，秒回她的各种抱怨和胡思乱想。她还给葛敏在网上订购了一本书：保罗的《当呼吸化为空气》。在人生道路上十分成功的保罗，忽然被诊断出患有第四期肺癌。作为医生和作家，他在这本书中直面死亡过程，告诉我们如何生存。葛敏觉得自己和保罗有很多相似之处：同样三十多岁年纪，同样在事业的高峰突然被命运抛入人生谷底。但是保罗对生活意义的坚守却令葛敏自惭形秽。她告诉我，怕年老的父母承受不住压力，确诊后半年她一直封锁消息。如果不是朋友日夜守护，为她点燃了一盏心灯，也许自己早在另一个世界了。

安置好悲伤，葛敏重新出发。

患病后最令人撕心裂肺的不仅是病痛，更是和儿子渐行渐远。四岁的儿子和小朋友玩累了，向妈妈撒娇求抱。因为手臂力量不足，葛敏放下孩子的瞬间竟把他的脑袋重重摔在运动器械上。渐渐地，葛敏吃饭都要人喂，生活已经不能自理。她感觉要远离儿子的世界了，所有的努力都无法摆脱她被红牌判罚出场的宿命。

她不得不把儿子送到北京的阿姨家。一个月后她来到北京，因为她无法剪断对儿子的思念。等儿子睡着了，她由人搀扶着躺到儿子身旁。灯熄了，夜幕渐渐降临。月亮挂在树梢上，将一片惨淡的微光洒在床头。她想靠近儿子，她想把儿子蹬开的被子重新搭在他肚子上，她怕秋夜的寒风让儿子着凉。可是，她的身体和手臂一动也不能动，只能用牙咬着被角，一点点搭在儿子身上。夜深了，她的眼睛一眨不眨地注视着儿子，默默倾听儿子的呼吸，那呼吸均匀而流畅，在万籁俱寂的子夜犹如天籁。她的思绪随着儿子的呼吸一下子飘得很远很远。想到儿子将来上学、高考、参加工作、谈婚论嫁，作为母亲的她都可能缺席，不由悲从中来，听凭泪水一滴滴顺着脸颊流进嘴里。儿子已经和她越来越陌生了，除了眼神，她无法用语言和行动表达对儿子的爱。一个不谙世事的幼童，又怎么能读懂母亲满怀深情的目光呢？早晨，儿子醒了，揉揉眼睛，看到躺在身旁的她，一骨碌爬起来，连鞋也没顾得上穿就跑到楼下找阿姨了。葛敏眼睛模糊了，也许，真的应该放手了。失去比得到痛苦，而痛苦是苦涩的咖啡，在生活的特定情景下必须含泪啜饮。

葛敏把更多的精力投入公益事业。她和陌尘办了一个公众号，起名“冰语阁”。陌尘是她就诊时结识的病友，年届不惑、英俊潇洒，曾是一名警官。他的病情比葛敏的发展迅速，但是他坚强、乐观，永不言败。他们要把“冰语阁”变成一个温暖的大家庭，让病友们感受彼此的呼吸、心跳和温暖。在这里，病友和家属们关注着 MND 的最新科研信息，解答着各种患病后遇到的问题，交流着各自的护理经验。如果有谁表现出了悲观和绝望，各种鼓励就会像春天的花瓣一样飘洒而至。葛敏把自己写文章打赏得到的五万元钱，全部用在了“冰语阁”运营上，定时给生活困难的病友发放补贴。她还发出倡议，希望病友和家属拿起笔来写一本书。她为这本书确定的主题是：为了爱，所以坚持。

空下的时间葛敏还要做两件很重要的事：一件是办好舞蹈培训班。她不能跳舞，可她的生活中不能没有舞蹈。月色和星光缺失，高远的夜空还会迷人吗？她坐着轮椅来到课堂，认真观察学生的一招一式，把发现的问题和解决方案一一告诉现场的助理。舞蹈是脚步的诗歌，她想让学生理解，激情比技巧更能让心中的美绽放。我曾在她的文章后面读到过这样的留言：老师，今天吃晚饭时，妈妈听我说了您的情况，哭了，她让我以后下了课去抱抱您。再有一件事就是写作，写自己与病魔抗争的经历和感悟，更多的文字是写给儿子的。在每一个重要的人生节点，她都给儿子留下一封信。她的身体可以缺席，她的爱却会像洁白的栀子花，永远盛开在儿子成长的路上。

在北京东北部的酒厂艺术区，我第一次见到了葛敏。这里原是一片废弃的厂房，如今有几十家艺术类公司安营扎寨，门面装修各异、风格前卫，很有一些现代气息。大家从不同的渠道走近了葛敏，走近了渐冻人群体；今天，又为了一件共同的社会公益事业聚集到一起：落实、解决《为了爱，所以坚持》一书的编辑、出版和新书发布会各项事宜。这本由渐冻人患者和家属撰写的书，是葛敏要展现给世界的一幅画卷。他们以情感着色，用心血描绘，画卷中有压在石板下的小草，也有掠过长空的苍鹰和傲立雪中的红梅。

葛敏来了。我扭头望去，只见落地窗外，一位梳着丸子头的青年女子正从轮椅上艰难站起。鸡心领练功服，黑色灯笼裤，看上去亭亭玉立。心理咨询师李青说，她的病情发展很快，医生说，过不了多久就要插管了。李青近来一直帮助葛敏整理书稿，熟悉情况。已经失去语言功能的葛敏发出的呜呜声，只有她能听懂；葛敏的眼神也只有她能领悟。在之后的交流中，她几乎成了葛敏的半个翻译。我印象中的渐冻人大都形容枯槁、骨瘦如柴，而坐在那里的葛敏如果不说话，分明就是一位随时准备起舞的舞者。她的同学、歌舞编导朴美花告诉我，葛敏因为注重锻炼使病情得以延缓，但身体还是一天不如一天。不过她的精神却越来越强大。你看，这是她不久前写给舞蹈圈的文字。我接过朴导的手机：各位亲，有大师说我能活八十岁，所以大家不用担心，等过几年解冻了，我依然会东山再起。现在我只是临时被上帝抽调去干些公益哈。

我向葛敏招手示意，发去一条微信：葛敏，你是最棒的。

“最黑的那一段路总要一个人走完。活着的每一天，我都会不哀怨，不气馁，不妥协！”

看着葛敏的回复，我一时百感交集：世间还有什么比注视着死亡一步步逼近更为残酷呢？全身肌肉萎缩，甚至连眼部几块微小的肌肉最终也会完全丧失功能，只有大脑始终清醒，眼睛始终明澈。感受死神的阴影一寸寸吞噬生命的天空，这需要多么坚强的内心和多么豁达的胸怀啊！坐在对面的葛敏目光是那么明澈，心中分明洒满了阳光；而且从始至终她一直绽放着灿烂的笑容，即便低头打字时，脸上的表情也祥和、恬静，在午后阳光的映照下像是圣洁的雕像。是的，厄运将她的生活击成齑粉，她却用坚韧、真诚与爱，将其重新塑造成一尊冰冻的女神像，晶莹剔透、美丽而高贵。我知道，最终它会融化为水，但是它脚下的那片土地会因为水的润泽而丰茂，生长出一束束美丽的花来。

【原载《人民日报》2018 年 10 月 10 日】

空中的巫师

耿占坤

在天峻东北部的一片山野中，生长着粗大的古柏和岩石绝壁。这里是一个生命的乐园——无论生存还是死亡。我坐在岩石上，目睹这样一幕充满神秘气氛的场景，仿佛自然界举行的一个祭献仪式。

白头金雕像一片云一样飘然而降，稳稳地落在山半腰那块突起的灰褐色岩石上。然后它敛起宽大的翅膀。在这一刻，山间和旷野的风突然止息了，所有流动的风都被它收进了那些闪闪发光的羽翎之下。

金雕就这样站在岩石上一动不动，犹如一位披着黑披风的白发女巫。它微微眯上眼睛，让这世界陷入一片朦胧之中，仿佛大半个太阳都被掩盖起来。我开始等待将要发生的一切。

风和时间也就这样停在岩石上一动不动。在这个静止的状态中，山羊和野兔都感到某种难以忍受的压迫所造成的窒息，它们甚至渴望死神的利剑对着它们的肉体直劈下来，而不是用这种隐藏在天使面孔后面的寂静威逼它们的灵魂。野兔立起前脚，带着一种祈求般的颤抖仰视山崖，话语被封锁在喉管里，它竖起长长的耳朵，保持着一种十分困难而别扭的姿势，像一尊脆弱的雕塑。我的呼吸也似乎随之而凝结了。

突然，金雕闪电般地张开眼睛，整个山野被重新照亮。几乎与此同时，金雕用有力的双腿把自己从岩石上弹射出去，迅速向下跌落。但是很快，它展开宽阔的双翼，把所有的风都从翅膀中释放出来。灌木的枝叶强烈摇摆，连紧紧贴伏在地面的野草也瑟瑟地抖动不止。风把停滞的时间再次推动起来。

野兔发出一声短促的、惊恐得近于兴奋的声音。游戏开始了。野兔知道它已被解除魔法的窒息，并允许为争取辉煌的死亡而奔逃。它开始在草丛、石块和那些不足以藏身的小小阴影间快速窜越。我深深感觉到，蜥蜴、鼠兔、山雀甚至蝴蝶和草丛中渺小得可怜的小爬虫都被卷入了这种莫名的紧张气氛之中，包括我自己。

这时候，在金雕的俯临之下，生命的意义无可置疑地显得明朗、确定而又光彩斑斓，它们因死神的巡视而突然升华。

就在野兔回头张望的那一瞬间，它看到金雕无声地改变了一下飞行的姿态，然后把一双死神之爪紧紧收贴在腹下，裹挟着那股足以摇撼山崖的风俯冲下来。金雕雪白的头颈和金属似的利喙在充满阳光的空中划出一道流星般的寒光，迅猛地刺向大地。

当阴森而巨大的影子突然笼罩了野兔的世界时，它也同时被那股强劲的风所击倒。野兔甚至放弃了它最后的，也是象征性的挣扎的权利，任随那些钢铁似的弯钩深深地刺穿它的皮肤。

所有生物都在惊悸和绝望的亢奋中发出赞美的鸣叫。

我感到一股浓浓的血腥味所带来的愉快与寒冷，它流进我的喉咙，然后以一种难以抑制的战栗方式遍布我的全身。

金雕在抬头仰望山崖时，我从它的目光中看到了一个非理性的、由不可破解的矛盾之谜所构成的神圣之物。它是生命的光芒极致，又确实是死亡的象征；它充满无限的热情，又的确是冷酷的化身。这空中的巫师！

金雕奋力拍打着两片乌云，并呼唤着它那魔法无边的风腾空而去。于是野兔一生中最后一次，也是唯一的一次飞翔在自由广阔的蓝天上。

【原载《中国三峡》2018 年第 10 期】

在回忆里走

东　黎

1975年，我上了高中。

那时，小城只有两所中学。

一中在城外，距颓败的北门有一段路，能远眺到它，有条小路在麦田里。夏天时，小路两边麦绿麦黄，走在麦垄间，远远看，人好似浮在风吹的麦浪上，仿佛坐了船在漂移。二中在城内的龙王庙街，校址早年间是文庙，庙里设置过凤鸣书院，后来求学的人多了，又盖了几排红砖房，改名二中。

龙王庙街与东大街相接，本该为西大街。人死了，称驾鹤西行，活人不走西路，故称龙王庙街。

二中隶属县府管辖，一中隶属专署管辖。

我上高中那年不考试，实行平时成绩考量加师生推荐制，有一半的初中毕业生可以升学。因大部分居民住在城内，所以很多同学选择去二中。

我选择去一中。

如果还叫凤鸣书院，名好听，我也可能去二中。

那年，一中招了十个班的新生，六百多人，来自城乡的各个学校。

一中的教室在十几排灰色的砖瓦房里，每排三个教室。房子的墙体很厚，三角形屋顶。房前有棵高大的槐树，树冠浓郁，落下的树荫笼罩着灰色的砖瓦和黄色的土地，使环境显得静谧。

与我同来的有七个同学，被分到各班，在不同的教室里，不特意寻找，竟彼此不见面。

我在高二十二班。

上学的第一天，打过预备铃了，教室的门还落着锁，学生们聚在教室前等待着老师的到来，共五十六人。隔着粗粝的褐色树干，男生聚在一侧，女生聚在另一侧。有的女生可能来自一个学校，或是街坊邻居，本来熟悉，一团一伙很兴奋地说笑、打闹。我有点儿落寞地独自站在一旁。男生们打交道容易些，为什么事，或不为什么事，相互推推搡搡，不一会儿就围成一大群。有个面目清秀、身形羸弱的男生突然被人从人群中推了出来，他踉跄到树干的另一边，撞在一个女生身上。男生们立刻大声地哄笑，叫道：胡萝卜缨子！有女生对被撞的女生说：胡美英，叫你呢！胡美英说：胡说八道！谁是胡萝卜缨子？我不由得笑了。

那天，我穿了一套深蓝色的制服。那制服是父亲的衣服。要上高中了，母亲才发现我的衣服都小了，穿了紧紧地裹着身体，突显胸部，很难堪的样子。母亲要我穿她的衣服，我不穿，嫌花哨。

戎爱红是我在班里认识的第一个同学。

戎爱红说：哎，我早就想和你说话了，却没敢说。

我说：为什么？

她说：你穿了蓝制服，上衣兜里还别着一支钢笔，很严肃的样子，很厉害的样子。

戎爱红高大粗壮，小眼睛，嘴唇很厚，说话前嘴唇总要抖一下，话才出口。她是个有点儿笨拙而老实的人。

老师来了，两个，一男一女，都四十多岁的样子。

男老师高个儿，很瘦，长条脸，眼距窄，尖鼻噘嘴。女老师小巧玲珑，短发，圆脸，深眼窝，大嘴，厚唇，像南方人。

男老师用钥匙打开了门锁，推开门，与女老师前后进了教室。学生们跟着他们鱼贯而入。

男老师叫乔云阶，是班主任，教语文。女老师叫李静，是副班主任，教英语。

我的高中历程就这样开始了。

乔老师在说话前，总是先把左手捂在脸颊上，像害羞，又像牙疼。他的这个动作引起了学生们的注意，有人开始交头接耳，嗡嗡之声不绝于耳。

有个男生说：他是个独眼龙！

果然，乔老师的左眼是假的。那只假眼黑白分明，且不会转动，睁眼闭眼，漆黑的眸子仍纹丝不动地定在眼中间。

在黑板的一角，有打了格子的课程表，主要有这么几门课：语文、数学、物理、化学、政治、英语、美术、体育。没排课的格子空着，是不言而喻的自习课。

真正开始高中阶段的学习，好多课程并不是我原来想象的那样。

开学后不久，学校曾组织全体师生看了一场电影，片名《决裂》。观影后，有两个情节在很长的一段时间里被大家津津乐道。情节一：一个戴眼镜白头发的老师讲课，讲关于马匹的知识。他在黑板上用粉笔画了一条马尾巴，他说：接下来，我们讲马尾巴的功能。什么是马尾巴的功能？底下的学生哄堂大笑。情节二：一个脸庞红里透黑的农村青年考试成绩不好，将没资格上大学。一位正气凛然的大叔抓起他一只满是老茧的手，举起来，说：什么是资格？这就是资格！周围的人掌声雷动。

再之前，报纸和广播里宣传过“白卷英雄”张铁生。他被推荐参加上大学的考试，结果理化试卷仅做了三道小题，其余空白，几乎得零分。他在考卷背后写给“尊敬的领导”一封信，诉说了自己在集体利益与个人利益发生矛盾时的心理冲突，发泄他因不忍心放弃集体生产而躲到小屋去复习功课，从而导致考试成绩不理想的不满情绪。此事一出，报纸上发表了《一份发人深省的答卷》的文章，编者按：张铁生的理化这门课的考试，似乎交了白卷，然而对整个大学招生的路线问题，却交了一份颇有见解、发人深省的答卷。这封信提出了教育战线上两条路线、两种思想斗争的一个重要问题，确实发人深省。后来，他被大学录取。

如此，老师们就不怎么敢管学生了。

教室里的课堂纪律总是很差。老师在讲台上自顾自地讲，学生们在座位上做自己想做的事，交头接耳，做小动作，打闹，睡觉，我则偷偷地看藏在桌下新借来的书。

语文课的学习，除了课本上的内容，乔老师有时会拿几张近期的报纸，说其中的一些文章很重要，那节课就成了读报课。他读读，又叫几个学生接着读，一张张报纸传来传去。他读的时候，有的段落会放慢读速，反复读着一句句话，要求学生们做笔记。除了上课，乔老师比别的老师操心：得不定时地到教室里来，查点学生，或调解学生们打架吵架之类的事情；课间操时跟在队伍后面去操场，站在一旁，看学生们做操。

尽管数学老师张裕德教学口碑很好，但他按课本讲到函数之后，竟不再讲课本上的内容了，而是开始讲数学家华罗庚发明的“优选法”。张老师说，优选法以数学原理为指导，是尽快找到生产和科研的最优方案的方法。在实践中，它能减少实验次数，降低成本，缩短生产周期，选取最合适的配方配比，寻找最好的操作和工艺条件，确定最好的设计参数等。围绕着这些，每一节课，他都举例说明，再强调优选法公式里的一个数字：0.618。

李老师的英语课不被学生们重视，因为大家实在想不出那种鸟一样发音的语言对自己有什么用处。我多次去过李老师的宿舍，去借书。她住一个单间房，十来平方米，一门一窗。墨绿色的平绒窗帘总拉着，白天屋里亮着灯，仍光线昏暗。屋中间拉着一道素色的花布帘子，帘里有一张单人床，帘外有一个写字台。写字台上有个很大的收音机，它的音量总是很低，有外国人在唱歌，我听不懂。我在李老师那里借到一本《五四以来电影剧本选》（上册），其中有《马路天使》《十字街头》《渔光曲》《桃李劫》……

美术老师欧阳一禾本是历史教师，历史课没开，就教美术。他主要教各种美术字的写法。美术字很神奇，普普通通的字，经过加工、美化、装饰，就变得整齐、醒目、美观。用它写标语、黑板报、墙报，效果很好。欧阳老师教完各种美术字后，不再来上课了，课程表上虽然还有美术课。

化学老师姓秦，是个不苟言笑的老头儿，穿深灰色的制服，领子上的风纪扣总是扣着，花白的短发硬硬地密集在头上。他的课，多数在校园的一个果园里上。果园里种植着各种树木。在果园里，秦老师讲解着生土和熟土的区别，讲解着优质肥料该怎样沤制，讲解植物生长不同时期的施肥方法，讲解植物为什么需要授粉才能繁殖。果树修剪期秦老师最忙，在偌大的园子里来来回回，从这棵树到那棵树，用一个鹰嘴样的剪刀给学生们做示范。他说：小树的修剪很重要。它应该以主干为中心，确定枝条的去留，修剪恰当，一棵树才能长势良好。树还幼小，面对恣意生长的枝条，要进行控制，这就需要剪枝。不剪，看上去枝繁叶茂，但影响通风采光，徒有其表，结果情况并不好。但是，小树的剪枝不能操之过急，因为它还没定型，要考虑它未来的发展。所以，能不剪的尽量不剪，要逐步剪。剪得太狠，伤口多，不利于它的恢复。他这样讲，我听着，觉得是在讲人。

王国栋老师的物理课最容易上，是实践性地学习和掌握“三机一泵”的工作原理和作用。“三机一泵”指柴油机、电动机、拖拉机和水泵。拖拉机并不常见，带拖挂的拖拉机常常载着灰色和红色的砖进城，运到建筑工地，卸了砖，就轰轰隆隆地开走了。柴油机也不常见，水泵更陌生。于是，落实学习的只有电动机。电动机体型小，上课时，每个小组各领一套空壳的锭子和转子，再领几组漆包线圈，大家动手，把它们组装起来就算完成作业了。

课程之所以这样，是因为学生高中毕业后，很多人将到农村插队落户、当知青，接受贫下中农再教育，很有必要。农村是个广阔天地，在那里是大有作为的。

一次写作文，题目是《我的理想》。在那篇作文里，我很诚实地写了自己的两个理想：当兵和上大学。它被乔老师当范文在课堂上念了，却遭到很多同学的嘲讽。他们认为我的理想都不会实现，因为我的父亲有历史问题。

那时有个口号：工人阶级领导一切。

于是，一个叫洛宜的纺织厂女工被抽调到一中当政治课老师。

洛老师出现得很安静，悄然地进了教室，站在了讲台上。她二十五六岁年纪，皮肤白皙，高额头，大眼睛，牙齿整齐雪白；个头不高不矮，身材不胖不瘦，齐耳的短发偏分梳着。她没穿蓝色帆布工作服，穿着浅绿色小翻领的确良衬衣，穿着卡其色直筒涤卡裤子。她当工人前是北京知青，在黄土高原的一个小山村插队落户了七年。她讲标准的普通话，音色悦耳。她总是拿着一张报纸来上课。报纸放在讲桌上，然后朝学生们微微一笑，就开始讲课了，娓娓道来。我一直以为她讲课前一定是熟读了那张报纸的，所以才能滔滔不绝。我曾偷偷地翻看过那些报纸，发现上面并没有她讲的内容。那报纸，随着她一路而来，不过是老师的标志物。整个学期，洛老师在课堂上讲关于美国、关于苏联、关于日本、关于中国的事情。除了中国，我不知道那些国家在哪儿。她讲它们时，总是这样起兴：这个美国，这个苏联，这个日本……她讲了很多它们的事情，我不知道其他同学是不是像我一样在认真听。我听了，有感触，觉得自己原本在一个幽暗狭窄的小黑屋里，突然有一扇窗打开了，又有一扇窗打开了……透过一扇扇窗，我看到了外面的世界，它有很多令我新奇的东西。那陌生的世界在洛老师的讲述中，我逐渐熟悉起来，以为有一天会更了解它们。在她的课堂上，我从没看过闲书。

我看了书，有个不可遏制的欲望，就是喜欢把书里有意思的故事讲给同学们听。

一般情况下，没有老师管理的自习课，女生们就围着我坐成一圈，听我讲故事。男生们在不远处也围坐了一圈，他们假装不在意女生这边，实际上有不少人在侧耳偷听我讲故事。我讲到精彩处，他们敛声屏气，一动不动。

冬天，教室外北风呼啸，寒冷刺骨。

又一节自习课，我又一如既往地讲故事。

教室里有两个火炉，一前一后。女生们围着前面的火炉坐，男生们围着后面的火炉坐。

教室窗户上的玻璃从来不完整，打碎了，没再镶，用木板和纸壳子钉了。窗外有其他班的男生路过，不为什么，会朝窗上的木板或纸壳子打一拳，“嘭”的一声，却看不见是谁干的。遇到这事，女生们会没头没脑地骂几句，男生们则彼此坏坏地笑笑。那一刻，我明白了他们也曾对其他班做过同样的事。

那次，我正讲得兴致勃勃，乔老师突然来了。他的到来，使同学们不再扎堆围坐，都手忙脚乱地窜回自己的座位，有人还拎着凳子。

乔老师站在讲台上，手里拿着一沓纸。他把那沓纸用力地拍在桌子上，拍得桌面腾起一片粉尘。他转动着那只好眼扫视了一遍学生，最后目光落在我的身上。

乔老师说：讲！讲！讲！有什么好讲的?

然后，乔老师宣布了一件事：公安局来人了，要清查看过反动和黄色书籍的学生。在校革委办公室里等待着清查结果。

这沓纸上，印刷着清查书籍的目录。

各小组组长按人数到讲台上领了清查书籍目录，又发给组员，每人一张。每个学生要对照着目录，检举揭发其他人，把情况写在目录背面的白纸上。

看着清查书籍的目录，有人面面相觑，有人做思索状。

教室里极安静。

片刻后，有人开始伏案写字了。

我察觉到，有不少同学在躲避着我的目光，侧了脸，一只手写字，一只手捂着写的字，怕别人看到，更怕我看到。

我看了看目录，其中的大部分书我都看过，而且给同学们讲过。那一刻，很多书名是那么刺眼，如《梅花档案》《绿色尸体》《一个少女的心》……

我低着头，想了想，觉得除了我，再想不起还有哪个同学看过那些书。如此，我要检举揭发的人，就只能是自己了。

想到等待在革委会的警察，我不禁有点儿心惊肉跳，觉得有可怕的事情要发生。

我见过警察对学生的处理。

前一段时间，另一个班的一个男生，不知犯了什么错误，在做课间操的时候，被两个突然出现的警察摁倒在地，用手铐铐了两只手，被揪着衣服带走了。他从此再没出现在校园里。

我心情沉重地拿着笔，逐一看着书籍目录，斟酌了好一阵儿，才在纸的背面写下：我看过的反动黄色书有：《青春之歌》《苦菜花》《三家巷》《家》《野火春风斗古城》……

我在避重就轻地写着一些书名。

乔老师收集了全班学生写的检举揭发信，走了。

教室里依然反常地安静，大部分男生趴在桌上装睡，女生们低了头，有人在认真地看着自己的手，指甲在夏天时用指甲花染红了，现在的颜色淡了许多。

不知谁压抑不住地小声咳嗽了一下，声音显得很大。

窗户上的一个纸壳子突然被人在外面捶了一下，“嘭”的一声。接着，有人在窗外叫了我的名字，又喊了一句话。

他说：乔老师让你去趟办公室！

全班同学都看我，趴着的，也抬头看我。

我站起身，出了教室。

乔老师的宿舍就是办公室，他和高二十六班的班主任赵老师共同使用。

我进了屋，乔老师站在火炉旁，手里拿着一个炉钩子。赵老师坐在一把椅子上，侧着身，在看一张报纸。

在乔老师的办公桌上，放着刚才他收集起来的那一沓清查书籍目录。这时，它除了目录，背面还有检举揭发信。

乔老师的表情很凝重，脸显得更窄了，那只假眼一动不动。他用炉钩子不断地钩起放下炉圈中间的小炉盖，好像总觉得没放好，不严密，担心有煤烟冒出来。看到我，他用炉钩子使劲敲了一下炉盖，又用它指了指那沓纸。

乔老师说：你自己看看吧！

我拿起那沓纸，开始看。一张一张地看。

看着看着，我越来越紧张，感觉头发在起伏，额头和鼻尖冒了汗，手心里也有了汗。我看到，所有纸的背面，无一例外地写着关于我看过什么反动黄色书籍的事实。有的写得很详细，年月日，哪节课，我讲了哪本书里的故事。有的字我熟悉，他们平时与我关系很好。戎爱红的字我一眼就认出来了，她写得最详细。有的字迹陌生，字体也粗犷潦草，应该是男生们写的字，他们检举揭发的人竟然也都是我。他们坐在不远处，悄悄地听我讲过故事。

我看完了所有的检举揭发信，拿着它们，呆呆地站着。

乔老师把那沓纸从我手里拿了过去。

乔老师说：看完了？

我说：看完了。

乔老师说：讲！再去讲！还有什么故事没讲？还想让人家知道是谁在讲故事吗？

我难过得想哭。

乔老师突然把手里的那沓纸撕了，狠狠地撕了几下，撕碎了，揉成一团。他用炉钩子挑开小炉盖，随手把纸团扔进了炉膛。纸遇炉火，先是闷出一股黑烟，接着蹿起蓝色的火苗，火苗变黄，变红，纸便彻底燃烧起来。炉盖又盖上了，谁也看不到那些纸了。

赵老师自始至终在悄无声息地低头看着报纸，好像对身边发生的事漠不关心。

我离开乔老师的办公室，走在校园里，有风吹起，一些干枯的叶子从高大的槐树上飘然落下。

即使在冬季，有的树叶还在枝头，我这样想。

【原载《红岩》2018 年第 6 期】

牧女图

南泽仁

清早的巴乌牧圈飘洒着烟一样的细雨，远处的暗针叶林翠绿而闪亮。我站在围栏边上看见次称肩背一捆鲜绿的盘香枝叶，高昂着头满面春风地经过了第一批微绽的羊羔花丛。在围栏里挤奶的珀萨和朵儿也一起转头去看次称经过的背影，那玄远的眼神像看到了一片镶着金边的流云。

珀萨弯曲食指噙在口中朝牛群打响清脆哨声，牛群涌出围栏，漫向南面山谷。朵儿从围栏里提出两桶牛奶回石屋，又提出一桶清水走到屋后倒入拖拉机水箱里，发动拖拉机后发出突突的轰响。我和珀萨抬出一袋袋风干的藏菖蒲码放到拖拉机车厢里，隔壁的玉珠和曲塔听到发动拖拉机的声音后，也背着几袋干药材前后赶来，请朵儿帮忙捎带到县城里去卖。她们俩往返七八次后，朵儿的拖拉机就装了个高耸。朵儿一脚跨上拖拉机驾驶座，像跨上了一匹红鬃马那样落拓自然，拖拉机吐着浓烟离开了牧圈。我们站成一排久久凝望，拖拉机消失的方向耸起来一座座绵延大山，深谙悄寂又承载着温情。

珀萨转身来挽住我的手，我们回石屋去。玉珠一把抱住珀萨的肩头，贴近她耳边低声说话，珀萨听着，两边嘴角上扬，曲塔也凑去听，接着她们发出了盈耳的笑声。她们用各自的方式表达，都笑到了极致：玉珠啪的一声，用一只手掌拍响微曲抬起来迎合的大腿；曲塔双手捧住脸笑，肩膀雨点般抖动着；珀萨撩起围裙掩住口笑，细长的眼尾上翘，与玉珠和曲塔相比她是那样娇小，像是初长成的姑娘。玉珠也来挽住我的手，她要请我去她家做客。玉珠家的石屋与珀萨家相隔一嗓子的距离，门外竖立两排纤长的黑白布幡，微风拂过时，它们呼啦啦作响。走进屋门，一束阳光从屋顶上一块透明的钢化玻璃膜投射进来，照亮了布满四壁印有绿色蔓藤的油布。我环顾时，油布上的藤枝嚓的一声，开出了几朵又几朵淡紫色的小花。屋子中间的铁皮炉上煨着两口大蒸锅，边上有一方小木桌，上面放着薄薄一册图文并茂的经卷。我蹲身细看，粗拙的图像描画了一群牧人赶着牛羊马匹从遥远的客木、邦达、巴塘一路行至九龙落户的情景，图下方的经文曼妙起伏，像那群牧人唱响的悠扬牧歌。我正要继续翻看，玉珠慌忙收起经卷放到了门后一张铺展着白牛皮的大木床头，又盖上一块红绸布。我说，从没见过连环画样的经文，奇妙得很。玉珠见我好奇，便说，这是次称手抄的经卷，真正的那部收藏在一个叫茨易的村落里，说是每到重要节日才请僧人来开卷诵读。它的神奇更接近一部巴赫的弥撒，能听到至高者的复活，听见一个人的爱与受难的一生，听者无不动容落泪……玉珠从暗处的橱柜里取出几个盘盏，捡出蒸锅里的包子盛放在木桌上，它们有如月牙，又像镶边的头帕。珀萨啧啧赞叹包子精巧好看。玉珠说，是次称一早起来包的。昨晚尼乃村的邛培打电话，说是这几天手抽搐不止，吃了药也不见好，请次称占卜是不是有惹处。次称翻阅卦书，显示是冒犯了水神。邛培方才说起，几天前，在屋后开辟了一方生地，准备撒些元根种子，从园子后方的山沟里引来一股泉水浸泡土地，当晚回来手就开始抽搐，连茶碗也端不稳当了。一早，次称就去给他家敬水神去了。再说，次称原本就孤独腼腆，请阿姐来家中做客，他定然会躲到牛群中去的。屋里又响起一阵笑声……

僧人应该在寺庙，莫非，次称是祭师？我们围着木桌喝茶，我捡起一个包子，见摁捏在封口处的花纹像酥油花样塑花点蕊，衬托晕染过。玉珠说，这些点缀的颜色是次称用干花瓣碾磨制成的，阿姐请放心吃。我说，是它们太好看了，不知道如何下口。珀萨捡起一块“头帕”咬下一角吃起来，说是吃到了芳香的蘑菇馅儿。我咬下一口包边的花瓣，仿佛吃下了鲜花一样珍贵，与珀萨、玉珠和曲塔在一起的氛围本就是一场姹紫嫣红的花事。

我们缓慢地喝茶、叙话。头顶的光束集合在珀萨和曲塔头顶，又照亮了玉珠秀美的面容。珀萨拽拽玉珠的衣角说，团牛还早呢，你给阿姐讲讲你和次称的故事吧。玉珠忙去捂住珀萨的口，说自己是有罪孽的人，再不可传说。珀萨松开玉珠的手说，我阿姐这趟来牧圈就是记录我们牧人生活的，你只当自己是做了一场梦，请阿姐为你解梦吧。玉珠看着我的眼睛，安静了下来，她捡起围裙里的几点面屑，用拇指和食指搓揉成团，开始叙说。“听说，次称一生下来就出家了，他的母亲跟着一个途经九龙的马帮头人出走了。他从来也没见过她，他以为孤独就是自己本身的命运。他常跟着他师父到牧圈来念经，念完，我就去牵住他的手一起奔向杜鹃林玩耍。他拾起一片片落叶叠放在一块石头上，翻动叶片摇晃着头诵经，仿佛念诵进入了最高境界。我像个成熟的女人那样侍奉他茶水，伴在他旁边，他不时侧目看我，脸上就会升起甘甜的笑容。长大些后，他被送去偏远的本教寺院学佛，与我道别时，送我一条红哈达要我等他回来。”玉珠折叠了搓揉成细长条的面屑，又在折叠处开始搓揉，手微微颤抖。“待他学佛归来，我已嫁为人妻。”玉珠停顿了一下，手中揉捏的面屑已经有了三条细长的尾羽。玉珠的声音开始低沉，“我成婚那年，丈夫从家中分得了一匹母马，它生下了一只马崽，四蹄雪白。马崽长大些后，他便牵着它去拉布拆雪山上挖药材，几天，十几天，几十天后，雪蹄驮回了他的尸首。次称和他的师父来牧圈为他做普瓦法（超度），次称的师父说，古来就有说法，雪蹄降生是受命来驮死人的……”玉珠的泪滴滴答答落在围裙里，她撩起裙边抹了泪继续说：“次称见我和孩子孤苦无依，便以诵经的名义时常来牧圈帮忙，后来，他索性脱了袈裟还俗了。周边的牧人都唾弃我是个活鬼，夺了一个男人的命，又去缠住了一个僧人的心。次称安慰我说，他还俗是头一次为自己的命运做选择，与他人无关。我还是剪了一头长发，找到留有我足印的路途挖取泥土，连同头发一并包在泥土里，埋在了三岔路口。我愿千人踩万人踏，永世不得超生（此法为旧时遗风，有镇压之意）。”玉珠说完，手中的面屑已经被搓揉成了一只生动的鸟儿，她将它立放在桌上，它做出了跃跃欲飞的姿势。珀萨和曲塔都在为玉珠的故事和眼前这只从故事中托生的鸟儿，窸窸窣窣地拭泪。

我说，很多事情早已注定，玉珠要放下背负的沉重，从此只管像一只鸟儿那样自由飞翔、歌唱才是。玉珠惊异地望着我说，她时常会在梦境里打开一对深藏已久的翅膀，朝着无际的天边飞翔，有时去穿过一朵又一朵白云，有时会遭遇滂沱大雨，翅膀便愈来愈沉、愈来愈重，身体就开始往下坠落。不安的睡眠和慌乱的呼吸会一次次惊醒身边的次称，次称便在深夜里起床为玉珠念诵《清净孽障咒》。玉珠听着次称的念诵，安稳入梦，天空呈现蔚蓝，她身后的翅膀也无比轻盈地滑动着优美的弧线……珀萨手掌托腮仰望玉珠说，看看，人家这梦简直跟电视片一样。玉珠用手掌推开珀萨的额头，喊了一声佛陀的名号，说，请您今晚务必让珀萨也做一个电视片样的梦吧。曲塔连忙说，我也要，我也要，快快帮我祈诵吧。于是，玉珠很正式地结跏趺坐，合掌额上开始默诵，仿佛真的在与神灵通白。我凝听到布满墙壁的油布上，又打开了三两朵淡紫色的小花。还有那本掩在红绸布下的经卷里，一位身着枣红藏袍、脚踏一双牛皮长靴的藏人，高昂着头满面春风走进了理想的游牧国度里。

石屋外，响起了归来的牛蹄声。

【选自《散文 2018 精选集》】

北京站的钟声

贾飞黄

北京站的报时钟声，是北京不一样的名胜。

北京有许多名胜。天安门、故宫、长城……但如果没有在胡同四合院里追逐打闹、在北海公园夏划船冬玩冰的童年，是不好意思与这些名胜以“咱”相称的。而北京站和北京站的钟声是例外：它存在于这座城市，更多的是为了这座城市的他乡过客。

琉璃黄的墙体，飞檐的钟楼，瓦当形的拱顶，庄重的立柱和角楼……北京站像是裹在琥珀中，留住了太多往昔的模样。在它背后，天际线宽阔得几近奢侈。没有那些光怪陆离的玻璃巨人做陪衬，让此处的时间流逝更显缓慢。

北京站的报时钟声，在这片缓慢的时间中巡游。东方红，太阳升。sol—sol—la—re，do—do—la—re。基调是共和国的红色旋律，音色是工业气息的金石之声，而最后的报时钟声，又充满了悠远山寺的禅意。政治，经济，人文。那旋律像是从六十年前来，又像是从六十年后来，或许还是从遥远的宇宙中来——当年的人造卫星东方红号，不也是唱着这支歌巡游太空？如今斯星已鲜少提及，那电波或许还在宇宙的某个角落徘徊。

在我往返北京最频繁的那些年，北京站是我进出北京的关口。随着人流穿过交错的古旧走廊，头顶是礼堂式样的吊灯，脚下是永远刚刚擦过的湿漉漉的地砖，左右是被壁灯照得昏黄的柱子，候车厅的排排座椅让我想起20世纪的国营电影院。过道边有老式食堂一样的快餐橱窗，不锈钢餐盘上菜品热气腾腾：油汪汪的健硕鸡腿，无精打采的酱焖茄条，黏稠的西红柿鸡蛋……尽管品相难以恭维，但散溢的家常菜香对离家或返乡者，却是恰逢其时的诱惑。进站出站之间，报时的钟声正在响起。sol—sol—la—re，我出发了；do—do—la—re，我回来了。一声声温暖的欢迎与送别。

对于客居京城者如我，北京站是首都与家乡的分界线，迎来送往，皆在于此。秋天，多的是一脸青葱的大学师兄，在出站口举着牌子迎接报到的新生；初来乍到的师妹循牌而去，身后是提着大包小裹的家长，男孩和女孩都拘谨地笑着。冬天，多的是扯家带口的返乡者，穿着新衣是为了回家光鲜，穿着旧裤是方便席地而坐。色彩斑斓的编织袋到处堆放，像灰突突的地面上长出一簇簇鲜艳的蘑菇。南腔北调的口音在这里上演过年前的大聚会。

有一阵子，我闲暇时喜欢去北京站附近散步。我喜欢看这满地的鲜艳蘑菇，喜欢听这飘荡在空中的南腔北调，就像是听到强健有力的心跳，新鲜的血液汩汩奔流。而这分界线上的喜相逢与伤别离，不亚于八点档的电视剧情节。

我曾经看过一对小夫妻在站前广场吵架。那是一个冬天，女孩子神情激动，嘴边大口大口喷着白色的哈气，男孩子似乎不屑一顾，躲在口罩后面看不到表情。不过几分钟的工夫，我再绕回来，就看见两人倚靠着围栏，姑娘在小伙子怀里哭得梨花带雨，男孩子摘了口罩也在哭，白色的哈气变成了两团，不断消散在干冷的空气中。路人依旧匆匆，无人驻足。这里是北京站，是分界线，是团聚之地，是离别之地，东方红的旋律在这里伴奏了太多的人情冷暖和悲欢离合，再凝重的情感在这里也似乎都被稀释了。

我也看过在接站口，一群年轻的父母两两相伴，交头接耳，不停低头看着手表，抬头看着接站告示牌，再伸长了脖子向涌出人潮的出站口深处张望。突然，先是人群中挤出来一个挥舞小旗的中年女人。没等年轻的家长们有所反应，人潮中砰地射出一个小小的身影，像是一发幸福的子弹，射中了一对父母，让他们猛地弯下了腰，对射入他们怀里的小小“子弹”又亲又蹭。接下来又是连珠炮一样的“砰砰砰砰”，一颗颗跃动的小“子弹”笑着叫着，一对对家长应声而“倒”。我知道这只是一场接孩子的老戏码，且与我无关，但嘴角却止不住地上扬了。

北京站前也曾经是个江湖。三教九流，汇集于此：吆喝着“要票吗要票吗”的黄牛，举着“宾馆住宿”小牌子的揽客者，“通县通县”“房山房山”的黑车司机……这些年，“三教九流”慢慢从北京站淡出了，取而代之的是自动售票机前的长队，与出租车乘降站前高声整顿纪律的执勤人员。前些年一个冬夜，我从老家返京，出北京站，飞雪遮天，出租车乘降站前长龙盘踞，却少有车来。站成雪人的执勤人员游走在队伍边，高声用对讲机向调度中心呼叫“支援”。随后，便有两道、四道、六道乃至更多的出租车大灯划破风雪。东方红的报时钟声恰好响起，冻僵的人群中爆发出一阵欢呼。

事实上，这些年我已经不常去北京站了，现代化的高铁站和机场承担了我更多的出行。但看到琥珀里的北京站，听到辽远的报时钟声，我依然感到亲切；在候车厅里无处立足，与南腔北调摩肩接踵，也并不气恼。在这里没有浮华的虚饰，只有从生活奔向生活的真实。那些坐在编织袋上咕嘟咕嘟喝矿泉水、吸溜吸溜吃方便面的，是城市的血液，是社会的基石，是我的兄弟姐妹。跟他们在一起，我不敢不变得坦率，不敢不让眼睛明亮起来。

所以，这座城市用《东方红》的旋律为他们迎来送往。旋律凝固在空间里，许多年前是这样，许多年后不能忘。

【原载《人民日报》2018年1月20日】

乌云与草原的关系

晶　达

考试那天气候凉爽，阳光躲在有些稀疏的云层后面。

这是6月，位处北纬48度的莫力达瓦，阳光已经开始变得毒辣，春夏之替，冷热空气交锋的时节，总是随机地酷热几天阴凉几日，考驾照时遇上阴天，让我内心焦灼的同时不必使皮层过薄的皮肤也焦灼，未免不是小幸运。

7点抵达考场，模拟一次，各项一百分，依然止不住心里打鼓。在一群同样焦灼并聒噪的候考者中间藏匿自己，而后我们便集体目睹一大片乌云像玉帝的侍者为其殷勤铺展地毯一般从天上铺了过来，压在头顶。

这片乌云并不卖什么关子，也不负自己的使命，没几分钟便毫不客气地落起了雨点。清凉的雨点落在地上使温度更低，落在我心里却像给火堆填了柈子——我从未在雨天练习过开车。在候考的小屋，有人分发速效救心丸，我只能寻母亲获取安慰，母亲为我不知何时变成了紧张体质而唏嘘不已，一面又说，下雨对草原和庄稼是好事啊，今年旱。于是我找到了安慰自己的理由：如果这雨能让庄稼和草原茂盛，我考试失败也是值得。

我便就失败了。

回程，关切地问家住南屯的小表哥，草原上可也下雨了？他说，还是大晴天，今年还是旱。

“还是旱”，就如去年一样。

多年在外，每次与人告知家乡是内蒙古，他们总认为我就是草原上骑着马放着羊长大的姑娘。实际上，我对草原知之甚少，我的六根，我所有的身体发肤，身上的每一根视听触觉的神经，都与草原很远很远，我对草原并不比对大海熟悉，它们对我来说同样浩瀚深远无边无际，甚至使人恐惧，拥有随时可将我等孱弱的生命摧毁的巨大力量。

这种知之甚少的状态似乎有负我的内蒙古籍贯，母亲从多年前开始便一再张罗携我前往草原一游（这与我自身缺乏冒险精神有关），是啊，我也只能是一游，并不比那些向往草原的中原人士强多少。

我像看预告片一样率先自行于 2015 年夏季选择了内蒙古西部区的希拉穆仁大草原旅行，驱车前往的路途中，司机开玩笑说：“希拉穆仁什么意思？就是稀稀拉拉木有人。”当我双脚踩在草原上，目极远天，那草的确绿得并不充沛，草的质地坚硬且短，沙土和草青黄相间，像是布满补丁的破衣衫。

同去的友人不屑地质问：“风吹草低见牛羊？这草连牛蹄子都盖不住吧。”

我便摇头晃脑颇为得意地解释道：“这句话专属于我们呼伦贝尔大草原。”

据说希拉穆仁大草原与响沙湾沙漠距离不远，这里的土质和稀少的降雨只能孕育出坚硬短悍的呈现着墨绿色的草。而如长发一般柔软、如青梅一般娇绿、如波浪一般翻滚的草，只在呼伦贝尔生长。

次年夏天，我带着满目饥渴，终于随母亲乘坐六个多小时的大巴车，去往海拉尔。现在，呼伦贝尔的行政中心是呼伦贝尔市，在呼伦贝尔还是盟的时候，那个地方叫作海拉尔，2001 年撤盟设市，海拉尔依然是呼伦贝尔市的人民政府所在地。2002 年，撤销县级海拉尔市，成立海拉尔区。然而似乎除了填写快递单子，人们还是习惯性地称呼那个城市为海拉尔。

海拉尔这个名字，带着历史的痕迹，充满梦幻感，意为“野韭菜生长茂盛的地方”。《往日时光》的歌词里写道：“海拉尔多雪的冬天，传来三套车的歌唱。”如果换成“呼伦贝尔多雪的冬天”，难免会产生在阅读天气预报的错觉，至少我是这样。

要去往呼伦贝尔境内的任何一片草原，都要从海拉尔出发。

“知之甚少”再次作梗，我并不知道呼伦贝尔都有哪些草原，也不知道哪片草原最为肥美，由母亲做主，我们选择了有亲属居住的鄂温克旗草原（在对草原的求知欲上，我多么像一个没有大脑的木偶）。蒙古族作家海勒根那由于健身过度，拉伤大腿，不能亲自送我们前往草原，但这没有削减他的热情好客，专门派了一辆黑色轿车，在海拉尔，陆续接上了我的二表舅和瓦日表姨，我们终于要进入真正的草原。

出了城区，楼房消失，开始出现一些整齐划一排列的平房，再往前，平房愈加稀少。我期待着，哪一处真正的草原像绿色的北极光砸向地面一样撞入我的眼帘，耀眼且蛮横，于是我一刻不停地望着车窗外，然而草却一直呈现枯黄一片。

瓦日表姨也望着窗外，我看不到她的表情，却听她说：“整个七月都没有下雨了。”可时间明明还未到七月半，她的话语难免让人感到一丝绝望，接着她又黯然地说：“这草已经像秋天的草了。”她有一个牧民丈夫，我那时并不知道一个夏天丰茂的草原对牧民来说意味着什么。我只觉得自己实在不该在心底不屑希拉穆仁大草原，因为我眼见的呼伦贝尔大草原几乎与它无异，有种命运的嘲弄感。

草很矮，稀疏贫瘠，一块绿一块黄，像得了白化病的人的皮肤一样斑驳，远处的小山包也像剃了发的和尚头，正结跏趺坐冥想，偶尔有牛群顺坡踩上去，踢踢踏踏，可一点儿不影响他的入定。还有那些一簇一簇看上去长相刻薄的芨芨草，张牙舞爪像插在地上的无数根毛衣针，由于同样缺水，细长叶子的顶端汲取不到水分，它们呈现下绿上黄的颜色，更像一个一个染黄发时间过久未及补色的聚众小痞子，反正，牛和羊是不敢惹它们的。

我颇为失望，问母亲：“就这样了？”

母亲说：“一场雨就绿了。”

不出半个小时，轿车抵达鄂温克旗西索木。

索木里不见羊群，羊都要在草原深处的草库伦里放牧，瓦日姨夫的几百头羊交给羊倌看管。可牛是每天傍晚都要回家的，我对牛这种动物有特殊的情感，母亲和老姨都写过关于牛的故事，她们的生活来源是我曾经热衷养牛的姥姥。姥姥去世早，我对她全无记忆，然而牛和姥姥，在我的脑海中像两种本来无关的化学制剂相互作用，使得两者都充满一种温暖且神秘的气息。

听二表舅讲了一下午草原上的传奇故事（他还说许多外地客人来到草原上喜欢跟牛粪堆合影，我也这么做了，作为燃料的垒得整齐的牛粪固然是草原上一道风景线），我与母亲在西索木中央的水泥道上散步，遇上正在归家的牛群，我便兴致勃勃地向牛们冲了过去，企图趁其不备摸抓一把。老牛们也不惊慌，慢悠悠地甩着尾巴与我保持距离，小牛们显然更为认真，总是立在那里直勾勾地盯着我，与我对峙，见我走近，先撅起尾巴，母亲说，那是准备逃跑了。果然，倘若我再迈一步，它便一溜烟儿蹬着蹄子跑开。

天空中布满赤云，不像在莫力达瓦，云还可以在楼宇和树木之间神神秘秘，在草原上，这赤就是无遮无拦，就是一展到底，像是一场大火烧到天涯海角，只有黑夜能将它熄灭。

火烧云，象征思念，也象征晴朗。对我来说可不是什么好消息。

与母亲继续东行，到了索木边缘，有一处洼地，洼地周围的草略显富裕，不远处还有散养的马群，不失为一个拍照留念的好景致，便坐在地上，以草为毯，以马为幕，拍了一张照片发布到网上。

了解情况的人立马戳破我的作假，生长在西索木的蒙古族作家照日格图在微信上与我聊起干旱，我抱怨景色难看，他却说，他的弟弟告诉他，由于没有草吃，羊的眼睛都快瞎了。这同时也意味着，牧民们无法为牲畜储备过冬的草料。

次日，我们前往湿地游玩。途中见割草机在忙碌，将尚还青绿的芦苇打成一捆一捆，表舅说：“草好的时候，谁吃这个啊。”而这一捆一捆比草粗硬的芦苇也将在秋冬作为草料卖给牧民。表舅还说，在这样的年头，一头羊可以把自己吃进去——维持一头羊生存的成本与将它卖掉持平。

我于是才真正开始期待下雨，不只为满足我的双眼和些许虚荣心。

每晚和母亲例行散步，我依然逐牛追狗，但我们也用些时间非常虔诚地观察天空中云朵的颜色，并有些神叨叨地念着龙王的名字，祈求降雨。

有一晚，风刮得有些异样，从地极处有灰黑色的大片乌云乘风而来，气势逼人，像铁骑大军即将挥刀袭敌。我和母亲速速加紧步伐回到住处，幻想着一整晚“听下雨的声音”，草原将重新焕发生机。然而这乌黑的铁骑大军如同魂灵没有实体一般，很快消散了，只有轻微湿润的地皮能证明它们曾经一扫而过，并未驻足。

那似乎是我在西索木的十日唯一一次有乌云的身影。离开草原回到城市，对干旱和牧民的担忧也一并留在远方，因为那时我并不知道一个夏天的干旱是可以在冬天夺取生命的。

2017 年年初，我认识了一位真正将自己置身于草原的蒙古族作家——黑鹤。他接纳草原上的极寒酷暑，接纳草原上的粗粝无情，然后将它们用内心的柔软融化之后记录下来。在他的一篇访谈里，记者写道：从未见过一个作家指甲里沾满泥土。当时记者在采访他的时候，他正在帮邻居大叔家一匹营养不良的马重新站起来，如果那匹马不能重新站立，它在草原的寒冬面临的只有死亡。

当被问及那匹马是如何倒下的，他告诉我，由于去年的干旱，马在夏天汲取的营养不足，而秋冬，牧民们大多数买不起太多草料，这匹马之所以被帮助，还是因为它是一匹寄养的马，如果是大叔自己的马，只能任它自生自灭。

他后来在自己的公众号详细写了几日搬马救马的经历，然而那匹马终究没有抵抗得了严酷的草原。

这匹马尚还幸运，临死之前得到了救助，甚至被记录了下来。我想，一定还有许多许多牲畜同样在去年夏天没有吃到足够的草，没能储备丰厚的营养来抵御寒冬，在广袤的草原上，在牧民也许知情也许不知情的情况下，就那么无声无息地死去了。牲畜减少，牧民的生活只会愈加艰难。

艰难，这只是我作为一个在远处观望的人尽我所能概括的词汇，牧民们真正面临着什么，是我这一个过客永远无法想象的。

“还是干旱。”

这是小表哥对我关切询问的回答。

我想起去年夏天那个有乌云到来的傍晚，我和母亲心中充满热望，我相信在那一刻，草原上所有的生命都和我们一样举头凝望着那片乌云，将自己的命运抛给了它。

我又想起许多歌唱草原的歌曲。

“蓝蓝的天上白云飘，白云下面马儿跑。”

“白云朵朵飘在，飘在我心间。”

白云无比美丽，比白云更美的是赤云，然而它们只与美有关。

乌云压顶，暗黑无边，虽然它不被歌唱，可它带来的是雨水，它与生命有关。

这是6月，这个夏天刚刚开始。也许今年我不会再踏足草原，也许依然作为一个过客去看一看，我从不奢望能够了解草原，但这并不影响我在远方为它深深祈祷，祈祷一片铺天盖地的乌云将它笼罩，毕竟只有饱含雨水的乌云才能带来希望。

【原载《民族文学》2018年第2期】

巫山红叶

邢秀玲

巫山是重庆最偏远的一个县城，又处于最诱人的巫峡之中。早在1500多年前，北魏地理学家郦道元对巫峡做了精彩的描写："两岸连山，略无阙处。重岩叠嶂，隐天蔽日，自非亭午夜分，不见曦月。"写到巫峡的胜景，又是那样多姿多彩、有声有色："素湍绿潭，回清倒影，绝巘多生怪柏""林寒涧肃，常有高猿长啸"……但他却忽略了冬日的红叶，或许当年的红叶还未形成气候，它的风姿尚未展示出来。而今，巫山红叶终于"红"了，观赏红叶已成为人们的一种视觉享受。

我到巫山是12月初，碰上了入冬以来难得的好天气。艳阳高照，天蓝云白，漫江碧透，层林红遍，长江两岸的青山已被一团团、一簇簇、一蓬蓬红叶覆盖，美若绚烂的朝霞，艳如黄昏的云霓。我坐在游船甲板上，拿出手机拍照，巫山的朋友说，等进入神女溪再拍吧！那里的红叶更密集，拍出来效果更好……说话间，已经进入了保持原生态的神女溪。这里水面明净，纤尘不染，水深可达60米。巫山十二峰中有一半藏匿在神女溪两岸，其中净坛峰最高，犹如仙人静坐在神坛之上，俯视山下的一泓碧潭；飞凤峰又像一只凌空翱翔的飞凤，从西向东，直扑水面……引人注目的是，所有奇峰像新嫁娘一样披上了红色的婚纱，在阳光下熠熠闪耀，果然美不胜收，气象万千。

然而，神女溪的红叶还不是最精彩的篇章，位于大宁河上的小三峡的红叶才称得上如火如荼，绚美至极，带给游客更多的惊喜。

小三峡向来以“水清、峰奇、景幽”著称，随着三峡大坝的建成，“高峡出平湖”的梦想已经变为现实。放眼望去，龙门峡更加雄浑开阔，气势恢宏；巴雾峡依然朦胧奇幻，如诗如画；滴翠峡林深树密，秀色撩人。而点染层峦叠嶂的红叶闪烁变幻，或姹紫，或嫣红，或流金，或溢彩……其繁茂，其鲜活，其阵势，令人叹为观止！在红叶的簇拥下，惟妙惟肖的“观音坐莲台”“美人洗长发”等景点更加引人注目，镶嵌在悬崖峭壁上的巴人悬棺、古栈道遗迹也更加清晰可见，可以尽收眼底。

这趟“红叶之旅”真是一场又一场的视觉盛宴，大有目不暇接、眼花缭乱之感！特别令人难忘的是海拔1000多米的黄岩景区。沿着修通不久的“神女天路”，中巴车缓缓地上到最高的“瑶台”。当我站在“危乎高哉”的观景平台前，俯瞰山坡上的红叶时，真有浩浩荡荡、铺天盖地之势！山下的长江，宛如一条碧绿的小溪，从天际蜿蜒流来，在红叶长廊中穿行而去。看得最真切的是和黄岩隔江相望的神女峰。正是为了从最佳角度观赏神女峰，巫山人在千仞绝壁上开通了这条云雾缭绕的“神女天路”，其艰苦卓绝、奋发拼搏的精神，令人钦佩！

那位仪态优雅的神女就在我们的目光之中，亭亭玉立，脉脉含情，不知是回忆远逝的岁月，抑或等待久违的君王？纵观大千世界，人形的石头可谓多矣！包括埃及大沙漠中的斯芬克斯像、智利复活岛上的巨石人像。但没有哪一块石头，能留下如此优美动人的传说，收获历代文人如此深挚多情的礼赞！

记得几年前，为了表达一份虔诚的心情，我也曾爬上千米高的神女峰，膜拜仰慕已久的巫山神女。但因错过了季节，未能见到壮观的红叶世界，留下了一份遗憾。这次终于如愿以偿，领略了红叶的俊美和热烈，由黄腊子树、枫树、乌柏汇成的红色浪潮，撞开了我的心扉，让我真正沉醉了一回！

当然，红叶并非巫山独有，“香山红叶”早就闻名遐迩，米亚罗红叶也享誉西部，国外还有风靡全球的加拿大枫叶和日本京都红叶。但是，这些盛产红叶之地，没有一江碧水与之相伴，少了一份“相映成趣”的美妙！阅尽奇山异水，走遍神州大地，唯有在长江三峡才能看到“碧水映红叶”的绝佳景致！巫峡又是三峡中最有亮色的华彩乐章，故有“满山红叶似彩霞，三峡最美是巫山”之说，那是阳光雨露的厚赐，也是严寒风霜酿造的色彩。

近年来，红叶从大江两岸、小三峡流域延伸到穷乡僻壤，勤劳朴实的山民们精心打造出了红叶坡、红叶沟、红叶坪、红叶崖、红叶湖、红叶村……扮靓了往日闭塞冷寂的远村山野，中外游客纷至沓来，络绎不绝，为世代贫穷的山民带来了可观的经济收益。脱贫致富不再是遥不可及的梦想，而是指日可待的现实。

“绿水青山就是金山银山”，在巫山又一次得到了有力的佐证。我相信，巫山人凭着坚韧顽强的精神，将发现和创建更多的红叶景点，让红叶在巫山的土地上生长得更加繁盛华茂，绽放得更加妖娆迷人！

【原载《人民日报》2018年1月1日】

西昌，我的第二种乡愁

王秋燕

阔别十二年第一次回西昌。当双脚亲吻这块热土时，突然感觉一股电流从脚尖击到头顶盖，两眼雾气萦绕，脸颊淋湿了。而西昌晴空澄碧，远处的天空白云朵朵，像丢失的两行诗，不由想起说烂掉的一句话：诗和远方。我一直盯着它，直到眼前变得清晰才意识到，刚才那种头晕目眩、心动过速的感觉，不正是当兵后第一次回家探亲时的感觉吗?

没有人告诉过我，这一生会怎么样，但很多感觉的出现，都跟这片热土、山水、花草、味道的滋养息息相关。

1979 年 10 月，是我人生的一个重大拐点。那时候，中国的大门渐渐地向世界敞开，大多数人把这一现象称为改革开放，而部队面临的是精简整编。这一年,我正处在美丽的年华,入伍后军装没穿满一年,我和大批战友都成了被“裁”的对象。说真的，感谢精简整编，它给了我和西昌结缘的机会，我被调到了西昌卫星发射中心。和我同年入伍的那批人，就没这么幸运，大多都打着背包离开了部队，而我却留了下来，军人成了我一生的职业，也成了我一生的事业。而能把职业变成自己的事业，是人生的一种幸福。

我人生的起点，是西昌。我的处女作发表；由女兵变成女军官；恋爱，初吻，结婚，女儿出世；去解放军艺术学院文学系深造，步入文学的殿堂……我人生的许多个第一次，都发生在西昌。

是西昌改变了我！

她对我的改变，是从味觉开始的。确切地说，是麻辣。我从小没碰过的麻辣，大大地刺激且丰富了我的味觉，它让我接受并咀嚼到辣椒和花椒一样复杂的人生。我常想，如果没有西昌的麻辣，也许我今天对人生的理解，还仅仅停留在甜和咸这种单调的口味中，那将少却多少人生的况味？

西昌给我最早的印象，不是地理风貌，也不是人文景观，而是舌尖上的味道。这种味觉的冲击太厉害了。我生长在浙西南，食物的口味偏清淡，连微辣都很少碰，别说又麻又辣的花椒辣椒了。我永远记得第一次吃花椒时的感觉，那感觉嘴巴里像有地雷爆炸一样，恨不得冲进炊事班,质问他们为什么炒青菜要埋“地雷”？刚到西昌的每顿饭，我都吃得小心翼翼,生怕不当心咬到“大地雷”。现在想起都忍俊不禁。

后来，不知从什么时候起，我居然习惯甚至爱上了麻辣，直到四十年后的现在还会定期想念麻辣火锅。一边吃得满嘴发麻,一边大呼过瘾。

那时的西昌，房子破旧，街道狭窄，城的中心只有一个大点儿的商店，叫工农兵商场。商场里面灯光昏暗，货物了了；商场隔壁有一照相馆，也是我们爱去的地方，照相是我们请假外出不可忽略的内容之一。直到现在，影集中那些珍贵的黑白人生影像就是在那里定格的，现在全都成了岁月对你的馈赠和厚爱。当你白发染鬓，还能回看青春脸庞，读出一行行无形的文字，勾起你对无法修复的既往的一种淡淡的惆怅和怀恋……

从照相馆出来，转战上西街。这里的空气都是香香的，这时腿就有点迈不动了，口水也多了起来。上西街有无数个小吃摊，专卖各种小吃，但我们独独最爱卷粉！卷粉是米粉做的，一张一张晶莹剔透，涮上各种佐料，再卷成一个筒，一口咬下去，真能把人的舌头爽歪了。它的味道真的太诱人了。这么多年过去，战友们回西昌旧地重游，还念念不忘上西街的卷粉。

不过，第一次吃卷粉是要鼓足勇气的，它香是很香，但辣味太冲，一入口就搞得你嘴唇和舌头都不再是自己的，不断地发出唏嘘，每个人都一边流泪一边吃。在旁观者眼里，一定会以为我们正在遭受多么巨大的痛苦，绝对想不到是在品尝心目中的美味。当兵的日子里，好像我们的每个星期天，都是在卷粉的香味中度过的。至今想起来仍余味无穷。

只是那时候请假上街，我比战友们多了个爱好，就是逛书店。因为喜欢看书，也喜欢买书。那时候，好书也像其他物品一样匮乏，能买到一本想看的书，不知多高兴。我买的第一本书是什么忘记了，但我在西昌书店淘到的好书真不少，其中有《这里的黎明静悄悄》《再生草》，这些书至今还放在我书柜的最显眼处，不时被我找出来翻看。买书的习惯也伴随我大半生。

我的文学缘，也是在西昌结下的。

处女作《远离发射场的地方》发表时，我还是一名战士。那时的我，脸上写满了稚气和青涩。

那时没彩照，网络、手机更是遥远的梦，连打电话都要人工转接。我的工作就是话务员：“您好！”“您要哪里？”“好的。”每天上班，都要不断重复这几句话务用语。从某种程度上讲，我们总机就是卫星基地和外界联络沟通的纽带和桥梁。我的小说题材也离不开通信兵生活。发表在《解放军文艺》上的短篇小说《远离发射场的地方》，改变了我的命运。我被破格提干，从普通士兵变成女军官、军旅作家。

西昌，是我人生的起飞线。

后来，我离开了西昌。

等离开后才发现，生命的一部分根，长在了西昌那片热土中。这一点，我是在写长篇小说时悟到的。

创作长篇小说《向天倾诉》时，充斥在我搭建起来的所有文字空间中的，包括所描写的各种季节和时空中，每一朵云彩，云彩滴落的每一根雨丝，雨后萦绕的每一种气味，都来自西昌留给我的印象。在写作的漫长又艰辛的时段里，尽管人待在北京，思绪和情感却全都飞回西昌，笔下的所有人物，几乎也都生活在西昌。

有时，写着写着，我会感觉自己和小说的女主人公苏晴一起奔跑在西昌街头，有时我会静静地坐在邛海边上，望着阳光下的湖水，思绪跟着碧波荡漾；或许我会走很远的路，先进沟到发射场转一圈，然后再上路，去看一看长征时刘伯承和小叶丹歃血为盟的地方：彝海。我记忆中的彝海，水是碧蓝的，对面山上开满了鲜花，每一处景物都美丽得让人落泪……

西昌不是我的故乡，但给我留下的人生刻痕却像故乡一样强烈。淹没于水下的故乡，留给我的是永远无法抚平的乡愁。但今天，对西昌的回忆，使我心头涌起一种深深的与乡愁相似的怀恋，这种怀恋又与对故乡的思念有些不一样，但却同样有浓烈的情绪。我想，这大概是我的第二种乡愁吧。

【原载《西昌都市报》2018 年 1 月 3 日】

落　日

傅　菲

扣碗一样的山梁，一座毗连一座。在两座最高的山梁之间，夕阳漾起了淡红色云絮。向南的山坡，覆盖着青黝色影子，一片叠一片，有了渐暮的气息。山脊割下来的阳光，带着菊花色，飘浮在空气中，虚虚的。投林的鸟，一阵阵飞过。

山峦之下，是一片收割后的田畴，几户人烟依在溪边。田畴像一把打开的折扇，遗落在群山怀抱之中。溪流从远处的峡谷无声无息地转过来，大幅度无规则地弯曲，显得随意率性，分切田畴。燥热的秋气被溪流浇灭。我在田埂上走来走去，毫无目的。蚱蜢在枯死的稻草叶上跳来跳去，偶尔呼呼地飞起来，停在另一块稻田里。鸡在田里追逐昆虫，咯咯咯，边跑边叫。几只红蜻蜓悬浮在空气里，薄翼透明，颤动。麻雀一群群，在田里找谷粒吃。我走过去，它们会突然飞走，在不远处落下来，继续吃。

每天的日落时分，我都会在溪边，在田畴，在山边，走走。我迷恋一种原野初入睡眠的气息，只有这个时候才有的气息，火堆慢慢熄灭的气息——渐凉但仍有余温，澄明但仍有混沌。这些地方都是我无数次走过的，哪里有一棵苦楝树，哪里有一棵桑树，哪里有大石头，哪里有简易的木桥，我心里有数。木桥有三座。一座是在洋槐树下，两根粗壮的松木夹在石头堤岸上，松木板钉桥面，挑担的人从这里来回，站在桥面上，担子换一个肩，后箩筐移位到前面，扁担在肩上抖一抖，会发出咔嚓咔嚓的声响，桥身会轻轻地颤动。另一座木桥在溪潭右侧，潭边有妇人洗衣，蹲着，棒槌啪哒啪哒捶打衣服，水沫扬起来，落在潭面，水纹叠加在一起，密密有致，像老人脸上的皱纹。木桥是六根柱状杉木，用长条“一”字钉骑马式固定。孩子从桥上一个翻身，跳入潭里洗澡。另一座稍宽一些，在山坳前的滩头，溪中间架了两个“人”字木桩做桥墩，桥面是刨了平面的杉木，用磨尖了的钢筋头楔入，桥两头以铁链锁在石柱上。独轮车从桥上推过，咿咿呀呀，推车人的影子在水面上像一条鱼，慢慢游动。

下游还有一座石拱桥，可以行驶车辆。桥两侧有十三级麻石台阶深入溪边，这里是村人出殡前买水的地方。低处的石阶边插满香头，纸灰淤积在泥里，破旧的碗盏有厚厚的污垢，水里沉着白白的硬币。买水一般在早晨，或落日前，哭丧的队伍披着白布，唢呐流水一样呜咽，炮仗零星地炸响。即将在地里长睡的人，在人世间，最后一次和相爱的人、相怨的人相会。

再往南，是南浦河了，水茫茫。夕阳的余晖铺满了河面，彤红彤红，光点闪闪。几叶竹筏漂在斜影里，打鱼的人赤着身子，鸬鹚嘎嘎嘎叫着，钻入水中叼鱼。远处的群山罩在一片红褐色之中。河水仿佛不再流动，只有波光跃动。天际一片银白。

身边的叠叠山影在移动，缓慢的，如水渍洇在草纸上。天空似乎更透亮浑圆，薄暮青蓝，布满锡箔的光泽。夕阳浑圆，如架在火炉上的铁饼，赤焰喷射。我从来没改变过这个想法：苍穹里，有一个推铁环的人，从早晨开始，赤足奔跑，披着红色战袍，一脚跨过高山，三步跑出大海，越跑越快，战袍飘飞；因空气的摩擦，战袍开始自燃，灰烬纷纷落下，正午时分，肉身开始燃烧，但他不会停下脚步，直到肉身燃烧殆尽。但我从没看过这个推铁环的人。我听到了铁环滚动时“当当当”的声音，从东边响彻西边。他由于过于快速奔跑，以至没有脚步声。他飘飞的战袍猎猎作响，带来大地浮荡的风，芦苇在倒伏，树梢在摇晃，河水有节奏地掀起浪花，炊烟在飘散，笛声传得更邈远。我相信他一直存在，虽然他从未言说。他会在暮黑之时消失，不知影踪。但他第二天又会来，沿着亘古不变的路途，从海面启程，推向山坡。他有神秘的技艺，携带着时间的密语，他从不理会我们的仰望，显得残酷无情。

很多艺术家都热爱落日。荷兰印象派画家文森特·梵·高（1853—1890）画过《麦田里的落日》：麦子收割在地，尚未收割的麦子完全倒伏，收麦的人面目不清，草帽破旧；不远处有一棵树是那么孤单，山峦青黛，落日被海浪一样的云朵抛起夹裹。被誉为“画水的贝多芬”的法国画家杜比尼（1817—1878），有一幅名画叫《落日与渔夫》，金黄的色彩丰富、明朗，即使太阳即将沉入大海之中，也如成熟的橙子。夕阳，也是诗人热衷的吟咏之物。王勃的“落霞与孤鹜齐飞”，有油画的斑斓，视野开阔，心藏江河。白居易写《暮江吟》：“一道残阳铺水中，半江瑟瑟半江红。可怜九月初三夜，露似真珠月似弓。”似乎显得矫情，虽然至幻至美，但远不如王维的《使至塞上》浑厚苍劲：“单车欲问边，属国过居延。征蓬出汉塞，归雁入胡天。大漠孤烟直，长河落日圆。萧关逢候骑，都护在燕然。”马致远写《天净沙·秋思》：“小桥流水人家，古道西风瘦马。夕阳西下，断肠人在天涯。”几乎是一个思乡人的穷途末路，有家回不得，故国早已不存。李商隐在《登乐游原》中说：“向晚意不适，驱车登古原。夕阳无限好，只是近黄昏。”这是晚唐时代的挽歌，多么让人悲伤。

“斜阳无限/无奈只一息间灿烂/随云霞渐散/逝去的光彩不复还/迟迟年月/难耐这一生的变幻/如浮云聚散/缠结这沧桑的倦颜……”这是二十五年前，在看电影时听到的《夕阳之歌》，梅艳芳演唱。我再也没有忘记。云霞渐散，谁的生命不是这样呢？2003年12月30日，梅艳芳病逝。在新闻中得知这个消息，我脑海中萦绕不散的，是这首歌。落日，让人迷恋。或许夜晚即将来临，夕光是最后一抹绚烂；或许绚烂之美转瞬即逝，犹如雄浑的悲歌。

我守望过落日。在山巅，看着夕阳滑落地平线，像一尾锦鲤游入大海。地平线漫溢火山一样的灰焰，大地一片灰白。我相信了那个推铁环的人的存在。他一直在追赶的东西，不是别的，正是遥远的地平线。

无论多高的山，他可以跨越；无论多大的海，他可以穿过。但他无法到达地平线。地平线是最远的远方，比远方更没有尽头。地平线是所有道路的尽头。

升起，又落下。落下，又升起。

大地开始灰暗，霞光消失。田畴里，萦萦白雾沿着溪边游弋。远山如喑哑的牛皮鼓。天空变成浅蓝、暗灰蓝，空气潮湿。视野渐渐模糊，远处的景物被一只手抹去，只留下疏疏淡淡的灯光。我沿着溪边的草径往回走——过一个矮小的山冈，便可以摸到寓所的院门。

我翻开旧日的诗作，低低地读了起来：

日落前，我在临河的阳台上
安安静静地躺一会儿，闭目凝神
那个从不来看我的人
我细细地想一遍
她手腕上的玫瑰刺青
光洁的耳垂
提笔就老的眼神
落地窗一样的长裙
旧纸张中浮出来的面容
有几分羞赧……
日落之前，我必须完成这个过程
她更多的生动和完整
不会被夜色吞没
也不会迷失
落日给她满身的金黄
荷花开得更饱满
日落前，我回到这个偏僻的寓所
喝水，洗澡，更衣
躺下来，细细地想一遍
这是每一天不可耽搁的事情

反复读，站起来读，越读声调越高，直到颓然而坐。呱呱呱，大雁列阵飞过我的屋顶。向南的大雁，越飞越远。稀疏的星光像浇水一样，淋湿了地面。夕光已完全被不可知的大海吞没。

黄昏时分，我日复一日在山野中走，走重复的路，看同样的景致。有时看看天空，有时看看远处。大多时候，我低着头，看着自己被夕光拉长再拉长的影子，变形的影子，一个人的影子，被树影覆盖的影子，被山影覆盖的影子，被溪流带走的影子。这时，我想找一个人说话，说说秋后的银杏树，说说晚露，说说昨日凋敝的秋海棠。可我找不到合适说话的人。落日沉降，山峰高耸，神开始窥视，弯刀一样的残月露了出来。

我仰起头，露水冰凉，星辰从我的额头坠落。星辰吟唱过的，我也吟唱。油蛉沉默，我也沉默。那个从不来看我的人，大雁会在她屋前的乌桕树上，筑巢，育雏。

【原载《黄河文学》2018 年第 10 期】

两场梦（外二篇）

阿微木依萝

我发现他的那一刻立即藏起自己的脸，最主要藏起脸上的皱纹。但来不及了。有灯光的通道里，他站在那头，像恰好从那儿路过又更像等待什么人。他向我走来。

你就是那个人吧？他问。这话说得好像此次见面早已约好。

我说是的，我就是那个人。

你在这里做什么呢？他问。

不知道怎么回答才令自己满意，我因此闭上嘴巴，仍然想着借用不明亮的灯光藏脸。

我没有脸见你。我突然对他说。这句话使我肠子都快恨断了，这是我长期隐藏给一百两金子也未必说出口的。我从不示弱，在他面前更不会。

我就知道你会没脸见我。他这么说话真够狠的，脸上挂着很淡的笑。

很多年了，很多年了……我反复地自言自语。他仍然坐在一把残破木凳上，突然变得有点可怜，有点怀念旧情的样子，眼睛总算柔和地往我这边深深看了几眼。烛火照在他的脸上。已经不是先前那个通道，而是一间窄小的房子，屋里的一切除了他和面前的一张桌子，什么也看不清，也许什么都没有，风吹进来是一股空荡荡的感觉。

你怎么也到了这儿，过得好吗？我问。

他什么都不说，给我两声笑。

风吹在我的头上像翻旧账，藏得很好的皱纹被翻出来了。我记得昨天我们还很年轻。昨天我们刚刚从河边钓鱼回来，一大群朋友当中，我对他说，以后你去哪儿可别忘了带上我。他说好。

从河边回来我就走了另外一条道，不管谁怎么喊，我都没有停下脚步。

现在我来赴他的约大概是要告诉他，很多年前我只是想走得远远的，并不是真的要避开像他这么好的人。

他坐在凳子上，笑容越来越淡，对我说话的兴趣越来越淡。

好啦，我要走了。他说。

不，我们朋友一场，我的朋友那么少了，总要留个联系的电话吧？我几乎牵住他的手说。这个动作使我立刻知道这只不过是一场梦，在梦境里就知道自己做梦已经不是第一回。他站在我跟前带着一些光晕，只有梦里才会有的光晕。也许通道那儿的灯光和屋里的烛火其实两样都没有，他只是带着陈旧的记忆亮堂堂出现而已。

既然你知道这是做梦，那就不多说了。他一边说一边朝着那条有灯光的通道那头走。我紧跟在后面，无论用什么方法都不能跟上。他身边突然出现一个年轻姑娘，互相牵着手，她冲我狠狠地瞪了一下眼睛。

我立即刹住脚步。突然醒了，醒来在房间里走了又走。像许多个晚上那样突然搬出小桌子，拿出纸笔准备写点什么。我想记下先前与他梦中相见的情景。我对他肯定怀有两分超出友谊的感情，而他，在当时对我的心思恐怕不止两分。

如今使我感到愧疚的是，当年应该跟他道别，尤其在后来回乡的某个下午与他在街上差点相遇，我应该打声招呼而不是悄悄躲避。很久以后我才搞清楚，那次相遇的时间，正是他失去父亲没几天。也许那天他的眼睛哭得什么都看不清，才会让我从眼前不足三米的地方逃走。

我在房间里走了又走，仿佛回忆需要大量赶路，我必须加快脚步。

门口有人鲁莽地敲门。

我从不给陌生人开门。

我把门打开了。门口的人让我大吃一惊。“你就是那个人”，我说。

他点头，侧身进门。屋里灯光很暗，只要开的是小灯，亮光就像烛火一样。

听说你住在这里。他坐在我新买的茶几边，斜靠在我本来清清楚楚记得已经扔到楼下的一把旧椅子上。

很不好意思，我说，让你坐在这么破烂的椅子上。

没关系，他用手扫一扫衣袖说，有什么关系呢。

我刚才梦到你了，在一条通道或者小屋里。我感到有点不好意思，这些话说起来让人以为是在怀念旧情人。

谁说这不是梦呢？他笑说，一边笑一边往旁边看。我也扭头往旁边看，旁边站着的年轻姑娘让我心里不知是什么滋味。她怎么跟进来的只有门知道。我明明把门关上了，这会儿却是大大开着。门外吹来的风和先前梦里那个房间的风一个感觉。

我马上相信他说的话。眼前这些景象也是在梦中，我只是从一场梦醒来进入另外一场梦。

算了，他说，这回真的要走了。他起身，那姑娘立即跑去挽住他的胳膊。

总要留个联系电话吧，我抓住他的另外一只手说。这次好在早已准备了纸笔，原本用来记录上一场梦的经历，现在派上更好的用途。

我在纸上写：1359……那个9怎么也写不出来。更让人着急的是，笔芯里居然装的不是墨水，而是清澈无色的水，落在纸上的字难以辨别并且很快就干掉了。

你写好了没有？姑娘不停地催促。

我使劲儿在纸上写：1359……

他走过来看了一眼，摇摇头说，不要白费力气了。

你写快点，不要浪费时间。姑娘又继续催促。

我使劲儿在纸上写：1359……

汗水从额头上落下来，我怀疑自始至终我的笔芯里都是干的，没有墨汁也不是纯粹的清水。时间匆忙，我无法立即找到墨水和另外一支笔，所以蘸着额头上的汗水在写。

我使劲在写，竭尽全力在写，无可奈何在写，顾不得脸上的皱纹在写。

她在催促我。

他也在催促我。

我前面写下的歪歪扭扭的数字干了又添上，添上又干了，仿佛竹篮打水。

算了，你们走吧。我说。我放下笔，两场梦加在一起仍然不能使我写下与他联系的号码。风吹在纸上，把它吹落在地，把它吹出门去。

他们转身就走。我眼睛直直地看着前方，他们的背影在烛火的亮光下像老照片那样模糊。

门外响声挺大，这回真的从梦中醒来。每到这个时间，阳光还来不及照到地面，环卫工就会早早拿着大铲子，将我分不清是东面还是西面的窗户下面垃圾箱里的东西清走。

我从两场梦中醒来，像赶了一夜徒劳的长路。

宝　裤

中年女人阿枝在回家乡的火车上必定会穿一条红内裤。这事儿我也是无意中发现的。那时候我还在砖瓦厂当混混，在两个姑姑的工作地玩耍，偶尔陪她们打麻将，按照她们的说法，输点钱孝敬她们。

我挺乐意往砖瓦厂跑。那儿住着许多我的同乡是一回事，最重要的是那儿的氛围。整个厂子里净是沾亲带故的人，随便走走遇着的任何一个人都会跟你打招呼、摆笑脸，问你吃饭没有，或者你的衣服哪儿买的，鞋子哪儿买的，这么好看，那么好看。反正进了砖瓦厂，仿佛进了亲戚窝。人在他乡，图的就是热闹和亲切。

我和阿枝实际上没有半毛钱亲戚关系，但是拐几个弯之后好像又是亲戚了，得喊她一声姐。这么老的姐放在十六岁之前，我肯定不会认。但由于我在十六岁那年遇着一个智力与我持平甚至更差一些的同龄人，无论怎么提醒，她都张口喊我阿姨。从那次惨痛经历之后，我对“阿姨”这个词就过敏了。现在喊阿枝姐姐，属于再好不过的称呼。我们之间的关系也真不错。有的时候我感到非常想念家乡，想念与我一同长大的堂姐，我就会把阿枝当成自己的亲堂姐看待。在她眼中，我大概也是个不错的妹妹吧。不然也发现不了她的红内裤。

别想歪了。

她只不过是教我一些行走江湖的经验。

她属于中年气盛的人。说到跑江湖，还能像年轻人那般激动，像只红公鸡，站起来，扬起手，描述她遇到的那些天杀的遭遇。其中最令人气愤的一件，莫过于反反复复好多次在火车上丢了钱。每次乘火车她都穿同一件衣服，衣服口袋里也总是装着零用钱，而且也因为顺手，钱反复放在同一只口袋。而这倒霉的口袋就每次被贼人割破。遭贼的那几年，她简直要相信世上有鬼，不然为何整个车厢平安无事，就她引起毛贼注意。她说，现在想起来还很冒火，有些人命里有贵人相助，而有些人命里时常遭贼娃子光顾。她就是属于后者的倒霉蛋。连续几年，她的那只口袋被割破了缝上，缝上又被割破。“妈卖麻花儿！”她要打着方言咒一句才解气。

我记得她如此动情地讲述江湖奇遇那天，太阳好得很。这个精力充沛的女人一边往地面上码砖，一边和我说。后来，那最重要的使我终身不忘的一幕出现了，她四周瞧了瞧，无人，便拍拍手上的灰尘，低头将腰带松开，牵出裹在小肚子上的红内裤。

“看到没有哇，晓得这叫啥子？”她指了指。

“火烧儿。”我说，“有啥稀奇，不就是颜色妖艳些吗？你穿它辟邪”？

“懂个锤子。这叫宝裤，晓得不？”

我差点笑死。

她一本正经：“要不是昨天的内裤洗了没干，我一般不会闲时穿它。”

内裤还分闲时和忙时，又不是中国移动，我心里想。

“老前辈的话你要记住，这可不是普通的内裤。为啥要叫它宝裤呢？是这样的，你看看。”她牵起内裤往上提了提，我看见在那绝妙的地方缝着一个口袋，还配着一条细拉链。她从口袋里掏了一下，掏出几十块钱。抓着钱在我眼前晃了晃，又放回去了。

她说：“没有比这个更保险的，每年回家坐火车必穿。自从穿了它，这几年我一分钱都没有丢过。别的地方我感觉不到，哼，这个地方，想都不要想。你不懂，市面上这种内裤卖得翻天的好。”

我十分佩服她的机智。有一年我也差点买一条那样的宝裤，可是翻了翻又放回去了。大概穿这样的宝裤不仅需要勇气还需要幽默感。更重要的一点，我没有阿枝姐姐帅气，她这人皮囊粗糙，干的也是粗活，但性情大刀阔斧，“啪”的码一块砖是一毛钱，那么她从宝裤里掏钱的时候手势也绝不含糊。

反正，她足够勇敢，钱是汗水换来的，知道自己丢不起，便用宝裤将它保护起来。即使这做法外人看了十分好笑。但阿枝姐姐才不会管你这么多呢。

关于黄埔军校

现在回想起来，我们山区流行的东西一般是这样的：从大地方来，经过漫长旅途传到山里的时候，大地方的人已经开始时兴别的东西了。也就是说，我们总是玩人家玩剩下的。那时候还没有网络，信息闭塞，加上带“时髦玩意儿”回来的人说话也要加上自己的想象力，事情就猜不透了。就拿关于黄埔军校的事来说，这个学校其实已经不存在了，去我们那儿吹牛的人非说他们村有人考上了黄埔军校。现在想来，只能说那人如果进了这个学校，必定有穿越的本事。

但我们不知道呀。我们还是孩子，我们这些孩子就在这样的流言中长大。对传说没有辨识能力，学识深的也不会留在山中，天天为我们纠正。因此我们就在浑水中呛着长大，后来简直为了掌握大量丰富知识而欢天喜地。踏入社会时，仍然自信满满。

我就是那中毒的鱼、自信的鱼。

按照那人说的，并且全村人一致肯定，黄埔军校就在上海。“黄埔军校不在黄浦江畔，在哪儿？能在哪儿！”这个印象像钉子一样扎在我们脑海。我甚至很骄傲我们那儿居然有人考到上海去。那可是大都市，比我们好几座山都大吧。

刚踏入社会那会儿，父母说，陌生人的话谨慎听，陌生人的东西绝不吃，小心驶得万年船。加上自己平时也看书，也知道江湖凶险，便一直小心翼翼，可总想显显身手。

比如说，跟人吹牛时，也摆出自己很有学识的样子。我们那儿的人最看重有见识的人。他们说，有见识的人走遍天下，没见识的人寸步难行。

那天，我遇到一个男生，他在那儿文质彬彬的，是我刚结识不久关系很好的女同事的表哥。我一定是对他怀着好感，觉得要和他多说几句话才会搭腔。何况他话也挺多，言语温和，声音特别好听，有沉甸甸的书生气。不知怎么鬼扯的，就扯到黄埔军校上去了。结果我那句“我们村有个人前几年就考上了黄埔军校，去大上海啦”一出，他的眼睛就直了。问我，那人多大？我说和我一样大，也许稍大几岁。他又问我，你上过学没？我说上了一点儿，初一混了半学期，辍学了。他好像理解了我为何会说那些话，那种神情特别复杂，像同情又不完全是。我看见他深深地缓了两秒钟，吐出一口气，跟我说，黄埔军校早就没有了。而且，它也不在上海呀。

我当时没有想别的，很生气地问，它不在上海在哪儿？

那人说，广州。

这一场聚会不欢而散。他像逃跑似的，我也很烦躁。怎么黄埔军校不在上海，跑广州去了？也努力回想课本上到底有没有提起这方面的知识。结果是茫然的，我什么也想不起来。除了记得村里那吹牛人说的话，其他没有印象。

后来这就成了我的结。那之后吹牛，再没提过黄埔军校。

现在我明白了，那人一定也是听了某个老者吹牛（那老者也未必是第一个讲故事的人），然后加以想象，转换一下，拿来和什么也不知道的人吹。而我们这样的小孩子，就老老实实地将这个故事记下来了。

就是这样，我们那儿流行的东西，外面已经不再流行。刚知道世上有个黄埔军校，却被告知信息错误，地点方位都是错误的。

【原载《散文》2018 年第 9 期】

与海为邻

王海津

一

日出之前，大海仿佛深藏着某种不安，潮水一波一波地涌到脚下，又适可而止地向后退去，之后涌起下一波潮水。我只是偶尔会赶在日出之前来到海边，与早就守候在这里的人们一起，像经历一场盛典，以难得简单而纯净的心灵，迎接光辉灿烂的太阳，在海面上喷薄而出。海平线在日出之前就已经涨得通红了，此刻的大海，更像一个伟大的母体，她孕育了日出这神圣而辉煌的时刻。

我们可能永远也读不懂大海，可是，此刻你仿若平静的心中，也忽然充满了某种期待。日出只是瞬间的事情，太阳以一种无法遏止的力量，在海平线上渐渐隆起，然后，顷刻间被弹出海面。于是，万道霞光铺满了大海与天空。此刻，你的心中忽地涌入无尽的温暖，海面上蒸腾着的水汽，也被阳光染成了迷离的橙色。这时候，我的眼前，忽然有几个只穿泳裤的男人，迎着初冬的寒冷，奔跑着，冲向大海。他们先是小心地蹚进水里，轻轻往身上撩一点水，之后，便义无反顾地喊叫着扑向大海。他们在潮水与雾气中跳跃着，喊叫着，脸上洋溢着无限的快乐与激情，太阳在他们的身上撒下梦幻一样的光芒。

这一刻，我相信他们是回到了生命的原初状态，简洁，透明。他们或许把自己也变成了海浪，变成了水汽，变成了阳光。

而这一刻，我只是站在岸上。

二

人类的历史，常常在物证几乎散佚殆尽的时刻，才被零零碎碎地收集到博物馆里。但是，也幸亏有这些博物馆的存在，我们才能将岁月的遗存，在内心还原出已然遥远了的某些时光。我所居住的这座城市，有些事情也被放在博物馆里了，比如港口。虽然当下的港口已然壮大了许多，但最初的港口也是这座城市的发端，有了港口，这里才有了城市的雏形，然后才逐渐清晰起来，人们也渐渐从四面八方聚拢而来。这里原本只是一个小渔村，对于一座城市来说，一个小渔村的繁育能力远远不够。

我曾经见过一位小渔村时代的渔民，最早的时候他跟着父亲摇船出海，后来换了机动船，之后又承包了几条机动船。他的人生几乎都是在海上的，我相信他的皮肤肯定是腥咸的，连他的呼吸也会带有海风的气息。但是，多年以后，及至我见到他的时候，已经是古稀之年了，他的身份还是一个渔民，而他身边的渔村却忽然改头换面，融入了这座让他几乎摸不着门路的城市。他老了，老得只记着他曾经的渔船和出海的岁月。而他曾经努力生育并抚养成人的子女们，也都渐渐消弭在这座城市之中。他身边的城市，更像一个巨大的旋涡，让他目眩。

当我在那个雾气弥漫的下午，走进坐落在南山的港口博物馆的时候，我的脚下，是曾经铺在这个城市街道上的米色缸砖。那条一百年前就有的街道，现在已经没有缸砖了，它早已经变成了水泥或者柏油的路面。铺在这座博物馆地面上的缸砖，是我们唯一能见到的幸存者了。我不知道那整条街道上的缸砖都去了哪里，但是我坚信，它们都还在这个城市的某个角落里存在着。因为在我的脚下，这些一百年前的缸砖，还依然完好如初。它们厚重得几乎超出了你的想象，并且每块砖面上都刻有三个大写的英文字母“KMA”，这是它们的身份标志。

用这种缸砖铺就的街道当年就叫缸砖路，那曾经是一条很繁华的路，是这座港口诞生之后，从码头通向城市的路。我相信这条路上曾经走过形形色色的人，有富人，也有穷人；有西装革履的洋人，也有脑后垂挂着小辫子的大清子民。那是一个王朝摇摇欲坠的时刻，于是，便有各种雄心与野心疯长，将一片千年田园变成了一片狼烟四起的荒野。传说中始皇帝曾经面海而拜的这条弧形海岸线上，便在内忧外患中诞生了这座联通外面世界的港口。港口就像城市一样，是个很现代的名字。

这座港口博物馆，曾经是港口高级员司俱乐部，所以它的建筑风格是欧式的，红砖外墙，间或装饰有水泥甩毛工艺，大厅里有壁炉，它已经成为名存实亡的装饰，但外墙的红砖依旧完好如初，虽历经百年时光，却无一丝被风化而破损的痕迹。院子里有一组水泥桌椅，是意大利佛罗伦萨市一位议员来此考察港口时留下的，椅子上刻有“ERECTED BY FLORENCE LADY WALSHAM JUNE.1915”的英文，即“1915 年 6 月，意大利佛罗伦萨沃森姆女士建立留念”。一位欧洲议员漂洋过海，来到遥远、陌生而神秘的东方，肯定也是一件很隆重的事情。这里，或许曾经趾高气扬，或许曾经歌舞升平，但它确实带来了许多属于另一个世界的东西，比如音乐、电影、香水、高跟鞋等。

与此相对应的，是博物馆院落里的几组统称“锅伙”的人物雕塑。这些当年的码头工人，大多是河南、山东以及河北闯关东途中滞留于此的劳工。“锅伙”就是在一个锅里搭伙的意思，也是这些码头装卸工人最基本的生存单位，他们吃的是一个锅里的饭食，干的是一个码头的活计。这些外乡人在此承受着繁重的体力劳动，过着简单而艰苦的生活。但是我相信，每一个人有自己人生烦恼的同时，也会有各自的生命期待与幸福。就像这些“锅伙”们，在繁重的体力劳作之余，也会有自己的人生乐趣。这里就有几个人在玩纸牌的一组雕塑，那是一种完全东方式的娱乐。他们当年因为有一座港口而流落于此，生存于此。之后，也在此扎下根来，娶妻生子，变成了这座城市的一分子。

在港口博物馆附近的一个小区里，有一位老先生就是当年这些“锅伙”中的一员。他从山东老家出来，本来是去闯关东，但是有老乡在这里的码头上干活，于是就一起留下了。后来直到在港口退休，至今身体还一直很结实，也一直是参与社区活动的活跃分子。

在南山一带，除了这座高档娱乐场所外，港口当年的其他建筑，也大部分保存完好。距此不远，就有港口的办公用房、高级员司生活用房，包括中方经理与外方经理基本一致的私人住房。它们或坐落在海边，居高望远；或隐匿在山脚绿荫中，安详静谧。这些老房子有些至今还是办公、生活场所，偶有个别闲置。也有的透着几分神秘，被保安很隆重地看守着，常人无法靠近。我只能远远地用长焦镜头将它拉近，拍下几张亦真亦幻虚虚实实的照片。

三

我一直很好奇停泊在锚地上的那些大船，它们离岸很远，站在岸上，只能看到它们朦胧的身影。它们停泊在那里耐心等待着进港的时间，它们那庞大的身体只有进入港口才能停靠到岸上。每天都有一些大船停泊在那里，我不知道它们在那里停了多久，它们或许在大海上经历了漫长的旅程，当它看到陆地的那一刻，船上的人该是怎样的兴奋？我想每一个在海上漂泊的人，心中都在期待登岸的那一刻。那些大船等待进入港口，或许就像等待一个拥抱、一个亲吻。那些经历过大风大浪的船，该有一些怎样惊心动魄的经历，该有一副怎样沧桑冷峻的面孔？远处那些我永远都无法登上的大船，总会给人海盗一样神秘的联想。它们离我很远，我只能在海边遥望它们，心中充满向往。

离我最近的只有这些渔船，它们三三两两地停泊在海边，用一根长长的缆绳抛锚在沙滩上。偶尔有三两个渔民站在浅水里，在这些船上搬弄一些物品，或者将船缓缓推向深水区，然后驶向大海。但这里还是经常停泊着一些大大小小的木船，它们在潮水的涌荡下起起伏伏，每条船上都有一根不太高的桅杆。我相信那已经不再是真正能扬帆的桅杆了，因为它们都装备了机械动力，桅杆仅仅是一种象征，或者改做了他用。常有海鸥在船上盘旋或栖落，这些船在晨光或者夕晖中是很不相同的。日出时刻，大海被阳光染成橙黄色，这些渔船就是倒映在水面上的逆光剪影，它们仿佛还沉浸在睡梦里，大海只是它们的摇篮，悠悠地摇着漫长的岁月。而夕晖中，阳光从侧面映照在这些船上，海水中的船身格外明亮，它们常常被漆成暗红色或者蓝色。此刻的大海，白色的浪花和蓝色的海水也格外清晰明澈，我常沉迷于这油画般色彩分明的画面里。更有海鸥低低掠过海面，或者在船边盘桓。

我觉得这些海鸥是世间最快乐的生命，它们只在大海上无忧无虑地飞翔，我也常常看到它们蜂拥着，不懈地追逐一波波的海浪。我不知道它们仅仅是在戏浪，还是在追逐浪花里的食物。我们或许永远也无法知道它们在浪花里看到了什么，或者在追逐什么。人的视角无法理解所有的生命，我们常常一厢情愿地去揣度它们。这让我想起，据说某些国家的法律规定不允许在弧形的鱼缸里养鱼，理由是鱼在弧形的鱼缸里所看到的会是一个变形的世界。但是我们从来不知道我们自己的世界，会不会也是一个弧形的鱼缸，我们所看到的世界，一定是真实的吗？

一只误入室内的鸟，总是惊慌失措地一次次撞在窗户上。它们或许只看到了外面的世界，却不知道眼前还有一面玻璃。或者，它们明知道有一面玻璃，但是仍然在试图冲破它而逃生。然而，谁知道我们的面前，是否也时时有一面无形的玻璃存在呢？

四

我身边这座海滨城市，曾经是一座闻名于世的玻璃城，玻璃是它最大的一张名片。在这里曾诞生过国内生产规模最大、技术最先进的玻璃生产企业，但那已经是一场旧梦了。曾经生产玻璃的厂房，现在也变成了一座玻璃博物馆。当我面对这座完好的红砖老房子以及不远处同样用红砖砌就的水塔、水泵房的时候，还依然能够感受到它当年的宏大气势。虽然它拥有一个颇具民族情怀的名字“耀华”，但它身上依旧留存着来自海外的洋气，因为它毕竟是完全依赖西方最先进的玻璃生产技术，并与海外合作的产物，所以这些当年的老厂房，颇有一些欧式的建筑风格。

我相信玻璃是带有某种神性的，传说中玻璃的诞生颇具偶然性，或许它更有上帝有意赠予人类的必然性。早在公元前3500年，底格里斯河与幼发拉底河流经的广阔平原，孕育了世界上最早的城市。随着城市而来的不仅有对神的崇拜，还有更加发达的经济与贸易。在美索不达米亚，曾经有一支长途跋涉的商队，夜幕降临，他们在沙地上点燃篝火取暖过夜。天明时分，他们在燃尽的火堆下面，意外发现有一些沙子经过篝火的高温后凝结在一起，变成了晶莹剔透的东西。于是，受此启发，人们烧制出最早的玻璃。但是，在最古老的玻璃诞生后的几千年间，玻璃制品价格昂贵，只能作为奢侈品。直到19世纪后期，随着建筑技术的巨大变化、电力工业的发展以及新兴交通工具的出现，玻璃才成为一种新的工业材料而得到广泛运用。同时，玻璃生产技术也获得了革命性的进步。在生产工艺上，1908年，美国人发明了平拉法；1910年，比利时人发明了有槽垂直引上法，也称弗克法；1928年，美国匹兹堡玻璃公司发明了无槽垂直引上法；1959年，英国皮尔金额兄弟公司发明了浮法生产工艺，并得到迅速推广，从而使全世界的城市几乎完全被玻璃所覆盖，人们时刻生活在玻璃之中。

1914年，比利时建成采用弗克法生产玻璃的工厂后，把这项专利先后卖给了希腊、德国、日本、美国，玻璃制造业在西方风行一时。但是中国的玻璃工业几乎是一片空白，所需机器制造的玻璃板材完全依赖进口。一个偶然的机会，促成了中国民族资本家与比利时人的合作。1921年8月，中、比确定联合在秦皇岛建立“耀华”玻璃公司。同年12月，双方正式签订合同，厂名为“耀华机器制造玻璃股份有限公司”。中国现代玻璃工业就此起步，并在此独领风骚几十年，鼎盛时期从业人员上万，使这座城市因玻璃而闻名于世。

五

无论人世间有多少纷争，无论城市有着怎样快速的变化，但是大海不变。每当你静静地伫望着大海，你的心跳也会随着大海的波涛而律动，你的心情也会随着大海的辽阔而放逐。或许一切生命，都可以与大海气息相通。那个春天的午后，在海边，我曾经见到无数海鸥，它们在海边的浅水区静静地站立着，安静得仿若雕塑。它们就那么一动不动地站立着，水中的倒影清晰得如同有另一只与它对称的鸟，它们白色的胸腹与米色的羽翼在阳光的映照下，亮得有些耀眼。而不远处的海面上，则是另一番情境：蔚蓝色的大海汹涌澎湃着一波又一波白色的浪花，也有许多不安于寂静的海鸥，展开长长的羽翼，在海面上敏捷地追逐着翻卷的浪花，用翅膀在海面与天空划出各种优美的弧线。更远处的背景，则是城市与远山，那是我们作为生命依托的城市与远山。

城市以现代的方式包容了一切。无论是曾经的海上渔民，还是山里农民，他们的子孙在这座城市里焕然一新，以城市的标识顷刻间否定了曾经的一切，仿佛只有城市，才让自己获得了新生，只有城市才肯定了生命的价值。然而在城市里，我们又时时被湮没。不知从何时开始，我们忽然失去了生活中的从容与安静，失去了内心的坦然与淡定。

每个人终归是活在自己内心世界里的，你的内心快乐你便快乐，你的内心忧伤你便忧伤，你的内心狭隘你便狭隘，你的内心宽广你便宽广。生活在海边，我们真的应该常常到海边坐坐，一个人，以自己的内心面对大海，感受大海的律动与安宁。其实大海是有着各种不同的面孔的，我曾在雾霾的天空下，看到海水也是无边的昏黄，就连潮水的涌荡都是沉闷的；我也看到蓝天白云下的大海，海水是湛蓝湛蓝的，每一朵浪花都纯净得没有一丝杂质；早霞中的大海，是温暖的橙色，那橙色中透着生机勃勃的亮丽；夕晖中的大海，则是暗红的，当红色渐渐褪尽，眼前则只剩下由暗而黑、由远及近的涛声。

有一些日子，我们常常在夜晚沿着滨海大道暴走，当我们忙于行走的时候，便忽略了大海的存在。后来，大家把路线改到了海边的沙滩上。月光下的大海传来阵阵涛声，那涛声里仿佛带有某种神秘，月亮与大海是有着某种神秘联系的，月圆月缺，潮起潮落。还有，人也一样，不仅仅是女人，甚至我们每一个人，或许都与它们有着共通的生命周期。走在沙滩上，与大海相伴，我们的脚步，经常不得不慢下来，甚至忘记了行走的初衷，而转向月下的涛声。

六

在这座城市里，我认识一位专门画海的画家，他以传统笔墨画出了身边的大海，也画出了他心中的大海。我坚信，海肯定是藏在他心中的。他是在海边出生海边长大的画家，在他的记忆里，有着太多与大海相关的画面。他的童年，就是踩着海浪与贝壳走过来的。

就我所知，以中国画的笔墨画海的画家寥寥无几。只有生长在大海边，每天与海为邻，才会让一个画家有专事画海的艺术冲动，才能以画花鸟、山水的笔墨终生画海。每每面对他的作品，虽然大多只是简单的墨色，但依然会让我感受到大海的辽阔与磅礴、大海的多姿与多彩、大海的潮起与汐落。这便是大海的神奇之处。

我曾经把一只皇冠螺寄送给一个远方的朋友，朋友说在海螺里听到了大海的涛声，那一刻，忽然莫名地流下了眼泪。我相信这是真的。每年夏天都有许多外地人来看海，大海边总是人头攒动，但这时候我几乎从不到海边去。

我更喜欢暑期之后退潮的海滩，海边忽然安静下来，寂静辽远，空旷无人。潮水在沙滩上留下的波纹，清晰而均匀地向远处蔓延，仿佛无边无际，偶尔有一两个人走过，渺小得像一颗沙粒。海滩上，不仅留有潮水漫溢的痕迹，我更相信有大海的涛声。我觉得，海滩上蔓延的波纹，是大海书写的历史。我喜欢历史，它让我感受到时间的宽度与深度。

【原载《散文百家》2018 年第 12 期】

清 泉

熊红久

八岁的时候，父亲递给我一把斧子：“你是大人了，可以到大渠里取冰了。”大渠离土屋有二里地。我拉着爬犁站在渠边，看着比我还深的冰面，愁眉不展，找不到可以下去的地方。恰好我家邻居延平费力地拽着一车冰过来，他指着身后百米开外的地方说，到那里取冰，地势平坦，有缺口。

那里果然冰面开阔。几十平方米的区域已被采空，三十厘米厚的剖面，有着浑浊的晶莹，不少杂草和树叶冻在里面。开采过的渠底又结了一层薄冰，能看到冰下有涓涓细流。

由于生疏，费了很大的劲，才砍出一块冰角。勤能补拙，当我满怀喜悦，即将完成对一块大冰的取料时，却脚下一滑，我的欢欣和一双黑条绒棉鞋，一起跌落进了刺骨的水里。我费尽周折，终于把一车冰拖进自家的院子，冻僵的双脚比我的眼泪更早地感受到了伤害。

整个冬天，家里吃的，都是我的汗水和泪水。

终于熬到春天了，母亲摸着我的头兴奋地说，连队马上要打井了，咱们可以吃到清甜的井水啦，你再不用到渠里剁冰，咱家再不吃黄泥水啦！

从架子搭起来那天起，全连孩子的目光，就没离开过打井队。挖了几米之后，六七个青年男女，轮番戴着安全帽，被一个吊桶放到坑底，用锹镐将挖起的砂石倒入吊桶里，砂石再被卷扬机吊上来倒掉。

正在吃午饭时，门咣当一声被撞开，打井队长惊慌失措地冲进来说，不好了，井底干活的柱子被跌落的石块砸伤了！父亲是连队唯一的赤脚医生。我也跟着跑到工地，那个叫柱子的大个子叔叔，已经躺在了井架下面，浑身是血。父亲给他紧急包扎了一下，冲着队长喊，赶快套马车，送团部医院！晚了就没救了！

柱子叔叔还是走了。我不明白，那么强壮的身体，为什么抵不过一个石子。自此之后，时常听见队长用沙哑的嗓子，冲着井下吼：再热也得戴好安全帽！

很多水泥块被运来，开始砌井壁。最后完成了一个直径三米的水井。对这口黑魆魆的井，我怀有极大的恐惧，总觉得大地突然张开了血盆大口，还想吞噬些生命。有几次，在伙伴的怂恿下，我鼓足勇气伸出头，也没望见井底，使得井在我心里深不可测。

为了浇地，村里把一根很粗的黑色胶管，从这个怪兽的口里直插井底。电闸一合，这根黑管就口吐清泉，喷薄而出。尤其是夏天，我们成群结队地围在水管前，把头伸进水里，停几秒，再猛喝几口，夏季的燥热随即消失，一种清爽的惬意甜遍全身。井边的水池，已成为畜养我们快乐童年的摇篮。

母亲陪父亲到外地看病去了，往家担水的任务，无可选择地落在十岁的我和十二岁的姐姐身上。夏季，只需等到抽水时，靠近水管，就能把水桶接满，对井还没有真正意义上的了解。

秋收之后，连里不再抽水，我只能提着空桶，第一次无限敬畏地走近黑洞。井架是两根槽钢横空凌架在井上，槽钢上虽然焊接了一大张厚厚的钢板，也勉强只能覆盖井孔的二分之一。钢板中央掏了一个直径半米的圆洞，上架一个铁制的辘轳，再缠绕着细钢丝组成井绳，绳头一个铁质挂钩，构成了我们取水的全部道具。

在饥饿的驱使下，恐惧渐渐淡了。我们必须把水担回去才能做饭。尽管姐姐装作很勇敢，自己站在辘轳摇把的里端——身后就是半圆形的什么也没遮盖的空空深井。从她不敢低头的状态我猜出，其实姐姐心里也十分害怕。就这样，两只瘦小的胳膊紧攥着摇把，一寸一寸将半桶水晃到井面。我在提桶时才第一次窥视到井底，五六十米深的水面，反射成小小的圆镜，映照着两个模糊的身影。

随着冬日临近，气温越来越低，地面开始结冰。久而久之，站脚的井台也结满了冰。起初，我们不知所措，只好等着有担水的大人们帮助。数九寒天，有时冻得无法等待，只能鼓励自己勇敢。脚下很滑，怕力量承受不起，在桶离开水面前我们先晃动井绳，让桶里的水洒去一半，再颤颤巍巍摇出井口，倒入另一只桶中。如此来回折腾几次，终于盛满，再手扶井架，小心翼翼地挪动脚步，回到地面。

一次，冰面上洒了些水，鞋底被粘住，解决了脚滑的难题，这个发现让我兴奋了好久。在下次担水时，桶里都会留点水，洒到井边，双脚站上去，几秒之后，就不再担心滑倒。开始操作时，仍出现不少失误。由于尺度把握不好，水洒多了，鞋就会被冻牢，又得花费更多的时间来松动鞋子。所以，有一段时间，经常有人看见我和姐姐站在危险的井台边，相互拉扯彼此的棉鞋。

直到现在我都深刻地记得那次事故。想到同学家里玩几天，决定一鼓作气把水缸添满。四五担之后，有些疲惫了，加之冬季又都戴着棉手套，不易抓牢摇把。眼看水桶升出井台了，却右手一软，摇把从手里滑出，沉重的水桶迅速下坠，井绳牵引着辘轳飞速反转，铁摇把重击到姐姐的左手臂，她当场趴倒在井台上。若不是右手及时抓住井架，很可能就跌落井底。我们都吓哭了，跪在井口，半天没敢动。停了好一阵，才扶着姐姐慢慢爬下井台，坐在雪地上休息。我想把那桶水慢慢摇上来，却根本没有了重量——刚才桶坠落得太猛，从井绳上脱落了。姐姐也不顾疼痛，一起趴在井壁上往下看，除了晃动的两颗小脑袋，什么也没有。我的心情低落到了极点，水桶是我们家的大件。寒风驱赶着我们，将一桶水抬回家。只能去求助邻居延平的爸爸。任叔叔把我们带到井边，绕了几圈，指着井边的铁爪梯说，都是冰，太滑了，冬天不能下井，明年冰融化了再下去捞吧！

一冬过后，是否有去打捞那只桶，已记不真切了。但那口始终张着嘴的深井和井台上厚厚的冰，却牢牢地镌刻在记忆的深处。直到八十年代中期，我上大学离开连队，井依然以不老的姿态，滋润着村民的生活。

后来留在省城工作，用的都是自来水，对井的概念开始淡漠了。几年后，母亲在电话里说，连队马上要安装自来水管了！又让我想起了那口老井。终于要废弃了，竟生出了些许眷恋，好像那井活着，我的童年就不会消亡一样。又过了几年，将母亲也接进了城，就更少眷顾那片土地了。

终于有机会去家乡的县城参加会议，会后专门拐道去看看离别了几十年的连队。出发时，竟有了近乡心怯的慌乱。

出城一路高速公路，风的吹动，让我有了不真切的恍惚感。三十多年前，我骑一辆破旧的自行车，从连队赶到县城参加高考。四十里坎坷颠簸的土路，整整骑了三个小时，才尘土飞扬地到达。

回忆刚拉开序幕，连队就到了，驱车二十分钟。上学时的泥路，都铺上了柏油，车子在平坦的大路上行驶。路两边是葱郁划一的林带，后面是规整的条田，一幢幢新修的二层小楼，从车窗前一闪而过。整个连队像被技术精湛的大夫做了整容，哪里还有一丝泥土屋的影子？

沿着依稀的记忆中的路，车子左绕右拐，想找到老井的位置，却被一堵墙挡住，院中央高耸着一座水塔。向路人打听，原来这里是附近几个连共用的自来水厂。

院子里花草茂盛。从值班室走出一位中年人，盯着我看了半天，你是？我也觉得眼熟，一下看到了任叔叔的轮廓。你是任……延平吧？果然是他，延平也认出了我，我们紧紧抱在一起。延平现在是水厂的厂长。见我问到那口老井，他把我带到靠右的一间小房，指着地面说，这就是，不过现在已被完全封闭了。又指着墙上的屏幕，下面都安装了探头，在地面就能了解井下的情况。一切都现代化了，咱们连早就吃上了自来水。我现在坐在值班室里，按按电钮，就可以调节和控制所有的水量。延平还告诉我，国家给补贴，连里大部分人都盖了小楼，小时候的玩伴，有不少人还买了小汽车呢。

真的很欣慰，时隔三十年，许多事物都发生了变化。这口老井，是我们的证人，一直用甘甜和清冽，滋养着我童年的夏季。

这口老井的水质，不会变吧？延平笑着打开水龙头，接了一碗老井的水递给我说，尝尝还是不是小时候的味道？我慢慢举到嘴边，看到清澈的水面上映出了自己清晰的皱纹。闭上双眼，童年的清凉，穿过我胸间。

【原载《人民日报》2018 年 8 月 22 日】

西苑的秋天

潘永翔

城市的秋天不像农村那样盛大和热烈。它总是悄悄地来，慢慢地走，然后像一个顽皮的小孩，突然间就消失了。

最初秋天是从母亲那里来的：天凉了，该加衣服了。顺着母亲的话题，我们就听到了远处传来的秋天的脚步声了。伴随着寒意，秋风把天空擦洗得湛蓝，一丝云也没有，而大雁的翅膀把天空托得更高了，你没法不想起“天高云淡”这个词。这时，人们听从了母亲的话，夏装收起，添加秋衣，大街上渐渐少了喧嚣和嘈杂，安静平和连同秋天一起漫过了城市的上空。时间跟着秋风奔跑，就这样，顺着一些蛛丝马迹，秋天就悄悄地来到了。

我居住的这个城市的秋天是从街心公园西苑开始的，而西苑的秋天是从我的脚步开始的。每天早晨在西苑散步，每天晚上在西苑健步走。西苑几乎就是我的后花园，我的天堂。西苑的细微差别我都能感觉出来，她的季节变换当然也逃不过我的眼睛。西苑，这个天堂一样的街心公园，最适合在秋天里驻足。因为她的丰腴，她的色彩，还有她每天上演的魔幻般的故事。

在农村，秋天是一个盛大的节日，它来得总是隆重、喜庆而热烈。经过两个季节汗水和辛勤的滋润，大地已是色彩缤纷，五谷飘香。那种排山倒海般的丰收景象，醉了山村和大地。每当秋天来临时，欢笑和喜庆洋溢在人们的脸上，而希望和憧憬总是藏在心里。人们就像迎接一场战斗那样，摩拳擦掌，秣马厉兵，准备打一场秋收大会战。

在城市就不一样了。除了天气的变化，景色的变换之外，秋天似乎和人们的生活相去甚远。这里没有庄稼成熟的喜悦，也没有丰收的景象，更没有五谷飘香的氛围。季节的转换只是一个简单的轮回，就像今天和明天一样简单平淡。过了白露，秋天的影子就出现了，而秋分一过，天就凉了。这种凉，没有排山倒海的气势，也没有从夏到秋的华丽转身，只是悄悄地在你还没有留意的时候就来到了。就像一个你想见却还没有见到的远房亲戚或同学，不打招呼，不事先通报，在你毫无思想准备的时候，突然有人敲门，你开门一看，你期待的那个人到了。

西苑的秋天也是这样。在某一天早晨，你一出门，秋风起，叶子黄，秋天到了。西苑的秋天不像大小兴安岭那样，一夜之间绚丽的“五花山”在山水间恣意纵横，也不像大平原的秋天那样气势磅礴、波澜壮阔。西苑的秋天有点像南方的小家碧玉，精雕细刻，没有盛大的开幕，也没有喧嚣的告白。

西苑在我的脚步声中转换着季节。从春天的百花烂漫到夏天的郁郁葱葱，时光在季节的转换中悄然溜走。就像我的人生，在不知不觉中已是皓首白发，进入人生的秋天了。

西苑秋天的序幕是由连翘和榆叶梅拉开的。几场秋风过后，首先是连翘叶子黄了，紧跟着的就是榆叶梅。之后，一场秋雨，一阵秋风，它们的叶子就落了。在西苑，这是两种最早掉叶子的灌木。我发现这样一个规律：春天发芽早、开花早的植物，入秋都快。连翘在春天四月中下旬就开花了，一片鹅黄，一片温暖，人们甚至把它误认为是迎春花。然后榆叶梅追随着连翘的脚步，急急忙忙地也开花了，而且比连翘有过之而无不及。随后山梅花、刺玫、丁香相继盛开，一起唱响了春天的序曲，而秋天的谢幕，也和春天的盛开是一个顺序，它们相继和秋天告别，叶子纷纷落下。

这时候，杨树、榆树、白桦、落叶松、柳树、槭树、桃树……所有的树木都加入了秋天的演出，一起奏响了秋天的交响曲，五彩斑斓的秋季大合唱开始了。有的低吟浅唱，有的高亢嘹亮，秋天的序幕正式拉开了。从远处看去，西苑像是一幅静止的油画；从近处看，像是一个调色盘。它的颜色和布局，它的美丽和安静都让人着迷。

高大挺拔的杨树叶子落得很晚，秋风吹来，叶子哗哗作响，像是在和秋天对话。垂榆默默不语，不论霜冻还是风吹，纹丝不动，像是一位饱经风霜的老人，神态安详，处事不惊。它看透了世态炎凉，任凭风云变幻，岿然不动。虽然一样是松树，落叶松在霜降过后叶子开始变黄，风一吹就落了一地的松针，像是铺上了一层绒毯，几场风霜过后，只剩光秃秃的枝杈直指蓝天了。而樟子松似乎对秋天不太敏感，任凭秋风秋雨扫荡，依旧安详地绿着，只有到了深冬落雪的时候，它才稍稍有些发暗。那片匍匐着的沙地柏，依旧紧紧地拥抱着大地，用一片绿色装点着西苑的生机。

除了松柏，最后落叶的就是柳树了。风一吹，凌乱的叶子就飘落一些，但是它们绝不像其他树木那样把叶子一下子掉光。即使是干枯了，它的一部分叶子也在树上挺着，直到来年春天，新芽出来的时候，它的叶子才能全部落光。它们就像一群不肯离开家的孩子，守着一树的孤单和寂寞，也守着一个季节的寒冷和希望。因为它们，这个冬天也许不会太单调和乏味。

寒露一过，西苑的秋天就更浓烈了。树的叶子大半都已掉光了。这时的白桦更白了，像是一支支巨大的粉笔，在湛蓝的天上写满对秋天的爱和对冬天的憧憬。偃伏莱木越来越红了，像是一位正在恋爱之中羞涩的少女，被幸福陶醉了脸庞。高大的杨树，叶子几乎掉光了，零星的几片叶子守着孤单的树。樟子松在一地枯黄中骄傲地绿着，树叶多彩，红的、黄的、绿的、白的……樟子松像是落满了蝴蝶，又像是栖息着一群小鸟。逆着阳光一看，那就是一棵棵五颜六色的圣诞树，树上挂满了人们期待的圣诞礼物。

在这里我着重要说的是槭树。在西苑有两种槭树。一种是属于灌木的茶条槭，一种是高大的乔木色木槭。霜降一过，茶条槭首先红了叶子，那叶子逐渐由淡红变得殷红，像是彩色的红纸，薄而透明。

然后它就早早地落了，落成一地的红色，一地的叹息。色木槭长得高大，笔直。在秋天它的叶子先是变成淡黄色，随后变成金黄色。在有阳光的日子里，碧蓝的天空、金黄的叶子，是一道不可多得的靓丽风景。每当秋天到来，槭树旁总有俊男靓女们在拍照。你方唱罢我登场，槭树没有清闲的时候。一场霜过后，槭树的叶子落了满地。槭树的叶子脬裂深，五瓣，落在地上像是落了一地的鸭掌，生动、醉人。

一个周末的下午，天空晴朗，暖阳如春。我踩着满地的落叶，在西苑散步。此时的西苑人少，安静、平和，适合一个人在太阳下发呆和做梦。我在一个长椅上躺了下来，像一片落寞的叶子落在了地上。阳光正好暖暖地照在脸上，闭上眼睛，阳光透过眼皮，感觉红彤彤一片，像是眼睛被蒙上了一层红布。半梦半醒之间，回忆穿过时光隧道回到了20世纪七十年代。那时我已经中学毕业回到生产队当社员。也是秋天，庄稼收割完了集中往场院里拉，称作“拉地”。一个车老板，一个跟车的。如果地离村子远，装完车躺在高高的车上，任由马拉着车往回走。老马识途，你尽管躺在车上享受阳光，享受秋天的暖阳，享受不可多得的悠闲自得。在劳累的空隙里，身下是成熟庄稼的味道，上边是瓦蓝瓦蓝的天空，四周被丰收的喜悦填得满满的。尽管前途迷茫，但是此时啥也不想，啥也不问，放松地躺在车上，全身被阳光笼罩，被温暖包围着，那是真正的享受，就像我此时躺在西苑的椅子上。

在西苑的秋天里，我不得不说到两种特殊的树木：火炬树和卫矛。这两种树专为秋天而生，它们是在秋天里涅槃的奇树。春夏它们丝毫没有出奇之处。只有进入秋天，它们的奇妙和美丽才渐渐地显露出来，让人过目不忘。

火炬树是一种小乔木，每个枝上有二十片左右的小叶，它的叶子是奇数，长椭圆状，边缘有锯齿，叶子约十几厘米长，基部圆形或宽楔形，叶片上面深绿色，下面苍白色，两面有茸毛。它的叶子是对生，有序排列，扁而长，一根枝上长长的两排叶子，被霜一打，耷拉下来，蔫头耷脑，看着特别的沮丧。最奇怪的是它的叶子被霜打之后，有的变黄了，有的变红了，还有的落在了地上依旧是绿的，像是悬挂着的一面面彩旗，十分招摇。最有意思的是火炬树的花序。它的花序顶生，圆锥形，密生茸毛，花淡绿色。一到秋天，它的核果就变成深红色，外边覆盖着一层密密的绒毛，密集成火炬形。当叶子都脱落之后，只有火红的核果高高举起，像是一支支燃烧着的火炬。在秋天的清冷里，带给人温暖和感动。

卫矛是一种灌木，椭圆形的叶子，一丛丛一簇簇地生长着。它的花细碎小巧，呈淡绿色，或绿中带白，在春天烂漫的花海里它的花一点都不起眼儿。只有到了秋天，它的美丽才凸显出来。它的美丽源于它的果实——种子。它的种皮初始是褐色或浅棕色，随着时间的推移逐渐就变成粉红色，全包在种子的外边。到了秋天，种皮裂开，像是开了一个粉红色的花。而它中间鲜红的椭圆形的种子突出来，点缀其间。叶落之后，枝干上的果实红彤彤一片，远远望去，像是一片花海。走近一看，一瓣一瓣的粉红色种皮渐次打开，中间悬挂着红红的种子，像是一个个小灯笼，挂在秋天的门口，照亮我们回家的路。一位喜爱植物的朋友这样描述卫矛的果实：粉色的假种皮，总在秋风里忍俊不禁，从微笑到开口大笑，吐出粒粒晶亮的红果。我很喜欢这种神来之笔，描写得惟妙惟肖。

除此之外，还有一种奇怪的树叫作偃伏莱木。在见到它之前我都没有听说过这种树，我查了许多资料才弄明白。这是近几年我居住的这个城市作为绿化树引进的树种。它是落叶灌木，枝条春夏为褐色或者绿色，到了秋天，它的枝干逐渐变为红色，到了冬天变成了血红色或鲜红紫色。它叶子单叶对生，叶片长圆状卵形，上面深绿色，下面灰白色。到了秋天它的叶子有红色的，有黄色的，有粉红色的，有酱紫色的，还有坚持绿色不变的。这种近几年才有的树种，带给城市一种新奇、一种色彩和活力。

我有一位朋友也特别喜欢西苑，喜欢西苑的植物。她是一个特别简单纯粹的人。有了花草树木，有了蓝天白云，她就高兴得不得了。我在西苑总能遇到她。不同的是她来西苑不走步，也不锻炼身体。她来西苑是为了拍照。拍人物，也拍风景。春天拍花开，夏天拍绿叶，到了秋天就拍树叶。有时候和朋友来，有时候自己来。我曾经问她，为什么这么喜欢拍照？她说，我想把美留住，留在记忆里，留在生命里。什么时候想起来，翻看一下照片，心里美滋滋的。拍照时她也小心翼翼的，怕不小心踩了草，也怕踩了树叶。我估计她拍的西苑的照片有上万张了。一个深秋的早晨，地上洒了一层薄薄的霜。阳光洒下来，满地亮晶晶的，像是洒了一地的水晶。天冷，我走得也快。在那片红叶李树林里，一个身穿橘红色衣服的女子弯腰低头像是在寻找什么。我的脑海里突然冒出来一个句子，“一个在寻找灵魂的人”。原来是她在拍盛满了霜雪的红叶。橘红色的衣服，美丽的女人，早晨的阳光，深秋的红叶，满地亮闪闪的水晶，那是一个美丽的早晨。

西苑的秋天以它自己的方式奏响了一曲秋的颂歌。舒缓、柔曼、亲切、喜悦、祥和。人生漫漫，季节的渡口依旧熙熙攘攘，一些风景，注定要用一生去守候。就像这小小的西苑，每次都有新的惊喜，每次都有新的感动。感谢那些慷慨赠予我们时光与情感的人和事物，感谢美丽的大自然。

我此时的人生，正像自然界的秋天，一边盛开一边凋零。那么就让我在自己的秋天里驻足，享受美好，享受成熟和期待。秋风凉，意浓浓，转眼又一季节过了，还有另一个季节在向这里眺望。我们在潇洒的落叶中学会从容，在挺拔的枝干中学会坚韧。多少人来了又走了，有些人总在不经意间喜欢上了远方，喜欢上了那些温暖的牵挂，而经过的人，看过的风景，总有一些是来温柔你的岁月，也总有一些注定与你擦肩而过。那些刻在心里的，一定会成为你生命里不可或缺的元素，就像西苑。

【原载《满族文学》2018 年第 1 期】

在旅途中

庞　白

在乌镇，遇到一只肥胖的麻雀

一只麻雀，在前面的屋瓦上，慢慢踱着，四平八稳的，像一个老成持重、心安理得的家伙。它走了几步，就停了下来，然后跳到紧挨着屋瓦的一根石桩上，缓缓地转动脑袋，做张望状。我和它的距离才两米余，也不见它有什么惊慌，倒是我有些担心惊着了它。但是我发现它是那么安然地望着我，对我的接近，一点也不介意。真是一只见多识广、宠辱不惊的麻雀啊！

这时乌镇东栅的游人很少，和这只肥胖的麻雀相遇的时候，古朴的石板路上空空荡荡的。天气很好，却几乎没有游人，对乌镇这样的旅游名地来讲，有些奇怪。站在这连绵不断的明清建筑中，“前不见古人，后不见来者。念天地之悠悠，独怆然而涕下”几句诗突然就涌上了我的心头。不知肥胖的麻雀会不会也想到了这几句诗。如果它也想到了，那我会很不好意思的——难道我和一只肥胖的麻雀，在乌镇有着相同的感慨吗？

来乌镇缘于突如其来的机遇——应邀参加完太湖诗会之后，离返程还有一天半的时间。在江南，一天半的时间很容易度过，关键是去哪里。乌镇是当时我一瞬间就选定了的地方。于是，提起行李，就一个人过去了。

到乌镇东栅区时正是黄昏时分。由于去过周庄、南浔、丽江等古镇，到了这里，非常大的惊喜谈不上。而且和其他江南古镇相比，乌镇其实并没有独特的风景，但是夕阳下的粉墙黛瓦，小桥流水，曲巷深弄，枕河人家，平静、自然、恬淡，都是我想象中的模样。再加上不时有一只吱呀而过的小船慢悠悠地晃过平静的河面，划动心里积存日久的寂静时，迷失、绝望、渐去渐远的凄美感，就形成了。这是一种久别重逢的感觉。只是那种感受只能闭眼长叹，难以与旁人言。可惜了！

那只肥胖的麻雀，在我刚走进乌镇的黄昏里，就和我相遇了。这样的相遇是一件非常奇怪的事情。为什么是它，而不是别的？为什么它一点也不怕人，还这么胖？当然，我并没有与那只麻雀长久相处，对视了一会儿，我就转身继续沿着石板路走了。但是，不论我走到哪里，那只麻雀的形象，都会在我脑海里浮现。转过一个弯，好像看到它站在灰黑的瓦上；跨过一道桥，好像看到它站在桥头的石桩上。

这只该死的肥胖的麻雀，它把我刚想赞美乌镇的心情都消解了！

那只肥胖的麻雀，陪我游完了乌镇东栅。当我从东栅大门走出来时，长长地舒了一口气。我低声骂了一句：去他妈的胖麻雀！然后免费公交也不坐，拉开了一辆出租车的车门，迅速离开东栅。我要去西栅。到东栅之前，我已订好了西栅的民居房。

一路上我就想好了，到了住处，什么也不干，洗过澡之后就睡觉。但是我睡不着。躺在床上，那只麻雀还是老在眼前晃来晃去。熟悉我的朋友都知道，我是在公共汽车上都可以睡得着的人。失眠对我来讲，至今还是难以想象的事情。我于是爬起来，在老板“夜里有些凉”的提醒中走了出去。我没走远，出了门没几步就是一座横跨西市河的石拱桥。我在桥上的石板上坐了下来。一幢幢明清民居沿河而建，陌生的夜里亮着昏黄的灯火，灯火的光亮映在树上、砖上、屋檐上、河水上，有些清冷，又有些温暖。有时，有情侣牵着手从身边静悄悄地走过，有时桥下传来可能是鱼弄水的声音。当我觉得肩膀有些冷的时候，远处的几扇窗里不约而同地关了灯。

“不看流水，不看房子 / 快要落下去的夕阳，也不看 // 我和你都

是孤独的 / 像那些擦肩而过的笑声。”

几句诗，像从即将到来的冬天里提前跑过来一样，在湿润我眼睛的同时，把那麻雀狠狠地赶走了。我于是站起来，往回走。那晚，我睡得很好，醒来时，太阳透过窗纱把我的脸都晒热了。那晚和第二天游乌镇西栅时，那只肥胖的麻雀都没有出现，直到今晚整理在乌镇拍的照片，直到写这些文字。

春天里

我居住的这座城市，是一座美丽的海滨小城。在诸多信誓旦旦向几百万、上千万甚至几千万人口迈进的城市群中，我们这个小城，显得有些慢条斯理、“不谙世事”，甚至落后。它的常住人口，至今仍然只有六七十万。当然，城市变化也是有的，只是远远算不上“翻天覆地”，安静、平和风格依然：一条偌长的百年老街完好地摆放在市中心，一抹二十多公里长的银沙滩侧卧海边；夕阳西下，游人仍然在海边、栈桥、火山岛、国家森林公园结伴而行，流连忘返。

这是一座让很多人喜欢的城市。

我也喜欢这座城市，但是，我不太喜欢这座城市的春天。小城的春天，从三月开始，气温一下子就升到二十多度，而且突然又没完没了旋起东南风，来了“回南天”。回南天里，到处黏黏糊糊，家里的地板上湿漉漉的，走着走着不小心会滑跌一跤；洗过的衣服，晾几天都不干爽；天从早到晚灰蒙蒙的，潮湿的空气里飘荡着让我无法言说的难受。

若说这座城市没有萌芽、拔节的春天气息，也不尽然。满街树木，郁郁葱葱；满树花朵，娇艳、妖娆。一切都和书上形容春天的模样一样。这个城市的春天，好像一直趴在冬天背后，冬天稍不小心，它就把冬天淹没了。

我不喜欢这黏黏糊糊的春天。春天来了，我喜欢冻僵的泥土冒出丝丝暖气，几株小草倔强、有声有色地站着，寒风打在脸上感到清凉。

我喜欢的春天，是春寒料峭的春天，是光秃秃的树枝上的春天，是沉默已久绿意喷薄的春天。

原来，我一直都以为天下的春天都像我们小城的春天，沉闷，经年不变的漫天绿色，湿漉漉的地板，灰蒙蒙的天。我以为所有人都得这样憋着气，度过不算太漫长的一个多月，然后一觉醒来，就见到了满身大汗的夏天。后来我发现，春天不仅仅是这样的，各地的春天各不相同。这是若干年后，我有机会去了华北、西北和东北等地的城市和乡村，才知道的事实。有一年春天，我去到了内蒙古的呼伦贝尔大草原。当我的脚踏在大草原上时，一股彻骨的寒气，刀一样从脚底捅上来，让我不禁打了一个寒战。但是，很快，我就适应了这样的环境。广阔的天地，不再灰茫茫、黏黏糊糊；板结的土地，冒着毛茸茸的嫩芽，泛着浅绿；身边的树枝冒出新芽；原野上的房子有炊烟飘起；一条曲折婉转的小河轻快地流动，河里有小鱼，有水草，有陈年的枯枝，有长满青苔的石块。我站在辽阔的天地间，感觉到了人几乎可以忽略的渺小和源源不尽如大河的活力。天地之大，出乎我的意料；天地赋予我的力量，更是远远超出我的想象。我于是激动地不由自主地在这旷野上奔跑起来。

我拼命地奔跑，像一匹放纵的野马！

我也曾走进过西北的春天。西北的春天，和东北、华北不尽相同。西北的春天，沙石和黄土，显然还沉睡在寒冬里。但是，走近一棵树的时候，我诧异地发现，粗大的枝丫间，竟然长出了两个明晃晃的嫩芽，叶子小小的，但却是生机勃然的、勇猛的。它们站在结实的树枝间，像两把刀刃扎在树皮上，闪着果断的翠绿的光。光秃秃的树枝，因这两片叶子顿显生命，树下的泥土因这两片叶子萌生活力，远处的群山因这两片叶子而耸动、澎湃起来。

但是我住的小城，春天没有这种让我激动的景象。我们的小城，春天是安静的，四季是不分明的。这座城市的绿色，从冬天开始，到第二年冬天，一如既往地绿。我不能说这样不好。我只能说，这是我太习惯了的生活，太习惯了的春天。

当然，很多人喜欢这样的景色，喜欢这样的春天：温暖，满眼绿色。他们感觉新奇，也感觉特别舒适。而我，已经乏味好多年了。有人在一篇文章里写过这样的话："近处没有风景。"可能说的就是我这样的人吧。实际上，我算不上讨厌我们这里的春天，只是觉得四季景色鲜有变化，多少让人有些遗憾罢了。

不过，转念想想，即使近处处处是美景，而仅仅看近处的美景还是不够的。世界之大，人穷尽一辈子也只能看到它小小的一角。但那是多么让人需要去见识的小小的一角啊！走出去，心神当有触动，眼界会开阔，心胸将舒展。近处，我需要，我也需要远方。天地虽无言，而且它可能也不需要我们。但我们可以走近它，接触它，见识它的四季更迭、山川各异。我需要走进更广阔的天地。我一直觉得，是世界上的大和小、远和近、南和北、东和西、温暖和寒冷、春天和冬天，改变和丰富了我们短暂的生命。

【原载《散文》2018年第6期】

鱼梦见花

王　琰

1

去平川时，天气正热。酒店的房间很大，更显得寂寞。早就习惯了寂寞地行走，很多时候很多地方，都是一个人在路上。小茶几上一只仿古小陶罐里，斜插了一支新鲜的绿萝——带着对阳光的渴望，它正向着窗户的方向伸开一小片嫩叶。而我想要的远不止于此。日子可不可以简化成小陶罐里的一汪清水？少许清澈、冰凉的水，装在一只小陶罐里，浑圆的瓷，朴素、简单，只捧着一支绿萝。

小陶罐上用墨色画着水波纹，鱼躲在水波纹的背后。我几乎嗅到鱼腥味了。

夜晚安静，因为这安静的小陶罐，我发了一条微信给你，写了四个字：咫尺天涯。

我们年少时就在一起。

那时，你养蛐蛐，许多拳头大的草编的蛐蛐笼子，有一个小巧的门，一扭，就开了。蛐蛐笼子一个个簇拥着串起来，全装着蛐蛐。“窣窸窸——窣窣窸——”，整晚在窗外叫个不停。

你隔着笼子指给我看，蛐蛐笼子里蛐蛐方方扁扁的黑头，嘻，是个大个的棺材头。棺材头一声不吭，腿撑着，两条后腿鼓着劲，像是随时会“噌”地跳回滚滚麦浪里去。你装在笼子里的蛐蛐早已经过精挑细选，不好的，给了别人。养在笼子里的，都是好汉。

这只棺材头，一定是好汉里的好汉。瞧它粗壮的后腿，像是蕴藏着无穷的力量，关键是它那份蓄势待发的镇定，绝对有大将风范。

一天傍晚，你没写作业，举着一只蛐蛐笼子看，笼子里的蛐蛐儿叫得正欢。被你父亲撞见，气不打一处来，两下把装蛐蛐的笼子全拨拉到地下，上脚就开始踩。踩了还不解气，劈头盖脸给你几巴掌。你趴在地上，打在身上脸上全没感觉，蛐蛐笼子的门开了，你满地找呢，“我的棺材头，我的棺材头”，找着找着拉上了哭腔：“我的棺材头，我的棺材头，我的棺材头……”找着找着，眼泪就下来了。

你爬进床底下了。“找到了，我的棺材头，我的棺材头”，双手合拢着从床底下爬出来，眼睛到处瞟着要找个东西装。你父亲叹口气，不理你，出去了。

我跑回家拿了一个母亲插花的小口陶罐给你，让你装蛐蛐。

转眼，时光过了那么久，又像还是从前的样子。我睡着了，蜷缩着睡。半夜醒来，看看微信上，你回复了四个字：天涯咫尺。

2

陶是一种近乎完美的简化。

而我们自身都不完美。

瓷器碎裂的声音是一声惨叫，而陶碎裂才是心碎的声音，闷闷的一声响，在不为人知的角落里四分五裂。

白银市平川区属于马家窑文化范畴，这里曾出土过马家窑文化类型的陶瓷，有彩陶和灰陶。再往前，平川陡城曾出土过距今约六千至四千五百年前的仰韶文化彩陶。

在平川的陶文化博物馆里，看到鱼纹、蛙纹和鸟形彩陶。鱼、蛙、鸟，似乎永远是彩陶纹饰中的母题，延续数千年之久。一只碎裂了又修复好的鱼纹彩陶盆，还是一件有着完美曲线的器物。仿佛一条鱼退回水中，退回到这只鱼纹彩陶盆上……

忽然想起西安半坡出土的鱼纹彩陶盆，画在彩陶盆内壁上的人面鱼纹图，人面与鱼纹结合为一体，给人一种神秘感——一个对着盆子画下自己脸的人，感到孤单，随手加了两条小鱼；还有点孤单，又加了两条大鱼；还嫌不够？那就再加两条小鱼……

远在六千年以前的平川陡城，应该也是一派水草繁茂的景象吧？这件仰韶文化早期鱼纹盆，提醒我这里曾经的地理环境——一条鱼和一条河就可以拼凑出这里的山河曾经的模样吗？

一只不完美的鱼纹彩陶盆，令我又一次几乎嗅到了鱼腥味。

不完美是我们的天堂。我们自身都不完美。

父亲喜欢用陶罐养花。

一个四四方方的小院，院里铺了红砖。房前是花园，各色花木长得旺盛。花园旁放一只大大的陶缸，陶缸里养着红荷。荷叶亭亭长出水面，举着小拳头般艳艳的花苞。水里还养着几尾小鱼，在水里穿梭。

夏天，我总爱坐在那陶缸前，读书，或者侧耳倾听荷花花苞绽开时细小的声响。

别人给了些莲子。莲子壳坚硬，父亲把有小凹点的那一端用手术刀刻开。他原本就是谙熟于用手术刀的，他是个外科医生。于是，我家时不时会有一把锋利的手术刀。我偶尔用它来裁纸或做手工。父亲看到了总是不准，他不让我碰手术刀，因为太过锋利。

锋利的手术刀在莲子上刻出一条细小的若有若无的缝。父亲将它们一枚枚浸入温水里，每日换水。没几天就有小小的芽从那破口处顶出，再长得长些，父亲就将它们一枚枚移入陶缸里。陶缸里装了塘泥，加上水，再过几日，水面上就生出一两枚小小的新绿的荷叶来漂浮着。任谁见了都惊喜有加。

父亲又找了些沙子来，一点点撒进去，铺在泥巴上。待整个缸里都撒均匀，水澄清了之后，在里面养了几尾小鱼。鱼可以吃水里的虫子，粪便又可以肥花，一举两得。

现在，家里没有手术刀了。父亲也已经离世三年了。

我从平川带回一只小小矮矮的陶盆，深夜，书桌前台灯温暖。我把从花鸟市场买来的莲子拿到楼梯间，把有小凹点的那一头，一只只在台阶上磨破，加温水泡进陶盆。

陶盆上寥寥几笔画出一尾鱼的图案，像是从仰韶时期一路游来。鱼眼向上看，似睡非睡。睡着了的鱼在想些什么？

我把小陶盆摆在书桌前，我买的是碗莲的种子。夜深了，我的陶盆上的鱼在做梦，鱼梦见花。

3

家里总有很多粗陶器。这些陶罐和坛子，都是从一些走乡串户的小贩那里今天一个明天一个买来的。那时，兰州的陶罐坛子，许多都是从平川陶窑运过来的。

又大又深的腌菜坛子。每到深秋，母亲总会买些大白菜排放在院子里的台阶上，晾晒得失几分水气，去掉老皮，过下开水，放进坛子里，加上煮开的花椒水，再压上洗刷干净的黄河石。不能有一点点菜露在水面之外，不然会生白化。这样腌白菜叫汲酸菜。冬天时用来做酸菜汆白肉，很是过瘾。

家里还有一只泡菜坛子。画着花纹，有底座，上面存水的边沿向上翘起，一只盖碗扣在上面，可以密封。泡菜是一年四季都可以做的。母亲用这只坛子泡出来的泡菜是五颜六色的，胡萝卜、芹菜、莲花白、青笋，嫩黄的是放进去的姜牙子，泡好后又辣又爽口，可以醒胃。醉酒后第二天难受，吃这个最好不过了。

有一天，母亲让我从坛子里取泡菜。我一只手取下盖碗，另一只手捞菜。盖碗边在水里浸得滑溜，没堤防，“啪”的一声，失手摔了。于是，母亲只好从橱柜里找了只大小差不多的碗顶替，却是极不相配，品相上难看了很多，母亲引为憾事，见了就会唠叨我。

平川磁窑沟内，陶瓷遗址分布在沟内西起大水沟、东至黑石岘范围内，元明清时期的窑址多达 40 余座。再一路向前追溯，平川磁窑的历史可能源于北宋时期。

周围漫漫群山环抱，一尊烟囱在沟口高高耸立着，山下面有一条唯一的砂石路蜿蜒而入。

鹯州城遗存了大量夹砂黑粗陶排水管，一节一节可以严丝合缝地套起来，保存很完好的，像是埋进地里依旧可以使用。

老庄汉墓陶灶、陶瓷筒及陡城、牙沟水、黄湾出土的陶制品，皆为平川本地瓷窑烧制，其制陶工艺达到很高的水平。

磁窑沟里烧得残次的陶罐嵌入泥土砌成墙，一只只喇叭般大声宣告这里曾是陶都，那时车水马龙，手艺人云集。

满目皆是陶，让我像是觅到了当年碎了的陶盖碗一般惊喜。

4

去鹯州城遗址，要过鹯阴口。鹯阴口是东汉鹯阴县境内黄河上游的古渡口，在红山峡上口，水势平缓。上了摆渡船，摆渡船沿着黄河两岸的一根钢索缓缓前行。黄河水缓缓冲向船的一侧舷板，摆渡的人顺着水流的力量，左右旋转着摆渡船上的一只巨大的方向盘。

钢索锃亮，闪着光。黄河水闪着光流淌，飞过的鸟儿也闪着光掠过。这个平川的夏天，谁都像是故事里的主角。

渡口总是有故事的，来来往往都是客，今天离开了，也许明天会再来，也许永远也不会再来，谁又说得清呢?

当年黄河边有大川渡、虎豹口、索桥渡、迭烈逊、乌兰津、鹯阴口等古渡口。汉朝张骞、东晋法显、唐朝玄奘等都曾在这里驻足，也曾坐过摆渡船过黄河吗?始皇大将蒙恬将军身披铠甲，骑马执剑，威风凛凛地站在鹯阴古渡。徭役们日夜修筑长城，黄河水波光粼粼，是被他巡视的万马千军手持兵器列阵而过吗?

战场、阴谋、要津、冰河铁马，商贾驮队往来。靖远北滩出土了一件国宝级文物——东罗马时期的鎏金银盘，是西方商人遗留在古丝绸之路上的遗物。这个一千多年前在东罗马帝国铸造的银盘，正面浮雕有古希腊神话中的酒神和大夏国的文字。

商贾驮队，一路没入夕阳中。

前秦苻坚集结大兵于鹯阴，渡河西进。胜利后，置郡记功，且留军驻屯，徙户口以充实郡治。由此加强黄河防线守备，以便解除西顾之忧，南下并吞东晋，以完成统一全国大业之目标。

苻坚在十年间所向无敌。

鹯州城里，殚精竭虑的苻坚要多保重。买一只陶罐煮罐茶吧。城外荆棘内多野生黑枸杞，晾干了煮茶，个大而甘。

5

烧陶窑场火热得像是只有夏天。这里是个欢快的劳作的地方，黑黑的煤燃起来，窑通红地烧起来，风呼呼地从烟囱里鼓劲地吹。许多只层层叠叠的罐子，它们像是要在窑里飞舞起来一般。

它们个个鼓着肚子，它们秩序井然，它们的律动整齐划一。五色的陶土烧出五色的陶罐，它们鼓着肚子的样子像是有着毫无遮掩的欲望。现在欲望是有颜色和图案的了。

时间分分秒秒地过去，那么多只陶罐的圆舞曲在高温狂热中结束了，欲望渐渐降温，夏天依旧火热。

陶罐觅到了它的形状和秩序。

它不再是土，见水就化。

它把骨骼长在身体的外面，骨骼就是它面对世界的全部抵挡。

我不想做制陶的工匠，我还是做你的陶吧。夜晚也狂热如置身于最为绚烂的太阳之下，烈火熊熊的太阳，给了易损的陶以骨骼。

一幕幕共有的岁月浮现在眼前。

我开始热爱你的时候，你就将我当成了历史。月亮从石头上升起，和你一样又冷又硬没有温度。

你知道我有多伤心。你这样对我的时候，我独自走在熙熙攘攘的街市，满街的街坊都着古装，打铁、卖布、纺线、烧陶……他们是旧日的邻里。我的眼泪时刻都会决堤，你不要给我任何铁器当镢头。

出窑的时候，所有的陶器要精选一遍。我就像一只被涡轮打磨过被烈火灼烧过却依然有着瑕疵的陶罐。

残次品被倒入一条深沟。一条深沟被填平了，由废弃的陶瓷碎片堆积而成。最下层是宋瓷，再上来是元瓷，然后便是明清时期的瓷器，它是堆积着的活历史。

随处可见碎瓷。伤心的碎瓷成了历史。

它们曾经是杯、花瓶、盏、碟的一部分。宋代的白瓷上绘有褐色彩绘草纹，元代的靛蓝釉上有水波纹荡漾，明清的青花带着繁复的热闹。

只余这些碎瓷。器物都不在了，它们是伸向天空的云朵，不见踪迹。

只余这些碎片，它们有着那个朝代的颜色和纹路。颜色和纹路中间，有前朝静止的人，在窃窃私语。

陶瓷填平的那一条深沟被风掠过，陶器们早就粉身碎骨。它们不再喧嚣，它们已经远离尘世，它们遗世独立，它们曾经发出碎裂的响声，是合唱，是多声部的交响曲。

也许挥挥手，离别时就不用哭泣了。只需安静地站立，只需静观。

太阳落山了，地平线上堆着一群待烧制的陶器。空气起伏，它们是最好的讲述人。不许乱说乱动，

夜晚降临时，那些灯火，都是饮酒的引子。

夏日的陶，带着这个季节的温度。我从平川买了一只小陶盆回去，摆在书桌上，碗莲种子安静地发芽。我在陶盆里面加入塘泥，再加上清水，静待莲花生长。夜深了，陶盆上的鱼在做梦，鱼梦见花了吗?

【原载《散文》2018 年第 2 期】

一个虚幻的初夏

吴佳骏

听　蝉

初夏，午睡后的时辰，总有蝉声从房屋周围的树丛里传出，吱哟吱哟的一片。先是其中的一只蝉领唱，继而，东边的那只开始发声，西边的那只也赶紧跟上。唯独北边的一只，大约刚刚睡醒，见东西两边都有了动静，才懒洋洋地张开嘴，附和起来。那叫声明显有些干涩，像被唱针刮花的旧唱片发出的声响。最讨巧的，是南边的那只，它不知躲藏在哪一枚树叶底下，或趴在哪一棵沧桑的树干上，偶尔跟着大伙唱几句，荒腔走板的，老是跟不上节奏。

太阳苍黄，像一块幕布，将村庄围住。热气四处流窜，仿佛谁在村子里放了一把大火，火焰刚刚被熄灭。石板铺设的路面依旧滚烫，脚踩在上面，有贴在热锅里的感觉。路两侧的树叶全都翻白，灰塌塌的，似才被抽了脉血。娇嫩一些的树叶，如梨树、樱桃树、李子树的叶片大都卷了边——我总觉得这些叶片是一张张微型“情书”，上面写满了夏天的甜言蜜语，它们将叶边卷紧，其实是在替夏天保存秘密。待到秋季来临，树叶飘落大地，夏天再借助秋风之手，将“情书”打开，念给土地聆听，念给秋虫聆听，上演一幕又一幕跨季的恋情。而那些从盛夏过渡到金秋的树木，便只剩了回忆。

这么说来，夏天无疑是精明的，它老是在打秋天的主意。难怪那些蝉要声嘶力竭地鸣叫，它们是在集体戳穿夏天的谎言和心计吗？

我带着疑问，走出乡居的小屋，循着蝉鸣的方向走去。午后的一切都静默着，没有一个出地干活的人。我从南边走到北边，又从东边走到西边。我的耳膜被蝉声灌满。我很想破译它们的唱词，可这委实太复杂了。它们的语声被夏季加了密。我站在每一棵有蝉的树下静听，这些蝉十分警惕，我甫一靠近树，它们瞬时噤声，好似早已接收到我要前来偷听的情报。汗液顺着我的脊背流淌，不多一会儿，我便离开了树干，成了这个夏季的局外人。

蝉的一生是短暂的，往往夏天还没有过完，它们的生命已告终结。想到这点，我莫名地心生悲戚。它们借助夏天存活，就像我的乡邻们借助村庄存活一样。这个村庄虽然贫穷，却能生长五谷杂粮，养活一个个男女老幼。正如夏天虽然喧嚣、布满谎言，却能给蝉活着的精彩和灿烂、梦想和欢愉。也许，蝉的嘶鸣并非是在跟夏天过不去，而是在表达感恩之情。它们在合唱一曲“生命颂”。

只是，这纯朴而热烈的“夏日恋曲”有几人能够听懂呢？每天午后，它们都在那儿唱，不知疲倦，生命不止，歌唱不息。

我或许是它们唯一的听众了。偌大一个村庄，已经没有多少人居住。因此，众蝉的声音才在午后显得那么悠长、静寂，类似绝响，悲壮之极。我拖着自己的影子，在有蝉鸣的午后，独自踱步到田野，我想起许许多多的事情——遥远的，眼前的，未来的……

我不知道，这些蝉还能叫多久。我也不知道，我的村庄还能存在多久。那一刻，我多么希望有一个人，熟识的，陌生的，陪我一起在田野里走走，听听蝉语。正这样渴念着，果然从田野那头走过来一个少年的身影。他个头不高，头发蓬乱，打着赤脚，裤管高挽，手里提着一个蛇皮编织袋。我好想跟他打声招呼，问个好，可他根本就没正眼看我。他的目光一直在田野上那些高矮不一的橘子树上逡巡，酷似一个刚出道的植物学家，在进行田野考察。我默默地看着他，原来，他是在捡拾橘树上的蝉蜕。发现一个，朝袋子里放一个。这还不是捡拾蝉蜕的最佳时机，因此并没有多少蝉蜕可捡。他在田野上转悠了一个下午，也不见他手里的编织袋变得鼓起来。

我早就知道蝉蜕的药用价值，也早就知道每年夏季，村里的男女老少都有四处捡拾蝉蜕的习惯。可一个蝉蜕，能卖多少钱呢？

太阳逐渐偏西，仍有蝉伏在树丛中唱着颂歌。一个乡村少年，伫立于田野，侧耳听出了颂歌声里的死亡气息。他麻木的脸上流露出一丝期待和微笑。

萤　火

有月色的夜。寂寞而高冷的星空。微风隐约吹来桂花和夜来香的气味，整个小院里都弥漫着馥郁的清香。我坐在一张旧藤椅上，默数天上晶亮的星宿，和聆听墙缝里蛐蛐的叫声。那蛐蛐大概也是喜欢这夜晚的，它的叫声里充满了光亮。我用听觉追随它，又用想象描摹它，我决意要耗费掉今夜的大半时光，来捕捉这些来自夜间的精灵。

夜沉默不语。只有院落旁的一棵柑橘树，在风的抚摸下，发出簌簌的细响。那棵树经历过无数的白天和黑夜，已经很老很老了。它的左侧树干早就被虫蚁蛀空，露出一个不规则的洞穴。每年春季，父亲都要在树干底部涂抹上一层厚厚的石灰，以防它继续遭受到虫蚁的蛀蚀。然而，这个方法似乎并不怎么管用。那些虫蚁照例年年会来啃噬一番。因此，那个洞穴每年都会增大一点点。我只要站在树下，耳朵就会听见树在喊疼。有一回，也是夜间，我从树下经过，我感觉树在瑟瑟发抖。我紧紧地抱住树干，用身子贴住那个洞穴，想给树一点稀薄的温暖。可万万没有想到，我的举动却使树颤抖得越加厉害。我感到恐慌。夜依旧沉默不语。翌日清早，我从床上爬起来的第一件事，便是到院落旁察看那棵柑橘树。它的颤抖似乎平息了，不知何时满树挂着小灯笼似的橘子。那个洞穴敞露着，洞口濡湿，沾着一圈露珠。那时我便慨叹，一棵遍布伤痕的树，居然还能结出累累硕果呵。

今夜，我又看到了那棵树，它被时间镶嵌在黑夜里。月光照在树枝上，有一种朦胧的意境。只是，我不敢再去看它那个大而深的伤口，我怕自己在夜色里哭泣，我怕自己的哭泣引起蛐蛐的伤悲。我的双手抓住藤椅的两边，想站立起来，却周身瘫软，疲惫。月色顿时昏暗起来，星星在天空眨着眼，它似乎看到了我的虚弱。我想抽一支烟。我的手在衣袋和裤袋里摸索好大一会儿，才猛然惊觉我已经戒烟许久了。于是，我又只好静静地坐在藤椅上，望着黑夜，望着黑夜里的柑橘树。

这样过了约莫一刻钟，夜仍旧静得出奇。是后半夜了，月色铺满小院，村子里的人全都进入了梦乡。我不晓得离天明还有多久，我就那样陪伴着月色，像月色陪伴着星辰。就在我也快躺在藤椅上睡着的时候，一个淡黄色的光源从我的眼前飞过，又在小院上空盘桓几圈后，停落在了柑橘树的枝柯上。

我顿时睡意全无，起身朝柑橘树走去。那光源还在树的枝柯上闪烁。我知道，那个发光的小家伙就是“萤火虫”。我不记得有多少年没有看到过它的身影了。它的光柔和、暖黄，甚至透出几分古意。我目不转睛地盯着它看，我的心思也已经从对一棵树的冥想，转换到了对一只虫子的追忆。

我想起若干年前，一个穿着短裤和背心的乡村少年，在夏夜里追赶“萤火虫”的场景。那时的夏夜特别漫长，漫长得连月亮和繁星都失去光泽。那个少年独自在田野里寻觅，揣着恐惧的心。他拨弄开那些掩住膝盖的荒草，渴望找到一只发光的虫子。他需要这种虫子。他将这种虫子称为从天空掉下来的“星星”。对于一个贫穷的孩子来说，星星就是他的钻石。后来，这个少年在一本书上看到，他所苦苦寻觅的虫子，有个诗意的名字——“萤火虫”。那本书，他是躲在被窝里看的。给他的阅读以照明的，便是这尾部发光的夜虫。他将捉来的虫子全部装在一个玻璃瓶里。从此，这个少年的夜晚开始被“荧光”照亮。他不再寂寞，不再害怕黑暗。他爱上了书，爱上了阅读，爱上了夏夜，爱上了一种叫“萤火虫”的小飞虫。

光阴荏苒，一转眼，多少年过去了。曾经那个捉虫子的少年已经长大，到了中年，进入了生命的夏季。他时常在梦境中等待那只照亮过他童年的“萤火虫”，遗憾的是，那只虫子再也没有出现过。很多东西，一旦消逝就永远消失了。然则，在这个月色幽微的夏夜，那只发光的虫子重又出现了。它伏守在一棵生病的柑橘树上，像一盏光焰微弱的孤灯，唤醒着深黑的冷夜，和冷夜过后即将到来的黎明。

麦　收

麦子熟了。金色铺满田园，风一吹，遍地的黄金。蚱蜢是天生的淘金者，它们游走在麦林里，东瞅瞅，西瞧瞧，一束一束颗粒饱满的麦穗，早已撑破了蚱蜢的梦想。蜻蜓在麦田上空滑翔，阳光照射在它们那薄薄的羽翼上，像两扇活动着的屏风。这个季节的蜻蜓常见的有两种。一种是红蜻蜓，周身裹血色，好似穿着一件大红绸子做的衣裳。它们体型娇小，有贵族气，很受夏季的宠爱。特别是在天边有晚霞出现的时候，这种蜻蜓最喜欢飞到麦田里来吹风，它们伫立在麦穗上，整片的金黄似乎都在烘托蜻蜓的红润。而那同样火红的霞光，也至多不过是成了这些蜻蜓出场的背景。还有一种蜻蜓，周身都是青灰色的，个头略比红蜻蜓大。它们也喜欢到麦田里来散心，只是它们出场时的阵势，若比起红蜻蜓来，那就差多了。没有铺垫，没有渲染；没有美感，没有华彩。因此，它们更像是一些自然界的搬运工，或者麦田里的守望者。

我是在午后时分来到田野的。这许多天以来，我都睡不着觉，黄灿灿的麦子诱引着我，我渴望开镰的那一天能够快些到来。在乡村，收获永远是迷人的，充满喜悦和激情。我的乡邻们比我更加热切盼望着丰收，他们是真正的劳动者，麦子是他们播种的。他们经历过锄地、撒粒、浇粪、除草；他们像期待婴儿降生般期待过麦种吐芽、抽穗、灌浆、扬花。不仅如此，他们还在下雪的早晨或傍晚，去麦地里祈祷过；在有月亮和星星的夜晚，去麦田旁徘徊过；在刮风或飘雨的黄昏，去麦地边哀叹过……他们与麦子一道，经受着生命的阵痛。每一粒麦子，都可能是一个农人的噩梦，让他们担惊受怕，烦忧苦恼。而我呢，我不过是一个在乡村出生长大后，离开乡村又返回乡村居住的游子。我是个旁观者、怀乡者和寄居者。我是没有资格谈论收获的，我顶多不过是一个怀揣着“收获之梦”的人。

不远处的田地里，已经有农人在弯腰专注地收割麦子了。他们戴着草帽，身姿谦卑，对土地怀着感恩之情。那些或红色或青灰色的蜻蜓受到惊扰，在收割者的头顶盘旋。它们不明白为何这些农人要将大片的麦子割倒，要强行抢走它们眼中的黄金。它们会不会觉得人类是这个世界上最为贪婪的物种？我站在麦地旁的一个土丘上，静静地看着这一切。我想起一个名叫海子的诗人写的一首诗，那诗是献给麦子的，诗中有这样一句："我站在太阳痛苦的芒上。"而另一个女性散文家，在她的书里说："麦子是不该磨成面粉的。"我不知道在这些思想者眼里，麦子代表着什么，富有怎样的暗示、隐喻和象征。我只知道，在农人的眼里，麦子唯一所能代表的，其实也就两个字——活命。

太阳还是那么热，它所散发出来的光，真的如麦芒那般尖锐。没过多久，那几个弯腰的农人就将一大块田地里的麦子割去大半。他们把割倒的麦子打成捆，排成齐齐的一排，搞展览似的。偶有微风拂过，刮来新鲜麦秆的味道。那个下午，整个大地都充溢着麦香。有只鸟雀，或许是因了麦香的吸引，趁农人不注意的当儿，俯冲向麦田叼起一根麦穗后迅疾地飞走了。它们终于不再为一顿晚餐发愁。

我也好想手握镰刀，加入收割者的劳动中去。可我们家没有麦地，我的父母已经好多年没有种过一粒麦子了。不是他们偷懒，而是他们老了，再没有力气播种和收割。我的心情不免沉重。我回转身，将目光投向别处。这时，一个背上用布条缠裹着孩子的妇女，手拿镰刀脚步拖缓地向她的麦地走去。我的目光尾随着她，她背上的孩子不知是不是睡着了，反正安静着，像这个下午的时光。她一到麦地，就蹲下身子开割。因背着孩子的缘故，她割得相当吃力，怕麦芒刺着孩子的肌肤。斜阳照在麦地上，也照在背着孩子割麦的妇女身上，像一幅刀痕过深的版画。我期待着她的男人，或家中的其他人会来帮她。可直到太阳偏西，天色暗淡了下来，也不见有帮忙割麦的人出现。渐渐地，飞舞的蜻蜓全都隐退了，倦鸟也都归巢。那个妇女和她背上的孩子，终于被暮色所掩埋。

【原载《青年文学》2018 年第 4 期】

流放的城

许　实

远远地看，城仿佛生长在羊皮上，无穷的干燥、皱褶和豁口不断涌现，无穷的荒芜、寂静、阳光和阴影构成的溪流在倾泻，无穷的虚幻和想象在脑壳里升起，还弥漫腥味。我没有看到城淌着墨汁一样的绿色，橘子果汁一样甜腻的金黄。我没有感到城的多姿多彩、辉煌灿烂，更多的是苍凉，被遗弃和流放的伤感。

城在戈壁深处，叫大湾城、地湾城，还有一个关叫肩水金关（今甘肃金塔县航天镇天仓乡境内），都是西汉时期的老物，在弱水下游，在弱水两岸。弱水也叫黑河，从祁连山出发一直流到内蒙古额济纳旗居延海，800多公里，弱弱地浮不起一根羽毛，宽阔得没边没沿。《水经注》里太多的水，只给了弱水十几粒字："弱水入流沙，流沙，沙与水流行也。"《山海经》也是："弱水、青水出西南隅，以东，又北，又西南，过毕方鸟东。"没有更多的解释、传说和神话，只是这只毕方鸟（传说中的火神）最抢眼，披一身华丽的羽毛，挺起高贵的身子，在弱水两岸逡巡。也随黄帝出征，釉彩一样的蓝色大氅和火红的头冠，使毕方鸟神采奕奕、闪闪发光，让人满心欢喜。毕方鸟一直萦绕在心里，并燃起我对弱水熊熊的热切之情、向往之激情，多么想看一眼毕方鸟，弱水因此日夜流淌在心里、梦里和日子里。

弱水太长，一路上有那么多的青草、牛羊、庄稼、人要喂养，也许太多了，书里记载不下，郦道元嫌啰唆或者多余，就把弱水两岸的地湾城、大宛湾忽略了。可是汉武帝时时惦记着弱水、居延海，生活在蒙古高原上的匈奴人时时惦记着弱水和居延海（居延海是蒙古高原上匈奴人通向河西走廊的草原之路）。想想，800多公里的河水，约14.29万平方公里的土地，像天空一样辽阔的草地，碧蓝的星空，每天太阳、月亮、星星、白云、乌云和微风、飓风从地上、天上、树上、草上、河水里长出来，牛奶一样的雾自由飘荡，到处潮润润的，到处闪着光。尤其在雨后，新鲜如初的草和花更灿烂、更明媚，还有鼓舞人心的绚烂的彩虹，匈奴人和他们的牛羊在草地上狂欢、漫无边际地奔跑，像满天星星撒在天空这匹光滑的绸缎上，难以计数；或者像激流的旋涡聚在一起，一团一团成为星云，也是钉子钉在弱水流域，也钉在汉武帝的心里，时时作痛。

汉武帝太霸气，谁挑衅就打谁，尤其匈奴人，骄傲，还时时高奏凯歌，于是那些幽暗、隐秘的心思就像火花四处迸溅，霍去病、路博德们就带着这些火花迅速在弱水两岸燃起战争烈火。弱水两岸也成了汉匈两家的缓冲地，一道大峡谷，隔开两片疯狂的海洋。身上溅满匈奴人鲜血的霍去病，被封为骠骑将军、冠军侯；路博德被封为伏波将军、符离侯。伏波将军打下弱水两岸，又征战岭南，平定叛乱，是对手的血浇灌了他的骄纵、任性，受不得半点委屈，不愿甘为人梯，不愿屈人之下。骄傲就骄傲了，还触犯法律。汉武帝远远地看着，严格的汉律制约着，最终伏波将军被削去爵位，改任强弩都尉，流放居延屯田、修筑长城、遮虏障。

大湾城、地湾城就是路博德与十八万戍边田卒修建的，都在边地前沿。城修得很威武，8米宽的墙基，十几米高的城墙，宽宽的城门，有戍卒把守，威严、凛然之气呼之欲出。修城的时间应该是秋季，漠风和灼热的阳光使芦苇饱满了，身子硬朗了，红柳、胡杨、黄杨们的身子也粗了一圈，这些散发着香甜气味的草木平展展地铺在弱水两岸。这些草木还是草木时依旧选择毛茸茸、泛绿的欢乐，液体一样清澈和流动，但是走进泥土、走进城墙，草木们的愤怒、咆哮、坏脾气就暴露无遗，锋利的叶片、尖锐的身子都成了武器，都会让人流血（我来看城时，2000多年以后墙里的芦苇、红柳仍新鲜如初）。每天田卒们到远处割芦苇、红柳，砍伐树木，运回来再一层芦苇一层红柳一层泥土地夯筑。墙站起来了，固若金汤；城修好了，人来人往。城里的日子就开始了：每天清晨，雾气朦胧的弱水两岸，草和树叶都顶着水珠，在雾气越来越浓的时候，最上面的叶子再也撑不住硕大的水珠，重重地拍打在下面的叶子上，下面的叶子承受不住两滴水珠的重量而纷纷落下。但是微风里黄杨叶子却做着惊险的旋转动作，像长了翅膀。在雾气逐渐散去时，白昼醒来，一道玫红的霞光铺满弱水上空时，城里就喧嚣起来，像一锅蒸熟的馒头热气腾腾的。木荠菜最鲜艳，那锯齿状的叶子绿汪汪淌着油，也是很紧俏的绿叶菜，长在田野里。春天时，有花梗从荠菜的根部抽出，顶端开满细密的白花，像戴了一顶顶小帽子，并有一种独特的香气。荠菜不仅可以热炒、凉拌，做菜馅、菜羹，还能明目、清凉、解热。这个公元前300年就喂养着人的杂草，一直伸进我的童年。记得那时日子艰难，也是春天，春风漫过无边的田野，一切欣欣然，我跟随母亲到田野挖荠菜。尽管荠菜遍布田野，但是一个春天下来竟也寻不到它的踪迹了。城里的荠菜会不会也像我童年时期的荠菜呢？还有苜蓿，春风里闪着绿意从土里钻出来，鲜嫩的芽芽早早就被人们掐掉了。这些稀薄的绿色让戍卒们的饭菜有了颜色，那一片片小叶子就像风里挂在篱笆上的喇叭花，忽地家乡就在心里洇开，泪花便溅在了脸上。水果几乎看不到，这很容易让人想起流光溢彩的夏日早晨里的集市，那五彩斑斓的光晕往外流泻的菜篮子里，樱桃闪闪烁烁，晶亮的红皮肤下面汁液饱满，杏子金灿灿的果肉满含整个夏季的阳光，脆生生香梨的芬芳在喉咙里流淌。集市里鸡呀、羊呀收拢在一起待宰，挤在一起的它们无比嘈杂，披着棕红色、闪闪发光的鸡毛，红红的似鲜血一样的鸡冠，扁豆大的黑眼睛水汪汪，扑闪着大翅膀的公鸡喉咙里发出的声音像空水龙头发出的声音，也气宇轩昂地做着暧昧的动作。与羊相比，面对死亡，鸡是恐惧的。你看它飞呀跑呀，歇斯底里地喊叫，鸡飞狗跳，一地鸡毛。羊就不，孱弱地顺从自己的命运，似乎从出生以来就知道归宿，那双大眼睛里没有锐利的光、愤怒、坚定，更多的是从容，多像年迈、慈善的老人。

甲渠万岁燧长成，在七月的一天从燧上跌下来摔伤了腰，请了假养病的时候，也来到城里，在集市上买了鸡，买了一匹四百钱的布，还买了粮食。朝廷发的衣服不够穿，粮食不够吃，当然拖欠工资是常有的事。天天在沙漠边上干活，酷暑和严寒让身子瘦弱，疾病不断，日子难以为继。写信向家里求助，路途太遥远了，几个月后才收到钱。燧上的活儿太多了，匈奴人又来了。讨厌的匈奴人专挑下雨和刮风的时候来，燧上的烽火无法点燃，信息无法传递啊，只有几个人去抵抗匈奴人的铁骑。妻子也被编进了戍卒，白天巡逻晚上缝补衣物；也从远处砍来白杨、红柳，剖成木片，再用刀刮削。树木的纹路在手里一点一点清晰起来，木片被刮得又薄又光滑，这样一尺长的木简就做好了，然后被人收走，被人写上字，就成了汉简。就这样在远离城的烽燧里日渐老去，在漠风和烈日里崭新的年月遥遥无期。八月里，成的腰伤痊愈了，销了假又开始了周而复始的日子。周而复始的还有城里的日子。

弱水两岸被西大湾城、东大湾城、地湾城、肩水金关护卫，不远处是狼心山和孤红山，密布的城、关和长城把匈奴人和他们的牛羊挡在居延海外。路博德和他的田卒们除了筑城和修长城，还开垦种地。漫漶的弱水支流遍布，沼泽湿地无限延伸。尤其在弱水东岸，森林清幽，草木繁盛，紫苜蓿花、婆婆纳花、野莴笋们填饱牛羊、野鹿的肚子，然后自顾自地生长，厚厚的草上洒满露珠，待太阳升起潮湿的空气就裹住整片湿地。当然，到了冬天这里到处是晶莹的冰碴，草枯枯的，老鼠和兔子会扫荡所有的草皮。不过当春潮到来时，草木又翻滚着、歌唱着染绿弱水两岸。路博德和他的田卒们就在这片湿地上开垦，种了小麦、大麦、糜子、谷子、青稞、麻籽等。一垄垄田地，一条条沟渠，湿地上起伏着金黄的麦浪，城里的粮仓像嗷嗷待哺的雏鸟。城里有很多粮仓，也有很多仓名和仓长、仓丞、仓曹，这么多人等着粮食进仓呢。我也种过大麦、小麦和青稞。春天，跟在驴屁股后面扶犁、播种，腰弯成了虾米；夏天，施肥、浇水、薅草，和麦子一起把日子过旧，和麦子一起让时光穿透身体。酷热的暑天里收麦子，汗流浃背，汗水模糊了眼睛，衣服干了又湿。太热了，我和姐姐们就在月光下割麦子。田野空旷，嚓嚓嚓，镰刀落在麦秆上的声音分外清脆，我们都不说话，和月亮比速度。我也躺在麦捆上看月亮，月亮走起来特别轻盈，一跳一跳的，就像年轻的心时时充满激越。我不知道在居延屯田的田卒们会不会像我一样，躺在麦捆上想居延以外的事情。当然，我们收获的麦子进了自己的粮仓，满仓的粮食让人稳妥，而田卒们心里稳妥吗？

我来看城是四月，弱水汤汤，漠风荡荡，城陷在大戈壁里出不来，并且越陷越深。城的颓败让人难过，让大戈壁雀跃，这寂静无声的梦之荒漠绵延无限，毫无保留地展现在人们眼前。还有茫茫黄沙，风蚀台地，曾经的沼泽湿地，现在人们叫它东沙窝，史学家们叫它东沙窝古绿洲，容易让人产生想法的名字，也容易让人想念汉唐时期的城和居延，想念来到城里和居延的王维、岑参、王昌龄。当然，我不能让时间倒流啊，流过的时间有破洞，有磨损，就让旧时间覆盖在城上吧，并弥漫千疮百孔、破烂不堪、遗弃、荒芜、死亡的气味。走进城里，呐喊、呼叫，一切喧嚣都挥发掉了，只有阳光、风和泥土，以及被阳光吃得豁豁牙牙的墙（原来阳光的牙齿也不整齐）。这些残破的汉朝的雕塑，是路博德的战袍吗？是通烽火的戍卒吗？是弯腰点种的田卒，还是一匹匹在风中翻着波浪的丝绸、一根根断裂的汉简？散发着汉朝浓烈的气味。这座被流放的城，出土过3万余枚汉简的城，这空旷的布满磨损文字的城，什么也没对我说，我却听到了自己写给废墟的颂歌。

【原载《散文》2018年第10期】

南山草，北山草

刘梅花

惟草木之零落兮，恐美人之迟暮。不过对中医来说，草木凋零，正是采根捋籽实的好时节，没什么可伤感的。医家看草木，不柔情，只看草木骨子里的东西。看秦艽，不看草叶，眼睛里只有根——脱下你的袍子来，让我看看你的根。看金银花，再也不管根茎，只认得花苞 —— 一袭金纱，我轻轻摘下。至于那些要用树皮的，医家说，剥下你的百衲衣，赐给我悬壶济世去吧。裸了身子的树垂泪说，我的世界你来过，我的皮你剥过。还有没药，用斧子砍伐树皮，使树脂从伤口渗出，逐渐凝固，变成红棕色硬块入药。多少次没药树清眼泪长流——我把我的树脂爱惜着，你把我砍得疼着。

蔷薇几度老春风，医家惜日采药忙。医家说，南山草，北山草，都长在草药江湖里，都长在它们应该走的经络里。归肺经的，绝不会走错路跑到脾肾去。

荆　芥

草本植物，不起眼，花穗有香气。荆芥喜欢在大野里远离人类的地方疯长，村庄里、小路边不常见。我老家那边，荆芥多得烦人。山野里放一趟牛，到处都是荆芥和它的味道，横冲直撞，相当霸气。

荆芥嫩苗细弱，茎有棱，方的，有细绒毛。长一长，叶子像扫帚叶而窄小，披针形，两面都有柔毛，不很绿，有点淡黄，绿色里渗着黄色。那种颜色不是很好看，再说它的叶子本身也很朴素，很一般，没什么看头。夏末开花，一穗一穗，紫色的，释放一种麻麻的香味，很浓。花穗翘起来，高高的，有点像狗尾巴草。花房里一撮细小的子，有点像葶苈子，色赤黄。药用一般剪了花穗入药。花开全盛时期最好，早了迟了都不好。

山野人家，等到花穗开得正欢实时，采回来，扎成一束一束，晾晒在屋檐下。荆芥的味道弥散在院子里，小虫子啦，飞蝇啦，统统不见踪影。它们怕荆芥的味道。若是房间里挂一束，屋子里总有一种麻麻的清香味，很凛冽，很纯净，能够杀菌，令人头脑清醒。

去年我从别人家里拿来几束晾干的荆芥，做枕头。一梦醒来，觉得清凉凉的，荆芥味儿窜来窜去，相当舒适。草木最会养人。

蓼

这种野草，诗经里叫蓼莪，我们方言叫血节。大概是因为茎一节一节生长、颜色紫红的缘故。茎秆直立，也有斜逸的，大自然给予它随心所欲的姿态。不太分枝，茎光滑无毛，紫红色。单叶互生，短叶柄，叶子披针形。节结膨大，开紫色的小花，花朵凑在一起，一穗一穗地聚拢着。比荆芥花穗略小一些。花穗顶生，细长，穗尖弯曲，微微下垂，在风里晃来晃去。

蓼草味道辛辣，羊喜欢啃食，尖嘴巴拨开杂草，挑出来蓼草吃。话说，吃蓼草的羊，羊肉鲜美得简直难以与君细说。

陶弘景说，蓼有三种。一是青蓼，可以食用，叶子有圆有尖，以圆的为佳。二是紫蓼，与青蓼相似，不过茎秆是紫色的——我老家生长的都是紫蓼。三是香蓼，模样儿相似，不过有香气，有淡淡辛辣味，人们爱吃。

说是宋朝之前，人们常吃的蔬菜是葵和蓼。我觉得蓼可能只吃嫩苗，老一点的蓼只能当作调料。

古人在夏季，割了蓼，晾干，存放。在煮肉时，剁一些干蓼熬汤，味道甚为鲜美。甚至把一束蓼填塞在洗干净的鸡鸭膛内，煮食，其味甚美。后来的饮食中，蓼渐渐不用了。也可能是一个朝代的人，有一种喜欢的口味。汉朝的人们喜欢青花椒，菜肴里用也就罢了，连墙壁也要挂几枝，期盼多子多孙。唐人喜欢吃黄连，苦苦的，嚼着，认为清热解毒，养生。而且，百姓人家嚼不起，贵族才有钱嚼黄连。

饥荒年间，我老家的人们就捋了蓼的籽，回家搓去皮，煮饭吃。不过不好吃，又涩又干。蓼在《救荒本草》里有收录，比榆树皮好吃。我记事时，我的姑姑们年年秋天都要进山捋蓼籽，背回来掺在豆子青稞里炒熟，磨成面粉，叫炒面。洋芋煮熟，剥皮，捣碎，取几勺子炒面，掺和在一起拌，拌好了就是午饭。不过，我没有亲自捋过蓼籽，那时才五六岁，还干不动活儿。

地　榆

生长于山中深谷。药用采根，根外黑里红，像柳树根。地榆根烧成灰，能够烂石，古人有一个煮石方，经常用——可是，古人煮石头干什么呢？想不通，有可能是炼丹吧。它的老根，在春天长苗，初生时苗叶铺在地面，软趴趴的。不多时，叶中抽出独茎直上，高三四尺，叶子对生，呈锯齿状，青绿色。七月开花像椹子，紫黑色。模样儿普通得很，不起眼。有些草很妖冶，远远一眼就能逮住，浮出乱草窠。有些草就很普通，与万千草们没什么分别，混在一起，低在尘埃里，沉于杂草底。

陶弘景说，地榆能酿酒。深山人家，找不到茶叶，就采了地榆的叶子泡水喝——想来也不怎么好喝，草叶子嘛，不过是压一压白水的泥味儿罢了。

想来，在水气薰薰的雨天里，在山野里走走，看见草窠里的地榆，那种小小的绿模样儿，略有点孤寂的况味，令人心里也会一软吧。

日本文人说茶道里有一种“残心”，我一直没弄明白，大概是说人在面对失败时的心情吧。说是倘若“残心”升华，可以抵达绵绵密密的温柔心。不过在我看来，只消在草木中间多多消磨一些时光，温柔心就迂缓而来。

王 瓜

南方才有呢，北方不见。每次去外地，看见漫山遍野的草木，一样也不认识，惭愧得很。生在枯寒的大西北，到哪儿看草木去呀，委屈。

王瓜，多年生攀缘性草本。根相当肥大，块根。茎细长，有卷须。叶子互生，多茸毛，短叶柄。花腋生，夏季开花，瓣缘细裂成丝儿状。瓠瓜有的球形，有的长椭圆形，熟时带红色。种子茶褐色，略扁。

《本草图经》说，王瓜，叶似栝楼，圆无叉缺，有刺如毛，五月开黄花，花下结子如弹丸，生青熟赤。人呼为老鸦瓜。其壳径寸，一种长二寸许，上微圆，下尖。

有一句俗话叫“王婆卖瓜，自卖自夸”。这王瓜也精炼，一步到位，直接叫王瓜，连卖带夸。

王瓜的根，气味如土，果实像瓜，还有个名字叫土瓜。土的味道是什么味道？一场大风过后，下点雨，雨点敲打起路上的尘土，就那种土腥味。没点儿雨的话土腥味不浓，土味不纯。

又因为瓜的形状像雹子，果实熟透后带点赤红色，乌鸦喜欢啄食，乡间又叫它赤雹或者老鸦瓜。也有的地方叫它公公须——每片叶子底下都有一根须，卷卷的。不过，也有的公公并没有胡须呀，比如魏公公。

酸 浆

生长在水边，喜欢挨着水草生长。茎直立，节间膨大，有细软毛毛，双杈分枝。叶片互生，长卵形。开小花黄白色，紫心白蕊，花如杯状。无瓣，但有五尖，结一铃壳，凡五棱，一枝一颗，下悬如灯笼之状。壳中一子，处垂绛囊，中含赤子如珠，酸甘可食，隐隐绕砌，与翠草同芳香。因此也叫洛神珠。

这种草我可没有见过，只能读读罢了。

陶弘景说，酸浆到处都有，苗像水茄子，叶也能吃。结果实作房，房中有子如梅李大，黄赤色，小儿爱吃。

现在的小孩子们都不认识野草，很少在山野里闲逛。我们小时候，清晨出门，太阳下山才归家，山野里能吃的草都找来吃，和小羊没什么差别。嘴巴周围泛一圈绿绿的草汁。大孩子带着小孩子，哪种该吃都门儿清，一点也吃不错。不过，老家没有酸浆。我们吃一种棘刺的叶子叫酸揪片，酸溜溜的，麻刺刺的，也很好吃。

我吃过的野草很多，从没中毒过。有一次吃野蘑菇，中毒了，嘴角挂着清涎水，身子软软的，有幻觉：窗外飘着大朵大朵的罂粟花，妖娆无比，飞来飞去。自此后，看见野蘑菇，腿就颤抖抖的。

李时珍说，酸浆、龙葵，是同一类的两种植物，苗叶都很相似。但龙葵茎光滑没有绒毛，从五月份到秋天开小白花，花蕊黄色，结子无壳，累累数颗同枝，子有蒂，生时青色，熟透则为紫黑色。酸浆也同时开黄白色小花，紫心白花蕊，花朵像杯子，不分瓣，但有五个尖，结铃壳。壳有五棱，一枝一颗，像悬挂的灯笼，壳中有一子，像龙葵子，生青熟赤。

酸浆全草入药。不能等枯黄萎败了再采，要在全盛时采撷。

紫　苑

紫苑铺地生长，草本。茎直立，上部疏生短毛，叶丛生，长椭圆形，边缘有锯齿。叶子两面都有稀疏的糙毛，叶柄长。花朵有点像野菊花，紫色，颜色很美，长梗。根柔细。二三月采全草阴干药用。古人说，紫苑连根带叶采来，浸泡在醋里，加少许盐收好，做菜食用，味辛辣而香，号称仙菜。

紫苑不是特别值钱的药，但作假的比较多。时珍说，有人用车前根、旋复根加红土染过作假，难辨真伪。最关键的是紫苑是治疗肺病的重要药材，而车前根、旋复根会加重肺病，危害很大。

草药里面假药很多，相似的植物晒干后区别不很大，但药效差距甚大。从古至今，有人为了钱，什么缺德事儿都干得出。有时候看见路边有卖假药的，各种花花草草摆了一摊子，吹得天花乱坠，果真就有人买了去。还有骗子哄着老年人去听课，给一点小礼物，然后把假药卖给老人，号称包治百病，价值不菲。有人喝了假药，住院的都有。佛家说因果报应，可是我看见很多坏人使着作孽钱，还潇洒得不得了，没见遭报应的，奇怪。

淫羊藿

生于大山中，一根多茎。茎细坚硬，像粟秆，高一二尺。一茎有三叉分枝，一个分枝上有三片叶子，叶青像杏，薄圆，长二三寸。叶面光滑，颜色青绿，叶背面色淡，很薄有细齿，有小刺。根紫色，有须。四月开白花，有的地方生长的开紫花。五月采叶晒干。南方生长的淫羊藿叶像小豆，枝茎紧细，经冬不凋谢，根像黄连。

淫羊藿药用，用酒炒才好。为什么叫淫羊藿呢？陶弘景说，西川北部有淫羊这种动物，一日交合百遍，因为食用此草，所以叫淫羊藿。淫羊藿被人叫作媚药，可以壮阳。单单看这个名字，就有些锣鼓喧天的沉昏。百草百木，脾性多得不可思议。草木们，从苍茫大化里一脚踏空，坠入红尘，各显其能。

虎　掌

三月出苗，初生，根如豆大，渐长大，像半夏而扁。也不甚高，就一尺多高。独茎上有叶如爪，叶子尖而圆，颜色青绿。一茎作穗，直上如老鼠尾巴。当然，是那种大老鼠的尾巴，小老鼠就不行。也有一窠生七八茎的。草窠中间生一叶如匙，裹茎作房，旁边开口，上下尖。中有花，微青褐色——跟白掌有点像，那枚叶匙像扬起的帆。结实如麻子大，熟后即变为白色。子随着风的意思吹，吹来吹去，寻找自己安身立命的土壤。深秋，茎叶枯败，掘根。

清晨的虎掌，草叶上挂着露珠，就像额头渗出的汗。它也不在乎季节的催促，把自己露在风里，慢条斯理晃在大野。倘若突然下起冰雹来，冻得它扭过脸去，闷头沉默。大自然阴晴不定，草木们每踏一步，都小心翼翼。活人难，活草也不易。

《本草经》中说，虎掌生汉中及冤句。可是，冤句又是哪里呢？虎掌根有大毒，药用必须炙，才能去其毒性。时珍说，生用的炙，是用温汤洗净，拿白矾汤，或者皂角汁，浸泡三天三夜，天天换水，晒干用。若是熟用，就在黄土地上掘坑，深一尺即可，用炭火烧赤，以好酒浇之。然后将虎掌根放在里面，拿瓦盆盖好，灰泥封回一夜取出用。大概是借地气拔走它的毒。我喜欢这些神神道道的炙法，有趣极了。

那些年我家里开诊所，我喜欢蜜炙甘草。大锅猛火，滴入蜂蜜，加入甘草，搅拌至微黄。那种清甜的药香，令人心境澄明，一如春浅杏花初开的空山。

半　夏

二月生苗，一茎独摇，茎端长三叶，石青绿，很像竹叶。也有像芍药叶的，掌状，在叶柄或者小叶分枝处生珠芽。是生长的地域不同的缘故。植株抽出花茎，肉穗花序，外具有佛焰苞，浆果，嫩时青绿，熟时红色。

根块茎球形，皮黄肉白。秋天采根。入药用根，有大毒，必须用灰裹几日，汤洗干净。

时珍讲了一个医案。宋朝有个知府杨老爷，喜欢鹌鹑油炸下酒。后来得了一种病，咽喉疼，发脓破溃，委实痛苦。吃了许多药不见效。后来吃了名医杨吉老的一斤生姜，好了。为什么呢？因为知府杨老爷喜欢吃油炸鹌鹑，而鹌鹑最爱吃半夏。半夏的毒慢慢积攒，入侵咽喉。唯有生姜能攻半夏毒，才祛除了他体内的积毒。

不过，想来杨老爷吃了那么多鹌鹑，鸟儿也得给他留点想头。也没什么可留的，就一点半夏罢了。

有人偷猎野鸟，拿农药拌了糜子，撒在山野里。鸟儿们吃了，都扑倒在地。偷猎者背了一麻袋死鸟儿卖给餐馆，因为有人喜欢吃野味。我一直想，那些鸟儿嗉囊内的农药糜子，可怎么办呢？

乌 头

乌头生于山谷，有好几个名字，一个比一个杀气腾腾：即子，射罔，杀禽兽，奚毒，乌喙。单单是看看这些名字，都有一股子戾风斜剌剌刮过来。叫乌头呢，是因为其外形与乌鸦头相似。

《本草经》中说，取乌头根，去皮，捣碎，滤汁澄清，晒干取膏，名为射罔，用来做毒箭，毒性很烈，可以一箭封喉。生乌头直接榨汁，叫射罔，抹在兵器上，晾干，那家伙，毒性可厉害了。

再早呢，回到神农氏时期，狩猎的人们也会用此法，把草乌头的汁液涂抹在器物上，拿去狩猎。据说利箭泡在乌头汁液里，浸入箭身，不管多大的猛兽，只要射中，见了血气，没有不毙命的。说是大熊中了乌头毒箭，踉踉跄跄走七步，一头栽到，呜呼，哀哉！可怜的大熊。估计武侠小说里的七步倒，灵感来源于大熊和乌头。

大概三国那会儿，乌头很盛行。兵家打来打去，为了增加杀伤力，取乌头助威。箭头上抹了乌头汁液，刀刃上也是。想想都不寒而栗。

乌头到处都有，颇为皮实。一茎直立，有叶柄，叶片薄，羽状分裂，裂片斜三角形，急尖。茎下部叶在开花时枯萎。开紫蓝色的小花，花冠像盔帽，花序圆锥形，种子黄色，多而细小。

既然乌头毒这么厉害，为啥还要入药呢？中医的治疗，取类比象，取乌头药性的以毒攻毒。乌头治疗风邪病很好。不过，入药之前要炮制的。取根，先用凉水浸漂，每日换水，一直漂至口尝稍有麻辣味时取出。用甘草、黑豆煎汤，加入漂过的草乌，煮透，至内无白心时取出。去掉药渣，晒至半干，闷润后切片，晒干即可。这个过程不可马虎，万一毒去不干净就麻烦了。古时医家，大都自己炮制，为着安心。

其实中医的炮制委实重要，也很烦琐。挑选，筛簸，刮刷，使得药材纯净。水制法简单一些，不过是水洗、漂、泡、润、水飞。火制法要复杂很多。清炒，有的炒黄即可，有的要炒焦。还有炭炒、盐水炒、酒炒、醋炒、土炒、姜汁炒、麸皮炒、米炒等。炙炒，就是加入蜂蜜拌炒，药材呈焦黄色为止。

煅呢，分为直火煅、锅内煅、焖煅、暗煅等。挨煅的药材多是金石类的。若是草木，都给煅没了。炮，是把药材用湿纸包好，埋入灰中，放入炒热的滑石粉、细沙，直到炮制黄焦爆裂才好。比如穿山甲、附子，都必须炮制。

至于水火制，也很复杂，包括煮、蒸、淬、滭。煮不单单是水煮，要加辅料。比如醋煮大戟减少其毒性，酒煮黄芩增加清肺热的作用，萝卜汁煮芒硝冷却后即成元明粉。蒸呢，最有名的是九地，九蒸九晒，蒸得九地内外透黑，把生地蒸成熟地，真是有意思呢。

淬就是把煅红的矿石药材，迅速投入冷水中或者药液中，使其酥脆。淬火过后的药材，药性变得缓和持久，不烈。比如醋淬自然铜、淬鳖甲等。

我们老家有一种淬法，叫打醋坛。搬了新房子，或有人感冒，就把白色的石头放在火炉里烧红，猛然投进一盆子醋里，醋盆冒一股子白气，弥散在空气里。那些醋味，对空气有净化作用。滭很简单，就是把药物投入滚水中烫，翻几次捞出来。滭过的草药容易去皮，杀去一点躁涩性。

还有好多种方法呢，如发芽、制霜、发酵……其宗旨就是改变药性，减少毒副作用，提高药效。

名画要如诗句读，古琴兼作水声听。我读草木，是万籁俱静时的自言自语。从大野里独自看花归来，关门闭户掩了柴扉，安静坐在灯下写一点草木，独自沉醉。红尘滚滚，草木令人觉得安妥，最喜欢抵达草木清凉世界，喜欢风中吹来一些草木的消息。

【原载《散文海外版》2018 年第 8 期】

元宵、滚冰与抹黑

苏　莉

我的故乡莫力达瓦是达斡尔人最主要的聚居地，大概是全世界达斡尔人最多的地方了吧！可多年来由于多种民族的混杂，许多过年的风俗和习惯都已分不清到底是从哪里发端的了，真要捋出头绪，怕是要很有学问的人才行。

比如也会在正月十五这天吃元宵。只是对这些外来引进的玩意，达斡尔人开始的时候颇有些摸不着头脑。在七十年代什么食物都要分配的时候，分得的元宵实在让人好为难啊！当时这元宵是归在副食一类里的。

不知道怎么吃。感觉是黏的，那么就像黏豆包似的蒸了吧！

就蒸了……

小不丁点儿的，里面的馅儿是那种红绿丝的，而且没有黏豆包那么黏，太难吃了！

那怎么办？好吃不过油炸，就炸了它！

就炸了……

看似金黄，有脆皮，可放进嘴里还是难吃！我那时候对所谓的元宵真是一点好感都没有。

直到1988年，我离开家乡去兰州读书，在张掖路上一个小胡同里吃到了煮在锅里的元宵。看那白白圆圆的在沸水中上下漂浮，一点也没有像大人们当年说的会散掉啊。盛在碗里，拿瓷勺捉住了，吹冷，在那白皙的糯糯的皮上嘬一口，哇！原来是这样的，好吃啊！尤其是里面的馅儿是五仁的，磨得那么精细，留在嘴里的浓香无法形容……那家小铺大概非常有名，人们都在排队等待，而且也并没有多少人可以等到有座位，轮到自己的元宵出锅了，捧着碗站在路边上吹吹就吃了。

原来我们被蒙蔽了那么久！才知道元宵确实应该是煮着吃的，吃完了元宵还要喝那个清清的汤才算完整。曾经傻傻的元宵节啊！白过了那么多年。及至又去南京读书，看到南京的街边小摊随处可见煮元宵的，他们叫作汤圆。看似一样的东西其实还有不同。东北的元宵是在糯米粉上滚出来的，一团馅儿在干粉上哗啦哗啦轰轰烈烈地滚动，直滚到面粉逐渐包裹住了内在的馅儿，这样的滚动包裹法包出来的元宵极其圆润。而江南的汤圆是用湿的糯米粉包出来的，他们多半用黑芝麻混合猪油做馅料，煮出来的汤圆汤是清的，汤圆糯中含着黑芝麻的香浓。

后来南北生活逐渐交融，北方的正月十五也逐渐开始吃起南方的汤圆，馅料也逐渐丰富，可选的实在太多了，让人恨不得多长出一个胃来，好把这些天下美味统统都装进去。我也曾经尝试过自己做元宵，试着用达斡尔人爱吃的苏子做馅儿，吃起来的确味道很特别。

文化的交融不仅在于美食，还有习俗也有互相交融的，比如说“滚冰”。我们那里先是正月十五的时候是要给死去的亲人们送冰灯的——这大概是汉族人带来的，具体是哪里的汉族人的传统似乎也理不出什么头绪。达斡尔人春节的时候爱在院子里点篝火——这又差不多是古代某些仪式中崇拜火神的习俗沿承了。后来不知从哪里来的“滚冰”，就道不出它的出处了。

在莫力达瓦的尼尔基水库没有建成之前，小镇上的人们死后都有一个好去处，人们叫那里“北尼尔基”。那是一处高坡，位于我们小镇的北面，依山望水，的确是一处很好的安息之所。我的父母、奶奶、姑奶都埋葬在那里，有时去那里看他们，时常要被那里的安宁所感动。站在那个地方，向南望着那条大江，弯弯地围着我们的小镇，默默地影响着我们的生活，而我们却浑然不觉。

于是正月十五的前一晚，在北尼尔基有亲人安息的人家就开始准备了。制作冰灯似乎也并不是太复杂的工艺，家里有一只大铁水桶就可以了，装满从洋井打上来的水，在寒冷的莫力达瓦，制冰的温度不成问题，放在室外不久，铁桶边缘的水即开始结冰。得时常出去看看，不能冻实了，正好冻到两指厚的时候，把铁桶拿进屋里，倒掉里面没有结冰的水，里面就是空心的了。再放一会儿，铁桶边缘有点融化的时候，小心倒出空心的冰，不要碰碎了，再拿到室外继续冷冻，冰灯就做好了。赶在正月十五的黄昏，家里的男人或带着家里的半大小儿，骑上车子把这诚心做好的冰灯送至亲人的安息之所，放置跟前，里面点上蜡烛，让安息于此的亲人也在温暖的灯光里过一个节日。

之后更大的狂欢开始了！

正月十五的晚上，月明如镜，送完了冰灯的人们络绎不绝地走去东江上的冰滩上狂欢，点篝火、放花炮，最主要的是要在冰上滚动。据说能滚去上一年的病灾，滚来新一年的好运；人们就去滚，倒不是真去治病，这样傻乎乎地滚动，的确是让人十分开心的事。人们在春节期间的休养生息到了十五仿佛已经让所有的人满血复活，已经不能安于室内的生活了，需要去那广阔的空间释放激情。年轻人或许能遇到命定的爱情也说不定啊，于是滚冰在这个冰雪小城应运而生。

到了正月十六，对于达斡尔族这个小小的族群来说，还有一重狂喜能把逐渐淡去的年味重新拉回到眼前。

这就是“霍乌都日”。目前为止，这抹黑节似乎是独属于达斡尔人的节日，还没有听说其他民族和我们有一样的节日。

为了驱邪避鬼，达斡尔人想出了奇妙的办法。他们认为让鬼找不到就好了，这个习俗想必缘于历史上达斡尔人所经历的战乱：无论是清朝皇太极派来的用于征服他们的所谓的讨伐大军还是俄罗斯的远东探险队，再早还有北方大地上各民族各部落间的互相征伐，达斡尔人这个小小的族群实在是经历了太多的磨难。

源于对平安生活的向往和保护下一辈的愿望，于是就在正月十六这天清晨，大人们从自家锅底刮下黑灰，悄悄地抹在还在熟睡中的孩子的脸上。大人之间也会趁着不防备互相涂抹，涂了黑色的脸看起来自然是滑稽的，尤其是刚起床的孩子们那一脸懵懂的样子更是让人发笑的。

于是这本是严肃的一个习俗一下子转变为一场狂欢，互相涂黑的嬉戏成了节日的主旋律。人们在这样一种互相追逐、玩闹之中重新获得一种节日的狂喜和相互的祝福。

及至涂过了黑脸，年的闲适感终于到了该结束的时辰，家里有上学的孩子的，这时候基本上都开学了。随着孩子们上学时间的到来，家里的生活节奏逐渐步入正轨。

到了龙抬头的二月二，吃过了年猪最后剩下的猪头肉，春节——这一场盛大的节日接近了尾声。春意荡漾在北方的天空，风筝也开始在这早春的空中摇晃，树木的枝丫开始发出光泽，蓄势待发，新的一年的劳作也便开始了！

无论上一年里的生活状况是什么样的，新的一年总是充满了希望的。

【原载《内蒙古日报》2018 年 3 月 2 日】

一个鸡蛋的故事

齐亚蓉

几日前搭乘亚航经吉隆坡转机回新加坡，因各种主、客观因素，在吉隆坡转机时状况百出。好不容易赶到登机口时飞机早已起飞，改签机票又不成功，只好要弟弟给重买机票；结果他买了新航的班机，新航跟亚航不在同一搭客站，为了防止再次误机，只好马不停蹄，当稳稳坐在候机室时已是四五个钟头之后了。

那时的自己疲惫不堪、饥渴难耐，想着一个小时航程就到家了，忍忍也就过去了。但眼看着离登机时间愈来愈近，机场工作人员丝毫没有放行的意思。

“怎么回事啊？都快饿死了！”不由得自言自语。

“我这里有一个鸡蛋，给你吃吧。”旁边一位慈眉善目的阿姨拿出一个煮熟的白皮鸡蛋递了过来。

“不要啦，您留着自己吃吧，一会儿就到家了。”

“听说飞机出故障了，还不知道什么时候起飞呢！”

“啊？这样啊！那实在太感谢了！”简单讲述了一下自己挨饿受累的原因，三两口吞下了那个清香无比的鸡蛋。

她叫玉莲，跟老伴准备前往狮城会见自雅加达而来的儿子及自美国西岸而来的女儿一家，然后一起去印尼民丹岛度假。听说我是一名华文老师，她即刻两眼放光，问我要不要去雅加达教书。原来她希望自己落户雅加达的孙子孙女能够学好华语，但苦于一直找不到一位称职的华文老师。

在接下来的五六个小时里，我俨然成了她的故交，不但熟悉了她儿女家里的每一位成员，而且对他们每家的用具及摆设都了如指掌。

她是一名英文老师，但对中华文化的热爱令人动容，这从她寄给女儿的家具、摆设及字画即可见一斑。她说她自己小时候没机会接受华文教育，所以希望子孙后代不要步她的后尘，她的女婿是伊朗人，她专门请人给取了华文名，还托人写了一幅字给他。女儿装修新居时，她买了一大堆古色古香的家具、摆设寄给她，其中有青花瓷碗盘及花瓶、刻字的老式立柜、雕花的木窗及木门等。她把所有的东西都拍了下来，见人就问，想要明白那些东西的价值及意义，尤其想要知道那些字画的内容都是些什么，但却一直不得要领。当我一一解释给她听后，她说她要写下来告诉她的女儿、女婿。

她的一对儿女都在英国读的大学，女儿大学毕业后又赴美国取得心理学博士学位并在那里安家落户，读工程的儿子毕业后则跟随儿媳前往印尼做生意。她的儿女接受的也是英文教育，所以她只好把希望寄托在孙辈身上。

“我今后一定要自己先学好华语，然后教他们。”她说。

“你行的，一定行的。”我不断鼓励她。

“你今天教了我很多，需要付学费吗？”她笑得顽皮又可爱。

“你已经付过了啊！那个鸡蛋不就是你的学费吗？”我们同时开怀大笑起来。

傍晚抵达狮城依依惜别之际，她附在我的耳边说：“别忘了我们的故事—— 一个鸡蛋的故事。”

“不会的，我会把它写下来的。”我告诉她。

2017 年 12 月 30 日于狮城

【原载《文化艺术报》2018 年 3 月 9 日】

听雪记

阎　逸

雪的练习曲或春天在哪里

谁是雪的主人和客人呢？前者可能是冬天，后者可能是春天。这个春天的雪下得比冬天还大还猛烈，颇有些反客为主的意思。反客为主的冷，不用俯身就触到了你的额头。我还没有准备好，你就来了。是的，我还没有准备好眺望，这些打着不同邮戳的信件就被投递过来了。而被带入了迷途的骑着电动车的邮递员，既不是主人，也不是客人，他更像是一个匆忙的旅人，一夜之间就搞混了两个季节，就像天空弄丢了回忆录里的滑冰鞋，所以不得不打着手电反复照亮黎明的闹钟。

雪也有一天一次的乡愁通知吗？即使拧紧了发条，名字的写法却还是那么松懈，晴朗里常常挂着阴霾，鸽子因为靠近北风从而有了还乡的愿望。

但春天在哪里呢？你在这个句子里四处询问时，录音师手中的采样器正在把即将到来的昼夜采样成身体的田野，把哈尔滨采样成一支练习曲中的巴黎。春天到底在哪里呢？它已经倦于回答。一场大雪散发着苹果的味道。一颗逐渐融化的苹果我该怎么递给你？在我为你读出的一首诗里，你看见丢失了很多天的风铃原来一直晃悠悠地挂在屋檐下，比燃烧中的花朵还要羞涩。

雪仍在下。

我还不知道该怎样敲开你的房门，要一杯夜晚的低度酒喝。

雪没有辩词。雪只是裹紧了一个词的世界，并且让世界这个词继续被朗读者们困扰着。英文里的世界（world）比词语（word）多出一个字母，那是一根指挥棒吗？天空里到处都是词的形象，只要抬头望一望，就会看到那个古老而强烈的，能令人浮想联翩的岁月。就像诗人约瑟夫·布罗茨基的传记电影《一个半房间》，所有象征词语的乐器都依次飘浮在空中，仿佛一支正在向远处集结的军队，步伐整齐，纪律严明。而那场漫天飞舞的大雪是一个白发苍苍的指挥家吗？钢琴、竖琴、大提琴与小提琴、英国圆号和长笛、巴松管与双簧管、军鼓和定音鼓同时发声，音符轻轻滚落下来，这盛大的、隆重的音乐会是词的无数次变奏吗？这诗歌的、散文的，以及小说的雪，该属于谁？

开往雪乡的越野吉普车中途抛锚了，你想搭乘另一辆，但没有谁会为词语中的人踩上一脚刹车，没有谁会在意你伸长的胳膊和竖起的大拇指，你只能让词语里的雪继续瘫软在笔记本电脑的台阶上，让双峰农场把你误认成一个迟到的造访者，而不是归来者。被伪装成大雪的大雪，用搜狗输入法缝纫一个小世界（世界越小，就越有人想把它弄大，平庸和邪恶，二者必居其一。在长镜头拍摄的哲学课现场，我想，我已经悄悄爱上了汉娜·阿伦特）。

伊凡·哥尔说：“雪在夜里使我的面孔真实了。”你从一场大雪中归来，像雪从雪里眺望自己的三千里故地重游，但一串词的钥匙还在哗哗作响，还在等待心灵旅馆的认领。

听的两岸或尘世的疾病是肉体

目所及者云视，耳所及者云听。眼睛和耳朵的肉体功能就这么被确认下来了。近景和远景闪动在窗口，飘浮在空中的打字机，被一双看不见的手敲打着，听：草莓有着早晨的安静。但听本身从来都没有安静过，这个缺乏想象力的世界又一次伤害了它。

仅仅从形象的演变上看，“听”在简体字里是没有耳朵的，一张嘴孤零零地悬在那儿，仿佛那些已经积攒了生生世世的心里话都有待说给风听（风是一个有耳朵的女人？当然，否则枕边风怎么可能对着历史吹了那么久，吹得几千年的偏旁部首骨质疏松）；而作为繁体字的“聽”虽然努力竖起了耳朵，听到的却是王的声音和内心的道德律令（俯耳听命，不再有心追神往，这该是一个丢失了自由的人吧）。

繁简之间，很多年来了，很多年又走了。

某些花儿一样的事物还来不及被拆字法躲开，貌似风华正茂，期待青春的暴风雨来得更猛烈些，实则早已被时间的子弹击中，一颗心千疮百孔，胳膊和腿掉落了一地。如果一个字是一个人，将《说文解字》与《新华字典》对照着读，你会发现有的人终生都在揉着那只冻得通红的鼻子，有的人只能转动几下眼珠，有的人两手空空却提着千斤重物，还有的人则干脆遁于无形。

就“听”字而言，无论繁简，都已脱离了它的早期结构，那个曾经可以依次拆出耳、口、生、古四个字的古汉字，除了由口说出的语言还勉强诉诸在听觉上，其余的部分都随着时光消逝了。但消逝是真的消逝吗？我看不尽然。那些万古闲愁、万象森罗，依然流淌在你的血液里，蕴藏在你的灵魂深处，或许只是你不想听、不愿意听到而已。许多人都是这么做的，听不见鸟鸣就以为鸟并不存在于此刻，实际上它正从你的眼中急急地掠过，你不闻字如鸟飞吗？

（字如鸟飞？写和读都是一种飞翔的言说？是的，只有听将言说的大雪一字不漏地打扫干净了。甚至连诗歌便条上那些晦涩的句子也被擦去了。但偷听的零头是别有用心的弦外之音找给的吗？偷听者常常装出一副刚刚到来的样子，你却感到他已经在门外站了好久，听了好久。什么叫隔墙有耳？这就是。每个人都有秘密。每个人的秘密都不可能巧妙地躲过一生。不该说的话被不该听的人听去也就罢了，偏偏这个人还是一个不负责任的传声筒，白的被传成黑的，圆形的被传成方形的，传着传着，一切都走样了。这里的听是二手性质的，但产生的效果却绝对是超一流的。“这并不奇怪，你不应该觉得奇怪。”我认识的一位阅历丰富的老者说：“人生在世，说话就是冒险，就是在手里攥着一把无形的刀子，要么刺到别人，要么刺伤自己。一句话说错就等于是在出生入死，以卵击石。有些话可以对所有人说，有些话只能对某些人说，有些话只能对一个人说。另外，有些话只能深深地埋在心里，只能对自己说，悄悄地说，秘密地说。但是，还有一些话连对自己都不敢说。”）

听是维系耳朵与声音亲密关系的唯一线索。

那样一根细致入微的，可以穿过针孔的聆听之线，在思想的隐喻尽头，通常会系着几只小铃铛，有时零零星星响几声，似些许微风拂过；有时又叮叮当当地响个不停，仿佛一架昔日的马车正在扬鞭而来。

然而，你听到的声音并不是铃铛自身所发出的声音，它只是借着铃铛的形状在那里摇头晃脑、挤眉弄眼。你可以将其改写成任意一种声音，比如光的声音、云的声音和雪的声音。这些听不见的声音分出了听的层次和质感。某一年冬日午后，李世民双目失明的奶奶说，听，外面下雪了。他跑到院子里去看，细小的雪花果真从天上缓缓飘落着。不知她是怎么感应到的。或许，对于一个在人生中途双目失明的人来说，听是一个类似往昔的发生和再现，那种以记忆为背景的带颜色的声音——暗红色的声音，淡紫色的声音，靛蓝色的声音，借走了并不属于它自己的早晨和黄昏。

听，借走了言说的深意，却从不归还。

艾略特先生说，最深处的声音是听不见的，但只要你在听，你就是那个声音。这种带着某种禅意的倾听无疑是美妙而有趣的，当一个物体被附加在一个词上，你就听到了它的声音。你是借词的耳朵去听的，所以，铁不用敲击，纸不用撕碎，水不用流，花不用开，苹果也不用从树上坠下，你就能听到它们的声音。听，有时是反过来的，是用哲学意义上的声音去倾听那个假设的耳朵，听那些静如深海的不可知与不可问。或者，更多的时候，你是用大脑储存的记忆的声音在听，就像你刚刚听过了阿赫玛托娃的俄语朗诵录音，然后再读她的中文译本，你忽然就听到了她说汉语的声音。阿赫玛托娃说汉语究竟是种什么感觉，只有她的舌尖触碰过的那些词才知道。

有些词的声音需要用寂静的耳朵去听，比如星辰的声音，石头的声音，蝴蝶的声音或者花朵的声音。你需要将它们从大脑运转的声音里抽离出来，然后分类，归档。这份第六感的声音档案，需要用词的灵魂去写，去打印，装订成册。词的保管员在三首诗里阻止你提走一场大雪，那是因为十二月已经亮起了红灯。

然而，还有些词的声音只有在你身临其境时才听得到，它不在词语中，不在书本上，不是平舌或卷舌的音节，甚至也不在想象中，它只在现实中等你来接触。当诗人于坚去看黄果树瀑布时，忽然发现这个具有地理性的名词与图片上的景象、与词本身毫不相干，与通常被描述的形而上的雄伟和壮丽也毫不相干，它实际上是一种巨大的声音的沐浴："它先是侵入我的耳朵，然后灌满了我的耳朵，最后，是震耳欲聋。与此同时，我的头发开始潮湿，我的眉毛和鼻尖开始潮湿；再走近些，我的外衣开始潮湿，我的内衣开始潮湿，我的皮肤开始潮湿，我全身湿透，我像落汤鸡一样里里外外彻底湿透。"

听，有时不是你在听，而是另一个人在你身上听，被另一个人灵魂附体地听。

保罗·策兰说："你听着雨，并猜测这一次，它也是上帝。"

但如果不是你在听词语开花，而是词语里的事物在听你呢？它用一杯冒着热气的咖啡听，拿铁或卡布奇诺；用一只色彩缤纷的鸟听，绯红金刚鹦鹉或蜡嘴雁；用一颗水果听，柠檬或芒果；用一部机器听，推土机或金属切割机；用一条河流听，从此岸或彼岸；用一个医生听，牙科或脑外科；甚至它还用金钱听，美元或英镑；用亡灵听，荷尔德林或特拉克尔……

如此这般地听下去，听得众词获得了真身，而你却连你的替身都不是。你身上的那只鸟已经飞不过词语里的高山。

听，一个不可避免的事实是，生活在别处，而你在这儿。

而另一个事实依然同样不可避免：无论你怎么听，无法听到的音乐都是命运。

能真正用心灵的耳朵听到众树开花、老天下雪的人，我只认识李世民的奶奶。这与她双目失明有点儿关系，或者说关系不大，就像失眠者经常随身带着用来睡眠的药，但即使吃了，也未必就能酣然入眠，睡得安稳。

一定还有别的什么人能听见常人所不能听见的声音，像李世民的奶奶那样。但从没见过，可能是怕太招人耳目，还可能是因为他不想被人当作疯子。

有一个人，无论何时，只要问他，他就会头也不抬地告诉你现在是几点几分，丝毫不差。人们对此很惊奇也很羡慕，刚开始时，每天都有人来问，每次也都准确无误。后来，有人却慢慢发现他还有另一个特长，就是记性太好。他记得每个人说的每句话，做的每件事，某年某月某日某时在某处，某某和某某某，都说得一清二楚，每个人都被记着一笔或几笔烂账。这样一来，单位里人人自危，领导更是害怕，索性就齐心合力把他弄到一个偏远山区的特殊教育学校去了，要他到那里去发光，发热。

几年后回来，这个人什么都忘了，连话也不愿意说一句，只是不停地抬起胳膊看手表，他以前可是从不戴手表的，一看就知道是精神上出了问题。

尘世的疾病是肉体。写下这句话时，悲伤突然涌出悲伤的大脑，唉，弗洛伊德和荣格看守的精神老宅子凭空又多出一人。

所有人都在用肉体的耳朵听世界，肉体消失了，世界却还留在那里，你能听到些什么呢？你怎么能确定你听到的都是阳光明媚，都是晴空如洗，从没有一片乌云在头顶飘过？或许，所有人的生活都不过是时间的幻觉，除了被遗忘的时光的尘埃，什么都没留下。

好吧，好吧，什么也不会留下。

即使故事里有那么多被冲刷过的想象、虚构和猜测，即使冷冰冰的机器半开半闭地录下了门外的积雪。

【原载《北方文学》2018 年第 4 期】

薤露之味

冯儒帅

小　蒜

正如奥尔罕·帕慕克在《黑书》里不知道找了多久，走过一条街又一条巷，一张张脸孔写满焦虑；一条又一条的雨流从污浊的玻璃上流下来时，四月被阴阴晴晴的雨擦拭得逐渐明亮起来，空气里有股努力推向岸的暗涌，一点小秘密起先刻意藏着掖着，后来迫不及待地奔走相告。终于，汹涌的秘流涤荡着陈旧的不言而喻的秘密。

不知谁家先起锅打破了沉睡的魔咒，平静的家庭注入了一些野性的因素，主妇们重新回到当年花前月下的时光，男人们也醉醺醺地重温着年岁久远的欣喜。孩子显然有点不知所措，但不久后也觉得这样挺好。清明节后的第一场雨一走，冬眠已久的动物该苏醒了，沉睡了一冬的生物钟在体内戳了戳，挖小蒜的季节到了。

比起大蒜的粗笨，小蒜拥有精雕细琢般的外形。如果套用《创世纪》的理论，小蒜是大蒜的肋骨，珠玉般的形状让人舍不得像糙汉子那样大嚼特嚼。甚至过于简单的烹饪方式都显得暴殄天物，聪明的主妇们用热水和好软面，用小蒜伴着新炒的碎蛋花一并装入对折的一张面里叠做扇状的菜盒子。

“远古”时期的吃法没这么奢侈，小蒜的叶子是纤细柔弱的细草，很容易与它旁边硬邦邦打了蜡般的野草混淆，行家的眼睛、鼻子和口腔是精准的仪器，将区别娓娓道来。翻开泛黄的黑白照片，那些下雨的时候裹着臃肿的棉袄的人们、冰河刚开不久水里粉红色的蝌蚪顿时鲜活起来。山肴野蔌，落英缤纷，神清气爽，这是挖野菜的时节。

老　汉

二月小蒜，香死老汉。民间都这么说。

新刨出的小蒜用红油辣子一炒，用来拌面吃那叫一个打嘴巴都不放。

沈家村里就有这么一个老汉，得了病，胃疼。啥也不想吃，只想吃小蒜调面。

二月里，天地间还没有完全暖透，和煦的春风里还夹杂着丝丝冷意。儿子去地里找了二月里的小蒜，回来媳妇用红油辣子一炒，微苦的味道忍着不出来，想出头，不甘心地忍着，清香从撕开的衣裙中探出头来撩着人，冲得鼻子快要失去嗅觉，拌一把白溜的手擀面。老汉心满意足地端着海碗，一筷子一筷子挑起来，吸到嘴里，嘴边的两腮放了肉，蜡黄的褶皱塌陷下去。

吃这就当给我做生日了。老汉豁了一颗牙，张开嘴嘿嘿地笑着，沙哑的嗓子发出嗬哧嗬哧的声音，像夏季急于喝水的黄牛。

你爱吃，天天给你做生日。儿子说完又觉得哪儿说错了，忙转过身子，用满是灰土的袖子擦擦泪，掀开门帘走到房屋里去。儿子心里很愧疚，他爹病重自己没钱给治，心力交瘁之间连爹的生日都忘了。

老汉没在意，这句话被门帘撩起的风吹走了，没落到老汉心上。他蹲在院里的树下一筷子一筷子挑起来送进嘴里，用松动的牙齿嚼着，细细地品着小蒜香，舍不得下咽。也不低头看碗里，定定地望着远方。其实不需要低头，他摸得透碗里的葱丝、芫荽甚至花椒面的末儿，如同弄了大半生的庄稼，知道什么时候播种、施肥、除草、割麦子、扬场、磨面，早他去了的老伴又忙着舀面、和面、揉面、醒面、擀面、切面、煮面、拌面，吃的是自己种出来的小麦，吃的是自己年轻时水深火热的劳作岁月，吃的是春种夏耕秋收冬藏的酸甜苦辣，自己心里没有底儿吗？他吃的是自己走过的大半辈子，吃着吃着，混浊的眼睛里滚落了几颗泪水直滴进碗里，又挑起一筷子面，连同泪水一起送进嘴里。

老汉还是没能吃成几次小蒜拌面，临走时肚子鼓得很大连水都咽不下去。从生病的那一刻起其实命运就被判决了。儿子整日背着他愁眉苦脸，别人问起来媳妇惋惜地说没几天了，问的人多了，惋惜成了冷静，甚至发展成淡漠。在现在看来并不是多大的病，但那个时候，没钱，医疗条件差，只能听天由命。

老汉走后，村里人调侃说，二月小蒜，香死老汉，还真是这么一回事。他们平淡的语调就像一阵风吹过。

地软儿

地软儿是精灵般的食物，理应有个精灵般的名字。

可人们一般叫它地皮菜，或干脆叫地皮。纤柔温婉的精灵和恶意的大老粗“地痞”挂在一起极不相称。听吃过的人们叫它“地莼”，终于在地衣、地皮、地木耳、雷公菌、地瓜皮等一系列生硬的称呼中找到一个接近的“地软儿”。

没错，地软儿是软的——当被泡开才知道，它被划到蕨类里。地软儿在早春时埋在枯草中，只有等下雨后才能寻得几枚。几朵稀疏的褐色趴在地上，类似泥土的保护色使它们很容易被忽视。相对蓬勃的野草野菜来说它的产量太小，往往捡回去的地软儿中还夹杂着大半杂草和泥沙。剔去杂物后的地软儿一定要泡在水里舒展才能观察出它本来的面貌—— 一缕幽静、冷艳的墨绿薄质静静浮在水中，像是一桩深邃的心事。它有木耳的形状，却远不胜木耳痴肥笨重。说它像紫菜，它没有紫菜仿佛熨出来的平直，微微的卷曲与细纹避免了紫菜的顽固和呆板。地软儿是有温度的，介于纱与绸之间的一片半透明的墨绿色魅影。它在水中逐渐绽开饱满时，透过水面俯视它，竟能从稠密的暗色里寻找到以往忽略掉的阳光。哪怕是一丝细微的掠影，短暂地浮光潋滟地淌着。你会怀疑是你借助了它的眼睛，戴着墨镜凝视过滤后的骄阳。

多看一秒都是奢侈。

无须抱怨什么，本身拥有它就是一种奢侈，一片也是。

伴着土豆丝爆炒，出锅后夹起一小块放进嘴里，满嘴都是云的味道。没有谁真正尝过云，但并不影响对地软儿鲜香滋味的理解。它让你仿佛漫步于云端。人终究还是要回归大地，地软儿消失后飘忽的感觉也无处寻觅，美好一向走得太快，稍纵即逝。

人们总是想多找一些地软儿，希望它像别的主菜一样富足。除了在每一场阴雨后抢先趴在地面上翻枯草外，所能做的只有祈盼春雷千万别来。他们脑海里一直盘踞着一条常识，打雷后的地软儿会变苦，无法再食用了。零星的绿色的草尖越来越多，该来的总会来，滚滚的春雷总挡不住，一切都变成了怀念。

稀缺的地软儿，稀缺的他们仨。

他们仨由两个他和一个她构成。

他喜欢她一辈子，她却嫁给了另一个他。他们彼此心知肚明，干脆叫他们老杨和老柳吧。

老杨在村里是个难得的人，村民们一致这么认为。连老柳也没异议。老杨喜欢了她一辈子，她嫁给了老柳，老杨也打了一辈子光棍。全村人都心知肚明，只撇开他们仨私下交流。单身汉闲着也是闲着，索性多帮他们干点活。老杨的这个习惯一直延续到老柳和她婚后，老柳家收种、采摘多了一个人手。既然没能和她在一起，就尽自己所能把最好的给她。这是老杨心里的想法。老柳和她也不瞎，刚开始认为不合适，拒绝了多次后也心软默许了。有时候老柳夫妇觉得老杨一个人吃饭不方便，做了好吃的也会叫他过来一起吃。就这样榆钱儿泛绿桑叶黄，草木摇落露为霜。三个人默默地坚守着一种稳固的默契。也有人怀疑老杨和她是否真的纯净，却立刻遭到村里人的斥责：“绝对没可能，你不想想老杨是什么人？”的确，谁不知老杨的品格犹如坟边那两棵古杨树，孤零零却正气地直挺着，这一挺少说也有几百年。那两棵白杨树皮上疤痕般的纹理形状逐渐成为两只睁大的眼睛，静静地注视着从山谷上田垄边路过的行人。心中有污垢的人赶夜路不敢从那里过，白杨树的吟啸、磷火的闪烁，一草一木一鸟一虫都能成为致命武器。相反，心净的人赶夜路总是要透过夜色瞅一瞅树上的眼睛，仿佛是谁在庇佑匆忙的夜行者，挑了两盏灯照护着他。这样的老杨怎么会做出令人不齿的事情？了解老杨为人的村民和老柳一起愿意相信老杨。那个年代村里的空气都是昏暗的土黄色，人们呆滞的眼神、干瘪的腹部、浮肿的脸好似随时命悬一线，贫困和饥馑成了死神镰刀上的锋芒。天黑天又亮，人死了又有新生儿诞生，人们忙着碾麦谷煮稗子剥树皮挖野草充饥，所谓生活已沦为生下来只为活着。没人再顾得上梳理他们仨的感情初衷，只是感动于他们仨之间能贯穿饥饿生死的纯净，互相依靠着成了亲情，直到老杨去世。老杨生前很喜欢地软儿，老柳家的饭桌上再次端上地软儿的时候，老柳和她总是默默地抬头看着天上的云。

西方人称地软儿为“上帝的眼泪”。实际上，地软儿在有水、土及养分的地方就能形成，捡的时候往往还混着牛羊等动物的粪便。

苦 累

“苦累”不是形容词，是一种家常面食。以菜为主，掺少许面粉或馒头渣搅在一起上笼蒸，蒸好后浇上捣烂的蒜汁一拌就是一道有滋味的主食。山西有些地方把它称为“不烂子”，这应该是最官方的叫法了。街头有几家饭店主打家常饭菜，菜谱上的写法五花八门，“谷类”“菇蕾”“固垒”“箍类”，甚至写成“钴镭”，貌似放射性的重金属元素，食客也照吃不误。无论字写得多恐怖，乡音一说就通，进店即可大快朵颐。突然有天在百度上检索到一条读音相近的词条“苦累（苦缕、窟屡）”，是河北一带的方言，是否在河北有的地区“k”发“g”的音不清楚，“苦累”俩字再形象不过了。虽然读音不像，意思上却诠释了平淡嚼出的味道。时令野菜是“苦累”的主要材料，一到春天，人们纷纷提着篮子去找野菜，有一代代口口相传教他们识别可食用的野菜和食用方法。春天时人们的眼睛是明亮的，这得益于与自然的亲近。和其他动物吃野菜没有本质上的区别，好像进化的时间还不长，很自然地接受大自然的赠予，进食，反刍，呦呦鹿鸣，食野之苹。这很自然，并无丝毫的异议和不妥。

槐　花

槐花花开，一串串洁白如铃悬在枝头。春末夏至流行吃槐花“苦累”，这么精致的花朵吃掉它们往往会产生焚琴煮鹤的愧疚。认识小生的人知道他从不吃槐花苦累，他吃到的槐花是苦的。但他们并不知道，小生的味蕾没出任何问题，曾经，槐花在他嘴里也是甜的。

“昨天我家吃了槐花苦累，今天又要吃。”只有几岁的小生骄傲地向同学宣布，并接受他们艳羡的目光。他的话触动了他们记忆里共同的味觉，教室里咂嘴和吞口水的声音汇成一片。

小生还沉浸在槐花香甜的美味中，却突然被叫回了家，从此再也没在课堂上出现过。槐花是小生最爱吃的野菜，却难采摘，要上树踩着细细的枝条折下细枝再慢慢捋。小生的父亲为了满足儿子又踩上了细枝，这次没有走运，一个踩空从高高的树枝上跌了下来。这是小生听村里长辈们讲的，等他回到家时，院子里聚了一堆人，有和父亲一起干活的工友们，还有哭成一团的母亲、祖母和姑姑。院子中心放着一口用薄薄的白漆木板临时拼搭成的棺材，小生看见他的父亲闭着眼睛躺在里面，小生哇的一声就哭了。

最理智也最残酷的话莫过于“生活还要继续”，人们要打起精神将粘在心灵上的那层关于过去的记忆硬生生地撕开，粘连着血肉模糊的面目。姑姑抹掉泪水，一边安慰着嫂子和母亲，并把不知所措的小生抱在怀里。母亲哭得晕了过去。姑姑去灶台点火做饭，招待着商量怎么办理丧事的工友们，舀了白面和玉米面搅在一起做成苦累，端了一碗送给嫂子。小生的母亲醒过来拉着小生说，孩子，咱不哭了，咱要吃饭。小生早就泣不成声，边哭边断断续续地说，妈，您不是说咱吃饭吗，您咋不吃？最后谁也没吃那碗槐花苦累，据小生回忆再吃的时候已经变成了苦的。

白 蒿

好的白蒿总长在枯黄的蒿草里，根被挖出来时还带着一根干枯的蒿草。白蒿有很多别名，比如蘩（《诗经》）、皤蒿（《毛诗传》）、由胡、蘩母、旁勃（《夏小正传》）、白艾蒿（《僧深集方》）、蓬蒿（《开宝本草》）等。最常见的是茵陈。

二月茵陈三月蒿。当地流行着这样的俗话。白蒿味苦、性凉、微甘，新生的白蒿有清热利湿、凉血止血的药用价值。到了农历三月的白蒿药用价值大为减弱，但不妨碍它的食用价值。白蒿属于菊科植物，狭纺锤形，纵棱明显，多分枝，茎、枝上有类白色微柔毛。

谁都年轻过，可不知不觉就到了惜命的年龄段，她颇有些不服，可同时还有些害怕。柔顺的春风拂过脸颊时，她越过门槛呆呆地看着村里嬉闹的孩童们。几个顽皮的小子在做游戏，捏个泥人儿互相写上对方的名字埋在坑里声称葬了对方。看得她心里一震，随即吩咐那些伢崽：伢崽们，你们可不敢写我哟。伢崽们哈哈大笑：奶奶，我们没写您，都不知道您的名字，我写的是他。清脆的笑声铃铛一样惹得她羡慕不已。是啊，伢崽们都不知道我叫啥咋写，她摇摇头，自己太敏感了。还是小时候好，不晓事也好，自己畏惧的问题在伢崽们看来不过是嬉闹时的游戏，唉。

她瞪着老花的眼睛俯瞰着地面，密集的白蒿一朵朵像新生儿的小手簇拥在一起，对抗着初春龟裂的地面。她乐了，伢崽们，你们帮我摘一些白蒿苗啊。伢崽们一听全都挤了过来，七手八脚地帮她摘了一篮子，根被挖出时还带着一根干枯的蒿草。这时候的她才不会感到孤独，老伴早她去了，她的孩子们呢？不清楚，拾柴抬水都是村里的晚辈们帮衬着。她如枯树的手拉扯着白蒿苗嫩嫩的小手，在春光里挑拣着它们。一个身影蹭了过来，翠花儿来了。翠花哟，你看这白蒿苗儿长得多好，一会儿给你拌苦累吃。翠花不吭气。这白蒿苗下火止咳嗽，一会儿给你熬水喝。老太爱惜地抚摸着白蒿苗。翠花儿不吭气，蹲下身手里拿着树枝在泥地上画着。翠花儿是村里的“名人”，前几年被外村人骗大了肚子跟人跑了，谁也不知道她去了哪里，回来时已经成了呆呆傻傻的样子。父母嫌她丢人不让她乱跑，打她时老太护着她。翠花儿也爱去老太那里，在那里表现出少有的温顺与平静。可能这是两人的缘分吧。

翠花哟，你喜欢白蒿苗儿吗?

翠花哟，你看河里的水都回暖了。

翠花哟，你听，布谷鸟叫得多好听。

翠花哟，我过几年不在了谁来照顾你呀。

老太抹了抹眼泪，却没看见，翠花儿脚下的泥土也湿了一小块。翠花儿的手里握着一小把白蒿苗，根部还带着一根干枯的蒿草。春光暖融融的，她俩的影子在地上头碰着头。老太身后的土窑里弥漫着白蒿水的味道，润润的。

挖野菜的人

这些故事是我听来的，听村里上了年纪的人在春天娓娓道来，流云的尾巴弯曲成问号绕过新绿的树杈。我站在那块土地上，那些野菜混合在野草里匍匐着，从小蒜开始打头，它们按照节令此消彼长，填充着春夏。匍匐是它们一贯的姿态，并非它们生性卑微，而是压根不在乎什么高低贵贱，热爱供养它们的泥土，仅此而已。它们微弱却快乐地绵延四野，任人采摘，生生不息。常见的牵牛花是这片土地上的色彩，牵牛花又称“朝颜”，只在清晨开几个时辰，太阳出来没多久花瓣就阖上了。小蒜在《诗经》里被记载为“薤”，苦苦的，带着清香。“薤露”即为小蒜叶子上的露水，《薤露行》本是汉代的挽歌。“譬如朝露，去日苦多”，是《短歌行》里最脆弱也最真实的一句。横槊赋诗可以让山河易色的枭雄也难逃生死纵论，慷慨激昂的歌声瞬间低沉，暗黑潜伏在酒里穿透时间的裂缝，一如风湿附着在骨头上阴雨天浮露的疼。关于野草的声音，我更喜欢民间版的《关公辞曹》，那笨拙质朴的唱词现在看来充满喜剧效果：

曹孟德骑驴上了八里桥，
尊一声关贤弟请你听了：
在许昌俺待你哪点儿不好？
顿顿饭四个碟儿两个火烧，
绿豆面拌疙瘩你嫌俗套，
灶火里忙坏了你曹大嫂，
摊煎饼调榛椒香油来拌，
还给你包了些马齿菜包，
芝麻叶杂面条顿顿都有，
又蒸了一锅榆钱菜搬蒜臼把蒜汁来浇
……

充满了民间烟火和饥饿想象的唱词远比“上马金下马银美女红袍”要直接生动。这般丰富的馈赠要费尽季节和土地的心血，大笑突然戛然而止，取而代之成了长久的沉默。

低垂肃穆的天空四角笼罩着一群群挖野菜的人，仿佛青铜时代的赫克托尔擦拭着青铜和石头的武器，淡青色的琉璃身影轰然倒下。旷古的风连同野菜氤氲散开一直存在着，多姿的骨头已成了化石。那些挎个篮子卖小蒜的人，远远不属于城市的内核，默默地守护着他们的边缘世界。也不叫卖，靠微苦的清香吸引识货的人。为什么集市里如织的游人都心甘情愿地给予小蒜卖主最新的钱？小蒜草叶上的露珠到底是什么滋味？为什么没有叫卖声人们也识得它的清香？一连串的问题在春天的空气里被编成一组摩斯密码，如何破解只有小蒜知道。

我不知道为什么流下了眼泪。

【原载《散文》2018 年第 9 期】

敦煌的佛光

王新军

佛风东渐，敦煌是一个神奇的焦点。

起自恒河的佛风，在南亚广袤的平原与幽谷间弥漫了数百年之后，于公元1世纪初某个夏日，飞越高耸的帕米尔群山，笼罩了骄阳似火的塔里木盆地。于阗、疏勒、车师、龟兹……短短十数年间，佛寺禅窟遍布了汉吏凿空的西域。兴盛的佛事，瞬间弥补了大小城邦长期征伐带来的信仰危机。这是一场声势浩大的精神洗礼，是举国性的，是全民性的，也是跨越城邦国界的、超越种族的。三十六个城邦小国，显然无法满足它所要的那种蓬勃与宁静。它在那里驻足片刻，决绝地选择了向北。它一路沉寂，却时刻等待着咆哮。叶尔羌河、塔里木河、孔雀河等众多兄弟一路护佑，它与驼铃与马蹄声同行。天山是一道不愿逾越的屏障，它一个转身，去向东土。这是出发时就选定的方向，也是它必然的选择。这时的它已经化作一粒粒飞沙，沿天山南侧平坦而广阔的戈壁，穿过吐鲁番洼地，掠过罗布淖尔北侧的楼兰，一路东行。

站在今天的时间节点上去追溯，佛教植根东土的过程当中，西域的弹丸小国龟兹功不可没。近十数年间，我曾数次深入克孜尔、库木吐拉、克孜尔尕哈、森木塞姆等石窟群寻访，那里保存至今的万余平方米的龟兹壁画，无声地见证了这一切。这些古老的佛教遗产，经历了无数种族烽烟与教派妒火，至今熠熠生辉。当然了，在那场声势浩大的佛教东渐过程中，我们还不能忘记精明能干的西域古民粟特人。

他们不知疲倦的脚步穿行在亚细亚大地之上，往返于葱岭南北，来往于西域、长安之间。粟特人用他们聪明的头脑和勇敢的双脚，书写了古老丝路的商业文明。与此同时，佛教被周遭的世俗裹挟着，与南来北往的胡商驼队、外交使团，与孜孜以求的僧侣相伴而行。他们沿汉通西域的南北两道渐次东进。这两条大道，在河西走廊西端有一个神奇的交点，那就是敦煌。

风从西天涌来，它以沙子的形状起伏、摩擦、汇聚，你能够感觉到它们千百年来流动的声音。它把散落的音符一个个收拢起来，糅合在一起，又播撒出去，成为这世间独一无二的绝响，这就是敦煌的旋律。

我和很多人一样，一直以来都有书写敦煌的梦想。与别人相比，我想要书写的心情，可能更加迫切一些。在距今十分久远的年代，年轻的地球走过冰川纪，当时一条大河冲破还未曾命名的祁连山晶莹的怀抱，向北一泻而下，尔后蜿蜒向西。这条古老的河流在它六百多公里的跋涉进程中，孕育出一串珍珠般的绿洲。这串珍珠，包含了东面的玉门和西面的敦煌。我就出生在这条河转弯西去的地方。这种大地的血脉影射在生命个体上的亲情认同，使我书写敦煌的愿望，一直在心中涌流不息。

我 19 岁的时候第一次走进敦煌。那时候从我工作的黄闸湾乡到敦煌县城，班车大约要走四个半小时。对于当时从未出过远门的我来说，那个距离是遥远的。那是个七月天，班车一路颠簸摇晃，到了敦煌，连班车似乎也给累瘫了。除了感觉炎热和一路加重的头晕目眩之外，其他于我而言，都是模糊的。那之后的二十多年里，我去向敦煌的脚步更勤了。无论是远眺起伏的鸣沙山，还是面对崖壁侧立洞窟绵延的莫高窟，我都有一种莫名的惶恐。那些起伏的沙丘下到底蕴含着什么？是什么力量使它们从遥远的西天聚集而来？而那些如同莲花般次第盛开的洞窟内壁，虽然经历了千年岁月，却依然色泽绚丽，它们是不是已经不垢不净、不生不灭了呢？那些或满面慈悲，或通身坚硬、面目森然，却依旧栩栩如生的木胎泥塑，难道真的不是来自天外之国的幽灵？那条峡谷中的一切，仿佛在用一种不为人知的方式，向着茫茫虚空发射着电讯，向世人连续不断地发出透彻魂魄的召唤。我的目光穿过人世的层层迷雾，为一种空灵所感召，像河水一样无法被阻隔！很久以来，我仿佛只能躲在不远的地方，用渴慕的眼神凝视着这些。我像一个偷窥者，从一个巨大的洞孔里，太多地感受了生命的荒凉和精神恒久的神秘。只是那波涛下的神秘，被一层世俗的风沙笼罩着，不能被及时发现。

在很长一段时间里，我都幻想能从公元366年的那个黄昏开始，沿着乐樽和尚当年的足迹，攀上陡峭的三危山顶，去寻找那大漠中金光如瀑、状有千佛的宏阔瞬间。在我遥如梦幻的猜想中，那里应该是寻找莫高窟诞生的钥匙和繁盛的密码。

那个年代，应该是佛教在东土被广泛传播的一个时期。那时候对佛教典籍的曲解和误读，不管是在寺庙的僧侣当中，还是在朝野民间，可能都是一种十分普遍的现象。更加要命的是，这种曲解和误读还会被一再地演绎、一再地利用。信仰的危机于是产生了——真经在哪里？真理到底掌握在谁的手中？有人这样追问。

追问在任何时候都是高尚的。

一些心怀梦想的僧侣，为了解开人生的诸多谜团，便以清醒的意识和笃定的信念，选择了向西。他们要寻根溯源，求取佛祖的真言。公元366年的乐樽，显然就是这样一个年轻的禅僧。但后来的事实证明，他西行的目的并不完全是前往西天求法。他知道佛来自西天，同时佛又是无处不在的。佛无处不在，却又踪迹难觅。这是困扰他内心的一个巨大疑问，他只能用自己的苦行来证得。禅修顿悟，这里面包含着一个巨大的“悟”字。开悟——终究是要靠修的、要靠悟的。

乐樽自东土一路跋山涉水，风餐露宿，云游而来，他没有想到会在西去之地的三危山与鸣沙山之间，有这一番奇遇——亲身目睹了千尊金佛在他面前次第显现的圣景。这不是佛陀对自己笃信佛家教义的点化又是什么呢？显然是自己的虔诚感动了佛祖，才让他的凡胎肉眼一睹金身。于是他断然停驻，开始在鸣沙山东侧的断崖上凿石开窟，潜心禅修。他相信眼前那条大地上的裂缝，必然是通向佛国的一条捷径。众佛当然是居住在这高耸的断崖里面了。在这里修炼，距离佛国、距离佛祖将更近一些，也将会大大提高自己得道成佛的概率——这在当时，应该是一个不争的事实。此后不久，又有一个名叫法良的和尚自东土而来，与乐樽成了邻居。

出家即无家，却又处处是家。出家便是一家人，一家人不说两家话。然而出家人到了敦煌的时候，真的有家了——大地撕开自己的胸膛，用赤诚接纳了一批又一批虔诚之士。一条清流潺潺的峡谷，菩提之花渐次盛开。

毫无疑问，这就是莫高窟的开始，也是敦煌走向“敦”与“煌”最初的那把钥匙。

就在乐樽和尚在三危山的断崖上凿石成窟、潜心修炼的同时，名冠西域的高僧鸠摩罗什移步东来。在商贾云集的中土边城敦煌稍事休整之后，前往当时的河西首府凉州，做了吕光后凉割据政权的军事顾问，也可以叫国师。那是公元 384 年的事。鸠摩罗什七岁随母出家，十二岁随母亲来到龟兹，甫一露面便受到万余僧众的推崇和追随，一时名满西域。在凉州待了 16 年之后，鸠摩罗什被执政者迎请到长安，与弟子一起开始了中国历史上首次规模宏大的佛经汉译工程，他们翻译的《金刚经》等大量佛典沿用至今。僧人法显与乐樽一样，感慨于所见佛经残损不全、其意被一再误解。公元 399 年，他与师弟慧景、道整从长安出发，沿丝绸之路从北道穿越流沙，翻越葱岭，去往天竺。他西行之初，与东进的鸠摩罗什擦肩而过。这看似与敦煌毫不相干的两位高僧，事实上间接地促成了唐王朝对敦煌莫高窟的国家投资。莫高窟也的确是在隋唐时期迎来了它的繁盛期。

以敦煌这片土地为中心，它的四周，是无数机缘的汇聚。这是机遇，绝非巧合。

在西去求法的众多僧人当中，玄奘在民间是最为有名的了。江南文士吴承恩的奇思妙想使他声名远播，成了比帝王将相更加不朽的成功楷模。在玄奘对西域的葡萄浆赞不绝口之后的数十年，的确有一个名叫悟空的人，在西行途中顿悟出家，立志求法。他可能是唐朝最后一个西去天竺取经的僧人。佛在哪里，千百年来一直是一个问题。但这个看似无解的问题，后来被寻找答案的人一一破解了。对精神世界的探索，对人性本源的追问，对物质世界的考量，每一处都是枝繁叶茂的世间秘境。你游历了，你思索了，你由此而通透了，那么你保有的这个个体答案，就是佛——释家叫作佛。它不属于善，却能使你善；它不属于恶，却能使你恶。它还有别的名字，道家叫作道，儒家叫作仁。在敦煌，这些一个都不缺少。

【原载《中国艺术报》2018 年 7 月 28 日】

激情与悲凉

——读《渴望生活——凡高传》

姚　园

一早醒来读《渴望生活——凡高传》，人的内心似乎是在不觉然中对没有的东西滋生一种渴望。这书名是暗示他一生没有得到他想要的生活？这本书，会是打开凡高不同凡响的一生的一把钥匙？

人的一生浓缩于一本书里，会有好多过往是我们感受不到的遗憾。何况像凡高这样与众不同的人。我读他仅是怀抱一份纯粹的敬仰。在他以后，像他那样为了画全心真情融入的人是凤毛麟角了。

当然，我也相信一个人会超凡脱俗，好像与他的激情、专注和找到自己的方向密不可分。凡高从早年当传教士和开始拿起画笔的刹那，注定不是凡人。他对他弟弟说："在我们灵魂中有一团烈火，但没有一个人来取暖。过路人只看见烟囱中冒出的一缕青烟，便接着走自己的路了。"这段话，去年在某篇文章里读过，此刻读来似乎有另一层面的理解。凡高多亏有一个在他生命最艰难时，向他走来伸出援手的眼光独到的画商弟弟——提奥。

凡高如果没有有着伯乐般的慧眼、天使般仁慈的弟弟发现梵高最初习作上的亮点并坚信他总有一天会闪现辉煌，就不可能有后来画坛上的翘楚——凡高。只是不管凡高有如何高的才华与锲而不舍的坚持与狂热，他都得面对一个非常现实的问题——衣食住行。因为他整整六年夜以继日所作的画，却没卖出一幅，给他经济资助的始终是他弟弟——提奥。提奥不但提携他哥哥，也对当时尚未成名的印象派画家，诸如莫奈、高更、毕加索等予以扶持。

可作家左拉对当年未成名的塞尚的作品报以藐视，对凡高早年在博里纳做传教士时将自己仅有的衣物、食物送给那些底层的煤矿工而差点累死的行为予以否定。他那本《萌芽》当时报酬高达成千上万的法郎，好像未必胜过他们的“富有”啊。

在提奥的引见下，凡高结识了一帮后来流芳百世的画家。可当时他们皆兜里空空如也，连付一顿饭的钱都不够。尽管如此，却丝毫没削减他们对画画的热爱。画画，从某种角度而言，是他们活在世上的理由与快乐。所以，当凡高提议在诺文饭馆举办他、高更、塞尚、修拉、劳特累克、罗稣的画展时，立即获得他们兴奋的叫好。他们一早去布置他们的作品，一切准备妥当后，便静静待在饭馆一隅异常紧张地注视着。直到最后饭馆打烊，只有一位用餐者瞟了一眼墙上的画，之后与其他就餐者一样，仅仅专注于眼前的菜单与盘中的食物了。最后，他们如何落寞地带走自己的画，在茫茫夜色里翻滚于他们内心的是怎样的五味杂陈，应该不难想象。这是凡高生前唯一的一次画展，不被世人认可、承认，并未击碎他坚韧的理想。他为画画而生，在他满怀激情地铺开油画布的瞬间，他是主宰自己命运的王者！

凡高的纯粹不仅体现在绘画上，对朋友也是肝胆相照。当他在阿尔收到高更来信，得知他病贫交加、被扣在布列塔尼半岛时，他开始装修阿尔的黄房子，用他并不宽裕的钱买来胡桃木的床和一些生活必备品，布置新画室等。待这一切准备就绪，便写信劝说高更来他这儿一起画画。可当高更下榻后，他们的矛盾似乎没有片刻停歇。凡高视高更为伟大的艺术家，想从他的画中学有所用。可是高更对凡高的作品，对凡高欣赏的那些画家的作品批评得几乎体无完肤。以凡高单纯、炽烈的性格，自然不会全然接受。尽管如此，凡高还是满心欢喜他的到来，并希望他长长久久地与他在此共苦乐。可高更也是一位非常有个性、不喜欢被约束的人，在他们对艺术展开一番狂风暴雨般的争论之后，毅然地搬出了黄房子。于是，凡高拿起剃刀，对着自己的右耳下手……可世界并未因他失去一只耳朵而怜惜他，当地人的嘲笑、辱骂声轮番上阵，房间里的任何一件物品都仿佛对他反唇相讥，家具被砸毁，他被送到精神疗养院。心疼他的仍是他善良的弟弟——提奥。

在疗养院，凡高也未让画笔搁浅，依然用浓烈缤纷的色彩倾诉他对世间万物的爱。画是他内心的独白，是他一生最炽热、最浪漫、不离不弃的伴侣，画是最贴近他灵魂的地方。画外的世界他看不懂，他也无暇走进，唯一让他牵肠挂肚的是他疼爱的弟弟。当他得知弟弟将面临被画廊老板炒鱿鱼的命运后，心地敦厚的他不想自己再成为弟弟经济上的包袱，以为拿起左轮手枪对准自己腹部结束生命后，弟弟的负担就会减轻。可他哪知在他走后，他弟弟的世界猛然倒塌崩溃，一年后随他而去。

万般不舍地合上这厚厚的凡高传，好久没有一本书让我读得热血沸腾了。伟大的作品必定有一颗伟大的灵魂，而这灵魂往往是极其孤独不被常人理解，甚至是被误解扭曲的。凡高一生或许就是这样的一种写照。好在他还有一个天使般的弟弟一直在背后支撑他；好在在他挣扎着告别这个世界之前，还有一位善于识别天才人物的加歇医生断言：“凭向日葵等油画，就可以使他永垂不朽。”

【原载《北海日报》2018 年 9 月 10 日】

先　生

人　邻

认识先生那年，我十六岁。

我从小喜欢画点什么。那时能见到的，除了宣传画，就是小人书。几分一毛的小人书，少吃一两根冰棍，就能买一本。看得多了，觉着书里的小人有意思，遂寻了纸，放学没事，就照着画。那时的小人书多是样板戏，座山雕、小炉匠是不喜欢的。座山雕一脸煞气，小炉匠形容猥琐；迷恋的是“打虎上山”的杨子荣，剑眉星目，一脸正气。我后来画的不仅是有点像，甚至连打虎英雄帽子和皮大衣上蜷曲的羊毛，也能逼真地描摹出来。画得多了，对小人书厌倦，也没有人教，就自己学着画，画门窗，画鞋，画门外的树，也画人。几年下来，对着邻居孩子，也能画出相仿的模样。画好了，换个人问，这是谁？这不是那个谁吗？心里就得意。

十六岁，我上班了。父亲一位同乡在我单位附近住，先生是他的邻居，在一所学校教美术，就这样认识了。先生家的墙上，是先生手书的主席的词，“北国风光，千里冰封，万里雪飘”。寒暄几句，先生拿出他的画给我看，却是山水花鸟。那时我不懂，只觉得画得好。先生是科班出身，我后来见过他的素描速写，功力很扎实。认识先生以后，却奇怪总也不见他画素描速写。我没去过先生的学校，不知先生在学校是如何应对的。先生亦似乎没有参加任何革命组织。是他有意回避还是别的什么缘故，我不知道。

认识先生以后，先生没有从头教我的意思，我亦不懂要学素描速写。周末，没特别的事，不拘上午下午，就去先生家。现在想想，先生周末几乎不出门的。先生嗜茶，泡茶是用很小的一把紫砂壶，一天到晚茶不断。我去了，照例要先喝几盅茶。先生的茶很苦。先生喝好了，铺了宣纸，研了墨，用蘸了墨或颜色的毛笔，在滴了清水的白瓷碟子里顺顺，就画开了。从先生那儿，我学会了画水墨的叶子，勾筋，画枝条树干，画山石流水。先生亦没有教我写字的意思。他的字是不错的，从柳体衍变过来，清秀里带着硬朗。先生这样，也许是因为时势，也许是因为我已经工作，亦没有读大学的意思，只是一点爱好，随意画画，增添一点文气就是。

熟悉了，除了画画，先生会对我说起他上学时的事情。先生在兰州上学，竟然是带着他的一个侄子的。长兄去世，侄子无以依靠，在乡间上学亦是问题，先生就将侄子带到了兰州。先生读的学校属于师范，不收学费，且有十几块钱的生活费。几年下来，先生孤身一人带着侄子，衣食住行不知是怎样的艰难，才把书读了下来。

先生案上，有一方砚台，端砚，极是古雅。先生说，1960年，太穷了。遇到这方砚台，喜欢得很，卖家却非一块钱不卖。先生拿不出来，是有人出了一块钱，买了送给他的。说这话的时候，先生语调平平，我却知道先生心里是感激的。先生最初画画写字，不知因何而起，我亦没有问过先生的启蒙。但由这方砚台可知，先生的学艺之路想来是曲折不容易的。我后来在先生家，见过先生家乡的一位校长。先生对这位叫马国元的中学校长奉茶添水，极是恭敬。那方端砚，或许就是这位校长送的吧。先生学画，我猜度也可能会跟这位校长有关。至少，这位校长是帮助过先生的。这位校长见到我，亦是喜欢，后来还托人给我带来一方圆形带盖的洮砚。

先生家里，藏有许多旧书，尤其是画册。由于时势的缘故，这些旧书画册都放在床底下。先生出身好，才能把这些保存下来吧。偶尔拿出几本，先生亦是谨慎，都用报纸包了皮。先生平常若不作画写字，多是在读书。我读书、画画和看文学的书，尤其是古诗，就是从先生那儿开始的。记得在先生家看过吕凤子的《中国画法研究》，极薄的一本，磨损的书页边上染了焦黑的墨迹。一本仿宋体竖排的《古诗源》，亦是在先生那里借来读了，又抄在本子上的。“日出而作，日入而息。凿井而饮，耕田而食，帝力于我何有哉。”至今记得这首诗。当时自然不大懂，先生还跟我细细讲过，说是如何如何的好。也许，我后来的文学爱好，就是从先生那里开始读书埋下了引子。

先生家的几个孩子，家教都极好。那时平民人家，多有衣衫不整的。先生的几个孩子，虽着旧衣，必定是干干净净的。因经常去，我跟先生家的几个孩子川州、兰州、小彬，像兄妹一样相处。那时先生家并不宽裕，周末我去，每每到下午晚了，先生总是要留饭，说就是多添一碗水的事。可我知道，不管怎样，我算是客人，再难，师母总要想办法多添一个菜的。

先生亦是有些守旧。他画画写字的时候，绝不允许孩子们吵闹，即便是先生格外疼爱的女儿小彬也不行。家务，先生亦是不管。师母做饭，先生只在厅里坐着。喝茶亦是，都是师母忙完，洗净了手，泡了茶双手递上。先生有时会跟师母开玩笑，说这是我们家的领导，人家不给，我是没有茶饭的。师母亦只是笑笑。但言语间可见先生对师母的敬重，温文尔雅，在那时的人家是少见的。我亦从来没有见过先生和师母生气拌嘴。

能使先生偶尔生气的，是另一个读书进了城的侄子。这个侄子有几分文才，亦喜欢书画，那时因什么人赏识，竟然进了省里的写作班子。对这个侄子，先生颇不以为然。后来侄子失意，写了一些诗词发牢骚。先生看了，回他一首，我看了，只是要他安于百姓生活。开放后，这个侄子又因什么得到机会，官至厅级。一次出访美国，回来后画了几株他在美国见到的兰花，题曰：美国兰。先生看了，对我说：什么美国兰？兰花还是中国的好！

认识先生之后，日子久了，相互往来渐多，先生亦跟我的父母熟识了。先生是温和重情义的人，我的父母亦是善良淳朴的人，逢年过节，先生跟我的父母是要互相拜访的。有一年，外婆从洛阳老家来，先生知道后，专程去看望。不知为何，先生执意要给外婆画张像。后来想，先生是想为我母亲留一个念想。这也是我唯一一次见先生画素描。先生笔下的外婆不仅肖似，甚至还画出了外婆眼神里的善良。能体察到且能画出善良的人，内心也该是善良的吧。后来，先生去看望我的父母，见到画像，感慨地说，再也画不出这样的像了。

几年后，我的工作调动，离先生家远了，就很少去。我的兴趣亦随着阅读悄然转移，学着去写诗了。先生也不说什么。偶尔去看先生，总是问起我最近写了什么。知道我写了什么，发表了，出版了，有了一点影响，先生是由衷高兴的。

我的杂事也渐渐多了，成了家，有了孩子，去看望先生的次数渐渐更少。而先生跟我父母的关系却一直保持着。每年的大节、父母的生日，先生多会去看望。父母的生日，我总是忘了。每每先生去了，父亲打电话，说先生来家里了。我匆忙赶过去，陪着喝茶说话，先生亦从无责怪我的意思。

再后来，先生身体欠安，父母亦年迈，他们之间的往来便时有时无了。我亦是更少去先生家。一两年，有时更长，我才去看望一下。先生喜茶，我去时总是带一些茶叶。先生每每都要说我。我知道先生心里是高兴的，只是怕我花钱。先生很少喝酒，我每次去，先生都像过节一样，总要让师母弄几样可口的菜，陪我小酌说话。偶尔兴起，也会像孩子一样挽起袖子，跟我划几拳。先生瘦弱，出拳却是有力气的。赢了，先生喜滋滋地看着我，说，多喝点，多喝点。先生和画界几无往来。先生寂寞，我去了，才有人跟他谈谈画画的事。

先生退休以后，时间多了，常回老家小住。先生最爱老家的关山，那里的山石树木，颇多奇异。先生每次去，都会画很多写生。先生的写生很好，尤其是线条，他从西画写生的底子过来，融入白描，自成一种洒脱风致。先生也曾想把这些写生稿编印一册，送送老友，自己也留个纪念。画稿编定，甚至也说好，由后学的我写一篇文字。但终于没有印成。我的文字，亦是没有写。

据这些写生稿，先生后来画了许多山水。有的八尺、一丈，尺幅很大。先生的山水，端庄平正，用色却很大胆，有些西洋的色彩，先生也用在他的画上。先生的山水，每一幅都画得很慢，有的要画上近一个月，反复皴染了，墨和色都积得很厚。先生一生，早年贫寒，历经坎坷，后来生活稍稍平顺。从先生学画的次子兰州，天分颇好，本可寄予期望，却意外夭折，可先生的画，却并不枯冷。他的心是宽厚仁慈的。平心而论，先生的山水，水准不低，甚至比起某些名家，也并不逊色。先生的画积累得多了，我曾希望他办个画展，哪怕规模小一点，我亦有画界的朋友可以帮忙，先生拒绝了。

先生的画，是有人喜欢的。有人从先生的朋友亲戚那里见到，尤其是他的山水，托人来说买画的意思。先生只是推说，我画得不好。先生曾送过我一幅画。先生说，这么多年了，我送你一幅画吧。先生身体不好，每画又必是精益求精，我是不敢开口的。先生说，你别急，我慢慢画。一个多月后的一天，先生打来电话，说画好了。画的尺幅不大，一块陡然而起的山石，石上一株树，背后是湍急的河水。先生的画多是静穆、温良恭俭让的，这一幅却有些遒劲飞扬。也许是因为送我，先生想画出一些他不曾画出过的东西。现在想，先生的艺术创作受传统影响很深，承袭了很多，可是创新的东西很少。也许先生自己是知道的，有一些反省。可惜的是先生身体不好，有心无力了。

七八年前，先生身体愈发不好。一次住院，我去看望，给他带了我和一位画家合作的新书。先生很是高兴。有人来探视，他就介绍说，这是谁谁谁，诗人，写得很好。还叮嘱说，以后出了新书，一定记得送给他。

三年前，先生再次住院。我给川州弟打了电话。川州说，不去看了吧。父亲住传染科，不方便。我亦是懒怠，虽然从川州弟的话里听出先生的病很不乐观，可是终于没有去。我似乎在忙些什么，病中的先生，竟然忘了一样。

一天下午，电话来，是川州弟。我知道是不祥的消息。果然，先生走了，且已经在回老家的路上。先生喜欢老家的山水，交代了，百年之后要回去。

放下电话，我有些难过。先生病了很久，病得那么重，为什么没有去看望？仅仅是懒怠？不全是吧？这些年我从事写作，若是文学界一位重要的先生生病，我会不去看吗？先生的好，我自然是记得的。可是因为所谓的忙，因为先生的不重要，我的私心是不敢说出来的。难过惭愧之余，心下又忽地有点冲动，想可以赶去送别的。可也只是一念，诸多杂事，一念之后，也就放下了，似乎并没有先生的离去似的。

没有先生的消息。父母知道先生有病，问起，我说，大约是身体不好吧。又过一段时间，父母再问，我说这么长时间没有消息，怎么会好呢。

时间长了，一天，父母说起那谁，还有谁，都走了。我说，先生也已经走了多半年了。父母没有觉得意外。风烛之年，经历了太多同龄人的离去，心有戚戚。人生无常，父母才没有责怪我吧。

去年，我因事要去先生的老家。心想，要给先生上一次坟。给川州弟打了电话，联系了先生老家的一个侄子。去的路上，买了香烛纸钱，可心里又似乎觉得先生还在，只是闲居乡野，喝茶读书，画画写字，许久不见了那样。及至进了村庄，转下一条窄窄的土路，穿过玉米地，到了，看见那堆黄土，才觉得先生真的不在了。不及近前，已经哽咽。阴阳有隔，往日的一切，历历在目，却再也不能见到先生了。

我跪下，磕了三个头，又三个。先生确乎还在，可已经不再会说，来了，赶紧坐下，我们说说话。

先生的墓，只是风蚀雨淋的一堆黄土。也许是这里的风俗吧，没有立碑。可即便是立，刻些什么字好呢？刻上先生之墓？这不好，我知道先生不喜欢。也许，就是这样才好，不要这碑，一堆素净的黄土就好。先生的坟，后面是两株大柏树，周围是田地，是春种秋收的小麦玉米，满眼翠绿，没有那黑乎乎的碑，才是合宜的吧。

纸钱烧尽。先生的侄子寻来铁锨，往先生的坟上添了新土。下午近五点了，我也该离开了。沿小路上去，在土坡上回望，先生的侄子正在下边的田里向我挥手。先生安歇的这片田里，先生的侄子们、侄孙们，累了渴了，可以就着坟边的大柏树歇歇，擦擦汗，喝一大口热热的粗茶，说点家乡的什么事，先生是不会寂寞的。

车开了，再回头，已经看不见先生的坟了。

先生的老家，距我的来处兰州，有八百多里，再来不知什么时候了。也许，没有机缘，就很难再来。也许，真的，不会再来了。

先生，原谅我，万一我不能再来，万一忘了。真的，世界太大，人世太大，先生，又是如此的纷繁杂乱。

路上，给川州弟发了短信。川州回，谢谢哥！

我知道，我们已是有些疏远了。想想，先生不在，师母还是在的。我亦是从来没有去看望过。甚至，从没想起过。好几年，也没有跟川州弟、小彬妹见面了，只是偶尔打一个电话。

又想，先生的出生年月，我竟然是不知道的；卒年，知道，哪月、哪日，亦是不记得的。

先生，高姓，名源昌，笔名石乳，甘肃张川高庄人，曾就读于甘肃省艺术学校。善书画，有未刊稿《石乳写生册》，诗词未刊稿《悠游集》。我只记得这些。

【原载《黄河文学》2018 年 2/3 期合刊】

金海湖之光

宝贵敏

2001年6月，第一次去贵州，先在贵阳开会。早晨醒来，雾蒙蒙，推开窗就看到山，山上的树叶绿绿的，有小水珠滴落。出去吃早餐，爬过两个小山坡，城市里起伏的山路，与北方城市的平坦形成反差。那是我第一次见到南方。从小生活在长城以北的北方，南方是一个秘密花园，被我守护在向往里。去贵州，不仅是去贵州，而是去南方。三天会议三天游玩。其他与会者都坐飞机，只有我坐火车，旅途上独自一人。从北京到贵阳往返，火车走了又停，停了又走，停停走走。是的，去南方，一定要有足够长的旅程，足够折腾的时空，足够多的耐心，那才像是去南方。我躺在下铺，任火车轰鸣着穿越南北，有一种冲动，莫名其妙的强大，支撑着我的某些幻想。

第一次，还去了黔东南西江千户苗寨。从贵阳到西江，很远，车沿着山路走，多山，匍匐的路。犹记西江寨前的河，水流清澈，有孩童玩耍。遥望千户苗寨，错落的木楼建在山坡上，参差起伏。竹楼上的美人靠，第一次亲见，看同行的老师们坐过去相互拍照，感觉甚美。那晚，听苗家女子唱歌，同行的定宜庄老师和我，在苗寨的星空下，竟唱起了蒙古民歌。定老师曾在锡林郭勒阿巴嘎旗插队六年，她银色的年华，留在了北方的草原上。那晚，在南方的夜空下，定老师又想起年少的时光了吧，她唱了很多首歌，好像又坐在蒙古包旁，又回到从前。她几乎不能停下来，一首接一首地唱。我也是，不管不顾地唱，歌声在夜晚的黑与隐约的光之间此起彼伏。也是从那次贵州之行开始，我准备跟随老师做蒙古族妇女口述访谈。

此后，又有五次贵州之行。

相隔十六年，再次来贵州，到毕节，探访这座黔西北的城市。毕节是属于彭澎的城市。这次，他召集四面八方的朋友们来此，分享金海湖的传说。金海湖，坐落在乌蒙山腹地，我端详着这个名字，一个有湖有山的地方。从湖边走过时，水正蓝。距我们到来正好一年前，这里发现有恐龙化石和古人类遗址，而我们要探访的是金海湖新区。古代的古，与此刻的新，形成一种转折与呼应，交错出生生不息的传承气脉。

记得，2003 年去贵州黎平时，我们几乎是沿着山在走。当地的朋友开车接我们，最好的司机，车开得平稳，可我还是感到大山随时就要压下来的恐惧。层层叠叠的山，密密麻麻的山，高耸入云的山。那是一段怎样的路呢？山那么大，那么近，好像一直追着我们。在那些大山里行走时，总听到当地人说起各种翻山越岭长途跋涉日夜兼程的故事。后来，读到蔡劲松的小说《火车》，那里有南方的气息，潮湿而寂静，古朴的南方村寨端坐在他的文字间，还有那些躲不过的山，连着山。蔡劲松的故乡在黔东的思南，地处武陵山腹地，与毕节大致在同一纬度，两地共享乌江水。近年来，蔡劲松开始做雕塑、画画，画里多山，形态各异的山，纵横交错的山，缠绵悱恻的山。尤其在其水墨画中，那些山，层峦叠嶂，无限连绵，遥抵天际。很多年前，我们曾讨论过故乡与异乡，如今置身北方的京城，他的画里竟全是故乡南方的山影与记忆。

金海湖的那片菊花击中了我，这晚秋的菊花丛。平日里的菊花，如电影《雏菊》中所见，花瓣完美，色泽鲜艳，拥有一朵花的风姿。而金海湖边，那一朵朵残菊，猝不及防，突然出现在眼前，刹那间，躲闪不及，让人看清岁月过于无情的伤痕。那些菊，如我母亲的脸，也像我自己的脸。是啊，那些粉，那些红润，那些水和光泽，那些青春的光，正在或已经被风被雨被烈日被冰雹被时间悄悄卷走。

朋友们在千日红中拍照，和成片的黄花合影。可我就是想在菊花丛中留影，朋友拿着相机说："在这菊花里拍，不好看。"我知道，可我只想与残菊合影。想必，我的表情就如这风过残菊的样子吧。于是，试着让自己笑一点，头再抬起一点，表情再淡然一些。好吧，这恐怕是我的样子，不，是我想要的样子：迎着太阳，迎着光，迎着风，迎着微寒，迎着绝望，努力保持向上的姿势，向着天空的方向，背负、告别并生长。

想起一位喜欢菊花的朋友和他的《菊花》诗："在月光下 / 栽菊花 / 我们的影子 / 被一只知更鸟的 / 叫声交迭 / 又分开 / 那些风把菊花吹得发紫 / 山下来的土破碎疏松 / 我捧在手里 / 像摸着亲人的衣衫。"这位祖籍贵州德江的土家族兄弟，有一次来出版社找人，恰与我在楼道里遇上。他说自己写了一篇小说，和夜郎有关。再见面时，就把那篇《挎一篮粽子出夜郎》拿来，我读到一个有趣的家伙写下的有趣文字。过四十岁生日时，他呼朋唤友，在三里屯的贵州餐馆聚会，我也去凑热闹，很多人在读诗。后来，与何三坡在通州做过短暂的邻居，女主人阿简卷发披肩，从房间里轻轻地走出来，轻轻地说话，远离尘世的眼神里，有流水落花有魔幻深谷也有轻描淡写。她是画家，热爱文字，她的那本《画室里的风景》，曾一度成为我的枕边书。两个人的客厅里摆放着一张硕大的木桌，能围坐二三十人，记得我们坐在桌前，一起听过齐豫的歌。

再后来，他们搬到燕山。"我转过墙根就看见 / 燕山上的苍天 / 苍天下的白云 / 白云下的原野 / 它们照亮了 / 我的眼睛。"2008 年，何三坡的九十八首燕山诗结集为《灰喜鹊》出版。据说，这位老兄与北京"三个贵州人"老板吹牛，说自己的朋友特别多，老板问，多有多少，你请来让我看看。于是，他组织《灰喜鹊》出版聚会，哇，朋友们蜂拥而至，偌大的餐厅瞬间座无虚席。《灰喜鹊》我读了又读，任何时候读起来，都感到好。那首《姐姐》，每次读都难过。"那个生养了五个孩子 / 总被姐夫打倒又爬起来的人 / 是我的姐姐 / 冬天的夜晚 / 有人看到她在镇子里 / 卖茶叶蛋 / 冷风吹白了她的头 / 那个像一

株茅草 / 一阵风就能吹倒在田里的人 / 是我的姐姐 / 生病了，在医院门外站一会儿 / 她就回了家。”

回到北京，总是想起金海湖的那片菊花。一同想起来的，还有一位叫陈菊的女子。她朴素、寂静，她小声说话，她茹素，她送一对开着小菊花的套袖给我。

在金海湖茶山。烟雨蒙蒙。

雾，环绕在山顶，漫过树梢，漫过茶园，漫过我此刻的注视。很多年没看到这么美的雾了，轻柔曼舞，缥缈如烟。我对雾，有着近乎迷恋的情绪。记得小时候，大雾弥漫的早晨，枝头结满树挂，银色的世界如仙境。

此刻，海马宫茶园，沉浸在雨雾中。我们置身其间，看雨，看雾，合影，记录相聚的欢愉时刻。雾久久地缭绕在山头及远处的白房子上，停在山脚；近处的树枝上，小雨滴倒挂着，如一粒粒晶莹的珍珠。一幅乡间茶园的水墨画铺展开。此地，此茶，与一位彝族女子奢香夫人相连，望着远山的雾霭，想起这个名字，如此妥帖，又意味深长。此行没能去看望奢香夫人，却看到依然唱歌的彝家女子。

大家围坐喝茶，看嫩绿的茶叶在水中开花。喝酒，喝彝家酿造的米酒。这乡野的雨雾间，没有比我们更自在的魂灵。茶酒正酣之时，彝家女子们唱起祝酒歌。她们着盛装，唱歌时，伴着简单的动作，传达朴素的祝福。她们微微低头，微微笑着，歌声带着香气，眉宇间的善良与真诚，让我低下了头。

雨一直在下。午后，村寨里的孩子们开始表演。她们天真无邪，她们以天地为舞台，她们的眼睛里满是好奇。多好，这恐怕是我们唯一的相见。我给孩子们拍照，左拍右拍，怎么拍都觉不够，怎么拍都无法捕捉她们的美。这是童年里的一场盛大演出，在雨中，在陌生人中间，她们无拘无束，尽情舒展，尽情欢跳。我们也情不自禁地跟着跳了起来。这里是南方。南方的村寨，南方的雨，南方的激情。

记得，去黎平那次也是。第一回在鼓楼听到侗族大歌，歌声、歌者的表情，都淳朴，是紧贴着大地的姿态。我们去到一个寨子，山野间，村民们聚集起来演唱、跳舞，大家站在坝子上、水塘边、田垄间，清风参与了音乐会，野草是匍匐的听众，真正的乡野，自由地歌唱。也是在那块土地上，在南方的天空下，我居然唱起那首“蓝蓝的天上白云飘 / 白云下面马儿跑 / 挥动鞭儿响四方 / 百鸟齐飞翔”。原来，是在故乡听父亲唱过这首歌。父亲喜欢在喝点酒后，站起来，一只手举过头顶，闭着眼睛，头微微仰起，安静地唱，从小到大，我听过不知多少次。而我，居然在南方，最先想起来的是唱这首歌。天晴时，油菜花黄灿灿的，照亮田野。温暖的白天，走在田间，湿润的气息扑面而来。村寨里的人们把饭桌摆在街上，长长的一排，村民与来客一同聚餐，我喝下几杯米酒，又唱起“蓝蓝的天上白云飘”。

那天，在茶山，一只黑狗，沿着石阶小路的边沿向前走。而我正站在细雨里，站在那条小路的中央。它很美，健硕的身材，忧郁的眼神，黑色的毛发。当我正想到“优雅”这个词时，它忽然转过身，径直向我走来。它闻我的红靴口，闻我的大衣垂下的包边，我没有躲闪，低下头看着它，看着这突然发生的一切。它也抬起头，久违的眼神，哦，是的，在哪里，我们曾是兄弟，我们曾是一家人。它就那样乖乖地停在我的身旁，好像我们一直在一起，从未分开过。我抚摸着它的头，合影。雨落在我们的身上，落在无声的对话里，落在难以言说的前世今生。它默默地站着，我转身说再见。谁知，它跟着走过来，走几步，停下，抬起头，依旧默默地看着我，那一刻我的眼泪止不住流下来。这只狗和我一样，记忆里珍藏着与前世相守的秘密吧。

当年去黎平，认识了侗族作家余达忠。他说，见到我，就像见到亲人一般。当时，余老师在黔东南一所高校教书，业余写作，到田野采风，我们有过通信，后来失去联系。我知道“铁改余”那首诗和其中的故事，是在之后。2003 年 10 月，在云南参加蒙古族聚会时，第一次听到“铁改余”的故事，知道了历史上余姓的秘密。也是那一次，我才深深地感到，七百多年前来自北方草原的蒙古人，在这南方的群山中能够生存下来的艰难与不易。余氏家族中始终流传着一首诗：“本是元朝宰相家，红巾扰乱入西涯。泸阳岸上分携手，凤锦桥边折柳丫。

否泰是天皆是命，悲伤思我又思他。余家原无三两姓，一家化作千万家。十人誓愿归何处，如梦云游浪推沙。”据此，云贵川三省的部分蒙古人，可以找到生命的来处。

还有一首相似的歌唱道：“凤锦桥边十人分手 / 悲壮西迁天命由 / 铁改余为谋生存 / 世代相传不忘根 / 我们是蒙古人铁木真的子孙。”这让我想起余达忠。其祖上是否就是离散的铁木真家族的后裔呢？兵荒马乱的时代，为保子孙平安，一位年长的族人将蒙古族悄悄地改为侗族。他说，看到我感觉亲切，是否因为我们都带着族人基因的强大信息，我们从彼此的脸上看到亲人的密码。这些猜测，我一直没来得及跟这位朋友讲起。

关于“铁改余”的历史，《蒙古源流》也有所记载。这次在金海湖，在与当地蒙古族余氏家族子孙们的聚会上，又想起余达忠。刚到毕节那天，就听彭澎说，这里有蒙古族作家，他认识一位余姓的蒙古族学者。若能在毕节与蒙古人做口述访谈，听听远离草原族人的声音，真是求之不得。于是，11 月 18 日傍晚，彭澎带着哈森和我来到一家餐馆，主人就是一位余姓蒙古人，走进去，满屋子熟悉的笑脸正在迎接我们。真的，一股亲人般的温暖瞬间将我融化。那位长者的脸庞，酷似我的父亲。我忍着内心的泪水看着他们，那些表情里，深藏着七百余年间远离祖地的风雨雷电。

席间，有云南昭通的几位蒙古人赶到，他们的脸上也深刻着祖先的痕迹，像我的兄弟。第二天，贵州省蒙研会组织的“西南地区首届圣祖成吉思汗祭祀仪式”，将在毕节市织金县白云村余氏祠堂举行。云、贵、川三省，以及广西和全国各地的很多蒙古人，前来参加这场祭祀活动。是的，有一种呼唤，正越过漫长而遥远的时空，敲打着彼此的心灵。

据史料记载，当年元亡时，分散在中国各地的蒙古人有四十万，只有六万人设法逃离，大部分没能回到祖地。每当想到他们，就想到颠沛流离，想到无家可归，想到隐姓埋名，这让我感到深深的不安。这次金海湖之行，得以与余氏家族兄弟团聚，是难以言说的福分。

哈森流着泪唱起那首蒙古民歌《甘迪树》：“甘迪树上鸟儿徘徊，亲爱的你从远方归来。”那夜，我喝了几杯，有些醉意，很想给父亲打电话。如果我亲爱的父亲还在世，一定会与我分享这天南地北相聚的感动。

【选自散文集《湖光金海》，有删改】

穿林而过

刘丽丽

美若黎明

布谷鸟的叫声拉长了白天，这是树林最动听的时节。温暖晴朗的日子，树林深处传来布谷鸟的歌声，空旷辽远，似乎在讲述一个久远的故事。特殊的共鸣腔导致这种歌唱有了回声，在枝丫间回荡，触碰到人的耳中，带来初夏的清凉。这种调子的特点是悠长、缓慢，提醒着人们迎接节气的变化。随着天气逐渐变热，这样的歌唱也大多停留在清晨或者上午时分。有时候我会怀疑这个歌手过于勤奋，民谣中收割麦子时才开始的提醒它们提前完成了，所以当心情不快的时候，那些歌唱就显得唠叨。但庆幸的是，这种情况只是偶尔才出现。

午后，演唱舞台交给了另外一种鸟，它们比布谷鸟更神秘。它们藏身在树丛中，从高处看，树木高大壮丽，在阳光下，叶片闪烁出油脂般的光泽。那些已经在这片土地生长了许多年的树，其纹理的粗糙和新生叶子的娇嫩之间形成强烈的反差。这种鸟藏身最茂盛的树梢，偶尔亮出歌喉：嘀——哩，嘀——哩，那是露水洗过的声音，水波一样在燥热的空气中荡漾出涟漪。很多次，当我在厨房做饭时，总是试图寻找它们的身影，却一次也没有见到过。我对它们一无所知，姓名、籍贯、住址、它们的亲戚朋友，甚至连表达一下感谢的机会都没有，这多少让人遗憾。鸟类的世界跟人类世界有许多相通之处，鸟的世界里也有隐士，隐士住在清凉的终南山上，每天在流泉旁边读诗或者扛了一把锄头下田。摆脱开凡俗世界的彼此攀附，不用看他人的脸色，遇到异类就把头扭过去保持缄默。我有一个朋友曾经说过，在电梯里遇到讨厌的人，他就蹲下身来系鞋带，把屁股朝向那个人。讨厌的人离开了，电梯到达指定楼层，他怀着某种胜利的喜悦开始工作。听他讲这段话的时候，我的脑海里莫名出现了那午后啼鸣的鸟儿。现在，山林又恢复了生机，那隐士在树梢悠然啼鸣，怎么舒服就怎么叫，怎么舒服就怎么活，这是它教给人们的。

等到秋天和冬天，它们乘坐的电梯达到另外一个维度，树丛暂时保持沉默。

鸟声在更多时候带给人一种清醒。我记下了第一次蝉鸣的日子，记下了第一朵牵牛花开放的日子，但我每天见到最多的是窗外那几株茂盛的紫叶李。每天做饭的时间，向窗外一望，就能看到它们。

春天繁花季，常有孩子在树下骑车，是那种三轮的童车，车把用来掌握方向，孩子弓着身子晃动车身，利用这种力量前行。骑车的小姑娘和我们住在一个单元，大约七八岁的样子，记得第一天来的时候她就瞪着一双好奇的大眼睛，看着我包里露出来的半截画报。应该是个爱读书的孩子，我问她的名字，“琪琪”，她大方地回答。

去小区附近的惠民市场买菜，林地旁边有个爸爸模样的人领着孩子在玩。绿化带里有一堆新掘的土，男孩一手拿铲子，手边还有一台大型的塑料挖掘机。孩子掘土很认真，大概想堆一个城堡。爸爸在一旁刷手机。那时，枝条上的叶芽刚刚冒出红色，树下一对沉默的父子各自忙碌着。我从旁边走过，当爸爸的抬头看了一眼，孩子继续往挖掘机铲斗里掘土。此情此景勾起记忆，想起儿子幼年时，何尝不是爱土如命。如果督促不严，每天傍晚都是滚成小土猴才肯回家。那时还没有集中供暖，单位里用了锅炉，九月份开始囤积煤炭。大卡车呜呜地拉好几天，堆成一座高大的煤山。烧锅炉的那几个月，院子里男孩的鞋子经常是黑的，喊都喊不住。

2017 年 5 月 27 日晚，我下楼，穿过小区里最茂盛的紫叶李树林去接年轻人回家。想起刚读过的阿德勒的《性格的塑造》一书，他指出：“孩子的母亲是孩子与外界发生接触的第一人。孩子一旦了解另外一个人在欣赏他时，他就已经开始了社会调适的过程。”为人母，除了给予物质上的温饱，让孩子掌握与这个世界和解的能力，还应该鼓励孩子发展自己的成长能力和适应能力。我常常回想起他蹒跚学步时的慎重样子，白上衣蓝色裤子的少年缺了两颗门牙的笑容，坐在自行车后座上追问“凉”是什么的童声。在树木黝黑的剪影里，偶尔漏出几颗明亮的星星。春夜鸟语，唧的一声，是略微羞涩地吐口，很快，这种声音便消失于枝丫间。你放慢脚步，生怕再次惊扰了它们的平静生活，这里毕竟是它们的领地。空气中跳动着火热的粒子，你知道一个炎热的季节即将开始，有一件承载希望的大事即将揭晓。你知道“母亲”这个角色很不容易扮演，也很少有完美的演出，但你依然觉得这是一件很美妙的事。那时你不知道，道路的那头，年轻人正手捧着一束鲜花走来，那是迟来的母亲节的礼物。中午他没有午休，专门跟班主任老师请假去花店定制的，为了防止花朵被烈日晒到，他还特意带了一把伞。

拜访田旋花

走近树林，首先感到一阵清凉的气息，尤其在炎热的夏季。从这个集合内部发散出一种独特的吸引力，让人不由自主地放慢脚步。树林在用这种方式传达出一种友善的、令人舒适的邀请。

2017 年 9 月 6 日，白露节气的前一天，从清晨开始下了一场小雨，在这样的天气里我去拜访田旋花。昨夜的梦里，她的影子在我心头挥之不去，清晨，一种莫名的冲动牵引着脚步来到这里。在树林的边缘，灌木丛的叶子开始有了细微的色彩上的变化。从春天的嫩绿，到老绿，再到现在有些叶子已经略略转为黄色，它让人们见证了秋日不变的温暖与湿润、繁盛和衰退。曲曲菜拔出细长的茎，叶子变得舒展起来。我还记得春天刚刚到来的时候，它们从褐色的土地上钻出来的样子，暗红色的叶子聚拢在一起，更像一个集合体。而现在，这批秋天的野菜变得散淡了，很容易让人产生一些联想，想到白云缭绕处的一些人。他们身着道袍麻鞋，白天抚琴习武，夜晚朝拜星斗，见素抱朴，坐忘守一，更多地向着内心深处的世界攀缘。

来看田旋花是很早就有的一个心愿。田旋花的名字中有一个“田”字，透露出它的身世和来历。在某个清晨，当它扭开小小的花苞露出笑脸的时候，“砰”的一声轻响，还是被路过的植物学家捕捉到了。他辨认出这是一种旋花科的植物，它来自田地，植物谱系上从此有了“田旋花”这个名字。但是，在它的学名诞生之前，乡野中已经有了另外的称谓，那是另一个富有想象力的场景。在东风浩荡的春天，在茫茫草野，一个农民蹲下身来，打量着田埂上的这种植物，它的叶子瘦瘦长长，开着干净的花朵。稻、麦、菽、稷都有了各自的名字，这种秀气的小花，该叫它什么呢？摩挲着平滑的叶子，他皱眉思考，抬头望向远处，恰好有几只燕子贴着柳条儿飞过，他心头一喜：这叶子活脱就像燕子的尾巴，“燕子尾”的名字便脱口而出。另外还有一种叶片宽宽、形状像斧子的，人们称之为“斧子苗儿”。“燕子尾”和“斧子苗儿”，这是关于田旋花的方言，也是它们来到世间获得的亲切的乳名。

城市不断开发，一步步拉开了人类与土著草木之间的距离。外来物种逐渐占据了街道和街区的绿地，过于模板化的园艺设计，让甲地和乙地的绿化看起来没有太大的差别。看多了，让人心生厌倦，要想欣赏真正的风景，人的脚步只能走得越来越远。现在，我已经远离了热闹地带，进入一片宁静的区域。雨水让土地变得更加松软，白色的蜘蛛网架在两棵侧柏之间，吊床的主人却已经不知去向。就在昨天，附近的学校因为要迎接上级领导的检查，雇用了许多工人，凡是领导目力所及之处，野草野花荡然无存。沿着割草人踩出来的小径，向着纵深处行走，我还是幸运地发现了田旋花的踪迹。让人稍感欣慰的是，无论昨天晚上它们的邻居遭受了怎样的浩劫，它们还是按下心头的忧伤和恐惧，按时开放了。粉色的、粉白色的、玫红色的小花，开得很安静，安静之中似乎藏了一些心事。雨丝已经很小，花瓣上沾了雨水，花头显得沉重了不少。离我最近的草丛中，一棵藤蔓上居然同时绽开了四朵粉色的小花。它们依次排开，每一朵的喇叭口都朝向天空，如同四姐妹，情深义重，互相扶持。这样的景象，让人心中百感交集。

上午八点，蟋蟀们依然在草丛深处鸣叫，银铃一样的声音也保持了原来的水准，它们的琴声多少抚慰了内心的伤感。几年前，我所在的单位紧挨着一所学校的操场，操场上没有贴上塑胶跑道，没有围上铁栅栏，更没有装上铁丝网。附近的居民可以自由地走进操场去锻炼身体，或者推着孩子散散步。最神奇的是，在跑道附近的草地上，每个清晨都会开放成片的田旋花。如同大草原上会有蘑菇圈一样，那是一片诞生田旋花的土地，非常纯粹，一簇簇粉红的花朵同时张开笑脸，让每一个在清晨路过它的人，睁开眼睛就能遇到美。它奇迹般地将一切净化、柔软，直至平静的日子变得如红酒一般芳醇。如果你不着急赶路，走过来蹲下身子，靠近土地仔细闻一闻，花朵的幽香不会让你失望。因此我常想，那个发布命令铲除一切，把这片地更改得面目全非的人，一定不曾在这里生活过。他的眼睛不曾遇到过美，他不曾蹲下身来闻一闻花朵的幽香。这种人其实很好辨认，他们生活在城市中某一座虚空的楼阁里，在数据与数据之间疲于奔命，杀气腾腾的脸上寸草不生。

现在的人们似乎意识到了多年前犯过的这个过错，允许田旋花在这片树林旁边扎下根来。绿化带里也偶尔能见到它们的身影，这多少是一个弥补。童年时代，在麦田附近，如果不妨碍麦子的生长，农民们也都宽容地允许田旋花开花结果。一个农夫，清晨扛着铁锹下田，他的眼睛既能看得见青青麦苗，又能看到斑斓的野花，自然界的丰富广博，绝对是对一颗宽容的心的犒赏。

浆　果

秋分之后，林地边缘的榆叶梅叶子逐渐失去了水分和光泽，枝丫间的果实踪迹皆无，从季节来讲，它已经进入这一季的暮年。但是我还记得春日昏黄的灯光下，第一次看到它们开花的景象。那天加班到很晚，迈着疲惫的脚步走进夜色，昏黄的灯光晕染出难得的温情。随意地一瞥，感觉林地边缘跟平时有一些不一样了。再走近细看，心中突然溢满惊讶。暗淡的枝条上，不知何时鼓起了成串的花苞，最下面的花苞已经绽开，昏暗的天光里，那些花朵上闪烁出老瓷一般的光晕。看形状，就是一朵朵冬日的梅花，但又多了一份温度在。疲惫的眼睛触碰到它们的笑脸，一汪清潭水，透出坚毅与从容，心在那一刻变得明亮起来。心想，这般景象应该配一点古筝的，听音符从枝头洒落下来；或者有一点苏州评弹，铮铮淙淙地缭绕在耳边。那个夜晚，一种莫名的喜悦充斥内心，身体的疲惫也被愉悦所取代。

林地和田野在秋风中变幻出更加丰富的色彩，让人联想起印象派笔下的天光云影。1872 年，莫奈在勒阿弗尔港口写生。他画了一幅日出的景象，在送往首届印象派画展时，画作没有标题。画布上，景物笼罩在稀薄的海雾之中，灰色调的背景，水中反射着天空和太阳的颜色。岸上景色隐隐约约，模模糊糊看不清，给人一种瞬间的感受。日出时，由于画家要捕捉瞬间的变化，在光线还没有变化前就要完成作品，因此画面不可能描绘得很仔细。所以学院派的画家们看到这幅作品时，认为很粗糙，过于随便。一名新闻记者讽刺莫奈的画是“对美与真实的否定，只能给人一种印象”。莫奈于是就给这幅画起了个题目——《日出·印象》。没想到，这些人挖苦的话，反而成全了这批画家，“印象派”随之诞生。

大师的出现都有深厚的背景作为铺垫。在莫奈的成长史上，布丹的一句话给了他很大的启示，他曾对莫奈说：“当场画下的任何东西，总是有一种以后在画室里所不可能取得的力量、真实感和笔法的生动性。”从此，年轻的莫奈开始注意画天空、大气和人物在大自然的光照中的复杂色彩，后来他走进海雾，渐渐学会表现藏在烟雾中的景物；他走进法国的乡野，走向对大自然、天空与江河的描绘之中，从寻常风景中挖掘魅力，细微观察。他对光线的变化感受十分敏锐，可以就同一处场景画出十几幅作品，如《睡莲》《草垛》等。仅此一点，其他画家就很难做到。这个沉默寡言的人，这个喜爱思索的人，这个印象派的先行者，当他不得不单枪匹马奋力前行的时候，笔端的兴奋与落寞、孤独与探索，都交给了画布。他的花园，他的睡莲，他的水塘和小桥，他的塞纳河的上上下下，占据了他画作的主题；同时，他也在画布上，一笔一画地交出一颗对大自然深挚热爱的心。

当我在林地周围徘徊的时候，脑海里时常涌现出大师们的画作以及他们的面容。对景物的打量，充满深深的敬意。眼前的秋日原野呈现出一种芜杂，黄色、黄绿色、老绿，以及偶尔夹杂的新绿，成为其中的主打色调。季节已经进入乐天知命的时候，褪去负累，自由自在成为当下的主题。藤蔓、灌木、乔木、野草，都处于一种无序生长的状态。就连平素苛刻的林地主人都变得格外宽容，允许草木的种子自由散落，允许藤蔓植物自由攀缘。我在当天的日记中写下一句话："世界在芜杂中期待新的秩序生成。"但是即便芜杂，造物主也丝毫没有降低造物的标准，依然精心地雕琢万物，从牛筋草抽出的雷达形状的花穗，到构树分生出的最年幼的孩子，一一加以关照，其细致和耐心足以成为人类的楷模。

最吸引人类的目光的，当属枝丫间各式各样的浆果。每年八月，榆叶梅枝丫间的果子成熟，眼看着一串串绿色的果子逐渐转为明黄，再增添上一些红色，格外明媚动人。榆叶梅的果实有两种，一种果核很大汁肉却很少，表面看起来光鲜亮丽，口感又酸又涩；另一种果实核很小但是汁肉多，吃起来有甜味。在九月份，金银木也将亮红色的浆果举出。每个枝丫间四粒，聚成一小簇，不多不少。秋阳下，每一颗果子的位置似乎都经过精心设计，确保了它们能最大程度接受阳光的照耀。浆果被举上枝头，茎叶自觉地形成环拱之势，自觉地把荣宠让给了新贵，体现出良好的奉献精神。

我曾经问过一位朋友，说到"浆果"你想到的是什么。他说"甜""多汁""好吃"，他的答案朴实，这属于味觉上的发现。这个答案和百度百科里给出的答案很相近，"浆果，是由子房或联合其他花器发育成柔软多汁的肉质果”，这里，强调了浆果质地的“柔软”。视觉上浆果的色泽由深到浅都有。它的动人之处全在于一种采摘的期待。悬挂在花叶之间，举在高处，简单而干净，是一种象征着快乐的果实。采下一粒浆果，就是亲手采摘了快乐。

童年时代的厨房，是我家最暗淡的地方，也是点燃灶火之后最明亮的地方，它的动人之处也在于一种期待。中秋节前后，西南风把水稻黄熟的味道吹送过来，同时吹送来的还有荷叶的气息，耳边有草木燃烧时发出的噼啪脆响。母亲坐在木墩上，火光把她的脸映照得红通通的。她忽然想起什么似的，从口袋里掏出一些东西给我，拳头舒开，是几簇野葡萄，装在口袋里的它们被母亲的体温暖热了。拿着这些浆果走进院子，心中充满幸福。月亮攀上了东墙，世界浸泡在凉凉的月光中，挑拣最大的一颗野葡萄在嘴里咀嚼，苦中甜，涩中甘，多少人生况味裹挟其中。

寒露的雨

人在雨雾中行走是一种奇妙的体验，既感到无限安全又无限危险。尤其在薄暮时分，天色逐渐昏暗下来，除非必须，很少有人愿意从舒适的家里走进湿漉漉的雨雾中，做这样一种刺激的尝试。

穿过积水的马路，路边千根草的叶子越发紧贴着地面，随着秋天的日益加深，它们茎叶的颜色会更深沉，变成深沉的赭石色。这是学习国画时经常用的一种色彩，用来画石头和假山，或者树木的枝干。手拿一管赭石色的颜料，会产生被允许进入神秘园林的感觉，除了喜欢，还有种油然而生的对于大自然的敬畏感。

雨后的蛙声类似于低音号，把号声拉长，加上雨雾带来的湿气，声音越发变得沉闷。它们在做一种最基本的音阶练习。当你的脚步朝着灌木丛中的它们靠近，这种演奏慢慢停下；等你走远了，练习继续进行。这样的演奏方式让人听出许多漫不经心，似乎一个早就功成名就的演奏家，已经过上了闲适生活，但是为了保持自己的兴趣爱好，依然时常把乐器们拿到太阳光下检视一番。演奏者除了蛙类，还有一种秋虫，在雨雾里做着毫不怯场的歌唱，它们的调子比较嘹亮。一低一高，双声部的演奏给灌木丛增加了立体感。

在这样的演奏里，脑海中回闪着刚读过的《凡高家书》。凡高在给弟弟提奥的信里，提到了画家塞雷的故事。他这样评价："这样的人真是奇才。他一生历尽艰辛，最终创作出了哀婉动人的伟大作品。他就像一株黑山楂树，或者更像一株枝干扭曲的老苹果树，饱受摧残，终于开出了最娇美、最纯洁的花朵。"一个处于社会下层的天才，最终获得了巨大的荣誉，就像一株鲜花盛开的老树，的确令人感动。在此之前他饱受了严冬的巨大的痛苦，痛苦的程度并不是后来那些仰慕他、对他表示同情的人所能够想象得到、体验得到的。什么是画家？什么是画家的生活？一般人真是难以理解。它是那样的深奥——无比的深奥。

凡高评价塞雷的句子非常贴切，而后世在他对别人的评价中，自然联想到了他的遭际。三十七岁之前的日子，凡高颠沛漂泊，他的饥寒冻馁，他坚持过程中的绝望和失落，分明就是一株青年的苹果树。经历了抽枝展叶的新奇，也接受了风雨的锤打。尽管青春的气息已经在体内聚集，在寻找突破口，但是失败的天空总是那么令人绝望。

在纳南，文森特曾经跟他的一个做皮革工作的朋友说过这样一句话："我的绘画早晚会得到世人的承认。在我离开人世以后，一定会有许多文章来评论我的绘画。如果时间还来得及的话，我打算为此做好准备……"读这样的句子，在惆怅的阴霾中，总算透进了一丝阳光。这是一种对自我的相信，不是盲目的自信，而是带着穿透时间遮蔽的勇气和悲壮。稀有的植物往往生活在更加隐秘的地方，这一定是大自然更为精心的创造；而一个卓越的画家，在画出传世的作品之前，却深受生活的磨难，被裹挟进深秋的雨雾之中，没有人告诉他还有多少日子才能迎来温暖和富足。

有一张画他感觉很满意，画的是在淡紫色并且略带金黄色的夜空下，农舍黑乎乎的轮廓。黑色的白杨树耸立在农舍之上。注意这几个词：淡紫色、金黄色、黑色、黑乎乎，色彩的丰富，从另外一个侧面反映出人物内心世界的多彩。大自然对于众多物种，自有其合理的安排。如果一个人因为自己所遭遇的一些不公正而停滞不前，并不明智。所幸，凡高有弟弟提奥的支持，当时还算健康的身体扛住了所有现实的窘迫，积极的精神抵挡了厄运带来的打击，那是一段穷困但是幸福的时光。

黄河滩蒙蒙的雨不断飘落下来，林地在远处成了黑黝黝的一片。近旁的白色水洼中倒映出最后的天光，无形中扩大了想象，让这片土地有了汪洋大海般的气势。林地四周，雨点落进灌木丛，发出轻微的击打声。由于击打的介质不同，声音也有了不同的特色。雨点从树叶上滑过，飞快坠落到地上，落进泥土的声音，略显沉闷。滴落在柏油马路上的声音就变得清脆了许多。如果雨滴落进道路附近的排水管道，许多的水珠汇聚成溪流，有了集体行进的脚步声，让人听出来一种进行曲一般的昂扬和青春的豪迈。更多的雨滴在下水管道中奔流，流水击打着水泥地面，透过缝隙传到地上变成冷冷的脆响。我站在林地旁边倾听了好一会儿，心情无端激动，感觉内心某种沉寂的东西被这种声音所唤醒——它们互相召唤，向前向前，永不止步，一颗颗欢快的心，明亮着。一个人如果没有功利之心，他的奔流本身就是目的，美，就在这样没有预设目的的自足中完成。

夜晚的第一盏灯在雨雾中亮起来，我撑着伞，回转身，朝着光亮走去。

【原载《散文》2018 年第 6 期】

譬如朝露

李　琬

雨水纷纷不绝，萱草一夜之间开花又败落。这些纤长的明黄火焰，完全处在不引人注意、不受到重视的位置。走在大街上，人人都想买到更贵重的东西。心中那个胸无大志、无所事事的自己，也在几年间渐渐退隐到不为人知的地方，但她又呼唤着你，时时想让你把注意力从眼下的事务，转移到那无功无利的自然和艺术上。

去法海寺时，是和南希一起。她是我一见到，就以为我已经认识的那种女孩，是如同我九岁记忆中，穿着白睡裙、蕾丝短袜，与我一起坐在地上看动画片的邻家姐姐。她是英国中部人，声音轻柔，亚麻色短发，蓝灰色的眼睛。第一次见面，我们远远地坐着，笑舞台上那个滑稽的诗歌朗诵者。我们彼此瞥见对方的笑，就因为这个而知道，我们立即就要做朋友的。

在法海寺，明代留存下来的壁画据说几乎没有修补。众人走入黑暗一片，陆续打开手提灯，光晕如烟云腾起，我和南希惊讶于仍然湿润淋漓的色彩。除了水月观音，我印象最深的是那六朵牡丹，有粉黄色也有红色的，开放程度不同，分别代表生命的不同阶段，回顾一瞥，譬如朝露。

我们曾经非常想走进那个所谓更男性的领域，通过占据男性的友谊和情感进而占有美、真知及其恒久不变。而现在，我们曾经以为了解和熟悉的东西渐渐疏远，过去的底色显露出来。我说，北京的太阳太厉害了。她说，是啊，欧洲女孩子夏天都喜欢把柠檬涂在头发上，这样可以让头发吸收更多的阳光，颜色变得更浅。我笑，褐色头发不好看吗？当然也好看的，她说，还有红头发，更少见的红头发。

她和我一样，我们都不是那种罗伯特·奥特曼电影里的会竭力打扮、存钱买微波炉的女孩，因为我们并不需要这样，从小受到的教育也使得我们不会这样。然而，我常想成为那样的女生，她们有切实的满足，并且不易为自己的任何努力而感到羞赧。

三十年前，母亲在美国时，总是看报纸上征求照管小孩的广告，周末去别人家里看小孩。她说，这样既可以赚一点零花钱，也能用来练习英语，同时打发时间。人家约好出租车载她过去，到了时间又把她送回来，美国大城市的繁华一次次展示它多重角度的面孔。当时国内还很少见到的商场里的玻璃旋转门，不会熄灭灯光的夜晚，家家户户的花朵和银质餐具，如明灭的星火爆裂……对她而言都很新鲜，于是她用自己的第一台美能达相机留下了那么多照片。我很好奇，她怎么以前几乎不提这些细节。她说，她照顾过一个很小的小孩子，有次跟她说“pee-pee”，那时她整天跟实验室打交道，还不懂这个口语，结果小孩子过了一会儿就尿裤子了，她只好把又弄脏的一切再换洗一遍。

我知道，我还是多少和她相似，在完全陌生的人家却觉得安稳。多少生疏又亲切的物件，动物形状的牛奶饼干、有蓟草图案的桌布、晶晶亮的圣诞树，还有那些古旧的耳钉串珠……我摩挲着它们，从母亲的手中接过在我出生以前尚有无限青春生机的光亮世界，她所抛弃和遗忘的光亮世界。我对J师说，你看，这镂空叶片状的铜汤匙，三十年前用来盛蛋糕，多么别致。J说，那是一去不复返的好年代，人人讲生活，讲情趣，过得体面，你看现在，美国又是如何光景。

去年秋天，我刚刚回到这待得有些乏味的城市，着手找工作，暂且住在一间民宿。刚入住时，一进门屋子没开灯，竟有一只八哥扑棱棱飞落我头顶，令我惊吓。不过后来，主人把它关回笼子，于是我有了一个每天发出奇怪声音的活物陪伴，只觉得很好玩。这间屋子，阳台摆满绿色植物，晴天的灿烂光线就透过叶片充满客厅。我坐在落地窗前看书，索性放弃焦虑，抱着未来随便要去哪里的放任心态，晚上照样去魏村喝咸奶茶。北京的马路宽阔到荒唐，东边更是如此。我走到商厦里，却是旧的老的面孔和物件，是我在武汉时几乎很少去过的那种老百货商店。转来转去，买些口粮，流下汗来，回到民宿才安心。

白天，其他住客往往不在，正好邀请朋友过来聊天喝茶。因为光线充足的缘故，也莫名其妙充满信心。回想起来，很少有睡眠比那段日子更好的时候。在民宿里，另一个客人是一位长得像东欧人的年轻男人。他总是穿着很长的呢子大衣、西装，戴着毡帽，领带一丝不苟，皮鞋非常干净，加上神色严峻、行色匆匆，我不免猜想他在何种保密行业工作。我发一会儿呆，就继续翻译，烧水泡茶，吃威化饼干。就在这样的小事上，我消磨了许多时光，于是不十分感觉到生存的焦虑。

是啊，快乐就是拥有这些无人知晓的梦。无论他们将这些事物如何改变折磨，都不会完全消除历史的细微行迹。在智化寺，坐在异常高大的丁香树下，也可以做同样的梦。如同那几张难得见到的二十世纪三十年代的黑白照片，当时智化寺陷于破败荒颓，却仍然透露辉煌气氛，一切影子深刻分明，是北方常见的光线作用。门紧闭着，松散的桌椅睡着，仿佛无人留意，却又兀然高妙。帝释天和大梵天塑像上的衣饰虽然灰淡剥落，仍然见出往昔的繁复斑斓。我一遍遍笨拙地描摹着这些建筑的线条，想起了孤单的十七岁，去旧书店收集些父亲不会十分赞赏的玩意儿，看被人抛弃了的明信片上的藏地擦擦佛。我试图把握它们的轮廓，那些笼罩其上的灰尘和汗水。我知道，它们的影像会一次次复生，而曾经在学堂里读过的干枯书本却在我心中一次次焚烧殆尽。

我走在灰白的大路上，在北方雨后的潮湿里嗅寻类似南方家里的丝丝缕缕的痕迹。一百年前的他们寓居在这里，也是如此想象的吗？多年前丢失的《世界童话故事选》最近失而复得，翻开内页，眩晕迷离的空气再次扑来。我并不知道，这些影响了我们的作者究竟是谁，对于两位译者也所知甚少。只是感激他们，将人类心灵里最无法解释的根深蒂固之物，一字一句以英汉字词相照应，镌刻于微薄的纸页。我在心里也会对五妹、对南希或者德米说，你也懂得这一切，生活并不灰暗陈旧，却因过去与将来回忆掩埋的宝物而熠熠生辉。对我而言，你也是失而复得，可以让心激起波澜，又复归平静。如我每次黄昏时从武昌回到汉口，坐双层巴士经过长江大桥时见到的景象——夏日渐渐弥散的氤氲水汽中，光彩一点点移动熄灭，从小山上的长春观山门，一直到晴川阁，就在层层潮水般涌现的绿色草木之中，如迟暮的美人拢一拢她的云鬓。

【原载《散文》2018 年第 11 期】

第十交响曲

李万华

一

戴着耳机，沿广场外侧慢走，一圈走完需要十五分钟；如果再慢一些，中间停下看看跳舞和对弈的人，或者草坪上的喜鹊和花灌木，则在二十分钟以上。听一支曲子，稍短的，走一圈便可听完；如果长一些，譬如勃拉姆斯的《德意志安魂曲》，则需要五圈。不停歇地走五圈，对我来说有点难，因此很少听。我原本可以坐到槐树下的长凳上听，但当我落座时，纵千古横八荒地容易走神。其实这也是个借口，真正的原因是，连续听长达八十分钟的安魂曲，实在受不了——曲子中的悲伤和哀悼太多了，像大海与群山一样将人淹没。时间中容易出现的某些东西，我早已混熟，再不会被它引诱，深陷其间。如果是三年前，我完全可以将莫扎特的《安魂曲》不厌其烦地听，走路听，坐车听，有时入睡前闭了眼睛听，但现在做不到。

三年与两年，或者一年，时间有时是连续的。但有时，时间如虫蛀的叶子一样破碎。我初读《红楼梦》时年龄小，不知世事，语文知识也没有多少，看上去捧着一本书读，其实除大致的故事情节外，余者一概不明白。犹记芦雪庵即景联句一章，见湘云接岫烟一句“难堆破叶蕉”，虽不明其意，但莫名觉得好，便将“叶蕉”一词拿来做名字。多年后，在网上看见一句“芭蕉叶大能堆雪”，哑然失笑，原来芭蕉叶也可以这般蠢笨。时间自然还是完整点好。但科学家说，时间是有起点的，源自一种开始。它寄生在宇宙身上，当最初的一个起点爆炸时，它也如爆米花般散开来，然后膨胀、塌陷，复归为零。时间会像一枚果子那样结出，然后霉烂，消失不见，我不怎么相信。即便确实如此，我还是不信。我希望时间是《2001 太空漫游》中的那块黑石碑——它就在那里，蛮横，不讲理，得到或得不到启示，那都是你的事。它就要在那里悬浮着，挡住你的眼，让你着急。

如果时间果真冥顽不化、亘古长存，人大约才会放下心来，才会期求更好，而不会及时行乐。然而果真如此，似乎也不尽然。电影《时光尽头的恋人》中，因某次意外而不再衰老的阿戴琳，一脸青春的姣好，却依旧被问题困扰，不得不一次次离开熟悉的环境而隐姓埋名。可见在很大程度上，困扰人的依旧是时间，而不是人本身设置的峰峦叠嶂。时间是所有花的根源，是所有雨的汇合处，是所有风的方向，也是所有梦与幻想的终结地。它集善良邪恶于一体，仿佛口袋内的黑白子，在不为人知处机关算尽，但看上去依旧黑白分明、纯真无辜。

自然，如果一边走一边听贝多芬的《第九交响曲》，需要四圈。不管天气怎样，走四圈身体都会微微出汗，体内的气顺畅开来，仿佛鼓胀的袋子被戳开一个洞，瞬间明月清风。许久不听“贝九”了，大约是太熟悉的缘故，但这并不妨再去听一听。前几个乐章听得松散，可以走走神，但在《欢乐颂》部分，人一下被音乐攥紧，被吊起，仿佛风中的树木或旗帜。《欢乐颂》里面，始终有一个完美的贝多芬存在。他在现实中什么样无关紧要，无论是红褐色的脸、灰色眼珠，还是土黄色脸、黑色眼珠，是脾气暴躁，还是性格孤傲，都没关系。《欢乐颂》复活的，是一个皎洁明净、玉一般温润的贝多芬，在其身上，一切苦难不是苦难，一切深渊不是深渊。《欢乐颂》也将完美的人类形象高高托起，我必得仰头、再仰头，直到被我们自己的希望感动。

音乐就是这样：有时候，它会呈现作曲家自己的身影，如人对镜；有时候，它又如水面，倒映出黄冠草履、葛衣鼓琴的他人。

其实完整的贝多芬只有在他晚期的弦乐四重奏中才能看到。在那里，他已消瘦，他的额角隆起，他的黑发已白，并且如狂蛇乱舞。他奔跑在傍晚的暴雨和疾驰的风中，也踟蹰在无人的窄巷和幽暗的林中小径。他的眼睛依旧像大海上的月光，然而他的声音，已浸透冰凉。世界早已变成一张幕布，他伸出的手，可以将它抓破，但就是没有回声。

《第九交响曲》是贝多芬对这个世界的积极融入，而晚期的弦乐四重奏中，贝多芬已与世界渐渐剥离。

二

起先，我只关注广场外侧繁密的一道地锦。大约栽植时间已长，它们层层叠叠爬满黑铁栅栏，一边又探出卷须，伸向旁边一排槐树。槐树本不粗壮，地锦烂缠上去，仿佛一堆古代的衣裳。有些地锦长势旺盛，一路飙升，将叶柄搭到槐树枝梢上去，又从那里垂下，似乎是槐树长出的气根。夏天，地锦将槐树之间的空隙塞满，成为密不透风的绿色围墙。每次走过，都觉得一群龇牙咧嘴的小兽正隐伏其间。地锦逐渐变红的时候——它总是从悬挂在槐树高处的叶子开始，我试图拍下红叶在光线下的绚丽妖娆，但总是失败——要么叶子红成深渊，幽暗堆叠；要么光线过于强烈，耀眼一团，遮住天空。

这样，当我一次次仰头探看地锦的时候，不经意地发现广场中间的几株白桦，已经黄得透亮。

白桦原是山间高士，长在广场，鹤立鸡群。我偶尔走近它们，探寻来自山野的气息。三月，它挂出棕色的葇荑花序，毛茸茸一树，我去摘一枚细看，却发现那是它的旧年种子。在杨树和榆树忙着挂满毛毛虫之际，白桦以假乱真，童趣十足。然而之后，如其他不事张扬的树木，白桦在花灌木和果树的喧嚣中失去声息：开不出绚丽之花，叶子也不大，并且长满黑斑，树皮虽然泛出白光，但终究被遮蔽在绿掌之下。以为一生将如此寥寂，以至老僧已死，坏壁无由，不料在花灌木和果树都处于青黄不接的尴尬之时，它突然摇身一变，仿佛莫扎特的一支小步舞曲，轻快而醒目。

秋天就应该这样，以为夏天尚未走远，花将一茬接过一茬，苔痕将碧绿，虫子将羽化，突然满树的叶子酱红橘黄，仿佛聚会时众人谈兴正浓，一人忽然起身，抱手作揖，说要走了。如此爽快利落，不留情面。

走过去，坐在离白桦不远的椅子上，本想坐得更近点，但白桦树下有人正在吹口琴。我小时候是见过口琴的，只是玩，从不知可以吹曲子。吹口琴的人面对草坪，将一个背影递给我，其实也在递给所有人：他弓着腰，仿佛怕别人将他的口琴夺去。吸引我的是一曲《化蝶》，曲子我会背，便小声跟着唱，后来吹《草原上升起不落的太阳》，我猜那是一个生于二十世纪五六十年代的人，荒废的日子和激情的日子一样多。果然，之后又是一曲《边疆的泉水清又纯》。除去我，再没人注意他。离他不远的海棠树旁边，一群穿绿夹克、黑短裙的年轻女子跳某种快节奏的舞。更远处，广场的中央，一大圈人正在跳锅庄。看上去是一对夫妻在领舞，女子高挑纤细，黑色拖地藏式长裙，黑色窄檐小礼帽，系黑色刺花腰带；男子白色藏式皮袍，红色高筒靴。舞姿奔放，如在草原上一般。人们关注跳舞的人，或者蜷在椅子上假寐。吹口琴的人虽然背对人群，却将琴声用一只小音箱放出来。

他的背影和小音箱告诉我，他欲疏远，又欲亲近，他欲隐去，又欲复出。他是矛盾的人，不同的自己与自己对谈，尚未安宁。

围着木头椅子，来自牧区的男子喜欢走一种藏族围棋。我站在旁边围观过几盘，大致路数与走法虽不明白，但也算知道一些。比起围棋的老谋深算，黑白子的围追堵截更显直接。直接明了，这是我现在所习惯的，我已经将说话方式从早年的欲言又止变得简洁了当，我想我的行事风格也已发生变化，仿佛封闭在高墙杂木下的一株薄荷变身为高秆大花盘的向日葵。是啊，猜测与揣摩有何必要，担忧与不安又有何需，意思一旦明白，除去优雅与谦逊，除去善意与真诚，行事无须其他途径。我以前喜欢秋天，是因为它有智者的温和，而现在，更愿意看到它彻悟后的明亮与安静。

三

又一次跑去和格西说话。这位弟子遍及海内外的寺院堪钦，刚刚结束一次谈话，面容略呈疲倦地坐在西餐厅等我们。我的同伴总有着明确的见面目的，而我，这几年过来，格西已经知道，我除了提一些稀奇古怪的问题外，没有其他需求。我是一个更愿意以物理眼光看世界的人，每一个佛学问题都希望得到物理学的解答。有时候，这显得有点胡搅蛮缠；但有时候，能切中要害。

我也并不是因为对现实无能为力而另寻出路，我相信真实的世界只有一个，它似一颗冰清玉洁的水珠那样悬挂。我们眼睛习惯了的，不过是一部反复观看无数遍的影片，新意已失，套路与对白烂熟于心，如果不换欣赏角度，最终会感觉厌倦。科幻作品迷人的原因也在这里，它能肆无忌惮，将司空见惯的世界换个方向让我们看，让我们警觉，让我们怀疑，让我们不被过去和现在钳制。

但实际上，我们能与过去一刀两断吗？

我说，两年前，一位同学告诉我，我在某一个前世中曾执刀杀人，所以才招来此生这等横祸。我笑问格西，这到底应该是哪一世发生的事情？

其实，我和格西都明白，我不过以此事自嘲。格西微笑不语，但后来，格西还是说，智者应发菩提心，而且，要为过去忏悔。

我有无数过去，如同无数翻过去的白昼和黑夜。那些夜晚不可能一律风清月明，一如过去的白日，不可能全部艳阳高照。当我站在林木森森的谷地，或者岩石嶙峋的峰顶，我会明白，来路已经就此别过。回望有时是一种进步，如果在回望时，能看清被幽暗遮蔽的水面，或者被鲜花覆盖的墓碑。

坐在广场的椅子上，眼前有那么多的人在活动，有时，我会忍不住想象他们的过去。这是一件轻松愉快的事，因为只要凭借想象和一些观察即可做到。不过我也明白，除去大致情形，他们的过去对我来说依旧是一场空白，我可以像揉搓一块橡皮泥那样，将他们的过去随意安置。也许没有一个细节可以吻合，没有一个场景可以重叠，我想象出的，不过是我曾经听闻或者路遇的片段。他们真实的过去，被沉淀在水草下面，没有声息。即便是现在，他们在这个卸掉灯光的舞台上，依旧像一些不肯发出声音的乐器。

我在学生时代喜欢二胡，希望毕业以后买一把来学。但毕业之后，我开始喜欢小提琴，原因是刚毕业时，二胡曲听得太多，以至于距离太近使美感尽失。然而小提琴也没喜欢太久，因为小提琴更容易走向极端，过于哀怨与过于华丽。之后，大提琴的沉稳敦厚，钢琴的轻盈与暴风骤雨，也都曾迷恋。然而过多的后来终于像一场初冬的雪，一点一点将驳杂的色彩覆盖，并且使热度逐日下降，之后再没有一件乐器令我过于偏爱。

所以你不能以一件具体的乐器来衡量我，如同不能以一些虚无的红黄蓝翠来指代我。同样地，我明白我眼前的他们，每一个个体都不再是一件单独的乐器。他们的每一个自身，都是一个乐队奏出的曲目，小型的室内，大型的交响，丝竹或者管弦，而且交织了矛盾，交织了记忆，交织了幽暗与明亮。

记得一位有经验的音乐人说，一支古典的曲子听上去似乎毫无头绪，实际上，它是在一个基础的旋律上反复，然后加些花样。如同年轻的医生告诉我，治疗的方案固定不变，变化的，不过是药物搭配的剂量，或者辅助的东西。这就是说，飞跃不会轻易出现，存在的，不过是缓慢的抽丝剥茧。

四

我所说的广场，实际上有许多树木和花卉，有大片修整过的草坪，不如说是一个小型公园。十几年前，此处尚属郊区，多居菜农，有老人去山上放羊。后来这座被夹在两山之间的城市慢慢扩张，这里成为开发区。广场上几株旱柳和一小片沙枣林大约栽植于七十年前，旱柳树干粗壮，须要两人才能合抱，树根裸露出来，在草坪上如同一些褐色的爬行怪物。夏季，叶子伸展，树冠膨大似半空搭起的绿色帐篷，有时看见，不免想起《三体》中未来人居住在地下的房屋。那些房屋都建在高大树枝上，树木真正的叶子已经稀疏，大楼和别墅反而像发光的叶子挂满枝柯。沙枣有二十几株，因为年龄已长，树干爬满褐色菌类。树下草坪被低矮的白色栏杆围起。沙枣结果，大约需要休息，今年就没结出几颗，也许是太老了。但树梢上一直悬挂着旧年的沙枣，已经干瘪黑去，仿佛粒粒羊粪球。

后来栽植的树木，都带些人为气息。圆柏和雪松，还有云杉，各自为阵，割据广场四角。垂柳和国槐沿人行道而植，已经成荫。山梅花、锦带花、暴马丁香等花灌木和果树随意点缀，几株西府海棠幼小得惹人怜爱。树木结果时，我还发现一株山楂，孤零零地长在一边。据说初建这块广场时，曾栽植许多山楂树，但不知何故，后来这些山楂树被移栽到城西。我是和一位出租车司机聊天时听闻此事的，我告诉司机，山楂树并没有移尽，还有一棵已结出果实。司机说，好，可以将那些山楂摘来泡水喝，山楂消食，以前常去摘。我一番好意，没想到司机心怀叵测，顿时后悔，为此几次专门跑去看那些山楂果有没有被他摘掉。

广场上还有一丛香荚蒾和一丛刺玫。香荚蒾是高原上最早开花的植物，人们从不叫它的学名，只以含有古意的“探春”称呼。香荚蒾开出花来，芬芳比丁香浓郁，嗅觉灵敏的人，很远就能辨别出来。刺玫丛中居住一群树麻雀，早春时节，喜欢聚在朝南的枝子上晒太阳，肚子饿了，便跳到刺玫树下找吃食。它们很少飞到广场外围去，也不到旁边的树木上嬉闹，看上去特别守规矩。我担心它们长此以往，将成为小国寡民。但在夏季的某一天，我去看它们时，发现只有刺玫花恣意绽放，它们已如楼兰古城消失不见。

我漫步其间，还看到一对喜鹊夫妇筑巢，一只白鹡鸰波浪式飞翔，看到结出的梨将枝子压低，看到草坪上的蒲公英由黄花变成白雾……这是一个混合起来的林木团体，集诸多元素于一体：看到旱柳会想起河谷，看到柏树会想起园林，看到雪松会想起山峰，看到沙枣会想起村庄。同时，看到刺玫会想起木门斑驳的老院，看到海棠会想起瓦当滴水的屋檐，看到垂柳会想起执手相别的堤岸。你不能说，它属于什么而不属于什么，或者代表什么而不代表什么。它如大河，看上去缓缓流动，除去水和跃动的光斑，再无余物。但它曾流经草原和雪山，流经旷野与大漠，它载有岩石和泥土气息，有雷雨风霜的记忆，有夜半鸟鸣，有黎明时星辰的一缕寒气。它是草木和时空的一曲交响。

在它们身旁，我是一棵移动的树，我愿以此标榜。我曾在梦境中见过一棵树移动的模样，仿佛一个身穿暗色长袍的女子，面容模糊，眉目不清。她四周没有任何明亮之物，她在幽暗的背景上如同背景幽暗，但是她有别于背景的滞涩和干枯。她在地面缓慢平移，没有起伏，也没有怔忪似的忽然停顿，仿佛一缕有根的青烟，在做匀速运动。她不同于莎士比亚悲剧中那排向邓西嫩移动的勃南森林，也不似刘慈欣《三体》中那些夜行军一样快速向前的树木。她不借助任何外物，但看上去又与外物融为一体。

五

曾经想，1827 年 3 月 26 日，那个狂暴的风雨之时，贝多芬的眼睛并没有被他人的手阖上，而是在短暂昏迷后，再次睁开，雷雨之后的光明重新将他照亮。一切虽然都没有往更好的方向发展，卡尔没有回头，听力没有恢复，生活依然窘迫，但《第九交响曲》的成功，毕竟给维也纳的听众带去了震动。按照原来的计划，他在其后的几年或者十几年中，将继续写下《第十交响曲》《纪念巴赫的前奏曲》，为《奥德赛》谱曲，为《浮士德》谱曲……如若果真这般，那么他后来的音乐，什么样的思想或精神将成为主题？

罗曼·罗兰在《贝多芬传》中曾将音乐家的一生如此比喻：“他的一生宛如雷雨的一天——先是一个明净如水的早晨，仅有几阵懒散的微风，但在精致的空气中，已经有隐隐的威胁和沉重的预感。然后，突然之间巨大的阴影卷过，悲壮的雷吼，一阵复一阵的狂风。然而白日的清纯之气尚未受到损害，欢乐依然是欢乐，悲哀保存着一缕希望。但自 1810 年之后，日光变得异样，最清楚的思想，看来也似水雾一般升华，所有的情操里都混合着一种热病，一种毒素。黄昏降临，雷雨也随着酝酿。随后是沉重的云，将夜染成乌黑，挟带着大雨。突然狂风暴雨之际，黑暗裂了缝，夜在天空被赶走，白日的清明又还给了我们。”

诚如所言，贝多芬的前几部交响曲，人生中该写的、该标记的部分，都已出现。英雄的气概，对自由的向往，爱的甜美与回望，自然的静谧与和谐，成长与慌乱，狂放与激情，酒与歌，眼泪与玫瑰。按贝多芬最初的设想，《欢乐颂》应该在《第十交响曲》中等待。但因为某种原因，《欢乐颂》却出现在《第九交响曲》中。

欢乐来之不易，需要看见纯粹，需要对未来充满信心。欢乐如果出现得过于频繁，将没有多少意义，它将轻飘飘的，纱一样曼舞。贯穿始终的欢乐也不会出现，如同贯穿始终的痛苦不复存在。欢乐也无法作为终结，因为夏花之后，时间还将继续。

弦乐四重奏 135 号《F 大调四重奏》是贝多芬的最后一首作品，第三乐章 Lento，原稿上曾注明“甘美的休息之歌，或和平之歌”。赫里欧说，这是贝多芬精神的遗嘱。如同夜幕四合，山峦隐去身形，如同一个颠沛流离的故事趋于圆满，如同玩笑之后，真情流露。在这短短的乐句里，一切得以平复，清明如月光洒下，虔敬肃穆，却又单纯和平。

如果贝多芬的《第十交响曲》已经写出，如果我们在某个阳光明澈的午后，或者如水清凉的夜晚将此曲聆听，我们会听到什么？我们是否会如一棵移动的树融入森林般，在与世界的孤单相对中，重获甘美的自由与安宁……

【原载《散文》2018 年第 7 期】

灯火里的蝴蝶

至　简

一

叮当……叮当……清脆的声音，穿透了小巷里明晃晃的空气、白花花亮闪闪的阳光以及斑块剥落的白墙壁，飞过了木头的屋顶，飞进了我的耳朵。那声音会让我先是一愣神儿，安静上几秒钟，继而全身一激灵，卖麦芽糖的货郎来了！转身去向屋中的大人们要上一枚硬币，飞快地跑出了院门，怕赶不上卖糖人挑着货担的脚步和叮当声。好在一出院门就看见，卖糖的货郎在院门外不远处的一块阴凉地里，货担两头挑起的竹篮子上用白色的纱布盖得严严实实。伸出手给他那枚2分钱的硬币，他拿起手中的小斧子和锤子，不紧不慢很有节奏地敲击，清脆的叮叮当当声会引着更多的孩子从院中跑出来围拢到货担前，接过来那块雪白的糖，走不多远就塞进嘴里，绵软香甜，还有一股淡淡的焦煳味儿。小时候我只喜欢吃两种糖，一种是这种货担里卖的麦芽糖，一种是泡泡糖。

其实那时候，这条街上的人都把货郎卖的糖叫作焦糖。在家乡，没有会做麦芽糖的人家，我从不知道它的制作工艺。那些货郎都是风尘仆仆的异乡人，一年中能等到他们的机会非常稀少，要很久很久他们才来一次，而大人们却不会多给一分钱。于是，那糖的味道和叮叮当当的声音实在是一种渴望。

五六年前，行走在昆明的大街上，突然背后传来叮叮当当的声音，还是那样一愣神，一激灵，停住脚步问身边的同事，什么声音啊？一定是卖麦芽糖的，不会有错。转过身去寻找，果然在人行道的人流中看到一个挑着竹篮子的中年男人，头戴草帽，裤腿挽起几圈，褐色的衬衫敞开着。同事笑我，你的耳朵可真灵光。从包里掏出零钱，买了一大块，听着叮叮当当的敲击声，好享受啊！真想让他多敲一会儿。那满满一塑料袋的糖是黄色的，尝一口，也没有儿时那般好吃，且在那炎热的天气里，终究无法带回家。却依然感慨，在彩云之南，我与儿时的美丽记忆意外重逢。

在童年里刺激过我耳膜的还有一种声音，即爆米花如炮仗般的一声巨响。爆米花的师傅都是本地人，黑乎乎圆鼓鼓的机子一头拖着一个大袋子，只要爆米花的人来到街上，那震天的一声炸响，会让整条街都有一种节日的错觉。每次爆米花的人一来，又兴奋又恐惧，大人小孩陆续端个盆围到跟前去了，自己也不能被视作胆小鬼，且甜丝丝的米花也是爱吃的，壮着胆子也端个盆提心吊胆地站在那里。一旦看到那人将要把炒锅里的米花倒进袋子里开爆，飞快地把盆子放到地下，捂起耳朵躲得远远的，如此反复，一下午惊险刺激。好在终于轮到自己的米倒进了黑咕隆咚的机子里，火苗儿蹿得高高的，在一声巨响之后，那原本不多的大米或是玉米粒，终究变成了一大盆白花花、脆生生的米花儿，够吃上一阵子的了。

家乡早已不见这种老式爆米花的机子了。几年前，在呼和浩特的一条偏僻小巷里，看见一个爆米花的人坐在街边，冷冷清清无人问津，心里诧异，想来也是为生活所迫吧。但又想，我生活的西北小城，地处偏远，可是这些老东西消失起来又是极快的，难道是置身其间时，忽略了这些旧事物的存在？我与儿时的记忆又一次在异乡重逢。

二

正午，整条街都在灼热的阳光中变成了一张薄亮的白纸，精光光的土地也被晒乏了，再也冒不出一丝水分来，只有门前的那条柏油马路泛出青色。我悄悄地从那个人民街27号的长条院落溜出来，直接去了小巷北面的县二中。县二中旁边的一扇小铁门是敞开的，看门人也不会拦我，他早已熟识了我们这些住在周边的孩子们。

二中的教室都是长排的平房，几排平房前的大花圃里盛开着千层菊，它的味道不好闻，可是色彩却极其浓艳。这些花儿开放时又正值暑假，花圃静悄悄地自个儿绚烂，越是在这灼热与寂静中，却是蝴蝶们少了打搅翩翩起舞的最佳时节。三伏天的中午，整条街都在昏沉的午睡里，我就来到二中的花圃前捉蝴蝶。有时候有一两个玩伴，有时候是独自一人。我在花圃前追着那些蝴蝶跑，要么等它们落在花丛中的一刹那静悄悄地捉住它们，要么拿了一件衬衫一扑，也有拿布裙子一角撩起来包裹住花朵上的它们。我捉了很多的各色蝴蝶，把它们装在塑料袋里，拿回去压在桌子上的玻璃板下当了标本，练就了一身捉蝴蝶的本领。

夏夜，无风，深蓝的夜空弯下腰笼着田野，星星挂在不远处的林梢上。在外婆家屋后一块开着小白花的蔬菜地里，茂密叶子下的根茎上，竟然有许多的白蝴蝶都藏在那儿，它们闭合了翅膀，好像是睡着了。那一发现让我兴奋不已，我拿了一只大大的塑料袋，这些睡觉的蝴蝶捉起来丝毫不费力，我一只只很快地捉了满满一塑料袋。外婆院中的西面房子里只有一个柜子和土炕，进屋后关了那扇蓝色的门，打开电灯，昏黄的灯泡散发着朦胧的灯光，蝴蝶从塑料袋中猛然间获得了自由，被放飞在屋子里。它们奋力扇动着翅膀，也许它们误以为那灯光是田野里的阳光，不知疲倦地绕着那盏灯迷乱地飞舞起来。我站在灯光里看着一屋子飞舞的白蝴蝶，看着，看着，就被蝴蝶绕晕了眼，先是坐在炕沿上，继而就什么也不知道了。清晨，揉揉眼坐起来，门开着一条缝，屋里一只蝴蝶也没有，但是地下却有一两只蝴蝶的翅膀，那些白蝴蝶不知道哪里去了。我怅然若失，那灯火里飞舞的蝴蝶，就成了记忆里华丽盛大的一场梦。

第一次懂得怅然若失的心绪还要更早些。小时候总爱从城里去乡下外婆家玩，那时外婆家里生活困苦，就连记忆中的天气好像也都动不动发大脾气。记得有年盛夏，突然下了很大的，砸在地上又四处滚落，每一颗都有玻璃弹珠那样大而圆润的冰雹。儿时的我哪里知道它会让种田的大人们哀叹发愁呢。从它伴着轰隆隆的雷声，噼里啪啦坠落时就又跳跃又鼓掌，硬被家人拽住才没能跑到屋外去。等到暴风雨停了，急急跑到屋外，外婆家的院墙边立着很多的玉米秆，也有些摊开在地上，那些晶莹剔透的小珠子就滚落在这黄灿灿的玉米秆中间，闪动着炫目的光彩。我从城里来时背了一个时髦的塑料小洋包，翠绿的底色上游动着两条黑色的小金鱼。踩到玉米秆里头认真地捡那些白珠子，不一会儿就捡起半包，拉好拉链，把装了珠子的包挂在门背后。可是没多长时间，打开一看，只有半包水在里头，记得当时就哭起来。这件伤心事记了很多年，也许是亲眼看见它们化作一汪水的缘故，后来的记忆中再没有见过那么大那么圆润美丽的冰雹。

三

我家所在的那条街是主街，连着如毛细血管般的小巷子，在城市的肢体里七拐八弯地铺排纵深。初来乍到的人总会觉得它们既无规矩也无章法，本来是直行着，突然出现一个豁口，又连着一条横的巷子。而走到这条巷子里，也还会再引出另一条巷子来，像是进了一座迷宫。

往西北的那条巷子里有几棵格外粗壮的大杨树，杨树下的院里也住着几个女孩，我常常到那里去和她们跳皮筋儿，玩游戏。这群孩子里有个大我三四岁的女孩叫荣荣，荣荣是大高个儿，她的妈妈是老师，荣荣有很多的小人书，她常常手里捧着几本小人书站在院门口炫耀。我费尽口舌才从她那里借了几本，都是神话传说，喜欢得不得了，看过一遍后还想再看，可她却不肯再借给我了。但她却不停止炫耀，一次她把我们带到她家，把所有的小人书摊开在床上让我们看，里面都是讲河蚌姑娘、珍珠姑娘、人参精的那些美丽传说。我想看她所有的书，但央求过后，她却决不肯再借给我一本。她的小人书成了我每天的念想，想了几天后，我就决定攒钱把那些书全部买下来。那些书都是旧书了，她见我着实喜欢，却要按书后面的原价卖给我。我心里急切就答应了她的条件。数月之后，我存够了一大笔钱，大约有十七八元。我去找荣荣买书，周围几个院落的孩子都知道这件大事，他们也都凑在旁边见证了我们的这笔交易，吃惊地看着我把攒的一元、两元，还有几角的毛票以及一分、二分、五分的硬币，好大一堆钱点清给了荣荣，荣荣把一大包旧的小人书给了我。

我把那堆书装在袋子抱回家，兴高采烈地给叔叔炫耀。那时，我和奶奶、小叔叔在一起生活，他一看我买回一堆旧书，脸一沉说：你买回一堆铺衬干啥？我攒的钱里头也有向他要的。我便悄悄儿地藏起了书，再也不敢多说。

几天后，我再去那个大杨树下的院子，院里有个女孩跑来悄悄对着我的耳朵说，荣荣把你那些钱拿去买酸梅汤喝了，她每天买一军用水壶回来喝。小城东街有家国营饮料店，那里的酸梅汤是全城最好的，我是不爱喝酸梅汤的，那家国营店开到20世纪90年代才拆迁。那笔交易结束了我和荣荣的友谊，其他的孩子此后也不怎么和她玩了。但那些小人书上的神话故事却一直存在了心里。

奇怪的是，在这座小城，自我十几岁时搬离儿时长大的那条街之后，竟然再也没有与儿时的伙伴相遇过，也许他们后来都去了别的城市。那条老街已经变成城市最繁华的商业街和最昂贵的住宅区。

【原载《黄河文学》2018年第7期】

红嘴鸦飞过无尽的雪

林渊液

雪下得更大。我刚出来时，棚屋顶的红、经堂顶的金、远山上的散绿，都还隐约可见，这时候全都白了。整个世界被雪漂过一遍，白得没心没肺。室友劝我，上山的路不好走，别出来了，我坐不住，还是想去绕坛城。

在这里，时间已过了两旬，适应了高原，适应了素食，适应了每天听经诵经清修的生活，也适应了身边形形色色的人等，万事尘埃落定。但此时，整个人的感觉却是空的。这个空，不是佛家的色即是空。佛家的空，是万物皆空，万事无常，劝诫人不起执情，得大自在。我的这个空，却是执情满满的，只因为抓不着摸不到，心内空了。回想我所遇到过的出家人，他们虽然一直在谈空，对世事也已抛下，但我发现，很多人转而执着于空，并以此为种子，种下了空之大树，向下根须庞大，向上枝叶葳蕤。于我看来，执着于空，与执着于世事并无两样。真正能够以空为常，以无常为常，不被其绑架者，其实少之又少。我现在充满执情的空，大概也是为此迷茫。

天地之间，白茫茫一片，经堂及其重檐和梁枋彩绘，连绵直至远方的红棚屋，把这个静态画面晃动起来的，是纷纷扬扬的雪。突然，有什么东西从经堂重檐飞逸出来，两个黑色的团块，在白色世界里显得醒目而孤小。很快地，看出了黑身子黑翅膀，还有小小的红色喙。是红嘴鸦。它们从东边的经堂，掠过一大片的棚屋，一路往西，往西而去，直到空蒙。冰天雪地，万物龟息，它们长途跋涉，这是要去做什么？

红嘴鸦是每天晤面的。刚到色达时，我住在觉姆棚屋，第一次站在半山腰看到高空中的红嘴鸦漫舞，内心有些小惊慌，以为那是秃鹫。这种对常识的误判，其实是有缘故的，高原红嘴鸦体型之硕大，身手之矫健，超出了预想。有一段时间，每逢晴朗天气，我都会在山上撞遇它们的午后舞会，要不就是大晴天要不就是阵雨过后。规模庞大得很，到底有多少舞者那是数不清的。它们的群舞让我想起风行十八世纪欧洲的加洛普舞，这种舞蹈名称来源于马的奔跑。正是这种感觉，深冽的蓝天上，舞会中的红嘴鸦，每一只都像一匹马，迅捷、奔腾、优雅、勇敢。山间的生活简朴原始，与红嘴鸦的舞会邂逅，令我每每有种置身于高贵场域的丰足感，身上的细胞，似乎都是汁液满溢的。手上虽不曾握有酒杯，胸间驰骋的却是恣肆的酒意，这酒意可以乱人心性。后来搬到宾馆，这是海拔更高的地方，有时在路上行走，便有一群红嘴鸦从檐间飞出，呼啦啦的，声势甚为浩大，也不飞远，就在路对面楼房上的窗牖停驻。不管生人熟人，你仰面看去它就与你对视。据说红嘴鸦是地栖鸟，我在讲经堂的梁下看到一个碗状巢，不知是不是产蛋孵雏才会用到。在我们家乡，与人如此亲近的也只有家燕了。每年春天，家燕如期而至，筑造爱巢，生儿育女，等到儿女长成便阖家弃巢而去。隔年归来的，也不知道是否是故人故鸟。对候鸟，我内心一直充满敬佩。我是一个心力不足的人，如果一辈子必得是这种往返迁徙的宿命，一路上江河湖海再好，花田桑麻再好，路途中如影随形的，一定还是惶惑与焦虑。可是，如果一辈子只当一只留鸟，远方只待在想象和诗里，那么，不是辜负了一对能够飞动的翅膀吗？究其实质，这个两难抉择所折射的，还是个人内心的多欲多求。红嘴鸦们不知道是否也有类似的纠结，经堂的诵经声对于大多数人来说是有安抚作用的，或许对它们也一样。只是修为向来有深浅，红嘴鸦与红嘴鸦的不同，是否也如人与人的不同？

无尽的雪，红嘴鸦要飞往什么地方？

这是一条平缓的坡路。去坛城有几条路，陡峭的路途短，平缓的路途长，我不喜欢奋力攀登，宁可走远道，缓慢行进。不知为何，此时重又想起写作伦理的问题。来色达之前的很长一段时间里，胡思乱想是不怕的，但对提笔写字我心生惶恐。这种惶恐是之前三十年的写作生涯没有过的。文学边缘化之后，写作者都以弱势者自居，从某种角度来讲，文学确实是失败者之书。现实的立场太强大，漠视、奚落和碾压，当然是写作者的标配待遇。可是，我突然发现了一个真相，在远离现实的大场域，写作者其实也掌握了另一种权，由于限制在深度上或者局域里，所以它隐蔽、不起眼、不招惹谁，因此，也不受监督。而这样的一种权，如果丧失制约，也会成为一只逃脱了樊笼的兽。

路上人稀，只看到一个架了三脚架在拍摄雪景的人，羽绒服穿得臃肥笨拙，像卡通企鹅，连帽盖住了他的眼神。突然发现，红嘴鸦的出场与我往常所见不同。往常的舞会是成群的，这个大雪天，它们却是成对出行。天地一片白，只有一对红嘴鸦扑翅远行，它们飞得有些慢，不再是马的奔跑了，是鹤翔。藏区的天、山、经堂与红棚屋，即便为漫漫白雪所弥漫所覆盖，层叠突兀、明暗交错的雪境，呈现的依然是凌厉之气。这两只红嘴鸦的街舞，却是空灵剔透、婉转柔绵的。我贪念顿生，光看是不行的，还得永远留存下来，打开手机咔嚓咔嚓不停地拍，却是怎么也拍不好。

“你好，帮忙拍一下红嘴鸦可以吗？”我的声音既粗重又颤抖，自顾自地把往日看到的红嘴鸦和今日看到的分析一遍，以为这个发现足够把他打动。

臃肥的摄影人从镜头下抬起眼来，望了一下实景，又一对红嘴鸦从檐前飞出。

“嘿，真是呢。”

我对此场景有些迷醉。虽然它存在久矣，可是，美感已经历过层层推演。令人意外的是，摄影人脸上的无邪只保留了极短的顷刻，很快便严肃起来：

“我不拍鸟的。”

炽烫的火瞬间熄灭，我的笑容不自然地合拢，声音却很快恢复了常态。讪讪作别。

那个穿紫蓝棉衣的女子便是此时遇见的，我不知道她何时到来，应该是从坛城下来的。她微仰着脸，向远处的红嘴鸦深情注目，又有一对姗姗飞越而过。她头上披着玫红的羊绒大披肩，雪花飘落在其藏八宝纹案上。第一眼，美得既玄幻又肃穆。我们相互颔首致意。我对她有亲近感——如果在荒无人烟的月球，所有的人类都来自同一个故乡。

“它们要飞往哪里呢？”

她像是问我，又像是自言自语。

我的眼光追随着这一对红嘴鸦，直到尽头。当然，我也没有答案。

来自故乡的人，是不是一定会用乡音聊起自家的故事呢。

她给我讲的，有别于之前的任何人。坦白说，光从外表看来，我以为她是一个观光客人。可是，她不断给我强调她的宗教情怀。她说，他们是跟随青海的上师一起来色达的，上师是三步一顶礼，磕长头而来的，已经三个月了；她说他们十来人开着三辆小轿车一直随侍左右，夜里搭帐篷，日间行驶；她说坛城是他们心目中的圣地，这一年，她已经来过三趟了。对了，她是宁波人。她说他们这帮人来自五大洲，其中有一位是法国的留学生，牵头的是一位湖北大哥，每次出行，他都会做周密的攻略。饶是这样，意外还是频频发生。她用夸张而略带得意的声调向我描述，车过玛沁时遭遇了高寒天气，下半夜起夜时撒尿成柱；他们团队里必须为其讳名的一位影视明星，曾经在高渴时喝过上师的尿；她亲眼看见的，上师在天气转暖时，微笑着纵容手臂上的蚊子吸食自己的血。那时节，他们这些俗家弟子，全部围坐在上师身边，静默诵经，仿如接受了一场洗礼……如果要猎奇，我是可以循着这思路追问下去的，故事和细节都会精彩纷呈。可是，故乡正在消逝，我盯着她化妆精致的脸庞懒得说话。

听说我是写作者，她倒是来了兴致，大谈仓央嘉措的情诗。“那一世 / 转山转水转佛塔 / 不为修来世 / 只为途中与你相见”，她望着成对飞行的红嘴鸦，把这些诗句念出来，神情陶醉。在仓央嘉措的身上，民间有太多的寄望和涂画，懂得藏古文的人都说，那些流行的情诗在他的原著里一无所见，不知道她所追随的上师是如何看待这件事的。

就在此时，我突然明白过来，大雪天出门，红嘴鸦其实是鉴于最现实的缘故：它们需要觅食。据说它们以金针虫、天牛、金龟子、蝗虫、蚊子、蚂蚁等昆虫为食，也吃植物果实、种子、草籽和嫩芽。这鬼天气，它们的食物哪里找得到？我暗暗替它们担心。

后来，我对那紫蓝衫女子什么也没说，只问了一个极世俗的问题，她是上班一族，假期怎么办呢？她说：

“这是要随大师修行啊。”

她最后的话说得极其轻巧极其优渥，大意是，论身份、论财富，他们安享优待是没问题的。

雪小了一些，她很快下山去，上师和道友还在离此五里之外的地方安营扎寨，她必须归队了。我望了她一眼，背影依然很美。紫蓝衣裳与玫红披肩的搭配，在雪境里，清新脱俗。

我往反方向走去。

坛城的顶层每天都有煨桑，我喜欢松柏焚烧时缭绕的烟霭味。这一天闻不到。绕了不到三圈，不想继续了，径直往西面山脉而去。

写作伦理的问题依然困扰着我。天地就在那里，雪就在那里，红嘴鸦就在那里。画布就在那里，作画人挫笔轻重、揉色精拙、线条纤毫、刮擦肌理精疏、砌痕层次丰约、色块厚涂或是薄涂，除了这些技法的差异，更重要的，还有心情、审美、观念、思想、灵魂。如果只是写作者一个人的故事，是他内心的风起云涌抑或兵荒马乱，那么，只要逻辑自通就行了。可是，如果涉及的是他周遭的人呢？是对弈，是共舞或者群殴……

有一段时间，我一直在为一对朋友当情感解扰器。这是一段俗世里常见的情感纠葛，不同寻常的是，男方是一个诗人。诗人的诗写得极好，疼痛和忧郁，都是胆汁毕现的。大家都知道，他曾经有过一个相爱甚深的前女友，意外分手之后他几乎走不出来，诗行里尽是她的洗发水味道。跋涉多时，终于与现任女友牵手走在一起，我更喜欢他的现任女友。她并非没有经历，却依然把清澈留在了眼眸里。我们都知道，很多清澈是没有肉质、不具包容性的。她的清澈有罕见的醇厚，我把它理解为“了解之同情”。即便疤痕还在，诗人终是开始有了由衷的笑。我们都为他庆幸。如果他不是诗人就好了。可他是诗人，依然会写诗，在诗里不止有惯性，还有表演性，他把疼痛和忧郁表达得饱满而恢宏，几乎通往极地，揪扯、撕裂、沉郁、撼动，读者无法不感动。她也同样倍受感动，以极端的理解和宽容，一次又一次的，这种结果不知是她下意识地趋附，还是诗人的婉转寄望，或者两者兼而有之。在我们外人看来，近乎纵容。最后，她终于出离愤怒。诗人解释道，那只是一瞬间的感觉，一瞬间。嗯，确实只是写诗的那一瞬间。可是，它并不只是一个，而是一个又一个，它的伤害是绵长的、间断的、不断重复与加重的，还有宽容被漠视和利用之后的反弹……作为她的姐姐，我真想给诗人扇去一记耳光；作为读者，我却愿以圣母心去揽他入怀。她备受摧残的模样与他感人肺腑的诗，隔在大河两岸，河水奔腾不息，不知去往何方。

我先生已经很多年不看我写下的文字了，这令很多朋友不解。二十多年前，他是编辑我是写作者，我们的关系借此建立，我最初的那些文字，是需要由他出具合格证的。忘记他是何时开始拒绝看我的稿子的，莫非他在多年前已熟谙了一片叶子的全部脉络，只为了给予一只七星瓢虫最大的生命自由？

而我，竟然迟至今日，才来反思写作伦理的问题。

我不敢写，不敢写往事，不敢写亲人与邻右，不敢写陌生人。我不能担保在回忆时不挟私愤，在公断时不夹杂私心，用词的筹码不太轻不过重，在观念上不带着一个人的局限和偏见。现在已经写下的，我眼里的摄影者、雪中亭亭的紫蓝衫女子、执着于空的出家人、出门觅食的红嘴鸦，我对他们不无愧疚。

雪一直下着。这是以前住觉姆的棚屋时常走的山路。垭口的北面，正是连绵起伏的山岭，草甸和藏民的村庄也都覆上了白雪。这样的天气，出门的藏民很少了，他们或许会坐在热乎乎的石头炕上，喝甜茶或者青稞酒。

我发现，我已被自己的困惑消解了，近于虚无。

这里的雪境与前面的不同，线条流畅，温暾平和。但这片白色太辽阔，太静谧，我突然觉得自己盲了，整个世界消失了。惶恐如传说中的水鬼一样攫住了我的右脚踝，魂似乎被捏成了不足盈握的一缕。就在我即将滑入水下之时，世界恢复了过来。这时，我的肉身也恢复知觉，郁塞的胸腔涌起了巨大的悲痛，沉闷的、喑哑的、突然的，我听到了自己号啕痛哭的声音。那些郁塞的微小因子，万万千千地奔突出去，奔向四面八方，奔向一整个白茫茫的世界。

【原载《散文》2018 年第 11 期】

去颍西湖

苗秀侠

冬日的颍西湖，水波安宁，麦田碧青。通往陵园的柏油路面上，排满了大小车辆，给平日阒静的陵园，带来一些热闹。陵园门口一排商店，摆放着大同小异的祭品，男男女女走进去，买黄表纸、金元宝、大盘鞭炮，脸上表情肃穆。有打闹嬉戏的孩子，跟在大人身后跳跃。

随着祭奠的人群，进到陵园，走上那条红砖甬道。甬道两边的小柏，在岁月高举着的尖锐年轮里，旺旺地成长着，尽管它们是离生死最近的植物，却有着昂扬的姿势。只有红砖甬道，消瘦如昨，仿佛承载太多泪水的浸染，不愿意长大。那些祭奠时飘飞的炮灰纸屑，把甬道的砖缝，填塞得满满实实。

西 8 区 5 排 3 号，女儿的家址。西 8 区在陵园的最西侧，一条小沟之外，便是无际的田野。女儿萱萱刚在这里安家时，西 8 区尚显荒芜，绝大部分墓穴都空在那里。如今的西 8 区，已是满满当当。

扫干净萱萱墓碑前的落叶、灰尘和纸屑，打开那捆纸，划亮火柴。柔软的黄表纸，金色的元宝，在火光里打着滚。已经成年的萱萱，站火光背后，微微笑着。熔化成蝶的纸屑，漫天飞舞。

一切皆缘于一个爱情。这个爱情，在 18 岁的春季，滴落在贫瘠的皖北平原上。那个在江南齐山脚下读书的少年，用三年时间，一天两封信、两天一封信，生生把一千多个日子，织成爱情的十字绣。这个给我爱的男人，让我对人生没有第二种选择。便离开故乡，随他到江边而居。

居处不远，有条叫幸福的河。汛期的幸福河，宽宽亮亮的水面，走着机帆船和手摇小民船。早春枯水期，河床高的地方，便露出鲜黄的河底，骀荡的春风，把河底吹起一层翘翘的泥瓦瓦。河两岸的居民，再不用花费三五毛的船费，迈开大脚板，嘎吱有声蹚着河底的泥瓦瓦，走亲戚串朋友。也喜欢去早春的河底，踩着泥瓦瓦走，两人的脚步，一轻一重。重的脚是我，女儿萱萱已经七个多月，安静地住在我的身体里。

五月五日，阳光明媚，大地芬芳，女儿萱萱呱呱坠地。她来到尘世，带来欢乐和喜庆。因为这一天是立夏，升格为父亲的他，为女儿取名夏萱。

居所是一所中学，建在一个叫罗山头的山坡上，离镇六华里，四周被稻田圩堰和野湖所围。这所傲世而独立的学校，四季美景流转，足以喂饱贫瘠的身心。从此的日月里，散步的堤坝上，是三人的影像。有个小人儿，或被我的膝所托，或在他的臂弯里依偎，她咯咯笑着，清澈的眼眸，装着远山远水远逝的船帆，装着满坡满坝的青草和蝶飞。三人的日子，被江边野荷的香气熏染得芬芳四溢，被围堰稻谷焦熟的气浪裹挟得醉意朦胧，被放鸭人粗朴的山歌拉拽得忘了今夕何夕。萱萱会坐了，萱萱会站了，萱萱长牙齿了。萱萱跟我们嬉闹时，嘴巴里无意识发出的笑声呼声里，突然多了一个“爸”字。

“爸爸爸，爸爸爸”，她手舞足蹈的嬉戏里，她摇晃小铃铛，抓着小风车的显摆里，她的不满和抗议里，“爸爸爸”是她用来表达的唯一方式。做爸爸的好生得意，八个月的女儿，先喊他爸爸了。

元月三日的夜晚，罗山头被北风狂拍了半夜，薄弱的土墙壁后面，几排站立着的老沙松，水牛般的低吼声，几乎穿壁而来。蓦地，一阵犀利的呼哨声，猛然把我拽醒。慌忙拉亮灯，第一眼要看的是萱萱。她小手从被窝里挣出，握成小拳，双目圆睁，鼻翼夸张地抽搐着，一声紧连一声窒息般的呼哨，正从她嘴巴里汹涌而出。怎么了？怎么了？两人大声互问，他猛然揽过小摇床里的被子，连同萱萱一起，裹进怀里，朝门外冲去。我紧随其后。劈头盖脸的冬风，利如刀剑，裹挟着罗山头四周的黑暗，横贯而来。几乎没得商量地，一起奔赴一座村庄。穿行在岗地、松林和坟山之间，忘却脚下的磕绊，对坟山松岗没一丝惧怕。四五里的路程，我们走得像飞人。惊慌地拍击着小诊所的木门，村医半披着大衣，于睡眼惺忪中，给不断抽搐的萱萱，打了一针镇静剂。

萱萱即刻安静了下来。我们的胸腔里，长长呼出一口气。看着女儿熟睡的样子，以为是上苍给我们开了个玩笑，让我们体味夜半狂奔的艰辛，尝透初为人父母的责任。

村医谨慎地给萱萱量烧，陪我们说话，分析病情。天光渐亮，看着沉睡不醒小脸烧得通红的萱萱，村医催促：赶紧送往县医院，在他这里，已经束手无策。

我们的心，再次陷入冰窖之中。

孩子爷爷连忙喊来村子里的至亲，绑了一只竹晾床，把萱萱裹在棉被里，放竹床上抬着，朝县医院飞奔而去。

苍茫的丘陵原野，枯瘦的棉花秆，遒劲的芭茅草，遍地无助的油菜苗，一座连一座的松岗，再无诗意可言。我望着天的尽头，那里长着一座小山，小山给天空画了一个粗硬的轮廓。没有一滴泪，任凭凉风吹透全身。那时，我觉得自己是走在梦境里。

只愿梦醒时分，这一切都是假的。

抽血、做检查、吊水，萱萱顺利住上县医院。诊断结果也出来了：病毒性脑膜炎。

入院的第二天早上，萱萱从昏睡中醒转了过来。两人悬着的心，扑通放下；堵着的泪，瞬间泉涌而出。萱萱睁大那双明亮的眼睛，轮流看围着她的父母，不知道发生过什么。仿佛走了几天几夜的路程，仿佛从战场上归来，她疲倦地递过来一个歉意的笑。

那个倦倦的笑，从此装进我生命存在的每一时、每一刻、每一天、每一年，直至今朝。那是萱萱作为一个健康孩子留给我的最后礼物。

萱萱再次昏迷、抽搐。医生开始抢救。吊甘露醇，吊消炎药水，抽检脊液。四人间的病房，住着三个人。一个老人，胸膜炎，每天从胸口抽出几大针筒积液，他捂着胸，沉默地坐着，脸色灰青，一言不发。一个中年妇女，来治关节炎，侍候她的男人，摔东骂西，女人时有哭泣，男人便骂得更凶。萱萱的床位靠最里，南窗下，天光足，然而，天光、灯光照在病房里，却全无生机。低头看着萱萱一刻不停抽搐的嘴角、鼻翼，再望一眼窗外苍黄的天，内心的疼痛，刀片般飞舞。

病房空出的床位，在门边，很快被一位新病人住上。是个眉清目秀的年轻男子，却比一般人瘦削、苍白。一群人浩浩荡荡陪同而来，最后一名女子留下相陪。男子病情也很快知道个大概。白血病，晚期。辗转上海、合肥救治，如今再回县医院。女子是他的新婚妻子，温柔、美丽，坐病床边，给男子喂食稀粥和果汁。夜晚，女子倚靠床头，把男子手握在掌中抚摩，温言软语，絮絮不休。夜晚的病房，被两人窃窃私语的恩爱充盈，竟少了些许悲痛。那个嘴巴不停骂人的中年男，息了声，连走路也轻了许多。

不过三四日，白血病男子陷入昏迷，滴水难进，鼻子出血不止。女子握着一团团纸巾，帮他擦鼻血，轻声啜泣。男子成了纸片人，卧在女子怀里，薄脆得随时都会碎掉。女子紧搂着他，附他耳边喃喃絮语，然而，一个人的热力，哪怕是痴情的爱，已不能让另一个人起死回生。轰然炸开的哭声，在夜半的病房里响起，送男子入院的那群人，风一般地再次拥来，又风一般而去。

那张空着的病床，陡然变得委顿而哀伤。

第一次近距离经历生死，人呆了半晌。再低眉看昏睡不醒的萱萱，一种巨大的哀痛袭来。女儿，你真要长睡不醒吗？

医生劝转到市立医院，那里有专业的儿科，治疗更专业。

住进市立医院时，已进入腊月天。第一场雪花飘扬而下，天地间白茫茫一片。市里的医院比县里好太多，有专门的儿科诊室和病房。我一直陪萱萱住抢救室。那个高高的抢救台，一头睡着萱萱，一头蜷缩着我。半个多月，和衣而眠，就那样挺过来了。

八个多月的萱萱，多日不进食，已经瘦成了小猫。她鼻子里插着输氧管和鼻饲管，医生送一支粗针管给我，一日三次，我把温热的牛奶，通过鼻饲管，喂养萱萱。但愿这些营养给她增强能量，让她一个翻身，突然醒转过来，递给我一个倦倦的笑。但每夜医生巡诊时，总叮嘱我：今晚危险，注意！

又飘来一场雪。四楼的抢救室，玻璃窗很大，雪花在窗外旋转着，铺天盖地，茫茫无边。我突然想到，萱萱还没见识过雪花呢，等她好了，一定告诉她雪花飘舞的样子，雪花融化的样子……

渐近年关了。医生找谈话。出院吧，别让孩子再受罪了，也要过年了。尽管见惯了生死，医生的脸色和声音依旧温和，充满怜悯。

把萱萱包在小被子里，坐上回家的民船。小民船一路西行时，天空落起了雨夹雪。江面苍黄一片，江心洲残存的芦苇花，在风雨里摇荡，一江的水，都发出呜咽之声。

萱萱人生的第一个春节，在千家万户的喜乐里到来了。年炮在窗外炸响，而萱萱，她依旧沉睡不醒。微弱的呼吸，毫无知觉的身体，使她像一只做蛹的蚕茧。跪在床边，手抚着她软软的发丝，万般无奈中，轻轻呼唤着她名字，用小匙蘸着牛奶，一点点润到她双唇间。热乎乎的牛奶，带着生命的热力，带着初为人父母的决绝和执拗，一星点、一毫毫，穿越紧闭的齿缝，渗透到她的肚腹里，她天远地远的长睡里。

苍天眷顾我们！三个月后，萱萱终于睁开了眼睛！

四肢依旧沉睡，嘴巴无动于衷，只有那双眼睛，传递着茫然和无助。手举在她眼睛边，甚至触摸到眼皮和睫毛，眼波还是静止的。

她的眼睛没有光感，没有视力！

她的牙齿仍紧紧咬着。

要让她好起来，腿脚动起来，眼波流转起来，声音叫出爸爸爸！再一次为萱萱求医找方。

县城里有家头针医院，治好了不少脑炎后遗症的孩子，便抱着萱萱，住了进去。医生给萱萱做了全面检查，听力、视力、肢体的敏感度……“植物人”三个字，第一次撞击脑门。

小病友们的治疗效果非常明显，而扎在萱萱头上的银针，仿佛柔弱的草，毫无用处。一月时光倥偬而过，无奈地回到罗山头。夏荷在四周的野塘里开放。望着天边被小山画出的轮廓，想，天恩之下，人间就没有出路吗？我不要太多，我只要萱萱能走路，会吃饭，哪怕她傻，哪怕她痴……

萱萱3岁了，萱萱4岁了，萱萱5岁了……

仿佛一千年一万年的等待，我看见流动的白云彩，在萱萱的眼睛里飘动起来；我听见四季的花朵，开放在她的嘴角；我听见了猫一样的叫声，从她唇边冲出……她终于张开了嘴巴，虽说吞咽能力有限，但她能在汤匙的触碰中，主动张开嘴巴接食；她的眼睛，可以跟着我手指的晃动而转动，虽然焦距不准，甚至会跑偏，但证明她有视力了；而她的面容，也有了笑模样……我们的女儿，终于回到了我们身边，和我们相依为命！

因为营养跟不上，萱萱瘦弱而多病，高烧成肺炎，几乎隔不久就来一次，每一次，萱萱都处于危险边缘。看医生，吊水，四处奔波……家里的老人，熟识的医生和朋友，不止一次劝我们放下这个孩子，别让她再受人间的罪。每当有这样的话说出，我们便决绝而蠢钝地抱紧萱萱：不，我们一定要治好她！这时候的“治好”，就是要她不再发烧，要她慢慢地吞咽牛奶，要她的眼睛再一次跟着我的指头转动！我已经不指望她一丁点的回报，不指望在衰朽之年看到她的风华正茂，我只要她躺在我的臂弯里，偶然给我一个傻笑，听我的絮絮叨叨……

费尽周折，终于回到我的故乡，那座皖北小城。虽说在城市里蜗居条件窘迫，但救治萱萱的条件，已经好了许多。

冬天的时候，9岁的萱萱又一次病倒。高烧不退，吊水多日无果。那段时间雨多，每日都叫来人力三轮，在门口接我们去医院。把女儿裹在被子里，听着雨滴叮叮当当敲打三轮车的雨篷，看着街上行人匆忙的脚步，猛然会想到在罗山头，女儿初病时我们的狂奔和哭泣。而如果当初不是在罗山头，是在这座城市里，萱萱会成为现在的萱萱吗？

一个冬天的奔波和救治，家和医院，连成一线。这一次，萱萱的离去是那么决绝。她最后留给世上的，只是弱弱的一声哭啼……

阳历年刚刚开始的日子，皖北的冬风，把大地吹得面黄肌瘦，一片萧索。友人陪同着，一起去了殡仪馆。布娃娃、鲜花、一只小小的睡袋，随同萱萱一起，化作一缕青烟，升入高远的蓝天……萱萱睡在小小的木盒里，枕着颍西湖水波的轻漾，开始她另一个世界的时光。从此，那个未知的世界，不再陌生和寒冷，因为，女儿在那边。

而死别和生离，却是双胞胎，它们相依相随、并肩而行。

扫去墓碑上的尘埃，那两行淡漠的字，清晰起来：

九岁生命九死一生怀中日月

八苦世界八载沉疴纸上云烟

字下面是两个并排着的名字。

我们在，你便在；我们活，你便活；你是我们的生命。可是，女儿，你走了，那两个给你生命的人，不久，也走散了。

曾经，我是那么相信爱情永恒的神话，当爱情发生时，我蠢钝地抛却一切，相随而去；当爱女因病成痴时，我又蠢钝地四处呼救，相信奇迹发生；而当爱情发生背离时，我却没有拿出蠢钝的执拗，牢牢抓住。我放手了。因为我的身，已经创伤累累，没有一处可下刀的地方；我的心，也倦到抽不出一丝力气，去为一场无望的爱拼守。那就把爱送到这样的路口，随它去吧。萱萱，我错了吗？在我放爱一条生路时，我给自己一条生路了吗？

我只是把大把的眼泪，攥成坚硬的干冰模样，抛洒在来来回回颍西湖的行走里，让路途变得清洁，让现世回归到当年的明朗。

【原载《北京文学》2018年第1期】

李仙江秘境

黄恩鹏

李仙江是云南普洱江城县曲水镇的一条生态大江。水质清澈，水流湍急。生活在李仙江两岸的哈尼族人住在山的谷地，傣族人住在江边。他们平日里泛舟打鱼，荷犁耕种，饿了累了，就在江边或山谷生火做饭、烹煮江鱼。外地人到这里，没带食物，可以直接进入江边的窝棚，里面有柴米油盐和锅碗桶盆，自己淘米生火做饭。这个传统，从古延续至今。李仙江岸畔的农人，不用担忧无钱无食，只要有哈尼人家或傣族人家，都会受到礼遇。此前我在江城多个村寨行走，都有农人与我打招呼。若是饿了，就到家里，吃碗米饭拌腊肉，喝杯米酒。我的老朋友、曲水镇书记王霖森先生是土生土长的曲水镇高山寨的哈尼人，他邀请我到李仙江边体验生活。

我们从土卡河村乘铁皮船出发。同船的四位土坷河渔人，从江岸岩壁崖洞灌了两大桶清泉。用李仙江的泉水煮鱼焖饭，原汁原味。渔人将刚刚捕到的大面瓜鱼掏膛去腮，切割成块，往铁锅里倒入泉水煮炖。瞬间，滩岸之上，飘荡着鲜美的鱼香。煮好了鱼，就近折来大香蕉叶，铺在地上，将酒菜摆上，开始晚餐。渔人先端来香喷喷的大面瓜鱼头，王霖森将劈开的鱼头夹半个给我。他说，我们哈尼人待客，最高的礼节是将鱼头给尊客享用。这大面瓜鱼头，味鲜、甜脆，骨缝、腮间、眼窝肉质金黄、细腻，有嚼头。李仙江特有的大面瓜鱼有两种吃法：酸笋煮鱼块和剁生鱼片蘸芥末辣根。辅以蔬菜、盐水煮芭蕉嫩茎和小米辣蘸汁儿。我们驻扎帐篷的江滩，是一个依山近滩的小平坝子，背风、暖和。

哈尼人好客，劝酒不灌酒。诗人杜文春闲不住，拿着相机，到江边拍月亮去了。这边，酒入肝肠，聊得热乎。土卡河村一位长得高大壮实的傣族小伙当过兵，他称我老兵，我叫他新兵。亲切感拉近了，“男人是山，酒是水”，放开喝吧，在这静谧的明月之夜。

宁静的夜晚，遥远的边地。江滩、沙地、岩石、芦苇、大榕树、婆娑的水影。今晚，就在边地大江之畔扎帐篷住下。可以眺望山岭明月，沐浴林间清风，倾听大江流淌，是多么浪漫和刺激的事。不觉不知，多喝了两杯。这当地农人自酿的土锅米酒，身醉心不醉。

二月吃草，三月吃树，四月吃花，这是李仙江人的口福。李仙江两岸，草木丰饶，农畜富足。不论江里的，还是森林里的、石缝里的、坝子上的，美食多多。一觉睡到天亮，钻出帐篷，看见江滩又多了两艘铁皮船。跟着渔人解缆上船，到深水处起网，一条七八公斤重的大面瓜鱼被拖了上来，还有一条两公斤重的细鳞鱼。船靠岸，渔人用结实的尼龙绳将大面瓜鱼穿鳃钻嘴拴牢，放入岸边浅水里。由于近年来上游修建大坝，江里的大面瓜鱼愈来愈少了。王霖森说我运气好，能看到这般巨大的鱼。大面瓜鱼，是李仙江的独特鱼种，体长似鲨，皮厚肉紧，身子滑腻，钻礁过石，潜水冲浪，速度如箭。这鱼在水下岩洞隐身，一般情况，很难捕到。

滩坝附近，有两个水潭。早是凉的，可以掬饮；晚是热的，可以沐浴。两水潭四周，被芦苇包裹。细沙和苇根过滤了水质，纯净、清澈，无杂物。雨季，李仙江水盛，淹没了水潭，再换两池新水。芦苇丛中，有一小隙道，需要边走边拨开芦苇，走进最里面一个。那里有一株高过了江面几丈的茂盛的大榕树。渔人早起，取江水煮挂面。我米酒喝多了，身子灼热。想必村人上山干活、下江捕鱼，喝这酒，暖身暖心。昨夜担心山谷冷，带了保暖衣服，没有换上，直接睡了。江城地处边境，属亚热带立体垂直气候，山谷风大，平坝无风。山谷暖流聚集，山顶轻寒料峭。我们搭帐篷的地方是一处宁静的小沙滩，也是渔人的避风港。上午九时，江水暴涨。裸露的岩石，瞬间被水流遮住。渔人天天在江边，闭着眼也知道哪儿有暗礁、哪儿有尖岩。大江宽阔，渔人驾船，自由来往。对面来船，都是乡亲，招呼一声，亲切。十点钟，从上游飞快驶来一只大铁皮船，比小铁皮船大一倍。这大铁皮船，适合多人乘坐。这只大铁皮船里站着一位高大青年，手举长篙，威风凛凛。一个漂亮的转弯，犁开了一个大半圆洁白水花。然后渐渐收住劲儿，缓缓稳稳，停泊在岸边。高大青年跳下船，迅速将绳缆拴在一块大石上，然后登岸踏坡，拿起筷子，端起盛满面条的大碗，倒入鱼汤开吃。上游放水了，我们上船。大铁皮船压住水流，开足马力，逆流而上。一路大水，浩荡流淌。经一处陡岩峭壁，觉得奇怪。但见悬崖如刃、壁立耸峙，有黑幽幽的洞穴嵌于其上。王霖森告诉我，这个洞叫牛鼻子洞，是木嘎土司陈定邦的"藏宝"处。看完溶洞，再到木嘎大山。在一个小山坡的低穴处，众人停下。王霖森扒开杂草，露出三尊神像。这三尊不到半米高的红石雕像，从右至左，隐藏在浓密的杂草灌木中。神像饱满圆润，双手叉腰，背倚大山，面向大江，肃然凝望。其神态栩栩如生，其表情严肃冷峻，含蕴威仪。熟知当地历史的王霖森"解谜"说：从这三尊"神"的服饰、佩件看，是当地的政权人物。清朝时期，思普边地要塞——曲水木嘎山岭，是抵挡外寇入侵的重要屏障。而在此地，历史上最厉害的角色，当属木嘎土司陈定邦。他既是当地的豪绅，也是戍边守边的英雄。

上车再行，到高山寨哈泥哈洛生态茶山喝茶。茶山主人热情，带我们到茶园子转转。隔路坡下，是杂草丛生的平坝，有一所年湮代远的废弃的小学校。几年前的冬天我与诗人杜文春曾到这里拍过照片。这所废弃的小学校是哈泥哈洛山的遗存，房屋破败，木椽腐朽，墙体倒塌，现出褐色泥土，成了鸡鸭猪牛和鼠蛇的出入之地。茶山主人有心，在校外路边拦了一道柴门，建了一座石碑。石碑正面以大理石镶嵌，上镌楷书：曲水镇高山完小旧址简介。这个小学校始建于1964年8月，首任校长白云昌是王霖森的姑爹，现已70多岁。白云昌校长一辈子在大山深处教书育人，曾培养出一个优秀大学生，现任教于云南师范大学。

我和诗人杜文春、木嘎村小组长潘丰在哈泥哈洛山顶支帐篷过夜。已是夜里十点多了，白天茶喝得多了，睡不着觉。拉开帐篷拉锁看悬挂天空的月亮，山风凉爽，月光明亮。索性走出帐篷，到山脊小路那边溜达。斯时，婆娑的树影和月光掩映山下的大江。我一边散步，一边侧耳倾听不远处的箐谷里、溪水边和草丛里的野雉、山雀和虫儿们的啼鸣……醉了，这宁谧而美好的边地之夜！

【原载《中国财经报》2018年12月8日】

等待一场雪

李佩红

这两天大江南北瑞雪普降，微信朋友圈尽是晒雪的照片。

刚有微信那阵子，全国人民集体晒美食，这阵子又在晒风光，晒日月星辰、风霜雨雪，炮制了一个个烟花璀璨的嘉年华。城市在秋之尾冬之首，残叶落尽，大地萧索，风景乏善可陈。

雪似乎对库尔勒有怨气，入冬后始终躲着这座城，小城日日晴空万里，一副志得意满甘于平庸的样子。我盼望下雪，像未婚大龄女青年盼望心目中的白马王子，还未莅临，偏不断听闻认识的女孩儿结束单身，内心着急上火。可是急死也没用，下雪和结婚一样，不是一个人能决定的事。

库尔勒从前是下雪的，且雪很大，北面的山脉整个冬季始终挂着一条白银项链，不像现在一年四季赤身裸体。仅仅手心手背翻动了四次，不过一万多个日夜，雪变老了，像步履蹒跚的老妪拿着的抹布，手到之处力不从心，敷衍了事。雪好歹总是有的，心血来潮时偶尔来场透雪，很痛快淋漓的那种，人立即能感觉到空气清冽、胸腔通透。

春花秋月、夏阳冬雪，无非季节的代言。大雪之后，季节转承，阴极转阳，离春天就不远了。雪也是一种变化，单调的景看久了，无趣。变化，如水波跳跃，平淡无奇的生活溅起欢悦。沉睡一夜，早起拉开窗帘，铺天盖地的白，心陡然一颤，被肃杀萧瑟折磨疲惫的瞳仁瞬间点亮了，心里好生遗憾和后悔，我怎么就睡着了呢？雪是什么时候开始下的，啥时结束的？错过了落雪，不能再错过踏雪。张爱玲说，出名要趁早。踏雪也要趁早。踏雪寻梅、煮雪烹茶、温酒赏雪这些极浪漫的事儿，适合文人，可惜新疆不生冬梅，自是无处可寻；煮雪烹茶亦不可行，雪已被雾霾污染。有一年冬天，和一个内地来的朋友路过乌鲁木齐，下飞机坐车回宾馆，朋友惊叹，你们新疆的煤真多，都堆到路边了。心里纳闷往车外仔细张望，哪是煤，明明是被污染的雪。雪黑如煤，借他十个胆也不敢拿来“融雪煎香茗，调酥煮乳糜”。雪地对饮倒能为，无奈城市太大，到处都是喧嚣，人迹罕见之地难寻，总不至于为饮杯酒开轿车跑出几百公里吧。若是在家门口的草坪上，两人铺毡对坐，烧酒对饮，非被过往人当成神经病。雪是文人的十四行诗，情感绵延、想象丰富。哪怕是“江上一笼统，井上黑窟窿。黄狗身上白，白狗身上肿”的打油诗也甚有趣。江南的雪天，一碗热粥、两盅黄酒、三两小菜，约几个朋友暖室小坐，窗外竹林冷雪淋淋，别是一番滋味在心头。北部新疆，天高地阔，大雪封门，适合喝五六十度烧酒，最好是伊犁特曲，大锅清炖羊肉；地毯上围一群人，男女老少混合，大碗喝酒，大口吃肉，辣辣的酒，热热的羊肉汤，弹琴歌舞，吃饱喝足，冲出毡房，昂首袒胸，任凭戈壁狂风拍打！江南漠北，古人今人，唯一样相同，落雪之夜，柴门犬吠，或小区楼房，家的温馨灯光映照雪上，踏雪而归，身后大雪纷纷扬扬，地下一串深深浅浅的脚窝，抖落一身雪花，推门看见家中有一人等着你回来，迟迟未睡，真好。

入冬后的第一场雪最是叫人高兴。斑驳杂乱的世界被仙女香肩滑落的绢巾轻轻覆盖，太阳披着一身雾气缓缓爬上屋顶，大地闪着莹莹的银光，屋顶上的烟囱飘出炊烟，像插在松软硕大的奶油蛋糕上的支支蜡烛，点燃人间的温暖与幸福。家家户户的大门吱嘎吱嘎次第打开又关闭，一些人拿着扫帚扫院落、扫屋顶，有人扫出一条细长的小道，一直延伸到公共厕所和水井房，上面再撒上从炉底下掏出的冒着火星的煤渣，顿时，热气像水幕一样蜿蜒开去。之后，男人女人、学生孩子，一个一个从家里出来，沿着不同的方向散开，没入生活的轨迹。

大地之上，像神人操纵的画，在一张白绢上移动出水墨的意境。雪是童年的歌谣，最喜欢下雪的无疑是孩子。忽如一夜的冰雪世界，玉树琼花，雪域冰道，落在眼里的尽是惊喜，堆雪人、打雪仗、滑爬犁。趁其不备摇晃小树，一瞬间冰凉如数不清的蜜蜂钻进小伙伴热乎乎的脖颈，嗡嗡地弹着奏鸣曲，小伙伴在追打中笑着跑远了。站住，相同的恶作剧，再来一次，你来我往，其乐陶陶。张开小手，看白雪花飘落掌心转眼化为晶莹露珠，点点太阳映在其中，水凉湿彻骨；攥起，水从指缝滴到地上，即刻融化的小洞像雪的酒窝，藏着妙不可言的秘密。

“天上下雪不下雨，落到地上变成雨。这样变来多麻烦，天上为何不直接下雨？”私塾先生倒抄着手，摇晃着脑袋，有点卖弄地考问学生，偏有聪明顽劣孩子不给他这个机会：“老师吃饭不吃屎，吃到肚里变成屎。这样变来多麻烦，老师何不直接吃屎？”工整的狡辩，骂人的巧妙，把个老学究气得吹胡子瞪眼差点背过气去。这种玩笑发生在孩子身上是可以原谅的，因为孩子的心里没有世俗的功利和法则，孩子的可爱正由于简单纯真。其实于孩子，无论春夏秋冬，无不讲个好玩。雪，与其他三季相比，则多了一份交流、体验和快乐，雪是上天专为孩子送来的冬季礼物，童话世界里的冰雪奇缘。

事物总是相对的，少则金贵，多则泛滥。雪多了也并非好事。出行本身成为一大问题。被脚板和车辗实的雪结了铠甲般的冰层，光亮如镜，闪着令人生畏的寒光。在冰面上走小腿肚子不由发酸，步步惊心。小孩子摔倒是常事儿，摔倒就摔倒吧，顶多屁股摔疼了，像打了一个喷嚏，没什么大惊小怪的，爬起来继续走。年轻人艺高人胆大，雪再大路再滑，自行车照骑不误，大有“驾长车，踏破贺兰山缺”的英雄气概。自行车直行快骑没事儿，就怕拐弯儿，弯拐急了，哧溜一声，大意失荆州，人车分离甩出老远，划出两条优美的弧线。骑车的人趴在地上半天起不来，那狼狈样儿逗得路人呵呵笑。路人光顾笑别人了，脚下一不小心哧溜一屁股坐在地上，行人笑得更放肆了。我的两位女友，上个星期一位骑自行车摔断了踝骨，另外一位去看望，笑话她怎么这么笨。第二个星期自己摔断了胳膊，断踝骨的朋友逮着机会反戈一击，问她熊是怎么死的，还开玩笑说这是报应。雪是自然现象，哪里懂得什么报应。在镜子似的冰面上开车，哪怕专业司机也不敢掉以轻心，车开得如受气的小媳妇，小心翼翼，唯唯诺诺，刹车稍微踩猛点，车便在冰路上跳迪斯科，或是来个三百六十度大回环，玩冰上芭蕾。最苦的是跑长途的汽车司机，路滑道窄，上下坡或者汇车容易翻车。最要命的是遇到大雪封山，车坏在路上，前不着村后不着店儿，司机猫在驾驶室里，用喷灯烤火。夜长人乏，睡着了再把车烧着。那年代，人烧伤了事小，车毁了可就摊上大事儿了。聪明点的司机，烤一会儿火，围着车跑一会儿，等待天亮路过的车救援；有司机熬不住瞌睡，迷迷糊糊睡着了，冻伤冻死在车里。这样的事现在几乎不存在了。但在六七十年代的北部新疆，几乎每年冬天都有，那些死去丈夫的家属，最想躲避的当然是雪天，刻在骨子里的冷，像一根刺深深地扎在心窝，疼在每一个飘雪的日子。小时候，下雪的晚上我从不敢出门，因为怕死。我父亲单位的一个司机在老婆死后新娶一年轻媳妇，媳妇极厌恶前妻生的两个儿子，逼着男人把俩孩子处理掉。这个男人也是个狼心狗肺没骨头的糊涂虫，有天晚上下大雪，司机开车把俩儿子拉到山前，扔到大雪呼号的戈壁滩上。几天后被放羊的人发现报了案。据说六岁的哥哥两只胳膊紧紧搂着四岁的弟弟冻死在一起。我始终不明白一个把自己孩子视为宝的女人为何如此痛恨另一个女人的孩子，为什么会由着原始兽性的发作、反噬，让恶毒在身体里扩散？这样的事儿，每个时代都有，就算在物质极为丰富充足的今天，人类仍然没有解决好这个问题。

我无法想象，也不敢想象、不愿想象，这两个失去母爱的孩子，会被自己的亲生父亲像扔垃圾一样扔在戈壁滩上。天寒地冻，大雪铺天盖地，每一片雪都是一把锋利的刀子。所有的泪都流干了也换不来母亲，城市在他们永远无法抵达的远方闪烁着幽冥的光，像一颗颗石头砸在他们的头上，像无数鬼眼盯着两具瑟瑟发抖的小身体。

哥哥抱着弟弟，他们用这唯一的方式取暖，他们是不是和卖火柴的小女孩一样，在最后一刻看见亲爱的妈妈慈爱的微笑和温暖的火炉。可怜他们，甚至没有一根火柴。就算他们挨过了这个大雪的冬夜，结果又会是怎样呢？也许他们会第二次第三次被抛弃，这个世界太过冰冷、无情，没有什么值得留恋，天堂没有恨，只有爱，天堂里有亲爱的妈妈在等他们。去吧孩子，愿你们在天堂插上天使的翅膀。

记得枪毙这对狗男女的公审大会就在克拉玛依友谊馆前的广场进行。那男人一直默默流泪，一脸苦大仇深，不像是害死自己亲儿子的凶手；那女人低着头，头发披散遮住了脸，像个女鬼。全城的母亲义愤填膺，扔石头，吐唾沫，咒骂，不千刀万剐不足以泄愤。那次的公审大会是全城人民最同仇敌忾、高度一致的大会。如今想想，这种形式有时真能起到震慑作用。公审大会之后，我天天和弟弟们怀疑我们的母亲是后妈，理由是妈经常打骂我们。不知这事母亲咋晓得了，把我们一个个拉到怀里说，看你们的棉衣，前胸后背都是厚厚的棉花，后妈做棉衣边角厚、中间塞上蒲苇，看着厚一点不暖和。原来这就是亲妈和后妈的区别。从前特羡慕别的女同学做工精致的花棉袄，穿在身上服服帖帖，嫌弃母亲做的棉衣笨熊似的难看，穿着像个驼背，原来是亲妈有意加厚的爱心啊。同样是母亲，同样为女人，为什么对自己的孩子和对别人的孩子，一个暖似春，一个毒如蛇？这个问题人类始终解决不好。下雪天第二件烦人事是扫雪。单位按任务分片清扫谁也躲不了。雪后初霁，天气干冷，风像小刀子嗖嗖刮人脸，穿得再多也像薄纸。没扫多大一会儿，手脚冻得生疼，耳朵麻木。赶紧回屋，搓手、搓脸、搓耳，焐热了再出去心里就不情愿，要是不下雪多好。偏偏自相矛盾，冬天一到又欢欣鼓舞地迎接下雪，早忘记了雪天的烦恼。

走的地方多了，阅历随之广泛。雪见多了，自然分辨出不一样。南方和北方的雪就不同，新疆南部和新疆北部的雪也不一样，这种不一样是指重量。2005 年冬湖北下大雪，在荆州上大学的儿子告诉我，雪把电线压断了。我不信。十年后的冬天，登贵州铜仁梵净山，山上落了一层薄雪，路面冰滑，车不能行，只得步行上山。行至半山腰，忽听山崖处断枝噼啪响如放鞭炮，雪得有多重才能把树枝折断。儿子的话，十年后我方信。北疆的冬季是冰雪世界，四野苍茫；南疆的雪，下到地上没有多久基本融化了，雪片轻如羽毛，偶尔细如盐粒。雪片大时如暴雨，即来即去；雪片细碎似毛毛细雨，绵绵一整天。此生最难忘的雪应该有两次。一次是雪夜过天山，车在崎岖的山路上行驶，犹如蚂蚁在枪林弹雨中穿行，雪在车灯前爆炸，像一枚枚自天而降的炸弹，不亲身经历永远也不会相信，雪也是有性格的，并不总是情意绵绵。另一次是从办公室里加班后回家，夜晚华灯初照，万籁岑寂，清雪飞扬。一个人走在路上，脚下的雪咯吱咯吱、嘎嘣嘎嘣脆响，灯下抬头仰望，雪似焰火团团绽放，像应接不暇的梦境，又似无数精灵盈落在头顶发梢，在肩膀上轻歌曼舞随后滑到地上，这场雪的盛大舞会仿佛只为我一人表演。一种从未有过的快感袭击了我，所有的不愉快和烦恼变得和雪花一样轻，似乎摆脱了肉身，进入了一个美妙澄明的世界。

人老了怕冷，怕下雪，雪似乎和死亡达成了某项协议。老人骨质疏松，摔倒可是大事，轻者伤筋动骨，重者有生命危险。雪是老年人的灾难。一场雪后，雪花飞舞的翅膀载着一些人最后的余温走了，尘世再也寻不到他们的身影。我的父亲就是在三十多年前的一场大雪中离开的。父亲下葬那天雪下得好大，白色的帐幔从天上铺到地下，哀乐在雪幔中徘徊，大雪收走了父亲的灵魂。父亲二十四岁那年，在同样的冰天雪地里，迎来他生命中的第一个孩子。时间多么不禁过呀，二十四年后我长大成人，正张开双臂欢欣鼓舞地迎接无限的未来。大雪埋葬了父亲，大雪让我突然醒悟人不是永生的，死亡仿佛突如其来的大雪，你根本无法掌控。1984 年 11 月 2 日，父亲去世的日子像一根刺扎进心脏，这个生命的痛点延长了我的伤痛，一年又一年的雪如烛泪般叠加。如今我已到了知天命的年纪，正在走向衰老，我能感觉到彻骨的寒从脚底慢慢爬升的速度。“落在一个人一生中的雪，我们不能全部看见。每个人都在自己的生命中，孤独地过冬。”我啊，越来越怕冷。终有一天，我也会死，如果我能选择死亡的时间，我愿意在大雪中走完自己的一生。被白雪埋葬，死本身多么洁净。

无雪的冬天，流行性感冒如沙漠风沙席卷而来，感冒的人犹如潮水前赴后继，病菌异常凶顽。老人们说，这都是不下雪的缘故，来场雪病菌就冻死了。原来，雪不仅是一种纯美简单的颜色，还是帮助人类克制病菌的法宝。人类这些任性的小孩，在自得其乐的玩耍中把地球玩暖了，丢了珍贵的雪。

《周书》曰："往者不可及，来者不可待。"这个冬天已过去大半，有人说，过了三九再不下雪，这个冬天就真的无雪了。可我仍固执地盼望着下雪。

此文收官之时，忽一日晨起，降雪。这场寄托着全城人民希望的雪，地皮还没有裱全，雪住，半晌太阳一晒，踪影全无。网上流出段子：听说库尔勒下雪了。这场雪下得有特色，遵循了"不讲排场、不攀比、不奢靡"的原则，适量就好。各地都下了，库尔勒也下了，但雪量和雪势不靠前，低调，普通，不扎眼，不出头，真可谓既隆重又节俭，既规范又有序。这场雪在空中是雪，落地是雨，充分说明下得接地气，既不是高高在上的漫天飞舞（那有官僚主义之嫌），也不是只有雪水不见雪花（必要的形式是必需的，但不搞形式主义）。其结果是既净化了空气，促进了农业生产，又没有大雪封路，影响民生，符合和谐社会中国梦的定位要求。也有人在微信上晒出一张中国地图，全国都是雪白一片，唯独库尔勒黑洞洞，像一眼井。不下雪倒也罢了，便是这些天别处大雪纷扬，这里冷风嗖嗖，又有人开玩笑说，仇人相见分外眼红，风的巴掌对库尔勒人毫不留情，左右左右，无问西东，直扇得两腮通红，鼻涕眼泪流成长城。

老天不下雪，人奈何不了，严冬已至，气候肃杀，可以调侃的事不多，拿天气出出气，是无可奈何的选择。笑一笑，化郁散气，不至于把人憋出病，是吧。

【原载《法治人生》2018 年第 6 期】

母亲或者故乡

——关于海洋的记忆

胡　杨

女儿去海口求学，西北的孩子，从来没有见过海，突然间看见无边无际的海，突然间与海朝夕相处，令她感慨万端。不久，她就寄来了自己真实的感受：

第一次面对大海
我惊讶水的荒芜

在我的故乡
一滴水就是种子的胚胎
一湖水，就是一座植物园
就是一座粮仓

第一次面对大海
我厌烦水的阔绰
到处都是水
全部都是水
怎么挥霍都挥霍不掉

在我的故乡

洗脸的水
要用在洗衣服上
洗衣服的水
小树眼巴巴地等着

第一次面对大海
我痛恨水的偏执
我渴望有一只观音菩萨的甘露瓶
舀尽沧海
浇灌戈壁
……

在戈壁上生活，水是常说常新的话题，一场雨，就能让人兴奋异常。记得有一年从春天到夏天，没有下一滴雨，就在人们快要绝望的时候，一场雨不期而至。你猜，人们会是什么反应？那天，所有的人都走出了户外，被狂暴的雨淋得像落汤鸡，但人们还是喊着，叫着，蹦着，跳着，泪水和雨水混在一起。

后来，我常常去海南，坐在假日海滩，在咸味的风中，接受海的问询；或者干脆与海融为一体，搏击风浪。那一刻，我与海的共荣共辱，我与海的相濡以沫，真是无法说清楚。

没有见过大海之前，海是一个抽象的名词，像书中所说和歌中所唱的故乡、母亲等。内心里一直有着诸多疑问，比如，辽阔的大海，或水平如镜，或波浪翻滚，即使一两只海鸥翱翔海面，轮船的汽笛声声震长空，也都是冰冷的，毫无温暖的情谊，怎么会与“故乡”“母亲”这些熟稔而又贴心的词汇联系在一起？看见大海，扑面而来的是一种与生俱来的恐惧感：如此辽阔的大海，哪儿是人的立足之地呢？一次风暴会淹没多少船舶和渔人？

当我面对大海的那一刻，大陆生活的那种稳定和安全，一刹那就消失了，仿佛海水直冲而来，冲刷掉了我固有的生活常识。新的思想秩序，却没有因为旧的观念被摧毁而支撑人的精神世界，我一下子空洞如海。但真正走进大海，却让我有另一种感受：海水对人的拥抱，就像人回到了故乡，回到了母亲的怀抱。那种对故乡和母亲的记忆，回来了，回来得如此突然、如此迅捷，人的恐慌消失得无影无踪。

记得那次在假日海滩，看见人们纷纷下海搏击风浪，就忍不住跟着去了。本以为，海水会像北方的河流或者池塘那样，冰凉的水会激起人一身鸡皮疙瘩。常常是身子在水里冻得发抖，而头部在大太阳下热得流汗。小心翼翼地向深水处行进，戒备在放松，渐渐放松，全部放松，像是母亲拥抱了自己的孩子，大海拥抱了所有的亲近者。那适宜的温度，简直就像是进入了自己的身体。小时候学过的狗刨，这回用上了。扑腾扑腾几下，回头看，距离海滩已经有一段距离了。妻子呼喊着，那情景像是在挽救一个危险的人，我只好浅尝辄止，不情愿地游回来，在海滩上坐着。坐一会儿，就又坐不住了，妻子看我那痴迷劲儿，只好点头应允，说好了只让我在海滩的附近体验体验。如此几次往返，天色渐暗，我才依依不舍地离开海滩。

回到宾馆，我只觉得这海其实就是人类的朋友和兄弟，也是母亲和故乡。看似冷酷无情，看似野蛮狂放，内心却是热情似火，包容着天地万物。怪不得，人一旦走进大海，就禁不住流连忘返。

这让我想起了故乡的一片绿洲上一个老太太的故事。这个老太太中年丧夫，一个人拉扯大自己的孩子，孩子成家后，她说死也不愿意去城里住楼房，而是一个人在绿洲边缘的黄泥小屋里生活着。每天，她都要把院子里的五口大缸灌满水。别人都说，老人家，你也喝不了这么多水，把这么多的缸都灌满水干啥呀？老太太说，这水呀，是留给老天爷喝的，老天爷没有水喝，一夏天的干旱，就把地上的粮食全收了，人就得饿死。

每天，老太太用缸里的水浇灌院子里的菜地，茄子、辣子、西红柿旺盛地生长，老太太把这些菜分给村上的很多人家。然后，每天把五口大缸灌满水。老太太去世的时候，他的儿子把那五口大缸镶嵌在坟前。装满了水的大缸，在阳光下闪烁着亮晶晶的水光，人们说，那是一片海子。戈壁上，所有小小的水面，都叫海子，海的儿子。

戈壁上的人们对水的珍视，是那样的真诚和执着。小小的水缸，就能直抵大海，直抵海的魂魄，哪怕是海子，海的儿子。

在我的记忆中，绿洲的村庄上，水，在人的精神世界里清凌凌地保存着，就像女儿所言：在我的故乡，一滴水就是种子的胚胎；一湖水，就是一座植物园，就是一座粮仓。

的确如此，当我一次次看见大海，走向大海，在浩瀚的大海，我找到了人类的粮仓，我找到了自己心灵深处的故乡。如果让我重新选择一次，我一定选择大海：一艘渔船，一件蓑衣，一身风雨，终身与海为伴，直至把自己的生命融化在大海之中。

【原载《嘉峪关日报》2018 年 7 月 25 日】

锦书 1990

陈　霁

一

手机惊炸炸响起之时，是一个幽凉的上午。卫生间无人进出，外面拖布池的水滴声都十分清晰，铃声就格外刺耳。这是一个北京号码，完全陌生。我们经常无辜受到电话骚扰，推销，广告，还有诈骗。因此，凡陌生号码，我从来都立马掐断，像拍死一只蚊子。但现在，这号码“66”的尾数提醒我，它的主人靠谱，甚至有头有脸。于是片刻迟疑之后，我破例接了电话。电话那头是一个男人浑厚的京腔，说我是沪生啊，告诉你，鲁青走了！话未说完，他已痛哭失声。

鲁青，一个我要努力遗忘的名字，带着关于她的噩耗，像是天外飞来，立刻把我砸晕。

这是秋天。苏东坡故里眉山，一个笔会刚刚开幕。

二

首次见她，是 1990 年初夏某个下午，市委招待所。一个关于文学的高端论坛即将召开，一批文学大咖已经抵达。作为宣传部的小干事，我奉命参与接待。距欢迎晚宴还早，我斜靠在酒店大堂的沙发上，打发短暂的无聊时光。

对面楼梯一侧，巨大的落地窗开着，浓郁的栀子花香从后花园随风而来，令人沉醉。但是抬头，只看得见一丛无比蓬勃的三角梅，一嘟噜一嘟噜的紫红，在阳光里开得极其任性。就在此时，楼梯上脚步声响起，不经意间抬头，就看见她了。

因为仰视，我首先看到的，是那一团天空一样耀眼的蓝。那是她的裙裤，丝绸质地。清风徐来，好像就是专门为了将它拂动。她翩然而下，在转角处无意识地停了片刻。斜阳追光一样投射在她身上，侧逆光里，让她显得有些虚幻。她比一般四川女子明显高出一截，穿着印了洋文的白色短袖衫，有一张五官精致的脸。长发随意披散，差不多就是某洗发露广告里那个女明星的同款。当然，最拉风的还是她那条非裙非裤或者说亦裙亦裤的蓝色裙裤——在当时的内地小城，让她来得太潮，也太惊艳。

天女下凡、玉树临风、鹤立鸡群，有许多这样的形容词，伴随栀子花香随风而来，拥堵在我的意识里。

第二天，在会上看见她了。主持人介绍，她叫鲁青，是出版社编辑、青年作家，也是摄影家、国际摄影大赛金奖获得者，刚从欧洲领奖回来。

我那时并不写作，说是文学青年都很勉强。不过，我也有作品发表，洋洋万言，不久前以一个整版登在中央党报上。但那是遵命文章，每一个字都属于书记。领导不做明确要求，我就放胆大发议论，一不小心就挠到了书记的痒处，也挠到了当时文坛的痒处。于是，一篇例行讲话，加工之后就上了党报的重要版面，反响不小，因此才有了这次研讨。

会上，书记正在讲话。长篇大论，多少有些枯燥。但是，我看见大家还是听得认真，包括她。我躲在后排，使了很大的劲也没有藏掖住脸上那份得意——稿子是我写的，念稿子的书记就像是在代我宣读。

会议间隙，一伙会议嘉宾扎堆聊天。我经过时，有人指指点点，说他就是书记文章的起草者。这时，她侧身看了我一眼，粲然一笑，说你是本市一支笔呀。

三

真正认识鲁青，是在会议结束之后。

市里安排嘉宾们去峨眉山采风，也许是看在我给书记写稿有功的份上，让我陪同。远离单位，从会议和事务里抽身，连身份也暂时卸在一边。这时，主编、社长们都成了出笼的鸟儿，无拘无束，可近可亲。信息逐渐公开，我才知道她生活在部队大院，父亲是开国将军，母亲是军内某文化单位领导。

客观地讲，她说不上特别漂亮。个子比我还高，就显得不太窈窕。她皮肤也不白皙，大体属于小麦色之类。并且，她还有病，糖尿病。不过，她看不出病态，光洁的脸庞像秋后的苹果，自然地洇出红晕。尤其是，她目光炯炯，说话温柔婉转，妙语连珠，算得上口吐莲花。她说话时总带微笑，现出浅浅的酒窝，一种高贵迷人的气质，就在酒窝里荡漾。于是，她就像童话里走出的公主，甚至是女神，超凡脱俗，有强大的气场。这时，她的病，反而让她像林黛玉一样惹人怜爱，却没有林黛玉那样的玻璃心。

但她毕竟有病。徒步从报国寺到金顶，年轻力壮的游客至少也要两天。但对她而言，那些天梯一样的“九道拐”们，绝对是挑战极限。于是，还在山脚，带队领导就派我当护花使者，和她结对同行。

裙裤之类已经收起，换成了冲锋衣和耐克鞋。大大小小的机身加长长短短的镜头，装满了登山包。她貌似一个专业的登山家，跃跃欲试，意气风发。不过，巾帼不让须眉的气概，并非她合身的外套。雷音寺的飞檐翘角还在云端，她已经体力不支，露出了病人的原形，不得不让我将行囊夺走，背在我自己背上。

山道陡峭、飘忽，大起大落。石梯永无尽头，这是峨眉山某个大神拉出的皮尺，一步一步都是刻度，丈量出道路的漫长，也测试着人们的脚力。提前到来的雨季，更给这个测试加码。临时组建的团队，走上山道，就像撒出去的一小把豆子，一眨眼就消失在雨雾迷蒙之中，让我们成为散兵游勇。

雨越下越大，雨水在石板路上哗哗流淌。大雨将游客挡在了那些古寺的屋檐下，她却套上雨披，战士一样拄杖而行。于是，一个云遮雾罩仙境般的圣山佛地，似乎专属于我们。她把在林间跳跃的猕猴称为“树上的男爵”，把石壁上艰难爬行的蜗牛称为滚石上山的西西弗斯，把路边肥硕如蛇的蚯蚓看成隐修的白蛇或者青蛇。她还说，远处的岷江、青衣江和大渡河，那是普贤手中的缰绳，将一群降服的鬼怪神灵牵在手中。

当然，我们也讲起各自的故事。在我看来，她的故事都高大上。即使父母在“文革”中遭遇挫折，她的童年有过坎坷，那也是丰富她的人生，更加励志。我没有拿得出手的东西可讲，就和她聊起了我刚刚去过的老山。

停战前，我们很可能是老山战区最后一批非军方采访者。我去过麻栗坡烈士陵园、都龙口岸小镇、老山主峰和八里河东山。在最前沿的哨所，狙击步枪的射程内，亲眼看见了对面山头的越军哨兵，聆听了战士们讲述昨晚亲历的流血战斗。降水丰沛，植物疯长，但是遮掩不住哨所前面密密麻麻的焦黑树桩。它们像断臂，像无头之躯，举着立着，像是在演示战争的残酷。然而猫耳洞里的战士们，都斗志昂扬，视死如归。在极简陋的营指挥所，我们和一群青年军官告别。营长抱起一个泡了眼镜蛇和三七的玻璃酒坛，哗哗倒了几碗，说了声“有我们在这里，祖国放心”！说完，和我们端起碗咣当一碰，一饮而尽。

从老山下来，几乎是一转身，就和她在这里相遇。虽然战争的句号挽上了，但是“血染的风采”的旋律还在回荡。无须激励，因为她的红色基因，我的老山故事很容易引起共鸣。事实上也是。疲惫，艰难，每一步都是挑战，但她依然风雨兼程，像一个真正的战士。偶尔有滑竿从山上急匆匆下来，上面的姑娘小伙子伤兵一样被山民抬着，她让在路边，含蓄的微笑里，有无法掩饰的骄傲。

钟声从山下传来。一百〇八响，响彻群山。这是十二吨重的“巴蜀钟王”。充满神性的黄钟大吕，此刻像是专门为她而鸣，助威，送来祝福。

雨下得不依不饶，像是和谁较劲。虽有雨披，我们的鞋子、裤腿还是湿透。脸上水流不止，已经分不清雨水还是汗水。双手抹个不停，就像大雨时汽车挡风玻璃上徒劳的雨刮。我们已经忘记了性别，没有了距离。在最陡最危险的路段，我自然要将她拽着、扶着，相携而行。

现在，提起笔回忆峨眉往事，我立刻联想到《血战钢锯岭》里的那个医务兵戴斯蒙德·道斯。只不过，支撑道斯的是宗教；支撑我的，除了责任和友谊，还有从老山带回来的英雄情结。

是的，从为她背起行囊那一刻起，我就有为她奋不顾身的冲动——在我身上，仿佛有一个英雄附体。

四

峨眉山下来，我们像经了患难，俨然铁哥们儿。

文人的活动都是散漫的。除了吃饭，大家总是三三两两，松松垮垮地走在严格编制的日程里，而我们这个“互助组”却更加紧密。接下来的行程里，我们掏心掏肺，无话不谈，像是这个世界上最知心的朋友。

在双流机场，松开握别的手，她突然从包里抓出一把圆珠笔——不，我后来才知道，那是她从国外带回的签字笔。她把笔塞给我，说你的文字功底、文学感觉很棒，不写点东西真是可惜了。

其实，此前我也是有过写作的。几篇散文曾经发表在省、市报刊，市委机关的大门，也全靠它们敲开。但是，写不完的公文就像峨眉山那些望不到头的石级，不由分说地挤占了我全部的精力。而且，在严肃的党委机关，文学就显得另类、异已，我不能不小心藏起文学青年的狐狸尾巴。现在，经她提醒，我才发现内心深处那头名叫“文学”的野兽依然潜伏着，蠢蠢欲动。

一沓照片摊在我的桌上。最上面一张是我给她照的。天空放晴，她回望着的金顶光芒四射，在云海里如海市蜃楼，既虚幻，又真实。我蓦然发现，峨眉山是她的精神高地——她一直是以朝圣的姿态走向它的。也许，在名山之巅，宽广的时空里，面对无比宏阔的气象，她审美，更可以审视生命、审视人生、审视自己。

翻检照片，峨眉山许多与她相关的精彩瞬间联翩而来，浪头一样拍打我的胸口。迫不及待，一鼓作气将《峨眉，峨眉》写在纸上。

三千字的文章，几乎都是这样的文字：

山在上面等你，已经等了三十年。

如土地期冀金秋，溪流神往大海，种子企盼沃土，你对山也一往情深。

山专为你而设，你专为山而生，对山的追求是你意志的支点。

山上有云海，有日出，有佛光，有强劲的风。那里离天宫最近，离神灵最近，离太阳最近。

但是，你要采集的却是山之坚毅、风之豪迈、日出之磅礴与辉煌，还有充盈于天地之间的浩然之气。

道路连接理想。路有多长生命就有多长。所以，你要坚定地往前走，往前走。

这些文字感性、青涩，还有些矫情。但是我很投入，每一个字都很用力。

不知道她看到文章时的具体细节，但可以肯定，某些文字已将她击中。她告诉我，她不但把文章念给她妈妈听，还打印出来，复印了很多，分送闺蜜。

一时间，我似乎已是她朋友圈里的核心一员。

五

通信是频密的。最早是鲁青寄来照片，叙说回京近况。我回信，也告诉她我这边的林林总总。看来，我们都是严谨的人，给朋友写信也绝不潦草。接信，回信，付邮。时间衔接紧密，就像专业运动员敏捷而稳定地接棒。有信必复，邮路上的接力就无休无止。我关心她的健康；她关心我的工作，此外还提供文学建议——《峨眉，峨眉》让刊物看中，也让她大大高估我的才华，极力要我投身文坛。

啊，信真是一个美妙的东西。我们很难想象生活中没有通信。岷山深处的白马人，曾经与世隔绝，没有文字。旧时，每逢兵匪之祸，寨子或部落之间也有密信联络，有神秘记号的木片或者石块，要么干脆就是半截烧焦的鸡毛，承载的密码，两边首领一看即懂。这恐怕就是最原始的信件。仓颉造字，让语言定格在时间里。钟鼎、甲骨，更接近实用的是竹简，可以直接书写，还可以卷起来，加上泥封。但这种加密文件过于厚重，大约也只适用于朝廷机要，至少也是记载圣哲们的语录，远离凡俗，不食人间烟火。还是要感谢两千多年前的蔡伦，是他的发明让书信走进民间。这样，才有蓝色的航空信封不断从北京飞来，为我打开一个窗口，让我死气沉沉的生活变得活色生香。

我们也通电话。电话是更大的语言容器。这种更直接、即时的交流方式，让信件相形见绌。当然，电话由她打来，因为那时电话还与老百姓无关。她家不但有电话，还是军线。虽需人工转接，但毕竟拥有，而且免费。

但是，电话也不方便，因为办公电话毫无私密可言。与一个异性有太多的通信，现在又加上太多的电话，让我极不自在——我觉得同事的表情都有些意味深长。但是，我中蛊一样喜欢听她的声音。当然，也有N个理由说服我必须和她通话。我只好去电信局。好些个星期天，我都躲在宠物笼子一样的长途电话间，吱吱嘎嘎地拨盘，接通，在玻璃窗外那些急不可耐的目光注视下和她海侃，直到让昂贵的话费把我一小笔私房钱烧光。

秋天，我到北京出差，这也是我第一次去北京。见面是快乐的。她带着一辆挂军牌的桑塔纳来接站，陪我去故宫和颐和园，在莫斯科西餐厅品尝俄式牛扒和罗宋汤。临走，她也没有忘记礼物。她给我妻子的礼物是手绘了国画花鸟的丝绸连衣裙，给我女儿的是一个可以随意变身的猴子。

来自北京的阳光，普照了我的一家。

六

冬天，她再次来到绵阳。

到酒店，敲开门，我面对的却是一个男士。他身高至少一米八，高大英武。我一愣，随后立刻释然了——像她这样的未婚女子，岂能没有男朋友或者未婚夫？并且，他们的确很般配。

还没有来得及多想，她已经从洗手间出来，说这是我哥，沪生。

沪生是电影导演。陪鲁青过来，是因为书记邀请。她应邀来做宣传策划，和我讨论电视剧的合作，也治病。鲁青人人喜欢，包括书记。他给她找的医生姓蒲，梓潼人。梓潼是文昌发祥地，出异人和高人。连杀人魔王张献忠，到了这里都暂时放下屠刀，认祖归宗，建张姓家庙。蒲医生之父蒲辅周，生前曾为京城四大名医之一、中南海中医组长。他常常是几味寻常中药，区区几毛钱，就治了国家领导人的大病。书记相信，“御医”之后能够让鲁青恢复健康。

书记点名，照例安排我陪同北京客人。

一日，沪生去成都办事，也代表全家去原成都军区拜访一位将军。临行前，他将我的手紧紧握住，连说了几个拜托。

照顾一个患糖尿病的好朋友，我义不容辞，也轻车熟路。因为我妈就有糖尿病。中学时代，天天看父亲拨弄那些试管、试剂和针剂，将高血糖、低血糖、酮症酸中毒等名词挂在嘴边，我就像个实习生，完成了初级的培训。糖尿病更拉近了我与鲁青的距离，让我们多了一种共同语言，有同病相怜的味道。

在酒店房间里，门一关，美丽的鲁青立刻变成了另外一个人。疲惫，虚弱，出虚汗，甚至呕吐。她必须按时服药、打针。她以未婚女子的羞赧，略微背过身去，往臀部给自己注射胰岛素。这些是她美丽外表后面不可示人的 B 面，是她亲人之外，仅我知道的隐秘。

当天，沪生一去不返。因为成都的将军是他爸爸的老战友，要派车送他去看都江堰和青城山，他盛情难却。

于是，这个夜晚我成为沪生的备胎。在特意为他们兄妹安排的双人标间里，我陪鲁青聊天，照顾她吃药，应对可能出现的不测。很私密的空间里，我们聊文学，聊生活琐碎，再聊人生。聊到深切处，她忍不住伏在我肩上，泣不成声。

夜深，我和衣躺在沪生床上，隔着两米远的距离听她轻轻的鼾声，辗转难眠。

翌日早晨，我才想起妻子出差，昨晚该去幼儿园接女儿。还好，女儿被邻居帮忙接了，有惊无险。我急忙把女儿带到酒店，陪她的鲁青阿姨，一边等待沪生归来。

但是，晚上沪生还是没有回来。我只好带着女儿，延续昨天的故事。

不过，忘记接女儿，虽是小小的疏忽，却很致命。妻子马上从邻居那里知道了我的夜不归家，并且循循善诱，从女儿那里挖掘密室细节。

震怒中，妻子翻出了鲁青所有的来信，像文字狱时代的检察官一样搜索字里行间。但是，一个高考语文成绩不及格的理科女，面对那些来历不明的诗词、典故，以及复杂的修辞，就像面对一堆无法破译的谜语，让她疑窦丛生。她更无法理解男女之间超乎情欲的友谊。她沿着自己的逻辑，去想象酒店房间里发生的一切。

鲁青似乎并不知情，或者具有金钟罩，百毒莫侵。她在电话里和我告别，在听筒里就可以感觉到她招牌式的微笑。

我后来才知道，当时我姨妈刚刚离开——她受妻子之托，大义凛然地在酒店给鲁青上了一堂道德课。

她依然给我来信。文字依然优雅，并且不乏幽默；字迹刚劲潇洒，有男子气。

但是，我意外地接到她闺蜜的信。这是讨伐的檄文，把她们心目中不仗义不男人的懦夫骂了个狗血喷头。

妻子也接到了神秘来信。匿名，爆的却是猛料。成都，北京，详细的细节，一个关于我的桃色故事，活灵活现。

太多的怀疑、太多的黑洞和不自信，日复一日的焦虑和压力，早把她榨成干柴，一点就着。还好，信的作者并非高手，看似有鼻子有眼，却破绽百出。她半信半疑，我才不至于淹没于狗血。

然而，我的生活已是一地碎片。写信，电话，一声安慰，连这样的举手之劳都难以为继。我没有能力扮演蓝颜知己，只能叹息一声，落荒而逃。

七

带着一脑袋惊愕、忧伤和喟叹重返会场。

东道主的致辞结束，发言已经开始。我索性在门口稍息片刻，清理纷乱的思绪。

一个胖子举着手机，匆匆出门接听，重重地撞了我一下。这时，下意识摸衣袋，才发现手机不在。

回到洗手间。拖布池的水滴依旧，但是找不到我的手机。我记起，因为事发突然，也因为洗手间不方便讨论一个过于沉重的话题，刚才和沪生说好回头再聊，就顺手将手机放在了马桶一侧的手纸盒上。恍惚中，我记得整理好衣服，却没有拿起手机。

进出洗手间的人不知道，服务员不知道。直到会议结束，总台也没有人上交手机。

一个五星酒店，一部用了近两年的手机，居然不翼而飞。

沪生再也没有打来电话。他的号码，连同号码簿上一千多个号码，同时消失了。一个鸟儿倏忽而来，又倏忽飞走，还拐走了一个庞大鸟群。

针落大海。关于鲁青的一切，重新归零。

【选自《散文 2018 精选集》】

你远走高飞，我原路返回

赵　玙

“你远走高飞，我原路返回。”

离别的时刻，一位高三老师为毕业生写下了这样一行板书。

与学生的雀跃相比，老师的背影是落寞的。他们一次次地为学生送行，一次次地独自返回，在这兜兜转转、循环往复中，也一次次地接近人生的迟暮。

然而老师又是幸福的。无论飞得多高多远，我们都会时常想起曾目送我们远行的那些老师，在心底默默为他们祝福。尽管在世事的渺茫莫测面前，这样的祝福也许显得苍白，但我想，他们一定能够感知，无论在人间还是天堂。

想念班主任的“痞”

对于一个幸运的人来说，冥冥之中，总会有那么一两个人，出现在你生命中的某段路上，或许是不经意间，将你从沉沉暮霭中引向一处明媚之地。

高一新生报到那天，我第一次见到了我们的班主任陈新民。

作为老师，我们的班主任显然是“非主流”的。他三十几岁，穿着考究，无名指上一枚硕大的黄金戒指闪闪发亮；一身烟草味，声音有些沙哑，许是烟抽多了的缘故。后来发现他的坐骑是当时最时髦的摩托——“太子车”，车型流线，极其拉风。大概是形象过于“违和”，我们几乎从未以“老师”相称，班之主任，便戏称“主任”，主任也乐得其所。

显然是因入学资料特长那一栏填了“手风琴”，就在报到的那一天，主任委任我为班级文艺委员。在任何一个集体中，总有些人生来自带光芒，人们习惯性地为他们锦上添花，包括老师；有些人则自行隐遁于暗处，远远地观望聚光灯下的精彩。我显然属于后者。个头矮小、内敛少言，在这所学霸如云的重点高中成绩也不算出众——我已习惯了当路人甲。文艺委员首要的任务是在军训期间指导并指挥全班合唱，可以想象我是如何压抑住内心的惊涛骇浪，站在全班甚至全年级面前的，惶惶然而又欣欣然。

就在开学初的某个晚上，主任来到了我家。班主任上门家访，于我是头一遭。我爸见面脱口便以“主任”相称，主任露出难得的羞赧：“不敢不敢。”主任一坐就是一两个小时，不知他们谈了些什么，总之主任走后，我并没有迎来预想中一场“腥风血雨”的教育，似乎只是爸妈的好友来串了个门，云淡风轻。主任的家访不止一次。后来得知，在我们这个五六十人的班级，几乎每个学生的家主任都走过几趟，与每位家长如老友般熟稔。

主任也爱和我们聊。最熟悉的场景是，夕阳西下，长长的走廊一片金黄，主任倚靠着栏杆，手里夹着一根香烟，青烟袅袅，有一搭没一搭地和几个同学聊天，嘴角是那抹标志性的笑，有些玩世不恭，又含着某种郑重。主任极少说教，多是聊世情，聊生活，甚至聊情感。那是一段敏感而焦躁的日子，对于高考的迫近，心中了然又不愿触及，便一直觉得，主任是懂我们的。

某年大年初一，我们在学校执勤。出门走亲戚的主任把家中钥匙交给我们，嘱咐我们中午到他家自己动手做饭，食材已备好。主任住在学校的教师宿舍，那是一套陈旧狭小的居室，朴素中透出细致、温馨，一切井井有条。书桌上立着主任和师母的黑白合影，两人都很年轻，男子英气，女子秀美。也正是在那一次，我与师母打了照面，她装扮精致，性格爽利，与主任有一种莫名的契合。这是一对佳偶，均毕业于外文系，因在同一所中学任英语老师而相识。

高中时代自然是以高考为终结的，许多细节未必有太多意义，却如经年盘绕的葛藤，枝枝蔓蔓，构成了完整的高考记忆。第一个高考日的下午，我揣着主任的手表走进了考场。我是在候考室发现忘了戴手表的，却没有丝毫慌乱，径直让主任把他的手表摘了下来。金色的机械表，沉甸甸的。高考结束后，主任被安排封闭批改试卷，临行前，他为每个同学留下了参考志愿，给我的建议是北京理工大学、南京理工大学，字迹郑重而潇洒。对于理科生来说，这算得上是比较理想的院校，而事实证明，他对我的预估是准确的。有时会想，我经历过成绩的起起伏伏，何以让主任始终对我抱有信心，引我在人生最关键的一次抉择上大胆向前——正如当年决定让那个其貌不扬的小姑娘站在舞台中央。

作家秦文君说：“教育应是一扇门，推开它，满是阳光和鲜花，它给孩子带来自信、快乐。”正是从高中开始，我迎来了生命中的阳光与花香，发现了自己身上潜在的各种可能——可以得到那么多肯定，可以自信地站在聚光灯下，可以在一所重点高中里成为优等生，可以选择留在离家千里的北京，可以去尝试一切未曾尝试的事情。多年后的一次初中同学聚会，一个同学向另一个同学介绍我，这是赵玙，还记得吗，是不是和从前完全不一样？那一刻，我微笑着，蓦然想起了主任。

而今，不过五十几岁的主任已半身不遂，师母一年前因癌症离世。夫妻二人几乎是同时患病的。听到消息时，我沉默了良久，命运之波谲云诡，是人力所不可及的。难以想象，曾经骄傲、自尊的主任是如何面对这接二连三的不幸的。只知道他已将一头茂密的黑发剃成板寸，银丝丛生，住院期间最想念的是家中的小孙女，想到人生之痛不禁潸然泪下。

近20年了，早已远走高飞的同学们每每回家，仍不忘去看看主任，和他聊聊每位同学的近况，而后带来关于他的消息。我们也常常聊起主任，聊起当年的种种趣事，聊着聊着便是一阵静默。

我们想念主任了，想念主任的“痞”，在地北天南。

送别刘礼家老师

得到高中物理老师刘礼家离世的消息是大四那年的冬天。弟弟就读于我的母校，他告诉我，一个异常阴冷、细雨飘飞的清晨，全校4000多名学生肃立着，迎接刘老师回家，恸哭四起。是的，回家，这是刘老师躬耕29年的家。

想象着这一幕，我的心战栗了，泪水滚落，仿佛自己也站在那群学生当中，迎着冷雨，凝望黑色相框中那张熟悉的面孔。

高中文理分班时，我义无反顾地选择了理科。我执拗地认为自己擅长物理。我着迷于看似简单的现象背后逻辑严密的成因，着迷于以寥寥几个公式探索广阔未知世界的快乐，着迷于读题后首先画上受力分析图时的笃定，着迷于思考多时无果却在辗转反侧时的灵光一现。数学过于抽象，化学过于繁杂，物理于我却始终是完美的。许多人都有体会，对一门学科的喜好，很大程度取决于启蒙老师，我也如此。

关于刘老师，可回忆的细节其实不算多。他沉静而踏实，自始至终以他的睿智和专注领着我们步步前行，仅此而已。想来，这也是一名老师看似平凡实则深邃的剪影。

他身材不高，方方正正的脸型，戴一副方形眼镜，神情庄重。总是拎着一个装着教案的黑色手提包，总是在上课铃刚响起的那一刻快步走上讲台，没有什么题外话，直入主题。黑板上，受力分析图清晰规范，演算简洁明了，讲解条分缕析、富有逻辑。每一道题的解答都宛若打开了一扇门，令人豁然开朗。在刘老师任教期间，我似乎没有难以理解的题。刘老师有时候也会在板书旁静默片刻，引我们一同思考，他双目炯炯，微微皱着眉。我们是第一届实行高考“3+文/理科综合”的学生，可以想象作为教务处主任的刘老师所承受的教研压力。也记得稍稍放松时，刘老师用最简洁的语言给我们讲解相对论的要义。

多年后，当《时间简史》风靡书市时，我毫不犹豫地买下了一本。

刘老师是20世纪40年代随父亲归国的泰国华侨，后来正是从我们这所中学考入西安交通大学，70年代又回到了这所学校任教，转眼便是29年。这是一所全省闻名的重点中学，众多学生从这里考入北大清华，走向常春藤名校，散落在世界各地。我只是这29年里受惠于刘老师的数千名学生中极为普通的一员。我想，一定有许多校友在回忆起自己的中学时代时，会记得刘礼家这个名字，铭记他给予的学术启蒙。抑或是如我一般，尽管最终没能选择与物理有关的专业，却怀念这门学科曾给自己带来的自信与甜蜜。雅斯贝尔斯说，教育的本质意味着一棵树摇动另一棵树，一朵云推动另一朵云，一个灵魂影响另一个灵魂。我想，刘礼家老师摇动了千万棵树，推动了千万朵云，影响了千万个灵魂。

刘老师的死因是车祸。那天，他本应搭乘最早的一班大巴前往福州参加全省教务培训。然而为了给学生多上一节课，他把物理课往前调换，讲完课才匆匆赶去搭乘上午的最后一班车。谁知，正是这辆车将刘老师送到了世界的尽头。在交通事故现场，尸体已难以辨认，可以确认的除了腰带便是他的行李——行李中散落着一沓沓学生的物理作业和待批改的试卷。

29年间，目送一批批学生远走高飞，刘老师一次次地原路返回。只是这一次，刘老师无法再次送学生出发了。我们都相信，他去了天堂。带着学生们的作业和试卷，刘老师一定是踏实而幸福的。

【原载《福建日报》2018年7月31日】

洞庭古岸史

学　群

陆和水相会的地方

地的表面总在交替着陆和水，陆的尽头是水，水的那一边是陆地。陆跟水相会是岸。岸上的水总要往下流，水里的波浪总往岸边游。空间里的岸，有些像一天中的早晨和傍晚。时间里的两个临界点，关联着日升日落。岸呢?

岸应该是上帝划出来的地，让地上的脚步去就那水，让水里的波浪来迎这些脚步，永无止息。时间和空间，世间的事物就在陆与水之间展开。

按照科学上的说法，洞庭湖大约是在六千五百万年以前，燕山造地运动中塌陷形成的。这数字远在人类之外，人没法知道它。我知道的是，传说中的八百里洞庭，现在面积大概不到三百平方公里。人进湖退，来自远古的岸，大都湮没在世事的变迁里。那些叫螺蛳港叫东茅岭的地方，现在到了城市中心，涌动的是人，是车流。原来的岸，只剩几个名字。临水而建的凌云塔，曾经是那个湖段的标志性建筑。有了中洲垸之后，离湖十七公里。南山古岸，现在跟湖水隔了半个华容县。新生的岸跟古岸是不同的。古岸是水和陆在时间中达成的，曲动如波浪线，那里头有气候有地形，及于天达于地，是空间的也是时间的。新修的岸大都是人工的，棒子似的，以一种僵硬的姿态临于水。

人的岸其实就是堤防，发了誓似的只是要隔断水。对于堤防来说，每个波浪都带着敌意，都得提防。用石块，用水泥和沙。人的堤防跟人一样累着。

留下的古岸已经不多。东洞庭湖一线，南边的湘江、汨罗江入湖的地方稍稍有一些。往北，将及长江未到长江的地方，还有一点点残留。稍多一些的是中间那一段，主要在鹿角一带，大概十几公里。鹿角恰好是我的童年和少年所在。到那里追寻古岸，也像在追忆似水年华。

那一带古岸有不少塌入地下的古窑，说是南宋杨幺他们烧的。小时候常去挖那些古窑。大半是散乱的陶片，有时也能挖出一两只总体还算完好的陶罐。扁扁的，开口小，肚子稍肥一些。挖出来之后，倒掉宋朝的灰，我们开始朝罐子里头喊话。朝一只古罐喊话，跟喇叭筒和把缸喊话不一样。喇叭筒喊话是喊给别人听，把缸喊话总是直去又直来。朝着一只古罐，你把鹿角话往它的里头装，鹿角话到古代打一个转身，像是变深变旧变老了。把罐子拿回去配上盖子，放到火塘里煨水。水开时从罐子里冒出来的声音，听起来像鹿角人跟鹿角人在说话。几十年后，我打人家的菜园和鱼塘边经过，去找那些古岸。当地人见我老在那里转悠，不像是本地人，也不像偷东西的，就用古罐一样的声音问：搞母里哒（干什么呀）？在城里时，我是尽量让鹿角话少露点马脚，现在我直接用鹿角话回他。两只古罐煨水煨到一起，当然好说话。不只是人，连狗也是。有一次冲出来两只狗，作势要乱吠一顿。我抛过去一句鹿角话：挨母里辣（叫什么哟）！狗一听声音，赶紧把剩下的半句咽了回去，有一只还摇起尾巴来。

在一段古岸那里，古罐的声音就是我的通行证。

世界从石头那里开始

世界似乎是从石头那里开始的。开天辟地，石破天惊，岩浆迸裂，女娲补天，都是石头。齐天大圣原本是一只石猴，《红楼梦》最初叫《石头记》。如果真像地质学家说的，六千五百万年以前有一场造地运动，动是石头在动。洞庭湖塌陷下去，岸留下没动，留下也是石头没动。

湖滩上，一些外表呈蜂窝状的石头，通身全是密密麻麻的孔穴。或许是某个地质时代留下的火山石。可是我见过的那些火山石都轻，这些石块沉。上面也不见那种针孔大小的气孔。我仔细观察过那些孔穴，有的就是一个圆溜溜的窝，有的是内壁光滑的通道，有的孔穴与孔穴相连，像一组几居室的套间。总体来看，一块石头就像一座蜂类聚住的城堡。可是城里没有居民，住在里头的只有一小团一小团晦暗，好像那即将要来的夜就寄存在这里。它们傍晚时爬出去，早晨爬进来，把洞壁爬得光溜溜的。这些孔洞到底是怎么来的呢？莫非女娲补天，从这里取了石头的种子？只有她，才能在石头上留下如此母性的痕迹。

湖中吃草的牛一边抬起头来望，一边朝岸这边走。岸上的林子里响起鸟归巢的叫声，一道阳光从林子那里斜过来，刚好照在我面前的城堡上。那么多孔洞一下变得温暖，一齐放出光彩来。有某种东西把血液打动，突然就有了穴居的念想，仿佛一下就可以穿越一万年，进入有巢氏进入山顶洞人的时代。住在这样的洞穴里，晚上看星星是没有问题了。一些孔洞的朝向本来就是要把天空装进来一些，下雨的时候也会把雨装进来。人不喜欢住在雨里，那就换一个吧。雨不进来，却可以听雨声，还可以用雨丝做门帘。只要你不把自己弄得那么大，像一只蜂一样，或者像一颗颗星星那样。或许这地方原来就是给星星住的。星星到了天上，房子就空在这里。可是人不是星星，他连蜂都不是。他还是要用一些衣服之类的东西把自己弄得很大，他要住到房产证上。人只能站在一边看着，直到阳光被岸上的树林子收走，石头暗下来。

那个放牛的老头就是这时候走过来的。他说他也经常看石头，他说石头在走。他指给我看这一路排过去的石头：歪歪扭扭，看起来散漫随意，指向还是一眼就能看出来，它们在往湖中间去。而且，靠近岸的石头大，离岸远的石头小。他爷爷放牛的时候就跟他说：石头在走，越往前走石头越小。到他放牛，放到一定年纪，也留意上石头。你不会看到石头像人一样像牛一样迈开步子在走。时间越长，你就越是看出来石头在走。石头用的时间跟人不一样。人的时间在钟上头，在手机上头，坐车坐飞机什么的，都按那个上头来。连牛都跟我们不一样，它们按照湖里的草来，按照太阳来。石头好像只按它自己来。有时候，一年两年，石头连动都不动。草围着石头长了好几遍，它就是不动。有时候，湖水一退，拉开两个手指一量，就发现石头往前挪了。

后来他带我去看另一处地方的石头。那是些青灰色的石头，从岸上连到湖滩，鳞片似的排列的石片石锥像冰川。刚从山体中挣脱出来时，步伐齐整，用它们的尖锐走着。再往前，步子开始零乱，尖锐上头起了一层粉，粉得有些细腻。原本坚硬行走的石，不再分成一块一块，变成可以和水一起流动的东西。风也可以把它们吹起。想想也是，这世间高一些的事物，不就是这样平缓下来，直到另一波褶皱升起？

两块挨在一起的石头，一块像是依偎在另一块怀里。越看越像一对男女，在亲热缠绵。他们在一起，每个凹凸都吻合。如果没有中间那条缝，就是一体。放牛的老头看到的正好相反。他说它们原本是一块石头，渗入的水慢慢把它分作两块。水渗入一块石头的过程是缓慢的，从他的爷爷到他，也就一粒稗子那么宽。水轻言细语在那里流。那些湖滩上的石头，就是从这样的缝隙出发的，一块石头分作几处身体出行。人太过匆忙，看不了石头的事情。一个放牛的人，或许可以看到一些。

泥土的前世今生

这一带湖岸全是红颜色的土。泥土立成一堵墙，墙从亿万年前来，在等着某个时刻，等着阳光把泥土点亮。早晨的阳光是带着锋芒的，像未成熟的麦子。中午的阳光总是很忙碌，湖水、草滩，还有岸上，有太多的事物需要它去照耀。白天的阳光太过响亮。只有到了傍晚，斜到一边的阳光变得酽稠起来，那里头有看过世事之后的淡然，它不再理会旁的事物，它把积了一天的浓郁全都倾倒在泥墙上。每天的这个时候，阳光一到这里，就像找到丢失的身体。泥土一遇到阳光，就明白了它的红，就燃烧起来。这不是茅草骑着风在燃烧，这是烧开的煤炭，是站立的岩浆，是血液里的前世今生。那边立起一道坡，三分之一留给天，三分之二是顶天立地的红，看着倒像是天顺着它的坡度在往上爬。再往前，大片土坡来了个就地翻卷。一万年不老，一万年的泥土一旦烧起来，就把东南西北全都丢了。那个U形的口子，稍稍一歪，就把天空装了进去，顺带把湖也装进去一些。一堵光秃秃的土墙，纯粹的泥土一层层叠过去。仿佛阳光也有脚，会踱着步子一层一层往上走。阳光的步子其实是波浪的，层层叠叠在荡漾。一座土崖，阳光的质地全在它的粗糙上面。土崖弯成一道弧往前延伸，阳光沿崖壁展开。地球就是这样转动的。

一处棱起的土崖，离崖顶不远，凌空探出来一根东西，看着像一根竖起的手指。生根的地方是土，伸出来的手指也是土。这可不是那些干旱少雨的地方，这是雨水聚集之地。放牛的老头说，它伸在这里有些时间了。这些土本来就是石头来的，石头的元气还在。

这是一种红中夹着白点的土。一块土掉在草地上，裂成几瓣，看着就像盛开的花。一片草地开出一朵花。一只塑料袋，里头装的全是土粒子，打鱼的人沉网用过的。袋子破了，土粒像石子似的，一粒一粒的。它的前身就是石头，跟前面那些石头一样，土崖上也布满蜂窝一样的孔穴。这一个个的土粒子，就是从那里掉落下来的。经由这些土，我知道了那些石头。

烧罐子制陶，用的就是这种土。土浸入水中，波浪千回百转擀面似的，用时光去揉。岩石的坚硬，到陶泥这里就成了糯性，成了筋道，被揉出来。捣揉陶泥是一件多么快乐的事情，在快乐中创造，跟古印度搅动奶海的故事异出而同归。经了波浪的泥，就有了波浪一样的纹理，红色荡成柔软的肌理，白色的泥点牵成蛋花一样。以前不知道，那些古窑为什么要建在湖岸边。现在我知道了。火是红的，以前不知道红里带白的陶泥用火烧出来之后，为什么是黑的。直到有一天，从打碎的陶片上看到，它里面还是红的。直到有一天，我们朝着陶罐喊话，往里面吹口哨。才知道不管装什么，从罐子里出来的声音都是彩色的。

把水装进去水就会在里面唱歌。阳光和火、陶泥和波浪的快乐，全都在里边。

现在我已经知道，经火之后，泥就完成了一次复归，似乎又回到岩石的某种质地。现在我知道了，泥土为什么要站这么高，要站在水边，湖水为什么要在浪尖上踮起脚，波浪为什么要一次次往岸边上跑，太阳为什么要在每天的那个时候，把泥土照亮。

天暗下来。站立的土崖像是突然收紧，从它身上流散下来的土块和土粒，像又回到了它身边。就像玩了一天的孩子天黑要回家，晚上要挤在一起，天亮了再重新出发。那根手指高高在上。天地间就一根手指，一指道尽天机似的：一群人是一，一个人是一。一天是一，一万年也是一。一块石头，一粒土，一只罐子。一个人站着，一个人躺下，横竖都是一。

岸在退，一些事物在往前去

岸其实在往后退。石头和泥土往前走，岸就在往后退。一些地方，岸身朝后仰，腆着肚子一副安坐不动的样子。等到湖水涨起，波浪一次次来，隆起来的地方慢慢消退，到最后就成了俯身向下。上头戴着一顶冠盖似的，那是交织的树根和草把一些泥土留在上头。帽子终究会掉下来，雨水洗掉那些泥土，它就掉下来了。俯仰之间，岸已经往后退。

湖岸上不时可以看到悬在那里的树，一半根还扎在泥土里，另一半悬在空气中。盘根错节，像人伸在那里的手，像鹰爪，每一处根节都充满抓挠的努力，可空气无从抓握。岸底，那些跌落下来的树预示着它们的未来。一棵树完全倒栽在地上，倒下来的泥土把它的上半身埋进去，两条主根像措手不及的手臂，狂挥乱舞间就像一迭声喊叫停在那里。一棵狗根刺，它以为凭了一身的利刺应该可以在世间存活。可是它底下的地皮没了。它在那里存活好多年，有一天地皮突然被拿走。它倒在那里，带刺的叶子正在变枯。另一处地方，下头是一棵倒地的树翘起的根，上头是另一棵树歪斜的上半身。它们把自己伸向对方，像是留言，又像在凭吊。旁边一棵杨树要幸运得多，它跟它托身的那块地方一起滑坡滑下来，像是做了一次移民，就在坡底生长起来。这里水分充足，适合杨树生长。看看那些光鲜的叶子就知道，它在这里日子过得不错。往后呢？往后的事情谁也不知道。那一树灌木，织着青苔和草的泥土像一件超短裙，只是把腰身遮了一下，根须全露在乱石丛中。波浪涌上来，它们用了一千条腿一万条须在水中起舞。水退下去，那就风舞。千腿舞者，这是群舞。后面出场的是独舞。裙子已经在一阵风中扬起，一条裙带垂下来，像是一条腿把她撑举在那里，两条腿倒像是飞起来的绸带。右边的腿在前面弯成一道弧，弯到极致之后，脚尖水平向后，后面那条腿接过前面的，径直往后飘。你想想，这时候漫上来的水还是水吗？是音乐！急管繁弦，是古琴和琵琶在摇荡，是钟鼓在奔驰。

靠村子那边的岸上有一处豁口，原来是鱼塘。岸下面是那么大的湖，人却在高处端着一方水，把好些鱼关在岸上头。人相信，有坚固的混凝土，水就只能听人的，停在这上头。至于养在塘里的鱼，塘主说，这些鱼吃皇粮吃惯了，叫它下海它也不去。人就是这样，好像他怎么想，人家就只能跟着他一样。鱼住在里面，也像住在楼房里一样。它们是不是知道外面的水？它们跳出水面，是不是想看看下面的湖？鱼怎么想没有人知道，水的想法谁都知道。

一些事物远在千里之外，说来就来了。这一年的季风在海洋里酝酿得久，来得有些迟。一来就疾风暴雨一场接一场，鞭子似的抽打人间的事物。土在变成泥。那天晚上，泥跟着水跑了，剩下混凝土抗不住了。水带着鱼一起逃走了。水退去之后，岸在原先的塘那里仰成一张罗圈椅。罗圈椅外面，红土带像一条跑道，上面有石头，有混凝土碎片，有树根，还有几块陶片。岸往后退，一些事物在往前去。

【原载《散文》2018 年第 11 期】

母亲时间（外一篇）

绿　窗

1

母亲独自生活20年了。大把的时间应是寂寞，谁能替代一条炕上摸爬滚打、一个檐下磕磕碰碰几十年的人？

“你爸就是病在炕上不能动，我睡觉也特别踏实。”母亲说。老屋在村庄顶东头，倚着后梁大荒野，西面与人家隔着一块地，孤零了些。那几年她总看到异象：父亲常坐的椅子晃荡起来咯噔停下，写字台上茶缸哐当顿下，父亲脑袋忽然变得硕大要挤着门缝进屋来。她一点点克服着恐惧。

长夜里她就看书，金庸、梁羽生们也都翻烂了，剩一本《聊斋志异》不动，怕夜黑头下鬼魂妖魅冉冉来。

这情绪感染了我，天一黑就担忧。一次中元节回家，晚上大月亮人面一样搁窗棂上窥视，我不敢睁眼，又难以入睡。亡灵们四处探视弄出声响，父亲从窗外木叉子上取下水桶扁担，哐哐当当挑水去了；一红袄长辫妇人随后挑帘进来，一跃坐在北墙红柜子上，翘个二郎腿瞅着炕上的我。

那以后我在老屋的睡眠就是一场斗争，常常瞪眼到鸡叫，灵异们离开了方敢睡。母亲胆子却练出来了，她不愿跟子女过，只有逼迫自己适应暗夜。

天擦黑她即关上大门二门，边看电视边呼呼睡着。我要看会儿书，见灯下蛾子乱扑，接了一水盆又密匝匝一堆，她一把拉灭电灯。我欲拿手机看文，蚊蛾都朝我光亮的脸冲来。

好吧，跟着母亲的时间与习惯走。闭眼乱想二十年前旧事，有人经常隔墙喊：“二先生，受累给老爷子瞧瞧去。”我睡在炕头，正是医生父亲当年睡觉的地方，仿佛他刚起身去给人家瞧病，不管风雪夜深，推开外屋门，一股子冷风呛进来。

左思右想才睡着，母亲醒了。拿手电照墙上钟表，两点，开电视，锣鼓欻子铿锵响起来，“猛想起二月二来龙抬头，梳洗打扮上彩楼，公子王孙我不打，绣球单打平贵头。寒窑里受罪十八秋，等着等着做了皇后”。河北梆子《大登殿》，妈也算破瓦寒窑二十载，快老成一宝，而爸该是一条新好汉了。

后半夜，深院，旧瓦屋里，一花白头发老妪独支在炕沿上，听花红柳绿唱大戏。如果有人从远处缓缓进村，推门，立窗外悄悄听，究竟谁更恐惧呢？这是聊斋情境。

想此一惊，咳了一声继续假寐。

“昨晚睡觉你一咳嗽，吓我一大跳，心扑腾半天。”她五点就起来说。

狂风暴雨电闪雷鸣时定有妖怪异兽过村庄没吓着她，公猫被一群母猫绑架皮里扑棱鬼哭狼嚎没吓着她，夜猫子从后梁跳进院子像老人“咳且笑于山谷”没吓着她，冷不丁的人声倒吓着她了。

一时觉得老屋好空旷，她的夜晚仿若在荒野里，与时间较量。一切自有蚊蝇、老鼠、蟋蟀、青蛙伸胳膊拉腿来对，杏树、花朵、辣椒、玉米支着耳朵来听，也有偶然飘过宅院的灵异来呼应。它们与母亲暂时结成了亲戚，彼此安慰。

感恩万物磨炼母亲意志，说到底，许多时间人必须独自面对，无法仰仗旁人。

2

我岂能睡懒觉，肿着眼睛起来去菜园干活。

我离家近，必须遵循母亲的时间之轴回家。过年，清明，五一，端午，生日，暑假，八月节，十月一，冬子月，腊月，她把一年的时间分割成闪亮的日子，依赖这些美好的结点过活。没有人回家认领，于她这一天就是空白。

其实村里还有一哥一姐照顾她，但节日的夜晚我不忍她灯下独自踯躅。父亲去世多年，我几乎每个春节都与她同过。去年腊月，我和姐先回去帮她备好年货，各自返城了，想着该和婆婆一起过年。可除夕前夜在外的两兄弟都说有事不能回家，我又嘀咕了，万千炮声里她一个人守在大院，要哀怨出病的。

我先生、婆婆也赞同我回去，万一老太太有啥事，后悔。我以为是我在尽孝，根底是我有一个善良宽容的小家。除夕早起我拼车回去了。白天贴春联年画，晚上同看春晚，我放 5000 响鞭炮，崩走病气穷气邪气，祈祷天下大和。她无限喜悦。

然而我和母亲却沉默时多，我俩姐一回家完全不一样，白天说，睡前说，醒来还说。我反思自己是不是只履行责任，并未融进她的时间之轴。但我还是在讨她欢心，穿她喜欢的艳色衣裙，把自己养得胖胖的，我咳一声她就紧张，以为我气管炎又犯了。我逗她小时候不管我，害得我小腰溃烂生虫，现在一阴天还疼呢。她连忙否认，哪有的事。其实她亲自说过，挨肩生下三个姑娘，父亲不高兴了，她养三天就下地干活，我常泡在尿坑里。我是心疼她。

眼见她由五十多岁硬朗的妇人变得迟缓、傻愣，一百次去镇上，一百次迷路。口中动辄凉药热药，补血益肝，鹅掌风鸡鸣泄，是我爸的气息，从她身上抽出了枝条。

就要八十岁了。还总磕磕绊绊教导我，饭菜非要我一起打扫，“宁让人撑着，不让盆空着”。剩一小团面，她说烙饼吧，糟蹋粮食是罪过。结果电炒锅火太旺，满屋子飞浓烟，她小女孩般慌慌地喊着，讪讪地铲出黑饼扔给狗了。

她淡淡地说着村里谁谁都打好了棺材，请人做好寿衣，那老奶奶一生气就穿好装老衣裳端坐炕头，把家人吓得不轻，还说自己以后想要棺材上加个凤头凤尾罩。我惊讶于她一个人住老院都曾吓破胆，竟能坦然论生死了。但我决不同意先置办，当初就是提前给父亲做了寿材，他大怒，要劈了那东西烧火。我们一直耿耿于怀，那些刺激加速了父亲离世。

她的抱怨越来越少，我过去说忍耐是一朵莲花，现在鄙视自己。我们都在各自的生命线上飞翔、变形，她的时间之轴越来越薄了。

今儿几号了？六月初九，快大暑了，庄稼正灌浆。她的时间都跟土地连着胳膊肘的。

我们坐在门前石墩子上说话，凤仙花照例红爆，黄昏顺着她体内的滴答声，朝暮色滑去。

金鸡满架

1

金鸡满架！

关于鸡的词语，这个最好！哪怕窝里没鸡，多年不养鸡，照样贴上“金鸡满架”红春联，仿佛鸡生蛋蛋生鸡无穷尽也，金子银子颠不颠地往家跑。

鸡是贞洁的，宜吃米菜草虫。谁把这个词给祸害了？实在讨厌。

鸡瘟，鸡贼，是两大害。拉扯大一窝鸡颇不容易，一个奶奶就因为这三五只鸡被偷，大年根下心梗发作去世了。家中恰有三寸不烂之舌，坐在大街头连哭带咒一句不带重样的，顶风狂骂了一小时。

瘟鸡更没辙。叽叽咕咕的叫声挤满了窝，挤满了夜，一旦感染快速扩散，几天工夫家家鸡窝就空了。连续瘟鸡，“坐地炮”们也骂不动瘟神，索性都不养了。

清静几年后，鸡又在村庄活跃了。一只母鸡刚下了蛋，没露头，个个大；一个脑袋钻出来，个个大；半个身子爬上来，个个大。侍儿扶起娇无力状，瞅瞅左边蔷薇右边枣花，还是无人应，讪讪地跳进草丛，犒劳自己去了。

金鸡陆续满架。

2

我家大公鸡耀武扬威，羽毛红鲜，从来没耷拉过。有阵子毛秃了，自惭形秽，低头躲避状。一旦毛齐，立刻张狂起来，抖动着羽毛，吹着哨子，站在土堆上，翘首咕咕那么一叫，躲在蜀葵花下、青蒿下闷头吃虫的皇后华妃、甄嬛眉庄们立刻拥抢过来，对大公鸡咯咯啄手、嗒嗒拱背，好亲热的一家子。

邻居大公鸡也带着一群妻妾列队招摇，冤家路窄，俩公鸡掐起来了。母鸡们冷冷注视，并不参战。邻家大公鸡更骁勇些，把我家公鸡撵到院里了。母亲骂它没出息，一棍子打将出去。

我姑娘不清楚那家大公鸡的厉害，穿着牛仔短裤跑出去逗它："哈喽，一起玩。"忽然她变了声大叫："妈妈，公鸡咬我了。"我不信，历来该是鸡怕人的。可是她的大腿真被公鸡的大翅膀拍了，爪子挠两把，尖嘴叼一口，一片红肿，数条血痕。真可气，大破公鸡竟然追到柴门里，恶狠狠地看了一眼，见我这个老家伙怒目而斥，这才退出去，喊上妻妾们跳过墙头，鄙夷地走了。

这公鸡一定是诡异的坏人托生的。我对着它的背影喊道："且先美着，过年吃你的肉，扎你的鸡毛掸子，天天揍你。"

鸡毛掸子没扎上，那只大公鸡丢了，接着好几家母鸡也丢了。

3

惯偷们又手痒造孽了？村里布满紧张的空气。大家聚在一起商量，有股子兴奋劲儿，必要揪出几个贼来，像揪出女人偷养的汉子。

会是那谁不？

过去一早未醒就听见村头开骂，谁家整池子的葱、蒜、白菜都给偷光了，自家疏懒不种，只需起个五更爬个半夜，一冬天的菜都有了。我家房后养的几十只兔子也曾给连窝端了，真伤元气。会骂的满村转着骂一圈，后面跟一溜人过瘾助威，声势也算浩荡。明知是那谁，活牲口，小土匪，没逮个现场。

那谁从小坏事做尽。上山放火、坑蒙拐骗、打架斗殴常有，去外面打工也闹出个菜刀帮，再后来腿被打残，终于收敛了，娶妻生子，算浪子回头。老婆生了小子，这厢一高兴，三天两头炖鸡，自家的要下蛋吃，就去村里拿。不论鳏寡孤独，趁你逛集、睡熟，轻松来上二三只，歇阵子，又来二三只。明知是谁，没现场抓获，也只得再来一场空气战。惯偷家的宝贝抱出来了，吃百家鸡长大的，能长成什么鸡样？

要不是那个赌徒？

沟里是赌窝。一个俊秀男生常领个漂亮女孩去镇上逛，不种地不干活，还吃香喝辣穿皮草。且隔三两月就有小汽车送米送钱，接女的出去玩。一月后光鲜回家，又是母鸡跌米缸，大餐几个月，赌不完的夜了。

忽然小女人像吃了天庭的苹果，露出慧心，不想坐车出去玩了。他哄她，许愿，甚至打骂，那也不去。反脱下短裙，扎起马尾，扛着铁锹去种菜。小妇人怀孕了，她求他专心养育干净的小孩。男人挥拳过去，谁要那个鸡种，赶快打掉。

小汽车又来了，她收拾得漂漂亮亮的，说去打胎，而后去挣钱。赌男乐了，亲自送她上车，又搂又亲。但小汽车再没回来。

赌男没吃没钱，他的傻哥遭殃了。他逼着哥去偷鸡，哥不去，他就从屋里打到屋外，从玉米地打到高粱地，从沟里撵着打到沟外，傻哥被打瘫痪了。赌徒自己下手，常夜晚路过村庄，顺手拎两只鸡鸭。后来大家高度防盗，他就出村打工了，难道又回来了不成？

4

鸡死在娃娃期，叫夭折；死在主人手里，叫寿终正寝；死在黄鼠狼爪下，叫因公牺牲；死在贼的手里，叫失身。像妙玉被偷，没个着落。

一场论辩从村庄的侧面深入，挑开鸡的世界，关心鸡的命运，也是安宁问题。

大家忽然疑惑，村庄这阵子总有几个陌生小伙子，叼着烟卷这沟岔那胡同晃来晃去，并不认识，也不是谁家的亲戚，想来不干啥好事。

蓦地，一妇人有了发现：她家几只母鸡不大对劲，草滩上觅虫时走路歪歪斜斜，磕头作揖状，好像醉汉喝多了，闹鸡瘟还是吃毒药了？近前查看，地上散着些玉米粒，个个膨大，闻一闻竟是酒泡过的。

这下都明白了。原来贼是镇上酒馆的，雇人四乡里偷鸡。拿劣酒泡玉米粒，撒在散放的鸡跟前，躲在一边等，鸡不断啄食玉米粒，吃醉了，闭目哈眼，跑不动，叫不出，任其捉住，骑上摩托车跑了。

大家怒寻那几个坏人，早没影了。

5

我家母鸡极想做母亲，下蛋后趴着不出窝，强赶出来，就偷偷在房前屋后叼些柴草做窝下蛋，也不咯咯叫，待攒了五六个一屁股坐上了。母亲发现时，鸡蛋已有血迹有眼珠了。可见母鸡也是有思维的。

母亲骂它个鸡血喷头。后来它去鸡窝下蛋了，蛋一出来就地蹬碎，仿佛受了蛊惑。自然又招来母亲一次次小骂。难道是鸡在表达它的愤怒与反抗？但显然它是作，不思悔改或破罐子破摔，结局只有一个，挨宰熬汤罢了。果然下次再回家，它已经光溜溜躲在我妈的冰箱里了。

当然它们也就和乡下老太太玩玩心眼，欺负老太太腿脚慢眼神不好。

若是在流水线上小格子间里，激素食物强迫喂养下，只能抬头进食，撅腚下蛋，蛋尽命绝，还能有日月山川梦想，为自由而奋斗之激情？

那才是战斗鸡。但哪只鸡能活着从流水线上下来，去草地上吹风晒太阳，追逐打闹，吃青虫，谈恋爱，抱窝育崽？它们孱弱的腿走不了两步，虚浮的胃只合下管子，真的被解救投放于自然，面对肥嫩的青草昆虫，也许会发呆饿死。

半夜忽听公鸡打鸣，以为是做梦。开窗望去，楼下路灯旁挖一大坑养了许多鸡，隔一刻钟一叫，许多家开窗咒骂。灯彻夜亮着，鸡无所适从，生物钟乱了。

人呢？若没黑没夜受一种光的管制，精魂也会被偷走的。但人更会安慰自己，欺骗精神，如同空鸡窝上仍贴了“金鸡满架”。

【原载《散文百家》2018 年第 11 期】

炽热有颗凉爽的心

范晓波

从万里之遥飞回后忽然想起几年前那个梦。

曾在一篇随笔里记录过，地球边缘的一个风光旖旎的热带小岛，在一群陌生人中突然看见母亲，本能的反应是带她回家。但她不跟我一起回，说在那边挺好的，有朋友，心里安宁。

飞机在黑暗中穿越时差降落在广州的巨大噪声中时，我意识到安宁本非人生常态。岛上四日，像是一串被细线操控的氢气球，悬浮于另一个时空。

越回味越觉得这个比喻是贴切的。

原本，要去的不是大海深处，是穿外套的西伯利亚，或者更高的纬度。出门的初衷就是逃离亚热带的闷热去避暑。等休假正式批下来，档期与所有计划都擦肩而过，网上搜到的包机，只有这个目的地是比较中意的。一个只在“二战”纪录片里留下隐约印象的小岛，我看见名字就预订了机票。

黑夜腹腔里五个半小时的飞行，因为时差，两头都不见光亮，更像在某个密封的时间管道里。

在被删减了两小时的早晨醒来，眼睛被纱窗外的阳光晃得睁不开。以前也到过热带地区，如果那里的阳光是 80 瓦白炽灯泡，这里的亮度应该在 100 瓦之上。

对着米色阳台皱眉抗争了一两个小时，眼睑才渐渐放松下来。但在室外无法看手机屏幕和相机显示屏，也不能直视地面的小水洼，到处都有镜面在晃动。

热吗？当然热，而且是炽热。正午时在太阳底下站几分钟，恍惚听见用平底锅炸牛排的油腻的嗤嗤声。土著人肤色接近黑人，体型却像菲律宾人，大腹便便笑容可掬。紫外线在他们的皮肤上作画，把他们描绘出既熟悉又陌生的面貌。

不过只要站到椰树下，又凉快得汗毛起立，任何一处都如此，阴便是凉，凉便是阴。因为风和阳光一样丰盛奢侈，风力不大，却无所不在，半埋于沙地的空海螺的体腔都回旋着它轻微的哨音，携带着大洋的湿气和咸味。

这使得海岛的夜晚成了河马的腹部。

一只两百平方公里的巨型河马的腹部，清凉得近似海拔二千米以上的高山盆地，无须空调。太阳融化坠入马里亚纳海沟后，空气从近四十度降为二十来度，椰子和芒果们猝不及防，热量来不及挥发，结晶为糖分沉淀在内壁和汁液里。海滩上踩水的人，纷纷披上浴巾或外套。

这样的气候给懒散提供了来自上天的借口，不管是土著人、白人还是亚洲人，大多数居民似乎都是早上劳作，下午休息，晚上出门购物交游。

下午的街道如同流淌着阳光的河流，只见车辆少见行人。又像是影视城里演员还未出场的街衢，有种候场的无聊和静寂。

女儿很快就适应了马拉松午休模式，她小时候就能睡，这次刚完成高考，囤积了太久的困倦像墙角倒塌的书墙，给每一次睡眠都增添了数倍的浓度和长度。如果没有海鲜做诱饵，很难在十分钟内叫醒她。

她妈妈比她好不了太多，这几年她管女儿紧张得像一根快要绷断的琴弦，张力骤失后，就再也绷不起来。也像高速行进的快艇突然失去动力和方向，在水面无声地原地打着转，转着转着就把睡意转出来了。如果没有必须马上处置的事，她可以把整个下午装进香甜的鼻息。

我有种从事务中跳脱出来的失重感，轻松得不知所措。这几年，我解决心理危机的方式有所调整，以前是思考，期待以更高的智慧引领自己；现在是掩埋，用奔忙消灭思考和情感。外人以为我是因为忙而焦虑，其实是因焦虑而躲进忙碌，虽然不能真正解决问题，但至少像麻药一样可以遮蔽疼痛。因为有时候，智慧也不能领引现实，半吊子智慧只会让人陷入前不着村后不着店的孤立境地。一旦空闲下来，伤口就会尖锐地醒来，睡眠也无法欺骗。

不过这岛有意思，被一个发达国家托管，却未普及无线网络，在酒店大堂那六七平方米的范畴才能免费上网，像块沙漠中的小绿洲，或者说绿洲中的沙漠。一开始路过时还会停下来刷手机看微信，每看一次都像搬开了藏着蜈蚣的石头，干脆就对外宣布近期无法上网闭关数日。

一直想实现的无网生活真的降临了，所有工作和社交被切断，灰蝴蝶般扑面的各种信息突然消失。最重要的血脉关系和一座完全无关血脉的小岛凸显出来。

伤口也在松软的时间中暴露，但是不发炎、不疼痛，因为没有细菌。

且这岛上许多细节十分合乎我对生活的期待。

我特别痛恨人工草皮和植被的过度使用，让人时刻被一种工业感很强的虚假自然绑架。田径场和酒店的草坪不消说，现在连一些公园的草地都硬得像钢针，连臀部和手掌都嫌弃却自以为高贵。人就像活在盆景里，离绿色很近，离自然却更远了。

岛上不是这样。草全是野生的，小镇街道旁的地面也没硬化，深褐色的泥地上，牛筋草和各色野花随性地生长，像中国20世纪80年代的县城。沿路的电线杆大多是十米多高的松木，水泥的极少。房前屋后不仅能种花种菜，养鸡养狗也合法。

但街区是干净整洁的。五星级酒店和简朴的民居和谐并置，任何角落都不见垃圾，也没有城管和摊贩。这让我觉得诧异，粗放和脏乱是一对孪生兄弟，这里却并非如此，只见粗放不见脏乱。

我每天清晨五点左右被鸡鸣叫醒，以为是电视里的，去走廊朝下探望，一只公鸡伸着脖子站在草地上冒充司号兵，母鸡在树根下的沙土里刨食。

最后一天租牧马人自驾，深入岛的南部山地。在芭蕉林里看见许多白人用木材和彩色铁皮搭建的私人别墅，带花园、秋千和车库，有的还有泳池。四周的地面却不见一寸水泥，像原始部落那样彼此靠不断分岔又交叠的土路连接，每个路口竖着英文的小路牌。车子每到一处，都有几只色差和身高差都很大的看家狗凑上前摇尾欢迎。

岛外的海，是一望无际的玻璃水，有珊瑚礁的地方绿得像喜之郎果冻，水位较深处蓝得发傻失真，像英雄牌蓝墨水勾兑的。不管是果冻还是蓝墨水，都有着一望见底的透明感。潜泳其中，常忍不住伸手去捉投射在珊瑚和海草上的光斑，以及游鱼鳞片上的银光。鱼无论大小都不怕人，你若不做出粗鲁的冒犯动作，它们就贴着你的四肢和面颊一起悠游。

比梦境里的色泽和情节还像梦境。

那几天，每天抽空下海游泳，或者站在悬崖往后倾着身子抗拒着蔚蓝之渊的万有引力。

不认识岛上任何人，绝对的陌生人社会，他们却认真地对着我们微笑，在餐厅和免税店购物时如此，在街头擦肩而过时如此，开车路过身边时也是如此，有的还热情地挥舞手臂。我脸上是那种初沐春风的羞涩，心里挺感动，还不习惯表达问候的手臂很僵硬。

我看不懂路牌，确认方向时难免迟疑不定，像是把不稳方向盘的醉汉。不时有路过的司机探身打手势提醒我注意安全。

让女儿去一家小超市门口打听最高峰的路线，高中水平的英语不怎么够用，一个在岛上居住了二十多年的亚洲人怕我们没听明白，开着车在前面带了近 20 分钟的路。

岛上行驶的小车在国内基本都堪称豪车，路上却没一盏红绿灯一个摄像头，也基本不见交警。警察一般只在事故现场出现。这个没有红绿灯也没有抓拍摄像头的地方，每辆车都极有耐心地礼让行人。

在岛上尝试过一次螺旋桨飞机环岛自驾。驾驶室的仪表盘和操纵杆漆皮破损，旧得像快报废的拖拉机，缺少飞行器应有的精密和科技感，让我怀疑它能否飞上天。因旁边坐着表情极放松的白皮肤的教练，过程并没有想象的那么紧张。他虽然也不善言辞，却不停地在爬升、拐弯、下降的节点对我竖大拇指。

开车自驾半天后，我倒是有种如释重负的摆脱感，前胸和后背的T恤都湿了，每一分钟都在和手臂、小腿里的旧习惯搏斗，心里不停默念：不超速，不超车，不和行人抢道。总担心一不小心成为岛上最野蛮的小车司机。

靠东的海边特别适合游泳，酒店也多，每家酒店门前的沙滩上都有一些躺椅和一处露天淋浴喷头，不在酒店住宿或用餐的路人也可免费使用。和入关审查时公事公办的严苛形成强烈反差，有种上了岛就是一家人的感觉。

说实话，与坐潜艇在海底看鱼、开飞机上天摸云的新奇相比，岛上宽松、文明和友爱的气氛更让我流连。

为什么有人每天被陌生人的微笑环抱，有些地方的人却习惯以猎物的眼神警惕同类？难道仅仅同经济水平、旅游业和气候有关？

应该不会这么简单吧，我似乎也能从更贫瘠的年代里翻出类似的记忆。人性说到底都是相似的，如何朝着善与美的坐标有效疏导人性，才是社会治理要着重突破的课题吧。

午夜飞离那个小岛后，我很久不愿意打开手机。

仔细回想四年前的那个梦，有种暗自心惊的感觉，仿佛这次旅行，就是在无意中验证梦境。

回来之后，身边居然没熟人去过那个岛——包括那些号称走遍世界的人，甚至从没人跟我提过它。

抽离许多具体的细节，这次旅行的观感和那个梦何其相似。

唯一的区别是，主角里没有母亲。

在那个梦里，我跟母亲的对话发生在晚霞灿烂的沙滩边，橙色的光芒柔化着她的身影。她侧着身子目送我背包离开。

母亲离开8年了，我仍没习惯她的背影留下的巨大黑洞。只有一种想象可纾解失落——她去了一个更无忧的时空。

这些年看了许多关于四维空间和生命不灭的文章。我深信目前人类的许多科学常识将在未来被颠覆和重写，但我等不到那天，我认识的人也大多等不到。因此很少有人真的关注这种很难惠及当下的学问，每当与人探讨，对方总是露出“你信便好”的眼神。

说实话，这善意里的迁就感对我也是一种打击。

既然单靠务实精神并不能解决许多现实问题，为什么宁可匍匐在地面绝望也不尝试着给浪漫和远见更高的精神待遇呢？

四年前的那个梦是个鼓励，似乎是母亲通过某个通道传递来的暗示。这次无心为之的旅行让我的想象更加结实。

很显然，太平洋里的那座岛屿只是世上众多海岛中的一座而已，岛上的风貌与习俗对我而言有点意外，对于别处的居民或许也特别寻常。毕竟，我切肤感受过的世界还是太小太小。

既然如此，我便有理由相信，母亲去的那个方位，就是一个日间炽热夜间凉爽的地方。可能，比我亲见和梦见的都更好。

【原载《散文》2018 年第 12 期】

拘那罗陀的荫泽

蔡飞跃

在宁静高处，在南安丰州九日山的西峰，一块磐石与我不期而遇。托举我的这块巨大岩石，是高僧拘那罗陀在上面翻译过《金刚经》的“翻经石”。

泉州从海路与外国往来，有人推测始于秦汉，真正见诸文字记载的，是拘那罗陀九日山译经的事情。

倘若没有张汜的出现，拘那罗陀肯定与泉州无缘。梁大同年间（535—545 年），官任直后的张汜奉旨出使扶南，访求名僧和大乘诸论。张直后的诚恳，深深感动了拘那罗陀，他决定毫无保留把 200 余卷经论梵本向华夏信众传播。事业成功的基础，必定要远离安逸的生活。中大同元年（546 年）六月，岭南天气略微炎热，年垂五十的印度高僧踏上南海郡，随即马不停蹄地北上，风餐露宿整整两年。太清二年（548 年）八月，车舟劳顿的拘那罗陀终于抵达建康（今南京），武帝萧衍待为上宾，亲加顶礼，使住宝云殿。

如果不了解萧衍，这位大德高僧受到重视的程度是难以想象的。说句客观话，萧衍多才多艺，琴棋书画样样精通。他在中兴二年（502 年）逼迫齐和帝“禅位”建立南梁，立国初期崇儒，社会相对安定。他一生做了 45 年皇帝，可惜晚年耗费大量精力，研究的经学、史学、佛学著作达千卷。甚至入寺庙做和尚、当主持、讲经书，在全国遍建佛寺。他对佛学过度痴迷而疏于朝政，太清二年八月爆发的“侯景之乱”

中被囚禁，两年后饿死于台城。

作为与鸠摩罗什、玄奘、不空并称为中国佛教四大译经家之一的拘那罗陀，是有决心以实绩报答梁武帝的知遇之恩的。然而，他刚入住宝云殿没几天就发生的内乱，打乱了他的计划，但没有削弱他弘扬佛学的信心。真谛逃离建康这个是非之地，婉拒侯景的召用，辗转几处，于陈武帝永定二年（558 年）落脚晋安郡（今福州），在这座古老郡城待了三年，做的还是老本行，陈天嘉二年（561 年）来到梁安郡。

梁安郡的地点迟迟没有定论。史学家经过漫长的考证，复旦大学历史地理学家章巽认为故址在南安丰州，设置时间从梁天监元年（502 年）至陈天嘉五年（564 年），之后改名为南安郡。他的观点得到梁大珂博士和杨维中教授的赞同。

拘那罗陀为什么选择在丰州九日山译经？因为“去山二里许”有一座建于西晋太康九年（288 年）的建造寺。原来，在唐景云二年（711 年）撤武荣州为泉州，治所移至临海的晋江下游之前，丰州一直是闽南的政治、经济、文化中心。丰州的金溪水域宽阔，顺流而下直通晋江出海口，漕运极为发达。可以说，海上丝绸之路从这里铺展。太康年间，西晋出现一片繁荣景象，史称“太康之治”。凭借地理优势，此期间丰州生机勃勃，开福建寺庙先河的建造寺在九日山庙下、金溪河畔落成。

泉州的晋江两岸第一次从中原大规模移民是在西晋末年。朝廷的日暮途穷导致群雄纷争，“永嘉之乱”迫使大批中原士族举家南逃，史称“衣冠南渡”。丰州作为郡治，居住的人丁殊多。九日山的得名，源于中原士子常常于九月初九重阳节到此登高望远，寻找怀念故园的寄托……拘那罗陀驻锡“佛法无边播四方”的著名伽蓝——建造寺的依据更加充分。

对于禅学的深刻悟解，造就了拘那罗陀的淡定。他在中国生活 23 年，不改初衷，坚持翻译经论传记 64 部 278 卷。他在九日山“因取梵文、译正了义”的《金刚经》，是世界上最早的梵译汉版本。大乘《金刚经》是学佛唯一必读的佛典，其经义是成佛独一无二的妙道，与《论语》《道德经》并列为禅、儒、道三家的宝典，号称“一切诸佛，皆从此经出”，无疑是学佛沙门的一盏明灯。

拘那罗陀以生命的执着，在九日山的建造寺和磐石上演绎着一种文化、一种精神；他以风中的冥想，表达宗教的哲学和哲学的宗教。光阴太细，指缝太宽，倏忽间，三年已在这位有追求的智者的忙碌中悄悄溜走，一部“诸佛之智母、菩萨之慧父、众圣之所依”的佛教经典终于贡献给信士。拘那罗陀译完经书，在“后记”里，他写上这样的文字：“经游闽越，暂憩梁安……乃于建造伽蓝请弘兹典”，以示对这方清幽之地的敬意。

高僧拘那罗陀是旅居泉州的第一个外国人，但绝非最后一个。在他离开九日山 231 年后，姜公辅来了。姜公辅在宰相任上，唐贞元八年（792 年），因直言敢谏触犯圣怒被贬为泉州别驾。用现代语言表述，这个职务是刺史助理，是个可有可无的闲职。从一人之下、万人之上贬谪荒僻之地，姜公辅的心理落差可想而知。好在刺史席相对他礼待优容，想方设法为他消除心中的忧愤哀痛。泉州市区东湖公园里古人建有二公亭，为的是纪念二人在泉州建立的友谊。

姜公辅心情稍微平复后，闻知高士、诗人秦系流寓九日山，决计前往拜访。刺史席相提供了诸多的方便。高士是指学术、技能、地位高的人。唐代士子以归隐为最高境界，且形成风气。秦系在西峰住了 25 年，留下许多写意重于写实的诗篇。

这一次见面，让姜、秦两公成为莫逆之交。姜公辅索性筑室东峰，与秦系对峰而居，时而松下饮酒，时而临溪垂钓，时而谈诗论文。唐顺宗永贞元年（805 年），在九日山生活 13 年的姜公辅病逝，秦系把他安葬在东峰南麓，墓冢仍存。他们的名字，因九日山的姜相峰、高士峰两座青峰而不朽。姜公辅是爱州日南（今越南河内以南）人，或许有人会质疑，日南是大唐属地，姜公辅不能归入外籍。姜公辅算或不算外国人不是问题，还有人来得比他更早。他们是唐武德年间来泉州传教的三贤、四贤。武德（618—626 年）是唐高祖李渊的年号，也是唐朝的第一个年号，唐朝使用武德这个年号一共 9 年。长眠在泉州东郊灵山的三贤、四贤，是伊斯兰教始祖穆罕默德的门下贤士，他们确实是正宗的外国人。况且九日山上，也遍存亚、非人的印迹。

建造寺移建九日山南麓今址是在唐大历三年（768年），唐懿宗年间扩展成拥有54所院落的大寺，后来改名延福寺。寺旁的通远王祠，又称昭惠庙，主祀海神通远王。北宋泉州太守蔡襄感其灵验，大旱时亲往祈雨，果然天降甘露。在蔡襄的努力下，朝廷加封通远王为善利王，加号广福、显济。

北宋时陆上丝绸之路被阻绝，经济中心南移，是不是冥冥之中得到拘那罗陀的佑护？哲宗元祐二年（1087年），泉州成立市舶司，这是专门管理海外贸易的机构，足见朝廷对于泉州经济的倚重。古代船舶没有发动机，航行靠风，浩浩荡荡的外国商船，乘夏季西南风而来，冬季顺东北风归国。为了温暖外商、吸引更多人前来贸易，“夏迎舶，冬遣舶”的祈风典礼应运而生。地点选在九日山通远王祠。

祈风名义上是祈求海上航行平安，但祈求增加税赋收入是最终目的。典礼是最高规格的——郡守和市舶司主管官员担任主持人、主祭，参加的嘉宾有蕃商代表和地方官员。仪式结束后，主官们登山泛溪，饮酒赋诗，有心的官员还勒石记事。猜想是多余的，这座“无石不刻字”的名山，在“翻经石”周边的摩崖上，珍存77方蔡襄等名士的题刻，都是书法艺术的瑰宝。最能体现海上交流活动的有13方，记载了从1174年至1266年南宋92年间10次祈风典礼和3次市舶司官员的活动。刻在摩崖上的文字，定格着“海上丝绸之路”起点的盛事。

目光投向泉州湾，思绪穿越宋元时空，我看到，航标灯摇曳在姑嫂塔上，于是有了惊艳的回眸；航标灯闪亮在六胜塔里，于是有了无悔的追随：一艘艘载满丝绸、茶叶、瓷器和中华文明的商船出港。如今，开元寺“泉州湾古船陈列馆”陈列着一艘宋代商船，这是1974年从古刺桐港滩涂下挖掘的。出土的文物有4700多斤檀香木等香木料、56件瓷器、2000多个贝壳、504枚唐宋铜钱……泉州被确定为海上丝绸之路的起点，实在有太多的实物支持。与此同时，许多域外物资和文化也从泉州港传入内地。

正是有了许许多多先民秉持务实的思维，才创造了泉州在宋元时成为泱泱东方第一大港，与埃及亚历山大港齐名的奇迹。或许，借助沉默才能衔接间隔的思绪。宋元时期，泉州是国际大都市，也是中国文化开放的象征。在泉州大地上，如果没有存留摩尼教草庵、伊斯兰教清净寺、道教老君岩、佛教开元寺东西塔、喇嘛教“三世佛”石像等宗教建筑，“宗教圣地”和“世界宗教博物馆”的美誉将难以花落泉州。这些全国独一无二的历史文物，都是“海丝”高度繁荣时期工匠的杰作，而这种“工匠精神”需要认真传承。

泉州是“海上丝绸之路”的起点，是许许多多的外国友人的第二故乡。这些友人之中，有的人在这块神奇的土地终老；有的人在这块神奇的土地繁衍后代，成为始祖，比如蒲寿庚，比如赛典赤·瞻思丁……当然，还得感谢雅各·德安科纳、马黎诺里、马可·波罗、伊本·白图泰等宋元时期造访泉州的旅行家，是他们的游记，让“刺桐城”“光明之城”的声名远播，引得一代又一代外国人向往。

【原载《海外文摘》2018 年第 11 期】

芬芳了一片海

姚雅丽

在春光四溢的午后，或秋风乍起的清晨，我曾独自一人漫游蟳埔，熟悉得仿若不存在的海洋气息无孔不入。簪花围的姑娘媳妇、阿婆奶奶们也习惯了镜头。她们或淡定地对着镜头微笑，或根本无视掌镜者的存在而自顾开蚵修网。在蟳埔，你很难看到无事闲逛的蟳埔女，簪花与劳作，成了她们的生命标签。

蟳埔村口，隔着丰海路，就是海。丰海路——贯穿城市西东的沿海大通道，把渔村、滩涂、大海割裂开来，也隔断了人与海浑然一体的原生态画卷，还好尚有海腥味从路旁一溜儿排开的鱼摊里飘出来。泉州靠海，市井十洲人吃海鲜成精，深知船刚靠岸，还没褪去海潮气息的海鲜最地道，也最妙不可言。鱼虾蟹们倘若离了海，就算在餐厅酒肆的氧气支撑下依旧活蹦乱跳，但其鲜香已大打折扣。至于那些跨了山水，空运速递到内陆以及北方的海鲜，虽金贵着，但从某种意义上来讲，已失去了海的初始记忆。因而丰海路上来来往往的车辆，到了蟳埔路段，会减缓行速，摇下车窗，探出一双双眼睛，在一筐筐、一篓篓活色生香的鱼虾蟹上徘徊巡觑。

汽笛奏响凯旋的赞歌，靠港的男人们笑傲江湖，把一船的战利品甩给女人。女人腰挎红色塑料小包，身着斜襟大花衣、阔腿裤，头顶簪花围，笑盈盈地迎接海上冒险者归来。她们的手舞蹈般幻化出一道道缤纷的虹，一大船几百上千斤大大小小、种类繁多的鱼虾转眼间分门别类，一筐筐一箩箩，尘埃落定。

听着涛声长大的蟳埔女，虽然不敢去驾驭茫无边际的浩渺大海，但海对她们永远有着不可抵挡的诱惑，她们从不错过任何亲近海的机会。在妻子的鼓动下，夫妇俩驾一条船去讨小海，几十海里，一个潮汛，一天一个来回，收网时也有两三百斤的鲈鱼、小杂鱼、虾姑、虾等。虽让远征者不屑，也比不上男人远洋搏击时大海几千上万斤的慷慨馈赠，但因为有了女人们在浅海撒网、滩涂劳作，让我们享用了更鲜爽、更多样化的海上珍馐。令人怅惘的是，当年几千平方米的开蚵广场消失了，海港也沦为城市腹地。你享用了鱼虾的鲜美，却无法见证风浪的险恶，包括你对海一厢情愿的浪漫臆想。

除去休渔期及天气原因无法出海的日子，蟳埔男人一年的出海时间实际也就四五个月。其余时间就做散仙，四处晃荡，打麻将，喝烧酒，享受高高在上的王者待遇。女人累得头晕目眩，倘若抱怨一下，马上遭到一顿抢白：“做这些婆婆妈妈的小事喊什么辛苦？有本事你出海打鱼去！”远征归来的男人永远是渔村的主宰，拥有绝对的话语权！也是，没有他们挑战险恶的大海，哪来的鱼虾满舱？哪来的日子殷实？因为对大海的敬畏，所以敢于征服大海的男人有了神明般的威慑力，在蟳埔男人面前，蟳埔女人只能俯首称臣，尽管她们的付出是男人的若干倍。

有一回去惠安，和一帮文友乘机动船到一个小岛上。那日启航时海温和恬静，可是傍晚回航时，许是我们一船的喧嚣惊扰了海的梦，它脾气拗上来了。从海的腹腔传出的闷响冲出海平面，海激荡着、怒吼着，扑向我们的机动船。几米高的浪花冲进船舱，把一船二十几个人淋得像刚打捞上来的鱼虾。船激烈颠簸着，似乎随时都有可能翻个底朝天。巨大的恐惧像绳索般勒得我几乎窒息。好在船快靠岸时，风平浪止，一颗蹦出的心总算收回。踏上码头的那一刻，我像获得重生般大喊：“大海太可怕了！”船老大瞥了我一眼，冷笑着说：“在海上谋生，这根本不算什么！”始信那句话：行船讨海三分命！也顿悟在渔村，男人头上顶的是勇士的光环。在男人眼里，女人们是滩涂上的花蛤、海蛎之流。男人只关注大海，女人得承担一切。女人骨子里也把自己看轻。她们低眉顺眼，任劳任怨，像永不疲倦的小蜜蜂；她们生儿育女，操持家务，收拾出一个像模像样的家，煮出一桌子香喷喷的饭菜，却没有资格和男人一起上桌吃饭，而是拿个碗，装碗饭，蹲旮旯处吃去。“小时候觉得我妈妈很可怜，在家里很没地位！因为妈妈连生两个都是女孩，所以太奶奶对她冷眉冷眼，很不待见。”蟳埔女黄丽泳说起自己的妈妈和太奶奶，一声喟叹：“当年太爷爷抛弃大陆的妻儿，去了海峡对岸，另娶台湾查某，太奶奶独自一人撑起一个家，也很可怜。”太奶奶是个要强的女人，她佯装微笑，伸手接住命运的不公，满头霜雪与耀眼的簪花围交映着生命的坚韧与绚丽。

“我爸爸妈妈感情不错，但爸爸永远觉得太奶奶是对的！”黄丽泳语带伤感：“妈妈生下我妹妹时，太奶奶简直要发飙了！别人家媳妇坐月子有鱼有肉，我妈妈连饭都吃不饱，太奶奶还到处张罗着要把我妹妹送给别人。”现实就是如此，蟳埔媳妇如果生不出男娃，在家里、村里都得夹着尾巴做人。没有男孩，不但意味着家族无后，更宣告了家族在与大海的较量中自动缴械投降，在蟳埔无立锥之地。难怪老太太对孙媳妇各种刁难，她对曾孙女说得最多的话是：“女孩子能吃饱就好了！”一生吃尽千般苦头的老奶奶把自己的不幸无形地转嫁到了自己至亲的曾孙女身上。一代一代的蟳埔女人陷于这种因袭而成的顽固意识里，复制粘贴着自己的命运，却浑然不知自己就是自己不幸的炮制者。

男人把家园托付给女人，女人则把梦想交予出海的男人。女人们接纳海的馈赠，也把生活的酸甜苦辣收入囊中。然而，生活中细如牛毛的琐杂事务、没完没了的烦恼，果真是弱女子的肩膀能挑得动的吗？如果让你选择，你愿意生为男人，还是女人？根本没得选择！生存的本质就是解开接踵而来的一道道难题。没有办法把握的每一次出海，没有办法预料的每一个坎，像一个个魔咒，压在命运之上。唯一可行的是，找一个出口。于是男人纵酒欢歌，肆意挥霍，尽情裸露海的子民的英雄本色。女人则小心翼翼地把自己培植成一朵花，种在泥土里，植入灵肉里。

悲欢被小心隐匿，苦难磨出了珍珠般的光芒，浸红花蕊，组成繁枝琐节招摇于头顶。一朵朵明艳的花，是一群舞蹈的精灵，是光阴的叠加和累积，是等待心上人劈波斩浪而来的腼腆。纵使老了红颜，褶皱里仍荡不去层层闺阁秘密。就像压箱底的红装，抖出来，绵绵密密仍是少女的娇羞。红装、花蕊、甜蜜的梦，在蟳埔，不受时空限制。从牙牙学语的小娇娃，到白发苍苍的老阿婆，都可衣衫明艳，移步生香。耕海耘田的累，养儿育女的苦，操持家务的忙，都化作簪花围的千般光华、万种风情，哪里还有空暇指责命运的层层盘剥？单是头顶那层层叠叠的花，就得投进多少心思？衍生多少甜蜜？骨髻、渔梳、红绳、小把簪、玫瑰、玉兰、含笑、雏菊、粗糠、素馨……每一个季节，都得翘首以盼，采撷含苞待放的美；每一个罅隙，都得穿针引线，裁剪独具一格的韵。

蟳埔女用花做成面罩伪饰自己，她们看上去像花一样柔弱，骨子里却有像大海一样的硬气。她们貌似活在像大海一样嚣张的男人的阴影下，可她们低下头颅时，也正是她们掌控一切时，她们才是蟳埔真正的主人！更确切的表述是：她们是大海真正的主人！男人们以为，天下事除搏击大海之外，其余皆是小事，也是他们所不屑的。所以蟳埔的日常生活，男人是缺席的。他们不管事、不管钱，号称天子实则大权旁落。女人摸黑把一大船的海鲜分拣清楚，或在船上、岸边直接交易，或批发给鱼商，或天蒙蒙亮就挑担进城，摆摊设点、沿街叫卖。蟳埔女生来就是做生意的料，她们笑吟吟地招揽顾客，称重干净利落，算账分毫不差。当她们揣着鼓囊囊的钱包火急火燎地赶回家时，家里还有一大堆的事等着她们呢。柴米油盐、人情往来、生儿育女、垒屋造田，哪一样不是她们在劳筋骨、费心思呢？而在禁海休渔期，或忙碌的空隙，蟳埔的花事与大海的波浪一样，装饰着每一个日子。

蟳埔女与花，彼此相惜。在与命运无止无休的对抗中，花扮演着举足轻重的角色。

在蟳埔，花是女人之魂，也是大海之魂。花的坚韧藏在娇柔的外表下，海的凶险藏在波光粼粼里。因了花，海不再只是单调的蓝，村子也不再只有挥之不去的鱼腥味；因了花，讨海的日子有了像丝绸一样的质感，有了像爱情一样的炽热。花，让蟳埔显出与别处的渔村不一样的明媚与深沉。

蟳埔的花，携着海上丝路的和风而来。从中国经中南半岛和南海诸国，穿过印度洋，进入红海，抵达东非和欧洲的海上丝绸之路，途经 100 多个国家和地区，是宋元时期中国与世界各国贸易往来和文化交流的海上大通道。作为海上丝绸之路的起点城市，号称东方第一大港的刺桐港，迎来了东非和欧洲许多海上丝绸之路沿岸国家的商人。当时阿拉伯商人的后裔蒲寿庚任泉州市舶司，掌控泉州的海上贸易，许多阿拉伯商人携家带眷聚居在离刺桐港不远的蟳埔渔村。他们带来了阿拉伯风情，也带来解乡愁的素馨花。每当花事纷繁时，素馨花就携着彼岸异香而来，冲淡了海的咸涩。

阿拉伯人不但自己采花、插花，也把庭院里最美的花儿摘赠毗邻而居的蟳埔村民，蟳埔人则回馈以最鲜美的鱼虾。赠花，起先只是在阿拉伯邻居和蟳埔人之间，后渐渐地成了蟳埔人之间的一种普遍行为。花，融入蟳埔人的日常，成了蟳埔人的心灵契约。几乎所有重要的时刻、所有美好的情感，都得借花来表白。蟳埔渔村约 3.8 平方公里的土地上，庙宇众多，一年到头大大小小的节日都是凡人借花献佛，也是神仙们借花漫游人间的时节。加上蟳埔人一生中的每一个重要日子：出生、满月、周岁、生日、结婚、生子……都得用花来装扮。连丧事也不拒绝艳色的花，只是花的串数、色彩、质地略有不同。比如不戴鲜花，而以绢花替代；也不能扎红绳，以蓝绳、白绳代之。丧事中，花的串数标识着生者与逝者的亲疏关系。直系亲属一定得戴三串以上，姻亲二串，宗亲一串。在蟳埔人的心目中，花包含着难以言喻的情意，是天地最珍重的赠品，是爱与美的信物，他们把诸多美好的情愫和意象寄寓于花上。渐渐地，赠花演变成一种仪式，继而上升到审美范畴。

时光倒溯二十年，那时的蟳埔像一块璞玉，阳光照下来反射出的光带着千年前大海的记忆。那时的日子有着潮汛般的安稳，村子里有一个几千平方米的广场叫蚵埔，两千多簪花围女子在蚵埔开蚵，一个个鱼贩子或成精的食客就在边上猫着。海腥味、脂粉味、花香味、汗渍味拧成一股蟳埔特有的气流，摇曳着的簪花围延绵成一片望不到尽头的花海。试想有哪一种劳动场面，能如此波澜壮阔、摄人心魄？它让人忽略了海的凶险和劳作的艰辛，而把劳作当成一种力与美的展示，一种艺术行为。海的壮阔与花的妩媚、海蛎的鲜肥与收获的喜悦糅合交融。仪式感、庄严感超越了劳作本身，成了对苦难的救赎，对灵魂的引导。它铺就了一条芳香的通道，连接了多维度的空间：天上、人间、过去、现在、未来，花言简意赅地陈述了一切。

早先的蟳埔，家家户户都有几亩薄田、几亩滩涂。女人们在滩涂上种海蛎、海蛏、花蛤，在田地上种农作物，也撒下花籽。薄田瘦地庄稼长得寒碜，花却罕见地好，红的鲜艳，白的素净，黄的妩媚。蚵壳厝前前后后的隙地上，终年有姹紫嫣红的花儿。这些花儿，是最为寻常的，不过是好种易活的含笑花、玉兰花、粗糠花、素馨花、雏菊花、九点红……只要有一点阳光，它们就热辣辣地开放，明艳艳地招摇，就像蟳埔渔村里不需要太多呵护的蟳埔女子。世世代代的蟳埔女坚信：这是花神的纤纤玉手洒下甘霖，瘦瘠的土地才有了芬芳与色彩。由于终年劳作、海风侵袭，蟳埔女过早地褪去了青春的娇柔，粗粝、皲裂的皮肤，艰难沉重得令人难以喘息的生活，因了花照进了一丝亮光。这亮光，是花仙子对她们的苦难的安抚。而今，渔村的地越来越少，可谓寸土寸金，但她们依然把最好的土地让给花。庭院里得堆放渔网、蚵壳，但依然四季有红肥绿瘦。日子有时如淬火般烟熏火燎，这时，花像调和阴阳的灵丹妙药一样，让生计柔顺起来，让腥臭的空气有了芳香，花在蟳埔果真是一种奇妙的平衡。花来唤醒什么或推开什么呢？

蟳埔女人爱花，正如她们深爱着海、包容着自己的男人一样。

花和女人，装点了一座村庄，芬芳了一片海。单从蟳埔女头顶的花，很难判断她们的年龄和身份。得从头巾、耳饰，衣服的色彩、款式等细节来揣摩。年纪大的阿婆戴老妈头巾、倒钩的老妈丁香，未婚的姑娘则戴圆形耳环，但这些细微的差别都因为簪花围的抢眼而被忽略了。蟳埔女的簪花围飘溢着阿拉伯奇香，大襟衣、阔腿裤则烙上了海上劳作的印记。东方第一大港迎来了海上丝绸之路沿岸国家的船帆，也接纳着异域风情，东西方文化在波光中擦出了火花。这火花，经由一颗颗玲珑妙心、一双双绘春妙手，相袭相承。在蟳埔村，世代相传缝制蟳埔服饰的人毕竟不多。处于泉州市区近郊的蟳埔不是遗世独立的桃花源，现代生活的元素如空气般侵入渔村的每一个角落，人们的衣食住行被同化。细水般流淌的日子里，穿戴着极具蟳埔色彩服饰的人毕竟不多。时间的流逝可能会湮没这一切。好在总有一些痴心人，或者说灵魂已被花魂入侵的人，他们手握旧时光，守着旧物、旧制。当我步入蟳埔女服饰传习所时，传习所的主人黄晨放下手中活计，笑着招呼我们。黄晨的父亲当年是蟳埔的名裁缝，黄晨十几岁就跟在父亲身边当小学徒。起初是因为生计，后来就成了一种使命。可是由于穿戴蟳埔传统服饰的人少，裁缝铺的生意冷清，根本无法养家糊口，他甚至多次动了放弃的念头。但心底隐约有一个声音在挽留他，使他放不下手中的布尺、剪刀。20 世纪 80 ~ 90 年代那段时间，受各方因素影响，黄师傅的裁缝铺更是门可罗雀，难以维系，他只好转行做服装批发生意。这比起做蟳埔服饰，经济效益自然要好许多，但终究放不下，魂牵梦萦，兜兜转转，还是做回了老本行。坚守，终守得云开见日，迎来传统文化的复苏。镌刻海上丝路帆影的蚵壳厝，流溢东西方文化交融印记的簪花围、大襟衫，在“一带一路”的欢歌里，像蒙娜丽莎神秘的微笑，牵人魂魄。黄师傅也青春重焕，笑靥如花。在他的传习所里，各种年龄、各种款式、各种质地的蟳埔女服饰让我们看到了一种珍贵的文化内涵及其嬗变、发展，看到了蟳埔人骨子里的执着和灵魂的芬芳。令我尤为欣喜的是，两个年轻娇美的女孩，正跟着黄师傅学习蟳埔服饰的制作，她们是泉州师院服装设计系的学生。学现代服装设计的时尚女孩子，却沉醉于蟳埔文化的芬芳里。我看到一拨拨天南地北的游客进进出出，他们艳羡的目光投注于各式各样的蟳埔女手偶和绢制簪花围上。

蟳埔的花和蟳埔的女人，芬芳了一片海，惊艳了时光。

【原载《散文》2018 年第 8 期】

艾蒿飘香

郭宗忠

一场大雨，下在了端午节的前夜。

清晨，窗外的香椿树叶翠绿清新，干净的空气，稍微一点洋溢的雾气升腾；苇莺的叫声格外清脆，带着雨水露水浸润过嗓子的清爽。

我起床下楼，桑树上的桑葚紫的红的满树，忍不住边摘边吃；菜园里的薄荷、黄瓜、豆角、西红柿、小油菜、小白菜长势喜人。菜园边上的艾蒿是去年栽上的，现在正好长到了半人高的样子。用锋利的剪刀一根根剪断，握在我手里时，那艾蒿的迷香传递到了心里。

上楼，插在门外，房间里也插上了几束，门内门外飘散着艾蒿独有的清香。摘上几片艾蒿叶子，洗净，放在蒸锅里和鸡蛋粽子一起蒸，粽子和鸡蛋也浸染上了那份绿色的香味。

这时，就突然想起了在老家过端午的事。

故乡的河坝上长着一大片艾蒿，这是世世代代生长的一片艾蒿，像一辈辈人，一年年生长，延续着一个村庄的烟火和历史。

每年端午节的清晨，我们都会去村东的河坝边上，用自己磨得锋利的小镰刀，割上一小把艾蒿，够用就可以了，然后回家插在大门上。

艾蒿边的河坝上长着婆婆丁，开着鲜艳的花，我们会吸一口花心的甜蜜；然后，摘几颗已经熟透的红红的野枸杞子，也是甜甜的。

小花狗跟在身后不远的地方，撒欢，逗着还来不及钻进水湾的青蛙。有一种蛤蟆，狗一旦接近，它就会鼓胀起肚子，像圆球一样。也许它这种自卫方式，是想让自己大了一些的身体，吓退小花狗。虽然有一种螳臂当车的意味，但每次蛤蟆都还是让小花狗败下阵来。看来，有时候勇气还是起了很大的作用。

奶奶说艾蒿驱邪避鬼，其实我们感到最实用的应当是驱赶了蚊蝇，所以每年的大门上必须要插的。

母亲用艾蒿叶给我们煮了鸡蛋，飘散的艾蒿的香气在天井里沉迷。炊烟，艾蒿的香气，树上的鸟声，天井东家庙湾边上的大柳树浓密的树荫遮住了半个天井，院子里也是非常清凉的，也许这是那个年代最平常的日子。

每人带着一个艾蒿香的鸡蛋，是舍不得吃的。要知道，那个年代，一个鸡蛋是一个人家一天的生活费用。一个鸡蛋能到生产队里的菜园里换取四五斤芹菜，换取三四斤西红柿，或者换取两三斤韭菜，或者换取四五斤大葱。

所以我们会很珍惜那个鸡蛋，我们怀揣着热热的鸡蛋就背起书包上学走了。在学校里，晨读时更多的是比谁的鸡蛋大，谁的鸡蛋艾蒿的香味浓。一个鸡蛋就是一个端午节的最好的礼物，比现在孩子们手里玩着的掌中宝、苹果手机感觉更多了一份情趣。

下了课回家，同学的哑巴外婆从五六里地的槐林村来到村子里卖粽子，这是唯一见过的粽子了。除了很小的孩子吵闹着哭着要，大人实在没有办法了，才花两分钱买一个外，我们这些小学生，好像没有人想过开口和大人要两分钱买这奢侈品的。因为两分钱可以买一支铅笔，买四块糖，或者买一个作业本的。只好跟着转过几个胡同，闻闻那新鲜苇子叶和糯米红枣的清香就已经心满意足了。

艾蒿的香味会弥漫整个夏天。河坝上剩下的大片艾蒿，河边树林里的艾蒿，爷爷大爷们就会收割了编成一串串艾蒿蚊香，一方面是在白天驱除苍蝇，晚上驱除蚊子；另外一个方面，是用艾蒿的蚊香点燃旱烟，蚊香和铜的烟袋锅一明一灭，在夏夜仿佛一道风景。飘散的香气，让河坝和整个场院弥散着乡村独有的味道。

现在，老家的河坝也都推平了吧，树林砍伐了种上了庄稼，河边的沙滩挖沙也破坏了植被。婆婆丁、刺猬皮、小虫子草、紫地丁、狼尾巴草，这些命硬的适应能力极强的草儿都没有了，更何况长得高贵的艾蒿呢!

艾蒿的清芬还保留在我的手上，而童年的艾蒿的香浓在我心里飘散不去，却有一份隐疼揪心。

那小花狗，那艾蒿里跑着的孩子们，我希望还能找回童年艾蒿飘香的乡村。

【原载《文艺报》2018年8月10日】

青青金鞭溪

彭晓玲

金鞭溪，一条潺潺的溪水，宛如少女珍藏的绿色绸带，沿着一道宽宽窄窄的峡谷，缓缓流淌。峰回水转，一条清爽的青石古道，紧贴溪水顺流而下。沿途林木掩映，时有斑驳的阳光铺展于溪水之上，幽静而又清凉。

初冬之时，空气清冽，行于溪边，只觉步步是美景。但见两峡之间，宽不过五十米，奇特的山脉连绵于两侧。似一根根大大小小的石柱，铿锵地插在大地之上，直指天宇，有些峻峭有些特别。如此近的距离，自是无法纵目远眺，视线不由在石峰、丛林与溪水之间流连。只有抬头礼拜入云的石峰，其壮丽的气势与丰姿，自是令人惊叹。也只有在此时，山的真面目一览无遗，它不再婉约青葱，其垂直的节理、光滑的蚀面，甚至被山藤胀破的裂口，在阳光里闪着微微的光，精神为之一振。

不由停住匆匆的脚步，站在一棵笔直的水杉树下，枝头上铺着细腻温情的红云。就在山谷里，大片大片斑斓的树林，疏疏密密地环绕着绸缎般的溪流。在此初寒的季节，自是层林尽染，在沉沉的绿色之上，有明净的黄色，有飘逸的红色，在金色的阳光里，似一轴色泽沉郁的油画缓缓铺展。

一眼瞧见金鞭溪，我就被金鞭溪的水迷住了。这是怎样的一条溪水呀？清浅的溪水缓缓流淌，清澈到几近透明，或圆或扁或高或矮的大小石头，就那么率性地或立或卧于溪水之间。丛丛深绿的兰草依偎着一颗颗石头，神情温婉，如丛丛青色的花绽放在石之一侧。于是，淡淡的清香自溪水、石头、兰草之中幽幽而来，与时而激越时而轻柔的水声一道，吟唱着大自然的神秘与奇妙。

于是，上有一线蓝天，下有一溪碧水，漫步在这悠长的天水之间，我不由自主地沉入了这个安静祥和的世界。此时，阳光正好，细细密密的阳光，铺在石山上，铺在树林之上，铺在大大小小的石头之上，铺在溪水兰草之上。侧耳倾听，有清悦悠扬的“嘀溜”之音，自绿林中飘来，定是精灵般的花羽雀在婉转啼唱。心缓缓打开，以溪水的兰草之姿盛开，渐渐轻松渐渐沉醉，似有洁白的花朵盛开在心之深处。

我不管不顾地走近溪水，进而坐在溪水之侧。溪水真是清呀，清到几近没有颜色，又似乎是亮亮的青色。而金色的阳光透过溪水，在水底轻轻地晃动，好似刻印在水底的年轮，晃着闪闪的亮色。惊喜地发现有小鱼游动，一条条灵动的青鱼，忽而聚集又忽而散开，自由自在地游戏于洁净的水间。再回过头朝后看，逆着蒙蒙的阳光，青青的溪水之上，泛起白亮亮的光，如一条柔软的白练。静默的流水撞到石头上，便响起白花花的浪花，急急地朝前奔走起来。

控制不住满心的兴奋与好奇，我轻轻撩起溪水，清凉的溪水自指间滑过，却似自心间凉凉地滑过。眯起双眼，阳光轻拂而过，溪水叮咚而过，清香轻漫而过。就这样，坐在一切美好之中，全身裹上了一圈莹莹的光亮，仿佛可以飞升而去。站在高峻的金鞭峰之上，轻舞罗裳，飘飘欲仙。

同伴在前面呼唤，我只得恋恋不舍地站起来，去追赶她们。当行至金鞭岩之下时，但见一座独立的石峰拔地而起，直插云霄，威风凛凛，气压群峰，就像古代战争用的鞭。任远看近看、正看侧看，都是一根刺破青天的长鞭！而金鞭岩左侧的那座岩峰，多像一只凶猛的老鹰，勾嘴瞪眼，双翅略展，时刻警觉地守护着金鞭。真是有些奇异，我随众人痴痴地看来看去。据传很久以前，一位天神，手持金鞭，臂擎神鹰，路过此地。天神被这儿的水色山光迷住了，流连忘返，将金鞭插于溪畔，令神鹰守护；自己沿着一路如画山水，走向紫草潭，走向迷魂谷，走向索溪峪。他陶醉于金鞭溪的山山水水里，竟将金鞭和神鹰遗忘在此。于是，十余里长的天然画廊里，便多了一道“神鹰护鞭”的风景。阵阵惊叹之声响起，暖暖的金色仿佛真实地缠绕在金鞭岩四周，如流水熠熠闪光。

于是，我丢开众人，顺着金鞭溪漫步而下，脚步轻盈，双眸闪亮，好似沉入春天的世界：纷繁的雨丝，在头顶轻轻地飘。温柔的微风，在脸上软软地拂。溪边的灌木丛里，峰峦上的老树古藤之下，缕缕乳白色的轻烟，从地缝里冒出，袅袅升起，徐徐展开，由细而变粗，由淡而变浓。一股股“烟柱”，升至半空，便化成朵朵白色的大“蘑菇”。尔后，相互纠缠交织，弥漫成满天缭绕的云雾。灰白色的云雾，有的缠在峰顶，有的飘进深谷，有的随风远去。噢，金鞭溪，可是云雾的生发之地？

渐渐地，腿也有点酸了，就在某个转弯处，席地而坐，任石的气息树的气息溪水的气息严严实实地笼罩着我。除了潺潺之水声，除了隐约的风声，四周是如此安静，安静到静止到虚空。此刻，我倘能变成一只小鸟就好了，我要站在高高的枝头上唱歌，站在光光的峭壁上唱歌，站在溪水里的兰草上唱歌，唱出我最清澈最婉转的歌，唱出我最无奈最痛苦的歌。直至声嘶力竭，直至轰然倒地，直至气息全无。真切的鸟鸣将我拉回了现实，一只小小的鸟，不知从何而来，藏在对岸的树丛里啾啾而鸣。我以为它会再唱下去，却突然了无声息。我倾听，我等待，依然了无声息。也许只是我的幻觉吧，我无声地笑了笑，站起来再往前行。

溪水终是浅了些，倘若在春天，溪水应是丰蕴而又饱满。据说，就在溪水的下游有跳鱼潭，每年春天涨水之时，各色鱼儿纷纭而来，争相跳跃冲浪而上，好似急切地奔赴一个久远的约会，潭也因此得名。既然不是春天，跳鱼潭也只是普通的模样，跳鱼潭的早晨也只是普通的模样。我看了看前方，我仿佛看到，跳鱼潭上长桥四周，弥漫着淡淡的雾气。温暖的阳光柔和地透过氤氲的晨雾，静静地照射在明澈的溪流，恰似流动着的晶莹的玻璃。透明的水底下，淡黄紫红和红黄蓝相间的各种鹅卵石圆润光滑，很是可爱。那就别去了吧，就此停止前行的脚步。

其实，我也无法再走下去，金鞭溪的气息沉甸甸地压在我的身体上，压在我的心上，却渐渐地让我飘浮起来，陷入巨大的虚无之中。于是，与那些山那些树那些溪水那些水草，甚至那些鸟鸣那些阳光那些白云，那些喧哗的人声那些欲望那些情爱，都有了巨大的裂缝。我已无所依傍。我站在遥远的彼岸，我挟带着太多尘世的欲望太多尘世的辛劳太多尘世的灰暗。

与那些喧嚣的都市之间，我自是隔着巨大的空隙，我怎么也走不进去。但站在纯净的金鞭溪边，也隔着如此巨大的裂缝，可望而不可即，我倒未曾料到。

【原载《张家界日报》2018 年 10 月 22 日】

水母雪兔子

辛　茜

秋风渐进。积雪覆盖的岩石间，一朵罕见的水母雪兔子，如光影幻化的水母，柔软、轻盈；又似积雪中簌簌而动的玉兔，踮起脚尖，驻足望月。

水母雪兔子就是雪莲。不同的是，岗什卡雪峰的水母雪兔子既有植物的谶语，又有动物自由、可爱的天性。讲述这朵花的人，是谙熟青海高原植物的摄影师凯章。不知从何时起，他已经由痴迷的“花粉”——全缘绿绒蒿的爱恋者，变为“雪粉”——水母雪兔子的狂热崇拜者。曾不止一次驱车上千公里苦苦寻觅。终于在四川境内的巴朗山，得以目睹芳容，与它有了神交，并依据巴朗山下分布的植物种类，确定离西宁160多公里的祁连山东段，有水母雪兔子的仙踪。作为爱花的人，难以割舍的，便是与奇异野花相逢的机缘。那是一种类似造访神祇的陌生感，相见恨晚、一见钟情的忧伤与甜蜜。

通往岗什卡雪峰的路，潮湿苍凉。沉沉云雾，紫气弥漫，巨大的山体静默神秘，暗藏威力。虽然过了花季，山下密布的灌木丛中，仍有鲜艳的虎耳草、雪绒花、紫堇、垂头菊轻轻点缀，深绿色的西藏雪灵芝满山满坡，蘑菇云一样飘落在粗糙的山地上。

海拔接近5000米。浮云层层，空气稀薄，视野中没有尽头，只有苍苍茫茫的云海。儿子到底年轻，没多少感觉；我已无法保持身体的平衡，头重脚轻，眼仁肿胀，呼吸困难。越往上走，能见度越低，几步之外，不见另一个人的身影。浓雾中，隐隐浮现的青石，狰狞可怖。未经雕琢的片麻岩、火山岩失去了刚柔相济的魅力。凯章一再嘱咐我和儿子，要记住上山的路。否则，迷了路，再碰到觅食的饿狼、棕熊，后果不堪设想。

我心生恐惧，身体如悬空一般，险些放弃上山的冲动。但是，见到水母雪兔子的渴望如此热切，竟让我鼓足勇气登上山顶，站在了海拔5000多米的云海下。那一刻，天空微明，含着忧愁，青色的世界里，冷气凝成豆大的雪，落在我颤抖青紫的嘴唇上。此外，便是静谧。深深的，无边无际的静谧。

许是我们的执着，让神灵有所眷顾。对面悬崖峭壁之上，一朵娇小的水母雪兔子，正以一片形同屏风的青色石块为避风之所，盛开在刀刃般锋利的流石滩。它的脚下是深不见底的万丈深渊，前方是嵯峨起伏的祁连山主峰——海拔5826米的疏勒南山团结峰。

为了看得更真切一些，儿子紧紧搂住我的腰，让我得以探出半个身子，离它近一点，再近一点。远观中，这朵奇谲瑰丽的花身形妩媚，隽秀飘逸，数朵花序簇拥而就的花苞，端端正正落于菱形叶片裹就的宝座之上，浑身上下白雪似的绒毛精致、文气、干净。或许，它是传说中得了仙道，经千年万年修炼，藏于砾石，脱了躯壳的精灵；或许，它是亿万年前海洋退去时，遗留在高原上的海洋生物鱼、贝、海草类的魂魄。投落雪地的影子，文雅又从容。

天阙之上，终于见到这朵只为自己盛开、不为取悦别人的花。我表面平静，内心却激荡着滚滚波澜。又一次觉得，银光熠熠、紫气蒸腾、冰冷寒凉的岗什卡雪峰，是飘溢着薄明、夜与神秘的青色世界。

扑哧哧，一只青色的鸟，贴着云层飞驰而过，消失在云雾里，恍若西王母的青鸟，赤首黑目的女妖、信使，飞进了水晶宫。那是乘八骏之车前来西征的周穆王与虎首豹尾、人面虎齿、美目流盼的西王母情意绵绵、言辞凿凿的相会之地。

山野的慷慨接纳、水母雪兔子的沉静之美，让我的身心，在这一刻浸透了不为欲望所束缚的纯净之色。就在这时，一股强烈的气味由远及近。缺氧多雾的雪山上弥漫起山岚瘴气。看来，与这朵野花的缘分仅限于此。作为世俗之人，并不具备飞行的体力和智力，也不可能像青鸟，时时缠绵在它身边。今天，能够以一颗纯净、谦卑之心，欣赏到它尊贵的容颜，已是莫大的幸福。

白雪纷纷扬扬，儿子紧紧拽住我的手下山。一路上，那朵披雪而立、典雅生动、孤寂而天真烂漫的花，一直在我眼前浮现。据东方先秦古籍《山海经》、西方普林尼《博物志》记录，动物和植物，或动物和另一动物结合在一起的生命，具有非凡神力。如昆仑山上虎首豹尾结合的西王母，植物与动物相互蜕变的冬虫夏草……

岗什卡雪峰远近闻名。峰峦起伏，冰川耸立，高寒阴冷，气候瞬息万变。虽为流石滩地，草木清浅，甚至少有滋养它的土壤。但粗粝无光、面目丑陋的流石间，玲珑的雪花里，水母雪兔子在寒夜里、星月下满足的微笑，足以使这座雪域高峰光彩耀目、饱含温情。地球上，有生命、有爱心的绝不仅仅是人类；有精神、有气象、有理念的也绝不仅仅是人类。动物、植物与人类拥有许多普遍的东西、共同的特质，都有权利以自己的方式追求生命的完美。只是生活环境、个人修养的巨大差异，使我们忘却了生物间的平等与关联。

在我凝神静气观望，观望这朵被山水精华赋予灵性的奇妙花卉时，就像在观望自己，观望着自己的内心。在设身处地为挺立在雪山之顶，不为奔命，不为他想，不急不躁，只为遥望的生命着想时，也在为自己微弱的生命着想。

在雪山之顶与这样的一朵野花相遇，是人生中的大事。除尊贵、无瑕、清高外，它的仙道之力，严酷环境下的从容淡定、款款柔情也给了我无尽思量。

山脚下，清泉迸裂，河水滔滔。摄影师在拍照，我坐在青石上发呆。儿子果果踱来踱去，为的是选一枚心仪的石子。但儿子未能如愿。

当地藏人心中，水母雪兔子被赋予神的含义，从不忍心把它摘下来据为己有。"梅朵岗拉"，汉意为雪山上的花、雪山上的神，是对这朵野花的尊称。

【原载《青海日报》2018年5月4日】

一眼千年　一生守护

任晓璐

抱恙在家，不敢出门，强劲的风可能会穿透身体。承认自己是无能的，只能傻傻地做一件事儿，万万不能分心。赵编辑经常和我讨论我文字的事情，有些事情真的心有余而力不足，有些事情很神奇很微妙。阅历的单一，知识的匮乏，这些都是原因。对于我来说，最重要的便是不够勤奋，有时候会思考是怎样迈上写作这条道路的，清苦而又漫长。但是话说回来，做什么不清苦呢？从事怎样的工作不清苦呢？活着就要守着这清苦度日，活着就像在接受某一种无法形容的考验。这几日无事可做，内心有些浮躁，心灵有些空乏。找不到出口发泄，然后以病倒告终。在家倒是有了一颗安宁充盈的心。我这样不适宜生存在当今这个时代的人，最近有些感触。

《国家宝藏》闯入了我的生活，随即而来的是一件件独一无二的宝藏。一块琉璃、一片砖瓦、一件首饰、一个瓷瓶、一本古籍、一组乐器，都通过时光的隧道穿越而来。让这些宝藏依然熠熠生辉、散发历史与智慧的光芒的原因是什么？是有一些人在默默地守护着，也许守护这个词有些不太准确，保护可能更加精确。经过岁月的风霜、时间的冲刷，这些物件、宝藏也许会破损、变质，也许就是这样一些人在默默地保护着它们。

那些展出在博物馆、展现在我们眼前的宝藏，之所以看起来完美无缺，离不开他们的勤奋与努力，难道他们不清苦吗？他们适宜生活在这个时代吗？也许时代已经将他们遗忘，因为他们离我们的生活太远太远了，但其实就像那些宝藏一样就在我们身边，为我们创造着奇迹，延续着古人的智慧。

提到墓葬，也许会联想到盗墓者。但这次要说的不是盗墓者，是发现、发掘这些宝贝的人们。扫扫扫，挖挖挖，发现宝藏也许需要一个月、两个月、一年乃至更久的时间，有时候也许挖到最后里面空空如也，什么也没有。但是，考古这门艺术就是这样，如果没有这些人，泱泱大国的宝藏也许就永久地埋藏在地下，永不见天日了。这些国宝的发掘者就真正适合生活在这个时代吗？他们几乎每天都在和泥土打交道，非常辛苦，但是最后的结果使得他们的内心十分饱满。因为这些是他们的骄傲，是中国人的骄傲，是国家的骄傲。我陷入了深思，也许就是他们发掘的一个小小的物件，开启的是几百乃至几千年的历史大门。

《国家宝藏》里最让我感动的是曾侯乙编钟。此国宝守护人王刚小心翼翼地靠近曾侯乙编钟，静悄悄地观赏，像是怕惊醒沉睡中的天使，王刚对曾侯乙编钟的敬畏之心也让我心生敬佩。你看到的、你触及的并不仅仅是乐器，是历史对心灵的敲击。曾侯乙编钟出土后仅仅奏响过三次。自那之后，如天籁般的声音再次响彻世界还不知道是哪一天。但是，它就静静地矗立在那里，在人们眼前。

前几日，糖豆豆说她看《国家宝藏》都哭了，我笑话她，没有深情款款，没有生离死别，没有应该落泪的脚本，怎么会哭？在电视上看到曾侯乙编钟的时候，泪花也在眼中打转，不敢落下。完美、震撼、华美、忧伤都不能成为我落泪的理由，是曾侯乙编钟深远的器乐文化，是打造曾侯乙编钟的匠心精神，是曾侯乙编钟演奏者们演奏出的集天地为一体的音律，让我落泪。这比那些肤浅的偶像剧看起来更加让我感动。几个看似简单的钟罗列起来，就是一组令人折服的乐器，多想像王刚那样触碰这突如其来碰撞进心底古铜色的心灵刺激。保留着泪水，是我对这件宝藏的敬畏。这仅仅是一件宝藏，似乎把我带回那个兵荒马乱且无比浪漫的时代。

历史的文化精神需要传承，历史的文化智慧更需要传承。曾侯乙编钟就把传承这两个字表现得淋漓尽致，新生代的编钟演奏乐队把编钟乐器文化保留在世上，让现世之人还能欣赏这天籁之音。让我们觉得曾侯乙编钟离我们那么远又那么近，让我们觉得曾侯乙编钟演奏者离我们那么远又那么近，曾侯乙编钟留下的文化精神离我们那么远又那么近。在哪里？在守护者、演奏者、在所有敬畏它的人心里。

以前不喜欢历史，不喜欢古老的东西，觉得离我太过久远。但其实它们就活在我们身边，这些宝藏不是一件物件儿，而是历史、文化。之后便养成了一种习惯，走到哪里必须走进博物馆。许多人不能理解，尤其是年轻人，觉得走进如此无趣的地方，真的很无趣。但是，结合历史文化去探索发现，你会觉得它比手机游戏、吃饭、购物、KTV有趣多了。城市的灵魂在哪里？能够让城市里的人有底气有面子的是什么？能够令一座城市散发光彩的又是什么？还是文化，还是历史。并不是灯红酒绿、华丽的现代化建筑。钢筋水泥已经成为世界的模样，当我看到这些宝藏就躺在我眼前，冲撞我的眼球的时候，内心的兴趣突然被挖掘出来了，历史和文化也在我心里奏响了华美乐章。

有些致力于保护文物的学者们，已经垂垂老矣。他们在讲述一件自己保护的宝藏的时候，眼中饱含着深情，仿佛是在告诉我们：这一辈子我还没有活够，如果现在是二十岁多好，可是我已经老了，剩下的事情就得交给年轻人去做了。从他们的眼神中，我看到了哀伤与辛酸。有一位研究者说：我想将这后半辈子都交给故宫博物院。一句简单的话语敲击且叩问了我的心。这是怎样的一种情怀？这种情怀就在心里，这种坚守也在心里。

之前参加了一个文学活动，有位朋友给我提了个很有意思的问题：怎样坚守文学、怎样创作出好的文学作品？他说写作是一件备受折磨的事情。我想，无论你涉足哪个领域都是凭着一份爱好与坚守，如果你参与或者从事的职业不是你所喜爱的，无论哪个领域都会备受折磨。我们发现、研究、关注，都是因为喜爱，更多的是责任。但我想如果你没有内心的热爱，怎样去承担那份应该承担的责任呢？

说了这么多，文化、历史、人文、精神。最能留在我心底的还是精神。写作在这个时代不是一件“吃香”的事，如何走在文化、文学的道路上，也许你要守住初心，自己的初心。选择旁门左道，会被甩到文学的大门之外，也许自我感觉良好，但似乎是对不起自己的。怎样守住一颗初心，一颗文学的初心，也许我们每个写作者都要学习这些国宝发掘者、守护者的精神。将一生付诸某一件国宝，将一生交由泥土墓穴。我也想将我这一生，交由文字。

【原载《散文百家》2018 年第 3 期】